# 杜尔伯特末代王爷

王 江 ◎著

远方出版社

图书在版编目(CIP)数据

杜尔伯特末代王爷 / 王江著. -- 呼和浩特：远方出版社，2020.1

ISBN 978-7-5555-1325-4

Ⅰ.①杜… Ⅱ.①王… Ⅲ.①长篇小说-中国-当代 Ⅳ.①I247.5

中国版本图书馆CIP数据核字(2019)第206492号

# 杜尔伯特末代王爷
## DU'ERBOTE MODAI WANGYE

| | |
|---|---|
| 著　　者 | 王　江 |
| 责任编辑 | 蔺　洁　刘洪洋 |
| 责任校对 | 蔺　洁　刘洪洋　王　冉 |
| 装帧设计 | 韩　芳 |
| 出版发行 | 远方出版社 |
| 社　　址 | 呼和浩特市乌兰察布东路666号　邮编010010 |
| 电　　话 | （0471）2236473总编室　2236460发行部 |
| 经　　销 | 新华书店 |
| 印　　刷 | 廊坊市海涛印刷有限公司 |
| 开　　本 | 165mm×230mm　1/16 |
| 字　　数 | 387千 |
| 印　　张 | 27 |
| 版　　次 | 2020年1月第1版 |
| 印　　次 | 2020年1月第1次印刷 |
| 标准书号 | ISBN 978-7-5555-1325-4 |
| 定　　价 | 79.80元 |

如发现印装质量问题，请与出版社联系调换

# 目录

第一章　青山埋忠骨　　　...001

第二章　降任于斯人　　　...023

第三章　爵位险褫夺　　　...042

第四章　娶亲遭匪劫　　　...061

第五章　侠义脱险境　　　...077

第六章　奴隶得解放　　　...093

第七章　赈灾修水利　　　...112

第八章　开明办学堂　　　...128

第九章　领地被分割　　　...142

第十章　援助抗日军　　　...157

第十一章　无奈的选择　　...175

第十二章　明顺暗抗争　　...188

| 第十三章 | 血性中国人 | ...204 |
| 第十四章 | 数典不忘祖 | ...223 |
| 第十五章 | 兴兵剿悍匪 | ...243 |
| 第十六章 | 退而求其次 | ...257 |
| 第十七章 | 接纳工作队 | ...270 |
| 第十八章 | 光明与黑暗 | ...286 |
| 第十九章 | 杜泰归一体 | ...303 |
| 第二十章 | 要杀先杀我 | ...324 |
| 第二十一章 | 攻打杏树岗 | ...346 |
| 第二十二章 | 热血洒草原 | ...363 |
| 第二十三章 | 叛匪的末日 | ...377 |
| 第二十四章 | 历史的遗憾 | ...389 |
| 第二十五章 | 功过任评说 | ...405 |
| 尾　篇 | | ...423 |
| 后　记 | | ...426 |

第一章

# 青山埋忠骨

　　傍晚时分，夕阳西下，天边现出了一片金黄色的晚霞，绚丽的晚霞投射在广袤无垠的草原上，如同给草原披上了一件硕大的铠甲，闪耀着血红、刺眼的光芒。暮色中，牛羊归圈，百鸟入林，格桑花低下羞赧的脸庞，萨日朗花褪下红装，草原上失去了蜜蜂忙碌的身影，色彩斑斓的蝴蝶躲进花丛。这景象告诉人们，今天的工作已经接近尾声。

　　随着天际最后一抹余晖消失，天色彻底暗淡下来，夜空中升起一弯新月，新月周围布满数不清、若隐若现的繁星。在夜色的笼罩下，喧嚣的草原终于归于平静。草原上万籁俱寂，劳累了一天的人们进入了睡梦中。

　　"嗒嗒嗒……"一阵急促的马蹄声打破了草原的宁静。马蹄声是从远处的驿道上传来的，这条驿道是省城通往杜尔伯特王府的官道。骑士是一位身穿军服的年轻人，骑着一匹灰色的蒙古马。从马的奔跑速度上看，这是一匹脚力强健的骏马。骑士面色凝重，脸上还带着灰尘和着汗水留下的污渍，衣服上满是灰尘，一脸的疲惫。那匹骏马已经通体流汗，显得很疲惫，骑士却仍然不时地挥舞马鞭，催促马匹加速前行。

子夜时分，骑士来到了杜尔伯特旗王府所在地——巴彦查干。马蹄声在王府大门前停下来，骑士如释重负地舒了一口气，跳下马背，用力地敲打王府大门。此时，王府站岗的两名侍卫正抱着枪坐在门旁打瞌睡，突然被敲门声惊醒，心情有些不快，没好气地高声喝问："干啥的？深更半夜的敲门！"

"府上的兄弟，我是寿山将军的亲兵于忠祥，有要事需向王爷禀报，麻烦通报一声。"来者声音急促地答道。

"寿山将军府的亲兵？噢，稍等，我去请示管家。"寿山将军是王爷希拉布罗丕勒的妹夫，警卫听说来人是寿山将军的亲兵，不敢怠慢，急忙前去向管家乌恩奇报信。

工夫不长，乌恩奇随着警卫快步来到门旁，高声问道："来者何人？"

门外的骑士立刻答道："管家大哥，我是于忠祥，奉夫人之命，有要事向王爷禀报。"

"好，我知道了。"乌恩奇一边回答，一边吩咐侍卫打开大门。

于忠祥牵着马走进门，见到乌恩奇，顾不得寒暄，着急地说："管家大哥，赶紧带我去见王爷。"于忠祥以前曾数次跟随寿山将军来王府做客，每次都是乌恩奇接待，俩人很熟。乌恩奇见于忠祥风尘仆仆，一脸焦急，回道："好，请跟我来。"便带着于忠祥快步朝王爷的卧室走去。

此时，希拉布罗丕勒刚刚就寝，朦胧中听到"笃笃笃"的敲门声，大声问道："谁呀？"

"王爷，我是乌恩奇，寿山将军的亲兵从省城来了，说是有要事向您禀报。"

寿山将军的亲兵深夜来访，希拉布罗丕勒颇感意外，同时心里一沉，心说这么着急，一定发生了大事！他急忙回道："稍等片刻。"说完，希拉布罗丕勒赶紧披衣下床，趿拉着便鞋，摸黑走到烛台前，点燃蜡烛，打开了房门。

"王爷，小人给您请安！"于忠祥进门后，向希拉布罗丕勒磕头请安。希拉布罗丕勒赶紧上前扶起他，说道："不必多礼，赶紧说事。"

于忠祥面带悲戚地哭着说："王爷，我是来向您报丧的，寿山将军饮弹殉国了！"

于忠祥的话不啻晴天霹雳，让希拉布罗丕勒感到无比震惊。他瞪着于忠祥，不相信地追问道："什么？你再说一遍，寿山将军怎么了？"

于忠祥声泪俱下，说："王爷，将军……将军他……他……饮弹殉国了——"

"怎么会这样？！寿山将军意志坚定，怎么会饮弹自尽呢？这下可苦了我的玉花妹妹了，留下她们孤儿寡母的可怎么活啊！"希拉布罗丕勒经受不住这突如其来的打击，一屁股跌坐在椅子上。

希拉布罗丕勒素来做事沉稳，临危不乱，但当他听到这不幸的消息时却难以保持镇定，因为寿山将军的夫人哈斯其其格是他的亲妹妹。

片刻之后，希拉布罗丕勒努力稳定了一下情绪，强忍悲痛地问道："于亲兵，你先别哭，快点儿把寿山将军饮弹殉国的详情告诉我。"

于忠祥遂将事情详细讲来。

从今年夏天开始，沙俄部队就以保护东清铁路为名入侵东北，意图建立黄色俄罗斯。其时数千俄罗斯人扬言要去保护哈尔滨的铁轨，向海兰泡集结，前来向寿山将军借道。当时寿山将军大怒，痛斥道："敌逼我都，我假敌道，如大义何！"遂拒绝其要求。又传檄瑷珲副都统凤翔道："如俄兵过境，宜迎头痛击，勿令下驶！"同时，让呼伦贝尔副都统依兴阿守西路，通肯副都统庆祺守东路，警告俄军不要进兵，由清军负责护路。听闻俄军已经分道并进的消息，寿山将军遂下令："保铁路，护难民，全睦谊，违者杀无赦！"

俄军不宣而战，突然炮击瑷珲卡伦山，之后又在我国东北地区制造了历史上骇人听闻的"海兰泡惨案""江东六十四屯惨案"等，屠杀了中国居民七千余人。呼伦贝尔等地也纷纷告急，哈尔滨沦陷。不仅如此，俄军还放火焚烧了瑷珲城。这种狂妄的侵略举动，终于让寿山将军忍无可忍，遂下定决心对俄作战。

寿山将军"千绕室，夜愤恚垂绝"，一面电告吉林将军长顺，要求其前来会攻哈尔滨，一面通告俄军"谓若罢兵，愿以全家为人质，勿得侵凌我国百姓"。

七月下旬，寿山所部清军和义军配合，向被沙俄占领的哈尔滨发动进攻，很快攻入城内，并将俄军压缩在新市街松花江车站一带。在瑷珲前线，清军与义军固守待援，和俄军对峙不下。由于东路的吉林清军按兵不动，贻误战机，沙俄则不断增兵，最后兵力达到了十几万之多，致使寿山孤军奋战，哈尔滨之战终于遭挫。

面对十几万沙俄部队，我军寡不敌众，又无增援，八月十五日瑷珲终于失守，固守此城的凤翔将军殉国。随后，齐齐哈尔门户北大岭被攻陷，北路统领崇玉，营官德春、瑞昌，西路统领保全，东路营官保林等人全部战死，俄军直逼齐齐哈尔省城。

俄军向齐齐哈尔发起了猛攻，我军虽然奋力抵抗，且有力地打击了敌人，但是终因缺乏援助而告失败。就在这时，寿山接到朝廷议和的电传，不禁悲愤万分，

1900年八月二十六日，俄寇兵临齐齐哈尔城下，欲见寿山将军。寿山耻落敌手，有辱国威，誓死不降。寿山将军派副都统程德全前往商谈和议，自己却以为古有"军覆则死"之义，又"疆土不保，负罪甚深"，把自己关在屋里，拒绝会客，不进饮食，屋里的灯光彻夜未熄。

于忠祥忍痛说道："我虽然深感心痛，但又不敢相劝，只能守在门外干着急。

"第二天早晨，将军早早起床，独自在院子里转来转去。夫人想陪

他，却被他支走，而且，将军把我也支开了，说是要静下心来思考一下。我放心不下，又不敢违背将军的指令，只好躲在远处偷偷地观察。谁知夫人刚离开，他便转身回到屋内。此时丫鬟正在为将军八岁的女儿梳头。他一向视小女儿如掌上明珠，只要有空闲，就陪着女儿玩耍逗趣。当时，他眼里流着眼泪，呆呆地瞧着心爱的小女儿，等丫鬟梳完头，他走上前去，轻轻地拉着女儿的手说：'妞啊，爸爸领你去外边照镜子去。'女儿一歪头，挑起眼角瞧着爸爸不解地问：'屋里不是有镜子吗？到外面去干啥？'将军不忍回答，女儿只有八岁，无法猜透大人的心思。将军硬是拉着女儿走出房门，来到院内养鱼的大缸边。将军躬身将女儿抱起，瞧了瞧，亲了又亲，泪水再次止不住地流了下来。他实在是不忍心下手，犹豫了很长时间。他一想到自己死后，夫人与女儿会落到怎样悲惨的境地，便咬紧嘴唇，狠下心来，举着女儿弯下身子对着缸口。水面映出女儿如花似玉的小脸，将军深深地吸了一口气，又慢慢地吐了出来，说：'妞啊，你照照镜子看好不好看？'小女儿撒娇地说：'好看。'还没等语声消失，将军便狠下心肠，把她头冲下扔进缸里。还没等将军离开缸边，我急忙快步赶到缸边，伸手将其小女儿从缸里捞了出来。谁知将军随手宝剑出鞘，向女儿刺去。在这千钧一发之际，幸亏夫人闻讯赶到，从后面死死抱住将军的臂膀，我乘机将其女儿抱走，才避免了一个悲剧。夫人已知将军抱死之心，全家性命攸关，故而双膝跪地苦苦哀求。将军心力交瘁，无可奈何，把宝剑狠狠地摔在地上，愤怒地喝道：'五奶奶，你不成全我呀！'（因寿山行五，故人称其夫人五奶奶）然后离开家门，到将军府处理公务。

"八月二十七日，沙俄军队攻克省城，二十八日，全城炮火连天，将军命夫人等人到亲戚家躲避。夫人放心不下，不想离开，将军强行劝说道：'沙俄军队已经攻克了省城，将军府的目标大，容易受到炮火攻击，你速带子女躲避，我处理完事情后，会赶去与你们会合。'夫人信以为真，带着儿女到张亲家去躲避。谁知将军已经抱定以身殉国之心，是故意把夫人支走的……"说到伤心处，于忠祥忍不住大放悲声，中断了讲述。

"你先别哭，快告诉我寿山将军到底是怎么死的。"希拉布罗丕勒急于了解真相，催促道。

于忠祥稳定一下情绪，继续述说："待夫人走后，将军从容地安排后事，核库储，检文牍，将王命、旗牌、印信等派兵移送副都统萨公（萨保）。他在遗折中写道：'事前既不善弥缝，事起又不能固守，丧师失地，至于此极，虽万死奚足蔽辜。'然后摆设香案，身着朝服，望阙叩辞，伏地长号，神魂飞越，无任瞻恋，哀迫之至。他命人抬来早已备好的棺材，从容不迫地躺进柩内。将军的大公子庆恩上前阻止，被将军严厉喝止。我和庆恩虽然不忍心看着将军慷慨赴死，但明白将军以死殉国的心意已决，不敢违拗。含泪看着将军喝下鸦片，吞下三枚金戒指。将军见不能速死，大声喝令庆恩上前开枪。庆恩心痛万分，实在不忍心下手。将军见状，转而喝令我以枪击之。我跟随将军多年，对将军忠心耿耿，唯命是从，此时不敢违抗将军的命令，只好从命。我流着眼泪手臂颤抖着举枪射击，因为手抖，只打中了将军的左肋，并不致命。将军再次喝令开枪，我只好再次开枪，打中了将军的小腹，仍然没有伤到要害。将军盛怒，厉声疾呼再次开枪击打要害部位。我悲痛欲绝，不忍心看着将军受折磨，只好横下心来，跪在柩底下又开了两枪，然后瘫倒在地，哭成泪人。庆恩扑到棺材前，发现将军已经气绝身亡……"

"真是天妒英才，可怜寿山将军只有四旬，正是年富力强，为朝廷出力的大好年华，却被迫饮弹殉国，真是令人惋惜！"希拉布罗丕勒悲痛万分，心疼不已。

停顿了片刻，希拉布罗丕勒强忍悲痛，对于忠祥说道："感谢你不辞劳苦，长途跋涉前来送信。管家，你赶紧带他去吃饭休息。"乌恩奇答应着，带着于忠祥出了门。没走出几步，又被希拉布罗丕勒叫住："你安排完之后，回来一趟，我还有事。"乌恩奇答应着离开。

乌恩奇以最快的速度安顿于忠祥休息，然后转回王爷的卧室。希拉布罗丕勒对乌恩吩咐道："寿山将军以身殉国，抛下哈斯其其格孤儿寡母。我放心不下她们，得去帮帮她。你赶紧将马匹准备好，咱们天亮就动身去省城。"

"王爷，这里离省城二百多里地呢，您已年逾五旬，骑马能否吃得消？我看还是坐车去吧。"乌恩奇担心王爷的身体受不了。

"坐车多慢呀！不行，咱们骑马去，骑马是咱们蒙古族的看家本领，别看我年岁大，骑马赶路还不成问题，就按我说的去准备吧。"希拉布罗丕勒不顾乌恩奇的劝说，毅然决定骑马前往省城。

乌恩奇按照希拉布罗丕勒的吩咐，连夜准备妥当。希拉布罗丕勒心急如焚，一夜未曾合眼。天色刚一放亮，希拉布罗丕勒便带领乌恩奇和十余名侍卫，与于忠祥一道向省城进发。

希拉布罗丕勒带着人一路马不停蹄，不顾疲劳，快速前行，于当晚十时许赶到省城郊外的昂昂溪。由于连续赶了一天的路，早已人困马乏，乌恩奇担心希拉布罗丕勒的身体吃不消，劝道："王爷，已经赶了一天路了，不如在昂昂溪休息一晚，天亮再进城？"

"不行，我放心不下哈斯其其格，早到一会儿是一会儿。"希拉布罗丕勒心里惦记着妹妹，恨不得一下子就赶到妹妹的身边。

半个时辰之后，一行人来到了省城近郊水师营，随着距离省城越来越近，气氛也越来越凝重，空气中弥漫着一股烧焦和尸体腐臭的味道，让人感到窒息。

希拉布罗丕勒等人停下脚步，借助微弱的月色，仔细观察周边的动静，近处的景物轮廓依稀可辨，许多房屋被焚毁，有些没有燃尽的房屋依旧有零星的余火，冒着焦烟。四周一片死寂，仿佛走进了没有生命迹象的死城，让人感到毛骨悚然。眼前的这一切似乎在告诉人们，这里刚刚经历了一场人间劫难。

慎重起见，希拉布罗丕勒让于忠祥带路，避开沙俄军队的防地，以免发生不必要的冲突。于忠祥告诉希拉布罗丕勒："王爷，现在战事已停，沙俄军队驻扎在城外，此时大概正在饮酒狂欢，戒备松懈。咱们不会遇到麻烦的。"

"如此甚好，咱们赶紧进城。"希拉布罗丕勒听闻无人看守城门。心头一松，那颗悬着的心放了下来，赶紧命令众人进城。

希拉布罗丕勒在于忠祥的引导下，顺利地进了城，来到寿山将军的府邸。

希拉布罗丕勒远远就看到将军府邸大门上悬挂着两个写有"奠"字的白灯笼，门口有两个士兵把守。他们身上穿着孝服，看到于忠祥领着杜尔伯特的王爷到来，赶紧放行。希拉布罗丕勒径直来到停柩的大厅。

大厅内没有设灵堂，大厅正中间停放着一口黑漆棺材，令人感到奇怪的是棺材上捆着几道手指粗的铁索，棺材前面燃着一盏长明灯，摆放着几样祭品，哈斯其其格正带着儿子庆恩、庆棋以及府里的下人守灵。当看到哥哥出现在面前时，她冲上前去，叫了一声"三哥"，扑到希拉布罗丕勒的怀里，放声大哭。

外甥庆恩、庆棋也急忙走过来，带着哭声向希拉布罗丕勒磕头请安。

希拉布罗丕勒急忙腾出一只手，将他们兄弟扶起，然后神情悲戚、默默无语地抱着妹妹，陪着她伤心落泪，直到哈斯其其格发泄完毕，哭声逐渐停歇。希拉布罗丕勒待妹妹的情绪稍微稳定之后，方指着棺材上的铁链问道："既然将军以死殉国，理应上报朝廷，加以抚恤，怎么灵柩上却捆绑着数道铁链？"

"三哥，说来令人心寒，朝廷得知此事后，非但不予以体恤，反而指责眉峰擅自抵抗之行为，下诏不许下葬，令人用铁链捆绑棺木。三哥，这可如何是好啊？"哈斯其其格伤心地向希拉布罗丕勒讨主意。

"事关重大,容我思考一下再做决定。"希拉布罗丕勒眉头紧锁,心情沉重。

由于急着赶路,希拉布罗丕勒一行人没怎么吃东西,显得有些疲惫。袁庆恩得知这一情况,连忙吩咐下人准备食物。随行众人草草吃饭,希拉布罗丕勒却不肯动筷。庆恩生怕舅父身体吃不消,劝他吃点儿东西,并安排他们到客房休息。希拉布罗丕勒执意不肯,坚持留下守灵。袁庆恩苦劝无果,只好令人搬来椅子,让舅父及管家等人坐着守灵。

希拉布罗丕勒坐在棺木旁,心里翻来覆去地思考该如何处理此事。朝廷怪罪寿山将军,致死都不肯放过他,那么自己贸然出头,可能会引火烧身,招致祸端。可是,自己又不能坐视不管,不能眼看着妹妹遭此劫难而置身事外,更不能眼睁睁地看着为国捐躯的寿山将军死无葬身之地!

乌恩奇见王爷愁眉紧锁,执意守灵,担心他的身体吃不消,便劝道:"王爷,您上了年纪,又赶了一天的路,这样不吃不喝地守灵,身体会吃不消的。您还是吃点儿东西,然后去休息一下吧,别闷出病来。咱们依勒坦塔拉的谚语说得好:'莫愁云遮日,风来云自散;莫怕冷彻骨,春到寒自消。'"

希拉布罗丕勒叹了一口气,说道:"你放心,我没事。寿山将军世代簪缨,忠烈满门,一生为国为民,没想到朝廷竟然会如此对待他,真是让人心寒!请问天理何在,良心何在!"

"王爷,您说寿山将军不顾个人安危,面对沙俄的侵略,毅然率兵奋起反抗,有什么错?朝廷为什么这么对待他?这也太不公平了!"

"古人云,伴君如伴虎。如今朝廷只知道贪图享乐,哪管百姓死活。寿山将军作为袁崇焕的后代,岂能坐视不管?!"

众人纷纷发泄着不满。

"王爷,我只知道寿山将军是黑龙江省将军,却不知道他竟是袁崇焕的后代。您是怎么知道的?"乌恩奇颇感意外。

"你真是聪明一世糊涂一时，难道你忘了寿山将军是王府的姑爷？我作为妻舅，岂能不了解他的身世？人们都习惯称呼他寿山将军，其实寿山将军姓袁，字眉峰，其父富明阿，是明末辽东抗清名将袁崇焕的后裔。袁氏后裔于清初被编入宁古塔汉军正白旗，世居瑷珲。

"其父富明阿曾任吉林将军，素有贤能，1892年卒。寿山袭骑都尉世职，以三品衔补用郎中候选员外郎，留北京候选。

"寿山将军在世时曾对我讲过，在光绪二十年（1894年）八月，甲午战争起，清军在朝鲜战场上节节败退，战火向鸭绿江边蔓延。清廷急忙调集东北三省驻军开赴安东、九连城一带布防，意图遏制日军的入侵。寿山以忠君报国为己任，渴望建功立业，听闻此讯，按捺不住一腔怒火，毅然投笔从戎，请命抗敌，单骑奔赴辽东前线。"

寿山到奉天后开始招收义军，短短的十几天时间，成功募集了两营兵力，寿山被任命为步队统领，其弟永山任马队统领，率领两营士兵开赴抗日前线赛马集行营，与黑龙江将军依克唐阿会合。

当时，日军已经攻破鸭绿江防线，占领了大部分的辽东重镇，并从凤凰城向西进犯，企图打通由凤凰城经摩天岭（大高岭）进犯奉天的通路，扬言要"取奉天度岁"。当时依克唐阿的镇边军驻守在瑷阳边门，西至赛马集、草何城一线，同扼守摩天岭的聂士成部相呼应，从侧翼牵制凤凰城日寇，以支援摩天岭的正面防御。寿山到达前线不久，即参加了十一月二十五日的草河岭战斗。两兄弟在与日军的战斗中，奋勇杀敌。寿山于草河岭一役中一马当先，披坚执锐，绕山越涧，披荆力战，在南路山脊冲锋陷阵。戈什哈身受重伤，犹率部猛攻，击毙日军步兵大尉斋腾正起，伤炮兵大尉泄田纲平、炮兵中尉关谷豁等，取得胜利。数日后，寿山、永山兄弟分别率马队、步队朝崔家房、白水寺、谢家堡方向转战，在四棵树与日军展开激战。日军敌不住，加上天气严寒，士兵冻伤严重，败退到凤凰城内，坚守不出。

数日后，依克唐阿和聂士成决定分兵两路，一路由依克唐阿、夏青云率领，由通远堡南进，从北面直攻凤凰城；另一路则由寿山、永山两兄弟率领马队、步队各一队，向北迂回，绕道瑷阳边门，进攻凤凰城东北。准备一举收复凤凰城。

寿山兄弟按照命令，率军抵达草河北岸，距凤凰城仅八里地。他们于翌日凌晨开始攻城。十四日，肉搏凤城，镇边步兵管带恒玉，率先带领部众攻入东门，却遭到城内日军伏击，恒玉率兵奋力冲杀，日军的援军从城外冲过来。将恒玉等四十余人截于城中，恒玉率众拼死抵抗，终因寡不敌众，悉数殉国。永山闻讯前来救援，亦遇伏，连受枪伤，胸部被炮弹炸破一个拳头大的洞，仍然支撑着身子督战，大呼杀贼，最后流血而亡。《清史》将永山与邓世昌等人并为一传，评曰："中东之战，陆军皆遁，宝贵独死平壤；海军皆降，世昌独死东沟。中外传其壮节，并称'双忠'。"

后来，战局变化，辽阳告急。寿山奉命率马队前往驰援。在胜鳌堡、鞍山站一带与数百日军遭遇。寿山沉着冷静，占据有利地形，与敌进行拼杀。后来敌援军赶到。寿山众寡难敌，下令撤退，自己亲自断后。寿山将军为了迷惑敌人，故意下马慢行，日军摸不清虚实，不敢贸然进攻，为部众安全撤离赢得了宝贵的时间。俟日寇明白过来，发起进攻时，寿山奋力迎击，连伤日寇数人，将其击退。正当他收整队伍打算撤离时，日寇突然从另一个方向放排枪，寿山右肋中弹负伤。寿山伤而不退，率众力战日寇，并击退日寇。在寿山将军的奋战下，全队得以安全回营。据说当时正酣战间，忽中飞弹，自右腹入，左臀出，寿山屹立不为动，战愈猛，敌即却。寿山跨马三十里回营，衣裤淋漓，血厚盈指。

中日战争结束后，清廷升寿山为知府，赏花翎一顶。光绪二十三年（1897年），寿山调任镇边军左路统领，驻扎在黑龙江城（即瑷珲城）。光绪二十五年（1899年），寿山升黑龙江将军。上任后，他采取了一系列的政治、军事措施来进行备战，丝毫不敢懈息。

此次面对沙俄军队的侵略，寿山将军出于民族大义，毅然率兵进行抵抗，由于朝廷软弱无能，导致兵败自杀，朝廷非但不进行表彰和抚恤，反而要追究他的责任，不许为其下葬，真是令人发指。作为寿山将军的亲属，希拉布罗丕勒不能眼看着其妹孤儿寡母孤立无援而袖手旁观。"我要把寿山将军的灵柩带回杜尔伯特草原浮厝，待日后朝廷有公论后再行安葬。"

"王爷，此事非同小可，风险很大，如果朝廷怪罪下来，说不定会招致杀身之祸的，您要三思而后行。"乌恩奇劝道。

"寿山将军为御外辱，愤然率兵御敌，不幸自杀殉国。他的夫人又是我的胞妹。于公于私，我都必须挺身而出。我甘愿冒此风险。"希拉布罗丕勒毅然决然地做出决定。

"王爷，您真是义薄云天啊！"乌恩奇感慨万分。

此时，东方破晓，天色蒙蒙亮。希拉布罗丕勒找到妹妹及外甥庆恩，毅然对他们说道："我已经想好了，既然朝廷现在不许其安葬，干脆将灵柩带回杜尔伯特草原浮厝，待日后朝廷有了公论，再另行下葬。"

"兄长，目前朝廷怪罪眉峰，你这样做，万一朝廷动怒，连累了王府可如何是好？"哈斯其其格有些担心。

"鸟遇灾难奔树林，人遇困难靠亲人。我们是同胞兄妹，理应相扶相帮。我主意已定，拼着王爷的爵位不要，也要把寿山将军带回去，不能让他的英灵无所寄托。"

"兄长，逝者已逝，不能为了逝者而连累生者。我劝你还是打消此念吧。"

"暴风雨折不断雄鹰的翅膀，草原上的猎人不惧怕豺狼。你不必再说了，我意已决。此地不可久留，以免夜长梦多，咱们天亮就动身。庆恩，你赶紧做好搬运灵柩的准备。"希拉布罗丕勒断然说道。

哈斯其其格虽然贵为将军夫人和王府的公主，做事有主见，但此时惨遭大变，心智已乱，只好听从哥哥的意见，同意将丈夫的灵柩运回家乡浮厝。同时，她派人到将军衙署送信，将这一决定告知副都统萨保及行营总理程雪楼等人。

此时，副都统萨保彻夜未眠，正跟程雪楼、姚富升、张西樵、于振甫等人为寿山将军的后事而发愁。他们既是寿山将军的部下，又是寿山将军生前倚重之人，跟着寿山将军一起与沙俄军队浴血奋战。寿山将军殉国前曾给萨保留下遗嘱，叮嘱他妥善与俄军谈判，勿伤百姓。同时，寿山将军还写信嘱咐姚富升、程雪楼、张西樵、于振甫四人，让他们辅佐副都统萨保渡过难关，收拾残局。

萨保、程雪楼等人均有官衔在身，不敢违背朝廷旨意。虽然他们与寿山将军关系密切，不忍心看着寿山将军停尸于府邸，但在这非常时期，他们谁都不敢公然与朝廷对抗。在如此严峻的形势下，他们为了自保，甚至说了一些违心的话，做了一些违心的事。

他们坐在一起，商量寿山将军的后事，商量了大半夜也想不出一个万全之策，一个个愁眉苦脸，唉声叹气。就在他们一筹莫展之际，袁庆恩送来消息：希拉布罗丕勒打算将寿山将军的灵柩运往杜尔伯特草原浮厝。萨保听后，不由得精神一振，由衷地赞道："谢天谢地，寿山将军总算可以入土为安了。喇嘛王爷真是有胆有识，义薄云天！"

"杜尔伯特王爷的做法固然令人钦佩，但这么做风险也太大了，万一朝廷怪罪怎么办？"程雪楼深感忧虑。

"这件事如果换作别人，想都不敢想，只有享有法外治权的蒙古王爷，才有如此胆识和魄力，才敢冒这样大的风险！"萨保带着无限崇敬之情由衷地称赞。

"蒙古王爷虽然享有法外治权，朝廷对他们礼让三分，但这件事非同小可，这是公然貌视朝廷。难道他不怕惹来杀身之祸？！"

"程将军，看来你不了解杜尔伯特草原蒙古王爷的历史。说起杜尔伯特的历史,我最有发言权,因为我就出生在杜尔伯特草原。我们杜尔伯特草原上的蒙古族是成吉思汗的胞弟哈萨尔的后裔,当年我们的祖先哈萨尔追随成吉思汗南征北战,九死一生,为大蒙古国的崛起立下了汗马功劳,成吉思汗为了表彰其功绩,将呼伦贝尔草原分封给哈萨尔。哈萨尔的后裔协助蒙古族入主中原,建立了幅员辽阔的元朝。

"然而,物换星移,沧海桑田,在人类历史的长河中,有多少朝代更迭,帝王轮换,有多少显赫的家族从兴盛走向衰落,最终湮没在历史的尘埃中。强大的元朝也不例外,在兴盛百年之后,由于内部争斗不断,相互杀伐,导致国运衰败,最终被朱元璋的起义军打败,只好退回了蒙古草原。

"无论朝廷更替还是时局动乱,哈萨尔的子孙始终遵循其祖之遗训,矢志不移地辅佐大蒙古国,即使其已衰败,哈萨尔的子孙亦不改初衷。明嘉靖二十六年(1547年)北元第十七任大汗卜赤汗去世,其子达赉孙库继位,为了躲避蒙古右翼势力的要挟,达赉孙库汗举部东迁。此时,住牧在呼伦贝尔草原的哈萨尔的十四世孙奎蒙克塔斯哈喇,原本可以在自己的封地上平静地生活,但为了辅佐达赉孙库登汗,奎蒙克塔斯哈喇毅然离开了封地,徙牧于大兴安岭以东地区,称自己的部落为嫩科尔沁部,分为四部十旗。四部为科尔沁部、扎赉特部、杜尔伯特部、郭尔罗斯部。十旗为科尔沁右翼前旗、科尔沁右翼中旗、科尔沁右翼后旗、右翼扎赉特旗、右翼杜尔伯特旗、科尔沁左翼前旗、科尔沁左翼中旗、科尔沁左翼后旗、左翼郭尔罗斯前旗、左翼郭尔罗斯后旗。前五旗为右旗,后五旗为左旗。

"奎蒙克塔斯哈喇有两个儿子,长子叫博第塔喇,次子叫诺们达赖。博第达喇的第八个儿子爱那嘎驻牧嫩江左岸之后,称其部为杜尔伯特部,爱那嘎即杜尔伯特部的始祖。"

"杜尔伯特是什么意思?"程雪楼是汉族,对于蒙古族称谓弄不明白,忍不住打断萨保的话,提出疑问。

"杜尔伯特一词是蒙古语数词'四'的复数音译，是中古时期蒙古语构词读法。中古时汉译为'朵儿边''朵鲁班'。现代蒙古语'四'称'杜尔伯'，在'四'的后面加一个复数词缀'德'，就构成了'杜尔伯德'一词，汉译时通常将'德'音译为'特'或'惕'，所以就译成了'杜尔伯特'。古代，部落名称后面加词缀的现象很普遍，如弘吉剌部称弘吉剌惕部，蔑儿乞部称蔑儿乞惕部，卫拉部称卫拉特部等。

"'朵儿边'是中世纪蒙古语数词'四'的汉译。说的是蒙古族祖先孛儿帖赤那，即传说中的'苍狼'和妻子豁埃马阑勒，即'白鹿'所生的后代都蛙锁豁儿有四个儿子。都蛙锁豁儿有一个兄弟，叫朵奔蔑儿干。他们兄弟二人在一起共同生活，当都蛙锁豁儿去世后，他的四个儿子嫌弃叔父朵奔蔑儿干，不愿意和他一起生活，便抛弃朵奔蔑儿干，迁徙到贝尔湖一带，故称'朵儿边'。除了这一杜尔伯特部，还有漠西蒙古额鲁特四部之一的杜尔伯特部。此外，漠南的四子王旗也称杜尔伯特。再有就是我们哈萨尔后裔所居住的，位于兴安岭东麓松花江、嫩江流域的杜尔伯特部。其先祖爱那嘎率领部众驻牧杜尔伯特草原，始称杜尔伯特部。爱那嘎之子阿都齐为杜尔伯特部落酋长。阿都齐育有六男五女共十一个子女。子女长大成人后，阿都齐首先为他的六个儿子分封了游牧地，每一个儿子为一个努图克。在子女排行中，他的五个女儿分别排为老大、老二、老六、老八、老九。按照蒙古族的传统，女儿要嫁到别的部落，无权享受本部落的游牧地，所以不能拥有独立的努图克。努图克是父系血缘集团组织，是以地域为基础的游牧方式，所以也是地域集团。每一个努图克都有固定的游牧范围。努图克的游牧范围与行政区划是相一致的，即把历史上的自由游牧嬗变为固定游牧。每个努图克由若干个阿勒寅组成……"

姚富升拦住萨保的话，不解地问："什么是努图克？阿勒寅又是什么意思？"

"努图克就是按地域划分的牧场，蒙古语称为努图克。阿寅勒是以家庭或几个帐幕为单位的游牧方式。阿寅勒是努图克的基层单位，必须在所属的努图克的地域内进行游牧。说白了阿寅勒就是一个游牧点，阿寅勒与努图克几乎同时出现。阿寅勒的出现是人口繁衍的结果，一个努图克内的子孙多了，必然要划分草场，调配畜群，增设放牧点，把原来的努图克分割出若干个阿寅勒，分离出来的阿寅勒属于原来的努图克管理。"

张西樵好奇地问道："你们蒙古族骁勇善战，实力不可小觑，为什么当初要听命于清朝，接受清朝皇帝的册封呢？"

"这话还得从头说起。以前我们蒙古族与后金的女真人并无交集，直到1624年二月，科尔沁部首领奥巴修书予努尔哈赤，奏请会盟。努尔哈赤立即派遣巴克什库尔缠、希福前往，奥巴与爱那嘎之子阿都齐等人参加会盟。刑白马乌牛置酒一器，肉一器，骨血及土各一器，焚香誓曰：'满洲、科尔沁二国，愤察哈尔侮慢，是用缔结盟好，昭告天地。'阿都齐被赐予达尔罕称号。阿都齐是杜尔伯特始祖爱那嘎的儿子，由于蒙古族与明朝有亡国之恨，故与皇太极结盟，共同出兵征伐明朝。

"结盟之后，杜尔伯特部多次参与对明作战，立下了赫赫战功，受到了努尔哈赤的封赏。1636年五月，努尔哈赤改国号为清，年号崇德，色楞被封为辅国公。

"清朝入关以后，对内实行休养生息政策，让百姓安居乐业，对外采取怀柔政策，用和亲等多种手段，加强与蒙、藏等民族的联系，建立了幅员辽阔，实力强大的清朝。

"清顺治五年（1648年），清政府敕令蒙古诸部落为旗，设立旗扎萨克，封杜尔伯特部镇国公色楞为杜尔伯特旗扎萨克固山贝子。此为杜尔伯特部建旗之始。后来，随着旗扎萨克管理日益完善，逐步形成了一个集行政、军事、生产为一体的准军事机构。

"杜尔伯特部最高长官为旗扎萨克，扎萨克下设图萨拉格齐（协理）辅佐扎萨克管理全旗事务。图萨拉格齐下设扎赫日格齐（管旗章京），直接负责处理全旗行政、军事、生产事务。在扎撒日格齐下设梅伦，梅伦一职按分工可分为管印梅伦和管兵梅伦。管印梅伦在管旗章京的领导下，分别负责处理文秘、档案事务。管兵梅伦又分为左、右两翼，在管旗章京的领导下负责基层军事、行政工作，在梅伦以下设扎兰、努图克达。扎兰分为管印扎兰和管兵扎兰。管印扎兰在管印梅伦的领导下进行工作。管兵扎兰也分为左、右两翼，在左、右两翼管兵梅伦的领导下负责各佐领的军事工作。努图克达在梅伦的领导下负责各佐领的行政工作。在扎兰、努图克达下为左、右翼苏木章京、笔贴式。笔贴式在管印扎兰的领导下负责呈文、书写事宜。左、右两翼佐领在左、右翼扎兰的授权下，从事征集兵丁、户籍注册及民事等事务。在笔贴式与左、右翼佐领下设书记员、嘎查达和左、右翼坤都。书记员负责基层文书统计呈报，嘎查达为最基层的行政官，坤都从事箭丁、兵役事务。

"杜尔伯特旗共划为七个努图克，其中五努图克、七努图克为右翼，三努图克、四努图克、十努图克、十一努图克、拉哈努图克为左翼。右翼为十佐，左翼为十五佐，共二十五佐。每旗以佐领为编制之基，一百五十人为一佐领。五十人为常备兵，其编法为佐领一人，骁骑校一人，领崔六人，骁骑五十人，计五十八人。根据这个编制标准，杜尔伯特旗二十五佐领应为一千四百五十人。别看杜尔伯特旗常备兵丁人数不多，但民众个个强壮彪悍，骁勇善战，遇到紧急情况，旗扎萨克一呼百应，人人均可参战。另外，蒙古族心齐，四部十旗共进共退，实力不可小觑，故此清廷对他们忌惮三分。

"1669年，杜尔伯特旗扎萨克固山贝子色楞去世，朝廷派官员前往吊唁。为了表彰阿都齐和色楞父子的功绩，康熙降旨由色楞之子诺尔布世袭杜尔伯特旗扎萨克固山贝子，其后代子孙，世袭罔替，并赐银两修建贝子府。

"杜尔伯特旗的贝子府先前设在多克多尔山南麓，后来又从多克多尔山南麓迁至纳赫尔湖，即大龙虎泡南畔。贝子府是全旗的行政中心，每当部落内发生重大事情或举行那达慕，各个努图克的人们便从驻地赶过来，商议事情或参加聚会。由于历代王爷均居住于此，负责处理和管辖全旗政务，故又称贝子府为王府。

"1854年，旗扎萨克从纳赫尔湖南畔的贝子府迁往巴彦查干王府。当时执政的王爷是杜尔伯特第十四代王爷贡嘎绰克坦。贡嘎绰克坦在位二十三年，传位于儿子格力克巴勒珠尔。格力克巴勒珠尔在位不到两年就病逝了，王位传给了其子拉西朋斯克。拉西朋斯克在位时间虽长，但没有子嗣，按照扎撒规定，爵位应由嫡长承袭。由于拉西明斯克没有子嗣，无人继承爵位，王府内部的诺颜们为了争夺王位，相互争斗不休。面对王府内部争权夺位的混乱局面，为了不使王位旁落异家，已经年近五旬，自幼出家当喇嘛的希拉布罗丕勒毅然决定还俗，叔承侄爵。经申报获朝廷恩准，希拉布罗丕勒继任杜尔伯特第十七代王爷。由于他是喇嘛还俗继承王位，故人们称之为喇嘛王爷。这位喇嘛王爷就是寿山将军的妻舅。"说起杜尔伯特的历史，萨保滔滔不绝。程雪楼等人更是听得津津有味。

"原来你出生在杜尔伯特草原啊，怪不得对其历史了如指掌。这位喇嘛王爷确实非同一般，换做其他人，岂能有如此胆识和气魄！"于振甫竖起大拇指，点头称赞。

萨保对程雪楼等人说道："咱们先不说这些了，赶紧动身去将军府邸，帮他们筹措一下运柩事宜。"程雪楼等人立即起身，带着一队侍卫直奔将军府。

萨保与程雪楼等人匆匆赶到将军府，与希拉布罗丕勒及哈斯其其格等人见面，简单交换了意见，并对具体事项做了相应安排，便分头行动，着手落实扶柩回乡事宜。

就在这时，守门的兵丁跑进来通报："门外来了一队老毛子，硬闯将军府。我等极力阻拦，但他们根本不听劝阻，该如何应对？"

"夜猫子进宅，无事不来，老毛子一来准没好事。人都殁了，难道他们还不肯罢休？他们到底想干什么？"萨保气愤地怒吼。

"对，别惯着他们！草原上的谚语说得好：给朋友准备肉食，给敌人准备拳头。我们手里的家伙不是吃素的。如果今天老毛子敢找茬，我就让他们尝尝我们的厉害。"希拉布罗丕勒愤恨地大声说道。

"王爷、萨将军，请息怒，听我一句劝，目前朝廷已经与之议和了，咱们不宜硬来。依我之见，你们暂且回避，由我出面应付。我曾数次与他们打交道，知道该怎么对付他们。咱们要尽量避免引起不必要的麻烦而影响运柩事宜。"程雪楼冷静地劝说萨保及希拉布罗丕勒等人。

萨保觉得程雪楼说得有理，在这敏感时刻，如果因为寿山将军的事情与沙俄军队发生不必要的纠纷，势必惹来朝廷怪罪，岂不是惹火烧身。众人连忙点头表示同意。可是，希拉布罗丕勒死活不肯回避，萨保等人劝不动，只好任凭他留下，其他人到屏风后面躲避。

工夫不长，两名沙俄军官带着十几名荷枪实弹的士兵，在通事官的陪同下，耀武扬威地走进大厅。

程雪楼走上前去，对通事官说："朝廷已经与沙俄议和，他们还来做什么？"

通事官是个混血人，此时显得很无奈："我也知道已经议和了，可他们非要面见寿山将军。"

"你耳朵聋了还是眼睛瞎了？没看到寿山将军已经去世了吗？"希拉布罗丕勒怒目圆睁，大声怒斥。

"他们已经听说寿山将军饮弹殉国了，但是不相信，非要前来一探究竟。"

"人都死了，有什么好看的！你没看见棺材摆在那里吗？"希拉布罗丕勒眼睛血红，怒气不休地质问道。

"好，好，我现在就告诉他们。"通事官连连点头，然后用俄语"叽里咕噜"地说了一通。那个军官又说了一番话,然后,通事官面带谄媚地对程雪楼说:"我跟他们说了,寿山将军已经去世,棺材摆在那里,可他们仍然不相信,非要打开棺材看看。"

"不行,将军有遗言,至死不见俄国人,我们不能违背他生前的誓言。"程雪楼一口回绝。

"对,我们中国人有规矩,人死后不能打开棺材盖。如果老毛子敢硬来,我叫他们为将军陪葬。"希拉布罗丕勒毫无惧色地大声喝道。他身后的蒙古族卫士手握短枪,怒目相向。

"诸位千万不要动气,我再好好跟他们说说。"通事官生怕事情弄大,担心双方万一动起手来,自己会跟着倒霉。

于是,通事官跟沙俄军官"叽里咕噜"地解释了好一阵儿,一再表明了希拉布罗丕勒等人的态度,说这是中国人的习俗,如果破坏了这个习俗,会惹起众怒。而且,这样的举动对开棺的人不吉利。沙俄军官信奉基督教,害怕倒霉。同时看到棺材摆在面前,其家眷又都披麻戴孝,料到此事不虚,便放弃了开棺验明正身的想法,带着士兵离去了。

打发走沙俄军官,众人长出了一口气,这时,运送灵柩的车辆已经到了,希拉布罗丕勒命手下的蒙古族勇士用巨斧将棺木上的铁链砸断,众人一起上前,将棺木抬到车上,用绳索捆牢。此时,附近的百姓闻讯赶来,黑压压地挤在大门口,怀着悲愤的心情送寿山将军最后一程。寿山将军生前广施恩泽,忧国忧民,深受百姓爱戴,如今他不幸罹难,百姓甚感痛心,哭声一片。萨保害怕日后受连累,不敢跟着前去护送灵柩,怀着羞愧的心情对希拉布罗丕勒说:"王爷,我等钦命在身,不宜远送,万望见谅,将军的后事就托付给您了!"

希拉布罗丕勒表示理解:"你们是朝廷官员,不宜参与此事,否则必受牵连。请放心,我一定不会让你们失望。"

"王爷,您真是有勇有谋,考虑周全,我等感激不尽!拜托了!"萨保感激地连连施礼。

"诸位请放心,我一定竭尽全力料理将军的后事。"希拉布罗丕勒说完,双手合十,与送行的人告别。然后跨上马背,准备启程。

萨保、程雪楼、姚富升等人泪流满面,齐刷刷地跪在棺材前,一边磕头,一边带着哭声大声呼喊:"将军,一路走好!"众百姓也虔诚地跪地磕头不止,将军府邸门前布满黑压压的人群,哭声响成一片,在空中回荡。人们怀着悲痛的心情,自发地送寿山将军最后一程。

运送灵柩的车辆在众人的哭声中启程。走了一段路之后,希拉布罗丕勒发现于振甫跟在送柩队伍当中。希拉布罗丕勒担心他受到牵连,好心劝道:"于大人,你还是回去吧,以免朝廷怪罪!"于振甫毅然决然地说道:"将军为了保境安民,不惜以身殉国,令人钦佩,说什么我也要送将军最后一程,即使朝廷怪罪,也在所不惜。"

"真是侠义之士!有你这样忠肝义胆的幕僚,寿山将军在天有灵,定会感到欣慰!"希拉布罗丕勒由衷地赞叹道。

于振甫跟着希拉布罗丕勒一起护送灵柩出城,沿途数次遇到俄军拦截,幸亏于振甫据理力争,与之交涉,加上希拉布罗丕勒带领侍卫力拒,方得开路而行。希拉布罗丕勒担心天气炎热,尸体容易腐烂,途中不敢耽搁,日夜兼程。

第二天黄昏时分,一行人护送灵柩抵达王府。希拉布罗丕勒已经先行派乌恩奇回去做准备,灵车到达时,王府内已经搭好了灵棚。众人将灵柩摆放在灵棚内,希拉布罗丕勒与于振甫带人进行了一番祭奠,然后召集王府诸人安排安葬事宜。

希拉布罗丕勒亲自带领萨满和喇嘛,在境内勘验风水,选择墓地的位置。有人提议将其葬于多克多尔山,希拉布罗丕勒觉得不妥,因为多克多尔山葬的都是杜尔伯特历代王爷,将寿山将军葬在此处不合规矩。而且,寿山将军乃戴罪之身,如果将其大张旗鼓地安葬于多克多尔山,势必引起朝廷的反感。鉴于诸多因素，只能将寿山将军悄悄安葬，以免招致不必要的麻烦。经过多方考虑和勘验，最后决定将其浮厝于小林科附近，位于纳哈尔湖畔（大龙虎泡）的一座土山上。众所周知，草原上根本没有什么高耸的山丘，所谓的山，也就是地势较高的沙丘。这里地势较高，长满了杏树、丁香树以及李、桑、榆等低矮树木，远看山水相依，树木葱郁，近看绿草如茵，繁花似锦。这里虽然算不上什么风水宝地，但是依山傍水，景色宜人。于振甫对这个地方也很满意，由衷地说："寿山将军被朝廷逼迫，自杀殉国，无人敢将其下葬，希拉布罗丕勒王爷义薄云天，甘冒朝廷问罪的风险，将将军遗骸安葬于此，使其入土为安，真乃不幸中之万幸也！"

第二章

## 降任于斯人

希拉布罗丕勒王爷以惊人的胆识,甘冒朝廷怪罪的危险挺身而出,毅然决然将寿山将军的棺柩运回杜尔伯特浮厝,并不是一时冲动,而是经过深思熟虑,并对有利因素和不利因素进行判断之后,才做出决定。处理完寿山将军的后事,希拉布罗丕勒召集王府的各位王公和台吉开会,对可能发生的事情进行相应的安排。

王府的各级诺颜及所有王公、台吉们悉数参加会议。希拉布罗丕勒首先说道:"我们的祖先驻牧杜尔伯特草原已有数百年,在这数百年间,我们杜尔伯特蒙古族秉承祖先哈萨尔的遗训,以自己的聪明和智慧,本着维护各民族团结和谐的宗旨,屡屡出兵协助清朝打天下,立下了赫赫战功,创造了无数的业绩……"

说到这里,希拉布罗丕勒停顿了一下,看了众人一眼,继续说:"这些陈年往事我就不一一讲述了,咱们拣近的说,笔帖式乌尔图那苏图的阿爸,一等台吉道尔吉,于咸丰九年(1859年),率领咱们杜尔伯特旗马队赴天津在僧格林沁手下为官,参加了著名的大沽口保卫战。道尔吉在僧格林沁的指挥下，英勇奋战，拼力杀敌。此役英法联军共派出十三艘舰艇，一千二百名士兵参战，结果被击沉四艘舰艇，其中包括主力旗舰，其余全部被击伤。参战的一千二百名士兵，被击毙六百余名。中国军队大获全胜，在西方列强的洋枪洋炮面前，中国军队能够取得如此胜利，实属不易。道尔吉因此立功受赏。这数百年来，咱们杜尔伯特蒙古族对清廷可谓仁至义尽。可是，如今的朝廷已经不是当初开疆扩土、励精图治的康乾盛世了，尤其是经过太平天国运动及八国联军的侵略，大清朝早已今非昔比，处在千疮百孔，风雨飘摇之中。如今朝廷人心涣散，奸权当道，贪腐严重，朝纲不振，真正的忠君爱国之士处处受排挤，有功不赏，寿山将军就是例子。寿山将军起兵抗敌，由于朝廷不予支持，导致兵败。寿山将军愤而饮弹殉国，以全大义。朝廷明知寿山将军的壮举，非但没有予以表彰，反而把他视为罪人，先是下诏责备他挑起边境冲突，后又剥夺其世袭职位，并命人将其棺木用特制的铁链捆绑，不准下葬。我出于义愤和亲情，将寿山将军的灵柩带回来下葬，势必会引来朝廷的不满，极有可能招致祸端。有道是一人做事一人当，我已经想好了，不管朝廷如何问罪，都由我一人承担，绝不连累诸位。我今天请大家来，就是想安排一下后事。你们也知道，我年轻时出家为僧，为了平息纷争，不得已还俗，接替了爵位，打算日后再安排继承人的事情，如今遇到寿山将军的事情，不知会出现什么后果，只好提前安排继承人。我没有子嗣，无人继承爵位，只好在众位王公和台吉中间认领继子，以便日后继承爵位。你们都慎重地考虑一下继子的人选，将其报上来，以供遴选。"

希拉布罗丕勒话音甫落，时任旗管印梅伦贡嘎朝克图连忙接过话头说道："王爷，我等知道你因安葬寿山将军，担心受到朝廷问罪，急于安排爵位继承人。但依我之见，大可不必如此着急，如今的大清朝早已日落西山，风光不再。以前引以为傲、骁勇善战的八旗，由于长期处在优越的生活环境中，已逐渐消磨了斗志与上进心，整天只知道享乐，逐步沦为纨绔子弟。尤其是经历了鸦片战争，八国联军进了北京，火烧了圆明园，咸丰皇帝连夜逃到承德，最后病死在避暑山庄。后来，清廷被迫接受了不平等条约，事件才得以平息。清朝经此劫难，本该进行反省，励精图治，以慈禧太后为首的清廷却采取闭关自守，妄自称大的政策，加上各级官员贪腐严重，导致国力愈见衰弱。日本和沙俄虎视眈眈，乘虚而入。日本人先是蓄意挑起战争，打败了曾是世界一流的北洋水师，腐败无能的清廷被迫与之签订了丧权辱国的《马关条约》，割让了台湾、烟台、旅顺等地。沙俄的军队则乘机侵占了中国的外兴安岭及远东的大片土地。沙俄贪心不足，不满足既得利益，继续派兵侵略我国黑龙江地区。软弱无能的清政府惧怕沙俄军队，不敢与之交战，而是采取一再退让的政策，屈膝求和。清廷的软弱无能激起了爱国人士和广大百姓的愤怒，他们满怀一腔爱国热情，不顾清廷的阻拦，毅然对侵略者发动了反击。寿山将军就是其中的代表人物。虽然寿山将军抗俄兵败，饮弹自尽的壮举非但没有得到朝廷认可，反而还被降罪，但是这种令人心寒的做法早已引起朝野的不满和愤怒，忠君爱国的有识之士，纷纷为其鸣不平。咱们蒙古各部，历来都享有法外治权，虽然名义上接受朝廷敕封，但是行政上不归朝廷管辖，清朝对我蒙古族诸部一向忌惮，长期采取怀柔政策，不敢过于强硬，生怕激起兵变。此时清朝处在内忧外患，国力衰退，列强环伺的形势之下，软弱无能的清廷只是一味地退让，相继签订了一系列丧权辱国的不平等条约。国土被相继瓜分，危机四伏。在这非常时期，如果朝廷对咱们兴师问罪，势必引起蒙古族诸部的不满，定会引起连锁反应，岂不是雪上加霜？这对大清朝的统治更为不利。综上诸多因素，我断定朝廷一定会顾忌自身利益，不敢轻易对咱们问罪。"

"你说的有一定道理，但是不怕一万就怕万一，无论什么事情，都要防患于未然，以免措手不及。"希拉布罗丕勒依然坚持自己的想法。

"既然王爷如此决定，我等理应遵循。我看这么办，为了预防万一，咱们分两步走，一是遴选继子作为继承人人选，二是抓紧时间为王爷迎娶福晋。王爷今年不过五旬，年富力强，尚有生育能力，如果福晋争气，不愁没有子嗣。"贡嘎朝克图头脑灵活，办法也多，并与希拉布罗丕勒关系密切。希拉布罗丕勒当初就是在他的劝说下决定还俗当王爷，对他一向信赖有加。

"贡嘎朝克图言之有理，王爷，您就听我们一句劝，按照贡嘎朝克图的建议行事吧。"众人纷纷表示赞同。

希拉布罗丕勒低头思虑片刻，同意一边张罗娶亲，一边挑选继子。

推荐继子的事情进行得很顺利，短短几天时间，各地相继推荐了十几名儿童供王爷参考。因为王公、台吉们知道，如果把自己的孩子过继给希拉布罗丕勒，将来就是爵位的继承人。一旦自己的孩子继承了爵位，将会给整个家族带来莫大的荣耀。面对如此好事，众人岂能不积极踊跃。

王爷娶亲的事情却进展缓慢。可能人们会感到奇怪，即使平常人家娶亲，只要家境殷实，对方没有大毛病，保媒拉纤的人都会趋之若鹜，踏破门槛，更别说是身居要位的一旗之主了！王爷娶亲怎么会如此烦难？其实并不是没有合适的人选，而是希拉布罗丕勒自身的原因。自从传出王爷要娶亲的消息，各种人选的照片如同雪片似的摆在了希拉布罗丕勒的案头，供其参考。其中大多是年轻貌美的姑娘，家世也各不相同，有的出身名门望族，有的出身贫寒之家，也有个别丧偶的年轻寡妇，可是希拉布罗丕勒一个也相不中，所以亲事一再拖延。众人感到奇怪，王爷的要求再高，难道这么多人选就没有一个合适的？

贡嘎朝克图见希拉布罗丕勒对所有人选都不满意，已经猜出了其中缘故，遂决定前去王府，与希拉布罗丕勒当面挑明。于是，贡嘎朝克图天没亮就动身前往王府。

当贡嘎朝克图赶到王府时，希拉布罗丕勒刚刚起床，正坐在椅子上喝茶。贡嘎朝克图进门没有问候，而是直截了当地问道："王爷，你到底是咋想的？那么多人选，难道就没有一个中意的？"

"呵呵，你一大早晨就上门兴师问罪啊？是你娶亲还是我娶亲，看把你急的，不知道的人还以为是你自个儿娶亲呢！真是王爷不急梅伦急！"希拉布罗丕勒笑着和他逗趣。

"真是不识好人心，我这不也是替你着急吗？"

"我知道你没少为我的亲事操心，特此谢过。你先别急，坐下喝口茶，咱们商量一下。"

"这还差不多，我还以为你当喇嘛时间久了，不食人间烟火了呢！"

他们不仅是幼年的玩伴，而且是无话不说的好朋友。尽管希拉布罗丕勒还俗当了王爷，贡嘎朝克图出于维护其尊严考虑，在人前对其恭敬，尊称王爷，可在私底下，他们彼此说话还是很随意。

"瞧你说的，喇嘛也是人，也有七情六欲，只不过是碍于佛门的清规戒律，强迫自己把欲望压在心底罢了。再说，身在佛门，岂能做出伤风败俗之事。"

"你不用解释，我知道你是得道高僧，假如你不守清规戒律，也不会做到葛布黑喇嘛。不过世上的事情有一得必有一失，你倒是安心礼佛，不问世事了，却不知高娃为此伤心欲绝，发誓终身不嫁。"

"这……这……这都怪我不好，是我伤了她的心，可我并非有意伤害她，而是身不由己。既然我遵从父命出家当了喇嘛，就必须遵守寺院的清规戒律。这些清规戒律如同无形的枷锁，将我的情感禁锢，更像一把无情剑，斩断了人世间的情丝！我只能强迫自己忘掉尘世的情缘往事。唉，我本无心害君，却误君之终身，真是造化弄人！"

提起高娃，希拉布罗丕勒的情绪立刻低落下来，这是希拉布罗丕勒一生的痛。他和高娃是青梅竹马、心心相印的恋人，若不是当年父亲逼着他出家，他和她说不定早就生活在一起了，也不至于留下终生的遗憾。

"喇嘛"是藏语，"喇"是无的意思，"嘛"是上的意思，将两个字合为一体，即"至高无上"的意思。明万历二十年（1592年）喇嘛教传入杜尔伯特草原，清初逐盛，到了康熙年间达到鼎盛时期，全国大兴寺庙。杜尔伯特旗内规定：家有兄弟二人者，必须有一个人当喇嘛。有些家庭即使是独生子也有去当"独台喇嘛"的，因为喇嘛可以免除一切赋役。由于有诸多好处，出家做喇嘛由最初的强迫逐渐转为自愿，人们甚至争先恐后，生怕当不上喇嘛。王公贵族家规定，长子承袭爵位，次子继承财产，三子去当喇嘛。希拉布罗丕勒是旗第十四任扎萨克贡嘎绰尔坦贝子的第三个儿子，按规定只能出家当喇嘛。虽然希拉布罗丕勒舍不得与高娃的这段感情，但是迫于父亲的压力，只能选择放弃这段刻骨铭心的感情，到旗庙富余正觉寺出家做喇嘛。高娃伤心欲绝，发誓终身不嫁。希拉布罗丕勒当了喇嘛之后，知道一切成泡影，便硬下心肠，忍痛斩断情丝，安心诵经礼佛。他聪明伶俐，刚毅倔强，很快就脱颖而出，当上了葛布黑喇嘛。葛布黑喇嘛是在活佛、大喇嘛之下的专司执事喇嘛之一，负责法规、教务、戒律等事项。

　　随着时间的推移，希拉布罗丕勒的心境已经彻底平静下来，整天勤于佛事，本以为可以这样终老此生，可谁知人算不如天算，在他年近五十的时候，他的侄子，也就是第十六任旗扎萨克拉希朋苏克逝世。由于拉希朋苏克没有子嗣，无人继承爵位，导致旗内各王公、台吉之间的争斗，为了不使王府大权旁落他家，稳定王府的局势，希拉布罗丕勒毅然决定还俗，继任第十七任杜尔伯特旗扎萨克，由喇嘛一跃成为杜尔伯特旗的最高统治者。谁知他刚刚接任，便赶上寿山将军为国捐躯的事情。由于担心朝廷问罪，他不得不考虑后事。

　　希拉布罗丕勒听从贡嘎朝克图的建议，决定筛选继子和娶亲之事同时进行。商定娶亲之事定下来之后，希拉布罗丕勒心中再次掀起波澜，自从埋藏在他内心深处的情感重新复活，并暗下决心，非高娃不娶。可他顾及身份，自己不好意思开口，便采取消极态度，对所有备选者都不理睬，打算寻找合适的机会，完成自己的心愿。如今贡嘎朝克图主动提起高娃，希拉布罗丕勒不由得大喜过望。

"我知道你当初身不由己，被迫斩断情丝。好在一切都过去了，现在你有了重新选择的机会，有什么打算，尽管说出来，我一定尽全力成全你。"贡嘎朝克图对于希拉布罗丕勒和高娃之间的感情知之甚详。他不但是希拉布罗丕勒的童年伙伴，而且是高娃的姐夫。

贡嘎朝克图的话正中希拉布罗丕勒下怀，希拉布罗丕勒当即吐露心声："既然提起高娃，那么我把心里话告诉你，我若娶亲，只娶高娃，其他的人一概不考虑。我已经耽误了她的前半生，再不能毁了她的后半生，求你玉成此事。"

"其实你不说，我也猜得八九不离十了。既然你主意已定，我定当全力成全你，不过你要考虑清楚，高娃已年近五旬，恐怕难以生育，岂不影响继位大事？"

"我和高娃相恋半生，本以为此生再难相聚，谁知老天开眼，赐此机会，岂能再次错过？我想好了，只娶高娃为妻，如果侥幸能够生个一男半女，是上天对我们的眷顾，如果生不出来，我也决不后悔。"

"既然如此，你就静候佳音吧。"贡嘎朝克图对此有信心，不仅因为高娃是自己的妻妹，而且因为自己了解高娃与希拉布罗丕勒的情感经历。

高娃以前一直随父母生活，前两年其父母相继去世，妻子征得贡嘎朝克图的同意，将高娃接到家中居住。姐姐了解高娃的心事，尽量抽出时间陪她聊天，想让她过得开心一点儿，可是高娃无法释怀，整日愁眉不展，闷闷不乐。自打希拉布罗丕勒还俗，她的脸上逐渐露出了笑模样，有事没事总是爱打听希拉布罗丕勒的消息。最近听说希拉布罗丕勒打算娶亲，高娃更是患得患失，坐卧不宁。

姐姐看在眼里，急在心上，知道她心里放不下希拉布罗丕勒，便与贡嘎朝克图商量，让他成全此事。贡嘎朝克图虽然有心成全，但此一时彼一时，如今希拉布罗丕勒贵为王爷，是否还愿意接受这份感情，自己有些吃不准。于是，贡嘎朝克图前往王府进行试探。谁知希拉布罗丕勒早有此念，贡嘎朝克图便欣然答应成全。

贡嘎朝克图从王府回来之后，将希拉布罗丕勒愿意娶高娃的想法告诉了妻子，妻子非常高兴，立刻把这个喜讯告诉高娃。

高娃大喜过望，喜极而泣。

在贡嘎朝克图的张罗下，希拉布罗丕勒如愿以偿，迎娶高娃为福晋。这对相恋几十年的恋人，终于苦尽甘来，有情人终成眷属。他们之间的爱情故事，在草原上一时传为美谈。

虽然青春已逝，他们已经错过了人生的大好时光，但是，他们都非常珍惜这来之不易的感情，彼此十分恩爱，生活非常幸福。

哈斯其其格一直住在王府，担心朝廷降罪，为了不拖累哥哥，她决定回婆家居住。希拉布罗丕勒苦留不住，只好派人将她送到在公主岭的婆家。

希拉布罗丕勒毅然将寿山将军的遗骸带回杜尔伯特草原浮厝，并做好了最坏的打算。然而，不知朝廷出于什么原因，没有追究希拉布罗丕勒的罪责，真是值得庆幸。

数年后，哈斯其其格由于思念丈夫，忧虑成疾，不幸去世。希拉布罗丕勒听闻噩耗，带人赶往公主岭，将妹妹的灵柩运回来，依傍在寿山将军墓地旁边。

寿山将军兵败殉国，朝廷罔顾事实、不辨忠奸的做法，引起了广大爱国志士的愤慨，一些有正义感的官员一再上书朝廷，替寿山将军辩白，请求朝廷为寿山将军平反昭雪。寿山将军的旧属程雪楼亲眼看见了寿山将军的所作所为，既替寿山将军不幸殉国感到痛惜，也对朝廷的做法深感不平，觉得自己作为当事人之一，有必要向朝廷陈述事实真相，请求朝廷为寿山将军平反。于是，程雪楼冒死上书朝廷，力陈寿山将军的战功，恳求朝廷免其查办，开复原职，照将军例议恤，予谥建祠，宣付使馆立传。

程雪楼在其奏章中据实陈述：

> 自古边陲之事，非能战不能守，非能守不能战，非能守能战不久持和局。江省积弊之兵，既不能战，自不能守，外人自必迫我以战。既不能弃城以逃，又不能束手以待，此为我中国计开衅之故，亦可不辩而自明也。予尝考将军行事，读其遗疏，合之父老传闻，与夫当日与增、长两将军暨杨钦使所电商及与伯力、海兰泡俄督抚暨哈尔滨监工所电商，皆深窥底里，往复数四于无可措手之中，尽委曲求全之道，虽使李文忠、袁东抚设身处地，亦更无他术以处此。何则？彼处事后将和之时，此处先事必战之时，且联军致力京师山东非所必争，故制拳匪而衅自锁。江省实俄人所必争，故无教案而必进，此不可拘成败之迹，掉轻心而苟论之也。无论其辽沈战功为淮湘宿将所不及。即初莅江省为时甚暂，然观其一切举动，若兴垦务、练新军、求人才、罢猾吏、镀银元、讲船政，开诚布公，实事求是，虽未见诸施行，然雄才远略实历任将军所不及。不幸到任日浅，守备未完，又当边缴要冲，为强邻所耽视，彼此战局已开，虽欲置身局外，在此即曲以自解，在彼更置若罔闻，此所以使求勿进兵，继求罢兵，下至以全家为质，而俄人始终推而费纳者也。然用心之苦，熟有过于将军者乎？夫将军自受任以至殉节，久矢必死之心，然必俟战事已停，约定无烧杀以害百姓，始从容以死，即古人之结缨免胄何以加兹，犹复上疏引咎图报他生，殷殷以江省为念，实与以死勤事大节无亏之义，昭合无同，威勤有祠，壮愍有谥，一门父子均蒙赐恤。将军死事惨烈从容，一时无两，而横被口语究蘖以死，独无人代为表白以存其真。是将何以慰忠魂于地下，生忠义之观感

乎？此笔书此以待异时之采择云。

程雪楼的奏章言辞恳切，请求朝廷为寿山将军洗冤昭雪。其实朝廷也明白，寿山将军乃是出于一片爱国爱民之心，但朝廷顾忌颜面，觉得不能朝令夕改，于是揣着明白装糊涂，采取拖延的办法，将程雪楼的奏折压下，迟迟不肯为寿山将军平反。

虽然朝廷没有批准程雪楼的奏折，但是数年后，程雪楼再次上奏朝廷，陈述寿山将军的功绩，恳求朝廷为其平反。他在奏折中说：

> 成败不可以例英雄而死生足以见忠烈。吾尝考古名将：宋臣岳飞、唐臣张巡一以胜而死，一以败而死，死有不同，而后人哀之无异词者，哀其志也。兹该故将军爱国爱民，卒以身殉，方知往哲何以加兹，迄今江省父老每谈轶事，多有泣下者，尤足征感人之深。臣随同办理军务，知其死事惨状其他悉，追思哀痛曷能自己，惟乱离之际，传闻异词，非臣之朝夕相从者，恐无以表白其苦心，概时事之艰难，将才之凋谢，侧身西顾，不能不为朝廷惜此人也。

与此同时，总督徐世昌也再次上书朝廷，为寿山将军辩白，并请求朝廷为其平反。朝廷因时过境迁，同时为了收买人心，方才准奏。下旨寿山将军照例议恤，生前一切处分全免，附其父专祠，赐祭葬银一千一百两，谥骑都尉兼一等云骑尉世职。至此，一代爱国名将、民族英雄寿山将军沉冤得以昭雪。

希拉布罗丕勒得知寿山将军平反昭雪，决定对寿山将军墓进行修缮。寿山将军的儿子袁庆恩、袁庆祺等亲属及寿山将军生前同僚、下属等数百人参加了寿山将军墓碑的立碑仪式。寿山将军的亲属及下属重新戴孝。希拉布罗丕勒亲自主持仪式，贡嘎朝克图及儿子那逊额勒格图等王公、台吉悉数参加。

立碑仪式庄严而肃穆，主持仪式的希拉布罗丕勒讲述了寿山将军的生平，深切缅怀了寿山将军为国捐躯的丰功伟绩。在场的人们都为寿山将军英年早逝而悲痛不已，哭声一片。希拉布罗丕勒也因悲伤而哽咽，几度中断讲述。人们在缅怀这位民族英雄的同时，更为他的悲惨命运鸣不平。这样一位忠贞爱国的英雄，没能战死沙场，却被迫自杀身亡，真是令人惋惜。哭声中，不仅充满了对英雄的惋惜和悲痛，同时也充满了对腐败的朝廷的失望和痛恨。

仪式结束后，希拉布罗丕勒等人骑马回到王府，在王府内设下筵席，款待前来参加仪式的官员。旗扎萨克希拉布罗丕勒因为上了年纪，身体不好，加上主持仪式时间长，往返的路途远，身体过于劳累，体力有些不支，遂授命贡嘎朝克图的儿子那逊额勒格图代为主持宴会，自己则回卧室休息。

那逊额勒格图今年二十出头，生得眉清目秀，一表人才，聪明好学，精通蒙、汉、满等文字，为人正派，做事公道，是个正直的君子。他虽然住在胡吉吐莫，但是在杜尔伯特草原享有很高的威望。希拉布罗丕勒特别看重贡嘎朝克图父子。去年，各地闹土匪，地方上很不太平，希拉布罗丕勒出于安全考虑，特地派人把贡嘎朝克图全家接进王府躲避匪患。如今虽说事态平静了，但希拉布罗丕勒仍然舍不得让他们回去。希拉布罗丕勒见那逊额勒格图聪明能干，有意栽培，让他协助自己处理王府事务。

那逊额勒格图见希拉布罗丕勒让自己代为主持宴席，二话没说，欣然接受了这样的安排。

宴会开始后，那逊额勒格图首先举杯，向参加宴会的客人敬酒："尊贵的诸位客人，感谢你们前来参加寿山将军墓碑的立碑仪式。我代表旗扎萨克向你们表示感谢，并对你们在为寿山将军争取平反的事情上做出的努力以及在修缮寿山墓中做出的贡献深表感激。寿山将军是一位品德高尚、忠君报国、奋勇杀敌的英雄，为了保境安民，不惜舍生忘死，取义成仁。他的道德品质将永远激励后人，他的丰功伟绩将永载史册！这第一杯酒，用来祭奠寿山将军的英灵，虽然他含冤去世，但今天能够得到朝廷的恩典，得以平反昭雪，恢复官职，总算没有埋没他的一片忠君爱国之心！愿将军精神永驻，魂兮归来！愿将军英灵常驻人间，永保边关宁静，免受外夷侵犯。"说完，那逊额勒格图将酒倾倒在地，众人也纷纷起立效仿。

就在这时，王府管家乌恩奇脚步匆忙地来到他的身边，附耳低声说道："公爷，夫人的女仆派人报信说夫人临盆难产，请你赶快回去想办法。"

那逊额勒格图听闻此话，不由得面色一沉，露出焦急之色。但他转念一想，扎萨克把这么大的事情交给自己来办，是对自己的信任，如果自己中途退席，岂不让参加筵席的人扫兴。再说，今天前来参加立碑仪式的都是寿山将军生前的至亲好友，还有一些军政官员，如果招待不周，有损王府的颜面。想到此，那逊额勒格图低声乌恩奇吩咐道："我现在在主持宴会，无法分身，你赶快去扎仓（即汉语"学院"的意思）请鄂莫其（即汉语"医生"的意思）为福晋接生。"

乌恩奇答应着快步离开。

那逊额勒格图听说妻子难产，心里十分焦急。他已成家三年，至今膝下无子。为了子嗣之事，他们夫妻没少花心思，四处寻医问药，到敖包和寺院里去求神拜佛，祈求长生天赐予子嗣，延续香火。不知是诚心感动了长生天，还是服药起了作用，福晋终于有孕了。夫妻俩高兴得合不拢嘴，多次从睡梦中笑醒。如今好不容易盼到妻子十月怀胎期满，没想到遭遇难产，而自己却因为代希拉布罗丕勒主持宴会而无法分身。但是，那逊额勒格图做事一向沉稳，尽管心里着急，表面却丝毫没有表露，依旧谈笑风生，轮流向客人们把盏敬酒。酒席一直进行了一个时辰才结束。那逊额勒格图送走了客人,急忙赶到住处看望难产的妻子。

那逊额勒格图心急火燎地走进房门,见到了阿妈和姨妈高娃,急忙问道:"现在情况怎么样?"姨妈回道:"已经请来了巴勒吉尼玛鄂莫其,他让渥都干(即接生婆)为福晋服下了催产的药丸,说等一下药起了作用,产妇就能平安生产了。"

"太好啦,巴勒吉尼玛鄂莫其在哪里?"

"在厢房休息。"高娃指着西厢房回答。

那逊额勒格图快步来到厢房,只见乌恩奇正陪着一位年近五旬的先生坐在炕桌边喝茶。见到那逊额勒格图,乌恩奇赶紧起身为他引荐:"这位是巴勒吉尼玛鄂莫其。这位是那逊额勒格图少公爷。"那逊额勒格图以手俯胸施礼说道:"赛百诺(即汉语"你好"的意思),谢谢您不辞劳苦,前来为荆妻接生。"

巴勒吉尼玛赶紧起身还礼,语气谦恭地回道:"少公爷不必过谦,能为少公爷效劳是我的荣幸。"

"久闻您医术高明,不知荆妻能否顺利生产?"那逊额勒格图焦急地问巴勒吉尼玛。

"少公爷不必着急,福晋没有大碍,只是因为年纪偏大,又是头一胎,所以生产有些困难。我已经让渥都干喂其服下了催生药,一会儿药性起效,定会顺利生产,少公爷请放宽心。"巴勒吉尼玛手捻胡须,自信地回答。

"鄂莫其真乃神医也。"那逊额勒格图信服地说道,心里也轻松了许多。

接下来,那逊额勒格图一边陪着巴勒吉尼玛喝茶,一边说着有关医学的话题。约莫过了一炷香的工夫,突然,从正房内传出一阵婴儿响亮的哭声,那逊额勒格图心中一喜,快步走出厢房,直奔产房。

他面带喜色,推开产房的门,接生的渥都干托着婴儿走到他跟前,报喜道:"恭喜少公爷喜得贵子,母子平安!"

"好、好、好,太好啦!"那逊额勒格图喜不自胜,连声说好。他伸手抱过儿子,仔细地端详着,只见这个孩子生得肤色白皙,明眸皓齿,两只乌黑的眼睛炯炯有神。他喜不自禁,连声夸奖。

福晋经历了产子之痛,此时面色苍白,四肢无力地躺在床上,看到丈夫抱着儿子爱不释手,心里充满了暖暖的爱意。她用爱怜的目光看着丈夫,娇柔地说道:"你别光顾着傻笑,赶紧给孩子起个名字。"

"好,我现在就给他起名字,叫……叫什么名字好呢?我看叫色旺多尔济吧,愿咱们的儿子像金刚一样健壮成长。"那逊额勒格图略加思索后对妻子说。

"好,我喜欢这个名字,就叫色旺多尔济。"妻子点头表示同意。

妻子性格温顺,对丈夫一向是百依百顺,知道丈夫见多识广,有学问,对于丈夫给儿子起的名字感到十分满意。

希拉布罗丕勒得知那逊额勒格图喜得贵子,特意携福晋前来祝贺,并为色旺多尔济举行了满月酒。在酒席上,希拉布罗丕勒抱着色旺多尔济爱不释手。他仔细地端详着色旺多尔济,由衷地赞道:"这个孩子生得眉清目秀,鼻直口方,正可谓天庭饱满,地阁方圆,很有福相,是个大富大贵之人,将来的前途一定不可估量。"

"王爷过奖,我不图孙儿大富大贵,只求他一生平平安安,能够为王府尽一些绵薄之力。"贡嘎朝克图接过话头,谦逊地回答。

"我并非恭维,而是这孩子面带福相,将来一定能够有所作为。你一定要好好培养,切莫耽误了孩子的前程。"

"谨遵王爷教诲,我一定严加教导,让他尽量掌握更多的知识和做人的道理,做一个对部落、对王府有用的人,绝不辜负王爷的厚望!"贡嘎朝克图连连点头答应。

"好,将来如果有什么困难,你尽管跟我说,只要王府能够做到的,我一定尽力而为。"

"感谢王爷的厚爱，我代表全家人向王爷致谢！"那逊额勒格图起身向王爷施礼道谢。

希拉布罗丕勒摆着手说："不必如此，咱们都是哈萨尔的子孙。我作为杜尔伯特旗的扎萨克，有责任和义务教育咱们的后代子孙。"

酒宴结束后，希拉布罗丕勒把贡嘎朝克图叫到客厅，屏退左右，对他说道："我叫你来，是想和你商量一件大事。"

"什么事这么神秘？"贡嘎朝克图看着希拉布罗丕勒问道。

希拉布罗丕勒看了他一眼，说道："这件事说难也难，说不难也不难，主要是看你的态度。"

"只有咱们两个人，有话尽管明说，只要我能办到的，我都答应！"

"那好，我把心里话对你明讲，不过咱们有言在先，这件事情我绝不勉强，无论你同意与否，我都不会怪罪你。你也知道，我已经五十多岁了，至今尚无子嗣，看来此生不能生育了，我担心百年之后，咱们王府后继无人，所以我想和你商量，过继色旺多尔济为嗣子，将来让他继承扎萨克的爵位。不知你是否愿意？"希拉布罗丕勒说出了心中的想法。

希拉布罗丕勒的话让贡嘎朝克图陷入了沉思，他知道这是王爷的一片好心，是想把王位传给色旺多尔济，但是，他只有这么一个孙子，虽说继承王位是好事，但一想到自己唯一的孙子要过继给别人，心里还是有些舍不得。于是，贡嘎朝克图委婉地说："你看中这个孩子，是他的福分，只是目前我只有这么一个孙子，说实话，真有点儿舍不得。你看这么办好不好，等我有了第二个孙子，就把色旺多尔济送过来。"

"说的在理，我理解你的心情，咱们一言为定，等你有了第二个孙子，再把他送过来。"希拉布罗丕勒觉得贡嘎朝克图说得有理，便点头答应。

俗话说："有苗不愁长。"随着岁月的流逝，色旺多尔济一天天长大,转眼三年过去了。别看他的年纪小,却天资聪慧,聪明伶俐。虽然他只有三岁,但除了一口流利的蒙古语,还学会了满语和汉语,并能背诵几十首简单的诗歌。他活泼好动,非常淘气,经常把家里一些名贵的物件弄得乱七八糟,比如给名贵的《仕女图》上的美女画上胡须,在珍贵的玉器上用刀子随意刻画,甚至把供奉的神像拿下来当玩具等。为此,他经常受到父母的责罚。

色旺多尔济五岁时,不再任意胡闹,变得乖巧懂事。那逊额勒格图为了培养儿子,聘请了私塾先生教他学习。色旺多尔济果然不同凡响,先生教的知识一学就会,而且过目不忘。先生对这个聪明过人的孩子十分喜爱,逢人便夸奖色旺多尔济聪明,记忆力超常,是个不可多得的可造之才。

那逊额勒格图和福晋听到先生夸奖自己的儿子,虽然表面上一再谦虚,但是内心感到十分受用。不久,那逊额勒格图的妻子又生下了儿子苏勒春。

这个消息传到了希拉布罗丕勒的耳朵里。他心里非常高兴,特意让管家去请贡嘎朝克图带着大孙子到王府来一趟。

色旺多尔济虽然对希拉布罗丕勒有些陌生,但是毫不怯生,对于王爷的问话对答如流。王爷喜不自禁,爱怜地摸着他的头,连声夸奖。

"贡嘎朝克图,你还记得数年前的承诺吗?"

"呵呵,我就知道你是为了此事。我又没老糊涂,岂能忘记当年的承诺。"贡嘎朝克图笑着回答。

"没忘记就好,如今你有了第二个孙子,该兑现诺言了吧?"

"王爷,你不是已经指定额尔和莫为嗣子了吗?何必还要过继色旺多尔济,岂不是多此一举?"贡嘎朝克图奇怪地问道。

"那个孩子不成器,非但不愿意读书,而且不听训导。这样的孩子怎么能担此大任?"希拉布罗丕勒有些不好意思地回答。

"我看那个孩子模样还可以，怎么会这样呢？"

"看人不能只看外表。好了，不说他了，如今温都尔嘎拉仓已经明确表示，额尔和莫不再回王府了。你就跟我明说，到底愿不愿意把孙子过继给我？"

"我担心色旺多尔济过于淘气，万一不成才，岂不影响了爵位承袭的大事，反为不美。"

"有关色旺多尔济淘气的传闻我也听说过。他和额尔和莫不是一回事，我相信这个孩子一定会有出息的。你只需要明确地告诉我，你是否愿意。"

"王爷中意这个孩子，是这个孩子的福分。我这个当爷爷的有什么舍不得的。"

"这么说你是答应把孙子过继给我啦？"希拉布罗丕勒不放心地追问道。

"我答应你，把色旺多尔济过继给你。"贡嘎朝克图爽快地回答。

"太好啦，那我就不客气了，从今以后，色旺多尔济就留在王府了。"希拉布罗丕勒见贡嘎朝克图同意了，心里格外高兴。

在过继色旺多尔济之前，还有一个插曲，希拉布罗丕勒曾经过继自己亲弟弟温都尔嘎拉仓的儿子额尔和莫为王府的继承人。这件事，还得从头说起。

由于希拉布罗丕勒继任王位时已经年过五旬，娶的福晋已经过了生育的年龄，故此没能生育子嗣。虽然福晋暗自为王位的继承人着急，但自己的肚子不争气，她感到无奈又失望。高娃曾多次劝说希拉布罗丕勒另娶一位年轻的姑娘，却被希拉布罗丕勒断然拒绝。直到色旺多尔济出世，他们夫妻相中了这个长相清秀、活泼可爱的孩子，可是贡嘎朝克图执意要等自己有了第二个孙子才肯同意过继。无奈之下，希拉布罗丕勒夫妇只好耐心等待。王爷过继色旺多尔济未果的消息传开之后，那些觊觎王位继承权的王公、台吉们蠢蠢欲动，都想把自己的子孙过继给希拉布罗丕勒。在众多的觊觎者中间，有一位是希拉布罗丕勒的亲弟弟温都尔嘎拉仓。虽然温都尔嘎拉仓为人懦弱，资质平平，在王府中没有什么威望，但他觉得应该由自己承袭王位，认为哥哥不应该还俗来抢夺他的爵位。温都尔嘎拉仓心里不服气，却也明白，凭自己的能力和声望，根本竞争不过哥哥，因此面对王府内外一致拥戴希拉布罗丕勒为王爷，他也只能无奈地接受现实。

如今见到希拉布罗丕勒打算过继子嗣继承王位，不由得暗自高兴。按照成吉思汗颁布的扎撒规定，王位的继承人必须从嫡长的三努图克中出，其中三努图克又分为巴哈西伯和苏布尔日格两个分支。前者为兄长，后者为次弟。按扎撒规定，旗扎萨克始终都从巴哈西伯支中产生。如果这个支中没有男性承袭的时候，方可在苏布尔日格支中产生。因此，有人便给温都尔嘎拉仓出主意，让他把自己的儿子推荐给希拉布罗丕勒，并召集了多名王公、台吉帮着说话。虽然希拉布罗丕勒夫妇不愿意，但是，面对扎撒规定和众多王公、台吉的压力，只好违心地答应下来。

于是，温都尔嘎拉仓六岁的儿子额尔和莫被接进了王府。希拉布罗丕勒请了蒙、汉先生教额尔和莫文化，并由管旗梅伦给予执政训导。无奈额尔和莫天资愚钝，生性顽劣，整天只知道淘气玩耍，根本不愿意学习。希拉布罗丕勒夫妇本来就不愿意让额尔和莫进王府，如今见这个孩子不成器，便提出劝退。可是温都尔嘎拉仓死活不同意，并一再声称，只要耐心劝导，他的儿子一定能够成才。

可是，事过不久，传出了额尔和莫尿炕的消息，引起了人们的热议。你想一个顽劣不堪，不肯读书学习，还尿炕的孩子，能有什么出息，将来怎么能够承袭王位呢？与此同时，额尔和莫也整天哭着闹着要回家，坚持不再在王府待下去。温都尔嘎拉仓无奈之下，只好将儿子领回。他觉得奇怪，儿子在家从未尿过炕，怎么到了王府之后就尿炕了呢？儿子回来后，他曾问过儿子不愿意待在王府的原因，儿子只说王府的人对他不好，至于怎么个不好法，他也说不明白。过了一段时间，温都尔嘎拉仓打算把儿子重新送回王府，无奈儿子死活不肯，温都尔嘎拉仓只好作罢。

对于额尔和莫离开王府之事，有着多种版本，有人说额尔和莫顽劣不成才，加上尿炕，自己觉得无颜在王府待下去，所以死活不肯回王府。也有人说希拉布罗丕勒的福晋容不下这个孩子，横竖看他不顺眼。还有人说关于额尔和莫尿炕的说法，纯属子虚乌有，是下人为了讨好福晋，趁额尔和莫睡觉后，偷着往褥子上浇水，然后诬陷他尿炕，导致额尔和莫不忍其辱，赌气跑回家，再也不愿意回王府。

传闻很多，众说纷纭，额尔和莫到底因为什么原因离开王府，谁也说不清。

额尔和莫离开王府后，恰好贡嘎朝克图有了第二个孙子，希拉布罗丕勒便特意把贡嘎朝克图叫来，征求他的意见。贡嘎朝克图欣然兑现承诺，将色旺多尔济过继给希拉布罗丕勒。尽管色旺多尔济的血统没有额尔和莫近，又与福晋差着辈分，于理不合，但是希拉布罗丕勒中意色旺多尔济，众人无法违拗，只能尊重他的意见，过继色旺多尔济为继子。

就这样，色旺多尔济名正言顺地进入了王府，成为爵位的继承人。原来教习额尔和莫的冯先生教色旺多尔济学习，管旗梅伦教导色旺多尔济扎萨克应具备的言行礼节。色旺多尔济聪明好学，对这些东西一学就会。色旺多尔济在王府受到了良好的教育，为日后接替扎萨克以及管理旗务打下了良好的基础。

过了半年左右，希拉布罗丕勒看到色旺多尔济大有长进，十分争气，心中非常高兴，特意召开了旗扎萨克大会，对旗内王公、贝子及台吉郑重宣布自己百年之后，由色旺多尔济继承旗扎萨克。就这样，色旺多尔济继承王位的事情确定了下来。

第三章

# 爵位险褫夺

希拉布罗丕勒将色旺多尔济过继并确定为王府的继承人，得到了多数王公、台吉的拥护，有一小部分人却不服气，其中包括管旗章京的乌尔图那苏图。说起这位管旗章京，那可大有来头。乌尔图那苏图出生于第五努图克，父亲道尔吉任第五努图克达，曾于咸丰九年（1859年）率杜尔伯特旗马队数百人，赴僧格林沁手下为官，参加了著名的大沽口保卫战且立功受赏。道尔吉的英勇行为为杜尔伯特部赢得了荣誉。道尔吉的家族在杜尔伯特草原也因此享有很大的影响力。虽然其政治地位不如王府，但经济实力大于王府。乌尔图那苏图聪明好学，幼年入私塾学习蒙、满文字，十四岁时专攻汉文，精通蒙、满、汉三种文字。

光绪二十一年（1895年），乌尔图那苏图被招进王府，任笔帖式。乌尔图那苏图生得相貌堂堂，举止文雅，谈吐不凡，处事公正，见解独到，精明强干，是旗内少有的青年才俊。他上任不久，就得到了旗扎萨克拉希朋苏克的器重，而后不断晋升印务扎兰、印务梅伦等职。光绪二十六年（1900年），希拉布罗丕勒还俗继任旗扎萨克，对乌尔图那苏图十分赏识,将他提拔为管旗章京,协助扎萨克管理王府的一切行政事务。

杜尔伯特自从建旗以来,财政主要来源于朝廷拨款和旗民贡献,没有什么账目,同王爷的私款混用。清同治、光绪年间,朝廷实行蒙地开放政策,财政有了新的收入,如地租、碱甸租、网房租、站店租等。由于管理不善,加上扎萨克频繁出入京城,赏赐和施舍无度,王公无节制地消费造成了巨大的财政赤字。年复一年,王府的财政状况越来越糟糕。

乌尔图那苏图上任之日,正是旗财政最困难之时,可谓临危受命。旗库亏空巨大,欠下依克明安旗京字安商号白银五万余两。乌尔图那苏图在王府当官十余年,对王府内部事务了如指掌,决心凭着手里的权力,施展自己的才能,实现兴旺草原的伟大抱负。

乌尔图那苏图征得希拉布罗丕勒同意,开展全面整顿。他先清理账目,查询几年放荒地的收入,划清责任,逐一交代清楚。如此一来,贪官露出了马脚。他雷厉风行,对贪官进行惩治,无论资历多老、功绩多大,一概治罪,并追缴赃银。接着,他健全组织整章建制,责任明确,使得收支账目清晰。然后,他清理耕地、牲畜、渔业,开辟税收、变价,增加财政收入。他接受维新思想,更新蒙古族"牛乳一碗,炒米一撮"的思想,打破自古以来蒙古族不经商的传统观念,大力开发民族工商业。他带头在省城卜奎购房办商贸,打通杜尔伯特旗与省城的商务通道。他投资、引资、合股兴办公兴永烧锅,兼营油坊、粉坊、豆腐坊和杂货铺,产品远销卜奎、朱家大坎、哈尔滨、天津。乌尔图那苏图治家、治旗出了名,仕途一片光明。

就在乌尔图那苏图的仕途蒸蒸日上之际,与王府阿拉坦其其格之间发生了风流韵事。阿拉坦其其格是汉语金花的意思,人称她金花公主。阿拉坦其其格生得桃腮晕采、柳眼含娇。乌尔图那苏图生得一表人才,风度翩翩,两个人一见钟情,私定终身。阿拉坦其其格还不小心怀了孕。

一石激起千层浪,这个丑闻在王府内掀起了轩然大波。按照宗法,本族男女私通应该杀头。乌尔图那苏图害怕受惩罚，劝说金花公主堕胎。金花公主死活不肯，并坦言宁可一死也要生下孩子。阿拉坦其其格向王爷求情，说是自己情愿的，千万不要怪罪乌尔图那苏图。希拉布罗丕勒面对妹妹的恳求，只好听之任之。十月胎满，公主产下一个男婴。乌尔图那苏图知道公主无法抚养，便在大雪纷飞的黑夜的掩护下，将儿子揣入羊皮袄中，送到离王府百里之遥，位于后新屯的家中，对妻子说："这是我的儿子，你要好好抚养。"然后打马折回王府。

妻子虽然觉得这孩子来的蹊跷，但不敢违背丈夫的意志，只能尽心尽力地抚养这个来路不明的孩子。此时乌尔图那苏图已经有了两个儿子，大儿子名叫喇嘛，次子名叫巴图贺希格，又叫芒萨，故此为这个孩子起名喇嘛扎布，就是后来人称"小三爷"的包静斋。

乌尔图那苏图的丑闻败露后，左翼梅伦道力宝向王爷建议："违反祖训，应予斩首。"道力宝与乌尔图那苏图一向不睦，想借此机会进行报复。希拉布罗丕勒念其功绩，同时为了顾全妹妹的颜面，不声不响地把事情压了下来。

乌尔图那苏图见王爷不予追究，心存感激，工作更加谨慎，小心翼翼，埋头苦干，以此报答王爷的宽恕之恩。

转眼三年过去了，乌尔图那苏图与阿拉坦其其格公主生的孩子已经三岁了。听闻王爷有意过继子嗣，便与阿拉坦其其格商量，欲把喇嘛扎布过继给希拉布罗丕勒。

阿拉坦其其格欣然同意，请求哥哥过继喇嘛扎布为继子。希拉布罗丕勒认真考虑了妹妹的提议，觉得这个孩子血统没问题，但属于非婚生子，所谓名不正言不顺，一旦过继，难免会有人说闲话，而且也有损王府声誉。希拉布罗丕勒反复衡量后，最终决定放弃过继喇嘛扎布。

乌尔图那苏图与公主不死心，决心另辟蹊径，达到这一目的。乌尔图那苏图经过精心筹划，只身前往北平拜见蒙藏院总裁贡桑诺尔布。贡桑诺尔布曾任卓索图盟盟长，是蒙古王公中的维新派人物。乌尔图那苏图当面向贡桑诺尔布陈述了自己的理想、抱负以及对时局的看法、振兴民族的观点。经过一席长谈，乌尔图那苏图深得总裁赏识，便被留在了蒙藏院，任蒙旗巡视吏。

乌尔图那苏图在外做官，虽然风光无限，但心里一直惦记阿拉坦其其格，更对色旺多尔济过继的事情耿耿于怀。因此，他一面在外做官，一面兼任旗管旗章京。这样一来，乌尔图那苏图在杜尔伯特旗更是地位猛增，成为举足轻重的人物。王府上下对他毕恭毕敬，希拉布罗丕勒对他也礼让三分。

1916年二月，旗扎萨克多罗贝勒希拉布罗丕勒病逝。全旗王公、台吉及百姓纷纷赶来参加哀悼仪式，旗外的王公、贝子及各级官员也闻讯赶来吊唁。

此时，贡嘎朝克图也已去世，那逊额勒格图世袭辅国公爵位。作为辅国公，那逊额勒格图责无旁贷地参与了希拉布罗丕勒的殡葬事宜。乌尔图那苏图更是不遗余力，积极筹备王爷的丧事。在全旗王公、台吉及诺颜们的操办下，希拉布罗丕勒的葬礼如期举行。

色旺多尔济虽然年幼，但作为希拉布罗丕勒的嗣子和未来旗扎萨克的继承人，必须参加希拉布罗丕勒的葬礼。

蒙古族丧葬习俗不同于汉族，杜尔伯特部沿袭野葬（也称天葬）的习俗。所谓野葬，就是人死后弃尸于野外。一般牧民没有固定的野葬地，人死后用白布缠身或用白布盖尸身，也可将尸身装入白布袋中，然后放在勒勒车上，用牛拉着在草原上行驶，任其颠簸，尸体从车上掉下来的地方就是野葬地。有的人将尸体装入白布袋中，载于乘马鞍后，骑马在草原上驰骋，尸体在何处从鞍后梢绳中掉下来，即在此野葬。

随着时代的变迁，蒙古王公、台吉们的丧葬习惯也有了很大的改变。他们仿照汉族的丧葬习俗，建立了自己固有的公共野葬墓地。从爱那嘎开始，杜尔伯特的历代王爷都葬在多克多尔山巅，直到道光二十七年（1847年）额绰尔乎雅克图去世，才改为土葬。其陵寝建在山南麓，用青砖建成，并由王府派专人看守陵寝。

自额绰尔乎雅克图始，后世的贡噶绰克坦、格力克巴喇珠尔、拉西朋斯克等四代王爷都葬在这里。这不仅改变了葬地，也改变了葬式，由原来的野葬改为添加棺椁的土葬。随着时间的推移，多克多尔山南麓逐渐形成了墓地群。

希拉布罗丕勒是由喇嘛还俗承袭王爷的，对于佛教有着很深的感情，所以他立下遗嘱，死后要按照佛教的仪式来安葬。王府里的各级官员按照他的遗愿，特意为他准备了坐棺。坐棺也称立棺，由棺座、棺身、棺盖三部分组成。坐棺的外形酷似一座小庙，表面描绘着有关佛教传说故事的图案。希拉布罗丕勒的遗体被安放在坐棺内，双腿盘坐在棺座上，上身直立，头部与棺顶接触，形成一个盘腿坐式。

色旺多尔济刚满十岁，对生死的概念很模糊，唯一感到不可思议的是，几天前还和自己一起说话、吃饭、睡觉的和蔼可亲的王爷，如今变成了一具没有知觉，冷冰冰的尸体。这一突然变故，使他在幼小的心灵里对死亡产生了莫名的恐惧，甚至开始害怕死亡降临到自己头上。

色旺多尔济第一次参加葬礼，对葬礼一无所知，脑海一片空白，机械地按照主持葬礼仪式的喇嘛的指点，履行着自己的义务和职责。主持丧礼的喇嘛牵着色旺多尔济走到座棺前，把一根四厘米长用白布缠着的圆木棍交到色旺多尔济的手里，让他将木棍支撑住希拉布罗丕勒的下颚，防止其头颅下倾。色旺多尔济虽然心里很是惧怕，但别无选择，被迫接过木棍，手臂颤抖着将木棍支撑在希拉布罗丕勒下颚处。安放好遗体之后，主持葬礼的喇嘛便带头开始诵经。诵经完毕，几名喇嘛将座棺抬起，朝着富裕正觉寺走去。

色旺多尔济跟在喇嘛身后，按照喇嘛的要求，进行一系列的跪拜动作。由于精神紧张，他的动作很不规范，好在所有人都把注意力放在丧礼上，根本没有人计较他的动作是否规范。

色旺多尔济对死亡十分恐惧，盼望葬礼尽快结束。可是，仿佛有意和他作对，葬礼行进得特别缓慢，直到晌午十分，众人才在葛根喇嘛的指点下，将希拉布罗丕勒的遗体安葬在富裕正洁寺后面的塔林里。直到这时，色旺多尔济的紧张心情才得以缓解。

安葬了希拉布罗丕勒，送走了前来吊唁的宾客，各努图克诺颜和台吉们回到各自的住地。忙碌多日的王府终于平静下来。

希拉布罗丕勒不幸离世，福晋陷入巨大的悲痛中，终日以泪洗面。色旺多尔济虽然年幼，但出于对王爷的想念，也懂事地陪着母亲哭泣。昔日充满欢乐的王府，笼罩在悲痛之中。

这天，乌尔图那苏图带着人来到她们的住处。乌尔图那苏图先问候福晋，然后言辞婉转地对福晋说："尊敬的福晋，希拉布罗丕勒王爷已经去世，你们继续住在扎萨克仓里不妥，请尽早从扎萨克仓搬出去。"

"管旗章京大人，你真不明白还是装糊涂？王爷虽然去世了，但色旺多尔济是王爷的继子，也就是未来扎萨克的继承人。你凭什么让我们母子搬出扎萨克仓？"

"福晋此言差矣，色旺多尔济只是王爷的嗣子，又不是王爷亲生的，正所谓名不正言不顺。若论他的血统，还不如我和阿拉坦琪琪格公主生的儿子血缘近呢。再说，阿拉坦琪琪格公主是王爷的亲妹妹，色旺多尔济怎么能跟她生的孩子比呢？怎么可能继承王位呢？"

"色旺多尔济是过继的不假，可他是王爷生前指定的继承人。再说我是王爷明谋正娶的福晋，难道我们没有权利在扎萨克仓居住吗？"

"福晋，你虽然是王爷的福晋，可如今王爷已经仙逝，你没理由赖在扎萨克仓不走。再说，未来的王爷人选未定，我劝你还是早点儿搬出去为妥。"

"我不搬,色旺多尔济理应继承王位,这是不争的事实,任何人都休想推翻!"

"你口口声声说色旺多尔济是王爷指定的继承人,有什么凭证和依据吗,是否有证明文件?只要你能拿出证明文件,我就予以承认,否则一切都是无稽之谈。"乌尔图那苏图继续揪住色旺多尔济继承权的问题不放。

"你……你……你真是强词夺理,王府上下,谁不知道色旺多尔济是王爷生前指定的继承人?!需要什么证明文件?!我看你是心怀不轨,别有用心!"福晋气愤地指着乌尔图那苏图的鼻子大声质问,气愤之下,她顾不得讲究蒙古族的禁忌。(蒙古族禁忌用烟袋和手指人,认为这是极不礼貌的表现。)

"福晋,不要动气,蒙古谚语说得好,乌鸦就是插上孔雀毛,也还是乌鸦。既然你无法证明色旺多尔济王位的合法性,那么我就不承认他是继承人。他不是扎萨克继承人,就无权居住在已故王爷的卧室。你们必须从这里搬出去。我给你们三天时间考虑,到时候你们若还不走,就别怪我不讲情面。"乌尔图那苏图的口气不容置疑,说完便带着人离去了。

面对乌尔图那苏图咄咄逼人、蛮横无理的态度,高娃气得失声痛哭。色旺多尔济看到福晋哭泣,不由得也跟着哭了起来。

高娃性格刚烈,有主见,刚才被乌尔图那苏图气昏了头,故此失声痛哭,哭了一阵儿之后,情绪逐渐稳定下来。她知道哭解决不了问题,也知道乌尔图那苏图这么做是想抢夺色旺多尔济的王位继承权,然后让自己的儿子取而代之。自己必须想办法,决不能让乌尔图那苏图的阴谋得逞。

如今乌尔图那苏图手握实权,又笼络了王府一些趋炎附势的小人,实力不可小觑。目前,唯有色旺多尔济的父亲那逊额勒格图值得信赖,而且,色旺多尔济的命运与他休戚相关,他岂能坐视不管?想到此,福晋止住了哭声,擦干了眼泪,派人叫来管家乌恩奇,命他速去东吐莫请那逊额勒格图前来相商要事。

乌恩奇不敢怠慢，口中答应着，快步走到门外，吩咐下人备马，飞身跳上马背，催马直奔东吐莫而去。

乌恩奇一路马不停蹄，来到那逊额勒格图的住地，在府宅前翻身下马，恰好遇到那逊额勒格图的贴身侍卫巴图。巴图赶紧上前与他打招呼："管家大人驾到，不知有何贵干？"

"我有要事要见你家公爷，快快带我去。"由于彼此熟悉，双方言语都很随意。

巴图带着乌恩奇去见那逊额勒格图，来到书房门前，巴图轻声敲了两下门，说道："公爷，王府的管家乌恩奇前来求见。"

此时那逊额勒格图正坐在案几旁看书，听闻急忙说道："快请进来。"

巴图推开门，礼让乌恩奇进门。乌恩奇上前施礼，恭敬地说："公爷安好，在下给您请安！"

"管家大人不必多礼，一路鞍马劳顿，请安坐用茶。"那逊额勒格图上前将他扶起，让到座位上。

这时，女仆送上茶，那逊额勒格图亲自为乌恩奇斟茶。巴图知趣地退了出去。二人各自喝了一口茶，那逊额勒格图看着乌恩奇问道："你亲自前来，一定有什么要事。"

"福晋请您速去王府，有要事相商。"乌恩奇神色凝重地说道。

"好，我这就去准备，吃过饭咱们就动身。"那逊额勒格图点头回答，他猜想王府内一定发生了什么大事，否则福晋不会让乌恩奇亲自来找自己。

乌恩奇心急地说："公爷，我看吃饭就免了吧，咱们还是尽快动身，以免福晋悬望。"

"不必心急，你一路鞍马劳顿，怎么能不吃饭就走呢？我这就叫下人备饭，咱们简单吃一口，然后就动身，保证误不了事。"那逊额勒格图说完,走出会客厅,回到卧室。妻子已经听说王府的管家前来的消息,一见到那逊额勒格图,便着急地问:"王府管家前来何事?"

"他说福晋请我去王府议事,其他的什么都没说。"那逊额勒格图如实告诉妻子。

"会有什么事情?不会是色旺多尔济的事吧?"妻子皱着眉头猜测。

"不会,我刚从王府回来没几天,色旺多尔济不会有什么事的。"那逊额勒格图摇着头否定。

"你说的也是,只要色旺多尔济没事就好。"妻子心头稍宽,舒展眉头接着问道:"你打算什么时候动身,我给孩子带几件衣服。"

"吃过饭就走,你把要带的东西交给巴图就行了。"那逊额勒格图说完,便急忙赶到餐厅。此时饭菜已经备齐,那逊额勒格图陪着乌恩奇喝了几杯酒,便开始用饭。用过饭之后,他便带着巴图一起动身前往王府。

他们一路上催马急行,下午三点多钟赶到了王府。乌恩奇带着那逊额勒格图直接去见福晋。那逊额勒格图上前与福晋见礼问安。色旺多尔济见到父亲,立刻扑到他的怀里。福晋顾不得客套,屏退了下人,直接将乌尔图那苏图的所作所为诉说了一遍。

那逊额勒格图听后不由得大吃一惊,意识到事情的严重性。因为乌尔图那苏图不仅在王府内担任管印梅伦,而且在北京的理藩院任职,广交各界朋友,为人独断而又专横,一贯欺强凌弱,在王府中的势力很大。他还善于使用权谋和手段,拉拢和收买人心,致使王府内一些趋炎附势的小人都聚集在他的身边,对他唯命是从。自己虽然在王府内有一定的影响力,同时还有已故王爷的遗嘱,但是,色旺多尔济年纪尚幼,尚不能执政理事,而乌尔图那苏图身居要职,是王府内掌握实权的第三号人物,如果与他硬争,恐怕己方不是他的对手。为今之计,只有让福晋出面,召开旗扎萨克会议,在会上确立色旺多尔济的继承人地位。

福晋看到那逊额勒格图沉默不语,便焦急地催促道:"你快点儿想个办法，看此事该如何处置。反正我合计好了，不管用什么办法，都要保住色旺多尔济的爵位，即使拼上我的老命，也不能让乌尔图那苏图的阴谋得逞。"

"骆驼的鼻子探进帐篷，很可能身子也会挤进来。乌尔图那苏图的做法很明显，是想用这个办法试探咱们的态度，逼迫咱们屈从。他这么做是想取消色旺多尔济的王位，然后以自己的儿子取而代之。如今王爷仙逝，乌尔图那苏图又大权在握，如果和他硬拼，咱们一定会吃亏。再说，如果闹得太僵，说不定他会采取极端手段。所以，咱们必须想个稳妥的办法来应对。"

"你说的这些道理我何尝不懂，只是现在乌尔图那苏图咄咄逼人，如果咱们一味退让，那么他的气焰一定会更加嚣张。"

"再嚣张也没用，色旺多尔济是王爷的嗣子，又是人所共知的爵位继承人。我就不信他敢冒天下之大不韪，公开去夺取爵位。虽然他的儿子是公主所生，但毕竟是私生子，这种事情说出来不大光彩，若想以这个孩子取而代之，岂不是名不正言不顺。"

"乌尔图那苏图志在必得，为了达到目的，一定会不择手段。他逼着我们母子搬出扎萨克的住处，丝毫没有顾忌我们母子的身份。"

"他那是敲山震虎，想用这个办法试探一下水温，看看其他人的反应。如果咱们怕他，乖乖地搬出扎萨克府，他就会采取下一步行动。我看这么办，您以王爷遗孀的名义，召集各位诺颜和台吉们开会，进一步确立色旺多尔济的王位继承人身份。这样一来，他便无计可施，只能望爵位而兴叹了。"

"行，就依你说的办，我现在就派人去通知各位诺颜和台吉，前来王府议事。"

"好，我去做一些诺颜和台吉的工作，争取得到他们的支持。特别是道力宝，他和乌尔图那苏图是死对头。只要能得到诺颜们的支持，就能保住色旺多尔济的爵位，就不怕乌尔图那苏图兴风作浪。"

福晋和那逊额勒格图商议妥当之后，立刻把管家乌恩奇叫来，让他派人去传喻各努图克的诺颜和台吉，速到王府议事。

三天后，旗内所有的诺颜、台吉如约赶到王爷府议事。乌尔图那苏图早早来到会场，表现得很活跃，分别与前来议事的诺颜们亲热地寒暄一番，显得气定神闲，胸有成竹。当福晋带着色旺多尔济到场时，会场立刻安静下来。福晋牵着色旺多尔济来到王位前，她侧身坐在王位上，让出一部分位置给色旺多尔济坐。她的用意很明显，就是让诺颜和台吉们知道，色旺多尔济是王位的继承人。这是那逊额勒格图和她事先商量好的，是想在众人面前营造一种氛围，那就是只有色旺多尔济才有权坐在王位上，在气势上要先压倒乌尔图那苏图。

福晋威严地咳嗽一声，举目四下扫了众人一眼，然后神情凝重地说："各位诺颜、台吉，感谢不辞辛苦前来议事。咱们是蒙古黄金家族孛儿只斤氏哈萨尔的子孙，历代都秉承先祖哈萨尔的遗训'勤勉做事，忠厚做人，团结一心，不得贪图享受、玩物丧志，不得妄生邪念和野心，不得相互猜忌和争斗'。如今王爷不幸离世，我等万分悲痛。好在王爷生前已过继子嗣，安排色旺多尔济为王位继承人。今天请众位前来，就是要通晓大家，由色旺多尔济继承王位。望诸位秉承先祖哈萨尔的遗训，遵从老王爷的遗命，拥戴色旺多尔济继承王位。"

福晋说完，道力宝首先表示拥护，其他一些诺颜、台吉也随声附和。有一部分人却没有表态，他们明显是与乌尔图那苏图一伙的。乌尔图那苏图"嘿嘿"一笑，说道："福晋，你说的没错，先祖哈萨尔确实有遗训，作为哈萨尔的子孙，理应遵照先祖的遗训和先王爷的遗命。可在下有一事不明，色旺多尔济既非王爷亲生，也没有民国政府的认可，何来的王位继承人一说？又怎么能继承王位？"

"乌尔图那苏图大人，希拉布罗丕勒王爷生前过继子嗣并传谕众人，确立色旺多尔济为合法继承人。这是人所共知的事实。你有什么不明白的？"福晋据理力争，对乌尔图那苏图进行反驳。

"福晋，你口口声声说色旺多尔济是合法继承人，请拿出相关凭证。只要你能拿出证据，证明色旺多尔济继承王位的合法性，我就拥戴他，否则休怪在下不恭。"

"你这是强词夺理！你明知道色旺多尔济年幼，尚未理政，何来的政府认可？再说，历来王位的传承，都是由先王爷指定继承人，从来不需要什么证明。你这不是故意刁难人吗？"福晋生气地质问乌尔图那苏图。

"福晋，你不要激动，我这么做，是出于对咱们杜尔伯特旗的利益考虑。王位的继承人是咱们的头等大事，事关咱们旗的兴旺发达，儿戏不得，必须要让人心服口服，方能服众。"乌尔图那苏图振振有词，冠冕堂皇，说得福晋一时语塞。

"管旗章京大人，你口口声声说为了全旗的利益考虑，妄言色旺多尔济的王位继承人地位不合法。请问他是不是王爷的嗣子？是不是王爷生前指定的继承人？如果说他王位继承人的地位不合法，那么什么人合法？请你拿出合法的证明！"那逊额勒格图见福晋语塞，只好站出来帮忙。

"那逊额勒格图大人，你是色旺多尔济的亲生父亲，这么明目张胆地为自己的儿子说话，难道不怕落下私心和替儿子争名夺利的嫌疑吗？你不要忘记先祖的遗训，妄生邪念和野心！"乌尔图那苏图面带冷笑地质问道。

"不错，我是色旺多尔济的父亲，但我所做的一切都是出于公心，依据事实说话，决无偏袒之意，怎么能说违背祖训呢？"

"你是色旺多尔济的亲生父亲，即使是出于公心，也难免有袒护之嫌。为了公正起见，我劝你还是回避，以免引起他人猜忌。"乌尔图那苏图口齿伶俐，说出话来无懈可击。那逊额勒格图一时之间找不出适当的理由反驳。

道力宝见状，赶紧上前解围，沉声说道："管旗章京大人，你说色旺多尔济的爵位继承人地位不合法，请问过继色旺多尔济是不是希拉布罗丕勒王爷的主意，是不是得到了众位诺颜、台吉们的认可？"

乌尔图那苏图凭着自己的一张嘴，先后说的福晋和那逊额勒格图语塞，未免沾沾自喜。为了今天的会议，他煞费苦心，四处游说，恩威并施，不惜以厚利为诱饵，拉拢和蒙骗诺颜和台吉们，让他们在会上帮自己说话。没想到这些王公、台吉们表面答应，背地里却不肯真心为他卖命，而是持观望态度。

面对道力宝的质问，乌尔图那苏图感到难以回答，只好装聋作哑，假作没听见，而是转头向福晋问道："福晋，王位的继承人事关全旗利益，公平起见，我看不妨公开表决来决定色旺多尔济的地位是否合法。"乌尔图那苏图的用意很险恶，如果同意公开表决，就表明大家默认色旺多尔济的王位继承人地位尚未确定。同时，他觉得自己事前做了大量的准备工作，表决对自己有利，一旦表决成功，就可以取消色旺多尔济的王位继承人地位，自己就可以再找机会让自己的儿子取而代之。

那逊额勒格图看穿了乌尔图那苏图的险恶用心，生怕福晋上当，赶紧以目示意。福晋当即领会，说道："确定扎萨克的继承人是件很严肃的事，牵扯到全旗的利益，岂能用表决的方式决定？我看应该慎重行事，从长计议。各位远道而来，身体劳乏，王府特备宴席款待诸位。我乃女流之辈，不宜抛头露面，请那逊额勒格图大人代劳招待。众人先去喝酒吃饭，养足精神，择日再议。"说完，福晋牵着色旺多尔济的手起身离开。

乌尔图那苏图在招待筵席上表现得十分抢眼，频频举杯向众人敬酒，毫不顾忌那逊额勒格图的主持人身份。道力宝很是生气，每次乌尔图那苏图敬酒，他都冷着脸赌气不喝。那逊额勒格图则不然，心里生气，表面却不动声色，矜持地致完开场白便退居一旁，任由乌尔图那苏图尽情表现，还随着乌尔图那苏图的提议，面带微笑举杯响应。筵席气氛显得很和谐，殊不知他们各揣心腹事，彼此暗中较力，相互比试谁更有忍耐力。

酒席散了之后，乌尔图那苏图陪着诺颜和台吉们去休息，那逊额勒格图和道力宝则来到福晋的住处。福晋看到道力宝面带愠色，那逊额勒格图却面带红晕，显然没少饮酒，便关切地问："筵席上的气氛如何，诺颜们喝得尽兴吗？乌尔图那苏图都说了些什么？"

道力宝没好气地说："他在酒宴上上蹿下跳的，出尽了风头。"

福晋担忧地说："毒蛇外表虽华丽，肚里却装满了坏水。他这是笼络人心，想拉拢那些见利忘义的诺颜站在他那边，开会时替他说话。"

"对，他就是想收买人心，达到自己的目的。"道力宝点头。

福晋着急地说："咱们得想个稳妥的办法，决不能让他的阴谋得逞。"

"你们说的没错，乌尔图那苏图就是收买人心，正如谚语说的那样：'野外的恶狼，可以应付；家里的坏狗，难以提防。'我在心里反复琢磨，觉得这个会议不宜再开下去了，如果乌尔图那苏图继续坚持公开表决，对咱们十分不利，因为他对此下了很大功夫，不惜用金钱拉拢众人帮着他说话。我看莫不如干脆到省政府去告状，就说乌尔图那苏图违背王爷遗训，想篡权夺位，让省政府出面为咱们主持公道，你们觉得如何？"那逊额勒格图说出自己的想法。

"这个办法不错，既能避开乌尔图那苏图的圈套，又能抢占先机，我看可行。"道力宝首先表示赞同。

"行，就按你说的办，明天我就带着色旺多尔济去省政府告状，我们孤儿寡母的容易引起人们的同情。"福晋毅然决然地说。

"这是个好办法，不过光你们娘俩儿去我放心不下，我跟你们一起去，一来有个照应，遇事有个商量，二来可以找人活动一下。我的妹夫图门乌勒吉现任黑龙江省将军府管兵都统，人称何都统，我去找他帮忙，想必他不会拒绝。"那逊额勒格图说。

"你这么一说提醒我了。听说寿山将军的大公子庆恩现任省城督军府统领。寿山将军跟咱们家是亲戚，寿山将军逝世时，老王爷不顾朝廷追责的危险，将其收葬。如今咱们家有难了，他们一定不会袖手旁观的。就这么办，事不宜迟，明天咱们就动身。"福晋说道。

"行，明天就动身，为了不打草惊蛇，咱们分头动身，一会儿我假托家中有事，连夜赶回家中，明天咱们分头赶往省城。为了掩人耳目，福晋你假称去省城瞧病，天亮就动身，咱们在省城会宾楼会合。道力宝大人，请您把福晋去省城看病的消息传出去，以免众人怀疑。"那逊额勒格图心思缜密，每个细节都想得很细致。

"你们尽管放心前去，家里有我呢。我会随时监视乌尔图那苏图的举动，谅他也掀不起什么大风浪。"道力宝自信地回答。

商定之后，那逊额勒格图和道力宝来到了诺颜们休息的地方。此时，乌尔图那苏图还在与诺颜们饮酒作乐。那逊额勒格图对乌尔图那苏图等人说家中有急事，需要回去处理，特向诺颜们告假。乌尔图那苏图听说那逊额勒格图有事要回家，虽然心里有些疑惑，但又觉得自己成竹在胸，众诺颜和台吉都支持自己，他离开反而是好事，剩下福晋一个人就好对付了。自己目前深受众人追捧，可以说是胜券在握，那逊额勒格图再有本事，一个人势单力薄，任凭他如何折腾，也掀不起大风浪。

因此，乌尔图那苏图爽快地同意那逊额勒格图请假回家，同时劝慰他不必着急，并亲自将他送到王府大门口，一直目送那逊额勒格图的身影远去，方才回到众人的住处，继续陪众人喝酒取乐。

第二天，诺颜们接到道力宝通知说福晋夜里突患疾病，已经前往省城瞧病，会议暂缓。乌尔图那苏图觉得事有蹊跷，昨天那逊额勒格图说家中有事，离开了王府，今天福晋声称有病，也离开了王府，他们到底打的什么算盘？他告诫自己千万不能掉以轻心，一定要弄清他们的真实目的。于是，他派人去找管家乌恩奇打听消息。谁知乌恩奇不在，说是跟随福晋前往省城看病去了。他又询问伺候福晋的女仆。女仆说："昨天半夜福晋突患头疾，请来王府的鄂莫其诊治，但诊脉服药后，福晋依旧头痛不止，只好连夜送往省城救治。他又到鄂莫其处去打探，得到鄂莫其的证实。

虽然多方证实福晋确实是患病去省城治疗，但乌尔图那苏图还是将信将疑。他派人前往那逊额勒格图的努图克，打探那逊额勒格图的行踪。

乌尔图那苏图焦急地等待消息，谁知打探消息的人迟迟不归，直到第二天中午，派出去的人才醉醺醺地回来。乌尔图那苏图急忙将打探消息的人叫到跟前，询问结果。打探消息的人此时尚未醒酒，听到乌尔图那苏图询问，醉眼惺忪地打着酒嗝儿说："公爷府的人真是热情，特意准备了酒席。公爷的酒真……真有劲儿，我喝……喝了不到半瓶就醉了，睡了一宿都没醒。早上他们又陪我喝了一顿，而且一再挽留，若不是着急回来向章京大人复命，我今天就不回来啦！"

乌尔图那苏图见他喝成这副模样，气得浑身直哆嗦。为了得到真实情况，他只好耐着性子继续问道："你看到那逊额勒格图了吗？"

"公……公爷啊，我一个下人，怎敢让公爷陪酒，管家出面陪我就已经是天大的面子啦！"

"谁陪你不打紧，我只是问你见到那逊额勒格图的面儿没有？"乌尔图那苏图强忍着脾气问他。

"没……没有，都是管家接待的。"

乌尔图那苏图听了他这句不着边际的话，气得一脚将他踢翻在地，大声骂道："混账东西，我让你去打探消息，又不是让你去做客，瞧你喝成这副德行！来人啊，把他拖出去，扔到院里的水缸里醒醒酒，真是气杀我也！"

乌尔图那苏图断定打探消息的人醉酒，定是那逊额勒格图设的圈套，一定是他故意指使下人将其灌醉，从而拖延时间。什么家中有事，什么福晋患病，统统都是借口，他们的目的就是要掩人耳目。他们这是一起去省城找人托关系，一旦获得省城认可，就是既成事实了，自己再想推翻就不可能了。想到此，乌尔图那苏图如梦初醒，自己一向自诩心思缜密，足智多谋,没想到却中了他们的圈套。此事一旦成为定局,自己的一切努力将会付之东流。没想到自己打了一辈子雁,到头来却被雁鸽瞎了眼睛,真是悔恨莫及!

情急之下,乌尔图那苏图决定抓紧时间动身前往省城,托关系想办法,挽救被动局面。

第二天,天刚放亮,乌尔图那苏图带着大量财物,一路心急火燎地赶到省城,但已是正月十五贴门神——晚了半个月。原来,那逊额勒格图在省城与福晋汇合后,连夜找到袁天恩,把事情的来龙去脉详述了一遍。袁天恩听后很是气愤,当即答应帮他们打官司,让人立刻书写状子。然后让他们回去等消息。

第二天,袁天恩来到黑龙江省巡抚使公署,把状子交到了巡按使朱庆澜手上,并说明了其中原委。说起这个朱庆澜可是大有来头,他曾是寿山将军的部下,民国二年(1913年)任黑龙江护军使兼民政长、民国三年(1914年)任黑龙江省巡抚使,随后又任镇安右将军、督理黑龙江军务兼巡按使。朱庆澜与寿山将军一家关系甚密,对其所托自然全力相助。何况又是替人申冤,朱庆澜觉得于公于私自己都责无旁贷。因此,他立马派人将状子送达省法院,责成省法院秉公办理。

省法院见是巡抚使督办的案子,岂敢怠慢。经过几位法官的商议,决定立刻签发传票,送达乌尔图那苏图本人,传谕其立即到庭候审。

送传票的人不敢怠慢,急忙动身赶往杜尔伯特王府,却与乌尔图那苏图走了两岔。乌尔图那苏图没有接到传票,人已经赶到了省城。由于乌尔图那苏图在理藩院兼职,省城的朋友很多,一到省城,就得知了传票的事情,不由得大吃一惊。短短两天时间,想不到事情竟会出现这么大的变化,黑龙江巡抚亲自出面,看来自己希望渺茫,弄不好还会受到责罚。"不行,不能就此罢休,说什么也要进行最后一搏。"他自言自语道。乌尔图那苏图仗着自己人脉广、朋友多的优势,四处大把撒钱,上下打通关节。法院的官员得到他的好处，天平开始向他倾斜，不顾福晋有理的事实，亦不顾巡抚亲自督办，采取和稀泥的办法，两边都不得罪。最终省法院判定色旺多尔济为王位合法继承人，同时宣布色旺多尔济年幼，不能执政理事，暂由旗管旗章京乌尔图那苏图代掌旗政，待色旺多尔济年满十八岁，再自行执政。

乌尔图那苏图虽然对判决结果不满意，但木已成舟，只好接受这个判决。让他略感安慰的是，自己依然担任管旗章京，而且可以暂时名正言顺地把持旗政。他只能暂时忍下这口气，慢慢等待时机，再想办法。

福晋携色旺多尔济到省城告状，打赢了官司，确定了色旺多尔济的多罗贝勒爵位和继承人地位。回来后，她立即召集全旗诺颜和台吉们开会，宣布了省城的决定。原来那些见风使舵的诺颜和台吉们见大局已定，便掉转船头，站在福晋一边，一致拥戴色旺多尔济的王爷地位。

乌尔图那苏图十分气愤，大骂这些人是摇摆不定的墙头草。自己虽然担任管旗章京，代掌旗政，却是个掌印的丫鬟——有名无实。色旺多尔济的地位得到了省公署的认可，并得到了众人的拥戴，用不了几年，色旺多尔济就会接管旗扎萨克事务，自己就得把权力交出去。想到这些，乌尔图那苏图深感失落，觉得很丢面子，变得心灰意冷。为了排解心中的苦闷，他再次去找金花公主诉苦，寻找心理上的慰藉。

草原上有一句谚语："贪心会使雪亮的眼睛失明，会使鱼鸟在网中丧生。"本来当初乌尔图那苏图与金花公主私通生下喇嘛扎布的事情就已经闹得沸沸扬扬，希拉布罗丕勒念他整治旗政有功，又顾及金花公主的颜面才对他网开一面。按理说乌尔图那苏图应该痛改前非，悬崖勒马。可是，世上的事情总是不以人们的意志为转移，尤其是感情方面的事情，更是难以把握。面对心灰意冷的乌尔图那苏图，金花公主给予了他极大的关爱和温暖，这对露水夫妻旧情复燃，来往得更加频繁，致使金花公主再次怀孕。由于她是私通怀孕，临产时不敢请接生婆，又遇上难产。待福晋闻讯带着接生婆赶来相救时,为时已晚,大人孩子都没有保住。金花公主的死成为压倒乌尔图那苏图的最后一根稻草,他不但仕途尽毁,还差点儿断送了性命。

乌尔图那苏图本来就因为整治旗务得罪了不少人,如今公主又难产而死。福晋因争夺扎萨克爵位的事情对他很是痛恨,决定抓住这个把柄,搬掉这块绊脚石,以绝后患。于是,福晋联合道力宝等人,共同向乌尔图那苏图发难,逼着乌尔图那苏图给公主陪葬。

乌尔图那苏图面对福晋的威逼,无计可施,只好跪地求饶。那些与乌尔图那苏图关系密切的诺颜、台吉站出来向福晋求情。福晋担心引起众怒,随即改变主意,叹惜地说:"按照扎撒规定,你与公主私通并导致公主难产而死,犯的是死罪,看在你以往对王爷尽忠以及众位诺颜、台吉求情的份上,姑且免你一死,但你必须剁下右手拇指给公主陪葬,同时离开王府,永不叙用。"

乌尔图那苏图听闻高氏同意免除他死罪,惊魂稍定,咬着牙举起腰刀,刀起指落,只见一条血线喷涌而出。乌尔图那苏图疼得脸色煞白,用左手将伤口紧紧掐住。王府的鄂莫其急忙走上前去为他救治,然后将他送回家中养伤。

接下来,福晋任命老实本分、做事谨慎的叶喜扎木苏(俗称叶公爷)担任管旗章京。这样一来,色旺多尔济的地位巩固下来,福晋也终于松了一口气,彻底放下心来。

回到后新屯家中,乌尔图那苏图心灰意冷,深居简出,潜心研究蒙古族历史,不再过问政治。他撰写了一部小说《阿拉坦基布赫》,描写的是蒙古王公之间争夺金簸箕草场的故事,手抄本在民间流传。

乌尔图那苏图远离尘世喧嚣,过着隐居的田园生活,本以为会平安度过此生,谁知世事无常,后来又发生了令他意想不到的事情。这是后话,暂且不提。

第四章

## 娶亲遭匪劫

寒来暑往,时光荏苒,转眼间,数年匆匆而过。这几年,色旺多尔济一直专心读书学习,在名师的教导下,系统地学习蒙、汉文化知识。他熟读四书五经,汉语知识尤为扎实。

民国十二年(1923年),色旺多尔济年满十八岁。中华民国蒙藏院于民国十二年三月,以《杜尔伯特贝勒色旺多尔济年已及岁接印任事由》为文题,正式向大总统呈请,文中称:"黑龙江省省长咨:据杜尔伯特旗呈称,案查民国五年本旗札萨克多罗郡王希拉布罗丕勒逝世,当经据情呈报,请以记名长子色旺多尔济承袭。嗣奉大总统批令,准以色旺多尔济承袭札萨克多罗贝勒等因,遵奉在案。现札萨克贝勒色旺多尔济已及岁,自应按照定例将札萨克印务移归该贝勒,自行接管,以符章制。"

大总统于民国十二年四月十二日对这份呈请做了批复。蒙藏院将大总统批复令以《咨黑龙江省杜尔伯特旗札萨克贝勒年已及岁自行接管印信一案奉令照准由》为题行文,文中称:"据杜尔伯特旗呈,称旗札萨克多罗贝勒色旺多尔济年已及岁,拟自行接管旗务一案,当经本院据情呈请,本年四月十二日,奉大总统指令:'呈意准如所拟办理,此令!'等因,奉此,相应咨行贵省长查照转知可也。"这两份文件说明了色旺多尔济正式履行了承袭旗扎萨克的批准手续。

按照相关文件规定,色旺多尔济正式接任杜尔伯特旗第十八位扎萨克,开始行使扎萨克权力,处理旗务。由于色旺多尔济为人谦虚谨慎,做事稳重,又有福晋、道力宝及叶公爷等人辅佐,在很短的时间内就把旗务处理得井井有条,深受好评。

按照当时的习俗,色旺多尔济年满十八岁,已经到了婚配的年龄。当时,蒙古族王公实行旗外婚姻制度,不在本旗内寻找配偶。长辈们为色旺多尔济与扎鲁特右翼旗扎萨克的公主衮格玛定了亲。

衮格玛与色旺多尔济同龄。色旺多尔济在众人的催促下,开始筹备迎娶衮格玛公主的相关事宜。按照蒙古族的风俗习惯,新郎必须亲自上门去迎娶新娘。因此,色旺多尔济决定带人前往数百公里之外的扎鲁特右翼旗娶亲。

当时,中国社会正处于军阀割据、相互混战的局面。以冯国璋、曹锟、吴佩孚、孙传芳为代表的直系军阀控制着长江中下游流域;以段祺瑞为首的皖系军阀控制着安徽、浙江、山东、福建、陕西等地;以张作霖为首的奉系军阀占据着东北地区;以阎锡山为首的晋系军阀统治着山西。各路军阀为争夺地盘,打得不可开交。

此时,北方的形势也不乐观,第一次直奉战争刚结束不久,交战双方互不服气,都在积极整军备战,准备发动第二次直奉战争。

那逊额勒格图听说色旺多尔济准备动身前去娶亲,担心路上不安全,特意来到王府,打算劝他过一段时间再去娶亲。叶公爷听闻消息也过来相劝。叶公爷不无担忧地说:"眼下的形势很乱,第二次直奉战争正处于酝酿之中,张大帅为了备战,把军队都调集到了辽宁前线,如今吉林、黑龙江两省兵力空虚,一些胡子乘机活跃起来。他们到处杀戮抢劫,导致地方不宁。你这个时候去娶亲,是很危险的。"

"叶公爷说得有理,如今形势混乱,盗匪横行。我看你还是听从叶公爷的劝说,过一段时间,待局势稳定后再去不迟。"那逊额勒格图接过话头相劝。

"叶公爷、阿爸,你们不必担忧,虽然外面不太平,但是我已经筹划好了,这次娶亲我不骑马,而是乘火车绕行,胡匪再猖狂也不敢劫火车吧。"

"坐火车去扎鲁特右翼旗,需绕道哈尔滨、四平等地,很麻烦的。"叶公爷掐着指头计算路程。

"绕道有什么麻烦的,只不过是在火车上多待十几个小时而已,另外,我也做了以防万一的准备,我会带几个武功好的侍卫跟我一同前往,就算遇到麻烦,也能应付。"

"既然你执意要去,那么我也不阻拦你,不过路上一定要多加小心,在火车上也不能麻痹大意,要注意看管好钱财,别被窃贼偷了。另外,你带上巴图,他有江湖经验,武功又好,遇事有主见,万一遇到什么麻烦事,也好有个商量。"那逊额勒格图不放心地叮嘱道。

"你把乌恩奇带上,他为人机智,有主见,社会阅历丰富,万一遇到什么麻烦,也能想办法化解。"

"行,都依你们,带上巴图和乌恩奇,这下你们该放心了吧。"色旺多尔济笑着回复。那逊额勒格图点点头,没有说话。叶公爷虽然放心不下,但见他执意如此,也不好再说什么。

色旺多尔济准备完毕,带着乌恩奇和巴图及五名侍卫,一行八人骑马直奔省城齐齐哈尔。到了省城之后,他们找了一个大客栈住下,并将马匹寄存在客栈,以便回来时骑乘。然后,他们来到黑龙江督军府领取路条。回到客栈后,色旺多尔济盼咐乌恩奇去火车站买火车票。乌恩奇买的是农历十二月二日由昂昂溪车站上车的车票。他们雇车来到昂昂溪车站,傍晚时分登上了前往通辽的火车。

在巴图等人的护卫下,一路上平安无事。色旺多尔济坐在火车上,甚是省心,饿了吃,渴了喝,困了睡,闲的无聊便透过车窗欣赏外边的景色,显得悠闲自得。第二天上午十点多,他们从通辽下车,换乘马车来到开鲁县城。色旺多尔济让车夫直接把他们拉到扎鲁特旗迪公爷的公馆。迪公爷对色旺多尔济一行人的到来表示欢迎,赶紧让人准备酒菜为色旺多尔济接风,同时安排他们下榻在公馆。

迪公爷四十多岁,听说他们明天要坐马车去娶亲后,赶紧劝阻道:"王爷,此地距扎鲁特旗百余里,路途虽然不算远,但是这几天城外有大股土匪活动。他们到处杀戮抢劫,无恶不作,附近的一些堡子大都被抢掠了,没有被抢掠的堡子的人们都纷纷逃难到县城躲避灾难去了。你怎么能往枪口上撞呢?我劝你少安毋躁,在这里耐心等几天,俟形势稍有好转,再动身不迟。"

"迪公爷说得有理,我没想到匪患如此严重,此时确实不应该冒险,只是在此打扰,深感不安。"

"王爷,你贵为一旗王爷,能够光临寒舍,真乃蓬荜生辉,何来打扰二字。再说,咱们同是哈萨尔的子孙,理应秉承先祖之遗训,相互关照才是。你就安心在我这里住下,把这里当成家,想住多久就住多久。"

"深感迪公爷的一片深情厚谊,色旺多尔济心领了,此情此意,容当后报。"迪公爷的豪爽,令色旺多尔济十分感激。

"王爷,一家人不说两家话,何必客气。"迪公爷大度地摆了摆手。

色旺多尔济等人住在迪公馆里,虽然吃喝不愁,但心里十分焦急,一心盼望匪患早日平息,早点儿将福晋娶回家中。色旺多尔济每天都派巴图等人外出打探消息,得到的消息令人担忧,匪患不但没有减轻,反而愈来愈猖獗。色旺多尔济感到非常焦虑。

第三天清晨,色旺多尔济刚起床,还没来得及吃早饭,突然听到远处传来一阵密集的枪声。色旺多尔济心中猛然一颤,心说:"不好,有可能是胡子打过来了。"色旺多尔济将侍卫们叫到一起，命他们做好应变准备。侍卫们急忙操起枪，快速将子弹上膛。色旺多尔济也掏出手枪，将子弹压上膛。巴图自告奋勇地要求去外边打探情况。色旺多尔济也急于想知道外边到底发生了什么事情，便同意了他的请求，并叮嘱他一定要多加小心，不要走得太远，以免遭遇不测。巴图答应着走出屋子。他没有走大门，而是找了一个僻静的角落翻墙而出。色旺多尔济等人手握着枪，躲在关好门窗的屋子里，神情紧张地密切观察着窗外的情况。等了一阵儿，外边的枪声稀疏下来。色旺多尔济的心里略感轻松，以为胡匪被打跑了。这时，巴图从外边跑了回来，神色慌张地说："王爷，大事不好了！土匪攻破了县城，现在正挨家挨户抢劫呢！"

巴图的话如同晴天霹雳，色旺多尔济等人顿时惊慌失色。面对如此严重的情况，他们既不敢走出这间屋子与土匪交火，也没有什么地方可以躲避，只好待在屋子里，听天由命。

攻打开鲁县城的土匪是大名鼎鼎的"云中鹤"。这个"云中鹤"在江湖上赫赫有名。他的轻功十分厉害，别看他身体强壮，行动却十分灵活，蹿房越脊，如履平地，可谓来无影去无踪，故此人称"云中鹤"。"云中鹤"是这一带最大的绺子，手下有九百多人，近来一直在开鲁县城周边活动。见到百姓纷纷逃到县城避难，加上县城的兵力空虚，他们便对县城发起了进攻，没想到竟然毫不费力就攻破了县城。这些土匪进城后，专挑大的商铺和府邸抢掠。其中一伙土匪冲进了迪公馆。"云中鹤"将手下分成若干单位，分别去各处抢掠财物。他知道迪公馆是块肥肉，自己亲自带人直奔这里。进了公馆之后，他先是缴了公馆侍卫的枪械，然后命令手下的粮台带着人搜查房间。于是，粮台带着几十个土匪，挨个房间进行搜查。这个粮台身形彪悍，满脸络腮胡子，为人狡诈，与"云中鹤"是把兄弟。"云中鹤"对他十分信任。

眼看着他们就要来到色旺多尔济住的房间了。巴图神情紧张地端着短枪，率领着几名护卫守护在色旺多尔济身边，打算拼死保护色旺多尔济。

色旺多尔济虽然很紧张，但并没有惊慌失措，而是头脑清醒地分析着眼前的形势。虽说手下有几名身手好的侍卫，但是面对众多凶神恶煞的匪徒，如果贸然抵抗，无疑是自寻死路。自己人少枪少，如果抵抗，无疑是以卵击石。留得青山在，不愁没柴烧，为今之计，保住性命要紧，然后再想办法脱身。

这时，那伙土匪已经来到了房间门口，色旺多尔济令巴图主动打开房门。土匪们蜂拥而进，十几条黑洞洞的枪口对准色旺多尔济等人。只听粮台高声喝道："我们'云中鹤'绺子一向讲究江湖义气，只求财不害命，识相的赶紧放下武器，否则你们会被打成筛子眼。"色旺多尔济年纪轻，第一次遇到这种情况，开始还有些慌乱，此时却镇静了下来。他坐在椅子上，看了土匪一眼，没有说话，而是下令让巴图等人放下武器，不许抵抗。

粮台见他们主动放弃抵抗，没有为难他们，几名土匪上前将他们的枪支收缴，另几名土匪上前将他们的财物洗劫一空。当土匪们看到巴图皮箱内存放的两千块银圆时，乐得合不拢嘴。粮台让人把银圆收好，又拿起色旺多尔济在省城开的路条看了看，笑着说道："他妈的，这是什么东西，一定很重要，上面还盖着关防大印呢。过来个识字的，快点儿看看这是什么东西，值不值钱。"这时，走过来一个身体偏瘦的年轻人，接过路条看了一眼，有些意外地说道："这是省城开的关防路条，看他这架势，一定是个有钱的财主。"

"嗯，你说得对，这又是钱，又是枪的，一定不是凡人。哎，你们是做什么的？"粮台颇感兴趣地问道。

"好汉，我们是杜尔伯特旗来的，跟着我们少东家来扎鲁特旗娶亲。我知道你们江湖好汉奉行'七不抢''八不夺'的规矩，恳请您高抬贵手，放我们一马！"乌恩奇抢先回答，故意隐瞒了色旺多尔济的王爷身份。他担心一旦土匪知道了他们的身份,会对王爷不利,因此称呼色旺多尔济为少东家,并声称是去娶亲。因为他了解土匪的规矩,一些大的土匪绺子顾及自己的名声,对外宣称自己奉行"七不抢""八不夺"的江湖规矩,这其中包括不抢结婚和娶亲的规矩。

"你说得不错,我们绺子是讲究'七不抢''八不夺'的江湖规矩,盗亦有道吗!不过你们一无彩轿,二无花红,我凭什么相信你们?"

"好汉,我们真是娶亲的,我怎么敢欺骗你呢,不信你可以去问迪公馆的人,他们都知道我们为娶亲而来。至于彩轿,我们路途太远,无法携带,刚才那些银圆就是彩礼。请好汉放过我们吧,好汉的大恩,在下没齿难忘!"色旺多尔济壮着胆子求情道。

"此话当真?我怎么有点儿信不过呢?"粮台将信将疑地看着色旺多尔济。

"好汉,我们真是娶亲的,如果我们撒谎,天打五雷轰。"乌恩奇语气肯定地发毒誓。

"既然你发此毒誓,我就信你一回,不过我是个小喽啰,说话不当令,必须向大当家的禀报后,才能定夺。"

"谢谢好汉,请好汉多多向大当家的美言几句,在下感激不尽!"乌恩奇感激地相谢。

"好说,好说,我一定向大当家的美言,你就放心吧。"别看这个头目嘴上答应,心里却暗自觉得好笑。他跟随"云中鹤"多年,他们绺子出于笼络人心和生存的需要,对外一向是自称义匪,宣称只抢那些为富不仁、作恶多端的贪官,从不抢掠穷人,奉行"七不抢""八不夺"的规矩。其实他们只是嘴上说说而已,无非是收买人心,博取好的名声,说白了就是给自己脸上贴金。

让他没有想到的是,对方不但声称娶亲,还拿"七不抢""八不夺"向他求情,倒让他一时不知道说什么好了。其实他心里明白,即使对方真是娶亲的，大当家的也一定不会放过这些人，他们不仅衣着鲜亮，而且带着几名保镖，一看就是有钱的财主，像他们这样的肥羊，平时想找都找不到，更别说自己送上门来，岂有轻易放过之理。他们要把这些肥羊扣在手里，让他们派人回去拿钱赎人。如此一来，一定能发一笔大财。他们干的就是打家劫舍的勾当，求的就是钱财，难道大当家的会为了所谓的江湖规矩，把到嘴的肥肉吐出来？真是笑谈！

粮台之所以答应帮着向大当家的求情，其实是缓兵之计，想用好话稳住他们。于是，粮台接着说道："你们放心，只要我们大当家的打听明白，确认你们确实是娶亲的，会立马将东西交还给你们，并放你们走。不过在探听明白之前，我必须将东西带走，暂时替你们保管，以免手下的崽子不懂事，把东西偷走，坏了我们大当家的名声。"说完，他冲手下的人大声说道："咱们讲究江湖规矩，先把东西带走，不许为难他们。"说完，那个头目双手抱拳冲色旺多尔济等人说道："各位，对不住了！"说完，留下两个土匪守在门口，带着东西匆匆离去。

两名留下站岗的土匪遵照粮台的命令，端着枪站在门口，没有为难他们，只是把他们关在屋里，不许他们到处走动。

"你说他们当真能放过我们吗？"色旺多尔济怀疑地问乌恩奇。

"这很难说，虽然他表面上答应了，但是能否这么办还说不准。"乌恩奇答道。

"他不是说会信守江湖规矩，不抢娶亲的吗？什么是'七不抢''八不夺'？"色旺多尔济问。

"其实所谓的江湖规矩，是胡子自己定的规矩。'七不抢'是一不抢残疾人，二不抢出家人，三不抢娼妓，四不抢游方郎中，五不抢读书人，六不抢结婚娶亲，七不抢出殡起坟。'八不夺'是不夺鳏寡孤独、不夺占卜者、不夺货郎、不夺剃头匠、不夺乞丐、不夺赌徒、不夺邮差、不夺落难之人。另外还有'五不准'，即不准抢穷人、不准抢产妇房、不准奸淫妇女、不准走猪、驴在前边横走过的路、不准吃娶亲人家的酒饭等。"乌恩奇解释道。

"哦，没想到胡子还有这么多讲究。既然是他们自己定的规矩，理当执行，看来我们还有希望。"色旺多尔济仿佛看到了一线希望。

"我看这帮人是不会轻易放过我们的，别看他们立的规矩冠冕堂皇，但在行动中往往会大打折扣，只有那些成名已久，名声比较大，顾忌身份的土匪绺子遵照执行，一般小的土匪绺子根本不理会这一套。"

"既然那个头目答应帮着咱们向大当家的求情，我看有希望。再说，他口口声声说他们大当家的'云中鹤'是成名已久的江湖人物，又是个大绺子，不会不讲江湖规矩吧？"

"不好说，他讲不讲江湖规矩，只有他自己知道。我们只能听天由命了！"

"这么说还真不能指望他们了，看来咱们不能干等，要自己想办法脱身才行。"色旺多尔济皱着眉头说。

"王爷说得对，咱们不能把宝押在胡子身上，万一他不肯放我们，岂不是麻烦大了？我们应当想办法脱身，不能坐以待毙。"巴图随声附和。

"我也知道胡子的话不可信，但是，咱们现在被他们抓住了，枪支和财物尽失，而且这大白天的，又到处都是胡子，一时难以脱身，只能等待机会，想办法逃出去。"乌恩奇分析着形势。

"说的有道理，我们先等等再说。"色旺多尔济点头表示同意。

其实巴图心里比任何人都着急，他既是保镖，又受主人那逊额勒格图重托。他曾拍着胸脯打包票，保证王爷万无一失，如今财物被土匪洗劫一空，而且还有性命之忧。如果王爷真有什么闪失，自己岂不是千古罪人！巴图虽然心里着急，但表面上不敢流露，怕王爷着急上火。巴图心里暗自下决心，无论如何，哪怕搭上自己的性命，也要想办法把王爷救出去。他一边趴在窗台上观察土匪的动静，一边在心里思考逃出去的办法，可合计来合计去，也想不出稳妥的办法。

公馆内到处都是土匪，乱哄哄地走来走去，直到晌午，方才消停下来。巴图观察了一个多时辰，也没有想出逃脱的办法。就在这时，从大门外走进二三十名土匪，他们有的身上背着花色包袱，有的腰里塞得鼓鼓囊囊的，为首的是一个身材高挑的年轻人，与门口站岗的土匪说了几句话，又向手下的土匪交代了几句，便朝着"云中鹤"所在的上房走去。

巴图看到那个年轻人的背影，不由得一怔，尽管距离较远，看不太清楚，但从身形轮廓看，怎么看怎么像自己的师弟。巴图揉了揉眼睛，打算仔细辨认一下，但那个背影已经走进了上房。他手下的那帮土匪吵吵嚷嚷地从关押他们的房前走过。

门口站岗的土匪见他们大包小包的，很是眼热，其中的高个子羡慕地说："兄弟们回来了，一定捡了不少洋落儿吧？"

"你还说风凉话，捡什么洋落儿，我们是巡视各交通要道去了，累得腰酸腿疼，若不是换班填瓢子，我们还回不来呢。"

"真人面前不说假话，看你们身上大包小件儿的就知道一定发了大财，别得了便宜卖乖啦。"

"你别说我们，你们是最先进入公馆的，听说这个公馆富得流油，你们也摸了不少东西吧？"

"兄弟，你说这话可真屈心，我们是先进的公馆不假，可是一进来就看守秧子，哪儿也不能去，只能眼睁睁地看着别人发财，真是倒霉透了！"另一个矮个土匪也跟着抱怨。

"这能怨谁，猪拱地，鸡刨食，各人有各人的命，只能怨你们命不好，跟错了人，哈哈……"土匪们嘻嘻哈哈的，一边嘲弄站岗的土匪，一边朝西厢房走去。

"唉，你看同样是当胡子，人家捞得盆满钵满，咱们却站在这里喝西北风，真是不公平！"

"你就别抱怨了,他们说的没错,怨咱们跟错了人,跟着粮台只能守库房、看秧子。你看人家跟着高炮头,到处去转悠,发财的机会就多呗。"

巴图本来无心听土匪发牢骚,可是当他听说那炮头姓高,心里不由得一动:"难道这个炮头真是自己的师弟高龙?"想到此,他心中一喜,心说:"如果真的是他,那可太好啦!"转念一想,又觉得不可能:"怎么会是他,不可能,他不可能落草为寇当胡子啊!"尽管他觉得不可能,但是心里还是忍不住往这方面想,觉得无论如何,要弄清楚是不是他。

巴图没有急于把这一情况告诉色旺多尔济等人,他必须先确认无误,然后再告诉大家,以免大家空喜欢一场。

话说粮台离开之后,把收缴来的枪支和财物统统交给"云中鹤"并说了色旺多尔济等人的情况。"云中鹤"当即派人把公馆的管家叫来核实,证实色旺多尔济一行人确实是娶亲的,并意外得知色旺多尔济的王爷身份。那个粮台非但没有帮着讲情,反而对"云中鹤"说:"大当家的,虽然他们这些人是娶亲的,但他们故意隐瞒了王爷的身份。就冲这一点,咱们也不能放过他们,咱们要从他们身上获取更多的钱财。"

"兄弟,英雄所见略同,我也是这么想的。世上哪有见到钱财往外推的道理,如果咱们对谁都发善心,那还当什么胡子,莫不如出家当和尚得了,哈哈……""云中鹤"得意忘形地哈哈大笑。他今天的心情特别好,不但轻易地打入了县城,洗劫了迪公馆,而且还获得了色旺多尔济这意外之财,心里十分开心,当下命令手下人杀猪宰羊,大吃二喝地庆贺起来。为了稳住色旺多尔济等人,"云中鹤"决定采取外松内紧的策略,吩咐手下人不许难为他们,并按时给他们送去饭菜。

中午时分,房门被打开,只见两个土匪手里提着饭菜走了进来。他们将一篮子馒头和一盆白菜猪肉炖粉条放在桌子上,说:"我们大当家的说了,不能慢待了王爷。你们过来吃饭吧。"然后转身离去。

色旺多尔济本就愁眉不展，此时得知自己的王爷身份被识破，更是悔恨交加，深恨自己当初不听众人劝告，执意冒险前来娶亲，结果落到如此境地。"唉，早知今日何必当初。"色旺多尔济悔恨交加，对眼前的饭菜视而不见。

"王爷，你从早上到现在水米未进，还是先吃点儿东西吧，以免身体受不了。"乌恩奇起身相劝。

"我不饿，你们吃吧。"色旺多尔济依然坐着不动。

"王爷，心急也无济于事，用智才能成功。您吃点儿东西吧，千万不要愁坏了身子，只要咱们沉着冷静，就一定能够想办法脱身。"巴图也跟着相劝。

"如今咱们落在了胡子手里，好似狗脖子上挂肉，狼窝里圈羊。他们岂会轻易放过我们。"色旺多尔济边说边摇头。

"王爷，遇到烦心事保持镇定，便是有大智慧的人。无论遇到什么事情，只要沉着冷静地应对，便能想出妥善的办法。光着急没有用，您先吃点儿东西，然后大家一起想办法。"乌恩奇继续相劝。

色旺多尔济听了他俩的劝解，心内稍宽，又见自己不吃饭，众人都不肯动筷，只好操起筷子，带着众人一起吃饭。

吃过饭，巴图来到门口，面带笑容，主动和站岗的土匪搭讪："二位好汉，天都晌午了，你们怎么不去吃饭？"

那个胖子侧脸瞅了他一眼，没好气地说道："都怨你们这帮倒霉的秧子，害得我们摊上这份苦差事，只能眼睁睁地看着别人发财，自己却在这里受穷风。"

"大哥，对不住，我们也不情愿这样，要不你们两个换班去吃饭，我们保证守规矩听话。"

"你说得轻巧！没有大当家和四梁八柱发话，我们怎么敢私自离开，岂不是自找倒霉！"瘦子忍不住插话。

"这帮王八犊子,没一个好东西,只知道自己发财享受,把咱们兄弟丢在脑后不管。"胖子生气地直骂街。

"世上的事情真是不公平,当绿林好汉也分三六九等,刚才那伙人为什么不站岗?"巴图显得愤愤不平。

"刚才那伙人咱们比不了,大当家的都得让他们三分。"

"同是绿林好汉,他们凭什么那么神气?"

"凭什么,就凭他们是炮头的手下。"

"炮头的手下?大哥,炮头是干什么的?"

"你没事打听炮头干什么?"胖子用眼睛看着巴图问道。

"大哥,我只是好奇,随便问问。"

"你这个人闲心真大,都沦落为秧子了,还这么好奇!真是祖坟哭不过来,还有闲心哭乱坟岗子!好吧,我就满足你的好奇心。炮头是绺子里四梁八柱之首,除了大当家的,就属炮头说话当令。"

"既然炮头这么神气,那你们怎么不当炮头?"巴图话里有话地问。

"你真是嘛也不懂!你以为炮头谁都能当?虽然炮头的权力大,说话当令,但是普通人干不了。凡是当炮头的,必须得武功高强,能打能杀,等闲人岂能胜任。"

"哦,没想到还有这么多说道,在下真是孤陋寡闻,让您见笑了。既然炮头这么厉害,那你们的炮头也一定是个响当当的人物吧?"

"你说的没错,我们的高炮头确实不同凡响,不仅武功好,而且为人豪爽仗义,轻财重义,是个难得的江湖好汉。"

"这人这么厉害,叫什么名字啊?"巴图逐渐把话头往上引。他是想通过聊天的方式,从侧面确认对方的真实身份。

"我们绺子里忌讳称呼大号,我们也不知道他叫什么名字,大伙都叫他高炮头。"

"差不多行了,和秧子有什么好唠的。"瘦子出言制止。他觉得同伴的话有点儿多。

巴图见目的已经达到，便知趣地转身回到屋里。刚才巴图与土匪的对话，屋内的人听得一清二楚，此时，色旺多尔济看着巴图，压低声音问道："你打听炮头的名字是什么目的？"

"王爷，刚才我从远处看到一个背影，觉得很像我的师弟，因为离得远，看不清长相，所以没法确定。"

"你的师弟怎么会在绺子里？你不会看错人了吧？"色旺多尔济疑惑地问。

"我也不敢确定，但从轮廓看，十有八九是他。"

"他为人如何，是否值得信赖？"色旺多尔济思考着问巴图。

"王爷你放心，我们不仅是同门师兄弟，而且是过命的关系，如果真的是他，他一定会想办法帮咱们脱险的。但我必须想办法与他见面，当面求他相帮才行。"巴图自信地回答。

"真是天无绝人之路！咱们合计一下，看用什么法子能与他取得联系。"巴图的话，让色旺多尔济心中一喜，看到了获救的希望。

"王爷，我打算利用去茅房的机会，想办法寻找他并加以确认。"巴图说出自己的想法。

乌恩奇担心地说："这办法能行吗？咱们每次去茅房，都有看守跟着，而且每次只允许去一个人，根本无法脱身。"

"我想了个办法，看守咱们的胡子只有两个人，他们规定每次允许一个人单独去方便，是防止咱们逃脱，一会儿咱们两个假装同时闹肚子，要求一起去茅房，先出去，然后再想办法脱身。"巴图说出自己的想法。

"我看可以，一会儿我和巴图一起去，等从厕所出来时，中途我再嚷肚子疼，要求返回厕所方便，胡子必然会把注意力放在我的身上。到时候你见机行事，趁机脱离土匪的视线，前去查看虚实。"色旺多尔济说。

"我觉得这个办法可行，值得一试。"乌恩奇思考片刻，点头同意。

众人吃完饭不久，色旺多尔济首先捂着肚子"哎哟，哎哟"大声喊痛。巴图也跟着捂着肚子叫唤不止。

乌恩奇故意大声喊道："你们是不是吃坏了肚子？"然后又自言自语地说："真是奇怪，大伙儿吃同样的饭食，怎么我们没事，偏偏你们两个肚子疼？是不是你们喝不惯凉水？王爷一向喝惯了奶茶和热茶，从未喝过凉水，不闹肚子才怪呢！不过你又不是王爷，怎么也喝不得凉水，真是小姐身子丫鬟命！"说完，乌恩奇大声对门口的土匪说道："他们喝凉水闹肚子了，麻烦你们赶紧带他们去茅房。"

"没问题，不过不能两个人一起去。"高个子土匪答应着把门打开。他们遵照命令，对色旺多尔济一行人外松内紧，表面上显得很和气。

色旺多尔济抢先一步走出房门，还未等土匪关门，巴图捂着肚子跟着挤了出来。

"不行，大当家的有令，每次只能去一个人，你赶紧回屋。"高个子土匪断然拒绝。

"好汉，请您高抬贵手，我实在憋不住了，让我赶紧去吧，要不然我就拉在裤子里了。哎哟……"巴图一边求情，一边捂着肚子喊疼。色旺多尔济却不管不顾，捂着肚子径直朝厕所走去。高个土匪见状，一时拿不定主意。这时，矮个土匪摆了摆手，冲着同伴说："赶紧让他们去吧，又不是啥大事，别真的拉到裤子里，那还不把人熏死！"

"好吧，我跟他们去。"高个子一边答应着，一边快步撵上他们。

厕所在公馆的后院，色旺多尔济和巴图穿过一条用鹅卵石铺的甬道，拐过墙角，来到了厕所。土匪嫌厕所气味难闻，端着枪守在门外。色旺多尔济和巴图蹲在粪坑上，色旺多尔济低声说道："一会儿出去，我半道还喊肚子疼，再次返回厕所。你假借厕所的气味难闻，不跟我回来。我的身份重要，他们一定会把注意力放在我身上，你便可乘机前去查看。"

"好的，明白。"巴图点头答应。

两个人蹲了一阵儿，先后起身走出厕所。走到墙角时，色旺多尔济再次抱着肚子连声喊疼，同时大声说道："哎呀！我的肚子怎么又疼了起来，不行，我还得上茅房。"

"唉，王爷的身子就是娇贵，刚上完还得去，真拿你没办法！"高个土匪无奈地说，然后没好气地说："走吧，我再陪你回去。"

色旺多尔济转身往厕所走，巴图却摆着手说："王爷，对不住，我先回去了，茅房的味道太难闻了。"巴图说完，便直接往回走。

"不行，你必须跟我们一起过去。"土匪连忙高声制止。

"好汉，你别难为我了，让我回去吧。"巴图站在原地，双手抱拳相求。

这时色旺多尔济已经拐过墙角，不见了身影。土匪知道王爷重要，万一出了什么差错，自己担待不起。同时觉得公馆内防守严密，不会出啥事，于是，他大声对巴图下令："你赶紧回去，不要乱走。"说完，急忙丢下巴图，快步去追赶色旺多尔济。

第五章

# 侠义脱险境

　　巴图脱离了土匪的视线,快步走过甬道,来到前院,直奔"云中鹤"住的上房。巴图边走边观察,大模大样地来到上房附近,发现门口站着荷枪实弹的哨兵,戒备森严。巴图不敢贸然近前,只能从远处观望,只见门口不时有人进出,却没有见到刚才那个熟悉的身影,不由得暗暗着急。他心下着急,不敢耽搁太久,决定去西厢房碰碰运气,因为那些跟随高炮头的土匪都去了西厢房。

　　巴图一边往西厢房走,一边用心观察绺子的布防情况。由于已经控制了整个县城,他们得意忘形,忙着吃喝,除了上房和大门口布置了几名岗哨,其他地方的防御都比较松懈。

　　因为胡子人数众多,巴图混迹其中,没有引起怀疑。他很快来到西厢房前,探头向里张望,发现厢房里住满了土匪,有的人在喝酒,还有的人坐在炕上,围在一起,吆五喝六地推牌九耍钱,就是没有看到自己要找的人。巴图打算再到其他地方去看看,就在这时,突然听到身后一声断喝:"站住,你是干什么的?"

"我……我找茅房。"巴图略显惊慌地低头回答,同时心里感到诧异,这个声音怎么这么熟?难道是他?想到此,巴图不由得抬起头,瞪大双眼向对方仔细看去。只见眼前的人身材高挑,眉目清秀,分明就是自己的师弟高龙!巴图大喜过望,暗自说道:"真是踏破铁鞋无觅处,得来全不费工夫!"

对方看到巴图,一怔,放低声音问道:"师兄,你怎么会在这里?"

巴图四下看了一眼,欲言又止。

"此处不是说话的地方,你跟我来。"高龙见此情形,赶紧示意巴图跟着自己离开,带他来到了一个无人的偏僻处。

巴图见四下无人,方才开口问道:"师弟,你怎么和他们混在一起,莫非真的当了胡子?"

"是的,师兄,我是当了胡子。"高龙面带愧色,低声回答。

"怎么会这样呢?放着正道不走,为什么要当胡子?难道你忘了师傅的教诲了吗?"

"师兄,我没忘,师傅教诲咱们要堂堂正正做人,冻死迎风站,穷死不做贼。"

"既然你记得这么清楚,怎么还明知故犯?不是我埋怨你,自古天无绝人之路,凭你一身武功,怎么都能混口饭吃,不至于去干这伤天害理的勾当啊!你跟我说,到底发生了什么事情,导致你当了胡子。"巴图很是生气地质问道。

"师兄,你有所不知,我是因为家庭惨遭变故,气愤之下杀人报仇,然后亡命天涯,无处藏身,才被迫落草为寇当了胡子。好了,不说这些伤心事了,快点儿说说你吧。你是怎么来到这里的?"

"唉,没想到你竟会遇到这种事情,真是世事难料。我的经历相对简单,你也知道,我的家住在杜尔伯特旗,我回到东吐莫之后,便被辅国公那逊额勒格图相中,招进公爷府做了贴身侍卫。这次我跟着王爷到扎鲁特旗娶亲，没想到竟意外遇到胡子……不，绺子打劫，钱财和枪支被打劫一空，还被关押了起来，不知道会如何处置我们。"

"你们是什么时候住进迪公馆的？"高龙好奇地问道。

"我们前天才住进来，没想到今天早上就被你们劫了，你说寸不寸！"巴图深深地叹了一口气。

"唉，你们早不来，晚不来，偏偏赶在这个时候来，真是点儿背。"

"高龙，你不是绺子里的炮头吗？你去跟大当家的求求情，让他放了我们吧。"

"嗨，你这是给我出难题啊！要想求他放过你们，谈何容易！"

"你是炮头，你开口求情，大当家的咋说也得给你面子吧。再说他已经答应，只要打听明白我们确实是娶亲的，就放过我们，还答应把财物和枪支如数奉还。"

"我的傻师兄，你真是太天真了，胡子头的话你也相信？"

"我怎么傻了，这是他亲口答应的。再说，你们绺子不是奉行'七不抢''八不夺'吗？"

"师兄，你有所不知，那些所谓的江湖规矩，只不过是绺子沽名钓誉的幌子。我们干的就是打家劫舍的买卖，就是靠这个吃饭的，岂能顾忌那么多？俗话说钱到手饭到口，吃到嘴里的肥肉，哪有吐出来的道理。他是拿好话糊弄你，你别当真！"

"那你说该怎么办？无论如何，你也得想办法帮我们逃出去呀！谁让咱们是同门师兄弟呢！"

高龙听后，面带难色，没有出声。巴图见状不由得心里着急，说道："师弟，你怎么不说话，难道你忍心看着师兄有难而坐视不管？"

"看你说的，我是那种人吗？只是这件事太棘手，确实不好办。"

"我不管，我就指望你了，不管你想什么办法，必须救我们出去。"

"这不用你说，我一定会想办法救你们。但是，此事不宜操之过急，得容我好好琢磨琢磨，想一个万全之策。"

"那你还等什么，赶快想啊！我是借上茅房的机会偷着溜出来的，不能耽误太久。"巴图着急地催促道。

"你不说我还差点儿忘了。你赶紧回去，万一被人知道咱们的关系，就难办了！"

"说得有理，我现在就回去，不过你千万要把这件事放在心上，我可就指望你了。"

"不必多说，赶快走吧，难道你对我还不放心？！等我想好了主意，再想办法通知你。记住，没见到我之前，你们千万不要轻举妄动。"

"知道了。"巴图答应着，快步离开。

巴图离开后，高龙依然待在那里，情绪十分低落。师兄的话犹如一把利刃，戳在他的心窝上，让他感到疼痛无比，不由得再次回想起以往的伤心事……

那是一年前，高龙离开师父，兴冲冲地回到家乡，见到了分别两年之久的妻子淑花。按说夫妻久别重逢，理应先亲热一番，可是淑花显得有些反常，脸色通红，神情也有些慌乱，没说几句话，就借准备吃喝躲到了厨房。高龙觉得不对劲，来到厨房想与妻子说说心里话，却看到妻子坐在灶台旁流眼泪。高龙问道："你咋的啦？哭啥呀？"妻子听了他的问话，非但没有回答，反而"扑通"一声双膝跪地，哭得更厉害了。

高龙心里一紧，赶紧问道："你别哭，有什么事情尽管说，我为你做主。"妻子听了高龙的话，依然不住地哭泣，一直哭了半个多小时，才被高龙劝止。在高龙的追问下，妻子犹犹豫豫地说出了一件令人难以忍受的事情。

在高龙离家投师习武期间，村里有个败类惦记上了淑花。趁高龙不在家，曾多次用语言挑逗并纠缠淑花。淑花是个正派的良家妇女，对其严词训斥。没想到这个败类贼心不死，竟采用下三烂的手段，趁淑花睡着，偷偷地摸进院子，用迷香将她迷晕，撬开房门，强行玷污了她。她受辱后，曾数次想自杀，但是又舍不得丈夫，想见他最后一面，然后以死明志。由于害怕那个败类再次来骚扰，她每天夜里都做好防备，将门窗关紧拴牢，并将菜刀放在枕头底下，以防不测。那个败类见淑花没有声张，自以为得逞，一天醉酒后，再次前来纠缠。淑花守紧门窗，手操菜刀，言辞训斥，以死抗争，最终吓跑了那个败类。

高龙听了妻子的哭诉，心如刀绞，怒不可遏地拿着刀冲出门去。他带着满腔怒火，一路飞奔到那个败类的家中。那个败类自知理亏，吓得跪地磕头求饶。盛怒之下的高龙早已失去了理智，挥手一刀，砍下了那个败类的头颅，然后返回家中。妻子见他身上沾满了血迹，知道他杀了人，害怕官府抓他，便劝他赶紧逃走。高龙知道官府一定不会放过他，便收拾了一些值钱的东西，连夜带着妻子来到她的娘家，将妻子交给她的父母，狠心地对岳父丢下一句话："我和淑花的缘分已尽，以后她的生死与我无关。"便头也不回地快步离去。

高龙为了躲避官府的抓捕，四处躲藏，后来追捕他的风声太紧了，他便一咬牙一跺脚，狠下心前去投奔了"云中鹤"，当了胡子。

这是他的伤心事，也是男人的奇耻大辱，即使面对亲如兄弟的帅兄也难以启齿。

面对师兄的责备，高龙感到羞愧和内疚，同时也感到委屈，暗自感叹道："师兄啊师兄，我的苦处你怎么知道？若不是遭此变故，我怎么可能当胡子呢！我是被逼无奈才落草为寇的，这是权宜之计。真是命运弄人，往事不堪回首啊！"

尽管师兄的话让高龙感到委屈和难以接受，但他并不怪师兄，知道师兄是恨铁不成钢。他和师兄一向亲如手足。当初跟师父学武艺时，师兄对他嘘寒问暖，多方关照。出徒时，师兄还一再叮嘱自己，一定要走正道。自己当初也踌躇满志，一再表示不会让师兄失望。没想到世事难料，天不遂人愿。如今师兄有难,他理应责无旁贷,出手相救。但是具体采用什么办法,他心里没谱。他心里明白,若想在众人睽睽之下救出八个人实非易事。他不能轻举妄动,更不能蛮干,稍有不慎,不但要搭上自己的性命,还会危及师兄等人的生命安全。看来只有等到夜深人静,想办法解决了站岗的哨兵,再神不知鬼不觉地将他们救出才是上策。高龙想好了计策,便着手准备。他本想把自己的计划透露给师兄,但又怕引起土匪的怀疑,只好作罢。

话说巴图与高龙分手后,快步赶回关押他们的房间,门口只有矮个土匪在站岗,见到他,没好气地骂道:"你这个该死的东西,跑哪里去了?害得老子担惊受怕!"

"好汉,对不住,我回来时走错路了,转来半天才找回来。"巴图赶紧赔笑脸解释道。

这时,那个高个子土匪也回来了。原来他回来后,看到巴图没回来,心里着急,前去寻找,找了一大圈也没有看到巴图,只得回来看看巴图回来没有,此时见到巴图,气不打一处来,上前就是一枪托,一边打一边骂道:"你这个倒霉鬼,死哪儿去了?害得老子到处找你。"

"好汉,请息怒,我走错了路。再说我不是回来了么?"巴图一边躲闪,一边赔不是说好话。

"好汉,消消气,别气坏了身子,他不是故意气你。再说你们大当家的已经答应不难为我们了,你就高抬贵手,放过他吧!"色旺多尔济听到巴图挨打,赶紧隔着房门向土匪求情。

"算了吧,大当家的不许咱们难为他们,万一把他打出个好歹,咱们还得落埋怨。"那个矮个子劝解同伴,并打开房门将巴图放了进去。

"这个该死的倒霉鬼,打死都不解恨!"高个子兀自骂骂咧咧。

巴图进屋后,色旺多尔济赶紧低声问道:"伤着没?"

巴图放低声音说道:"没事的。王爷,那人确实是我师弟,他在绺子里当炮头，答应会想办法帮咱们逃出去。"

"那可太好啦！他打算用什么办法救咱们出去？"色旺多尔济面带喜色地问巴图。

"他没想好具体办法，但是承诺会救咱们出去，同时一再叮嘱咱们不要轻举妄动，耐心等候他的消息。"

"真是佛爷显灵，遇到贵人啦！看来你这几枪托没白挨。"乌恩奇高兴地与巴图开玩笑。

"只要能救出王爷，别说挨几枪托，就是被打死也值得！"巴图满不在乎地回答。

由于心里有了盼头，色旺多尔济心里宽慰了许多。众人也都怀着急迫的心情，盼望高龙早点儿救他们出去。然而，他们左等右等，一直等到天黑，也没见到高龙的身影。乌恩奇忍不住问巴图："你师弟到底可靠不可靠，不会是忽悠我们吧？"

"怎么会呢，他是个诚信之人，只要他答应的事情，即使头拱地也会想办法办成。你放心，他绝不会食言。"巴图笃定地说。

"别着急，他一定是有事抽不开身。再说，这件事并不好办，他可能还没想出办法。咱们耐心等待就是。"色旺多尔济虽然心里着急，但表面显得很平静。

天黑之后，土匪送来晚饭。由于心里有了盼头，色旺多尔济吃了两个馒头。其他人也都吃得很饱，将饭食全都吃光了。

晚饭后，门口又换了两个土匪。他们嘴里喷着酒气，一边打着饱嗝，一边埋怨。只听一个公鸭嗓子生气地骂道："他妈的，别人都花天酒地，耍钱、玩女人，却让咱们干这苦差事，真是倒霉透了！"

"谁说不是，到哪儿没人都白扯，没有人罩着，只能吃下眼食。"另一个土匪接过话茬，深有同感地说。

"都是当胡子，凭什么咱们吃下眼食？这也太不公平了！"由于天气冷,公鸭嗓子一边说,一边用手擤了一把鼻涕,习惯性地用袖子一抹。

"兄弟,世上不公平的事情太多了,我就是因为看不惯世间的不平,才落草为寇当了胡子,没想到绺子里也不公平。你说大当家的享福,那是理所当然的,咱们没二话。那些军师、炮头高人一等,咱们也说不出来啥。最气人的就是那些靠裙带关系或者溜须拍马的人,凭什么在咱们面前吃五喝六,作威作福,你说气人不气人?算起来我也入伙半年多了,钱财没捞多少,罪却没少遭。你说咱们这个胡子当得冤不冤?"

公鸭嗓子借着几分酒劲,不管不顾地说:"可不是咋的,以前没有加入绺子的时候,常听人说当胡子可以大碗喝酒,大块吃肉,轮秤分金银。不瞒你说,我就是冲着享福发财来的。谁知完全不是那么回事!绺子里也不公平。我咽不下这口气,明天我就去找大当家的评评理,凭什么别人吃喝玩乐,咱们兄弟在这里受穷风,难道咱们是后妈养的不成。"

"兄弟,你小点儿声。这些犯忌讳的话,只能咱们兄弟私下说说,快活快活嘴得了,你别喝了几口牛皮散,就不服天朝管,拿棒槌——当针(真)。你还敢去找大当家理论,真是活腻味啦!兄弟,你听我一句劝,还是忍了吧,别自找倒霉,都怪咱们的命不好,没有那么大的福分,也怪咱们不会来事儿,以后咱们也要学着点儿。没听人说吗,顺情说好话,耿直讨人嫌,溜须总比骂人强。咱们吃亏就吃在犟劲上了,又臭又硬的,谁能得意你!"

"我这个人天生就不会来事儿,更看不惯溜须拍马这一套!见人点头哈腰的,一点儿骨气都没有,像个什么样子!"

"如今这个世道,就是撒谎撂屁,会来事儿的人吃香。咱们以后说话也学乖点儿,不要杵嚓横丧的。"

"要学你学,我学不来。我豁出去了,即使受到大当家的责罚,也要去讨个公道。"

"唉,白跟你说了半天,到头来大嫂还是个娘们儿,真是死爹哭妈的犟种！"门口的两个土匪借着酒劲儿，你一言，我一语，相互抱怨了一阵儿，直到说得困乏了才住口，挂着枪，靠着墙打起了瞌睡。

夜色渐渐深了，喧嚣一天的公馆内一片寂静。酒足饭饱的土匪们开始进入梦乡。色旺多尔济等人却毫无睡意，急切地盼着高龙早一点儿来，帮他们逃出虎口。然而，高龙却迟迟没有现身。

"巴图，你这个师弟到底能不能来？"乌恩奇着急地问巴图。

"你就别催了，我也着急。或许他还没有想出妥善的办法，或是有事脱不开身。别着急，再等等。"

"还等？这都什么时候了，再等下去天就亮了。实在不行咱们自己想办法吧，这样干等也不是办法。"

"既然巴图这么相信高龙，那高龙一定是值得信赖的。咱们再等一会儿，实在不行再想别的办法。"色旺多尔济劝说他们继续等待。

众人听从色旺多尔济的话，耐着性子继续等待。一直等到月上中天，午夜过后，突然听到门口站岗的土匪高声问道："站住，干什么的？"

"你们俩真是瞎眼了，连我都认不出来？"

"哦，我当是谁呢？原来是高炮头啊！对不住啊！"

"高炮头，这么晚你还没睡？"

"我已经眯了一觉了，因为不放心这些秧子，所以起来查看一下，顺便给你们带点儿吃喝。你们站了大半夜，一定饿了。"

"谢谢高炮头！还是您惦记我们。"

"你们赶紧趁热吃吧，这些秧子没有什么异常吧？"

"没有，没有，一切正常。"土匪一边接过酒食，一边回答。

巴图听出来是高龙的声音，不由得心中一喜，低声对色旺多尔济说："来了，是他。"

"先别出声，看他如何安排。"色旺多尔济叮嘱道。

两个土匪看守了大半夜，早已饿了，接过酒食，大吃二喝起来。高龙在一旁笑着说:"你们急什么?慢点儿吃不行啊,像个饿死鬼似的,又没有人跟你们抢。"

"嘿嘿,让您见笑了。"土匪笑道。

"你们吃吧,我先回去了,下半夜了,你们都精神点儿,不许睡觉,出了事你们可吃罪不起。"高龙说完,转身离开。

"你刚才还埋怨没人关心,你看高炮头不是给咱们送吃喝了吗?"

"如果管事的都像高炮头,那还有啥说的。整个绺子里,顶数高炮头好,只有他不小看咱们。"

"谁说不是呢,如果他是大当家的就好了,咱们就不用受人欺负啦!"

"你别瞎说,万一让其他人听到,会吃不了兜着走的。"

"我知道,这不只有咱们俩吗?我还没有傻到那个粪堆儿。"

"哎,我的头怎么有点儿晕呢?"

"可不是咋的,我也有点儿晕。"

两个土匪说着说着,便没有了声音。巴图急忙站起身来,快步走到门口,打算听听动静。这时,一阵轻微的脚步声由远而近,在门口停了下来,紧接着传来高龙的声音:"师兄,门口的岗哨被我迷倒了,快点儿起来,咱们走。"

众人精神一振,急忙站起身来。巴图打开门,高龙顺手递给他一把短枪。乌恩奇和另外一个侍卫快速捡起地上的长枪。高龙低声叫人把两个昏迷的土匪抬进屋,然后带着他们悄悄地走出屋,顺手将门带上了。

高龙带着色旺多尔济等人顺着院墙来到了公馆的后院,在一隐蔽处停了下来。高龙低声说:"前门有人站岗,咱们只能翻墙出去。"巴图抢先一步跃上墙头,仔细观察了一下,没有发现异常,回头招呼众人翻身过墙。好在公馆的院墙只有两米左右,众人毫不费力地翻了过去。高龙一直端着枪警戒,众人都跳出之后,只见他一个空翻,身子已然跃过墙头,轻轻地落在墙外。高龙带着众人顺着院墙走了一段，便朝着居民区快步走去。居民区内是一片低矮而密集的住宅，易于隐藏行踪。

经过土匪的烧杀抢掠，居民区黑黝黝的，悄无声息，如同走进死城一般。许多门窗都被打破，好些房屋被烧毁，散发着烧焦的味道，一些没有燃尽的火堆不时冒出零星的火花，远远看去，好似诡异的鬼火在闪动。路旁和墙角处偶尔还能看到几具尸体，令人感到毛骨悚然。整个居民区内呈现的都是土匪洗劫后的惨况。

高龙领着他们七拐八拐走出居民区，约莫二十分钟，走出了开鲁县城，众人方才松了一口气。

"你怎么现在才来？差点儿没把我急死。"巴图见已脱离险境，方才向高龙抱怨道。

"我也急呀，但是不敢和你们联系，生怕被人发现，直到夜深人静，他们都睡觉了，我才敢行动。"高龙向巴图解释道。

"高义士，我们蒙古族有句谚语：'出自山泉下的玉石最为洁净，困难中结下的友谊最为可贵。'壮士侠肝义胆，舍身相救，吾铭记在心，大恩不言谢，容当后报！"色旺多尔济对高龙十分感激。

"王爷，您言重了。我和巴图乃同门师兄弟，亲如手足，他的事就是我的事，我岂能坐视不管。"高龙说得很实在。

"你救了我们，这个炮头是当不成了。你下一步有啥打算？"巴图关心地问高龙。

"我没事，一个人吃饱了全家不饿，到哪儿都能混口饭吃，保证饿不死。你不用惦记我。"高龙轻松地回答。

"既然你没有地方可去，我看不如跟我回王府。你放心，我绝对不会亏待你的。"色旺多尔济向高龙发出邀请。

"王爷，谢谢您的好意，王府我暂时还不能去，我害怕'云中鹤'派人寻访我的行踪，万一被他们发现，恐怕会对王爷不利。我还是先隐姓埋名一段时间再说吧。"

"既然害怕连累王爷,我看不如跟我回东吐莫,咱们一起待在那公爷府上,万一有什么事也好有个照应。"巴图为他出主意。

"也行,我跟你去公爷府待一段时间,看看情况再说。"高龙爽快地答应下来。

因为害怕土匪追击,所以他们不敢走大道,只能在荒无人烟的荒原上快速疾行。

天色渐渐亮了,一轮红日从远方的地平线上喷薄而出,放射出耀眼的光芒,火红的阳光照在雪原上。这一幅美丽的景色对于劫后余生的色旺多尔济来说,却感觉灿烂的朝霞中透着血腥色,洁白的雪地上仿佛有一种萧瑟的死亡味道。阳光照射在雪地上十分刺眼,让人感觉很不舒服。

太阳渐渐升高了,阳光照射着他们的背影,雪地上留下一行艰难跋涉的足迹。他们在茫茫荒原上行进了五个多小时,却没有见到一个人影,途中虽然路过了两个蒙古包,但是里面空无一物,别说食物,连水都没有一滴,显然是牧民们为了躲避匪患,逃离了家乡。色旺多尔济等人虽然又累又饿,但为了防止土匪追击,依然咬牙坚持着继续前行。

直到中午时分,他们看到一个村落。色旺多尔济心中一喜,只要有人生活,就能找到充饥的食物。安全起见,乌恩奇让众人躲进村边的树林,巴图和高龙去村里打探情况。他之所以让他们俩前去,主要是因为他俩的功夫好,而且高龙熟悉这一带的地形,又在绺子里当过炮头,万一碰上其他绺子也好脱身。

巴图和高龙顺着一条小路,一边四下张望一边走进了村子。

大约过了十几分钟,巴图快步返回。他告诉色旺多尔济,此处没有土匪,而且村边的一户老人不但同意给他们吃的,还同意让他们进屋歇脚。

得知这一消息,色旺多尔济感到一丝安慰。他们在村头留下哨兵,然后放心地来到了老人家中。由于屋子窄小,一下子进来这么多人,显得很拥挤。色旺多尔济礼貌地俯身行礼:"阿爸,额吉,赛百诺!感谢您慷慨相助!"

"你不必客气,刚才这两位说你们走迷了路,要在这里歇歇脚。这不算啥事,出门在外,谁都有为难招灾的时候。"老人一边说,一边将他们往炕上让。巴图为了安全,没敢暴露色旺多尔济的身份,只说他们是做买卖的,走迷路了,想在这里歇歇脚,并请求老人给做点儿饭吃。老人爽快地答应了,立马吩咐老伴儿去做饭,色旺多尔济赶紧让两个侍卫去帮老人做饭,然后脱鞋上炕。巴图和高龙等人坐在炕沿上。老人很热心,坐在炕桌边一面陪色旺多尔济等人喝茶,一边与他们唠嗑。他们从老人嘴里得知,老人名叫恩和(蒙古语,汉语"太平"的意思),这个村落叫阿木古浪(蒙古语,汉语"安居"的意思)属于开鲁县管辖。村落里大多都是蒙古族。他们是从外地迁徙到这里的蒙古族,以前曾在蒙古包里生活,后来建房定居,随着人口的不断增多,这里逐渐形成了村落。

"老人家,你们这里没有闹匪患吗?"色旺多尔济问道。

"怎么没闹,前几天还来了一拨胡子呢!把村里的有钱人抢劫一空,还抢走了几个年轻漂亮的姑娘、媳妇,简直没有人性!"一提起胡子,老人就气不打一处来。

"那您为什么不出去躲躲?难道您不怕土匪?"

"那些土匪专抢有钱的财主,我们这些穷百姓不值得他们抢。我让儿子带着媳妇出去躲避,我和老伴儿留下看家。我们这般年岁,又没钱财,有啥怕的。"

"嗯,您说得在理,这些土匪真是猖狂,连县城都敢打。"

"嗨,都怪张大帅,非得去关里争地盘,把兵都抽走了,导致地方守备空虚,匪患成灾,真是作孽啊!"

"这些军阀只顾追逐自己的利益,很少关心百姓疾苦。"

"现在当官的除了搂钱,就是吃喝玩乐,根本不关心老百姓的死活！"恩和老人愤愤不平。这时，他的老伴儿端着做好的饭菜走进来，对恩和说道："老头子，别说那些没用的啦，赶紧招呼大家吃饭。"

老人的家境比较贫困，却倾其所有，拿出储存的食物招待色旺多尔济等人。待他吃饱喝足后，老人又给他们带了一些干粮路上吃。色旺多尔济起身告辞，临行时，高龙从怀里掏出两块银圆，留给老人当饭钱。恩和老人连忙摆手说道："你们这不是砢碜我吗？我就是再穷，也能供得起一顿饭，这钱说什么也不能收。"色旺多尔济接过银圆，强行塞在老人手里，感激地说："老人家，这是我们的一点儿心意，您就收下吧！"说完，转身带人快步离开。他们走出十几步，发现老人还在不停地往前送，便急忙劝阻道："老人家，快回去吧，外边冷，别冻着。"

"你们一路多保重！"老人停下脚步，挥手致意。

"你就放心吧，不会有事的。"色旺多尔济说完，再次挥手与老人告别，带着众人离去。老人一直目送色旺多尔济等人的身影走出村子，才转身回屋。

话说"云中鹤"早晨起来，接到手下报信，说是杜尔伯特王爷及手下不知道什么时候逃走了。"云中鹤"赶紧带人来到关押色旺多尔济等人的房间。只见那两个看守的土匪兀自躺在地上沉睡不醒，赶忙叫人用凉水将他们喷醒。那两个土匪醒后，其中一个用手揉着睡意惺忪的眼睛，迷迷瞪瞪地说："这酒怎么这么有劲儿，没喝多少怎么就醉倒了呢？""云中鹤"气得哭笑不得，上前踢了一脚，生气地骂道："妈了个巴子的，我让你们好好看着他们，谁让你们喝酒的？"

"谁让我们喝酒的？我有点儿想不起来了。哦，想起来了，是高炮头。他说我们兄弟夜里看守秧子辛苦，特意给我们送来酒菜。"那个土匪用手摸着脑袋回答。

"高炮头什么时候给你们送的酒菜？"

"后半夜，他说不放心，出来查看一下，顺便给我们带了点儿酒菜。"

"把高炮头找来！如果你们撒谎，看我怎么收拾你们！""云中鹤"急忙吩咐人去找高龙。

过了一会儿，人回来了，他们向"云中鹤"报告说："大当家的，高炮头不见了。"

"高炮头不见了？你们仔细找了吗？"

"我们把整个公馆都找遍了，没有找到高炮头。"

这时，他的军师在一旁提醒道："大当家的，我看八成是高炮头跟着那些人一起逃跑了。"

"不会吧，我对他一向不薄，他跟那些人又不认识，怎么会帮他们逃走呢？""云中鹤"不相信地摇着头。

"大当家的，事情明摆着，两个崽子吃了他送的酒菜晕倒了，他又与那帮人同时不见了，你说不是他干的还能有谁？"军师手捻着胡须分析道。

"这个喂不饱的狼崽子，我看他为人厚诚，武功又好，特意提拔他当炮头，谁知竟是个吃里爬外的王八犊子，真是知人知面不知心！""云中鹤"懊恼地连连摇头。

"大当家的，他们走了不长时间，估计跑不远，赶紧派人把他们抓回来吧。"

"算了吧，人各有志，不能勉强，咱们与高炮头兄弟一场，随他去吧，反正咱们也没损失什么。""云中鹤"决定不予追究。

色旺多尔济等人在高龙的带领下，朝着开鲁县城行进，一直走到深夜，方才走到了开鲁县城，找到了扎鲁特王府。色旺多尔济本不想午夜登门打扰，可他们已经奔波了将近一昼夜，体力严重透支，身上又没有钱，无法去旅店休息，无奈之下，只好硬着头皮，敲开了王府的大门。

王府的门卫听说娶亲的杜尔伯特旗王爷上门，不敢怠慢，赶紧打开大门，将色旺多尔济等人迎了进来，一边安排他们在客厅喝茶，一边去王爷处报信。直到此时，色旺多尔济那颗一直悬着的心才算放下来。

王爷听说娶亲的人到了，赶紧起床去客厅，当他看到色旺多尔济等人时，不由得吓了一跳，眼前的娶亲队伍不但一身疲惫，满脸沮丧，而且两手空空。这哪像是娶亲的，简直就是逃难的。直到听了色旺多尔济讲述了被土匪抢劫以及侥幸逃脱的经过后，王爷才明白过来。王爷赶紧让下人为他们烧水做饭，随着一阵忙乎，饭菜很快被端到桌上。色旺多尔济此时已饥肠辘辘，顾不上注意形象，狼吞虎咽，吃的十分香甜。吃饱喝足之后，他们又沐浴更衣，然后倒在舒适温暖的床铺安心入睡，一直睡到第二天中午方醒。

扎鲁特王爷事先已经得到色旺多尔济要来娶亲的消息，并为他们的婚事做了相应的安排。第二天，王爷便与色旺多尔济商量他们的婚事。

由于聘礼及财物均被土匪抢劫一空，色旺多尔济拿不出任何东西，他抱歉地对岳父说道："岳父，由于途中遭遇土匪抢劫，所有财物均被抢劫一空，拿不出任何一件像样的聘礼，小婿甚感汗颜，万望岳父见谅。"

"贤婿，为父理解你的心情，更同情你的遭遇，不要有顾虑，更不要内疚，咱们现在是一家人，一家人分什么彼此？你放心，婚礼的所有花销我已安排妥当，你就安心做新郎吧。"

色旺多尔济十分感激地说："岳父的深情厚谊，小婿没齿难忘！"

王爷理解色旺多尔济的心情，劝慰了他几句，然后起身离去。此时的色旺多尔济一贫如洗，就连新郎礼服都是王爷派人连夜赶制的。在王爷的操办下，婚礼如期举行。按照蒙古族的娶亲风俗，婚礼上有各种各样的礼仪，场面既热闹又隆重。可是因为匪患猖獗，王爷担心婚事会招来土匪，不敢大肆张扬，只是低调地邀请了一些直系亲属和几位诺颜、台吉参加。尽管如此，场面依旧热闹。色旺多尔济看到衮格玛一家为了筹备婚事，付出了大量的精力和财物，自己则两手空空，心里很不是滋味。如此寒酸的娶亲方式，别说他这样身份尊贵的蒙古王爷，即使是平民百姓也很罕见。

第六章

# 奴隶得解放

色旺多尔济历经磨难，终于遂心如愿，将衮格玛娶回家中。衮格玛美丽漂亮，聪明睿智，温柔贤惠，与色旺多尔济感情甚笃，俩人真是如胶似漆，香甜如蜜。加上她为人大方，处事公正，尊老爱幼，阖家老小没有不喜欢她的，特别是老福晋，更是对她赞不绝口，如同拾了个宝贝似的笑得合不拢嘴。

色旺多尔济年纪轻轻就接管了旗扎萨克，继承了多罗贝勒爵位，如今又娶了一位贤妻，生活真是吃蜂蜜蘸白糖——甜上加甜。色旺多尔济虽然年轻，但有远大的理想和抱负，况且正值青春年少，风华正茂，正是充满激情、敢想敢干的年纪。因此，他踌躇满志，准备大显身手，立志要尽最大的努力，把杜尔伯特旗治理好。为了熟悉和掌握各努图克的实际情况，他决定到各个努图克进行实地考察。

色旺多尔济把东吐莫作为实地考察的第一站。东吐莫虽然是他的出生地，但自从被过继到王府，他就再也没有回去过。亲生父亲他倒是时常能够见到，亲生母亲却很少见面。虽然养母高娃对他关怀备至，将他视为己出，但母子连心，天性使然，每当闲暇的时候，色旺多尔济总是会不由自主地想念亲生母亲。而且，随着年龄的增长，这种思念变得愈加强烈，特别是娶亲归来后，他觉得自己已经长大成人，顺利继承了王位，便更加思念自己的生母，在日常的言谈中也有所流露。高娃是个明事理的人，当初过继色旺多尔济时他已经六岁了，已经懂事。如今他继承了爵位，而且已娶亲成家，可谓是志得意满，他却依然思念自己的亲生母亲，说明他是个有情有义、不忘初心的人，所以高娃非但没有反感，反而感到高兴。再说他的生母是她的外甥媳妇，她们之间有着血脉相连的亲戚关系，无论从哪个方面，她都没有理由阻止他去探望生身母亲。

于是，善解人意的高娃不待色旺多尔济说出这个想法，就事先叮嘱他利用私访的机会，顺便回家去看望亲生父母，并给他备下了几样礼物。养母的这个提议正中色旺多尔济下怀，令他十分感激，于是，他简单地收拾了一下，带着两名侍卫，开始了考察之旅。

色旺多尔济探母心切，将考察的第一站定为东吐莫。他怀着急切的心情，策马飞奔在广袤无垠的杜尔伯特草原上。他无心观赏春天草原的美景，恨不得一下子就飞到那公爷府，早一刻见到日夜思念的母亲。

经过四个小时的驰骋，色旺多尔济来到了东吐莫地界。此时，草原上刮着很大的东南风，在这一望无际的草原上，由于没有障碍物，草原上风沙弥漫，刮得人站立不稳，睁不开眼睛。

近乡情更怯，来到自己幼年时生活的地方，看到眼前似曾相识的景物，色旺多尔济心里感慨万分，不由得放慢了速度，一边回首幼年的往事，一边信马由缰朝着屯子走去。

一路之上，不时可以看到人们捡拾牛粪的身影。牛粪是牧民的主要燃料，尤其是蒙古族放弃游牧生活，定居之后，日常生活更是离不开牛粪。由于男人都忙于放牧或其他事情，捡拾牛粪的活计就落在了妇女身上。

进入东吐莫草场，色旺多尔济远远看到一位妇女正在聚精会神地弯腰捡拾牛粪。宽大的蓝色蒙古袍被风扯起,紫色的头巾迎风不停地抖动着,女人手持短把四股叉,低头寻找风干的牛粪,身边放着带有"丁"字长提手的粪箕。色旺多尔济一眼就认出那是自己的妈妈,赶紧加了几鞭。眼看来到了跟前,女人才被马蹄声惊动,抬起头,露出饱经风霜的面庞,眯缝着双眼仔细瞧这位下马的青年。"啊!儿子!"她几乎是在惊叫。她万万没想到,来人竟是自己的亲生儿子色旺多尔济。

色旺多尔济滚鞍下马,将缰绳甩在鞍子上,上前左腿一撒,右腿半跪,双手放在右膝上问候道:"冃德!"然后起身走到母亲面前,眼睛湿润,声音颤抖地说:"阿妈,儿子都是旗府王爷了,您怎么还在捡牛粪,多辛苦啊!"

老人摩擦着沾满尘土的双手,激动地说:"好,好了,妈妈不捡了。走,咱们回家去。"

色旺多尔济将母亲抱上马背,把粪箕交给侍卫,自己牵着缰绳,一边和母亲说话,一边朝着家中走去。

得知色旺多尔济回来探望,阿爸及兄弟们都非常高兴,他们围着色旺多尔济,一边喝茶一边与他唠嗑。这时,巴图和高龙闻讯赶过来见礼请安。自从娶亲归来,巴图与高龙就住在了那公爷府。

面对昔日的救命恩人,色旺多尔济赶紧起身,激动地拉着他的手,关切地问道:"你在公爷府里生活得还好吧?"

"谢谢王爷惦记,好是好,不过整天吃饱就睡,无所事事,闲得无聊。"高龙答道。

"过去这么长时间了,我看应该没啥事了,既然你觉得闲得慌,就跟我一起回王府吧。"

"太好了,我早就待不住了,再待下去,非得憋闷出病来不可!"高龙很兴奋。

那逊额勒格图得知色旺多尔济打算对各个努图克进行实地考察,表示极力支持，并为他提建议："你的想法非常好，不过我建议你不要公开身份。你贵为王爷，王公、台吉们见到你，不但要好好招待，还要尽力相陪，那样你只能看到表面现象，无法深入社会底层，更无法了解实际情况。所以，我建议你还是微服私访，那样才能达到预期效果。"

"阿爸说的有道理，我按你说的做，效仿古代的官员，来个微服私访。可我不了解地形，也不知道从哪儿开始。"

"地形不熟怕啥，找个熟悉地形的人做向导不就行了。哎，对了，巴图从小就在草原上放牧，熟悉地形，让他给你带路如何？"

"太好啦，另外让高龙也跟着我，一来他们师兄弟可以长相聚，二来我也需要得力的人手。"色旺多尔济高兴地表示同意。

"行，反正他俩在我这里也没有什么事，就让他们跟着你吧。另外，我建议你们先近后远，先从咱们三努图克开始，然后向四周蔓延，省得跑瞎道。"

"阿爸，您说得对，不过我不明白，为什么咱们的努图克只有三、四、五、七、十、十一，而没有一、二、六、八、九呢？"色旺多尔济不解地问那逊额勒格图。

"你的年纪小，对于咱们杜尔伯特的历史还不甚了解。咱们科尔沁蒙古十旗都是太祖成吉思汗胞弟哈布图·哈萨尔的后代，当年咱们的先祖——哈萨尔的十四世孙奎蒙克塔斯哈喇为了辅佐达赉孙库登汗，毅然离开了封地呼伦贝尔草原，徙牧于大兴安岭以东地区，始称自己的部落为嫩科尔沁部，分为四部十旗。

"奎蒙克塔斯哈喇有两个儿子，长子叫博第塔喇，次子叫诺们达赖。博第达喇的第八个儿子爱那嘎驻牧嫩江左岸之后，称其部为杜尔伯特部。爱那嘎是咱们杜尔伯特部的始祖。

"爱那嘎去世后，其长子阿都齐继位部落首领。阿都齐育有六男五女共十一个子女。其中老大、老二及老六、老八、老九都是女儿，所以不能拥有独立的努图克。待子女长大成人后，阿都齐首先为他的六个儿子分封了游牧地，每一个儿子分一个努图克。这就是咱们杜尔伯特六个努图克的由来。"

色旺多尔济听后恍然大悟，连连点头说道："哦，原来是这么回事！"

"你现在已经继承了王位，一定要以百姓为重，要体恤民情，关心百姓疾苦，力争做一个为国为民的好王爷。"那逊额勒格图语重心长地叮嘱色旺多尔济。

"阿爸，您就放心吧。我决不会辜负长辈们的期望，一定努力做一个合格的扎萨克。"

"我相信你有这份信心和志向，但是，世上的事情说起来容易做起来难。无论做什么事情，都必须付出一番辛苦才行。你刚刚接任扎萨克，对一些事情还不太了解，不要操之过急，要脚踏实地，一步一个脚印才行。你想到各地去了解情况，这个想法非常好，为了便于你的考察，我现在就把咱们杜尔伯特各努图克的分布情况详细地告诉你……"

色旺多尔济为了表达心中的感激之情，吃饭时特意把巴图和高龙叫来一起用餐。巴图和高龙听闻让他们俩跟着王爷，心里非常高兴。

色旺多尔济在家陪着母亲待了两天，之后便与母亲及父兄告别。母亲和父兄一直把他送出大门外。临行时，他一再叮嘱母亲保重身体，恋恋不舍地与亲人道别，然后带着巴图、高龙等人上马离去。

离开东吐莫之后，他们装扮成牧民，到旗内各努图克去进行实地考察，详细了解情况，以便掌握第一手资料。

这天中午时分，他们一行人来到好勒布岱屯。色旺多尔济让侍卫将马牵到屯边的树林子里隐蔽，他则带着巴图和高龙徒步进村。刚一进村，他们就看到屯中央的广场上，熙熙攘攘地围了一大群人。色旺多尔济好奇，便朝着人群走去，费了好大劲儿才挤到前面。只见广场中央的一棵大树下，绑着一对年轻的男女，男的生得皮肤黝黑，身体结实，长相端正，此时上身赤裸，头发凌乱，被五花大绑地绑在旗杆上。那个女的肤色白净，眉目清秀，身材苗条，下身穿一条裤子，上身只有一件肚兜，与那个男的一起被绑在旗杆上。

色旺多尔济急着弄明白原因，赶紧向身边的一位老者问道："这是怎么回事？他们犯了什么法？为什么将他们绑在旗杆上？"

那位老者看了色旺多尔济一眼，说道："看来你不是本地人。"

"我是路过此地的客商，觉得好奇，故此相问。"

"原来是路过的，难怪你看不明白。这两个人都是萨格拉家里的奴隶，男的叫巴根，女的叫乌日娜。他们未经主人允许，私自苟合，结果被发现了。萨格拉已经下令，等到午时三刻，就把他们斩首示众。"

"他们没经主人同意，私自苟合，虽然不合法度，但也罪不至死啊，为什么要当众斩首？"

"为什么？因为他们是奴隶！在我们这里，奴隶是主人的私有财产，没有任何人身权利可言。他们的主人掌握着他们的生杀大权。在我们这里，流传着一句谚语：'奴隶离不开罪名，身旁离不开影子。'如果主人不高兴或者奴隶犯错了，轻则毒打受刑罚，重则挖眼、割舌或处死。这么说吧，在主人眼里，奴隶的命根本不值钱，整死一个奴隶，就像捻死一只臭虫一样轻松。"

"怎么会这样呢？真是太残忍了！"色旺多尔济于心不忍地摇头自语。

"唉，确实很残忍，但又有什么办法呢？这是千百年来留下的规矩，一向如此，谁也无法改变。"老者叹着气回道。

就在这时，贝子府的大门打开了，从里面走出了一位二十出头的青年。色旺多尔济认出他就是萨格拉，汉名叫佟宝庆。色旺多尔济是在继承王位的典礼上认识萨格拉的，萨格拉祖上曾是蒙古三等台吉。萨格拉出生于光绪三十一年（1905年），十岁入私塾读书。由于他天生顽劣、淘气，到处惹是生非，不愿意读书，教书先生不喜欢他。他于民国八年（1919年）辍学。由于他读过私塾，认识字，辍学后便协助父亲管理家务。

此时，萨格拉身穿蓝色长袍，外罩黄色马褂，头戴白色礼帽，脚穿黑色蒙古靴。他身后跟着管家、护卫等人。

萨格拉在众人的簇拥下来到旗杆前，面色冷峻，厉声说道："这两个不知死活的奴才，竟敢背着我私通，真是目无法纪，胆大包天。为了整肃法纪，特将其处死，以儆效尤。"

他的话音甫落，只见管家走上前来，高声喊道："午时三刻将到，准备行刑。"随着他的话音，只见两名手持弯刀的壮汉应声走上前来，一左一右站在旗杆两旁，等候行刑的命令。就在这时，巴根悲愤地说道："乌日娜，对不起，是我连累了你。"

"巴根哥哥，我不怨你，是我自愿的，能够和你一起死，我死而无憾！"乌日娜平静地回答。

"你们这两个不知羞耻的奴才，死到临头了还不知悔改，真是顽固至极。本公爷成全你们，你们到阴曹地府去做夫妻吧。"萨格拉指着他们二人大声怒斥。

"午时三刻已到，行刑！"随着管家一声令下，两名面无表情的刽子手同时举起弯刀，准备行刑。

就在这时，人群中传来一声高喊："刀下留人！"

在场的所有人都被喊声惊呆了，两名刽子手不由自主地停下了动作，转头向萨格拉望去。萨格拉猝然听到"刀下留人"的喊声，心说："谁吃了豹子胆，竟敢为奴隶讲情。"他面带愠色，循声望去。当他看清来人时，不由得大吃一惊，急忙走上前去躬身施礼，语气谦卑地说："不知王爷驾到，有失远迎，万望恕罪。"

色旺多尔济摆了摆手，说道："无须多礼，先把人放了再说。"

"王爷，您有所不知，这两个该死的奴隶犯的是私通死罪，我是按律施刑。"萨格拉以为色旺多尔济不知情，打算向他解释。

"你不必解释，我已经了解了事实。虽然他们背主私通，但罪不至死，饶恕他们吧。"

"谨遵王爷旨意。"萨格拉不敢违背色旺多尔济的旨意，当即下令将释放。巴根和乌日娜原本认为自己必死无疑，抱定以身殉情的决心，谁知死到临头，却又峰回路转，不由得大喜过望，泪流满面，双双来到色旺多尔济面前，跪地磕头不止，口中连连称谢。

"你们不必如此。你们既然如此恩爱，至死不渝，我就成全你们做夫妻。"色旺多尔济说完，转头对萨格拉吩咐道："他们年纪相当，彼此般配，就让他们成亲做夫妻吧。"

"既然王爷开了金口，我定当遵循，过几天就让他们成亲。"萨格拉不敢违背，急忙应承下来。

"择日不如撞日，我看今天就办吧。我留下来为他们证婚。"

"好的，我这就安排人去准备，请王爷到府上歇息。"

"好吧。"色旺多尔济点头答应。这时，人群中发出一阵欢呼声，一些年老的人纷纷走上前来，向色旺多尔济跪地磕头，口念佛号，称颂不已。他们均被王爷的仁慈所折服。

由于王爷下令，萨格拉不敢怠慢，急忙召集人员，不遗余力地为巴根和乌日娜筹备婚礼，虽然时间仓促，但众人齐心协力，终于抢在天黑之前，将一切事宜准备就绪。

色旺多尔济亲自为他们证婚，二人终于如愿以偿做了夫妻。他们这一天经历了由死到生，由生到成亲的大起大落、大悲大喜，以致他们走进洞房还有些不敢相信这一切是真的。他们做梦也没想到，与自己无亲无故，贵为一方的王爷，竟然将他们从死神手里救了回来，并破例为他们举办婚礼，真是恩同再造！他们夫妻二人彻夜未眠，整整说了一夜的感激话。

第二天早上，巴根夫妻为色旺多尔济供奉了一块长生牌位，每天早晚上香念经，求佛爷保佑王爷一生平安，福禄俱全，儿孙满堂。

处理完巴根的事情，色旺多尔济离开了贝子府。按原计划，他们应该前往旗内其他努图克进行考察，现在他却突然改变了主意，下令赶回王府。一路上，色旺多尔济眉头紧锁，一言不发。

"昨天那两个奴隶真是幸运，若不是遇到王爷，恐怕早就成了刀下鬼。"巴图想到了昨天的事情，开口叹道。

"可不是咋的，幸亏王爷仁慈，他俩才逃出生天，否则难逃此劫，更别说成亲了！唉，这些奴隶真够可怜的。"高龙也应声附和道。

"谁说不是呢，他们每天吃苦受罪，却连起码的人身自由都没有，确实令人同情。可他们都是奴隶，天生就是这个命，又能怪谁呢？"巴图接过话头。

色旺多尔济叹着气说："不是我仁慈，而是他们太可怜了。唉，奴隶也是人啊！"

"谁说不是呢，他们与正常人有什么两样？只不过投错了胎，生在了奴隶家里而已。"高龙顺着色旺多尔济的话往下说。

"虽然出身不能选择，但命运可以改变。"色旺多尔济若有所思，自言自语道。

"改变命运？怎么改变？除非王爷开恩，下令废除奴隶制度！"巴图觉得不可思议。

"让你说着了，我正有此意。"色旺多尔济面色沉重，说出了心中的想法。他昨天晚上几乎彻夜未眠，脑海里反复思考着这个问题。他之所以中断私访行程，就是急于回府与众人商量奴隶问题。

他们一路没有停歇，快马加鞭赶回王府。

晚上，色旺多尔济特意安排酒宴为高龙接风，并找来叶公爷、乌恩奇以及巴图作陪。酒宴上，色旺多尔济等人轮番向高龙敬酒，一再感谢他的救命之恩，高龙连称不敢。酒宴的气氛非常融洽，大家喝得十分尽兴。

酒足饭饱之后，高龙让巴图带他到王府各处转转，以便尽快熟悉王府的情况。巴图见夜已深，便劝他先行休息，明天再转不迟。

色旺多尔济顾不上休息，连夜找来叶公爷、母亲高娃以及自己的亲生父亲等一些亲近的人，商量如何解决奴隶的问题。

色旺多尔济首先说道："我连夜将你们请来，是想与你们商量一下有关奴隶的事情。我这次出去考察，在好勒布代屯看到一对奴隶，彼此相爱却因没有得到主人的同意，竟然差点儿被杀头。你们说说这合理吗？"

叶公爷接过他的话头说道："这确实有些过分，不过奴隶就是奴隶，他们不经主人允许，私自相爱是违法的。"

"即使违法，也罪不至死吧？他们也是活生生的人啊！也有正常的生理需求，我们干吗要阻止他们？为什么不能成全他们，给他们人身自由呢？今天我把最亲近的人召集来，就是想和你们商量一下有关废除奴隶制度的事情，不知你们是否赞成？"

"王爷，你说的没错，奴隶确实没有人身自由，饱受欺压，确实值得同情，但这也是没办法的事情。我们从祖上开始就实行奴隶制度，至今已经有上千年了。历任王爷都奉行奴隶制度，我劝你还是放弃这个想法，以免招致众怒。"高娃好意劝说。

"福晋说的没错，奴隶制度是祖上传下来的，他们生就的贱命，这是谁都无法改变的。我劝你不要一意孤行。"那逊额勒格图也好意相劝。

"你们说得我何尝不知，奴隶制度确实是祖先流传下来的，但是，当初是战乱年代，出于巩固统治地位的需要，掠夺俘虏当奴隶，逼迫他们做苦力、做下等人。如今时过境迁，已经是民国了。民国主张民主共和，人人平等，咱们应该顺应时代潮流，想办法解除奴隶的痛苦。"

"话虽如此，但你想过没有，如果没有奴隶，谁来侍候我们？谁给我们放马牧羊？你这么做是自毁长城，会引起众怒，我劝你还是放弃这个不切实际的想法。"叶公爷也不赞成。

"我们有手有脚,凭什么靠别人侍候?"色旺多尔济正色说。

"孩子,你还年轻,不懂得人情世故。这些冠冕堂皇的话谁都会说,可是说起来容易做起来难。虽然现在是民国了,但是民国总统依然保留着咱们的爵位,咱们还是贵为一方的王爷。如果真的废除了奴隶制度,咱们怎么办?难道真如叶公爷所说,自己去牧马放羊,自食其力吗?那样成何体统!"高娃有些动气地数落道。

色旺多尔济没想到,自己主政以来的第一项决议,竟然招致至亲的人的一致反对,心里很不是滋味,更感到失望。他知道,亲人们之所以反对,不是故意拆台,而是出于爱护他的角度。他们是怕这项决议引起所有王公、台吉们的反对,因为他们每个人都拥有数量不等的奴隶,如果他们群起反对,势必影响自己的威信。想到此,色旺多尔济站起身来,语气和缓地说:"你们都是我至亲的人,是出于关心、爱护的角度直言相劝,既然如此,此事先行搁置,日后再议。"说完,色旺多尔济起身离去。

色旺多尔济带着郁闷的心情回到卧室,衮格玛已经从女仆的口中得知色旺多尔济回来的消息,此时正坐在床边等他。听到他的脚步声,衮格玛急忙站起身来,面带笑容迎上前去问候道:"你回来了?你不是出去考察了吗,怎么这么快就回来了?"

"这么晚你还没睡啊?"色旺多尔济问道。

"我听下人说你回来了,就一直在等你。你干啥去了,怎么这么晚才回来?"衮格玛一边为他解衣脱靴,一边说道。

"我和阿妈及叶公爷等人商量了点儿事情,害得你久等了。"

"我没什么,只是你累了一天,有什么事情不能明天说,干吗非要连夜商量?"

"这件事非同小可,我一刻也等不及。"

"你刚出去两天就急了忙慌地赶回来,到底发生了什么事?"

"我之所以这么快返回，是因为碰到了一件令人震惊的奴隶遭受迫害的事情。这件事对我触动很大，我必须想办法解决。"色旺多尔济接过衮格玛手中的热茶，喝了一口，然后面色凝重地把事情的来龙去脉述说了一遍。

听完色旺多尔济的讲述，衮格玛深表同情地叹着气问道："唉，他们真够可怜的！你打算用啥办法解决？"

"我打算彻底解决这件事，把所有奴隶都解放了。我特意赶回来就是与阿妈及叶公爷等人商量此事。"

"解放奴隶？这件事非同小可，阿妈和叶公爷是否同意？"

"别提了，他们没有一个人同意。"色旺多尔济显得很无奈。

"奴隶制度是祖辈传下来的规矩，难怪他们会反对。我看你还是放弃这种不现实的想法吧。"

"不行，我不能眼睁睁地看着他们受苦受难。不管用什么方法，我一定要解放他们，让他们过上正常人的生活。"色旺多尔济态度十分坚定。

"我知道你心地善良，不忍心看着奴隶们遭受苦难，可这件事难度太大了。再说，你刚刚接任扎萨克，管理旗务经验尚缺，很多事情还要仰仗他们扶持。他们都是你最亲近的人，是不会害你的。他们反对自有他们的道理，你应该理解他们。"

色旺多尔济面带悲戚，痛苦地说："我知道他们是为了我着想，可我一想到那些无辜的奴隶每日饱受欺凌，我的心就如同针扎一般难受。"

"我理解你的心情，也支持你的想法，但这件事不能操之过急，要慢慢想办法说服他们，征得他们同意才行。"

"你真是一位善解人意的好福晋，我听你的。"色旺多尔济听到衮格玛支持他的想法，心情很是激动，忍不住上前亲吻衮格玛。衮格玛面色红晕，一边与之亲热，一边柔声说道："夜深了，早点儿安歇吧。"

虽然他们刚刚分开两天，但对于新婚夫妻来说，有一日三秋之感。色旺多尔济将妻子抱到床上，两情缱绻，柔情蜜意，相拥而眠。

第二天吃过早饭，巴图带着高龙先从王府大门开始，边走边向他介绍王府的布局和构造。王府坐北朝南，坐落在高岗上，分内、外两院。外院坐北朝南，南北长五百多步，东西宽四百多步，院墙由土筏砌筑，高一丈二，宽六尺。前墙正中是一座砖门垛、鱼脊形瓦门楼，两扇对开的紫檀木大门，门高一丈二，宽一丈八。门扇中间嵌有狮子头，口衔铜环。门扇下部纵横密排八十一个蘑菇钉，木门槛，石制门轴碗。大门东西两边是警卫室。东边是王府卫队办公室，紧挨着的是侍卫用餐的厨房。侍卫室的对面是账房，紧靠东南角炮台的是侍卫队的营房，门前是四级石台阶。门前竖有四根旗杆，旗杆高三丈六尺，上悬旗杆斗，铜制旗杆顶。院墙四角筑有炮台，长、宽、高各一丈二，分上下两层，墙壁厚约三尺，遍布射击孔。围墙上设有垛口，内侧筑有马道，每隔百步设有一个上下马道。外墙并开有东门，东南角炮台附近有五间土平房作为王府卫队的营房。营房的北面有一口水井，水井宽约五尺，井沿上用青砖砌着一尺多高的井床，上面架着一个辘轳，井水清澈香甜。这口井可以供阖府上下人畜饮用，即使遇到大旱之年也不竭，据说井底下有泉眼，常年流水不止，故此井水清澈香甜，水量丰富。水井的北面是磨坊，穿过磨坊是东北角的炮台，炮台的西面是一溜马棚。后围墙上紧靠着马棚有一个后门，方便骑马进出。平时后门上锁，只有需要时才打开。

王府内院位于外院中心，分主院和跨院，主院南北长约一百步，东西宽七十余步，四周是青砖砌筑的院墙，鱼鳞墙顶，墙高八尺，宽二尺四。木制大门高约八尺，宽六尺，青砖台阶。正院方砖铺地，有十字交叉的甬道。甬道宽约三尺，连接正厅、公文储藏室、东厢房与西厢房。甬道交叉的四角种有四棵丁香树。正厅为砖瓦结构，长约三十步，宽约一丈，高二丈四，阴阳瓦房盖起脊，飞檐，上置造型不一的神兽雕像。红色菱形花格门窗，木制窗台板。室内方砖铺地。公文储藏室与正厅相对，亦为砖瓦结构，东西厢房各长三丈六，宽二丈一，高一丈五，亦是砖瓦结构，门窗与正厅相同。正厅后面有三间库房,西北角有砖瓦结构的内厨房两间,东北角有厕所一处。东西厢房各有角门一个,门宽三尺,高六尺,起脊瓦门楼,木制单扇门,直通东西跨院。东西跨院南面为砖墙,其他三面为土筏墙,高一丈,墙基宽二尺四。东跨院有砖瓦结构的两间客厅,客厅东面有一道门,直接通往扎萨克仓。东厢除了有扎萨克仓,还有扎萨克厨房三间、杂工厨房二间以及三间食物储藏室。东客厅一般用于招待客人用餐。扎萨克仓的北面是王爷用餐的厨房。厨房旁边有一道门,直接通往后面的马棚,这道门便于王爷出行,可以直接从扎萨克仓到马棚骑马。西跨院建筑为砖瓦结构、起脊飞檐的佛殿三间,客厅两间,用品储藏室四间,仓库两间,厕所一处。

高龙一边听巴图介绍,一边用心记下。转了一圈之后,他对王府的情况有了大概的了解。他本想抽空多转几圈,进一步熟悉王府地形,却接到通知,要继续跟王爷外出微服私访。

色旺多尔济带着巴图等人,先在他拉哈考察了一番,然后继续向南。他们在草原上走了一程,然后踏上通往后新屯的土道。走了不到两个小时,他们来到了后新屯旁一处杨树林。色旺多尔济翻身下马,让侍卫把马牵到树林子里边,准备带着巴图和高龙徒步进屯。当他们经过树林旁边的一处乱坟岗子时,听到一阵断断续续的呻吟声。

色旺多尔济闻声止住脚步,好奇地转身走进坟地查看。巴图和高龙紧随其后,手里握着枪,一左一右保护色旺多尔济。他们循声而至,来到一个长满蒿草的坟包前,只见一个面色苍老、须发皆白、衣衫褴褛的老者趴在地上不停地呻吟着。

看到有人走来,老者挣扎着抬起头,眼睛里流露出一丝亮光,用微弱的声音乞求道:"救……救我,给……给我……点儿吃……吃的!"

色旺多尔济听闻,赶紧示意巴图拿出随身携带的奶酪。老者伸出青筋虬结的手臂,颤抖地接过奶酪,迫不及待地往嘴里填,连嚼都不嚼,就往肚子里咽，噎得直仰脖。色旺多尔济赶紧让高龙拿出水袋，让他用水往下顺。老者喝了一口水，又急忙抓起奶酪往嘴里填，就像吃慢了会被抢走似的。转眼工夫，他就把一袋奶酪吃光了。

"老人家，你是哪里人？为什么躺在坟地里？"色旺多尔济待老者吃完，关切地问。

"我是贝子府的奴隶，由于年老体病，被管家丢在坟地里等死。"老者吃过食物，体力得以恢复，说话也连贯了许多。

"你生了什么病，有多长时间了？"

"我也不知道是什么病，头昏脑涨，四肢无力，已经十几天了。"

"他们怎么这么狠心？为什么不给你救治？"

"管家说我光吃饭不干活，把我丢在这儿等死，以免浪费粮食。"

"他们怎么能怎么干！这不是草菅人命吗？！"

"我们奴隶的命不值钱，不能替主人干活，就只有死路一条。"

"高龙，赶紧把马牵过来，送老人去治病。"色旺多尔济面带悲悯地吩咐高龙。

高龙答应着跑出坟地，很快牵马过来。巴图和高龙将老人扶上马，按照色旺多尔济的吩咐，朝贝子府走去。

坐落在后新屯的贝子府，是乌尔图那苏图的府邸。乌尔图那苏图家境富庶，有良田两千多垧，羊上万只，马超过千匹，牛数百头，网窝子五处，还有店铺。虽然他的官职比王爷小，但是财产比王爷多得多，堪称杜尔伯特旗首富。

乌尔图那苏图的祖上并不富有，靠给山西富商恒顺号放马为生。一天，他赶着马群放牧，一个马驹突然离群向西跑去。他立即提缰扬鞭催马追赶。马驹跑得并不快，还偶尔回头看看他，眨眼就不见了，又一眨眼就在眼前了，可是他就是追赶不上，气得他怒吼、加鞭、不停地踢蹬。马驹一直跑到金簸箕，绕着金簸箕跑了一圈后，继续往西跑，越过高岗跑到一片开阔地，南有沼泽汪洋一片，北有山丘高岗可倚。马驹的速度加快，他探身离鞍扬鞭穷追不舍。贴近马驹时他迅速伸出套马杆，可马驹突然止步，向钉子一样钉在那里，他的马收不住步冲出数丈远。当他稳住马掉转头，见马驹瞧着他，叉开后腿在撒尿。他抓住机会，冲上去伸出套马杆套住马驹的脖子，再将其勒紧，边勒边拧套马杆，唯恐它再跑掉。他仰天在马鞍上，觉得万无一失才立起身来。可怪事出现了，不但马驹没有套住，而且连影儿都不见了。他赶紧揉揉眼睛仔细瞧，只见那泡尿如银液般湿淋淋一片，更感到奇怪。他瞧了又瞧，突然如梦初醒：莫不是佛爷指点！天机不可泄露，他暗暗记下了这个地方。后来，那个山西商人为了躲避战乱，离开草原回乡，只带走了金银细软，剩下的马、牛、羊都送给了这位忠心耿耿的牧马人。他赶着牲畜来到了马驹撒尿之地，建起了房屋，后来又建了三院连为一体的青砖瓦房，再后来又在东边接了个小院，规模气势仅次于旗扎萨克府，成为草原上的一颗明珠。人们称这里为后新大院，由于后来乌尔图那苏图晋升贝子，故又称贝子府。他的祖先把金簸箕选为宝地，从此时来运转，人财两旺，事业有成，远近闻名。这就是后新屯的由来。

色旺多尔济进屯后直奔贝子府。此时乌尔图那苏图因为公主之死被贬家中，觉得无颜见人，便把府里的大小事情都交给长子喇嘛管理，自己则潜心研究蒙古文学，著书立说。

喇嘛听说王爷驾到，赶紧走出门外迎接。只见他态度谦卑，躬身施礼问候道："不知王爷驾到，在下有失远迎，万望恕罪！"

色旺多尔济面色沉重，摆了摆手，说："不必多礼，赶紧叫大夫为老人治病。"然后用手指着身后趴在马背上的老者。

"行，行，我马上照办。"喇嘛看到王爷身后的奴隶，不由得暗自吃惊，心说："王爷怎么会和这个奴隶在一起呢？"

喇嘛见色旺多尔济面带愠色，心里感到恐慌，一边吩咐管家请大夫，一边殷勤地请色旺多尔济到客厅吃茶。

大夫很快就来了，色旺多尔济不放心，来到厢房亲自看大夫治病。

大夫诊断老者得了慢性肺炎，由于得不到救治，加上营养不良，导致其头昏脑涨，浑身无力，卧床不起。

色旺多尔济对医术颇有研究，听闻是慢性肺炎，心内稍宽，让大夫抓紧时间治疗。大夫当即开方，喇嘛急忙派人前去抓药。

色旺多尔济因为担心老者的病情，在贝子府待了两天，直到老者的病情有所好转，方才离去。临行时，色旺多尔济一再叮嘱喇嘛，要善待老者。喇连声应诺。

色旺多尔济走出贝子府，纵身跳上马背，说了声："回王府。"然后放开缰绳，直奔王府而去。

色旺多尔济回到王府已是傍晚。他顾不得吃饭，当即对管家下令：通知旗内各努图克所有王公、台吉，务必于明日午时赶到王府议事。乌恩奇不敢怠慢，立即分派人手，连夜给各努图克送信。

色旺多尔济已经打定主意，无论如何，一定要废除奴隶制度。由于害怕亲人们反对，他索性谁也不与商量，而是利用自己的权力，召集王公、台吉们开会，直接当众宣布废除奴隶制度。即使有人反对，谅他也不敢公然违抗王爷的命令。

各努图克的王公、台吉们接到通知，不敢耽搁，立刻启程前往王府。

乌恩奇和巴图、高龙等人按照王爷的指令，站在大门口迎接各位王公、台吉。每当王公、台吉到来，巴图等人便迎上前去，伸手接过马缰绳，让侍卫将马牵到后面的马棚饲养。然后引领他们走进二门，到东客厅休息用餐。跟随而来的侍卫则跟着高龙到侍卫室休息。

午餐过后，各位王公、台吉以及王府的诺颜们齐聚正厅开会议事。色旺多尔济坐在前边，望了一眼与会的众人，开口说道："今天把诸位召集到王府，是为了宣布一件事情。自从我接任旗扎萨克以来，接连走访了旗内各个努图克，大致了解了旗内的基本情况。在走访中我发现了一个十分严重的问题,是有关奴隶的。据我了解,全旗各努图克在对待奴隶问题上,均有不同程度的迫害倾向,这些可怜的奴隶不但没有人身自由,而且处处受压迫,他们每天像牲口一样劳作,却连最起码的人身保障都没有。稍不留神,他们就会触犯所谓的法律,轻则被鞭笞、受刑罚,重则被削鼻、挖眼、割舌甚至处死。他们还被限制婚娶,尤其是晚年生活更没有保障,大多数奴隶都因病无法得到医治而悲惨地死去。他们也是人啊!他们和我们一样,有着正常的思维、正常的生理需求。为什么同样是人,待遇却有天壤之别!难道就因为他们是奴隶吗?他们本身没有过错,错就错在不应该生在奴隶家里,这些所谓的命运,都是人为造成的。今天把大伙儿召集来,我向你们郑重宣布:从今天起,杜尔伯特旗彻底废除奴隶制度,要让旗内所有的奴隶过上正常人的生活。你们回去后,按照我的命令,悉数解放奴隶,如果继续留用,要按正常人给予相应的工钱,不得随意打骂和处罚。如果有人明知故犯,定严惩不贷。你们回去后,把奴隶的名单报上来,不得漏报或瞒报。"

与会的王公、台吉以及诺颜们没想到色旺多尔济会突然提出解放奴隶,连叶公爷和他的亲生父亲都颇感意外。由于事出突然,他们没有心理准备,一时之间不知道说什么好,故此你看我,我看你,都不吭声。

"你们怎么不说话,难道想违抗本扎萨克的指令吗?"色旺多尔济见众人面面相觑,彼此对望却不出声,心里也觉得没底。但是,他暗下决心,不管遇到多大阻力,他都一定要坚持到底,决不妥协。

叶公爷望着色旺多尔济,用商量的口吻说:"王爷,此时事关重大,是不是和大家商量一下,再做决定?"

"没什么好商量的,今天把大伙儿召集来,不是商量,而是宣布这一决定的。"色旺多尔济面色严肃,语气坚决地回答。他对叶公爷一向敬重,平时说话都很谦和,今天之所以不给他面子,是因为担心自己态度一旦软化,其他人跟着效仿,就会引起连锁反应,那样事情就难办了。

叶公爷见他如此坚决，说话不留一丝余地，不由得一时语塞。

众人虽然心里反对，但是看到德高望重的叶公爷都被王爷驳得无言以对，谁还敢不顾脸面去自讨没趣，所以都沉默不语。

"既然大伙儿没意见，那就回去按我说的准备吧，限你们三天之内把奴隶名单报上来，不可瞒报、漏报，否则严惩不贷！散会。"色旺多尔济说完，起身离去。

与会的各位王公、台吉们第一次领教到色旺多尔济的厉害。他们没有想到，刚刚接任王位不久，尚且缺乏执政经验的色旺多尔济，平时说话慢声细语，为人谦和，做事竟雷厉风行，如此强势。

王公、台吉们见事已至此，知道无力回天，只得怏怏不快地起身离去。他们回到各自的努图克之后，不情愿地按照王爷的指令，将奴隶们登记造册，上报到王府。他们知道王爷的主意已定，此事势在必行，谁都不想触霉头。

三天后，色旺多尔济将各努图克上报的奴隶连同王府内的奴隶，共计二百一十四名悉数解放。他的这一举动引起了巨大的反响。尤其是那些被解放的奴隶们，欢呼雀跃，喜之不胜。为了感激王爷的再造之恩，他们相聚到王府，跪在王府的大门口，一齐向色旺多尔济谢恩。色旺多尔济闻讯出来，众人见到他，更加激动不已，喜极而泣，向色旺多尔济磕头不止。

色旺多尔济的心情也很激动，一再相劝。侍卫们急忙上前，将他们一一扶起，俟众人情绪稳定后，色旺多尔济又对他们勉励一番，并下令设饭食招待他们。

奴隶们对他感恩戴德，甚至每日为他诵经念佛，虔诚地祈祷佛爷保佑他多子多寿，福禄安康。

虽然色旺多尔济严令不许瞒报，但是还有少数王公、台吉为了自身利益，私自瞒报了三十余名奴隶，继续任他们驱使。直到若干年之后，这些奴隶才得以解放。这是后话。

第七章

# 赈灾修水利

色旺多尔济执政以来，通过多方观察了解，发现王府的管理制度存在许多不合理现象，决心予以纠正。废除奴隶制度之后，他又着手改革其他不合理的制度，整顿旗务。首先，削减徭役，减轻赋税，以此减轻广大牧民的生活负担；其次，精减人员，果断地裁撤那些靠祖荫而承袭爵位，在王府内担任要职却没用作为的诺颜；再次，提拔了一批年富力强、精力充沛、有责任心的年轻人。虽然他的做法得罪了一些年老的蒙古贵族，但赢得了广大牧民的拥护。

在色旺多尔济的不懈努力下，杜尔伯特旗呈现出一片欣欣向荣的景象。草原上碧草如茵，牛马成群，如同天上的繁星；羊儿多得数不清，好像天上的白云。发源于大兴安岭山脉，素有温柔少女之称的嫩江缓缓流淌，好像乳汁一样，哺育着草原上的人们健康成长。发源于小兴安岭的乌裕尔河，源源不断地注入杜尔伯特草原。杜尔伯特草原地处松嫩平原，平均海拔150～200米，乌裕尔河流入草原之后，变成了浮流，在草原上形成了沼泽和无数大大小小的湖泊，如同珍珠一般散落在广袤的草原上。湖泊里鱼虾肥硕，水禽飞舞，鸣叫欢唱。这得天独厚的地理条件，神奇如画的自然景观，宛如一位技艺娴熟、巧夺天工的画家，用手中的神来之笔，把美丽的杜尔伯特草原装扮得如同人间仙境。

杜尔伯特人的祖先当初就是看中了这片水草丰美、神奇美丽的草原，作为他们赖以生存的福地，祖祖辈辈在这里繁衍生息。然而，世界上的任何事物都存在正反两方面。虽然杜尔伯特草原河流纵横，湖泊遍布，水源充足，具备良好的生态环境，适合游牧民族生活，尤其是风调雨顺的年头，更是物阜民丰。但是，一旦遇到洪涝之年，造福于百姓的河水摇身一变，就会成为祸害百姓的罪魁祸首。

民国十七年（1928年），气候反常，自开春以来，几乎没有下过透雨。但入伏以后，整日阴雨连绵，下个不停。

色旺多尔济自接任以来，每日为了治理旗政从早忙到晚，很少与家人聚在一起。如今赶上连阴雨，道路泥泞，无法外出。妻子衮格玛刚刚生下儿子乌尔图·那木济勒（汉名包维新）。色旺多尔济初为人父，喜之不胜，围在妻儿身边，一边陪妻子聊天，一边不住地看着长相清秀，面目俊俏的儿子，高兴得合不拢嘴。

十余天时间，色旺多尔济几乎足不出户，一直陪着妻子。这天，他一边陪妻子说话，一边逗儿子玩儿。儿子十分乖巧，刚刚满月，不但会笑，而且还会眨眼耸鼻逗人开心。就在色旺多尔济与妻儿尽享天伦之乐的时候，只见服侍福晋的女仆快步走进来，说道："王爷，叶公爷让管家请您到东客厅去一趟，有急事相商。"

"好，告诉管家，我马上就去。"色旺多尔济知道叶公爷一定是有急事，否则不会专程让管家来请他。

色旺多尔济说完，整理了一下衣着，快步朝东客厅走去。

色旺多尔济走进客厅，只见客厅里除了叶公爷，还有来自第三努图克和第五努图克的几位王公、台吉。见到色旺多尔济，他们赶紧躬身施礼：

"王爷吉祥，在下给您请安啦！"

色旺多尔济摆了摆手，回道："不必多礼，请坐下用茶。"然后转头问叶公爷："叶公爷，有什么事？"

"王爷，连日降雨，嫩江水猛涨，导致洪水泛滥，沿江的大坝多处出现险情，请王爷赶紧想办法救险。"

"怎么会发生这种事呢？那还等什么，赶紧召集民众上堤抢险呐！"色旺多尔济急道。

"我已经告知沿江的各努图克达召集民众上堤就近挖土护堤，同时遍告旗内各努图克达，火速调集劳力前来抢险。"

"很好，怪我没有考虑到水患，我看咱们别坐在这里商谈了，赶紧去大坝上看看。"色旺多尔济听闻闹水灾，心里格外着急，再也坐不住了。

"王爷，外边的雨很急，等雨小些再去吧。"叶公爷劝道。

"水火无情，别说下大雨，就是下刀子我也得去！万一洪水冲毁大坝就麻烦了！"色旺多尔济说完，立刻吩咐管家备马。

乌恩奇一边通知马夫备马，一边让人拿来斗篷、斗笠等雨具，帮色旺多尔济穿戴好，然后直奔后院马棚。这时，马夫已经将马备好，色旺多尔济扳鞍上马，带着叶公爷、乌恩奇、巴图、高龙等人，顶风冒雨，快速朝大坝跑去。

色旺多尔济很快来到王府附近的大坝上，看到水面已经距大坝不足二尺，浑浊的江水掀起了数尺高的浪花，无情地冲击着大坝。

色旺多尔济不由得倒吸了一口冷气，水患如此严重，让他始料未及。色旺多尔济心情沉重，眉头紧锁，沉默不语，带着众人顺着大坝往北走。看到大坝上只有为数不多的人在看护，便向守堤的人询问："怎么只有这么少的人护坝？"一位守坝的老者说："前边三十五里处出现塌方，人们都去那里抢险了。"

色旺多尔济听完，心里一沉，立刻加快速度，朝塌方处赶去。

他们心急火燎地赶到塌方处，远远看到一群人七手八脚地忙着抢险。色旺多尔济翻身下马，快步走到塌方处。抢险的人群中有人发现了他，大声喊了一声"王爷来了"。随着喊声，抢险的人们扭过头，朝色旺多尔济望去。

色旺多尔济神情凝重，没有说话，径直走到塌方处。只见大坝上形成了一个三丈多宽的缺口，湍急的江水顺着缺口奔涌而出。在洪水的冲击下，缺口还在不断地扩大，缺口的两端都有人在冒雨抢险。他们轮番把装满泥土的草袋丢进缺口，但草袋瞬间就被水冲走了，根本不起作用。

"这怎么行呢？必须想个妥当的办法。"色旺多尔济急忙挥手示意他们停下，转向叶公爷说道。

"这样乱抛肯定不行，解决不了根本问题。必须下水打桩，然后用草袋封堵。"叶公爷多次经历水患，有一定的防汛抢险经验。

"大家不要乱，都听叶公爷调遣。"色旺多尔济向众人发出指令。

在叶公爷的指挥下，人们很快扛来木桩。叶公爷挑选了十几个身强力壮的年轻人下水打桩。由于水流太急，打桩的人被冲得左摇右摆，站立不稳。叶公爷见状，大声招呼人们下水，手挽手结成人墙，以减缓水流流速。色旺多尔济见状，随手甩掉斗篷准备下水，却被叶公爷拦住。巴图和高龙及侍卫们不待王爷吩咐，争先跳下水。巴图站在最前边，试探着伸出手，打算与对面的人会合，可是接连几次都没有成功。叶公爷赶紧让人传递给他一根六尺多长的木棍，巴图手握木棍递向对方，对方一把抓住木棍，巴图赶紧跨前一步，一把抓住了对方的手，终于结成了人墙。

人墙减缓了水的流速，其他人在叶公爷的指派下，跳进水中奋力打桩。经过四个多小时的努力，人们在水中打下了二十余根木桩，然后从两边叠垒沙袋。色旺多尔济带头搬运沙袋。在他的带动下，人们奋勇当先，快速地往缺口处搬运沙袋，随着沙袋的不断增加，缺口逐渐变小，最终合拢，被彻底堵住了。

接下来，色旺多尔济不顾身体劳累，带着人继续向前视察。直到天黑才返回王府。虽然一天没吃东西，体力早已透支，但色旺多尔济不顾身体疲劳，连夜召集王府的诺颜们开会，商讨如何防汛救灾。

经过一番讨论，大家决定从各努图克抽调人手，全力看护大坝。另外，火速派人前去附近的城镇，购买抗洪抢险物资，并在叶公爷等人的建议下，前去多克多尔山进行黑祭，祈求神灵保护。

说起多克多尔山，在杜尔伯特草原那是无人不知，无人不晓，因为多克多尔山是杜尔伯特人心目中的圣山。山上不仅安葬着杜尔伯特历代王爷，而且是杜尔伯特人祭祀水神的圣地。

多克多尔山坐落在杜尔伯特旗胡吉吐莫境内，海拔近二百米，是杜尔伯特旗境内海拔最高的一处土山。多克多尔山蜿蜒起伏二十余里，如同一条巨龙横卧在嫩江左岸，最高处像龙头昂首向西耸立。从大兴安岭流下来的嫩江，像一条美丽的玉带，泛起粼粼碧波，从多克多尔山脚下奔流而过，恰似苍龙饮水，增添了多克多尔山的神秘色彩。有关多克多尔山的传说，有着众多不同的版本。每一种版本都是一个神话故事。这些活灵活现的神话故事在杜尔伯特旗内广为流传。

其中有一个传说，是关于多克多尔山如何形成的。传说在很早以前，嫩江水经常泛滥，汹涌的洪水淹没草原、农田、房屋，害得百姓无栖身之地，只好祭祀河神，祈求平安。百姓的虔诚感动了河神，河神便派水族的多克多尔何日米延去江东堵住洪流道，为人类造福，再不许回水晶宫。多克多尔何日米延为了遵守河神的命令，同时也为了百姓的幸福，永远躺在了嫩江左岸，忠实地履行着自己的使命。因此形成了一座矗立于嫩江左岸，一头向上翘的土山。后来，人们根据多克多尔何日米延的名字和形状，称之为多克多尔山。自打这座山挡住了嫩江及东边的双阳河、乌裕尔河的江河洪道以后，江河就再未给百姓带来灾难，所以，百姓年年祭祀，世代相传。

蒙古族一向敬畏大自然，信奉山、水，称山为神山，水为圣水。这与他们依山傍水而居的生活习惯有着千丝万缕的联系。因此，凡是蒙古族集聚的地方，都有共同信奉的山，并且会在指定的时间进行祭祀。遇到灾难时，他们也会祈求神灵保佑。

古人云："山不在高，有仙则名。"多克多尔山虽然海拔只有不足二百米，但是在没有高山的草原地带，这样一座土山自然令人感到神奇。千百年以来，多克多尔山以它的灵验，保佑着杜尔伯特人兴旺发达，繁衍生息。

自蒙古族人驻牧杜尔伯特草原以来，便把多克多尔山奉为神山，推崇备至。人们以不同的形式祭祀多克多尔山，以祈求四季平安，人畜兴旺，安居乐业。

说起黑祭，外地人可能不知道是怎么回事。黑夜里用黑色的牲畜祭祀山水神，是杜尔伯特部落独一无二的一种祭礼方式。举行黑祭的时间与其他祭礼活动的不同，是选择在每年夏季汛期举行。

第二天早上，色旺多尔济来到家庙，焚香拜祭，并向当家喇嘛询问举行黑祭的良辰吉日。喇嘛经过一番推算，告知明日既是吉日，亥时即吉时。确定了良辰吉日之后，色旺多尔济吩咐乌恩奇着手筹备黑祭事宜。

第二天傍晚，色旺多尔济率领主持黑祭仪式的萨满及参加祭祀的人员，带着祭品向多克多尔山进发。

色旺多尔济等人于亥时前来到多克多尔山南麓。在萨满的主持下，将黑色祭品摆放停当，然后牵出一匹黑马，马头冲着山峰。只见萨满手握利刃，迎头用力将马头劈开，鲜血溅开，黑马顿时倒地身亡。整个祭祀活动鸦雀无声，人们只是在心里默默祈祷，祈求神灵开恩，保佑百姓免受水患。祭祀活动完毕，人们纷纷起身离开，没有人去动摆放的祭品。这也是黑祭与其他祭祀方式的不同之处。其他祭祀活动所用的祭品大多都会带回去食用，而黑祭所用的祭品，包括黑马在内，均要留在原地，不得收回食用。

色旺多尔济虔诚地祭祀多克多尔山神灵后,积极召集各方人力进行抢险救灾,并派王府的诺颜前去大堤坝上协调指挥。由于沿岸的堤坝年久失修,抵御洪水的能力差,在洪水的反复冲击下,终于败下阵来,大坝多处塌陷决口,造成了巨大的灾难。

色旺多尔济闻讯急忙带着叶公爷及诺颜们前去视察灾情。他们走出王府没多远,就看到遍地是水。让色旺多尔济感到奇怪的是,同样是处在嫩江沿岸的王府却安然无恙,甚至连地皮都是干的。色旺多尔济好奇地向叶公爷问道:"沿岸村屯几乎都被淹了,为什么王府周边没事?王府的地势也不比其他地方高啊。"

"王爷,这件事不光你感到疑惑,我也觉得纳闷。从肉眼来看,咱们王府的地势和周边基本一样,看不出什么差别,可是每次发洪水都淹不着王府。据说当初王府选址时,咱们祖上的王爷特意花重金请南方人给看的风水。看来咱们王府真是一块风水宝地啊!"叶公爷说的这番话,也是他从长辈口中听来的。

"我也听说过有关南方人为王府看风水的故事,但我觉得一定是佛爷在暗中保护。"乌恩奇对佛爷一向虔诚,故此接过话头,说出自己的想法。

"虽然有赖于佛爷保佑,但我看主要还是因为王府这儿是风水宝地,所以才不被水淹。"叶公爷坚持自己的想法。

"我看主要还是佛爷的功劳,王爷福大命大造化大,佛爷能不派神灵保护吗?"乌恩奇固执己见,不肯让步。

"你们俩说得都不错,王府不被水淹,既有南方人选址好的功劳,也是佛爷暗中保护的结果,两者缺一不可。"色旺多尔济觉得他们说的都有道理。

他们一边说话,一边往前走,越往前走水越大,举目都是白茫茫一片，水深多达三尺。只有一些地势较高、地基结实的房屋还挺立在水中，大多数房屋都倒塌了。地势低处的庄稼地早已不见了踪影，只有地势高的农田还能看得到剩余的庄稼。可能有些读者会感到奇怪，蒙古族不是以游牧为主吗，怎么境内却出现了农田和庄稼？不错，自从杜尔伯特部驻牧以来，一向以饲养牲畜为主，沿袭数百年，自从清朝实行"蒙疆开放"政策后，从外地涌进大批农民开荒种地，才有了固定的村落和耕地。

色旺多尔济带着人沿江一路北上，先后视察了多处受灾地区。发现灾情比较严重，灾民的生活非常艰难，处在饥寒交迫之中。

色旺多尔济视察归来，立即召集全旗的王公、台吉以及地主、富商开会，商量赈灾事宜。在会上，色旺多尔济情绪凝重地说："这次水灾造成的后果非常严重，南至巴彦查干，东至多克多尔山，西至两棵树，北至拉海均遭受了水灾，平地水深近三尺，遭受水灾的农田面积达一千九百四十八垧，数千房屋被冲倒，近万名灾民流离失所，无家可归。今天把你们召集来，就是要商讨捐资赈灾的问题。我作为一旗之主，有责任和义务率先垂范，捐资一万大洋赈济灾民。你们量力而行，自愿捐款。希望各位本着道义和同情心，慷慨解囊，积极捐款赈济灾民，帮助灾民渡过难关。"

"既然王爷带头垂范，我等责无旁贷，我愿意捐款三千大洋。"贝子府的大当家，乌尔图那苏图的儿子喇嘛率先表态。他的家业大，三千大洋对他来说根本不算回事。

"我捐两千""我捐一千""我捐五百"……在王爷和喇嘛的带动下，其他王公、台吉以及地主、富商们也纷纷响应，虽然其中不乏排斥者，但见众人如此，他们也无法拒绝，只能忍痛，出资捐款。

当下，色旺多尔济立刻让管家按照众人的捐款数目，登记造册。

在色旺多尔济的带动下，共计筹款三万余元。叶公爷根据各地上报的灾民人数，统计造册，然后拿着花名册来见色旺多尔济。他对色旺多尔济说道："王爷，这是各努图克上报的受灾名单，请王爷过目。"色旺多尔济接过灾民名单看了几眼，开口问道："怎么名单上只有蒙古族而没有汉族呢？"

"汉族？他们是外来流民，不属于杜尔伯特旗固定人口，凭什么救济他们？"叶公爷不以为意地答道。

"你怎么能这样想？虽然他们来自外地，但他们既在本旗生活，就理应是杜尔伯特旗的属民，就应该得到我们的救助。尤其是在受灾难之际，我们岂能弃之不管。你赶紧重新统计。"

"王爷，你真是宅心仁厚，慈悲心肠！好吧，我现在就去办。"叶公爷钦佩地说完，拿着灾民花名册匆匆离去。

在色旺多尔济的督导下，赈济灾民的款项很快到位。色旺多尔济责成叶公爷与乌恩奇带着赈济款到各个村屯去按人头发放。灾民们手捧救济款，口念佛号不止，有的甚至烧香磕头，感激王爷的善举。特别是那些来自外地的汉族人，对于色旺多尔济的行为更是交口称赞，感激不尽。此时洪水已退，色旺多尔济得知消息后，连忙带人赶赴灾区查看灾情。色旺多尔济来到灾区后，看到堤坝多处被冲毁，无数民众的房屋被冲倒，财物被冲走，一夜之间沦为无家可归的灾民。灾民们要吃没吃，要喝没喝，处在饥寒交迫之中。灾民看到色旺多尔济，纷纷涌上前去，用祈求的眼光伸出瘦骨嶙峋的手臂，请求色旺多尔济给他们点儿吃的。这些地区的灾民有的投靠亲友，有的外出乞讨，剩下的都是身体有病、年老体衰的人，他们没吃没喝，挣扎在死亡线上，几乎每天都有人被饿死。

为了解决灾民的吃饭问题，色旺多尔济命人在灾区建立了多处救济站，开设粥棚，解决灾民们的燃眉之急。为了解决灾民的居住问题，色旺多尔济让人腾出王府多余的房舍供灾民居住。同时，他还派人召集台吉、王公，让他们腾出多余的房舍，解决灾民的实际困难。与此同时，色旺多尔济还拨款为灾民维修房屋，从根本上解决灾民的生活困难。

色旺多尔济在救济灾民的同时，得知一些心怀不轨的人借机趁火打劫，抢劫灾民的财物。色旺多尔济针对这种情况，采取了果断措施，组织王府卫队，严厉打击抢劫和偷盗行为。王府卫队通过多种手段，抓获了数十名盗窃和抢劫分子。色旺多尔济下令将其中两个身负命案，罪大恶极的抢劫杀人分子处决了。他的这一举措，极大地震慑了犯罪分子，起到了杀一儆百的作用，杜绝了抢劫和偷盗行为的发生。

另外，色旺多尔济还组织人员进行生产自救，让人把受灾较轻、地势较高的庄稼地挖沟排水，抢救濒临死亡的庄稼。同时，从附近县城购买荞麦种子，在受灾较轻的庄稼地种植荞麦。荞麦成熟期短，适合补种，可以作为越冬的口粮。

色旺多尔济每天骑着马，带人到各处检查救灾情况，到大坝上督促堤坝的修复工作，每日早出晚归，忙得不可开交。在他的督导下，所有的灾民都得到了妥善安置，没有发生灾民冻死、饿死的现象。

洪水过后，鱼特别多，不但河沟里，就连草地上的水泡子里都是一捻多长的鲫鱼。色旺多尔济号召灾民们捕鱼，并将它们晾晒成鱼干，存放起来食用。他还责成沿江的各努图克达组织人力，对被洪水冲毁的堤坝进行维修。色旺多尔济始终心系修堤的事情，并指派乌恩奇到大堤上督工。经过近一个冬天的劳作，大坝基本修复完毕。色旺多尔济亲自到大坝上视察，看到大坝上各处被洪水冲开的缺口均已堵死，大坝完整如初，方才放下心来。

临近年关，色旺多尔济派人用车拉着肉食为灾民发放年货，保证所有灾民都吃上了大年三十的饺子。

刚过完年，色旺多尔济接到通知：哲里木盟十旗会议在长春召开。色旺多尔济简单收拾了一下，带着巴图、高龙等几名随从，前去参加会议。与会的除了十旗蒙古王爷，还有辽宁省特派代表，已故黑龙江省寿山将军的儿子，东北政务委员会蒙旗处处长袁庆恩等五十余人。这次会议的中心议题是保持传统的王公制度还是走政务改革之路。十旗之中年纪较大的前郭旗、科左中旗、科右前旗等几位王爷坚持保留旧制度，而杜尔伯特旗、科右前旗、扎赉特旗等王公都主张走政务改革之路。色旺多尔济在会上首先阐明观点，支持政务改革的立场，同时告诉与会的各位，他已经先行一步，在旗内废除了奴隶制度。他的做法赢得了年轻王爷的肯定，却遭到了思想保守的年老的王爷的指责。他们各持己见，互不相让。会议持续了五十多天，色旺多尔济与坚持改革的王公们通过不懈努力，最终通过了财物改革、解放奴隶、兴办教育、维护治安、改善交通、设立邮政等六项改革方案。虽然有关王公制度和政务改革等问题没有达成统一意见，但是通过的这六项改革方案，已经对那些坚持保守思想的人产生了很大的冲击，尤其是有关解放奴隶的方案，更是触动了王公们的切身利益。

色旺多尔济回到杜尔伯特旗，即刻着手落实会议的相关决议，决心进一步实行政务改革之路。他准备带领牧民们大干一场，让大家的生活更加美好。

谁知天公不作美，刚进入夏季，就阴雨连绵。连续不断的暴雨导致嫩江上游河水猛涨，形成了洪峰。洪水不期而至。无情的洪水夹杂着树木和杂物，再次向杜尔伯特草原袭来。堤坝岌岌可危，防汛形势异常严峻。

消息传来，色旺多尔济感到很意外，当即带人前去大堤察看灾情。他一边走，一边对叶公爷等人说道："咱们去年不是维修了大堤吗，怎么这又要决堤了呢？"

"王爷，去年虽然对大坝进行了修复，但只封堵了缺口，并没有对整体进行加固，加上今年的雨水比去年大，故此再次面临决堤的危险。"叶公爷说出其中的原因。

"唉，都怪我，没有防灾经验，光想着堵缺口，没有想到整体加固堤坝，真是人无远虑，必有近忧。"色旺多尔济懊悔不已，本以为修复了大堤，从此再也不怕洪水袭击了。没想到洪水再次来袭，眼看又要发生水灾，他心里又悔又急。

色旺多尔济见水面距离堤坝不足三尺，浑浊的洪水发出低沉的涛声，泛着白沫，一波接一波地向堤坝轮番冲击。见此情景，色旺多尔济对叶公爷说道："叶公爷，虽说水势很急，但我看不要紧，因为水面与堤坝还有将近三尺的距离，只要咱们措施得当，估计不会出现重大险情。"

"王爷，虽然现在洪水距离堤坝还有三尺，但是，一旦上游的洪峰下来，洪水就会猛涨，到时候的情况就说不准了。加上部分堤坝年久失修，无力抵御洪水，极有可能出现决堤的危险。"叶公爷经验老到，对防汛形势判断得很准确。

"那……那怎么办啊？"色旺多尔济很是焦急。

"事到如今，没有什么办法了，只能加大人力，上堤坝严防死守，加固堤坝，及时发现和处理险情。大坝能否保住，只能听天由命了！"

"都怪我思虑不周，去年没有对大堤进行彻底修复。乌恩奇，你赶紧派人去各努图克传达我的指令，让他们火速派人到大堤上防汛救灾，不得延误。"色旺多尔济处事一向沉稳，此时由于心里着急，说话的语气未免有些急躁。

沿江各努图克达遵照色旺多尔济的命令，迅速带人上大堤防汛。色旺多尔济又命远离江岸的努图克也迅速抽调人力，赶赴堤坝防汛。同时，色旺多尔济将王府卫队及各类杂役人员组成抢险队，由巴图和高龙率领，在王府待命，哪里出现了险情，就冲到哪里。由于他们人心齐，骑马的速度又快，只要接到汛情，总是可以第一时间赶到，排除了多处险情。与此同时，色旺多尔济每天不间断地到大堤上巡回检查，以便及时掌握汛情。他还派出王府的诺颜们到各处堤坝上去蹲守，每段堤坝由就近的努图克达负责。

色旺多尔济想尽办法，全力抗洪救灾。无奈洪水迅猛，一个洪峰接着一个洪峰，加上沿江大堤年久失修，无法抵御洪水的冲击，无情的洪水再次冲毁了堤坝，滔滔的洪水瞬间冲毁了房屋、农田。

自从灾情发生，色旺多尔济每天都为了救灾工作而奔忙，经常深入灾区视察，根据具体情况，采取相应的救援措施，安置受灾的民众。

色旺多尔济一面救灾，一面从省城请来水利专家，对境内所有的堤坝进行勘察，并制定了具体的修复方案。方案确定之后，安置工作已基本就绪。色旺多尔济便召集旗内的王公、台吉以及地主、富商开会，商讨具体的防范措施。色旺多尔济首先说道："今天请大家来，主要就是商量如何防范洪水的事情。通过这两年发生的洪涝灾害，我明白了一个道理，被动地抗洪抢险是不行的，必须主动防御才行。所谓的主动防御，就是俗话说的水未来先叠坝。咱们必须从根本上解决问题，下大力气，组织人力、物力全面维修大堤，不仅要将洪水冲毁的口子堵住，而且还要重新加固大堤。只有把大堤修结实了，才能抵御洪水的冲击，才能彻底保证民众的生命财产安全。"

他的话音未落，几位住在沿江地区的努图克达纷纷响应。家住他拉哈的林德夫由于饱受水灾的折磨，对于修筑堤坝的事情非常赞成，但又担忧修坝的资金无处筹措，故此站起来说道："王爷，你说的有道理，历来防汛都是以叠坝为主，只要堤坝结实，就可以抵御洪水，使百姓免受灾害。不过修堤筑坝耗资巨大，需要大量的人力、物力，眼下还有众多灾民需要救济，光凭咱们一旗之力，恐怕难以完成。"

"这件事我已经筹划多日，我是这样想的，既然修筑堤坝是公益事业，是造福百姓的大事，那么我们杜尔伯特旗的所有人都责无旁贷，一定要做到有人出人，有力出力。我希望各位踊跃捐资，至于每人捐多少，由你们自己定。不过我丑话说在前头，你们不要吝啬或哭穷，你们每个人有多少家底，我心里有数。"

"王爷，你说的没错，每个人的家底咱们都清楚，我看还是按家底的厚薄，划分出等级，规定好一等的该出多少，二等的该出多少，这样一来，就可避免有人哭穷。"后新屯的喇嘛带头表示赞同。因为他的家业人所共知，如果凭自愿，他就得比别人多捐，如果划出等级，他就可以与其他努图克达捐一样多。故此，他多了个心眼，提出划分等级的建议。

"喇嘛兄弟说得很好，划分等级的办法也不错，不过我认为既然是公益事业，就应该凭良心做事，能捐多少就捐多少，不预设上限和下限，以免有人承受不起。"色旺多尔济否定了喇嘛的提议。

"既不划分等级，又不设限，万一修筑堤坝的款项短缺怎么办？"喇嘛见自己的建议被否决，心里很不是滋味，为了证明自己没有私心，故意说出这番场面话来掩饰。

"至于修筑堤坝的款项，咱们采取自愿捐款的办法筹措。我作为旗扎萨克，出资两万，其他人量力而行。如果款项不够，我再另想办法，无论如何，也要把堤坝修好，不能再让百姓受灾。"色旺多尔济带头捐款两万元。这个数目差不多是整个王府的全部收入，已经达到了极限。这笔钱一旦捐出去，他就要带领全王府的人省吃俭用，勒紧裤腰带过日子。众人被色旺多尔济的慷慨所感动，纷纷表示愿意捐款。"既然王爷慷慨解囊，那我们也责无旁贷，我出五千。"喇嘛知道自己的家业胜过王爷，如果自己捐少了，势必被人瞧不起，所以开口就捐了五千。

其他人见王爷和喇嘛说出这个大数目，自然不肯落后，有的捐三千，有的捐两千，很快就捐了近五万元。色旺多尔济事先已经全面考察过沿江的堤坝，并找专人进行过预算，修筑堤坝至少需要十万元，这五万元远远不够。于是，他又想出一个办法，提出"一块铜板不嫌少，我为水利做贡献"的口号，在各地设立募捐站，号召全旗民众踊跃捐款。

百姓深受水害，如今听说王爷带头捐款修堤筑坝，深受感动，纷纷拿出钱款前去捐款。没过几天，又募集了一万多元。但距离所需数目仍相差近四万元。

由于赈灾和修堤两项工作同时进行，修筑堤坝的缺口一时难以筹措。于是，色旺多尔济亲自到省城求援，请求黑龙江省政府拨款救灾。时任黑龙江省督军的是张作霖的心腹爱将吴俊升。他出身绿林，讲究江湖义气，得知杜尔伯特旗连续两年遭遇洪水，灾情严重，同时又听说旗扎萨克带头捐款，当即拨款两万，用于杜尔伯特旗救灾工作。

然后，色旺多尔济又放下面子，到附近的几个旗去求援。他们出于情分，纷纷解囊相助。经过色旺多尔济多方努力，修筑堤坝的款项基本凑齐。

色旺多尔济筹集到款项后，便着手开始修复堤坝。这次，他总结了上一年的经验，不仅封堵决口，而且对大堤的险处弱段进行加固，加高加宽大坝，确保堤坝抵御洪水的能力。他身体力行，亲自到大坝上监督工程质量及进展情况，不辞劳苦，经常吃住在堤坝上。他从王府抽调了部分卫队和劳力，参与修复堤坝的工作。在色旺多尔济的建议下，许多灾民也加入修筑堤坝的队伍中来。灾民参加修筑堤坝有多种好处，因为王府规定，凡是参与修筑堤坝的民工，一律付给相应的报酬，而且免费提供吃喝。灾民受灾后，没有生活来源，缺吃少穿，如今参加修坝，既有饭吃，又可以领到工钱，不但解决了自己的吃饭问题，而且可以挣钱养家，可谓一举两得。另外，还有很多民工来自沿江地区，他们连年饱受水患，苦不堪言。如今王爷倡修水利，这是造福于民的大好事，岂会不积极参加！因此，他们怀着感恩之心，每日早出晚归，干活特别卖力气。

为了防止有人从中克扣银钱，色旺多尔济派乌恩奇定期检查账目，及时撤换了有贪腐嫌疑和不负责的采买人员，保证了所有款项都用于修筑堤坝上。

乌恩奇已经年近五旬，身患肺气肿、哮喘等疾病，却不顾病体，每天不辞辛劳地在大坝上忙碌。色旺多尔济见他佝偻着身子，不停地咳嗽，便劝他多休息。乌恩奇说什么也不肯，一直坚持在大坝上工作。

在色旺多尔济的监督和指导下，参与修复堤坝的人员不敢消极怠工，不敢偷工减料。他们夜以继日，辛勤劳作，工程进度很快。上冻时，工程已经过半。由于冬天取土困难，工程被迫停了下来。色旺多尔济担心工程不能按期完成，万一来年再发洪水，势必还要遭受水灾，心里十分焦虑。

这时，有人向他提出，可以深挖取土，继续施工，因为冻土层只有五尺多深，只要从冻土层底下取土，就可以继续施工。色旺多尔济听后非常高兴，连忙带人进行试验。他们在土坑内顺着坑壁往下深挖，然后再沿壁掏洞往前挖，形成一个偌大的窑洞，再把窑洞口遮挡起来，解决了取土问题，保证了施工的进度。另外，他还利用冬季，对沿岸几处江湾进行清淤工作，确保河道畅通无阻。

年关将近，色旺多尔济为了赶进度，规定过年只放假三天，即年三十开始，到正月初二结束，初三早上必须赶回工地开工。

色旺多尔济以身作则，年三十赶回王府，正月初三早上天没亮就带人赶到堤坝上。民工们被他的行为所感动，积极性更加高涨，工程进度非常快。

经过半年的努力，在众人的齐心协力下，大坝终于修筑完毕。竣工前夕，色旺多尔济从省城请来水利专家，进行实地勘察验收，并根据专家的意见，进行了必要的改进和修补，直到专家点头认可，色旺多尔济方才宣布竣工。

第八章

# 开明办学堂

色旺多尔济任扎萨克以来,一直琐事不断,先是娶亲被劫,后来又因为解放奴隶而忙碌,紧接着杜尔伯特旗连续两年遭遇洪水,他既要赈灾,又要筹款修坝,忙得不可开交,无暇顾及其他事情。

当初色旺多尔济在娶亲途中被土匪劫持,幸亏高龙仗义相救,色旺多尔济对高龙十分感激,总想为他做点儿事情,报答其救命之恩。高龙虽然名义上是色旺多尔济的贴身侍卫,但色旺多尔济是把他当作朋友和亲人多方关照的,他的住处都是色旺多尔济亲自安排,平日的饮食更是精心照料。高龙刚一进王府时,色旺多尔济每餐都亲自陪他,后来经过高龙固辞,色旺多尔济只好让他与巴图及管家一起用餐,饭菜的质量没的说,色旺多尔济吃什么,他们就吃什么,几乎没有两样。

阖府上下都知道高龙是色旺多尔济的救命恩人,都对他高看一眼。高龙在王府可谓锦衣玉食,过着安乐无忧的生活。然而,高龙却一直闷闷不乐,心事重重的。色旺多尔济曾数次问他是否有困难,他皆称没有。色旺多尔济知道巴图与高龙是同门师兄弟,一向无话不谈,便把巴图叫到客厅，屏退左右，向他问道："今天找你来，主要是想了解一下高龙是否有什么为难之事，为何整日闷闷不乐？我曾问过他数次，可他估计是怕给我添麻烦，不肯直言相告。你和他乃同门师兄弟，关系亲密，定然知道他为什么事情不开心。希望你直言相告。高龙是咱们的救命恩人，咱们不能袖手旁观。"

"王爷，高龙是个不善言谈，性格比较内向的人，平时不管遇到什么事情，都不愿意向别人说，而是憋在心里。要说有什么为难之事，我想只有一件，定是有关他妻子的事情。他自幼父母双亡，能让他念念不忘的只有他的妻子了。"

"他的妻子？他有妻子？为什么早没听你们说起过？到底咋回事，你不妨明言。"

"王爷，您有所不知，高龙之所以落草为寇，入绺子当了胡子，是因为他的妻子。他的妻子十分贤惠，他们结婚没多久，高龙就出门拜师学艺，将妻子一个人丢在了家里。没想到妻子被小人用下作的手段迷奸。高龙一怒之下，杀死了淫徒，将妻子休回娘家，外出逃亡，了为逃避官府的抓捕，被迫落草为寇当了胡子。"

"你怎么知道得这么详细？"

"王爷，这是他在一次醉酒后，向我哭诉的。因为这不是什么光彩的事，所以我没有对任何人讲。如今王爷问及此事，我不敢隐瞒，只好直言相告。"

色旺多尔济听后沉思片刻，说道："这件事确实难以启齿，难怪他整天闷闷不乐。这事搁在谁身上都会很难受的。高龙和妻子的感情如何？"

"据我所知，他们的感情很好。我们在一起学艺时，他有事没事总是念叨妻子，夸奖妻子如何贤惠，如何明事理。"

"既然如此，他为什么还要狠心抛下妻子？"

"我想是男人的自尊心作祟。他是过不了自己心里的那道坎。"

"有啥坎过不去？妻子受辱，责任又不在她，她也是受害者。他不应该这样对待妻子。"

"王爷，当局者迷，旁观者清。作为一个有血性的男人，无法逾越心中这道鸿沟，纯属正常。"

"既然他俩有感情基础，那么我想帮他们玉成此事。不知他是否愿意重新接纳妻子？"

"我看差不多，不然他就不会这样不开心了。"

"既然如此，你想办法将他妻子接来，秘密带进王府，不要让任何人知道，对高龙也要保密，能做到吗？"

"这倒没问题，不过我担心高龙万一还过不了心里这道坎，不肯接纳妻子，到时候岂不是很尴尬？"

"这件事我自有主张，你不必操心，只要你能把他的妻子接来就行，剩下的事情由我来办，保证让他们破镜重圆。"色旺多尔济信心十足。

"既然王爷有信心，我就放心啦。"

第二天，巴图告诉高龙，王爷派他外出公干，然后动身离开王府，直奔高龙家乡而去。以前高龙曾向巴图说过自己的住址，所以巴图没费什么事儿，就轻易找到了高龙住的村屯。巴图没有急着去见高龙的妻子，而是从侧面了解了一番，得知高龙的妻子淑花自打高龙离开后，一直住在娘家，整天以泪洗面，有些好事的媒人上门为她提亲，均被她骂走了。

巴图打听明白后，径直来到了高龙的岳父家，声称受高龙委派，前来接他的妻子相聚。高龙的岳父听说女婿回心转意，派人前来接女儿，心里非常高兴。淑花早就听高龙说过有一位名叫巴图的师兄，两个人情同手足，只是从未谋面。如今巴图贸然前来接她，让她既高兴有感到疑惑。为了探明真相，淑花亲自询问有关高龙的身世及其他情况，巴图一一回答，淑花又问高龙现在何处，为什么不亲自来接她。巴图说高龙现在藏身于杜尔伯特王府，因为担心官府通缉，特意让自己来接她团聚。淑花见巴图说得合情合理，方才放心，但觉得自己一个妇人，与一个从未谋面的男人同行，甚是不妥，便把自己的想法告知父母。她的父亲决定与她一同前去。巴图为了保密，本不想带高龙的岳父同行，但担心高龙的妻子生疑，再说他们孤男寡女的同行确实不方便，当即同意。于是，淑花和父亲简单收拾了一下东西，跟着巴图动身了。

巴图雇了一辆轿车，让他们父女乘坐。其实所谓的轿车，就是那种带篷的，能够遮风挡雨，外形似轿子的马车。这种轿车，只要将轿帘放下，外边的人根本看不清里面的人。巴图骑着马保护他们前行，一路之上，淑花有父亲相陪，倒也没觉得有什么不便之处。

第三天傍晚，巴图他们来到王府后门。看守后门的侍卫问车上是什么人，巴图说是王爷请来的特殊客人。侍卫听说是王爷的客人，不敢多问，直接放行。

巴图带着这对父女直接来到色旺多尔济的住处，让他们在门外稍等，然后进门向王爷汇报。色旺多尔济听说巴图已经将高龙的妻子和岳父接来，赶紧起身前去迎接，然后将他们带到一间密室。淑花询问高龙怎么没来，色旺多尔济声称高龙有事外出，需数日才能回来，让他们耐心等待，并命人尽心款待他们父女二人。

安顿好淑花父女之后，色旺多尔济把巴图叫到一边，对他如此这般吩咐一遍。巴图心领神会，连连点头。

巴图来到高龙的住处，看到高龙正瞪着两只眼睛，望着房顶发呆。

"师弟，你发什么呆？"

"啊！师兄回来了，事情办得顺利吗？"高龙醒过神儿来，看着巴图问道。

"总的来说还算顺利，不过我在途中听到一件事，与你有关，不知应不应当告诉你。"

"与我有关？什么事？师兄，咱们是亲如手足的同门师兄弟，有什么话尽管直说。"

"好吧，那我就直言相告了。这次我出去办事，途径你的家乡，无意中听到你妻子自缢身亡的消……"

"什么？你再说一遍，淑花怎么啦？"不等巴图说完，高龙已神色大变，急切地打断巴图的话头，着急地追问道。

"听说她自缢身亡了。"巴图再次抬高声音，语气清晰地说了一遍。

"怎么会这样呢？都怪我不好，是我害了她！呜……"高龙听闻妻子自缢身亡的噩耗，忍不住号啕大哭，双手攥拳，不停地击打自己的脑袋，痛苦至极。

同伴们听到高龙的哭声，都赶过来询问巴图到底发生了什么事。巴图说途中听到了高龙妻子的死讯。众人有的上前相劝，有的暗自叹息。

高龙哭了足足一个小时，方才止住哭声，向巴图询问消息的来源。巴图告诉他，是自己途经他的家乡听说了此事，并亲自去坟上证实了真伪。高龙伤心过度，躺在床上，茶饭不思。众人百般劝解，亦无济于事。

数日之后，高龙的悲恸有所缓解，不再痛哭流泪，而是神情木然，整天一言不发，如同傻了一般。

直到半个月后，高龙的精神状态才有所好转。这天早上，巴图来叫高龙，说是王爷找他有事。高龙来到色旺多尔济的书房，色旺多尔济起身让座，说道："我已听说了你的事情，真是令人深感痛心，但人死不能复生，你要节哀顺变，不要哭坏了身子。"

"谢谢王爷！我没事，您就放心吧！"高龙神情悲戚地回答。

"高龙，你也是三十多岁的人了，这样单独生活不是长久之计，我给你说一门亲事如何？"

"王爷，哀莫大于心死，从今以后我不打算再成亲了。"

"我理解你的心情，现在你处在悲痛之中，自然心灰意冷，但逝者已逝，活着的人还要继续生活。你要调整心态，不要悲伤过度，时间是治疗伤痛最好的良药。随着时间的推移，你的痛苦会慢慢减轻，到时候或许会碰到中意的人，说不定你会同意呢！"

"不会了，我的意中人已经离我而去，世上再也找不到了。"

"话不能说得这么绝对，万一将来碰到一个与你妻子相同的人，说不定你会同意娶她。"

"即使外形酷似，脾气秉性也不会相同。"

"如果我给你介绍一位长相一样，脾气秉性也一样的人，你是否愿意娶她？"

"世上哪有那么凑巧的事，除非出现奇迹。噢，我明白了，王爷是怕我伤心过度，故意用好话开导我。王爷，谢谢您的一番苦心！"

"你说对了一半，我虽然担心你伤痛过度，但也确实想为你介绍一门亲事。你别管凑巧不凑巧，我就问你一句话，如果这个人的长相、脾气秉性均与你的妻子相同，你是否愿意娶她？"

"这……这……"高龙感到难以回答。

"这是打着灯笼都难找的好事，你还犹豫啥？莫非你信不过我？"

"王爷言重了，我怎么能不相信您呢，只是这件事过于虚幻，我怎么觉得像是在做梦呢？"

"你相信我就好办了，你就回去等着做新郎吧。"

"王爷您先别着急，容我再好好想想。"

"有什么好想的？本王爷为你娶亲，你还推三阻四的，难道你怀疑我骗你不成。"

"我……我……"高龙一时不知道该如何回答。

"我知道你有顾虑，担心娶进门的妻子不能让你满意。我跟你交个实底，如果我说的话不能兑现，或是你不满意，你可随时退亲。怎么样，这下总行了吧？"

"既然王爷都把话说到这个份上了，在下岂能不识抬举，先行谢过王爷！"高龙虽然嘴上答应了，但心里还是有些不落体，有心提出先看看女方，然后再做决定，可是王爷说得如此坚决，并答应如果不满意可以退亲，让他无话可说，只能听从王爷的安排。

在此期间，色旺多尔济把自己有心成全他们夫妻重新团聚的事情告诉给淑花父女。淑花和父亲听后，心里十分感激。淑花的父亲本想等有了结果再走，又怕时间太长，家里人惦记，便决定先行回去。色旺多尔济见他执意要走，派人将其送回，然后将淑花送到福晋处同住。

几天之后，色旺多尔济为高龙举办了婚礼。婚礼很隆重，花红、彩轿一应俱全，高龙被巴图等人装扮一新，骑着高头大马，披红戴花，在吹鼓手的吹吹打打下，围着王府内城绕了一圈。高龙心里一直感到很疑惑，百般猜测新娘到底是何许人也。直到从老福晋的住处迎娶上新娘，他的心里仍然不停地犯嘀咕，几次欲上前揭开新娘的蒙头红，却又强迫自己不能莽撞，因为不进洞房是不能掀蒙头红的，不吉利。色旺多尔济亲自为高龙主持婚礼，经过一系列的婚礼仪式，终于将他们双双送进洞房。进入洞房后，高龙再也等不及，上前一把掀开蒙头红。在揭开蒙头红的一刹那，高龙惊呆了！虽然他对新娘有上百种猜测，但万万没想到，新娘竟是淑花。直到他从惊喜中醒过神来，向妻子追问怎么回事时妻子才把事情的来龙去脉讲给他。高龙和淑花对王爷感激不尽，走出洞房，前去向王爷谢恩。

他们来到王爷的客厅，谁知色旺多尔济却不肯见他们，让巴图传话："今天是你们大喜之日，有什么话以后再说，恕不相见。"

高龙和淑花听完巴图传的话，只好遵命而回。巴图则跟在他们身后，面带得意地笑着问道："兄弟，你打算怎么谢我这个媒人啊？"高龙对王爷和巴图心存感激，但一想到巴图对自己撒谎说妻子去世，害得自己悲痛万分，便故意板着面孔说："都是你干的好事，害得我痛不欲生，几乎丧命。"

"兄弟，我这是受王爷之托，不得已而为之，多有得罪，万望恕罪！"巴图连连作揖，一再赔罪。

"师兄，我是和你开玩笑呢，怎么还当真了！你不但没有罪，反而有功，我们能够重新团聚，多亏你和王爷的成全，来，我先敬你三杯，谢谢你的鼎力相助。"说完，高龙亲自斟了三杯酒，与妻子一道向巴图敬酒。巴图也不谦让，接过酒杯连续喝干。喝完酒后，巴图打算告辞，高龙却拽住他的胳膊，一再挽留他喝酒。盛情难却，巴图便欣然答应。两个人一直喝到半夜，酒足饭饱，醉眼蒙眬，方才各自离去。

高龙深感王爷大恩，从此做事更加勤勉。王爷赞高龙有情有义，对他更加高看一眼。高龙的日常生活所需，均由王府按时供给。高龙深感过意不去，提出去东吐莫，与巴图毗邻而居的要求。色旺多尔济先是不同意，无奈高龙主意已定，最后只好让步，出钱为他买了一处房产，并将日常生活用品置办齐全，方才答应他搬家另住。

色旺多尔济做扎萨克短短数年时间，接连办了几件大事。先是不顾众人反对，毅然决然地废除了奴隶制度，使数百名生活在社会最底层，没有任何人权保障的奴隶获得了人身自由。又用了两年时间兴修水利，确保了民众的生命财产安全。完成了这两件大事后，色旺多尔济又着手准备实施在心头酝酿已久的另一件大事——兴学办教育。

蒙古十旗王爷在长春开完会议之后，色旺多尔济便积极联络扎赉特旗郡王巴特玛拉布坦、郭尔罗斯后旗辅国公多尔吉帕勒木、依克明安旗贝子巴勒吉尼玛等人，商量成立黑龙江省蒙旗教育委员会和成立黑龙江省蒙旗私立师范学校事宜，并向黑龙江省政府递交了办校申请。黑龙江省政府复准成立黑龙江省蒙旗教育委员会和黑龙江省蒙旗私立师范学校。于当年的五月一日，成立了黑龙江省蒙旗教育委员会，由扎赉特旗郡王巴特玛拉布坦担任委员长，杜尔伯特旗多罗贝勒色旺多尔济担任副委员长，以下每个蒙旗出任两名委员。其中，杜尔伯特旗的委员由包润亭、包岐山出任。

建校的费用分别由四蒙旗出资，各旗出资一万大洋，扎赉特旗郡王巴特玛拉布坦又向时任黑龙江省主席万福麟处争取到一万元，共计五万元。建校的款项筹集完毕，色旺多尔济等人便在省城内四下寻找合适的校址。经过多方查找和论证，终于选定卜奎西郊的一块地皮，并花了三千五百元购买下来。随后成立了建校筹备处，由蒙古平民同志会的会员孟昭德担任筹备处处长，由会员金耀洲负责建校设计，由鲍靖方负责监督施工。筹备处与义合木工厂订立合同，以两万一千五百元的价格包建砖瓦房二十间，其中包括澡堂两间、餐厅三间、厨房两间。

经过蒙旗教育委员会的积极努力以及黑龙江省政府的大力协助，黑龙江省蒙旗私立师范学校顺利建成，并于十月一日举行了开学典礼。色旺多尔济和其他三旗的王爷均被推荐为校董事会核心成员，因首任校长扎赉特旗的协理图门满都胡暂未到职，经董事会核心成员共同协商，推荐色旺多尔济行使代理校长职务。其他教职人员根据需要悉数配备齐全。从杜尔伯特旗、扎赉特旗、郭尔罗斯后旗、依克明安旗、东西布特哈与卜奎地区招收了九十余名蒙古族、达斡尔族学生，编为师范一班、高校一年级和高校二年级共三个班。

开学典礼选在学校的广场上举办，广场前面是临时搭建的主席台，主席台下是二百多个凳子，此时早已坐满了前来参加典礼的学生及家长。主席台上方高悬着用蒙汉两种文字书写的横幅"黑龙江省蒙旗私立师范学校成立暨开学典礼大会"。

主席台上坐满了来自黑龙江省政府的代表及各界人士，会议由黑龙江省蒙旗教育委员会委员长巴特玛拉布坦主持。上午十时许，只见巴特玛拉布坦走到主席台中央，高声说道："我宣布，黑龙江省蒙旗私立师范学校正式成立。"他的话音甫落，会场上立刻响起了一片欢呼声和热烈的掌声。待掌声平息之后，巴特玛拉布坦接着说道："现在举行开学典礼仪式，下面由黑龙江省蒙旗私立师范学校代理校长杜尔伯特旗多罗贝勒色旺多尔济讲话。"

在一片热烈的掌声中，色旺多尔济健步走上前台。只见他身穿蓝色长衫，外罩紫缎马褂，上衣口袋别着一支帕克钢笔和一个金怀表，头戴绛色礼帽，脚穿黑色皮鞋，显得神采奕奕，同时带有几分儒雅的书卷气。他先是向台上、台下各鞠了一躬，然后朗声说道："尊敬的省政府代表，尊敬的各界人士，感谢诸位莅临大会，我代表黑龙江省蒙旗教育委员会向你们表示热烈的欢迎和诚挚的谢意！感谢你们在建校过程中给予的大力支持，正是有了你们的帮助，黑龙江省蒙旗私立师范学校才能够如此快速地建成并顺利开学。我作为首任代理校长，深感责任重大，今后一定殚精竭虑，夙夜为公，致力于教学管理工作，虚心向有经验的行家请教，努力把学校办好，决不辜负诸位的期盼和重托。

"在此开学之际，作为首任代理校长，我有责任也有义务勉励同学们几句。你们都是来自咱们黑龙江省四蒙旗的子弟，你们是咱们黑龙江省蒙旗私立师范学校的首批学生，你们是佼佼者和幸运者，你们有幸见证了咱们蒙旗私立师范学校的诞生，有幸成为其中的一名学生。你们是幸运者和见证者。你们一定要努力学习，刻苦钻研，掌握各项知识，争取做一名有知识、有志向的蒙古族青年，用你们所学的知识，更好地为蒙古族人民服务，为各界人士服务，为社会大众服务。我们蒙古民族是个伟大的民族，我们的祖先凭着坚韧不拔的意志，在逆境中闯出一条生路，开创了辉煌的大蒙古国，令世界震惊。这是我们蒙古族的骄傲！我们作为后世子孙，一定要秉承祖先的意志，以振兴蒙古民族为己任，要学业有成，要有远大的理想和抱负，要顺应历史潮流，要……

"最后，我预祝学校规模不断扩大，吸收更多更好的学生，把所有的学生都培养成优秀的人才。我相信，有省政府的大力支持，有社会各界人士的鼎力相助，我们的学校一定会越办越好，我们的学校一定能够跻身一流的师范学校之列！"

色旺多尔济的讲话深受欢迎，以致数次被掌声打断。接下来，省政府代表宣读了黑龙江省政府主席的贺信以及各界代表的发言。庆典进行了两个多小时才结束。

会后,各位代表又在色旺多尔济等人的引领下,参观了学校的教室、宿舍、食堂等。参观完之后,巴特玛拉布坦在学校的食堂举行了庆祝宴会,宴请前来参加开学典礼仪式的各界代表。宴会上,宾主频频举杯,相互敬酒,气氛热烈而融洽。色旺多尔济作为首任代理校长,成为宴会的焦点人物,喝的酒也最多。真是应了那句"开心的酒千杯不醉",虽然他喝了很多酒,但他的神志始终很清醒,一直陪得客人酒足饭饱,尽欢而散。

色旺多尔济从学校筹备到开工建设,直至建成、举行开学典礼,一直在省城忙。开学后,他又忙了一个多月,直到学校走上正轨,新任校长到位,他才松了一口气,回到杜尔伯特旗。

色旺多尔济回到家中之后,召集叶公爷及王府的各位诺颜们开会。他在会上说:"这次召集大家开会,主要是想与你们商量一下成立王府私立小学的事情。这件事我在心中谋划已久。这是咱们杜尔伯特旗的一件大事,是关系到王府后人未来发展的大事,我们必须高度重视。以前,咱们王府没有学校,百分之九十的孩子得不到良好的教育,致使很多有天赋、头脑聪明的孩子沦为文盲或半文盲。我不想看到未来咱们王府都是目不识丁的文盲,都是碌碌无为之辈!中国自古就重视文化教育和人才培养,如果不普及文化教育,哪有人才培养?这次师范学校招生就遇到了生源不足的问题。师范学校是高级学校,必须要招收有一定文化基础的学生,本打算多开设几个班,可由于生源不足,七拼八凑,好不容易才开设了高级一年、二年及师范三个班,而且每个班只有三十多名学生。这件事让我充分认识到,教育必须从孩童时代抓起,否则就会脱节,造成人才断流。因为孩童的记忆力强,接受能力强,是学知识、学文化的最佳阶段,如果错过了这个学习阶段,再学习起来就会相对困难许多。所以,我决定在王府内开办一个小学堂,把王府内各位诺颜的孩子以及周边的学龄儿童都召集到学校来学习，你们认为如何？"

"王爷，兴教育办学堂是天大的好事，我举双手赞成。"那逊额勒格图带头表示支持。

"对，这样的好事还商量啥？王爷你就做主吧。"与会的诺颜们纷纷表示支持。

这时，叶公爷站起身来说道："王爷，办学堂是关系到下一代的好事，我也深表赞同。不知你要办的学堂是什么性质的，是传统的私塾还是现代学堂？"

"如今已是民国，私塾那一套教育方法早已过时，咱们办新式的现代学堂。"

"你打算建成什么规模？准备招收多少学生？怎么收取束修？"叶公爷继续问道。

"收什么束修？我这是公益学堂，学生只需要缴纳一些学杂费用就行，如果实在交不起的就免了，只要孩子通过考试，就可以来学习。至于招收多少学生，视情况而定。"

"这样一来，必须投入大量的资金。这资金怎么解决？另外，教书先生到哪里去请？校址选在什么地方？教室的桌椅等教学用具怎么解决？"

"我也知道办学堂不是一件简单的事情，所需资金比较大。我是这样想的，为了勤俭办学，校址不必新建，把咱们王府存放杂物的房间腾出几间作为教室。另外，从寺院中请两名学识渊博的喇嘛教习蒙古语，再花钱从外地请几名教算术、国文的老师即可。至于教室的桌椅、黑板之类的，我早已想好，就让咱们府中的木匠自己制作，不需要什么花样，只要实用就行。"

"嗯，你这个办法不错，因地制宜，少花钱多办事。这样一来，我就没有什么可担心的了！"叶公爷信服地直点头。

当下，色旺多尔济对办学堂的事情进行了具体的分工，由管家负责腾出房间，安排木匠制作桌椅及黑板等用具。由叶公爷负责招生。他自己负责去省城招教师。

色旺多尔济动身前往省城去招聘教师。他开始想得很简单，认为只要是有一定文化基础的人就可以当教师，可是当他接触过几个人之后，才感到这并非易事。因为他们地处蒙古地区，所教的学生都是蒙古族，有的人根本不会说汉语，所以必须聘请既懂汉语又懂蒙古语的人来担任教师。他所接触的人不是不懂蒙古语，就是不具备汉语教学能力，选来选去，只选了两名比较合适的人选，他们是一对情侣，男的叫巴雅尔，女的叫刘娟，两个人都是省立师范学校的毕业生。巴雅尔是蒙古族，刘娟虽然是汉族，但是，自幼生长在蒙古地区，对蒙古语也很精通。本来他们在省城有着很好的工作，并不想离开省城，但是，经过与色旺多尔济的一番长谈，巴雅尔被色旺多尔济的诚心打动，决定跟着他走。刘娟本来不想去，在巴雅尔的一再劝说下，只好顺从巴雅尔的意愿，同意跟他去杜尔伯特草原。

色旺多尔济根据巴雅尔、刘娟的意见，在省城采购了教材和教学用具，然后带着他们回到杜尔伯特草原。此时，乌恩奇已经把位于王府西侧佛爷庙后边存放杂物的一排房子腾空了，作为教室、学生宿舍及教师办公室。教室的桌椅及黑板也在日夜赶制中。叶公爷的招生工作进展得很顺利，已经招收了二十余名学生。色旺多尔济感到学生数量过少，要求再增加一些。

叶公爷为难地说："王爷，虽然咱们这属于公益学校，但必要的学杂费还是要交的，生源确实还有一些，但是，他们交不起学杂费，咱们总不能替他们交学杂费吧？"

"虽然我规定要缴纳一些学杂费，但如果是实在交不起的，就干脆免了。咱们办学又不是为了赚钱，而是为了培养咱们蒙古族的孩子，让他们有机会学习文化知识，将来做一个有用之人。你按我说的去做，只要孩子聪明伶俐，家庭确实生活困难的，咱们替他交学杂费。"

叶公爷按照色旺多尔济的意见，又招了十几名学生。谁知色旺多尔济还不满意，还想多招。巴雅尔得知情况后，劝道："王爷，虽然从表面上看，咱们的学生似乎少了一些，但是，这些孩子年纪不一，有的已经十几岁了，有的才七八岁，很难教到一起，必须得分成大班、小班教，才能达到理想的效果。再说咱们的师资力量有限，学生多了教不过来，适得其反，莫不如先把眼下的学生教好，以后再逐年增加。"色旺多尔济觉得巴雅尔说得有理，便欣然接受。

经过一番紧锣密鼓的筹备，王府学堂终于如期开学。色旺多尔济任命巴雅尔为校长，全权负责教学工作。自己担任学校的董事，协助校长调解校内外的事宜。

色旺多尔济让人量身定做了校服，并对食堂的伙食进行监督，要求食堂必须保证饭菜质量。每当闲暇时，他都要到学校附近去转一转，每当听到教室里传出来的琅琅的读书声，色旺多尔济总是会情不自禁地驻足倾听，脸上始终洋溢着满意的笑容。

第九章

# 领地被分割

色旺多尔济接管旗务以来,先是解放了奴隶,后又赈灾修水利,紧接着兴资办学堂,这几件事让他很满足,也很有成就感。但是,有一件事一直困扰着他,让他既闹心又深感无奈,那就是杜尔伯特旗的领地被分割。这件事由来已久,自从清朝推行蒙地开放政策,杜尔伯特旗的领地就一再被分割,导致领地面积缩减。

杜尔伯特旗的领地在清朝时可谓地域辽阔,根据历史记载,清朝杜尔伯特的疆域东边与黑龙江交界,西至扎赉特旗,南部与郭尔罗斯接壤,北边与索伦交界。东西宽二百三十千米,南北长一百八十千米,总面积多达四万一千四百平方千米。

清末时期,由于实行蒙地开发,从杜尔伯特旗境内划出安达县、林甸县,同时还划给青冈、明水、兰西、肇源、泰来等县部分土地,全旗的土地总面积只剩下一万八千平方千米,仅有原来面积的百分之四十三。

随着蒙地开发,在杜尔伯特旗境内先后成立了时、和、年、丰四个垦区,在牧区开荒种地,杜尔伯特旗的领地进一步缩小,牧民们赖以生存的草原被侵占，严重影响了广大牧民的生活条件和经济利益。

在开垦荒地的过程中，一些不法投机分子采取虚报冒领的手段，大肆侵吞垦荒费，并采取虚假、瞒报的方法偷逃赋税。因为地税所得系省与旗对半分成，所以这一现象直接损害了王府的利益。

色旺多尔济上任伊始便上书省公署，要求省公署出面主持公道，清查并制止虚报冒领、偷逃赋税的现象。这种现象也直接影响了省公署的利益，因此，省公署决定采取有效措施，制止这种不法行为。

民国十四年（1925年）七月，省督军兼省长吴俊升，任命省公署第一科科长马百年兼任杜尔伯特旗荒务处专员，在多耐站（今泰和村）设立了荒务办事处，着手清理丈量时、和、年、丰四段垦区的土地，以消除一些不法分子虚报冒领、偷逃赋税的现象。

马百年抵达杜尔伯特旗之后，很快就被这片富庶辽阔、物产丰富的土地所吸引，萌生了在此地建立县治的想法。

色旺多尔济不知马百年的险恶用心，还为他的到来感到欣喜，亲自设宴招待他。为了保障清丈工作的顺利进行，色旺多尔济为其提供了人力、物力，全力协助清丈工作。

谁知马百年自从有了建县的打算，便暗自采取行动，非但不急于清丈，反而偷偷地大肆垦荒，"以俾足设治局面"，即借助垦荒，拓展行政区域，以达到建县的目的。

为了避开色旺多尔济的耳目，同时为了便于开拓民、康、物、阜四段垦区及展开时字东段垦区，马百年将其荒务处从多耐站迁到原属杜尔伯特旗，后划给林甸县所管辖的小蒿子（今杜尔伯特蒙古族自治县泰康镇）。

色旺多尔济满怀希望地等待着马百年的清丈结果，却迟迟没有进展。色旺多尔济只好派人去催促，马百年却用各种借口加以搪塞。色旺多尔济只好向派去的人了解情况。在得知马百年非但没有进行清丈，反而在偷偷地开荒后，色旺多尔济意识到问题的严重性，只好亲自带着管家乌恩奇以及巴图等人前去查看情况。

马百年得知色旺多尔济亲自来调查,心里十分着急,急忙拼凑了一伙人,拿着清丈的工具,假装进行清丈工作,借此迷惑色旺多尔济。

色旺多尔济一行人在前往荒务处的途中,看到有人拿着清丈工具进行清丈工作。色旺多尔济特意下马,向他们询问有关清丈工作的具体事项。谁知那些人一问三不知。色旺多尔济没有多想,以为他们是临时招募的人员,不知道细节也在情理之中。

色旺多尔济领着一行人来到荒务处,马百年带人在大门口迎候。见到色旺多尔济,马百年急忙走上前去,躬身施礼说道:"不知王爷大驾光临,在下有失远迎,万望王爷恕罪。"

"赛百诺,马专员,您太客气啦。您是省公署的官员,又是我请来的贵客,不必如此客气。"色旺多尔济翻身下马,拉着马百年的手客气地说。

"王爷乃蒙古贵族之后,一方领地之主,名声显赫,即使省主席来了,也不敢对您不敬,何况在下区区小吏,岂敢怠慢!"马百年一边说着,一边将色旺多尔济礼让到客厅里。

马百年亲自为色旺多尔济斟茶并介绍说:"我知道王爷喜欢喝茶,特意为您准备了一样珍品,请王爷品尝。"

色旺多尔济端起茶碗,用嘴轻轻地吹了一下浮在上面的茶叶,用鼻子吸了吸茶味,然后浅酌一口,便连声夸奖道:"好茶,好茶!这是正宗的大红袍。"

"王爷果然见多识广,一口就品尝出这是大红袍,在下心悦诚服!"马百年信服地直点头。

"马专员,我这次来主要是想了解一下清丈工作的进展情况。"寒暄之后,色旺多尔济转入了正题。

"王爷进门没歇气就谈公事,真是勤勉敬业,马某佩服!禀告王爷,清丈工作比较烦琐，一时半会儿难以说清。如今天色已晚，而且王爷一路鞍马劳顿，我看不如先吃饭，在酒桌上边吃边谈，不知王爷意下如何？"马百年面带笑容地征询色旺多尔济的意见。

"嗯——也行，就依专员之意，咱们边吃边谈。"色旺多尔济点头表示同意。

酒宴十分丰盛，天上飞的，地上跑的，水里游的，一应俱全，一看就知道主人事先做了精心准备。

酒席上，马百年频频向色旺多尔济敬酒，作陪的几位幕僚也跟着轮番敬酒。色旺多尔济心里惦记着清丈事宜，本来无心饮酒，但为了不扫众人的酒兴，只好礼节性地喝上几杯。席间，色旺多尔济提及清丈的事情，马百年却不接茬，只是一再向色旺多尔济敬酒。色旺多尔济感到有些郁闷，便以量浅为由，不肯再饮，并要求上饭。马百年见色旺多尔济情绪不佳，只好顺从他的意见，安排手下上饭。色旺多尔济味同嚼蜡地吃了几口，便起身离开。马百年安排色旺多尔济休息后，则继续陪着几位幕僚喝酒，他们推杯换盏，划拳行令，一直喝到午夜方才罢休。

色旺多尔济本想饭后与马百年谈谈有关清丈的事情，谁知马百年喝起来没完没了，只好打消了这个念头。由于心里有事，他躺在床上翻来覆去地睡不着觉，直到午夜才合眼。

第二天早上醒来时，已经七点多钟。他本想去找马百年询问清丈的事情，却被告知马百年清早就动身前去查看清丈情况，并留下话让王爷安心待在荒务处等他回来。

色旺多尔济听说马百年起早就去检查清丈情况，心里颇为感动。马百年对清丈工作如此上心，看来自己的担心多余了。可转念一想，耳听为虚，眼见为实，自己不能仅凭一面之词就轻易相信他。于是，他决定前去清丈地点一探虚实。想到此，色旺多尔济让乌恩奇打听了清丈人员的准确位置，带人前去查看情况。

临近中午,色旺多尔济一行人来到时字段垦区,远远就看到一伙人正在进行清丈工作。让他感到惊讶的是,马专员也身在其中,跟清丈人员一起工作。色旺多尔济备受感动,急忙驱马上前与马百年相见。马百年见到色旺多尔济略感意外,问道:"王爷为何不在荒务处安心等候,何必亲自前来查看呢?难道是您对我有什么不放心的?"

"马专员想多了,我不是对你不放心,而是看你这么忙,不忍心打扰你。我是来向你告辞的。"色旺多尔济赶忙解释。

"看来是我多虑啦。王爷,实在对不起,由于清丈的地域面积大、分布广,短时间内难以完成,加上马某能力有限,故此清丈工作进行缓慢,有负省公署及王爷厚望,马某深感汗颜,恳请王爷见谅!"马百年面带愧色。

"马专员,您不必过谦,您的工作这么忙,我还来打扰,真是觉得过意不去。马专员,现在已是晌午,前边就是我的第七努图克,我请您吃顿便饭如何?"色旺多尔济向马百年发出邀请。

"谢谢王爷一片盛情,我还有一些公务急需处理,不能跟您前去了,改日定当登门谢罪。"

"那好吧。既然马专员公务繁忙,我就不勉强了,等到清丈工作结束后,再一并答谢。"色旺多尔济说完,便与马专员告辞,带人离开了。

敖林西伯的努图克达包公爷听闻王爷驾到,赶紧将他们迎进家中,并设酒宴款待。

席间,色旺多尔济提起了清丈的事情,并表示对马百年的做法感到满意,谁知包公爷却不以为然:"王爷,你看到的只是表面现象。这个马专员名义上领人清丈,实际上故意拖延时间。他是想利用清丈做幌子,赖在咱们这里不走了。我听罕布台说,马百年已经与人合伙购置了两台火犁,并打算与人合股成立九合垦务公司,准备进行大面积垦荒。他们的目的是想在杜尔伯特旗内设置泰康设治局。"

## 第九章·领地被分割

色旺多尔济大吃一惊，急忙放下酒杯，盯着包公爷问道："你说的可是实情？开荒的事情我有所耳闻，成立设治局的事情却从未听说过。罕布台是谁？他是怎么知道的？"

"王爷，罕布台也是咱们孛儿只斤氏子孙，四等台吉，原本是七努图克白音布拉格爱马克人，当年白音布拉格草场辽阔平坦，草质优良，是个美丽的天然牧场。清末时，由于朝廷实行蒙地开放政策，大量的移民涌入，垦荒日甚，致使白音布拉格牧场一半被开成耕地，牧场难以维持，加上移民中不乏违法分子，不仅任意开垦，毁坏牧场，而且盗窃牲畜，生事互斗，致使牧民不敢夜牧。罕布台的父亲无法生存，只好带着家人向西迁徙。当他们赶着牛羊走到喇嘛甸子一带，准备过铁路时，不巧碰上驻喇嘛甸子的沙俄兵勇。沙俄兵不由分说，涌上来抢夺牛羊。罕布台与父亲为了保护牛羊，上前阻拦，被沙俄兵打伤。一家人侥幸逃出虎口，身边只剩下十几匹马。他们辗转来到敖林西伯，我看他们一家人无处栖身，就把垦区边界好尔陶东边的草场借给他们，用以维持生计。"

色旺多尔济感叹地说："唉，他们一家人真是够可怜的，都是蒙地开放惹的祸！公爷，你派人去把罕布台叫来，我要当面问问情况。"

"好的，我马上就派人去叫他。"包公爷一边答应着，一边吩咐下人去叫罕布台。

没用半个时辰，只见下人领着一个身材魁梧，高大威猛的年轻人走了进来。包公爷指着大汉向色旺多尔济介绍："王爷，这就是罕布台。"然后又对罕布台说："罕布台，这是王爷，还不赶紧拜见王爷。"

"在下拜见王爷！祝王爷吉祥！"罕布台上前参拜行礼。

"不必多礼，你就是罕布台？你说马百年要成立设治局，是否真有此事？"色旺多尔济向他询问。

"王爷，此事千真万确，是马百年的随从亲口对我说的。"罕布台肯定地答道。

"这是很隐秘的事情，马百年的随从怎么会轻易泄露呢？"色旺多尔济感到疑惑。

"王爷，他是醉酒后，无意之间说漏了嘴，我才知道的。"

"据我所知，你和马百年没有交集，他的随从怎么会向你泄露这些机密呢？"

"王爷，您有所不知，这些清丈的人员实在不像话。他们依仗权势，欺压百姓，每到一个村屯，就强行索要好处，吃吃喝喝更是不在话下，稍不如意，就对百姓威吓打骂，百姓深受其害，苦不堪言。"

"这怎么得了，这个马百年太不是东西了！他阳奉阴违，说一套做一套，我作为一旗之主，岂能坐视不管！"色旺多尔济十分气愤，再也坐不住了。为了弄清事情的真相，色旺多尔济在罕布台等人的带领下，再次返回马百年清丈的地点。只见茫茫旷野之中，连个人影都没有了。

色旺多尔济知道自己受了马百年的蒙骗，一气之下，再次赶到荒务处，打算当面质问马百年。可是，荒务处里只有那些随从在狂饮，一个个喝得满脸通红，东倒西歪，却不见马百年的身影。

色旺多尔济不知道，他所看到的一切，都是马百年精心设置的骗局，目的就是用假象蒙蔽他，为自己赢得充裕的时间，去省城疏通关系，防备上司追责。待色旺多尔济离开后，马百年立刻将清丈人员撤回，然后动身回省城，直接找到黑龙江省主席吴俊升，说明了在此建县的诸多好处。吴俊升早就听说杜尔伯特旗是块富得流油的风水宝地，只是隶属于杜尔伯特旗王爷管辖，自己不好插手。如今马百年提出建县的计划正中他下怀。马百年为了达到建县的目的，还许诺了吴俊升诸多好处。于是，吴俊升爽快地同意了马百年的建议。

马百年得到吴俊升的首肯，心里有底，加快了组建泰康设治局的步伐，邀请省公署的官员参与，成立了以开荒盈利为目的的九合垦务公司，合股投资购置了两台火犁（即拖拉机），来到杜尔伯特旗垦荒。

马百年有省公署做靠山，有恃无恐，不再忌惮色旺多尔济，而是公开打着九合垦务公司的旗号，大张旗鼓地垦荒。

消息传到色旺多尔济的耳朵里，色旺多尔济追悔莫及。当初他是抱着找回流失的租税款的希望，才申请省公署派人来清丈土地的，谁知不仅流失的税款没有找回来，反而被他们利用，导致更多的草原牧场被开垦为耕地。真是令人痛心不已！

马百年得知色旺多尔济省城之行无功而返，更是有恃无恐，一边继续开垦荒地，一边加快成立县治的步伐。马百年利用自己与吴俊升的关系，四处活动，鼓动和游说各级官员同意他们建县的想法。

马百年为了一己之私，不顾牧民利益，任意出放留给牧民的蒙民生计地，使牧场面积日益缩小，牧民游牧倍感艰难。设治局境内的垦荒者还偷移界桩，侵占蒙民生计地。马百年的所作所为，严重地侵害了牧民的利益，引起了牧民们的强烈不满，有人与之理论或对其进行劝阻，却遭到设治局工作人员的殴打。设治局的蛮横无理，激起了广大牧民的不满，他们找到罕布台，要求他带头保卫他们赖以生存的草原。

罕布台侠肝义胆，是个路见不平，拔刀相助的好汉，在蒙古牧民中享有很高的声望。他不忍心看着大片草原被开垦、被占领。牧场变得越来越小，无法满足牲畜的需求，导致牧民的生活陷入困苦之中。当附近的牧民前来找他商量如何保卫牧场和家园时，罕布台义不容辞地站了出来，与好友西恩讷根一起，带领牧民进行保卫牧场的斗争。

西恩讷根也是孛儿只斤氏，蒙古四等台吉。杜尔伯特旗第七努图克安达爱马克人。中东铁路修建以前，安达一带是杜尔伯特旗第七努图克的游牧地，也是旗较大的贸易集散地。处在今安达市东北百十里地，与第五努图克为邻。第五努图克地处今兰西县西北部，往南就是青肯泡。西恩讷根的祖辈在清代，一直在安达草场与青肯泡边的第五努图克的同族兄弟相邻而牧。清末，安达一带移民渐多。移民先是经贸，后来在周边垦荒耕地。

蒙古族本来擅长畜牧，不善于农耕与贸易，加上牧场被不断蚕食，游牧业难以维持。西恩讷根的父亲无奈之下，只好举家西迁至巴沙尔图一带居住。可是没几年，他们的牧场再次被蚕食，他们为了生计，又迁徙到达什图屯居住。他们失去了牧场，又经过数次迁徙，牛马羊所剩无几，生活逐渐趋于贫困。西恩讷根的父亲只得给一位蒙古族牧主放牧，一家人生活十分艰难。后来，达什图一带也被开辟成垦区，那位牧主丢了草场，只得迁到了敖林西伯屯，西恩讷根一家人也随着牧主迁居敖林西伯屯。

由于性格相近，年纪相仿，又有着相同的经历，罕布台与西恩讷根成了好朋友。他们知道一旦界桩设立完毕，形成事实，将会永久地侵占蒙古族赖以生存的草原。他们决心组织大家前去阻止界桩的设立工作。他们统一口径，打出了"为了牧民生存，保护蒙古草原"的旗号，分头联络敖林西伯、布木格、宝如浩特、好尔陶等村屯的牧民。

一百多名牧民按照事先约定，起早骑马来到塔拉巴格村西的木乎尔查干芒罕里聚集，然后在罕布台和西恩讷根的带领下，直奔达什图屯。因为他们接到塔拉巴格村的村民报告，设治局已经将界桩立在达什图村东南了。经过一阵飞马奔驰，他们在达什图屯东南十几里的地方遇到了二十多名设治局的雇员在草原上立桩。牧民们将他们团团围住，先前被殴打过的牧民指认了殴打他们的几名雇员。罕布台和西恩讷根就像套马一样把他们用套马杆套索住，用马鞭狠狠地教训了他们一顿。罕布台用手指着他们说道："草原是我们蒙古族赖以生存的地方，你们越界在草原上立桩，是想断绝我们的生计，我们绝不允许，你们赶紧滚蛋！"

二十几名雇员吓得屁滚尿流，落荒而逃。胜利的牧民高喊着口号，挥舞着马鞭，把设治局立的界桩一一拔出，全部拖走。

马百年听闻此事，十分惊慌，立即向黑龙江省省长吴佩孚及保安司令做了书面报告，称"蒙民反垦暴动，要求派兵镇压"。他还向各区、保下发了"杜旗台吉叛变为匪，请会剿由"的命令，严令各区放垦队严加防范,并会同清剿。他向放垦队队长王嘉峰下令,要求组织人员重新设立界桩。同时,马百年还命令设治局公安守卫队前去敖林西伯屯对反垦的牧民们进行围剿,务必抓捕主犯罕布台、西恩讷根二人。

公安守卫队几十人荷枪实弹地来到敖林西伯屯,打算抓捕罕布台、西恩讷根,却十分困难。在牧民们的保护下,守卫队根本找不到他们二人的踪迹。公安守卫队抓不到领头之人,便挨家挨户搜查,拷打参与反垦的牧民。他们的暴行更激起了牧民的怨恨。为了报复和惩戒公安守卫队,罕布台和西恩讷根在夜里带着几个人,偷偷地把拷打牧民的公安守卫队队员捆绑起来,用马驮到草甸子一顿猛打。罕布台警告他说:"告诉你们的头儿,如果还敢拷打牧民,下次抓住你们打得更狠。"

公安守卫队吃了亏,心存怨恨,非但不收敛,反而采取了更为激烈的报复行动。他们拉开大网在敖林西伯附近村屯搜查,牧民们拿起长矛、弓箭,甚至套马杆,与荷枪实弹的公安守卫队展开了激烈的对抗。白天,牧民们都藏起来,家里只剩下妇孺老弱。夜间牧民们出动,骚扰公安守卫队驻地,抓捕其队员,殴打后放回。

罕布台、西恩讷根领导牧民与设治局展开激烈的反垦斗争的消息迅速在草原上传播,并得到全旗牧民的响应,蒙古王公、台吉纷纷发声,表达对移民开垦、越界设桩行为的不满,对设治局守卫队横行霸道的行为提出抗议。

色旺多尔济一直密切关注此事。他虽然无法对牧民武装反垦公开表示支持,但对乱开荒侵害牧民利益的事情表达了强烈的不满,同时对罕布台、西恩讷根等人深表同情。

为了保护牧民的安全,平息事端,色旺多尔济带人来到设治局,当面与马百年交涉。见面后,色旺多尔济直奔主题,强忍怒气问道:"马专员,你为什么下令越界设桩?为什么命令公安守卫队抓捕并殴打无辜牧民?"

"王爷,你弄错了,公安守卫队抓捕并殴打的不是普通牧民,而是一伙儿有组织、犯上作乱的匪徒。他们明火执仗,公开违背省公署命令,殴打设治局的雇员。这样的人不制裁还得了!"

"马专员,你搞错了,他们都是善良的蒙古族牧民,他们是为了保护牧场,争取生存空间,被迫做出了这些行为。你竟然诬陷他们是有组织的匪徒,而且还公然派守卫队进行围剿。"

"他们骑着马,带着武器,公开对抗省公署决议,你说他们这样的不是匪徒,那什么样的是匪徒?"

"他们是被迫拿起原始狩猎工具进行自卫,既没有打家劫舍,又没有伤害设治局的雇员,怎么能算匪徒?!"

"王爷,我尊敬你,所以尊称你为王爷。我劝你要识时务,不要为那些犯上作乱的匪徒争口袋,否则对你没好处!"马百年软中带硬地威胁道。

"哼,你少拿话吓唬人。我再不济也是民国大总统册封的旗扎萨克。既然我是一旗之长,就有保土安民之责,就不容许你在这里胡作非为。如果你继续一意孤行,我将派旗保安团介入此事。"色旺多尔济情绪激动地反驳道。

色旺多尔济的话让马百年感到震惊和害怕,他知道色旺多尔济说话的分量,也知道色旺多尔济一向说到做到。一旦旗保安团介入此事,必然会把事情闹大,省公署怪罪下来,自己将会吃不了兜着走,不如先用好话稳住他,然后再慢慢想办法。于是,马百年立刻改变了态度,换上一脸笑容,语气和缓地说:"王爷,您别生气,其实我也不想这么做,但是职责所在,我不得不如此。我理解您的心情,您放心,我一定把您的想法转告给省公署,让他们下令,收回围剿的命令。"

"光收回围剿令不行,还要撤销对罕布台、西恩讷根的拘捕令,同时赦免其他人。"

"行,我一定把王爷的意见一并向省公署转告,请求他们赦免所有人。"马百年说道。

"好吧,既然如此,我也会劝说那些牧民,不要再抗争了,不过你们也要约束设治局的雇员,不能再越界设桩、欺辱百姓,不能再胡作非为。否则后果自负。"

"王爷,您放心吧,我一定尽力而为,坚决制止这种行为。"

"好,我等候你的消息,但愿你不要食言,告辞。"色旺多尔济说完,带着人离开了。

离开后,色旺多尔济没有回王府,而是直奔敖林西伯,约罕布台、西恩讷根等人见面。他担忧地对罕布台等人说:"如今世道混乱,军阀割据,各自为政,早就没有了王法。马百年之辈,手里握有军队,又有省公署撑腰,咱们斗不过他们,奉劝各位还是忍下这口气吧,否则会吃大亏的!都怨我没有本事,无法保全领地,害得牧民们无处安身。"

"王爷,您别自责,您已经尽力了。我们也没想到事情会发展到这一步,更没想到他们竟然如此横行霸道!这些年来,我们忍的事情还少吗?自从蒙地开放以来,咱们的领地不断被蚕食、被分割,他们故意在努图克和阿勒寅附近钉楔子,只要有努图克或阿勒寅的地方,他们就会紧挨着建立村落,公开抢占咱们的领地。如今,咱们的领地剩下不到原来的二分之一,他们又花心思成立设治局,要再次瓜分我们的领地。咱们这样一味地忍让,忍到什么时候是个头啊?!"

"你们说的我何尝不明白,可是现在这个形势,对我们非常不利,眼下马百年仗着省公署撑腰,有军队做靠山,成立设治局。况且省公署已经发了公文,是既成事实,难以挽回了。如果咱们继续跟他们抗争,必然会招致更大的损失。我不忍心看着你们家破人亡!"

"王爷,我们可以听您的劝告,不再与他们作对,但我们担心他们秋后算账,待事情平息后再治罪。"

"只要你们答应不再抗争,其他的事情由我来办。而且,马百年已经答应去省公署陈情,不再越界设桩,咱们没理由再去抗争了。"

"王爷,马百年是个唯利是图的小人,他的话不可信。"罕布台摇着头说。

"我知道马百年的为人,但事已至此,继续抗争下去不会有什么好结果。咱们姑且相信他一回。我立马动身去省城,向省公署说明情况,请求省公署出面协调此事。"

"王爷,让您费心了,我们听您的话,不再抗争了。不过他们如果食言,我们还会舍命抗争,为了蒙古族牧民们的利益,即使肝脑涂地,我们也在所不惜。"

色旺多尔济安抚了罕布台等人之后,马不停蹄地赶到省城,准备向省公署申诉。他期望着省公署能够主持公道,出面制止马百年滥垦荒地以及派兵围剿牧民的事情。

就在色旺多尔济为了保护罕布台、西恩讷根而进行积极斡旋时,家住后新屯的文明找到好友包德仁商量有关抵抗越界设桩,保护草原的事情。

文明是孛儿只斤氏,四等台吉,杜尔伯特旗塔本努图克和吉蒙克爱马克人,原本生活富裕。黑龙江省设立杜尔伯特旗沿江荒务局,在旗内三个驿站的基础上,开发沿江一带的荒地,加上蒙克山周围,共开辟时、和、年、丰四段垦区。和吉蒙克山周围成为"丰"字段垦区后,草原被破坏,游牧难以维持,牲畜损失殆尽。为了生存,文明的父亲带着一家人迁徙到族亲塔本努图克的努图克艾勒(即后新屯)勉强维持生活。

包德仁为蒙古孛儿只斤氏,四等台吉,杜尔伯特旗塔本努图克很吉日格爱马克人。和吉蒙克山一带开成垦区后,大量的移民涌入,草场被破坏,包德仁的父亲不得已,举家迁徙至后新屯,投奔远房叔叔乌尔图那苏图。"和吉蒙克山是我们祖先的领地,移民在那里占荒建屯,我们再也不能到那里游牧了。祖宗之地岂容他人占有?应该夺回来!"包德仁说。

包德仁同文明一样，对官放蒙荒、移民开垦草原的事情深恶痛绝，俩人一拍即合，立即申联兄弟朋友们准备起事，很快就组成了三十多人的队伍，并趁夜袭击了"丰"字段垦区放垦队驻地，捣毁了泰康设治局第四区区公所，将区公所官员和巡警驱逐出和吉蒙克地区，并宣称："我们在此一天，设治局的人就别想进入和吉蒙克山。"

马百年得到报告后，吸取了罕布台、西恩讷根抗垦事件的教训，没有大张旗鼓地进行围剿，而是迅速上报黑龙江省公署，并派出公安守卫队进行秘密围剿。在此次秘密围剿行动中，时任第四区区长陈忠聚尤为可恨，视文明等人为匪徒，带领兵丁协助公安守卫队对他们四处追捕，并殃及许多牧民家庭。在陈忠聚的配合下，公安守卫队设计诱捕了文明、包德仁，其他牧民亦被镇压。

色旺多尔济在省城多方协调，并找到省公署据理力争，陈述牧民遭受的损失和难处。省公署担心事情闹大不好收场，只好下令撤销对罕布台、西恩讷根二人的拘捕令。色旺多尔济刚刚松了一口气，文明和包德仁又被抓了起来，他只好继续为此事奔走。经过色旺多尔济的多方沟通，并拿出银两上下活动，才从泰康设治局将文明、包德仁保释出来。

马百年费尽心思，不惜出动重兵，费时半年，将罕布台等人的反垦起义镇压下去，解除了后患。马百年再次上书申报省城，要求省公署扩大泰康设治局的面积。省公署根据马百年的建议，于同年十一月十四日下发省长公署决定，将安达县属之喇嘛甸子站以西一带划归泰康设治局管辖。民国十六年四月二十八日，黑龙江省长公署发布训令，将于泰来县东部原杜尔伯特旗的时、和、年、丰暨新展之民、康、物、阜八段内，设立泰康设治局，委任马百年为设治员。省公署之所以取名为泰康，是因为有别于泰来县，将时、和、年、丰四个垦区与新开发的民、康、物、阜四个新垦区归为辖区，并取其康字与泰字，此乃泰康县名的由来。

省公署训令定于本年五月一日，为该局实行开办日期，暂借小嵩子站清理时、和、年、丰四段荒务办公室办公，隶属龙江道。

面对领地被无情瓜分的现状，色旺多尔济既心疼又无奈，迫于压力，只能接受这个无情的现实。自从接任杜尔伯特旗王爷以来，他雄心勃勃，本想励精图治，有所作为，可惜生不逢时，身处乱世，眼看着领地被蚕食、被分割却束手无策，真是上愧列祖列宗，下对不起属民，他觉得自己枉为一旗王爷。

色旺多尔济接任扎萨克时的雄心壮志随着屡遭挫折而逐渐消减，性格也有所改变，由从前的踌躇满志，逐渐变得多愁善感、患得患失起来。

第十章

# 援助抗日军

20世纪20年代末期,中国正处于军阀混战、局势动荡的年代。东北的形势也纷繁复杂,野心勃勃的日本人对于富庶的中国东北地区觊觎已久,他们先是向"东北王"张作霖施压,强索铁路权,逼张作霖解决所谓的"满蒙悬案",激起了东北人民的反日怒潮。因为全国反帝浪潮的冲击以及张作霖本人的民族意识,所以奉系政府未能满足日本在满蒙地区筑路、开矿、设厂、租地、移民等全部要求。这让日本内阁不能容忍,日本关东军则断定东北人民的反日游行系张作霖煽动所致,对他恨之入骨,下决心除掉张作霖这块绊脚石。

得知张作霖离京回东北的消息后,日本关东军高级参谋河本大作已经为他布下"必死之阵",在距沈阳一点五公里的皇姑屯火车站附近的桥洞下放置了三十袋炸药及一个冲锋队。虽然张作霖行前曾接到部下的密报,说"老道口日军近来不许人通行",希望他多加防备,张作霖也三次变更启程时间以迷惑外界,但他并未料到会有杀身之祸。

1928年6月3日晚六时,张作霖离开北京大元帅府,乘坐由奉天迫击炮厂厂长沙顿驾驶的英国制造的黄色大型钢板防弹汽车，奔往火车站。随行的有靳云鹏、潘复、何丰林、刘哲、于国翰、阎泽溥、张作霖的六姨太太和三儿子张学曾、日籍顾问町野和仪我等人。张作霖的专车共二十二节，是清朝慈禧太后用过的"花车"，装饰非常华丽。他乘坐的车厢在中间，车厢后是餐车，前边是两节蓝钢车，里头坐着潘复、刘哲、于国翰等人。专车前面还有一列压道车做前卫。晚上八时，专车从北京车站开出。深夜，列车风驰电掣地开到山海关车站，黑龙江督军吴俊升专程在这里迎候。

1928年6月4日清晨，日本驻奉天总领事林久治郎很早就起了床，登上屋顶用望远镜朝三洞桥瞭望。五时二十三分，当张作霖乘坐的专车钻进京奉（北京至沈阳）铁路和南满（吉林至大连）铁路交叉处的三洞桥时，日本关东军大尉东宫铁男按下电钮，一声巨响，三洞桥中间一座花岗岩的桥墩被炸开，桥上的钢轨、桥梁被炸得抛上天空，张作霖的专用车厢被炸得只剩一个底盘。

奉天省省长刘尚清闻讯赶到现场组织救援。张作霖被送到沈阳大帅府时已奄奄一息，经军医官抢救无效，于上午九时三十分左右死去。死前张作霖对卢夫人说："告诉小六子（张学良的乳名），以国家为重，好好地干吧！我这个臭皮囊不算什么。叫小六子快回沈阳。"说完他就死去了，时年五十四岁。

炸车后不久，日本人先后制造了奉军军车脱轨事件和沈阳炸弹案，企图引起混乱。6月16日，一万八千余名日军士兵在沈阳城南演习，竟然唱着"南满是我们家乡"的歌曲，暴露了其占领东北的企图。

为防止日军乘机有所动作，奉天当局决定对张作霖的去世密不发表，发表通电称：主座"身受微伤，精神尚好"，"省城安谧如常"。大帅府邸依然灯火辉煌，烟霞阵阵。杜医官每日仍按时到府上班，填写病案。厨房每日三餐仍按时送饭进去。家人一律不啼哭、不戴孝。日方天天派人

"慰问求见"，都被"婉言谢绝"。主持家政的五夫人浓妆艳抹，从容面对来窥探虚实的日本太太们。同时，奉天当局下令全城戒严以稳定局势。因为日军不知道张作霖是否已毙命，所以未敢贸然行动。

张学良得知关东军已开始秘密调动，打算浑水摸鱼，趁乱占领奉天。为防不测，他化装成一个伙夫，跟随部队秘密赶回奉天。回到奉天后，张学良才得知父亲的死讯。为保国家大业，张学良强忍悲痛，模仿父亲的笔迹签发命令。等到把一切相关事宜都安排好了，东北地方政府才对外宣布张作霖的死讯。从此以后，为了怀念死去的父亲，铭记杀父之仇，张作霖的忌日便成了张学良的"生日"。

关东军谋杀张作霖后，当时的日本首相田中义一很失望。关东军杀死了张作霖，就等于逼迫整个奉系反日，因此，日军除了强占东北，已无他路可走。这件公案在日本政府中引起了极大的争论，前后拖了一年多，屈于少壮军人的恐吓，最后以"张案经过周密的调查，发现关东军并未牵涉在内"的含糊语句结案。

张学良主政东北之初，日本人并没有把张学良放在眼里。当时，担任张学良军事顾问的日本特务头子土肥原贤二起草了一份计划，想让张学良在东北称帝，担当日本人统治东北的傀儡。出乎土肥原贤二意料的是，当他把这份精心策划的文件送到张学良面前时，张学良当面质问他："你让我当什么满洲皇帝，你这是什么意思！"碰了一鼻子灰的土肥原贤二说不出一句话，只好夹起皮包悻悻而去。随后，张学良要求日军参谋本部将土肥原贤二调走，得到的回答却是："这个顾问是日本政府派来的，我们没权调动。"心头满是怒火的张学良将军对来人说："好，你们没权，我没法子。那么我有这个权利吧——我不见土肥原贤二！我不跟他谈话！以后土肥原贤二顾问来，我任何时候都不见。"

1928年12月29日，张学良宣布东北易帜，服从国民政府领导。国民政府在形式上完成了统一。当时，在东北有不少日本间谍，但日本政府事先对此事毫无察觉。

1931年9月18日，日本关东军悍然发动了"九一八"事变。日本侵略者攻打沈阳北大营的隆隆炮声震惊了全国，同时也震碎了色旺多尔济偷安于领地的梦。还没等色旺多尔济从炮声中清醒过来，紧接着又传来了日本军队占领了辽宁和吉林的消息。日本侵略者占领了辽、吉两省之后，并没有停止侵略的步伐，而是继续向黑龙江省进军。日本侵略者的野蛮行径引起了中国人民的极大愤慨。东北地区的广大爱国军民奋起反抗，在马占山将军的率领下，打响了中国人民抗日战争的第一枪。

黑龙江省省城齐齐哈尔位于东北大兴安岭南麓，松嫩平原北端，嫩江水域东畔，是东北及黑龙江省的战略重镇之一。嫩江是日军进攻齐齐哈尔的一道天然屏障，位于嫩江泰来段的铁路桥长八百五十三点二米，高三十点六米，距齐齐哈尔市八十公里。它既是齐齐哈尔的南大门，也是从洮南北进克服水障的唯一通道。

马占山将军临危受命，从黑河火速赶到齐齐哈尔，积极调兵遣将，在位于洮（洮南）—昂（昂昂溪）段的铁路大桥设下防线，准备痛击进犯的日军。

随着马占山的一声令下，各地的驻军分头向江桥一线集结。在满洲里驻防，隶属于程远志第二骑兵旅的朱凤阳团，接到命令后，立刻乘火车赶往江桥。他们在小蒿子火车站下车时，受到了当地人民的热烈欢迎。

色旺多尔济得到消息，亲自带着慰问品到车站犒劳全团将士。

色旺多尔济的举动让全体官兵深受感动。朱团长民国十七年就曾驻防小蒿子，和色旺多尔济打过多次交道。他快步走到色旺多尔济跟前，站直身体，行了一个标准的军礼，高声说道："骑兵第二旅第一团团长朱凤阳向王爷敬礼，感谢王爷亲自到车站慰问。"

"朱团长，你们为了保土安民，不惜流血牺牲，赶赴前线抗击日寇，我等深感敬佩。我代表全旗百姓向你们致敬！"色旺多尔济用标准的蒙古礼回敬。

"谢谢！太感谢啦！我们一定奋勇杀敌，绝不辜负乡亲们的厚望。"

"朱团长，天色已晚，我已经安排妥当，请你和部下们暂住一晚，明天再赶路。"

"王爷，谢谢您的好意。军情紧急，我等就不打扰啦！"

"既然如此，我就不挽留啦，不过你们还是吃过饭再走吧，即使军情再紧急，也得吃饭啊！"

"好吧，就依王爷之见，副官，吩咐下去，咱们吃过饭再出发。"朱团长爽快地接受了色旺多尔济的邀请。副官答应着转身去传达命令。

早在队伍没下车前，色旺多尔济就命令手下的人，在小学的操场上架起十几口大锅，现杀了几十只肥羊，按照蒙古族待客的最高礼节，用手把肉款待官兵。同时还将学校的教室腾出来，准备给官兵住宿。

由于坐了很长时间的火车，士兵们感到很乏困，此时面对香味四溢的手把肉，不由得精神一振。

色旺多尔济把朱凤阳请到室内，餐桌上已经摆上了手把肉等食品。他请朱团长坐上座，朱团长连忙摆手说道："王爷，你是尊贵的王爷，又是地主，我岂敢僭越！"

"朱团长此言差矣，你们为了保境安民，不惜千里劳顿，赶赴前线杀敌，理应受到尊重。如果您不肯坐上座，那么我只有站着陪您吃饭啦。"色旺多尔济不容他再谦让，一把将他拉在上座坐下。

"您真是太客气啦！好吧，朱某就恭敬不如从命了。"朱团长见色旺多尔济执意如此，只好坐下。

"朱团长，您喜欢喝什么酒？"色旺多尔济指着早已备好的几样酒征求朱团长的意见。

"王爷，恕在下军务在身，不能饮酒。"

"朱团长，我知道你有军务，可是我们蒙古族有个习惯，凡是招待尊贵的客人，必须要敬三杯下马酒，我想你一定会尊重我们的习俗的。"

"好，我尊重你们的习俗，不过我只喝三杯。"朱团长爽快地答应了。

色旺多尔济亲自为朱团长斟酒，按照蒙古族的礼节，向朱团长敬了三杯酒，然后便不再劝酒，而是用奶茶相陪。他们一边喝奶茶，一边说话，自然而然地聊到目前的军情上。色旺多尔济有些担心地问道："朱团长，这次日军来势汹汹，况且装备精良，咱们能抵挡住吗？"

"王爷，小鬼子虽然装备精良，但马占山将军誓死抵抗，调动了一万多军队，又有黑龙江人民的支持。这次一定让小鬼子尝尝中国人的厉害！"

"啊，真没想到，这么短时间，竟集结了这么多部队！"

"王爷，您有所不知，早在'九一八'事变发生时，齐齐哈尔驻军副司令长官、公署参谋长谢珂将军在获悉日本关东军将向省城进攻的情报后，就果断采取了一系列阻击日军的战略措施，调朴炳珊炮兵团的两个营布防齐齐哈尔，并委任其为齐齐哈尔警备司令；命我们第二骑兵旅做好战斗准备，随时赶赴前线；将驻防拜泉的吴松林第一骑兵旅调到齐齐哈尔城南布防；由徐宝珍率卫队团及配属炮兵一个营，工兵及辎重各一个连两千余人进驻江桥北端阵地，构筑战斗工事，在桥南端布设地雷场，并把库存的近百挺捷克式轻机枪装备给第一线守备部队。同时，他电告黑河马占山和省防军第一旅旅长张殿九、省防军第二旅旅长苏炳文各派一个步兵团进驻昂昂溪。这次我们就是奉命赶赴泰来附近，担负对洮南方向的警戒任务。不瞒你说，现在江桥阻击战的各项准备工作已经基本就绪。刚刚受任的黑龙江省代理省主席兼军事指挥马占山，以约三个旅的兵力布防于嫩江北岸，扼守嫩江桥。王爷，这些都是军事机密，请您不要外泄。"

"朱团长，你能直言相告，足见你对我的信任。我一定会严守机密，绝不外泄。"

这顿饭吃得比较快，只过了不到一个小时的时间，朱团长便起身告辞："王爷，感谢您的热情款待，军情紧急，我等先行告辞。"

"好，祝朱团长旗开得胜，马到成功，早日杀退小鬼子，待到凯旋之日，我再为朱团长庆功洗尘。"色旺多尔济将朱团长送到操场上，一直目送朱团长集合队伍，带着队伍出发之后，才带着人连夜赶回王府。

色旺多尔济虽然身在王府，但心系战场，密切关注战事的进展情况。为了支持前线，他派巴图带领王府卫队和一部分牧民组成了运输队，为部队押送军需和给养。

与此同时，色旺多尔济召集旗内蒙古族诺颜及大粮户们开会，商量筹款劳军事宜。会上，色旺多尔济首先说道："各位诺颜、大粮户们，你们知道，以马占山将军为首的东北军，在江桥对日本军队展开了英勇的抗战。自从'九一八'事变以来，日本人占领了奉天，又继续派兵攻占各地，先后占领了辽宁、吉林的大片土地，现在又向黑龙江省逼来，他们是准备占领东北全境。一旦被日本人占领，咱们就会陷入日本人的统治之下，就会沦为亡国奴。每一名有血性的中国人，都不会甘心做亡国奴。这次马占山将军带领中国军队对日寇进行痛击，为全中国人民争了一口气。我们的士兵是在用鲜血和生命保卫祖国的领土，用大无畏的精神捍卫中华民族的尊严！我们作为一个有良知的中国人，理应有钱出钱，有力出力，全力以赴支持抗战。今天我把诸位召集来，就是想和你们商量一下捐资慰劳前线士兵的事宜，不过我先声明，这次捐资劳军活动，既不搞摊派，也不规定捐资数额，完全出于自愿，捐一块大洋不嫌少，捐一千块也不嫌多，总之多多益善，不知诸位意下如何？"

"王爷，你无须多言，支援中国军队打小鬼子是咱们分内的事情，我们都愿意捐资，我们听你的安排。"后新屯的喇嘛带头响应。

"喇嘛说得对，我们都听王爷的，你说咋捐就咋捐。"好勒布代屯的佟宝庆也跟着附和道。

"对,我们都愿意捐款!"其他人也纷纷表示赞同。

"王爷,既然大伙儿的热情这么高涨,我看这么办,咱们不如在全旗开展抗日募捐活动,在各地设立捐助点,每个捐助点设一个捐助箱,派专人看守,无论什么人,都可以捐助,你看可以吗?"叶公爷提出建议。

"好主意,正所谓天下兴亡,匹夫有责,咱们捐款慰劳抗日军队是出于爱国热情,只要是中国人就有这份责任和义务,反正又不图任何回报,只是出于自愿,就这么办吧。"色旺多尔济当即拍板。

在色旺多尔济的带动下,各地的抗日募捐活动如火如荼地展开了,民众的抗日热情高涨,他们有钱捐钱,无钱捐物,有的老人牵来了家里的羊,有的老太太捐出了自己心爱的老母鸡,还有粮油等。

数日之内,各地民众捐了大量的钱款和物品,相继运到王府,堆积如山。

色旺多尔济看到短短几天工夫就募捐了这么多物品,心里十分高兴。他让人们把这些物品统统装上车,一共装了十几辆马车。

清晨,天色刚一放亮,色旺多尔济就带着高龙和十几名侍卫,押送着物品出发,准备前往前线慰劳抗日将士。

东北的11月份早已天寒地冻,滴水成冰,茫茫草原上覆盖着皑皑白雪,昔日欢腾的河流结成了晶莹透彻的冰面。天气阴沉,布满乌云,草原上刮着大风,冻得十分结实的雪粒被风刮得漫天飞舞,打在人的脸上,如同刀刮般的疼痛。赶车的车把式脚上穿着絮了乌拉草的皮靰鞡,带着狗皮帽子,穿着白茬羊皮袄,却依然无法抵御严寒的侵蚀,嘴里呼出的热气在胡须和接近脸部的帽子上挂满了白霜。他们在车上坐一会儿,就得下车活动一下身体,跟着马车跑一会儿,直到身子暖和了再上车赶路。

色旺多尔济身穿一件狐狸皮缝制的袍子,头戴貂皮帽子,脚穿毡靴,脖子上围着一条火狐狸围脖。虽然他穿戴得很厚,但是,长时间骑在马上,也冻得直打哆嗦,只好下马走上一段路,等到身子暖和过来,再上马。其他的侍卫们也是如此，因此车队的行进速度缓慢。

中午时分，他们简单地吃了点儿东西，然后继续前行。下午三点多钟，他们听到远处传来了隆隆的炮声。

色旺多尔济知道已经接近了目的地，便催促众人加快速度赶路。距离战场越来越近，枪炮声也越来越密集。那些车把式从未经过这种阵势，心里未免有些忐忑，每当听到爆炸声和炮声，胆子小的人就会吓得一哆嗦，神情惊慌。高龙对这种场面并不陌生，紧跟在色旺多尔济身边，神态自若地对众人说："你们别怕，别听声音很响，其实炮弹离我们远着呢！至少还有十几里地，慌什么？！"

高龙的话给众人吃了颗定心丸，他们不再害怕，稳定情绪，挥鞭吆喝牲口继续赶路。

这时，天空中传来了一阵轰鸣声，远处的天空中出现了几个黑影，快速地朝着他们头顶飞过来。众人没有当回事，一个个好奇地仰望天空，想弄明白发生了什么事。

高龙见状，急忙大声喊道："不好，是鬼子的飞机，赶紧把车赶到前边的树林子里躲避。"

色旺多尔济听到高龙的喊声，赶紧下令："快，都麻利点儿，赶紧把牲口往树林子里赶。"众人听闻，急忙挥舞马鞭，不停地抽打牲口，快速朝远处的树林跑去。

当他们跑到树林边时，飞机已经飞临头顶，并降低高度，在他们头上不停地盘旋。可能是日本飞行员误把车队当成部队送弹药的辎重队，快速俯冲下来。高龙见情况危急，急忙大声呼喊："大家别慌，把车赶到树林里躲避。"车把式们顾不得害怕，拼命地鞭打牲口，纷纷逃进树林。

进入树林之后，高龙大声喊着叫车把式把牲口就近拴在树上，然后躲到车底下，同时命令侍卫们赶紧下马，也躲到车底下。他一把拉过色旺多尔济，一起躲进车底下，并用身体挡住色旺多尔济。还没等色旺多尔济反应过来，耳边就响起了一阵密集的机枪扫射声，紧接着传来了一阵爆炸声。树林顿时被炸得树木折断，枝干横飞，火光四起。众人抱着脑袋，躲在车底下瑟瑟发抖。

大约过了十几分钟，日本飞机又丢下几颗炸弹，然后离开。待飞机飞走后，高龙大声喊道："飞机走了，赶紧出来把火扑灭。"人们听到他的喊声，先后试探着从车底下爬出来。此时，树林里多处起火，有的火已经蔓延到了马车。他们赶紧捡起被炸断的树枝奋力扑救，很快就将火扑灭了。色旺多尔济命人检查损失情况，值得庆幸的是，由于高龙有经验，采取的措施得当，虽然有几匹马被炸伤，物品损失了一小部分，但人员均未受伤。

众人整理一番后继续上路，直到日落时分，方才赶到前线指挥部。此时马占山将军正在前线指挥部队与日本军队鏖战，指挥部里只有副总指挥谢珂带领几名参谋坐镇指挥。谢珂将军在这次江桥抗战中，不仅担任副总指挥，同时还兼任参谋长，是位足智多谋，具有卓越军事才能的爱国将领。谢珂将军四十岁，身材魁梧，五官端正，剑眉虎目，仪表堂堂，堪称美男子。光绪十七年（1891年）他出生于河北徐水，十七岁考入姚村官费陆军小学，后升入保定军官学校，毕业后升入北京陆军大学。大学毕业后在奉军任职，民国十七年（1928年）随东北军第八军军长万福麟到黑龙江省任黑龙江省国防处参谋长、督军署参谋长。

1931年"九一八"事变爆发，当时张学良执行蒋介石不抵抗的政策，致使日本军队在很短的时间内轻易占领了辽、吉两省，进而图谋占领黑龙江省。日寇因军力不足，便向已经叛变的洮辽镇守使张海鹏提供枪支弹药、服装、经费等，唆使其进攻齐齐哈尔。当时黑龙江省主席万福麟正在北平，声称参与要政，不能返回，电令其子万国宾代行省政，警务处长窦连芳代行军事，谢珂副之。没想到，万国宾、窦连芳畏敌如鼠，不但不整军备战，反欲外逃，黑龙江省局势堪忧。谢珂为此致电万福麟，请求张学良立即派大员来主事。北平方面始终犹豫不决,谢珂多次陈述利害,至10月中旬,张学良才决定任黑龙江省骑兵总指挥、黑河警备司令马占山为黑龙江省代理主席、军事总指挥,谢珂为副总指挥兼参谋长。谢珂随即向北平汇报黑龙江省形势,说明日军援助张海鹏图谋进攻黑龙江省的阴谋,请示应变方略。张学良回电:"如张逆海鹏进军图谋,应予以讨伐,但对日军务须避免直接冲突。"

谢珂明知张海鹏部有日军参与,在马占山未到齐齐哈尔前,便做了一系列战略部署。10月16日清晨,张海鹏叛军在日本飞机的掩护下,从江桥南端向黑龙江省守军发起进攻。守军在谢珂的指挥下,英勇反击,叛军先锋司令触雷身亡,伪军三个团溃散,其主力也溃不成军。

10月19日,马占山到达齐齐哈尔就职,谢珂不仅没有居功自傲,而且把一切情况详细向马占山做了汇报,并将军用物资、款项清单送马占山存查。此时,携带金银细软逃往哈尔滨的窦连芳、招仲任等已被召回。万国宾企图利用谢珂的功绩离间马占山与谢珂的关系,乘机对谢珂说:"马占山到此是指挥军事的,军署一切物资应由参谋长负责支配,马应另组指挥部,要啥物资可向参谋长商请。"谢珂以大局为重,不为所动,回答说:"现在大敌当前,黑龙江的局势如此危险,还能分家吗?马主席既然负军政责任,那么一切事务均应向马占山请示,各项物资更应由马占山支配。我今后一切服从马主席,否则黑龙江省的前途不堪设想。"谢珂这番话说得万国宾无言以对。

谢珂既是江桥抗战前期指挥者,又是协助马占山指挥抗战的骨干。他为马占山谋划方略,亲临前线指挥,合理调度,充分展示了自己的军事才能。马占山在江桥抗战中能重创不可一世的日本侵略军,与谢珂的正确指挥是分不开的。

谢珂见到色旺多尔济不顾危险,亲自押送慰问品上前线劳军,心里十分感动。他拉着色旺多尔济的手,声音洪亮地说:"王爷,您不顾危险,亲自到前线劳军，是对我们广大官兵的极大鼓励。我代表全体将士，向您表示感谢！您的爱国热情，值得赞赏和敬重！我们一定不会辜负您的期望，奋力战斗，多杀鬼子报答您的这片爱国之心。"

"副总指挥，你们在前线浴血奋战，不怕流血牺牲，令人敬佩和感动！我只不过为抗战尽了一点儿微薄之力，何足挂齿。"

"王爷过谦了，如果每个中国人都像您这么想，都像您这么做，何愁倭寇不灭！"

"副总指挥过奖了，作为一个中国人，理应如此。副总指挥，战事进展如何？"

"王爷，战场形势不容乐观。"谢珂遂向他们详细讲述。

从4日上午开始，日本嫩江支队先遣中队在飞机的掩护下从江桥车站北进，通过嫩江桥后向大兴车站以南的中国军队阵地进攻。马占山将军的卫队团徐宝珍部、张竞渡部共两千七百人奋起迎击，将敌击退。下午，日军集中兵力四千余人，在滨本大佐的指挥下，借助飞机、坦克和重炮掩护，向江桥发动进攻。日军先突入江桥左翼阵地，继而向江桥正面大兴线主阵地猛攻。中国军队奋起还击。日军一度突入我方阵地，双方展开白刃战，由于我军作战顽强，日军不支，遂撤向江岸，遭到预伏在芦苇中的中国军队截击。日军派兵增援，我军趁敌立足未稳，派出朱凤阳的骑兵团进行夹击，战斗进行得十分惨烈，一直战到晚上，日军支持不住，丢下四百余具尸体，败退而去。

日军不甘心失败，连夜发起炮击，随后乘船百只偷袭。待船接近北岸时，早已潜伏在芦苇内的中国军队突然开火，打得日军溃不成军，死伤惨重，落水致死者无数，仓皇逃回南岸。此战，中国军队大获全胜，歼灭日伪军一千余人。

5日清晨，日军集中兵力，在飞机和炮兵的掩护下连续进攻，均被守军击退。上午，敌人先是以数十门大炮对我军阵地进行炮击，然后纠集八千余名日伪军，在大炮和飞机的掩护下，分三路强行渡江。当船到江心时，遭到我军猛烈还击，日伪军虽伤亡很大，但仍挣扎强渡。由于敌人的炮火猛烈，又有飞机掩护，最终突破了我军防线，占领了江岸第一线阵地。我军被迫撤至左右两翼阵地。日军继而向第二道防线大兴阵地发起猛攻，遭到我军顽强抗击。

中午，马占山将军赶到前线，指挥吴德霖团和徐宝珍团从正面发起反攻，急调骑兵第一旅萨布力团从两翼包抄日军。从下午三点血战到日暮。此役，中国军队采取步兵及骑兵包围式反攻战术，给敌人以重创。日军不得已向后撤退，由进攻转为就地防御。其后方勤务分队大部被我迂回的骑兵所歼灭。此战，中国军队伤亡二百余人，日军死亡一百六十七人，伤六百余人。

当夜，日军第二十九联队的一个大队前来增援，到达后立即发动进攻，很快被我军包围。本庄繁急调第十六联队的一个步兵大队和三个炮兵中队增援。

6日早晨，日军增援部队到达，在飞机轮番扫射、轰炸的支援下发动猛攻，试图解救被围日军。马占山将军亲自到阵地督战。战斗十分激烈，双方损失惨重。在马占山军的顽强抗击下，日军攻击受挫，进展困难。本庄繁又令第二师团多门二郎率在沈阳地区的第二十九联队、骑兵第二联队、野炮兵第二联队、临时野战重炮兵大队、工兵中队和混成第三十九旅团的一个大队急开江桥附近增援，对守军进行强攻，并突破大兴主阵地。我军拼命冲杀，与敌人展开白刃战，杀声震天，极为激烈。我军几次夺回失去的阵地。当天我军伤亡一千八百五十余人，毙日伪军两千余人，击落飞机一架。日军低飞投弹的飞行员大针新一郎中尉被击伤。日军滨本支队几乎被全歼，高波骑兵队也伤亡殆尽。

由于士兵连战三天两夜，无援军替换，异常疲困，加之大兴阵地已被摧毁，马占山将军下令将主力撤至距大兴站十八公里的三间房第二道阵地,以骑兵第一旅与步兵第一旅重新组织防御。

今天早上,又有大批日伪军在十架飞机的掩护下,向三间房南汤池猛攻。马部张殿九旅和苏炳文旅一个混成团赶到反攻,战至午后将日伪军击退。此战中国军队伤三百余人,毙伤日军六百余人、伪军千余人。值得称道的是,面对敌机的连续俯冲扫射、狂轰滥炸,我方在没有高射炮火拦击的被动局面下,将士们表现出了惊人的聪明才智,他们以二十人为一组,仰卧在地上,用步枪向上射击,击落了一架敌机。日军见损失惨重,只好下令停止进攻,返回原驻地。

日军在第一阶段作战中伤亡很大,为尽快打破僵局,正在抓紧时间调兵遣将,准备再次进攻。根据我们目前掌握的情况,日军在嫩江北岸有长谷旅团司令部、步兵第十六联队、第四联队、第二十九联队及骑兵第二联队、野炮兵第二联队、工兵第二中队。嫩江南岸有野战炮兵第二十六联队第三大队、临时野战重炮兵大队等,总兵力超过三万人。另据可靠情报,本庄繁向关东军请求急调第二师团增援,战场形势十分严峻。

这些本是军事机密,因色旺多尔济身份特殊,谢珂才实言相告。

"将军,你们以孤军之旅,简陋之武器,抗击强敌,真是精神可嘉!"色旺多尔济称赞道。

"堂堂中华,泱泱大国,岂容小日本横行!只要我们一息尚存,就不会让他们阴谋得逞!"

"谢将军,你的话令人热血沸腾!有你们这些血性男儿,真是国家之幸!民族之幸!我现在就去前线,当面慰问马占山将军及朱凤阳团长,请你安排一下。"

"王爷,前方鏖战正酣,战况惨烈,危险重重,您不必亲身涉险。我定向马占山将军及全体将士转达您的这份盛情!"谢珂担心色旺多尔济的安全,故此谢绝。同时,他担心色旺多尔济在此逗留时间过长遇到危险,力劝他尽快带人离开。

色旺多尔济明白谢珂的一片好心,加上战事紧张,自己留在前线不但帮不上忙,反而让他们为自己的安全分心,遂带领队伍连夜返回。

临行时,色旺多尔济握着谢珂的手,深情地说:"将军,枪炮不长眼睛,您多保重!"

"王爷,您不必为我等的安危担忧,军人有守土之责,抵御外辱乃分内之事,我等已抱定为国捐躯,誓与敌人血战到底之决心,即使血洒疆场,马革裹尸,也在所不惜!"谢珂大义凛然地回答。

马占山将军领导的江桥抗战打得十分惨烈,战役从1931年10月开始,一直到11月18日结束,历时一个多月。虽然我军英勇奋战,拼死杀敌,但是因敌强我弱,缺少援助,以失败告终。江桥抗战意义重大,充分显示了中国人民不屈不挠、决心抵抗外侮的坚强意志,在中华民族的抗战史上,写下了壮丽的一笔。

色旺多尔济从战场上劳军回来,心情很沉重,一直为战事而担忧,一心盼望中国军队能够战胜日本人。然而,事与愿违,战事的发展对我军愈来愈不利,最终江桥抗战失败。消息传来,色旺多尔济感到十分沮丧。

这天傍晚,乌恩奇匆匆走进客厅,禀报朱团长求见。色旺多尔济连声说"快请"。乌恩奇说已经将其安排到客厅等候,色旺多尔济三步并作两步,急忙赶到客厅。此时朱团长面色黑瘦,面容憔悴,眼里布满血丝,军服上依稀还能看到血迹,皮靴上也沾满了泥巴。与出征时相比,显得有些落魄,唯一没有变化的是他的那双眼睛,依旧闪烁着坚毅的目光。色旺多尔济急忙赶到他面前,一把抓住他的手说道:"朱团长,您辛苦啦,再次见到您,感到非常高兴!"

"王爷,说来惭愧,想必您也知道了,我们失败了……"朱团长声音哽咽,说不下去了。

"朱团长,胜败乃兵家常事。你们都尽力了,请不要自责。"

"王爷,您说得没错,我们拼尽全力与敌人殊死战斗,尤其是那些牺牲的战友，更是不惜一切为国捐躯！可是，我们还是失败了！"

"刚开始时，战事不是进展得很顺利吗？我听说消灭了很多敌人，后来怎么失败了呢？"

"王爷，您有所不知，不是我们缺乏战斗意志，而是因为缺少后援。敌人的援兵源源不断，我们的兵力却得不到补充，你说能不失败吗？"

"我听说南京政府对此次战役很重视，连蒋介石都发来电报嘉奖你们的功劳。"

"唉，光嘴上说有什么用？嘉奖能当枪炮用，能当军队使吗？我们失败不是败在军队没有战斗力，而是败在政府无能，缺少与敌人血战到底的决心。若不是国民政府下令不许抵抗，小日本也不至于得寸进尺，继续侵占东三省！就拿我们这次江桥抗战来说吧，国民政府虽然口头上又是嘉奖，又是高调宣传，但是干打雷不下雨，既不给军需，也不肯增派援兵，只靠我们坚持苦战。小鬼子又是飞机又是坦克，还有大炮和大量援兵。在敌人的狂轰滥炸下，我们的战壕被全部摧毁，我们的粮食仓储地被日机炸毁，守军忍饥挨饿，空腹苦战，面对数倍之敌毫无惧色，与敌拼死肉搏，喊杀之声惊天动地。尽管我们同仇敌忾，奋勇异常，但连续鏖战，士兵伤亡惨重，弹尽粮绝，敌强我弱的局面日趋严重。最后，马占山将军不得不痛苦地下令撤出战斗。日军随即侵占齐齐哈尔。"朱凤阳含着眼泪向色旺多尔济讲述了战争的经过。色旺多尔济听后唏嘘不已，为江桥抗战的失败而痛心。

"朱团长，马占山将军现在何处，你们下一步有何打算？"色旺多尔济关心地问他。

"王爷，虽然我们这次失败了，但是我们绝不认输，我们誓死与日本侵略者血战到底。省城失守后，马占山将军带着剩余的军队退入人迹罕至的大兴安岭，我也准备带着剩余的部队前去找他会合，只是目前遇到一个棘手的问题，想请王爷帮忙，不知王爷能否同意？"

## 第十章·援助抗日军

"朱团长，虽然我们相处时间短，但是我敬重您身上的男儿血性，更敬重您不屈不挠的斗争精神。能为抗日尽一份力，我义不容辞。您说吧，无论什么事情，我都答应您。"

"王爷，我没有看错您，既然您如此爽快，那我就直说了。由于撤离的时间仓促，我部有十几个伤员来不及送走，我又急于去追赶部队，不能带着他们一起行动。而且他们的伤势都比较重，急需治疗，我想请王爷收留这些伤员，并给予救治。"

"朱团长，这些伤员都是为了保国安民流血受伤的，都是有血性的抗日将士，是我敬重的人，您就放心吧，我一定会照顾好他们的。"

"王爷，难得您这份爱国之心，朱某感激不尽，拜托啦！"

朱团长让副官将那些伤兵抬进王府，留下一名军医为他们治疗，同时指定由同是伤员的王连副负责伤员养伤的一切事宜。色旺多尔济命下人腾出房间，将伤兵安置妥当。

色旺多尔济为朱团长及部属准备了饭菜，朱团长吃过饭后，便起身告辞。临行前，他对色旺多尔济一再表示感谢，互道珍重，而后离去。

色旺多尔济出于对抗日将士的尊重，毅然接受了朱团长的请托，收留了十几名伤员，却也担着很大的风险。日本人占领省城后，便派出军队到处搜查伤兵。他们搜到伤兵后，会将伤兵和收留者就地枪杀。叶公爷得知这一情况，劝色旺多尔济尽早把伤兵送走，以免连累王府跟着遭殃。色旺多尔济也为此事深感忧虑，可是，自己既然答应了朱团长，就一定要确保这些伤兵的安全，说什么也不能对伤兵弃之不管。他最终决定，继续将这些伤兵留在王府，为他们治病。他严令王府上下人等严守秘密，封锁消息。为了掩人耳目，他让伤兵们换上蒙古族服装，分散居住，以便应付检查。同时，他命令王府卫队加强警戒，对进入王府的人员严加盘查，闲杂人等不得接近伤兵养伤的房间。

不知道是王府的保密工作做得好，还是日本人忌惮王府的名声，总之,这些伤兵在王府养伤期间,没有遇到什么危险。在色旺多尔济的多方关照下,两个月之后,伤兵们逐渐痊愈。此时,整个东北都已被日本人统治,色旺多尔济也失去了与朱团长的联系。这些伤愈的士兵一时无法归队。色旺多尔济担心他们出去被日本兵发现,便劝他们暂时留在王府。他们为了不给王府添麻烦,拒绝了色旺多尔济的好意,毅然决定前去寻找部队。临行前,色旺多尔济为他们准备了马匹和干粮。王连副带士兵列队向色旺多尔济敬礼,感激地说道:"王爷,感谢您担着风险收留我们在王府养伤,我们无以为报,只有在战场上多杀鬼子来报答您的恩情!"

色旺多尔济摆着手说:"你们都是抗日英雄。能为你们做些事情,我深感荣幸。你们见到朱团长,代我向他致意,如果你们一时半会儿找不到部队,就赶紧回到王府来躲避,千万不要到处乱跑,万一被日本人发现就危险了。这些没有人性的日本人,是不会放过你们的!"

"王爷,您多保重,我等告辞!"连副说完,再次向色旺多尔济敬礼,带着士兵们离开了。

这些伤兵离开王府后,为了避免暴露行踪,白天派人化装前去打探消息,晚上出发去找寻部队。他们不敢走大路,专挑僻静的小路走,投宿时也专挑一些比较偏僻、远离城镇的村屯落脚。他们一边走,一边派人四处打听部队的下落,连续找了十几天,终于在接近大兴安岭林区一带找到了朱团长。朱团长见到所有伤兵都伤愈归队,心中非常高兴。为了感谢色旺多尔济的慷慨相助,同时也为了让他放心,朱团长特意给色旺多尔济捎来一封信。色旺多尔济接到信后,得知伤兵已安全归队,心里非常高兴,那颗一直悬着的心落了地。

## 第十一章
# 无奈的选择

江桥抗战失败后,日本军队很快占领了东北全境,色旺多尔济担忧时局变化,心情压抑,干什么事都提不起精神,就连中国人最注重的春节也过得索然无味。

春节是中国人非常重视的传统节日,按照蒙古族的习俗,每年正月都要举行各种形式的祭祀活动。

眼看临近正月十五,色旺多尔济却对"浩德格钦""灯节"以及"黑灰节"等传统活动没有任何安排。负责旗务的叶喜扎木苏坐不住了,担心到时候会误事,便前来请示色旺多尔济。色旺多尔济在客厅与叶公爷见面,叶公爷开口向他请示:"王爷,正月的几个重要活动日趋临近,不知王爷有何指示,在下好去安排。"

色旺多尔济叹着气说:"唉,值此兵荒马乱的年头,哪有心思筹备活动,我看今年就算了吧!"

"王爷,这些节日对咱们蒙古族十分重要,已经延续了几百年,取消活动恐怕不吉利,民众也会感到失望的。"

"我知道这些传统活动的重要性,今年只是王府不举行,至于民间自发组织的活动,咱们不干涉。"

"好的,按王爷说的办,在下先行告退。"叶喜扎木苏躬身施礼准备离开。就在这时,管家乌恩奇行色匆匆地走进客厅,向色旺多尔济禀报:"王爷,门外有位自称是葆康的人求见。"

"葆康?我不认识,他有什么事?"色旺多尔济疑惑地问道。

"他没有说具体什么事,只说有要事求见。"

"好吧,你让他到西客厅,我即刻就到。"色旺多尔济吩咐道。

乌恩奇答应着走出客厅,快步来到大门口,将来访者带进西客厅。

色旺多尔济来到西客厅时,乌恩奇正陪着来访者喝茶。见到色旺多尔济,来访者赶紧起身施礼,客气地说道:"王爷吉祥,鄙人葆康给您请安!"

"不用客气,请坐下喝茶。"色旺多尔济礼貌地请他坐下,然后问道:"请问您是做什么的,找我何事?"

"王爷,'满洲国'即将成立,在下是'满洲国'国务总理郑孝胥的特使,今天冒昧前来打扰,是想与王爷商谈一些有关事项。"

"'满洲国'总理特使?'满洲国'是怎么回事?"色旺多尔济感到疑惑。

"王爷,'满洲国'是咱们中国人即将成立的新国家,皇帝就是清朝逊帝溥仪,建都长春,改名为新京,不日即将登基,年号为康德。"

"不是有中华民国政府吗,为什么还要成立'满洲国'?这岂不是多此一举?"

"王爷,'满洲国'不同于中华民国,是清朝的延续,是继承清朝正统皇位的新国家。"

"如今东三省处在日本人的统治之下,如果成立新国家,日本人能答应吗?"

"王爷，您大可不必担心，咱们'满洲国'就是在日本人的帮助下成立的。"

"日本人帮助咱们成立新国家？他们有这么好心？！"

"王爷，看来您对日本人有成见。其实日本人没有您想的那么坏。他们到中国来，是帮助中国实现"东亚共荣"的。日本是我们的友好邻邦。"

"友好邻邦？有用刀枪杀害中国人的友好邻邦吗？我看他们是黄鼠狼给鸡拜年——没安好心。"

"王爷，您的话未免有些偏激，咱们不说日本人，先说说咱们的'满洲国'。'满洲国'不但有溥仪当皇帝，就连一向与日本人有仇的马占山都参与到了'满洲国'的筹建之中，而且还准备就任'满洲国'的军政部总长。"

"不会吧？马占山刚刚与日本人打完仗，怎么会参与和日本人有关联的新国家呢？"

"王爷，您不必疑惑，我这里有一份'满洲国'的内阁名单，请您过目。"葆康说完，从随身携带的公文包里抽出一份文件，交到色旺多尔济的手上。

色旺多尔济将信将疑地接过文件，仔细地看了起来。只见文件上赫然写着'满洲国'各部门长官人选。

国务总理：郑孝胥
民政部总长：臧式毅　民政部次长：葆康
文教部总长：郑孝胥　文教部次长：许汝棻
外交部总长：谢介石　外交部次长：大桥忠一（日本人）
军政部总长：马占山　军政部次长：王静修
司法部总长：冯涵清　司法部次长：古田正武（日本人）

财政部总长：熙洽　财政部次长：孙其昌

实业部总长：张燕卿　实业部次长：高桥康顺（日本人）

交通部总长：丁鉴修　交通部次长：平井出贞三（日本人）

色旺多尔济看完这份名单，许久没有说话。这份名单上有溥仪的签名，还有印玺，显然不是伪造的。

葆康见状，面带得意，笑问道："王爷，这回您该相信了吧？我这里还有一份关于您担任杜尔伯特旗旗长的文件，请您过目。"说完，他又从公文包里拿出一份文件，交到色旺多尔济的手上。

色旺多尔济接过文件，只见上面写道："兹任命杜尔伯特旗世袭王爷色旺多尔济为'满洲国'杜尔伯特旗旗长。"文件上有总理郑孝胥的签名和印章。这些文件让色旺多尔济感到意外，心中难以决断，只好对葆康说："此事事关重大，容我考虑后再给予答复。"

"王爷，这样的好事，是打着灯笼都难找的好事，您还犹豫什么？说句不好听的话，觊觎这个旗长位置的大有人在，新国家是觉得您多年担任旗扎萨克，有一定声望和能力，所以任命您为旗长。如果您不想干，我们只好另选他人了。何去何从，请您三思。"

"特使先生，请您给我三天时间，容我考虑清楚再做决定。"色旺多尔济一时难下决断，要求宽限几日。

"好吧，我给您三天时间，三天一过，如果得不到答复，就算您自动放弃，我们会另选他人。"葆康点头同意，然后告辞离去。

由于事出突然，色旺多尔济没有心理准备，又因事情重大，他思之再三，仍然难下决断，只好召集诺颜和台吉们商讨此事。

色旺多尔济首先向众人介绍了有关'满洲国'的相关情况以及'满洲国'对他的任命，请众人共同商议如何应对。那逊额勒格图首先表示反对，气愤地说："这个'满洲国'有些蹊跷，日本人既然已经占领了东三省，为什么还要将权力拱手让给溥仪，我不相信日本人会有这样的好心！弄不好这是做日本人的傀儡。这种辱没祖宗的事情，万万做不得！"

那逊额勒格图的话音刚落，叶公爷接着说："辅国公说得有理，日本人显然是别有用心！可这次成立的'满洲国'，元首确实是溥仪，不是日本人，并且各种政府机构齐全，参与组阁的都是一些重量级人物。从组阁的名单来看，执掌军政大权的主要是中国人。咱们不说别人，就连抗日最积极的马占山将军也拥护新国家，担任军政部总长。马占山这样的大人物都认可'满洲国'，咱们有啥理由不认可？如今的形势摆在面前，咱们同意不同意都不起任何作用，到头来，只能白白丢掉扎萨克的位置。"

"叶公爷说的有道理，但是我弄不明白，为什么溥仪会接受日本人的帮助成立'满洲国'？当年八国联军攻进北京，日本军队屠杀的中国人最多，还有日后的甲午海战，签订了丧权辱国的《马关条约》，如今，他们又公开出兵占领东三省。这样的国仇家恨难道他忘记了吗？如今却在日本人的帮助下成立什么新国家。这不是饮鸩止渴吗？如果'满洲国'是日本人的傀儡政府，我宁可不当这个旗长。"色旺多尔济很不理解。

"王爷，你没听说吗？世界上没有永远的朋友，也没有永远的敌人，只有永恒的利益。正所谓此一时彼一时，当初满族人做皇帝，自然会对日本人的做法很生气，如今清朝皇帝被赶下台，做梦都想恢复失去的皇帝宝座。日本人投其所好，答应帮助他恢复帝位，他当然认为这是求之不得的好事，感激还来不及呢，哪里还会为陈年旧账生气！这正应了中国的那句老话，叫作有病乱投医。"叶公爷仔细分析着目前的形势。

"好个有病乱投医，说得恰如其分！叶公爷，您是旗内资历最老的诺颜，您说到底应该怎么办？"叶公爷的话，让色旺多尔济感到左右为难，故此向叶公爷讨主意。

"王爷，一支箭难射两只鹿，一个人难跨两条路。既然'满洲国'已经成立了，咱们反对与否都无法改变现实。溥仪好歹是中国人，怎么说也比日本人强。当此乱世，我们无力改变时局，只能在夹缝中寻求自保。现在最主要的是保住草原和牲畜，保住旗扎萨克的位子！如果咱们不答应，旗扎萨克的位子就会落入他人之手，到时候处境将会更被动。"

"叶公爷，您说得有理，但事关重大，我一时拿不定主意。如今你们各说各理，让我颇感为难。您老见多识广，德高望重，就帮我拿个主意，到底应该如何处置？"色旺多尔济拿不定主意，只好求助叶公爷。

"王爷，我看咱们还是采取最民主、最原始的办法，采取投豆子的形式，由众人决定此事吧。"叶公爷一时也想不出好办法。

叶公爷的建议得到众人的响应。于是，色旺多尔济命乌恩奇取来两个碗，一个碗上写着"同意"，一个写"不同意"，放在案几上。参加会议的王公、台吉们每人拿起一粒豆子，按照自己的想法，分别投进碗内。

众人投放完毕，叶公爷和乌恩奇仔细数了每个碗里的豆子，结果同意接受'满洲国'任命的人数稍多。色旺多尔济只好尊重多数人的意见，决定出任'满洲国'旗长，并派人前去回复葆康。

这样的表决结果在今天看来有些不可思议，但在当时的背景下不足为奇。当时人们普遍存在正统的皇权思想，加上溥仪是清朝的逊帝，人们认为服从他的统治是理所当然的。

色旺多尔济和当时的东北民众，包括一些上层人物，都被日本人欺骗了！日本人炮制伪满洲国是蓄谋已久，处心积虑的。早在1927年6月东京的东方会议上，由时任首相田中起草的《田中奏折》中便称："欲征服支那，必先征服满蒙；欲征服世界，必先征服支那。"1931年4月，日本参谋部曾提出分三个阶段逐步吞并中国东北，第一阶段，扶植卖国集团，成立亲日政权；第二阶段，建立"脱离中国本土"的"独立国"，即扶植傀儡政权；第三阶段，吞并中国东北，划入日本版图。"九一八"事变后，关东军先后起草了《满蒙问题解决方案》《满蒙共和国统治大纲草案》《满蒙自由国建设纲领》等。这些方案的基本点是第一，使满蒙完全脱离中国本土；第二，一手统一满蒙；第三，表面上由中国统治，但实质上要掌握在日方手中，至少要掌握军事、外交和交通的实权。

"九一八"事变发生后，一直冀望复辟清朝的前清贵族以为时机到来。满洲宗室、时为吉林省军参谋长的熙洽趁吉林长官奔母丧不在城中之机，打开城门，向日军投降。满族人熙洽成为日本侵华战争以来第一个投降日寇的中国官员。熙洽密信清朝逊帝溥仪，请"皇上"（溥仪）回到"祖宗发祥地，复辟大清，救民于水火"，在"友邦"（日本）的支持下，先据有满洲，再图关内。以已经升任吉林省代理长官的熙洽为首的前满洲贵族向日本方面提出迎接溥仪至满洲、建立君主制国家的建议。日本关东军方面也早已认定溥仪是合适的傀儡人选。

1931年11月8日，土肥原贤二制造了"天津事件"，将溥仪从其在天津日租界的住所秘密带出，后经大沽口、营口、旅顺，接至抚顺。1932年2月16日，关东军召集张景惠、熙洽、马占山（为保存实力诈降，后又起义抗日）、臧式毅、谢介石、于冲汉、赵欣伯、袁金铠等人在沈阳大和旅馆召开"东北政务会议"，会议由关东军司令官本庄繁主持。会议决定由溥仪为'满洲国'执政，并分配了各自的职务，其中板垣征四郎任奉天特务机关长、满洲国军政部最高顾问。18日，发布《独立宣言》："从即日起宣布满蒙地区同中国中央政府脱离关系，根据满蒙居民的自由选择与呼吁，满蒙地区从此实行完全独立，成立完全独立自主之政府。"23日，坂垣在抚顺与溥仪会面，告知溥仪出任'满洲国'执政。原本以为能够重登帝位的溥仪虽然对于"执政"的安排甚为失望，但也只能接受。

3月1日，发布《建国宣言》，伪满洲国宣布成立，首都设在长春（改名为新京）。中华民国政府对日本策动满洲独立并建立伪满洲国提出严重抗议。6日，溥仪从旅顺出发，9日在长春宣布就任伪满洲国执政，年号为大同，同时任命该国各府、院、部的负责官员，伪满洲国正式建立。

伪满洲国建立后，日本帝国主义就开始借此对中国东北实行军事占领和殖民统治。首先,他们对中国东北实行划小省份、分而治之的策略,对地方政权机构多次进行改组。1934年10月,日伪将辽、吉、黑、热(热河省)四省划为十省,即奉天省、吉林省、黑龙江省、热河省、滨江省、三江省、间岛省、安东省、锦州省、黑河省;又将内蒙兴安河(伪满洲国建制)的四个分省提升为兴安西省、兴安南省、兴安东省、兴安北省,总计十四个省。1937年后,再置东安、北安、四平省等。其次,他们采取"内部统辖"手段,在伪皇帝身边设"御用挂",指导和监视溥仪的行动。任命日本人担任伪国务院总务厅长官,控制伪国务院的一切活动。推行"次长制",由日本人担任各部副职,掌握实权,一切皆听命于日本关东军司令部,关东军司令部成为主宰伪满洲国的"太上皇"。在它的操纵下,一系列残害东北人民的《国家防卫法》《治安警察法》《暂行保甲法》《暂行惩治叛徒法》《暂行惩治盗匪法》《思想矫正法》等法律,在长春炮制出笼,并从长春推行到东北各地。长春市变成了日本帝国主义推行殖民统治的政治中心。

1932年3月17日,伪满洲国"国务院"颁布法令,将杜尔伯特旗与泰康设治局合并,划归兴安东省管辖,并宣布色旺多尔济为杜尔伯特旗旗长。与此同时,伪满洲国蒙政部发出通知,废除蒙旗王公世袭制与爵号,将官属旗札萨克改为旗公署,将原来的努图克及阿勒寅改为保甲制,将官称札萨克改为旗长。色旺多尔济的称呼也由旗扎萨克变为旗长。按照伪满洲国的规定,各旗县必须派日本人任参事官,取消努图克制度,改为保、甲制,并派日本人当助理员。这是日本人故意安排的,名称虽各有不同,如溥仪身边的叫御用挂,要害部门的叫次长,地方政府的叫参事,保、甲一级的叫助理员,但作用一样,都是为了控制和监督中国人。他们都掌握着实权,伪满洲国的大小官员,上至皇帝下至保、甲长都是日本人的傀儡,都得按日本人的旨意办事,如果日本人不点头,任何事情都做不成。

日本人给色旺多尔济派来的参事官叫赖川五郎。赖川五郎个头不高,肤色黝黑，戴着一副眼镜，是个中国通，说一口流利的汉语。他说话不紧不慢，语气温和，显得很有城府，对色旺多尔济表面上很尊敬。虽然伪满洲国撤销了色旺多尔济旗扎萨克和爵位称号，但是王府内的大小官员和广大牧民已经习惯"王爷"这个称呼了，依旧称呼色旺多尔济为王爷。赖川五郎随着众人的叫法，亦称呼色旺多尔济王爷。

别看赖川五郎表面说话和气，对色旺多尔济也很尊敬，内心却阴险狡诈。他上任时带着一支三十多人的军队，为首的日本军官叫大村一男，进驻旗扎萨克府。

赖川五郎的谦恭态度，给色旺多尔济留下个好印象，觉得这个日本人不算讨厌，会面后，还特意让管家安排酒宴，招待赖川五郎。没想到赖川五郎做的第一件事，就让色旺多尔济感到失望和气愤。赖川五郎在色旺多尔济毫不知情的情况下，带着军队，假借剿匪为名，开始收缴民间的武器。

赖川五郎带着军队来到了后新屯，冲进贝子府，要求当家主事的喇嘛交出贝子府卫队的枪支弹药。喇嘛虽然当家，但是这样重大的事情不敢做主，急忙请示父亲。乌尔图那苏图听说日本人要收缴贝子府卫队的枪械，不由得火冒三丈，前去跟日本人评理。

乌尔图那苏图跟着喇嘛来到客厅，见到了赖川五郎，没好气地质问道："我们贝子府的武器是用于看家护院的，如果被你们收缴了，我们拿什么防范土匪？"

赖川五郎就任前，已经基本了解了杜尔伯特旗的情况。有关色旺多尔济及乌尔图那苏图等人的情况了解得更是详细，知道乌尔图那苏图在杜尔伯特旗地位显赫。面对乌尔图那苏图的质问，他心里虽然恼怒，表面却装出一副笑容，耐着性子说道："我知道你们贝子府在草原上的地位仅次于王府，可谓家大业大，担心土匪抢劫也在情理之中睑。请你放心，日本人和满洲人是朋友，我们的军队可以保护你们的财产。只要你们遇到土匪打劫，日本军队第一时间就会前来为你们提供保护。收缴武器是'满洲国'皇帝的旨意，'满洲国'的子民，必须无条件服从。"

"我们中国人的事情，由中国人自己来解决，你们日本人跟着掺和啥？"

"日本和'满洲国'是友好邻邦，我们出于好心前来帮助你们，这叫日满亲善。"赖川五郎强压火气解释道。

"什么日满亲善？难道你们所谓的亲善就是用刺刀逼着人就范的吗？"乌尔图那苏图据理力争。

"八嘎，你这是破坏日满亲善，是反满抗日行为！来人呀，把这个反满抗日分子给我抓回去严加审讯！"赖川五郎原本打算拉拢乌尔图那苏图为其所用，但见他态度如此强硬，恼羞成怒，几名日本兵遵照他的命令，不容分说地上前将乌尔图那苏图强行捆绑起来。

贝子府的侍卫见状，本想上前阻拦，却被喇嘛拦住。他清楚眼下的形势，与日本人硬拼是不会有好结果的。

喇嘛连夜赶到王府，向色旺多尔济报告父亲被抓的经过，请求色旺多尔济出面相救。

色旺多尔济虽然不愿意跟日本人打交道，但也不能眼看乌尔图那苏图被抓而不管。因此，第二天一大早，去找赖川五郎进行交涉。

赖川五郎从色旺多尔济的言行当中看出他对日本人有抵触情绪，但又不能与色旺多尔济撕破脸皮，因为色旺多尔济不仅是杜尔伯特旗现任旗长，还在牧民中享有极高的威望，如果得罪了他，将会对日本人的统治不利。他们必须借色旺多尔济的声望统治杜尔伯特旗。这就是日本人制定的"以华治华"策略。赖川五郎这次假借收缴武器之名，将乌尔图那苏图抓起来，就是杀鸡给猴看，借此震慑色旺多尔济，让他不敢违背日本人的旨意。如今色旺多尔济亲自上门求情，正中他的下怀。

赖川五郎热情地接待了色旺多尔济，并装糊涂问色旺多尔济此行所为何事。色旺多尔济看了赖川五郎一眼，心说明知故问，但仍耐着性子说道："听说你们把乌尔图那苏图抓起来了，不知他犯了什么法？"

"他故意违背'满洲国'命令，私藏枪支不缴，散布反满抗日言论。"赖川五郎面无表情，冷冷地回答。

"乌尔图那苏图德高望重，在杜尔伯特旗享有很高的威望，请你看在我的薄面上，放了他吧。"

"既然王爷求情，我岂能不答应。放了他可以，但他必须答应把家中的枪支如数上缴。这是'满洲国'的命令，任何人不得违抗。"

"此事我不能擅自做主，我可以单独见他一面吗？"

"这……这不太好办，因为他现在是罪犯。"

"罪犯？什么罪犯？他只不过是不愿意交出自家看家护院的枪支而已，怎么竟成了罪犯？未免太过分了吧？"色旺多尔济生气地质问道。

"王爷息怒，他不仅违抗收缴枪支的命令，而且散布反满抗日言论。"

"什么反满抗日言论？只是几句牢骚而已。你们就凭几句牢骚话，将他定为反满抗日，真是欲加之罪，何患无辞！"

"王爷，话不能这么说。他确实讲了不利于日满亲善的言论，既然旗长要求和他见面，那我答应你，希望你能好好劝劝他，不要执迷不悟，不要做损害日满亲善的事情。"

工夫不长，乌尔图那苏图被带了进来，只见他衣衫不整，头发凌乱，脸上带有伤痕，显然受了刑。色旺多尔济见状，赶紧上前将他扶住，质问日本人道："你们怎么能对一位年过花甲的老人下此毒手？！"

"王爷，他的态度顽固，我们只能如此，这也是没办法的事情。我先离开，你好好劝劝他。"说完，赖川五郎转身走出房间。

"贝子爷，您受苦了！"色旺多尔济心疼地看着乌尔图那苏图。

"王爷，这点儿皮肉之苦算不得什么，老夫挺得住。"

"如今的形势,硬顶不是办法,我劝你还是忍耐下这口气吧。"

"忍耐?日本人明目张胆地收缴我们的枪支,不缴就说反满抗日,分明是骑在中国人的脖子上拉屎,叫我如何忍耐?"

"眼下的形势你清楚,咱们惹不起日本人,俗话说好汉不吃眼前亏,即使你不答应,日本人照样会收缴你的枪支。你听我一句劝,把枪交给他们,保住性命要紧!"

"唉,这是什么世道,简直让人没法活了!好吧,我听你的。"乌尔图那苏图无可奈何,只好同意交出枪支。

赖川五郎见目的已经达到,这才同意释放乌尔图那苏图,同时派人前去贝子府收缴枪支。

在这战乱不断、局势混乱的年头,人们为了自保,几乎家家户户都购买枪支弹药,一些有钱的大户人家还招募亡命徒为其看家护院。日本人担心这些武器落入抗联手中,同时出于稳定治安形势考虑,发布告收缴民间的枪支,勒令所有持枪者交出枪支,藏匿不交者格杀勿论。赖川五郎首先拿乌尔图那苏图开刀,就是为了震慑他人。那些胆小怕事的人听说乌尔图那苏图因为不肯交出枪支,被日本兵抓进了宪兵队,通过色旺多尔济讲清,最终同意交出枪支方才被释放,被逼无奈,只好交出枪支。有些人胆大不信邪,将枪支藏匿起来,结果被日本人发现,惨遭杀害。其他一些观望的人见日本人如此凶狠,只好乖乖地交出枪支。

按说王府卫队隶属于旗公署,不属于私人武装,不应该收缴武器。赖川五郎却将王府内的所有武器登记造册,并缩编王府卫队,只给王府配备了四十余人的护卫队及武器,负责警卫旗长和旗公署的安全,剩余的武器一律上缴。日本人为了打击抗日武装和土匪,成立了四百多人的自卫团,分成八个队,驻防在全旗各地。他们还建立了旗治安维持会,由江桥守备队长管理,维持会长由日本江桥守备队队长泰泉寺三郎担任,色旺多尔济担任副会长。日本人规定:全旗的一切治安事项,包括护卫队、自卫团的指挥权,均由治安维持会全权负责。日本人这招很毒辣,名义上为王府保留了卫队,实际却变相地剥夺了王府的武装,架空了色旺多尔济。这样一来,色旺多尔济及王府所有的官员都处在日本人的管控之中。

第十二章

# 明顺暗抗争

　　色旺多尔济虽然担任伪满洲国旗长,但他对日本人所推行的那一套做法十分反感,对日本人也是敬而远之,采取明顺暗抗的策略,尽自己最大的努力保护牧民的利益。

　　日本人为了战争需求,利用伪满洲国的名义,不断地向各地征集战备物资。杜尔伯特旗一向以水草丰美而著称,虽然近年来领地一再被分割,环境遭到严重的破坏,牧场也随之缩小,但牧民手中还保留有一定数量的牲畜,尤其是各努图克的诺颜和台吉家中,拥有大批牛、羊和马。

　　这天,赖川五郎来到色旺多尔济的办公室,看到他正在看书,虚情假意地奉承道:"王爷,您好!我几乎每次见到您您都在看书,真是学而不厌的饱学之士。"

　　"参事官先生,我是闲得无聊,只好翻翻书本打发时间,何谈学而不厌。"色旺多尔济心里对他感到厌烦,但是表面上还得敷衍过去。

　　"王爷,此言差矣,如今大东亚圣战正进行得如火如荼,我们日本人包括你们满洲人都感到欣喜若狂,每个人都在想着如何为大东亚圣战效力，王爷作为日满亲善下的旗长，理应为日满亲善做出贡献，怎么能说闲得无聊呢？"赖川五郎皮笑肉不笑地问他。

"参事官先生，大东亚圣战是你们日本军人的事情，与我这个旗长无关。你们把我的卫队都改编了，连牧民的猎枪都被你们收缴了，如今我即使有心为之效力，也是心有余而力不足了。难道你想让我带着牧民拿着套马杆去战场作战？"

"王爷，您不要为收缴枪支的事情耿耿于怀，收缴枪支也是出于社会治安的考虑，万一这些枪支落入抗日分子手中，会给'满洲国'的治安带来巨大隐患。这一点你不会不懂。"

"我当然懂啦，你们这么做就是想让我们做你们的顺民，乖乖地服从你们的统治，不得有任何反抗！"

"王爷，您这么理解就错啦。咱们日满虽然名义上是两个国家，其实说白了咱们就是一个国家，我们日本对你们有保护的义务和责任，试想一下，如果没有我们日本人的支持和保护，岂能有'满洲国'？"

"你这么一说，我还得好好感谢一下你们日本人啦？你说你们既要支持我们，又要保护我们，到底图什么？难道你们日本人是菩萨心肠？"

"嘿嘿……王爷，你说的菩萨我知道，是你们心目中的神仙，和我们日本人的天照大神一样，都是关心百姓疾苦，保佑平安的神仙。"

"参事官先生，我们的菩萨和你们的天照大神不一样。我们的菩萨专门替人消灾解难，救人于危难之中，而不会叫人去做杀人放火、抢男霸女的坏事。"

"王爷，你这种思想很危险，这是故意影射我们的军队！虽然我们在帮助你们的同时，杀害了一些平民，但是这些人都有反满抗日行为，可以说他们都该死。王爷，我奉劝你为了日满亲善，还是少说这种不利于日满亲善的言论为好。"

"这么说我还要感激你的宽宏大量啦？参事官先生，看来我们是话不投机，说不到一起。今后我一定少说话，以免因说错话而触犯你们的法律。"

"王爷，你又错了，不是我们的法律，而是你们'满洲国'的法律。其实我们日本人所做的一切，都是为了你们满洲人的幸福着想，你不要误解我们的好意。"

"你们的'好意'我们中国人心领了，我相信我们的后代子孙也不会忘记你们的'好意'！"色旺多尔济话中有话地说。

"王爷，看来你还是对我们日本人有误解。好啦，我今天不想和你探讨这些意识形态方面的问题，我今天来是奉日本关东军的命令，命令你们旗征调一千匹军马，限你们十日内完成。"

"参事官先生，你真是狮子大开口。我们全旗的马匹加在一起也凑不够这个数，恕我难以从命。"

"这是关东军的命令，任何人不得违抗，难道你想违抗命令不成？"

"参事官先生，不是我想违抗命令，而是实在无法完成你们的命令。俗话说巧妇难为无米之炊，我们没有这么多马匹，你们却一定要这么多，我就是不想抗命也只能抗命了，别无选择。"

"谁不知道你们杜尔伯特草原水草丰美，牛马成群，区区一千匹军马怎么会成难题？"

"参事官先生，你是只知其一不知其二。我们蒙古族虽然号称游牧民族，但是我们的祖先数百年前就在此定居了，生活习惯已经改变了，基本以耕种为生。而且清朝实行蒙地开放政策，我们的牧场被分割，加上前几年闹白灾，牲畜的数量大幅减少，所以我们现在根本没有那么多马匹。"

"你说的虽然是实情，但我不相信偌大的一片草原，竟会凑不齐一千匹马！"赖川五郎不相信地摇着头说。

"我是'满洲国'的旗长，理应为'满洲国'效力，但我确实难以完成你们的命令，总不至于把我也当成反满抗日分子抓起来吧？"

## 第十二章 · 明顺暗抗争

"王爷，这是关东军的命令，任何人不敢违抗，我不能凭你的一面之词就放弃上司的命令。我看这么办，明天我们派人实地考察，如果事实确实如你所说，我一定如实向上司陈述，减少征调数量。如果你说的与事实不符，就必须承担责任！"

"好吧，你尽管考察，如果我说的不对，甘愿接受惩罚。"色旺多尔济本意是不想给日本人马匹，故意推托，没想到赖川五郎来这一手，把他逼得没有退路了，只好硬着头皮答应下来。

色旺多尔济送走赖川五郎，陷入沉思之中。赖川五郎这个方法很毒辣，明天他考察时，一旦发现了各努图克的马群，不但马匹要如数征调，而且日本人还要追究自己的责任。必须想个稳妥的办法，既要保住马群，又不能让日本人产生怀疑。怎么办好呢？色旺多尔济一边吸烟，一边想着对策。突然，他灵光一闪，想到了一个两全其美的好办法。于是，他喊来新任管家桑吉（老管家乌恩奇年老体弱，已回家养老）。

色旺多尔济对桑吉如此这般交代一番，桑吉边听边点头，然后骑马离开王府，前去办理色旺多尔济交代的事情。

第二天早晨，赖川五郎吃过早饭，命令大村一男集合十几个日本兵，随他前去考察。这时，色旺多尔济带着几名护卫赶来了。赖川五郎感到意外，连忙问道："王爷，你这是做什么去？"

"参事官先生，昨天你离开之后，我反复思考该如何完成征调马匹的任务。作为'满洲国'的旗长，我理应为日满亲善出力。因此，我决定跟你一起前去考察，我路熟，以免你们跑冤枉路。"

"王爷，您真是一位识大体、顾大局的旗长，是日满亲善的典范。只要能够如数征调到马匹，我向关东军为你申请嘉奖。"

"嘉奖就不用了，这是我应该做的。咱们还是赶早出发吧，一会儿天气热了不好赶路。"

"吆西，吆西，听你的，王爷，咱们怎么走？"赖川五郎面带笑容，连连点头。

"依我之见,咱们先从近处考察,然后向远处辐射,如何?"

"吆西,一切都听王爷的安排,咱们现在就出发。"赖川五郎感到非常满意,挥手示意队伍出发。

在色旺多尔济的带领下,一行人离开了王府,直奔东吐莫。一路上,赖川五郎的心情很好,一边赶路一边与色旺多尔济交谈,谈论的几乎都是日满亲善的话题。

上午十时许,他们来到了东吐莫,那逊额勒格图闻讯出来迎接,把色旺多尔济和赖川五郎等人迎进院门,请到客厅,亲自斟茶招待,并吩咐下人安排日本兵喝茶休息。尽管色旺多尔济和那逊额勒格图是父子关系,但色旺多尔济是一旗之长,是名义上的王爷,那逊额勒格图对儿子也以下属之礼相见。色旺多尔济也不客气,直截了当地说:"这次皇军准备征调一千匹军马,希望你能全力配合。"

"皇军征调军马,我一定积极配合,不过你也知道,这几年草场缩减,加上天灾人祸,马匹所剩无几,恐怕无法凑够皇军需要的数量。"

"你先别讲客观原因,赶快派人将马群赶回来,让皇军挑选。"色旺多尔济摆出一副公事公办的态度。然后又征询赖川五郎的意见:"参事官先生,你看这么办行不行?"赖川五郎满意地点头表示同意。

"好吧,我现在就让人去把马群赶回来,你们稍等。"那逊额勒格图说完,高声喊来随从,让他带人去赶马匹,然后吩咐手下人准备酒饭,招待色旺多尔济及日本人。

他们一直等到中午,也没有看到随从回来,赖川五郎接连催促了几次,那逊额勒格图耐心地解释道:"你们不必心急,牧场离得比较远,而且提前不知道你们来,一时半会赶不回来。咱们先吃饭,边吃边等。"

"参事官先生,现在已经到了吃饭的时间,不如边吃边等。等咱们吃饱喝足了,再去挑选马匹也不迟。"色旺多尔济说道。

## 第十二章·明顺暗抗争

"好吧，只能这样啦。"赖川五郎无奈地表示同意。

那逊额勒格图一声令下，酒菜很快端到桌子上。酒菜很丰盛，有现宰杀的活羊做成的手把肉，还有特意从网房买回来的鲜鱼以及其他可口的菜肴，另外还有马奶酒、白酒和日本的清酒。那逊额勒格图陪着色旺多尔济、赖川五郎及大村一男在客厅用餐，另外在厢房备了两桌饭菜，用来招待日本兵和王府的护卫。

赖川五郎心里惦记征调马匹的事情，本来无心吃喝，但禁不住美食的诱惑和那逊额勒格图的一再相劝，便跟着色旺多尔济等人吃喝起来。那些日本兵更是吃的不亦乐乎，到最后，有的日本兵甚至带着几分醉意，高兴地唱起了日本北海道的拉网小调，还有几个日本兵伴着他们的歌声，手舞足蹈地跳起了日本舞。

酒足饭饱之后，马群依然没有回来，赖川五郎打着酒嗝催促那逊额勒格图："什么情况，马群为什么现在还没回来？"那逊额勒格图告诉赖川五郎："太君，我不是说了吗，草场离得远，需要一定的时间，你再耐心等一等，相信很快就会回来。"

赖川五郎虽然心里着急，但也只能耐着性子等。那逊额勒格图请他去午睡，被他拒绝了。他面带焦虑地在房间里踱来踱去，大村一男等人则焦急地站在大门口，不住地向远处张望。色旺多尔济和那逊额勒格图也陪在赖川五郎身边，等待马群回来。

直到下午三点多钟，马群才被赶了回来。赖川五郎赶紧催马向前，迎着马群跑去。当他满心欢喜地跑到马群跟前时，发现眼前所谓的马群，不过是数十匹老弱瘦马，而且鬃毛零乱，无精打采，有的马连毛都没褪净，几乎看不到一匹健壮的骏马。

赖川五郎感到非常失望，气急败坏地向那逊额勒格图质问道："怎么搞的？怎么数量这么少，还都是这样瘦弱的马匹？"没等那逊额勒格图回答，色旺多尔济也接过话茬质问："对呀，怎么只有这点儿马匹，还如此瘦弱？你们是怎么放牧的？"

"这就是我的全部马匹，你们也看到了，如今草原都被开垦成了耕地，可供放牧的草场太小，每次放牧都要走出很远，即使这样，马匹也难以吃饱，如果马匹多了，那么草场就更无法承受了，加上今年雨水小，牧草生长得慢，马匹吃不饱，所以才如此羸弱。"

赖川五郎听完那逊额勒格图的话，看着马群，半天没有出声。色旺多尔济赶紧解劝："参事官先生，他说的也确实是实情，你看怎么办？"

赖川五郎失望地摇了摇头，没有表态。色旺多尔济又把目光转向那逊额勒格图，有些生气地说道："怎么搞的？一个努图克竟然只有区区数十匹马，这不是给我丢人吗？参事官，你别生气，咱们再到其他努图克去看看，我不相信都会这样。"

"据我所知，这是普遍现象，其他努图克的马群也是如此。不信你们亲自去看看就知道了。"那逊额勒格图在一旁说道。

赖川五郎垂头丧气地回到院内，不顾那逊额勒格图的挽留，立即召集人马，动身前往其他努图克查看情况。色旺多尔济只能跟着前往。他们在天黑时赶到了第七努图克，这回没有等待，而是直接看到了马群，结果跟第三努图克一样，马群不仅只有数十匹，而且也是瘦弱不堪。

他们在第七努图克住了一夜，第二天又到第五努图克查看情况，结果还是如此。赖川五郎没有办法，只好打道回府。赖川五郎虽然生性多疑，对此事也产生过怀疑，但怀疑归怀疑，找不到真凭实据，只好作罢。无奈之下，他只好把情况如实向关东军做汇报。关东军没有理由不相信赖川五郎的话，只得撤销了这道命令。

其实这一切都是色旺多尔济暗中安排的，他用瞒天过海的办法，提前让桑吉通知各努图克，让他们将健壮的马匹赶到远处躲藏或赶到其他部落暂避，只把为数不多的瘦弱马匹留下来应付日本人。

赖川五郎是个阴险狡诈的人，心里明白色旺多尔济表面上看似与他合作，其实内心处处和他作对。他把这一切都归咎于色旺多尔济思想陈旧、头脑僵化、不接受新事物。于是，他便向上司打报告，建议让色旺多尔济去日本参观一次，让他见识一下日本社会的发达和进步，给他换换脑子。因此，1935年色旺多尔济被指派到日本去观光。色旺多尔济到了日本后，先后参观了东京、名古屋、京都、大阪等地，第一次看到资本主义国家先进的工商业和机械制造业，开阔了眼界，受到了很大的启发。

色旺多尔济回国后，赖川五郎满以为他能够被日本的先进所感染，从此效忠日本国。没想到赖川五郎的用心却反被色旺多尔济所利用。色旺多尔济参观时就暗下决心，回去后一定要设法改变生产结构落后的现状，努力发展蒙古地区的经济，改变牧民的生活条件，促进民族觉醒。

在色旺多尔济的筹划下，旗内较大的农区普遍开设了油坊、豆腐坊、粉坊、烘炉、木匠铺、毡铺、皮铺等手工业作坊。在牧区草原有湖泊的地方开设盐锅、碱锅。旗公署还投资扩大牛奶公司和公兴永烧锅的经营。色旺多尔济想利用当地的资源来发展经济。赖川五郎看到色旺多尔济从日本回来着手发展经济，想的、做的都为了牧民利益，而对于日满亲善毫无帮助，心里十分生气，利用各种方法阻挠产品生产和销售。由于处于战乱年代，加上赖川五郎从中作梗，导致产业原料匮乏或产品滞销，有些作坊只好关闭，那些没用倒闭的作坊也只能勉强维持，根本赚不到钱。

色旺多尔济本来就十分讨厌赖川五郎，手工业作坊遭到赖川五郎阻挠和破坏后，更加深了他们之间的矛盾。色旺多尔济对赖川五郎采取敬而远之、明顺暗抗的策略敷衍他。每当赖川五郎让做什么事情，他总是满口答应却一拖再拖，实在拖不过去，就找各种借口搪塞，致使日本人的命令无法实施。日本上层对此很不满意，认为赖川五郎没有驾驭色旺多尔济的能力，一气之下将赖川五郎调走，改派滕齐为参事官。

滕齐接替赖川五郎之后，心里只想着如何完成上司的命令，根本不考虑农牧民的死活，一上任就强征"出荷粮"。所谓的"出荷粮"是中国人对伪满洲国征收公粮的叫法，是在日伪农业统制政策下，以极低的官定价格，以极其野蛮的方式，把日伪所需的农产品全部掠夺到手。该政策的实施完全是依据"需要多少取多少"的原则，是日本帝国主义对东北人民残酷的剥削与压迫手段之一。这种口粮掠夺给农民带来了巨大的灾难，很多人甚至付出了生命代价。

色旺多尔济知道征收"出荷粮"是日本帝国主义对中国人赤裸裸的掠夺。如果老百姓按照日本人的规定如数上缴"出荷粮"，那么有些受灾歉收的农户就会遇到春荒，就有可能被活活饿死。当他接到滕齐有关征收出荷粮的命令时，知道硬顶不是办法，表示一定积极配合，并派出旗公署的官员大力协助。这些派出去的官员，明着是去催促"出荷粮"，暗中却安排亲信为各保甲秘密送信，让他们通知老百姓，将粮食藏起来。

农牧民为了活下去，想出了各种各样的藏粮办法，枕头里、柴火堆里、鸡窝里、墙壁里、粮仓底下，甚至有的埋到露天厕所里、坟墓里。大家想尽各种办法，抵制日本人收缴"出荷粮"。

滕齐看到色旺多尔济和旗公署的官员都积极配合征"出荷粮"的行动，心里感到很满意，派人到各保甲去催征，以为一定能够顺利完成任务。谁知各保甲都说今年歉收，没有粮食可交，那些征集粮食的日本人只征集到一小部分粮食。滕齐心里着急，亲自带队去各保甲征集。他每到一个地方，就把保长和甲长叫到一起，让他们带着人去各家各户搜缴粮食。可是家家户户的粮仓、粮囤都空空如也，没有一粒粮食，粮袋、面缸里也只有少量粮食，大多是一些粮糠和干菜。

滕齐气急败坏，喝令日本兵将为首的保长绑起来审问，还没等动手，保长就大声喊冤叫屈，声称确实是粮食歉收，没有粮食可交。滕齐无奈之下，只好喝令各位保甲长交出自家的粮食，保甲长们只好把家里存放的少部分粮食交出来。

日本人费了九牛二虎之力，才收缴到一小部分粮食，很不甘心，便挖空心思想出各种办法,增大征缴"出荷粮"的力度。

由于强征"出荷粮"不利,滕齐遭到了上级的训斥。滕齐气急败坏,将"出荷粮"的征收变成了横征暴敛。为了最大限度地掠夺粮食,防止农民私藏粮食或把粮食转向黑市交易,滕齐强令日伪政权大小官吏以及协和会、株式会社和兴农合作社等组织一起出动,采取强迫摊牌的办法征收。同时,他挖空心思,成立了搜荷工作班、取缔班、情报班等,挨村挨户进行搜查收缴。

在日本人的严密监视和侦察下,有些农户私藏的粮食被搜出,日本人不但将粮食全部收缴,还将人抓起来严刑拷打。后新屯保哈布乞屯一户蒙古族农民因私藏粮食被抓,遭到了拷打,还要判刑。色旺多尔济听说后,找到滕齐进行交涉,滕齐才不得已将其放回。

在色旺多尔济的庇护下,杜尔伯特旗境内的大多数农户得以保全。他们生活在伪满洲国统治之下,饱受日本帝国主义的剥削和欺压,无疑是不幸的,但同时他们又是幸运的,因为他们遇到了一位痛恨日本人,不肯真心为日本人卖命,对日本人明顺暗抗的好旗长。

色旺多尔济作为伪满洲国的傀儡旗长,虽然心里痛恨日本人,向着老百姓,但是权力毕竟有限,只有力所能及地保护周围的一小部分人,对于其他地方的农户却无能为力。扎朗格屯有一户人家,庄稼歉收,无粮可交,日本人强行抢走了他们的口粮,使其陷入绝境。色旺多尔济得知这一消息,令人前去救济时,为时已晚,全家人已经饿死了五口,只剩下一个女孩由其叔父抱养了。色旺多尔济得知消息后,心痛不已,寝食难安,陷入自责当中难以自拔。

日本人强征"出荷粮",给当时东北地区的广大农民带来了巨大灾难,面对如狼似虎的日本宪兵和伪满警察的强征暴敛,农民苦不堪言,许多农户惨遭洗劫,有的逃荒要饭,流离失所,有的甚至卖掉妻子儿女,家破人亡。许多农户被迫携家带眷逃亡到内蒙古各地,使东北地区的人口流失严重，经济萧条。

色旺多尔济对日本人明顺暗抗的行为感染了那些富有正义感的蒙古贵族，他们也用同样的方法应付日本人。

众所周知，杜尔伯特草原水草丰美，环境优良，一向以生产宝马良驹而著称。杜尔伯特草原的名马层出不穷，要问宝马到底有什么奇特之处，那可是窗台吹喇叭——名声在外。在杜尔伯特草原，一天奔驰卜奎一个来回，半个月远驰北京一趟的骏马并不足为奇。杜尔伯特的名马可与当时的呼伦贝尔、乌珠穆沁、哲里木的名马相媲美。

家住后新屯的达兰泰是乌尔图那苏图的亲弟弟，曾担任过王府的管旗梅伦，由于排行第六，故人称"六梅伦"。达兰泰不但有才干，而且很有骨气。他对日本人的野蛮行径一向十分痛恨，不甘心为伪满洲国做事，故此辞官回乡。杜尔伯特旗沦为了日本的殖民地，为了加强全旗的殖民统治，日本侵略者在巴彦查干、泰康、他拉哈等人口稠密地，设置了警察署，每个警察署有伪满警察数十名，警察署长由日本人担任。时任他拉哈警察署署长三木，出身武士世家，擅长骑术。他从民众口中听说后新屯的六梅伦家养有一匹驰名的好走马，便勾起了骑马驰骋的瘾头。

这天，三木骑着一匹高头大马，带着几名日本兵来到六梅伦的家，美其名曰拜访，实则是为了六梅伦的马而来。六梅伦虽然对日本人没有好感，但是又不敢得罪这个手操生杀大权的警察署长，只好佯装笑脸，备酒款待。酒至半酣，三木突然说道："我听说你有一匹好走马，何不牵出来让我开开眼。"

"署长大人，你不要听人瞎传，我的马很平常，没有什么出奇之处。"达兰泰听三木要看自己的马，知道他觊觎自己的骏马，急忙向他解释。

"你不要多想，我是日本骑士家族出身，对骏马有特殊的偏爱。我今天来一是想见识一下你的宝马，二是想与你比试一下，看咱们谁的马速度快,不知你敢不敢和我赛马赌输赢?"

"署长大人,我的马是土著马,怎么敢与你的东洋马比试呢。"

"六梅伦,看来你是对日满亲善不满呐?"三木面色不悦地看着六梅伦说。

"没有,我怎么敢对日满亲善不满呢。我是觉得我的马无法与你的马相比,不想丢丑。"

"哈哈……你们满洲人真是懦夫,难怪人们管你们叫东亚病夫!你们蒙古族不是一向自吹是马背上的民族吗,怎么连赛马都不敢?真是孬种!"三木面带轻蔑地嘲骂道。

"署长大人,话不必说得这么难听,比就比,你说怎么个比法?"六梅伦听他如此侮辱蒙古族,心头动怒。

"不愧是成吉思汗的子孙。既然咱们赛马,那就以彼此的马为赌注,如果你赢了,我就把我的马送给你,如果你输了,你的马就归我所有,不知你敢不敢?"三木见六梅伦同意赛马,心里很是高兴。

"有什么不敢的,谁输谁赢还不一定呢!"六梅伦说完,便命人去牵马。工夫不大,马儿被牵了过来。这是一匹黄骠马,通体金黄,只有口鼻、眼圈有一圈黑色,另外鬃毛、尾巴及四蹄是黑色的。这匹马高约四尺,身长约六尺,两只耳朵尖削细长,胸宽腿细,后臀滚圆,显得健壮有力。

三木命人把自己的马牵了过来。这是一匹枣红色的高头骏马,与六梅伦的马一比,更显高大神骏。三木对自己的马很有自信,之所以前来赛马,主要是想赢得比赛,借此羞辱一下号称马背上的民族的蒙古族。当他看到六梅伦的马时,心里更加自信。六梅伦的马与他的坐骑相比,简直是天壤之别,就这样一匹貌不惊人的马,也敢称骏马,看来中国人真是不知天高地厚。三木原本以为六梅伦不敢答应他的比赛条件,谁知六梅伦当即答应,令三木感到非常得意。

他们来到屯边的草原上,约定以十里之外的敖包为界,从屯边的树林开始，跑到敖包前绕一圈，然后再跑回来，先到者为赢。

六梅伦将蒙古袍的衣袂掖在腰带上，身子一纵，飞身上马，胸有成竹地看着三木。三木拿过马缰绳，手扳鞍桥，飞身跳上马背。随着一声"开始"的号令，三木回手用力一鞭打在马屁股上，那匹马吃痛不过，发出一声嘶鸣，撒开四蹄向前飞奔而去。

六梅伦却不慌不忙，含笑看了众人一眼，然后放开马缰，快速朝三木追去。三木的东洋马身高体长，四蹄生风，跑得飞快。六梅伦的马个头本来就矮，一跑起来就更显得矮小，肚皮几乎贴到地皮。

刚开始，三木抖擞精神，催马全力奔驰，把六梅伦远远地甩在后头。三木自信必赢无疑，未免心中得意扬扬。经过一段疾驰，来到敖包跟前。当三木从敖包前绕回来时，六梅伦刚跑到敖包跟前，两人相差近三十步的距离。三木得意地冲着六梅伦轻蔑一笑，然后继续扬鞭催马，朝着终点飞奔而去。

三木越跑越高兴，越跑越得意，已经可以影影绰绰地看到终点的人群，以为必赢无疑。没想到这时，达兰泰突然加快了速度，只见身后尘土飞扬，达兰泰的马如同一道闪电，快速从他身边跑过。三木心里一惊，拼命打马急追，可是，不管他如何努力，都越落越远。

三木气急败坏，不停地鞭笞坐骑，却无济于事，只能眼睁睁地接受失败的事实。当他红头涨脸地跑到终点时，达兰泰正安闲地坐在地上，手拿着烟袋吸烟。见到三木，达兰泰笑着站起来，双手抱拳说道："承认，承认，在下心领了。"

"六梅伦，你的马真厉害，我输得心服口服。"三木面对现实，不得不认输。达兰泰以为事情就此告一段落，谁知三木却拉着他的手说："想不到你的马竟然如此神猛，在下甘拜下风，我有一事相求，能不能把你的马借我骑几天？"三木非但不提赌注的事情，反而提出借马的要求，想以借为名，把六梅伦的马据为己有。

六梅伦一听，不由得大惊失色，知道只要自己答应把马借给他，那便是刘备借荆州——有借无还，当下急忙婉拒："哎呀！署长大人，这事万万使不得，我的马性子烈，生人难以驾驭，倘若署长大人有啥闪失，草民担待不起呀！恕难从命。"

"六梅伦，我是骑士出身，对于驯服烈马很有经验，你只管把马牵过来让我试一试，如果驯服不了就算了，如果能够驯服，就借给我骑几天。"三木对自己的骑术很自信，觉得达兰泰是故弄玄虚，是不愿意借马给他。

"好吧，既然署长执意如此，我只能从命，不过咱们有言在先，如果署长驯服不了它，便不能把它牵走。"六梅伦担心三木出尔反尔，故意把话说死。

"你就放心吧，我说话算数，你们中国不是有句话叫作一言既出，驷马难追吗？我决不食言。"三木对自己的骑术一向自信。

三木满脸堆笑，走到黄骠马跟前，伸手去摸马脖子，打算与它亲近一下，没想到马却猛然回头去咬他，吓得三木赶紧后退。

"署长大人，我说的没错吧，这是一匹烈马，难以驾驭。我看还是算了吧。"达兰泰相劝道。

"我自幼善于驯马，烈性的马见过无数，不信驯服不了它。"三木不服气地说完，又走到马跟前，一把抓住马缰绳，身子一纵，飞身跃上马背，两腿紧紧夹住马肚子，打算策马疾驰，可这匹马却原地打转，不肯配合。三木心里着急，挥手就是一鞭，打在马屁股上，那匹马吃痛，纵身猛然一窜，然后一个急停，三木猝不及防，身子随着惯性往前一扑，摔下了马背。

达兰泰赶紧跑上前去，双手扶起三木，口里连声说道："真是罪该万死，这个哑巴牲口认生，凡是不熟悉的人，都无法驾驭它。让署长大人受惊了，真是对不起。"

三木显得很狼狈，虽然心里不甘心，但自己刚才把话说得太满，此时没有回旋余地，只好认输，带着人悻悻离去。

其实这匹马并非如此难以驾驭，而是达兰泰经常用口哨或者手势训练它，已经习惯了他的指令。为了不让三木把马借走，达兰泰暗中用手势发出指令。这匹马颇通人性，按照主人的指令，将三木摔下了来。

话说三木回到警察署，依旧耿耿于怀，向翻译官发牢骚："真看不出来，这个六梅伦如此难对付，等着瞧，我一定会把他的马弄到手。"

"署长，您说得对，我们不能输给满洲人。过几天咱们再去找他，以皇军征用军马的名义，将他的马强行征用。如果他不同意，就以违抗皇军命令论处，将他抓到宪兵队。"翻译官为了讨好三木，特意给他出谋划策。

"这个主意好，过几天就实施。"三木欣然接受。

三木离开之后，达兰泰心里充满忧虑，日本人蛮横不讲理，说不定还会回来找麻烦。他思来想去，却想不出一个好办法，于是，他急忙赶到王府，向色旺多尔济讲述了事情经过，并求他帮着想办法。色旺多尔济听完之后，沉思了半晌，对达兰泰说："六兄弟，日本人向来不讲信誉，他们既然看中了你的马，那么必然会想尽各种办法弄到手，如果咱们硬顶，定会招致灾祸。为今之计，你赶紧把马送走或藏起来，他们找不到马，就无计可施了。"

"王爷，送走倒是个办法，不过送到哪里为好呢？万一途中被日本人发现就麻烦了。"

"既然如此，我看干脆找个隐秘的地方把马藏起来，对外宣称马被胡子抢走了。"

"这倒是个好办法，不过藏在哪里合适呢？"达兰泰低头思索。

"这事好办，你就近找个人迹罕至的荒漠，挖个地窖，备足饲料和水，将马藏在地窖里，只要做的隐秘，就能躲避日本人的追查。不过你要抓紧时间，以免夜长梦多。"

"王爷，你的主意好，我现在就回去办。"达兰泰如释重负地吐了一口长气，急忙告辞离去。

达兰泰回去之后，连夜带着几名心腹，来到荒无人烟的盖曼代沙陀（今程地房子北）挖了一个大地窖，地窖里贮足了饲料和饮水，把宝马藏在了地窖里。

果不其言，没两天，三木再次找到达兰泰，声称要征用他的马。达兰泰装出一副痛心的模样，叹着气对三木说："唉，署长大人，真是不幸，前天夜里突然来了一帮胡子，他们把马给抢走了。"

"怎么会这样？如果敢对皇军撒谎，死啦死啦的！"三木有些不相信地恐吓道。

"署长大人，你就是给我一万个胆儿，我也不敢欺骗皇军啊。"

"他们是哪个绺子的？"三木无奈之下，只好打听土匪的来历。

"我也不知道他们是哪个绺子的，一个个凶神恶煞的，进门就用枪逼着我交出马，声称不交就枪毙我。我没办法，只好把马交出去了。"达兰泰装出一副可怜相向三木诉苦。

"真是太意外了，"三木对达兰泰的话将信将疑，却又无计可施，只好带人离去。回到警察署，三木越想越觉得可疑，土匪早不来晚不来，偏偏是自己前脚刚离开，后脚就把马给抢走了，世界上哪有这么巧的事？于是，三木决定派人监视六梅伦的动向，如果发现马的踪迹，立刻将他们抓起来问罪。

达兰泰担心走漏消息，故意在家装病。一直过了十余天，约莫饲料和水用尽，他才于夜深人静之时，偷偷带着饲料和水去地窖看望马匹。由于他的行迹隐秘，日本人始终没有发现宝马的踪迹。直到半年后，三木奉调离开杜尔伯特旗，此事方才告一段落。

第十三章

# 血性中国人

　　1940年的冬天，天气特别冷，刚进农历十月，就接连下了几场大雪，半尺深的雪将草原覆盖得严严实实，牲畜吃不到草，在严寒中冻得瑟瑟发抖，每天都有牲畜死去。这多年不遇的白灾使牧民的生活陷入窘境。为了资助受灾的牧民，色旺多尔济决定动用王府的粮食救灾。这天，色旺多尔济叫来管家桑吉，吩咐道："你派人统计一下各地的受灾情况，按照受灾程度发放粮食，帮他们度过灾年。"

　　"王爷，您的想法很好，不过咱们王府的粮食也不富裕。"

　　"怎么会呢？今年的地租不是刚刚交上来吗？"色旺多尔济不解地问。

　　"王爷，今年各地的地租目前只收了一小部分。"

　　色旺多尔济皱着眉头问道："是什么原因造成的？"

　　"据我掌握的情况，有一部分佃户粮食歉收，无力交租，还有就是天气原因，连日不断的大雪覆盖了道路，无法通行，延误了交租，另外还有几个种粮大户，派人捎信说粮食已经准备好了，但担心路上不安全，故此没有及时上交。"

"我看这样吧,那些因受灾交不起地租的就免了吧,即使再缺粮,咱们也不能逼得人家无路可走。至于那几家种粮大户的地租一定要抓紧,实在不行你带王府卫队去收,路上如有损失算咱们的。"

"这个办法好,一来可以及时收回地租救济灾民,二来也免去了种粮大户的顾虑。王爷,你看什么时候动身?"

"既然他们已经准备好了,那还等啥?你赶紧安排一下,明天就动身。不过你要多带一些人,以免路上不安全。对了,你把巴图和高龙也带上,他们俩武功好,枪法准,高龙又在绺子里待过,万一遇到劫道的绺子,他也能用行话盘道。别看胡子干的都是杀人越货的勾当,但是他们很讲江湖义气,遇到同行还是给面子的。另外,我听说抗联队伍在三肇地区活动频繁,我已经给各保甲秘密下达命令,凡是遇到抗联队伍,必须全力支持,提供方便,不得刁难,更不许向日本人通风报信。如果你们遇到抗联队伍,一定要全力帮忙,只要咱们有的,不管什么东西,都不要吝啬。"

"好,我记住了,这就去安排。"桑吉答应着转身离去。

第二天,桑吉带着巴图、高龙以及十几名侍卫,押着几辆四匹马的胶轮大车,前往好勒布代屯去收租。

傍晚时,桑吉等人来到好勒布代屯,家住好勒布代屯的佟宝庆自然热情款待一番,待他们酒足饭饱之后,安排到厢房歇息。

桑吉、巴图、高龙等人赶了一天的路,身体有些乏困,吃过饭之后,便上炕睡觉了。半夜时分,突然传来一阵急促的敲门声,打破了冬夜的寂静。高龙等人被敲门声惊醒,迅速从炕上爬起来,麻利地穿好衣服,将枪压上火,紧张地趴在门旁察看外面的情况。

桑吉着急地对巴图和高龙说:"怎么回事?会不会是胡子?"

高龙镇定地说:"说不好,你先别慌,我去外边查看一下。"

"我跟你一起去。"巴图说。

"师兄,你不用担心,不会有事的。你留下坐镇,我打探清楚情况就回来。"高龙说完,推开房门,前去查看情况。

佟宝庆是好勒布代屯最大的地主,也是保长,住在西院。他的管家听闻敲门声,急忙登上炮台观察,谨慎地从炮眼中向外望去,只见黑压压一片人。他匆匆忙忙地跑下炮台向主人报告:"外边来客人了。""多少人?"刚刚入睡的佟宝庆知道是来了兵,忙问。"有几百人。"管家显得有些慌乱。"嗯,知道了。"佟宝庆一边答应,一边掂量。他是行伍出身,已经预料到是抗联队伍,不然不会在半夜进入屯中。

他叫醒了家人,把女人和孩子集中到一个屋子,让男人通知院中各家准备迎接客人,因为他已经接到王爷的命令,凡是遇到抗联队伍,必须要热情接待,全力配合。

这时,外边的敲门声越来越大,管家举着带有铜铃铛的钥匙边走边应声:"来了,来了。"

开锁头,拉门闩,大门被"呼"地打开了,来人鱼贯而入。管家瞪着眼瞧,这些大兵穿戴不一,有的穿羊袄,有的穿棉袍,还有的穿日本军大衣,年龄不等,老少皆有。唯一一致的是他们的右臂上佩戴着红布袖标,上书"一日成功"四个大字。他们头上大多戴着狗皮帽子,还有几个戴着狐狸皮帽子。他们的帽扇上、胡须上都结了冰,看不清脸。其中一位军官模样的人说:"我们是抗日联军,想借你家休息一下。"管家的头如鸡叨米似的点头说:"请,请。"

当时抗日联军每到一处,都住在地主家,一是院大房屋多,二是有粮米食物,三是安全。佟家是屯中最大的地主,当然会被选中。佟宝庆根据色旺多尔济的命令,对他们以礼相待。

高龙躲在暗处,看得明白,知道来的队伍是抗联,快步跑回去报信。

"这么快就回来了,外面什么情况?"桑吉急迫地问高龙。

"放心吧,不是绺子,是抗联。"高龙笑着回答。

"抗联！你看清楚了？"巴图感到有些意外。

"看清楚了，他们臂上带着红袖标，写着'一日成功'，不是抗联是什么？"

"嗨，原来是抗联啊！我还以为遇到胡子了呢，把我吓得够呛。"桑吉摸着脑袋，如释重负地吐了一口长气。

巴图带着几分惊喜对高龙说："我还是第一次遇到抗联，师弟，你带我去看看抗联到底长什么模样。"

还没等高龙答话，桑吉急忙劝阻道："使不得，抗联深夜进屯，防范一定很严，咱们不要没事找事。"

"管家，你也太小心谨慎了。抗联是专门打日本鬼子的，对老百姓很和气，不会找咱们麻烦的。"高龙向他解释。

"既然如此，那还等什么？师弟，快点儿带我去看看。"巴图急不可耐地催促。

"行，咱们这就去，不过师兄，咱们不能这么空手去，王爷不是一再告诫我们，如果遇到抗联，不但不能为难他们，而且还要鼎力相助。我看咱们莫不如带些钱去，当面犒劳抗联将士，不知师兄意下如何？"

"师弟，还是你想的周全，叮是咱们出门在外，身上带的钱少，岂不让人见笑？"

"师兄，咱们是为了表示对抗日将士的心意，钱多钱少没关系，咱们这么多人，大家凑一凑，有多少是多少。抗联将士都是侠义之士，绝对不会笑话咱们的。"

"你说得有理，来，兄弟们，大家都把钱掏出来，我有言在先，这些钱算我借大家伙的，回去以后就还给你们。"

"巴图大哥，说这话你就见外了，咱们兄弟还分什么你我。再说犒劳抗联将士是应该的，怎么能让你一个人承担呢？"众人不待巴图说完，便纷纷从口袋里掏出钱，交到巴图手上。巴图清点了一下，共有四十六块银圆。这时,桑吉对巴图说:"巴图大哥,你们带刀佩枪的,容易引起误会,还是我代表你们去吧。"其实桑吉说的话只是借口,他觉得这是露脸的事,想自己出风头。

巴图没有想那么多,笑着说:"带刀配枪的怕啥,咱们这是去犒劳他们,又不是去找麻烦。"

"说的也是,不过我还是跟你们一起去吧,一来见识一下抗联将士的真容,二来也把王爷的意思向他们转达一下。"桑吉继续坚持。

"那好吧,咱们几个一起去,由你把钱交给他们,并转达王爷的想法。"巴图没有多想,将钱如数交到桑吉的手上。众人也嚷着要求一起去,巴图考虑片刻,说道:"去可以,不过不能带枪,以免引起误会。""没问题,我们都听你的。"众人连连点头答应。当下,桑吉等人走出房门。

通过问询得知,抗联的首长住在姚家老两口家里,巴图等人急忙赶过来,没想到却被门口的哨兵拦住。桑吉赶紧上前搭话。哨兵见桑吉三十岁出头,身材比较瘦,身穿羔子皮袄,头戴水獭皮帽,一看就不是普通百姓,心中生疑,断然拒绝。桑吉亮明管家身份,并说是奉杜尔伯特旗王爷之命前来劳军。哨兵请示后,答应只准他们中的一个人进去。桑吉抢先一步,跟着哨兵朝屋里走,巴图和高龙等人虽然对桑吉这种抢风头的做法不满,但又不能强行进去,只能在外边观望。

这时,佟宝庆正陪着抗联的首长说话,见到哨兵带着桑吉进来,赶紧介绍说:"这是王府的管家桑吉。"然后指着一位身穿日本军大衣,头戴貂皮帽子,脚穿翁得的军官说道:"这是东北抗日联军第三路军第十二支队队长徐泽民长官。"桑吉赶紧上前与之握手,连声说"幸会、幸会"。徐泽民也回道:"你好!管家先生。"桑吉一边握手,一边仔细打量这位抗日英雄。只见徐泽民身材不高,脸被风刮得黑红粗糙,双目炯炯有神,操一口中原口音,显得很精明强干。

寒暄过后，桑吉从身上掏出几十块银圆和刚从手上褪下来的金戒指，硬往对方手里塞，嘴上说道："我们王爷早就听说你们抗联是打鬼子的队伍，特意传谕旗内各保甲，遇到抗联队伍，定要全力配合，不得为难。你们不怕牺牲，英勇抗日，令人钦佩，我代表王爷向你们表示一点儿心意，请您收下。"

徐泽民笑着说："谢谢你的好意，我们是抗日的队伍，专门打鬼子，不收老百姓一分钱。请你把钱收起来，并转告王爷，感谢他的抗日热情和支持。"

"一定代为转告，不过请您务必把钱收下。"

"我们抗联有纪律，决不能收百姓的钱，请你收回。"

"这么好的军队我还是头一次见到，真是仁义之师！"桑吉感叹地称赞道。

桑吉又和徐泽民聊了几句，然后起身告辞。临出门时，桑吉再次拿出银圆，请求徐泽民收下，仍然被徐泽民拒绝了。出来后，巴图等人围着桑吉打听见面经过。桑吉带着几分得意，用炫耀的口吻讲述了他与徐泽民见面及徐泽民拒收银圆的经过。巴图和高龙等人听后，齐声赞扬抗联队伍是秋毫无犯的文明之师。

在佟宝庆的安排下，抗联战士陆续进屋休息，然后佟宝庆吩咐管家准备夜饭。炊事班的人说："根据首长的指示，小米饭、咸菜，吃饱就行了。"

巴图和高龙带着几分失落和遗憾，低头漫步往住处走，落在桑吉等人的后边。途中恰好一队抗联战士经过，巴图和高龙等人驻足观望。就在这时，队伍里突然走出一个人，一边朝他们走来，一边惊喜地叫着高龙的名字。高龙感到意外，急忙上前细看，发现竟是远房表哥柴义。只见柴义走到高龙跟前，高兴地说："高龙，真的是你呀？我还以为认错人了呢！"高龙惊喜地问道："表哥，你不是在家当教书先生吗？啥时候参加抗联了？"

"说来话长，跟我到住处一叙。"高龙点头表示同意，拉着巴图和柴义相互介绍："这位是我的师兄巴图，他是我的表哥柴义。"巴图和柴义相互抱拳施礼，然后跟着柴义来到借宿的屋子里。

柴义把他俩让到炕沿上坐下，拿出烟卷为他们点着，一边吸烟，一边说道："说起参加抗联的事情，还得从头说起。不瞒你们说，我是中国共产党党员，受组织委派，以教书为名从事交通员工作，后来由于叛徒出卖，暴露了身份。幸亏上级及时通知，我提前撤离，才没被日本宪兵队抓住。之后我便参加了抗联，跟随杨靖宇将军一起打鬼子。"

"柴义大哥，如今已经是日本人的天下了，光凭你们抗联能把鬼子打出中国吗？"高龙担忧地问柴义

"兄弟，你不用担心，别看我们抗联人少，但我们不是孤军奋战，还有共产党领导的八路军、新四军以及国民政府的军队，大家在共同与日寇浴血奋战。"

"前些年共产党和国民党不是打得不可开交吗？怎么现在又联合起来共同抗日了？"

"虽然共产党和国民党打了好多年，但这属于人民内部矛盾，正所谓兄弟阋于墙……"

"表哥，这话是什么意思？我搞不懂。"高龙疑惑地拦住柴义的话头，问道。

"这么跟你说吧。这就好比百姓居家过日子，兄弟之间不和睦，为了家产而大打出手，可是一旦外人打进家门，兄弟之间就会和好，一致对外，保护家园。兄弟，你有所不知，早在'九一八'之后，中华苏维埃政府就发表宣言，对日宣战，随即派遣了大批的军事人才，到东北进行抗日斗争，组成了东北抗日联军，进行抗日救亡运动。共产党的英明主张，得到了东北地区父老乡亲们的拥护和支持，许多热血青年纷纷参加抗日联军。在共产党人的宣传、劝说下，一些深明大义的土匪绺子也加入了抗日

的行列。

"在共产党的英明领导下,东北抗日斗争沉重地打击了日本人的统治。随着抗日力量的不断壮大,抗日的区域也在不断增大。他们先是从长白山到小兴安岭,然后又迅速向黑嫩平原扩展。这次我们抗联第十二支队,在支队长徐泽民、政委张瑞林的领导下,按照抗联三路军总部的指示,在'三肇'地区发动了群众性的平原游击战,先后打开了肇州丰东镇、肇源县城和头台镇、新站、古鲁站等地,捣毁了镇公所和伪警察署,给予敌人沉重打击,极大地鼓舞了民众的抗日决心和斗志。在我们的宣传和感召下,许多不甘心做亡国奴的人纷纷加入抗联队伍,我坚信,只要全国人民团结一致,就一定能把日寇赶出中国。"

"表哥,与君一席话,胜读十年书。这精辟的见解,令我茅塞顿开,血脉贲张!你们抗联真是好样的,有你们这样的抗日队伍,何愁小日本不滚出中国!"巴图竖起大拇指,由衷地赞叹道。

"兄弟,如今国难当头,日寇在中国烧杀淫掠,无恶不作,简直禽兽不如!每一个有血性的中国人都义愤填膺,奋起反抗。你们的身手这么好,我看干脆加入抗联打鬼子得了。"

"表哥,我何尝不想与你们一起打鬼子,可是杜尔伯特王爷对我们有知遇之恩,我们曾承诺生死相随,怎能不讲信誉?"高龙接过话头,为难地回答。

"兄弟,此言差矣,个人恩怨怎么能与民族大义相比?"

"柴义大哥说的在理。我们王爷也痛恨日本鬼子,别看他身为杜尔伯特旗旗长,却是身在曹营心在汉,想方设法保护老百姓的利益,支持抗日活动。我等虽是一介草民,却明白天下兴亡,匹夫有责的道理。不过我觉得做人要善始善终,我们必须当面向王爷讲清楚,征得他的同意才能做决定。请你相信我,只要时机成熟,我们兄弟一定前去投奔抗联,和你们一起打鬼子。"巴图神情庄重地表态。

柴义连连点头，表示理解，彼此又聊了几句。巴图和高龙看到战士们准备休息了，便知趣地起身告辞。柴义把他们送到大门口，彼此互道珍重而别。

佟宝庆安排完抗联战士的食宿之后，特地过来陪首长唠嗑。佟宝庆将徐队长让到炕头，铺上毡子褥子，放好枕头，沏茶、递烟，还叫来十四岁的外甥乌鹤龄为队长烘烤毡袜。

徐队长对主人的热情很感动，借机向他宣传反满抗日的思想。佟宝庆不住地点头称是，倾吐抗日爱国之情。经过一番交谈，徐队长试探地问他能否组织蒙古族青年抗日参战。已经十分激动的佟宝庆表示愿为救国救民赴汤蹈火。徐泽民当即签发手令，发给佟宝庆建军抗日执照。此时此刻，正在烤毡袜的少年听得入迷，十分崇敬这个什么都懂的队长。

抗联多日连续作战，人困马乏，他们住下了之后，摘掉皮帽，和衣东倒西歪地挤在一起，抓紧饭前休息。

辰星寥落，月牙儿挂在西边的树梢上。夜色朦胧中，抗联战士摸黑起身吃饭，吃完饭后便集合出发。

队伍在出发前，通知屯子里的百姓，要各家检查一下，看是否缺少了什么东西。各家各户检查一遍，包家报告少了一匹棠黄马，赵老三家说缺了一匹青马。徐泽民传令查找，由于天黑，一时看不清没发现。为了赶时间，徐泽民承诺待天亮后查找，如找到一定送回来。百姓们得知队伍要过嫩江，需要向导，在江边住的崔老九和少了马匹的赵老三表示自愿前去。

佟宝庆一直将徐泽民送到大门外。佟宝庆握着徐泽民的一双大手，连称"后会有期"。徐泽民摇了摇双手，期待地说："战场上见。"二人依依惜别。

徐泽民带着队伍过了嫩江之后，天色已经大亮，徐泽民再次下令寻找百姓的马匹，很快就找到了，交给了向导。赵老三感激不尽，与崔老九牵着马回了屯。

## 第十三章 · 血性中国人

两天之后，该交的地租已经如数交齐，桑吉命人将粮食装上胶轮马车。这种胶皮轱辘的马车是当时最先进的马车，不但结实耐用，而且载重量大，一辆车可载重三千多斤。

第二天天刚放亮，桑吉便带着人，在巴图、高龙等十几名侍卫的押送下启程了。北方的冬天，冷风刺骨，寒气逼人，车把式们为了御寒，身上穿着羊皮袄，头戴狗皮帽子，脚上穿着靰鞡，手握长鞭驾驭拉车的四匹马。刚开始还不觉得冷，时间一长，便冻得有些受不住，脸上的胡须和帽檐上都挂满了白霜。他们只好跳下车，跟着车跑一段，直到身体暖和了，再跳上车。巴图和高龙等人脚上穿着毡疙瘩，里面蓄着羊毛，身穿羊皮蒙古袍，头戴貉皮帽子，腰上系着腰带，身上斜背着短枪。其他护卫也跟他们差不多，都把自己裹得很严实，以防冻伤。他们一路上谈论的话题几乎都是有关抗联的，对抗联赞不绝口，钦佩不已。

中午，他们经过敖林西伯屯的一个道口时，遇到盘查。负责盘查的是几个日本兵和一队伪满警察。

车队来到检查站跟前，桑吉赶紧走上前去，点头哈腰地说道："我们是王府的车队，请高抬贵手，放我们过去。"那些日本兵根本不理会，强行拦住车辆，不肯放行。

"日本人也太蛮横了，凭什么拦住咱们不让走？"巴图很是气愤。

"兄弟，你就少说两句吧，不要自找麻烦。"桑吉一边劝说巴图，一边走到翻译官身边，将他拉到一边，面带微笑地说："兄弟，我是王府的管家，麻烦你跟日本人说说，放我们过去。"

翻译官摆出一副公事公办的面孔，为难地摊着手说："这可不好办。最近抗联活动频繁，日本人为了防范抗联，故此加强警戒，在各交通要道增设检查站，严密盘查过往行人。我也无能为力。"

桑吉见状，赶忙掏出几块银圆塞到翻译官手里，"兄弟，不成敬意，买几包烟抽。"

翻译官笑着将银圆装进口袋，嘴上说道："看你是王府管家的分儿上，我跟日本人讲讲情。"

说完，翻译官走到日本兵跟前，"叽里咕噜"地说了一通日语。日本兵听说这是王府的车队，加上翻译官一再帮着说好话，便点头同意放行。

离开了检查站，巴图望着日本兵的背影，愤愤不平地骂道："这帮王八蛋，没一个好东西，就知道欺压老百姓。尤其是那个翻译官，对咱们趾高气扬的，对日本人却像条狗。管家，你也太软弱了，干吗给他钱？"

"巴图大哥，这年头多一事不如少一事，花钱走干道，这些人咱们惹不起。"

"我就不信邪，哪天他们要是撞在我的手里，我一定让他们尝尝我的厉害！"

"兄弟，人在矮檐下，不得不低头。如今是日本人的天下，连王爷都惹不起日本人，咱们又能怎么样呢？还是忍了吧！"桑吉息事宁人地劝说巴图。

"忍，你就知道忍，忍到什么时候是头！要我说，对待这些畜生，就应该像抗联那样，用枪炮来对付他们，让他们尝尝中国人的厉害！"高龙愤愤不平地说。

经过这番折腾，众人的情绪都很低落，不再言语，只是闷头赶路。大约走了两个小时，远处传来一阵女人的哭喊声。巴图不知道发生了什么事，赶紧让车队停下，命手下的侍卫看护好车辆，自己带着高龙前去打探情况。

他们策马奔到跟前，只见几个伪满警察正在用马棒殴打一位老者。两个日本兵嘴里喷着酒气，狂笑着猥亵一名少女。少女吓得面色煞白，哭喊着拼命挣扎。一个老妇人一边拼命拦着伪满警察行凶，一边哭喊要求放过她的女儿。见此情景，巴图、高龙不由得血脉贲张，纵马上前。巴图飞身跃下马背，厉声喝道："住手！"

伪满警察吓得停住了手，其中一个本地人认出巴图，好心相劝："我劝你们还是少管闲事，赶紧走，惹怒了皇军你们吃罪不起。"

"你们到底是不是中国人？怎么帮着日本人欺压中国老百姓？"巴图厉声质问。

"我是什么人不重要，重要的是谁说了算，你没听说人随王法草随风吗？如今是日本人的天下，不听日本人的话听谁的。我看在咱们是同乡的分儿上，劝你少管闲事，别自找倒霉。"本地的那个伪满警察面带难色，话中半劝半威胁。

还没等巴图说话，另一个伪满警察面带愠色，用威胁的口气说："别以为你是王府的侍卫官，就可以对我们发号施令，如今世道不同了，以前的王爷已经过气了，只是担个虚名而已。我劝你还是有点儿自知之明，不要再胡闹了，赶紧离开！"

"你们害怕日本人，我不怕！我告诉你们，今天的事情我管定了。"巴图毫无惧色地大声回答。

那两个猥亵少女的日本兵刚开始并没有把巴图和高龙放在眼里，继续旁若无人地肆意调戏少女。他们认为中国人不敢管他们。其中一个日本兵懂得汉语，听到巴图说要管他们的事情，不由得高声大骂道："八嘎呀路，支那猪，竟敢藐视大日本皇军，死啦死啦的。"

面对日本兵的蛮横无理，巴图被彻底激怒了，气得血往上涌，面色红紫，紧握双拳，怒目相视，骂道："该死的小日本，竟在光天化日之下调戏少女，简直禽兽不如！"

"八嘎呀路，死啦死啦的。"日本兵被巴图的话激怒了，命令身边的警察动手。

那几个警察不敢违抗日本兵的命令，一个五短身材，脸上长满横肉的警察厉声喝道："日本人已经发怒了，你们还等什么？"说着，用力挥起马棒，对准巴图的脑袋打过去。巴图灵巧地闪身躲过。另外两个警察也跟着冲过来。两个日本兵见状，不由得开怀大笑，旁若无人地抱起少女朝不远处的树林走去。那名少女惊恐万状，大声呼喊"救命"。那名老妇人也连呼"救命"。少女的哭喊声触动着巴图的神经，当那个满脸横肉的矮个警察再次挥舞马棒向他打来时，巴图没有退缩，而是身子一偏，马棒落空。巴图看准时机，飞起右脚，踢中对方的软肋，那个伪满警察顿时觉得五脏六腑一阵翻腾，栽倒在地。另一个伪满警察见同伴吃亏，急忙上前帮忙。巴图没容他出手，挥手一拳，打在他的耳根上，那个伪满警察顿时晕倒在地。本地的伪满警察也赶过来帮忙，却被巴图一掌打在胸口上，顿时感到胸闷气短，眼前发黑，抱着胸口倒在地上。

高龙站在一旁，虽然没有说话，但密切关注着形势的变化。当巴图与警察动手时，他知道这几个警察根本不是师兄的对手，于是，趁人不备，纵身赶上前去解救少女。只见高龙使出"八步赶蝉"的招数，几个纵跃，眨眼间便来到日本兵跟前，运气挥拳，使出一招"蛟龙出海"，以迅雷不及掩耳之势，冲着日本兵的面门打去。日本兵猝不及防，顿时被打得口鼻喷血，晕头转向。高龙趁机将少女从日本兵手里救了下来。旁边的日本兵见同伴吃亏，端起带刺刀的步枪朝高龙刺过来。高龙一手拉着少女，侧身躲过。日本兵一枪刺空，身子顺着惯性向前倾。高龙趁机伸出右手，抓住枪管，飞起左脚，使出一招"青龙摆尾"，踢在日本兵的胸口上，手上用力将步枪夺了过来。日本兵顿时感到胸闷气短。高龙没等日本兵反应过来，单手挥起枪托，猛力朝日本兵的头上砸去，正中日本兵的太阳穴。那个日本兵闷哼一声，颓然倒地。

另一个日本兵见高龙如此神勇，举枪瞄准高龙。高龙担心伤着少女，挺身上前，用身体护住少女。巴图在远处见情况危急，顾不得多想，迅速从腰间取出一把飞刀，甩向日本兵。日本兵猝不及防，还没来得及扣动扳机，咽喉已中飞刀，颓然倒地。在日本兵倒地的瞬间，下意识地扣动了扳机，由于身子后仰，子弹呼啸着飞向天空。

随着枪声响起，场面顿时安静下来。这时，桑吉带着车队赶到跟前。那个日本兵已经死亡，另外一个气息微弱，只有出气，没有进气，显然也活不成了。

　　见此情景，桑吉颤声说道："这下可闯大祸了，这可如何是好。"

　　巴图神情淡定地对桑吉说："你不必惊慌，人是我们杀的，我们自己承担，绝不连累你们。"

　　"对，好汉做事好汉当，绝不连累诸位。"高龙也毫不畏惧。

　　巴图来到老人跟前，此时，那个被打的老人头上鲜血直流，双目紧闭，已然昏厥。那位老妇人吓得六神无主，只是抱着女儿痛哭。

　　"老人家，到底怎么回事？"巴图弯下腰问老妇人。

　　"他……他……他们……日……日……日本人……"老妇人惊吓过度，话说不连贯。

　　"您先别哭，快点儿告诉我到底是怎么啦。"巴图着急地追问。

　　老妇人稳定了一下情绪，强忍悲痛，带着哭声对巴图说："我是前边唐营子屯的，前两天我的大女儿生孩子，我和老伴带着小女儿去看望，谁知半路上遇到了日本人，他们不由分说地强行抢我的女儿，老伴上前阻拦，被这几个伪满警察用枪托砸昏了。幸亏遇到你们出手相救，合则我女儿就会被这帮畜生糟蹋了。我女儿只有十六岁，万一被这两个畜生糟蹋了，以后就没脸活了。你们是她的大恩人啊！孩子，还不赶快向恩人磕头谢恩！"

　　少女刚刚受到惊吓，惊魂未定，听到母亲吩咐，机械地跪地磕头。巴图和高龙赶紧将少女扶起，说道："不必如此，你们赶紧离开这里吧。"

　　老妇人却说："恩人，事情因我们而起，我们走了你们怎么办？"

　　"老人家，不必为我们担心，我们自有办法应付。你赶紧走，再晚就来不及啦。"巴图说完，与高龙等人将老汉抬上车，再次催促老人赶快离开。老人带着感激之情，一步三回头地赶着牛车离去。

老人离开之后，桑吉担心地问巴图："兄弟，你们有什么打算？"

"事已至此，只能走一步看一步了。"巴图说完，从车身底下抽出一把铁锹，（那时路面坑洼不平，出远门的车把式都带着铁锹备用）低声对桑吉说："你赶紧带着车队走，日本人来了就麻烦了。"在巴图的催促下，桑吉不情愿地带着众人上路了。

巴图把目光转向三个伪满警察，打算把他们一起杀掉，以免他们向日本人报信。高龙会意，转身来到三个伪满警察跟前，准备动手。三个警察虽然被打倒在地，但神志清醒。此时见到巴图，急忙跪地求饶。那个当地警察哀求道："巴图大哥，我给你磕头了，咱们人不亲土亲，求您放我一条生路吧！"另一个也连连磕头求饶："大哥，我上有八旬老母，下有妻儿，如果我死了，就没人给老母送终了。你就高抬贵手，饶了我吧！"巴图听了之后，不由得心软，沉默不语。高龙见状，说道："师兄，这几个人留不得，留下他们必然会给王爷添麻烦。"

三个伪满警察听了高龙的话，磕头如捣蒜，一再求饶，并赌咒发誓决不泄露此事。巴图虽然不相信他们的话，但又不忍心杀他们。最后，巴图厉声说道："你们几个听着，今天我饶你们一命，如果你们敢向日本人告密，我一定杀你们全家。"说完，巴图大手一挥，说声"滚"，那几个伪满警察立刻爬起来，相互搀扶着快速离开，生怕巴图改变主意。

巴图和高龙把日本人的尸体拖进树林打算挖坑掩埋。可是，土地冻得很结实，根本挖不动。他们四下看了一下，发现有一个树坑。于是，他们清除了坑里的积雪，将两个日本兵尸体丢进树坑。由于树坑太小，无法容下两个尸体，他们只好用积雪将其掩盖。

"师兄，咱们下一步怎么办？"高龙向巴图讨主意。

巴图说道："日本人发现士兵失踪，一定会严厉追查。而且那几个伪满警察靠不住，别看他们信誓旦旦地保证，说不定转身就会向日本人告密。"

"你既然知道他们的德行，为什么还饶了他们，就应该把他们处理了，一了百了。"高龙抱怨道。

"一开始我也打算把他们都收拾了，可他们一再求饶，我实在不忍心下手。"巴图解释道。

"豺狼不忘叼羊，歹徒不忘害人。咱们好心放过他们，日后他们未必会放过咱们。正所谓打蛇不死，反被蛇咬，留下他们早晚是祸根。师兄，你快点儿拿个主意，咱们到底该怎么办？"

"出了这么大的事情，咱们已经无路可走了，莫不如投奔抗联，和他们一起抗日打鬼子，真刀真枪地与日本人干上一场，即使战死亦不枉此生。"巴图毅然决然地说。

"师兄，我听你的，你走到哪儿，我跟到哪儿，咱们生死在一起。"高龙毫不畏惧地表示同意。师兄弟二人跳上马，快速离开。

巴图和高龙抄近路，加上坐骑脚程快，没等桑吉赶到王府，他们已抢先赶到。进府后，他们直奔王爷的客厅。见到色旺多尔济之后，巴图毫无保留地把杀死日本兵的经过告诉了王爷。色旺多尔济悚然一惊，但很快镇定下来，解恨地说："这些日本强盗，简直禽兽不如，杀得好，把他们全杀光了才解恨！你们不必怕，事情已经发生了，你们安心待在王府，如果日本人追查，咱们来个死不认账，谅他们也拿咱们没办法。"

巴图心存感激地说："王爷，谢谢您！不过我们不能待在王府。我信不过那几个伪满警察，一旦他们说出实情，必然会给您带来麻烦。"

色旺多尔济大义凛然地说："有麻烦我也认了。你们曾经救过我的命，我不能袖手旁观。"

"王爷，您的心意我们心领了，我们决不能连累您。我们回来不是寻求您的保护，而是与您道别。出了这么大的事，无法待在这里了，我们已经想好了，去投奔抗联，和他们一起打鬼子，即使战死也决不后悔！"

"好样的，有种！我支持你们，你们尽管放心前去，家里人交给我，我保证不会让他们挨饿受冻。"色旺多尔济被他们的态度所感动。

"王爷，您的恩情我们没齿难忘，事不宜迟，就此别过，愿王爷多保重。如果我们大难不死，将来咱们再相见。"巴图和高龙双手抱拳作揖，表达感激之情。

"且慢，拿酒来。"色旺多尔济情绪激动，接过女仆拿来的上等好酒，分别倒在三个碗里，然后举起酒碗，神情激动地说："二位贤弟，自古以来，将士出征，都必须以酒壮行。请满饮此杯，以壮行色！"色旺多尔济说完，与之碰杯，一饮而尽。

巴图知道色旺多尔济的身体不好，不宜饮酒，但此情此景，自己无法劝说，含泪与之干杯。

接下来，色旺多尔济命人取来二十块银圆，塞在他们手上。巴图、高龙一再拒绝，色旺多尔济却执意不肯，二人只好含泪收下。

色旺多尔济一直送到大门口，拉着他们的手，一再叮嘱："兄弟，此去关山万里，坎坷重重，你们一定要多保重。希望你们多杀鬼子，替死难的中国人报仇雪恨。如果遇到什么难处，尽管来找我，我一定竭尽全力帮助你们。祝你们旗开得胜，马到成功。我静候佳音。"

"王爷，有您这番话，我们死而无憾。我们一定多杀鬼子，报答您的恩情。"说完，二人当即跪倒，向色旺多尔济叩了三个响头，然后毅然转身跳上马背，头也不回地朝着远方疾驰而去。

色旺多尔济一直目送他们的身影消失，方才转身回府。他的心里感到空落落的，有些失魂落魄，好像自己的灵魂随着他们一起走了似的。

话说巴图和高龙二人担心日本人发觉，不敢回家与妻儿道别，连夜前去寻找抗联队伍。两天之后，他们在嫩江西岸找到了柴义，在柴义的推荐下，参加了抗联十二支队。当时正赶上攻打泰来县五棵树屯战斗，巴图和高龙虽然初次参加战斗，但表现得十分勇敢，经过一番激战，抗联第十二支队捣毁了警察署，带着战利品返回江东，经哈拉海西官地、山湾子屯向东山里奔去。

日本宪兵队发现两个日本兵失踪，便开始进行调查。三个伪满警察为了活命，不惜违背誓言，向日本人说出了实情。滕齐立刻带领一队日本兵闯进王府，逼着色旺多尔济交出凶手。色旺多尔济佯装不知情，推了个一干二净。滕齐不死心，命人将王府搜了个底朝天，也没有发现任何线索，最后只好悻悻地带着队伍离开。

滕齐还派人到巴图和高龙的家里蹲守，打算在他们回家时将他们抓获。事先色旺多尔济已经派人通知了巴图和高龙的妻子，她们虽然心里暗自担惊受怕，但表面声称不知丈夫的去向。日本人暗中蹲守了一段时间，不见二人踪影，便把他们的妻子抓进了宪兵队。色旺多尔济闻讯，前来找滕齐说情，声称她们不知情，是无辜的。滕齐见事情毫无进展，长期关押两个女人也不是办法，最后只好答应色旺多尔济，将她们释放。

色旺多尔济遵守承诺，派人定期给巴图和高龙家中去送粮食和钱物，保证她们的生活。后来事情逐渐平息，色旺多尔济把她们及其子女接到王府生活，彻底免去了后顾之忧。

抗联第十二支队的行动沉重地打击了敌人的气焰，极大地鼓舞了中国人民的斗志。同时，此行动引起了日本人的恐慌，日本人调派军队对其进行围剿。

日本人派出密探，寻踪清查参与抗日活动的人。郭尔罗斯后旗旗长因此被撤职。滕齐派出大批警探追查与抗联有关联的人员，经过暗中调查，发现杜尔伯特旗的蒙古族教师巴雅尔曾经为抗联传递情报，于是日本人把他抓进了宪兵队，酷刑拷问。巴雅尔誓死不屈，被日本人残忍地装进麻袋，投进嫩江的冰窟窿里，壮烈殉国。

佟宝庆听闻此消息后，吓得六神无主，整天忐忑不安，恐惧非常，陷入迷茫之中。情急之下，他烧掉了徐泽民给他的建军执照，跑到在新京伪满洲国中央政府工作的亲戚韩某家中躲避。

巴雅尔牺牲后，他的妻子刘娟一个人带着五岁的儿子，生活十分艰难。色旺多尔济立刻派自己的侍卫官小拉布丹带着一百块银圆及一些生活用品悄悄前去救济。在色旺多尔济的救助下，他们母子得以活命。此后，色旺多尔济也一直暗中接济她们母子，一直坚持到抗战胜利。

徐泽民率领的抗联第十二支队转战"三肇"地区，给予日寇沉重的打击，极大地鼓舞了中国人民的爱国热情和抗击日寇的决心。在抗联的感召下，具有民族意识的绺子"双侠""庄稼人"加入了抗联队伍，致使十二支队的战斗力大增。徐泽民带领十二支队，在黑嫩地区展开平原游击战，接连不断地打击敌人。他们的抗日斗争在日本关东军内引起了极大的恐慌，为了维护伪满洲国的统治，日本关东军不惜调集重兵对其进行围剿。十二支队虽然英勇奋战，拼死冲杀，但因寡不敌众，弹尽粮绝，大部分人壮烈牺牲，徐泽民负伤被俘。徐泽民被俘后，面对日寇的威逼利诱，大义凛然，宁死不屈，在狱中的门板上写下了不朽的壮丽诗篇《牢门题诗》："立志创世离了家，远游北上到龙沙。克山通北九年整，未想事变'九一八'。帝国主义真毒辣，四省同胞遭屠杀。追随邓文把国救，恢复失地为中华。三肇境内活动紧，摇动满洲大讨伐。省委调我回山里，走到庆城打开花。返回原地失计划，兰西境内把我抓。为国牺牲光荣事，只奈于是我自杀。"就这样，年仅四十岁的抗日英雄徐泽民在狱中壮烈殉国，体现了中华儿女勇于牺牲、不惧强敌的精神和爱国情怀。

巴图及高龙自从参加抗联后便没了音讯，色旺多尔济心里十分牵挂他们的安危，每当祭祀时，都要暗自为他们祷告，祈求佛爷保佑他们平安。

第十四章

# 数典不忘祖

在当时的形势下,色旺多尔济虽然名义上是杜尔伯特旗旗长,但实际是日本人的傀儡。然而,色旺多尔济没有屈服,而是利用自己的地位和声望,巧妙地与日本人周旋,最大限度地保护牧民的利益。

滕齐强征"出荷粮",对中国人采取高压政策,横征暴敛,不顾百姓死活的做法,引起了色旺多尔济强烈不满,到省公署去告状。省长申振先也深受日本人的欺压,十分同情色旺多尔济的处境,便把情况反映给伪满洲国国务院。日本人为了安抚民众的情绪,加上滕齐强征"出荷粮"不利以及抗联在杜尔伯特旗活动频繁而迁怒滕齐,下令将滕齐调走,改派关弥匕为参事官。

关弥匕见人总是面带笑容,彬彬有礼地打招呼,显得很有素养,背地里却大肆鼓吹日本文化,强推日本的奴化教育。

包维新十一岁时,就读于伪满洲国国立初级学校。虽然学校距离王府不过三里地,但因包维新身份特殊,每天都由侍卫负责接送。

这天早晨,包维新在王府侍卫的护送下,骑着马去上学。此时正是初冬时节，前一天晚上降下了第一场雪。这场雪足足下了一夜，直到天亮时才停，大雪覆盖了山川河流，覆盖了广袤的土地，覆盖了村庄的屋顶和道路，映入眼帘的是一片白茫茫的景色。雪后初霁，初生的阳光照在雪地上，耀眼的阳光与白色的雪景形成了鲜明的对比，显得格外刺眼。

沿途中，有些身背书包的孩子正在打雪仗，包维新好奇心大发，兴奋地跳下马背，加入了嬉戏的行列。

孩子们将雪攥成团，相互追逐着，小手被冻得通红，衣服上沾满了雪痕，依旧不管不顾地嬉戏打闹，玩得十分开心。侍卫担心包维新耽误了上学的时间，在一旁不断地提醒。包维新玩儿的上瘾，根本不理会。侍卫无奈，将他强行抱上马背，一直护送到学校门口，看着他走进教室，方才放心地返回王府。

包维新和同学们意犹未尽地走进教室，身上到处都是被雪球攻击过的痕迹，脚上的鞋子沾满了污渍，身上穿的学生制服弄脏了，头上的帽子被打偏了，歪戴在头上。由于教室的温度高，他们身上残留的雪开始融化，弄得他们身上湿一块儿，干一块儿的，头上和脸上也是湿淋淋的。仅管如此，他们依旧不肯消停，相互打着嘴仗。直到上课钟声响起，他们才安静下来，各自回到座位上，拿出课本和学习用具，准备上课。

教室的门被推开，只见学校的校长和几位老师陪着一位留着一撮小胡子，戴着眼镜，身穿便服的日本人走进教室。同学们不知道这个日本人的身份，窃窃私语地猜测着。

校长首先说道："同学们，我来给你们介绍一下，这位是旗公署的新任参事官关弥匕先生。关弥匕今天特意来看望大家，大家一起鼓掌欢迎。"校长说完带头鼓掌。学生们也跟着他一起鼓掌。

掌声过后，关弥匕走到讲台前，向学生们鞠躬施礼，笑容可掬地说道："孩子们，你们好！我是旗公署的新任参事官关弥匕，今天特意来看望大家。"他的话音未落，校长又带头鼓掌。其他人也再次鼓掌。

掌声停歇之后，关弥匕继续说道："同学们，我今天来一是看望大家，二是应学校的邀请，向你们宣扬大东亚共荣的好处。说起大东亚共荣，可能还有人不明白其中的意义。我告诉你们，大东亚共荣就是整个东亚的人们都团结起来，在天皇的领导下，共同过上快乐、富庶、幸福的新生活。这是我们整个东亚人民共同的心愿和奋斗目标。一旦这个目标实现，我们整个东亚就会成为一个大家庭，从此不分种族，不分国家，都是日本国的臣民，过上无忧无虑、美好幸福的新生活。现在还有人不明白这个道理，甚至有人加以抵制和反抗。这是认知上的错误，曲解了日本人的一片好心！其实我们日本人和你们中国人原本就是一家人，早在秦始皇时期，徐福就带领五百童男、五百童女东渡扶桑，并留在那里与当地人共同生活，繁衍生息至今。我们日本人的身上保留着中国人的血统，所以我说咱们是血浓于水的一家人。既然是一家人，就要彼此帮衬，相互照应，我们今天来到中国，就是要认祖归宗，就是要与亲人团聚，就是要帮助你们摆脱贫困和落后，共同建立美好的幸福生活。所以，我希望你们好好学习。孩子们，你们能够摆脱贫困和愚昧，能够在学校里安心读书学习，应该归功于天皇。这是天皇赐予你们的福分，你们要知恩图报，感谢天皇的恩赐，要时刻记住自己是日本人，要为自己是日本人感到荣幸和自豪。你们作为日本国的臣民，长大后一定要一心一意效忠天皇，为大东亚共荣，为天皇做出应有的贡献！让我们怀着感恩的心，一起高呼天皇万岁！大东亚共荣万岁！大日本帝国万岁！"关弥匕边说边举起手臂，声嘶力竭地高声呼喊，现场的老师和部分学生们也被迫跟着呼喊。

然后，关弥匕颁布命令，规定学校改用日语教学，学生必须讲日语，学习日本人的礼仪和文化，要像日本人一样参拜日本天皇和天照大神。

孩子们年幼，不辨是非，稀里糊涂地执行着日本人的规定，见面时"哈依""吆西"地叫着，并按日本人的礼节鞠躬施礼。校园里到处充斥着日本的文化元素，不明就里的人会以为是走进了日本本土学校。

对日本人强制推行奴化教育，色旺多尔济深感痛恨和无奈，长期处于压抑、苦闷状态，导致忧虑成疾，患上了神经性头痛、低血糖、心肌缺血、胸闷气短等疾病。

色旺多尔济无心理事，整天躲在客厅里，靠看书打发时间。

这天下午四点多，包维新背着书包走了进来，进门就问父亲："阿爸，你说我是什么人？"

"孩子，你怎么啦？怎么想起问这么奇怪的问题？"色旺多尔济一脸疑惑地看着儿子。

"阿爸，你就别问这么多啦，快点儿告诉我，我到底是什么人。"

"你……你是阿爸和阿妈的儿子，是你妹妹的哥哥啊。"

"阿爸，我问的不是这个，是问我到底是满洲人还是中国人？"

"儿子，你是中国人，咱们都是中国人。"色旺多尔济态度坚定，语气不容置疑。

"阿爸，为什么日本参事官说咱们不是中国人，是满洲人，还说以后就是日本人？"

"这话是谁说的？简直是胡说八道！"色旺多尔济生气地摔掉了手中的书。

"是新来的日本参事官说的。他还说以后我们不准说自己是中国人，否则就会受罚。"

"真是岂有此理！儿子，你别听日本人胡说八道！我告诉你，咱们虽然是蒙古族，但是归根结底我们是中国人，就连现在的'满洲国'也是我们中国人的。儿子，我告诉你，我们中华民族是由多个民族组成的，其中包括我们蒙古族，另外还有满族、藏族、回族人等五十多个民族，虽然我们的民族和信仰不同，但是我们同属中华民族，我们都是中国人！"色旺多尔济耐心地给儿子解释。

"阿爸，既然我们是中国人，那为什么我们要听日本人的话？为什么日本人强迫我们学习日本话，还让我们说自己是日本人？"

"儿子，你现在年幼，还弄不明白这些事情，等你长大了就会明白的。我要告诉你，无论别人怎么说，你都要坚信自己永远是中国人，这是任何人都休想改变的事实。"

"阿爸，中华民族包括日本人吗？"

"不包括，日本人来自东方的一个岛国，是外来民族。"

"既然日本人不属于中华民族，那他们凭什么跑到别人家里横行霸道，要求我们听他们的话？"

"唉，真是一言难尽啊！因为他们有飞机大炮，他们想用武力侵占咱们中国。他们想霸占中国，把中国变成日本的殖民地。"

"阿爸，什么是殖民地？"

"殖民地是指一个国家遭受外来强国的侵略，丧失了国家主权和独立，被侵占国的人民被迫沦为侵占国的奴隶。"

"阿爸，我不明白，为什么我们中国人甘心受他们的压迫，为什么不奋起反抗，把他们赶出中国？"

"孩子，这些话千万不能到外边乱说，万一让日本人听见，会招来大祸的。"

"阿爸，我知道，一定不乱说，你就放心吧。"

"好，阿爸相信你。儿子，我告诉你，其实咱们中国人没有屈服。一直都在反抗，国民政府和共产党的八路军一直在对日英勇作战，即使是在'满洲国'境内，亦有许多抗日志士，在艰苦的条件下坚持抗击日本人，前两年被日本人打死的杨靖宇就是其中之一。"

"杨靖宇？日本人不是说他是匪首吗？"

"那是日本人的反面宣传，他们把抗日分子统统说成是匪，是想麻痹人们的思想，达到他们统治中国的目的。"

"哦，我明白了，等我长大后，也要拿起武器，反抗日本人的统治，把他们赶出中国。"

"好孩子，有志向，但你现在还小，这些话不能乱说，被日本人听到会招致祸端，你一定要谨记在心。"色旺多尔济不放心地再次叮嘱道。

"阿爸，我知道了，绝不泄露半句。"

"好儿子，我相信你！你长大后，要对国家、对民族有所贡献，做一个名副其实的中国人！"色旺多尔济欣慰地抚摸着儿子的头，点头称赞。

包维新用力地点了点头。色旺多尔济看到儿子如此明辨是非，心里喜之不尽，脸上露出了久违的笑容。

对于日本人推行的奴化教育，色旺多尔济深感忧虑。他不敢想象，长此以往下去，后世子孙是否还会有人记得中华民族的传统文化，是否还会记得自己是中国人。不行，一定要让孩子们知道自己是中国人，要让他们知道自己的祖先是谁！于是，他利用孩子们爱听故事的心理，用讲故事的方式，经常给孩子们讲述祖先成吉思汗、哈布图·哈萨尔的光辉历史，讲述中华民族五千年文明史和一些历史典故，一再告诫孩子们，自己是中国人，要做一名堂堂正正的中国人。孩子们在他的教育下，对中华民族的历史产生了浓厚的兴趣，对中华民族的历代英雄充满了无限景仰之情。

与此同时，色旺多尔济告诫诺颜和台吉们，在家偷偷教孩子们学习蒙古语和汉语，并让他们为孩子们讲述中华民族的传统文化，让后代记住自己是中国人。

色旺多尔济觉得作为华夏子孙，不能坐以待毙，要有所行动，想办法给子孙留下一些中国的历史印记，让子孙后代了解中国的历史。

1938年，杜尔伯特第六代活佛圆寂，色旺多尔济得知这一消息后，觉得这是宣扬佛法的好机会。虽然佛教是从外域引入中国的，但是在中国已经流传了上千年，有着根深蒂固的基础，已经成为中华民族文化的一部分。因此，色旺多尔济决定利用这次机会，大张旗鼓地进行活佛转世事宜，以此抵制日本人的奴化宣传。

他责成旗公署和富余正觉寺大喇嘛巴布，从扎萨图旗请来奥尔根葛根诵，并按照活佛转世的相关要求，开始进行第七世活佛的转世工作。根据活佛的遗嘱和葛根的判断，共找出三十二名两岁男童，然后把这些男童的名字、出生年月日以及家长的姓名写入卡片，分别包在酥油面团里，放在金黄色的经布上，由四名葛布黑喇嘛分别扯住经布的四角，左三圈右三圈地快速筛动，哪个酥油面团被晃出来，哪个小孩就是活佛的继承人。蒙古族一向以这种方法来代替金瓶掣签的制度。色旺多尔济和一些德高望重的喇嘛亲自主持活佛转世仪式，谁知结果竟出人意料，一个酥油团也没有晃出来。色旺多尔济和在场的喇嘛感到奇怪，便向寺内正殿佛坛上诵《宝根达日勒格经》的奥尔根葛根求教，奥尔根葛根认为是调查的名单不准确，有遗漏的小孩。色旺多尔济觉得有道理，便指令桑吉和旗寺主事大喇嘛巴布重新进行调查。

桑吉和大喇嘛一行人复查到吉如干格勒村，向大牧主乌日根宝询问，上次调查是否有遗漏的灵童。乌日宝根说："没有遗漏，全部上报了。"

这时，站在他身旁的侄子那苏乌勒吉插话道："前院钟奈家有个两岁的小孩，名叫阿旺·色楞·那木吉勒，没有报上去。"

乌日根宝摇着头说："那个孩子报不报都无所谓，一个穷人家的孩子，怎么可能会是活佛呢！"

巴布听后说道："活佛转世不分什么富贵贫贱，只要是符合转世条件的都有可能是转世活佛。你把他的情况跟我说一下，我回去再进行活佛转世仪式。"

"好吧，这个孩子名叫阿旺·色楞·那木吉勒，阿爸叫钟奈，额吉叫希勒玛。钟奈兄弟三人，大哥根敦，二哥官其格，他排行老三。钟奈和他的大哥一直给我们家放牧，二哥官其格在富余正洁寺当喇嘛，他们家就住在院外的两间破马架子里，穷得畜无一只、地无一垄，衣不遮体、食不果腹，十分贫寒。钟奈夫妇生有六子一女，阿旺·色楞·那木吉勒是他们最小的儿子。"

"好，我们现在就回去向王爷和葛根禀报。"桑吉点着头说。

大喇嘛和桑吉一行人回到富余正洁寺，向色旺多尔济和奥尔格葛根汇报了有关阿旺·色楞·那木吉勒的情况。色旺多尔济和奥尔根葛根一致决定，将阿旺·色楞·那木吉勒的名字写成卡片，包进酥油面团里，加上原来的三十二位灵童，重新进行法选。

再次筛动经布时，有一个酥油面团被晃了出来，大喇嘛打开酥油面团一看，卡片上赫然写着阿旺·色楞·那木吉勒的名字。按照教规规定，阿旺·色楞·那木吉勒被认定为第七世转世活佛。

为了能让活佛有个安宁舒适的生活环境，色旺多尔济带头筹集善款，各位诺颜、王侯贝子等各界人士积极响应，由大喇嘛巴布带领旗庙和其他努图克庙僧侣五百多人，为钟奈家盖了新房，剩余的善款交给钟奈管理，用于活佛的日常开支，不足部分，由庙仓负责拨款资助。

第七世活佛富有传奇的转世经历在草原上引起了极大的轰动，人们纷纷从各地赶来，虔诚地向这位转世活佛顶礼膜拜，祈求活佛的保佑。尤其是四时八节，色旺多尔济都会派出特别代表，带着丰厚的礼品前来探望活佛。富余正洁寺也会派代表前来探望。钟奈家门前车来人往，热闹非凡。如此一来，日本人所供奉的天照大神自然受到冷落。人们平时根本不理会这位日本人的神，只有在日本人的监督下，才不得不敷衍一下。

关弥匕对于色旺多尔济如此兴师动众地主持活佛转世活动，尤其是看到人们热衷崇拜活佛，而将他们的天照大神冷落在一边，心里非常不高兴。他找到色旺多尔济，顾不得假装斯文，气急败坏地质问道："王爷，你为什么对活佛的事情如此上心？"

"参事官先生，亏你号称中国通，难道你不知道我们中国人一向将活佛奉为神灵吗？这在人们心中早已根深蒂固，活佛转世制度已经沿袭了几百年。我作为一旗之长，有义务按照佛家的旨意去操持活佛的转世事宜，这是再正常不过的事情了，不必大惊小怪。"

"王爷，我提醒你，现在是'满洲国'，提倡的是日满亲善。你这么做损害了日满亲善关系。"

"参事官先生，我不明白，我们的活佛转世，既没有反满抗日言论，又没有反满抗日行动，这么会损害日满亲善呢？"

"这……这……这是强词夺理，你们所谓的活佛转世虽然没有直接的反满抗日行为，但间接地损害了'满洲国'国民对天照大神的崇拜和信仰。现在人们都跑去参拜活佛，很少有人去拜天照大神，着难道不是损害日满亲善吗？"

"所谓的信仰，是人们发自内心的真实想法，至于他们信奉谁，不信奉谁，是他们的自由，其他人无法左右。我虽然是一旗之长，但也无法改变他们的信仰，更不能把信仰强加给他们。"

"你不要忘了，你们'满洲国'是在日本人的帮助下得以成立的，你们不要忘恩负义！"

"参事官先生，我只是一名普通的旗长，权小位卑。这样的问题你最好去问康德皇帝，我想他一定会给你一个满意的答复。"

"你真是冥顽不化，你这种思想发展下去是很危险的。我劝你还是早点儿醒悟，否则对你没有好处。"关弥匕脸色铁青地警告他。

色旺多尔济看到关弥匕如此生气，心里感到很痛快，但转念一想，觉得还是尽量不要与他闹僵。因此，色旺多尔济改变了态度，用谦逊的口气说道："参事官先生，谢谢你的提醒，今后我一定尽量劝导民众，让他们供奉天照大神，多做日满亲善的事情，这样总可以了吧？"

"但愿你能说话算话，带头多做日满亲善的事情。我先行告退了。"关弥匕本来被色旺多尔济说得理屈词穷，无力反驳，陷入窘境，心里十分恼怒。但看到色旺多尔济态度有所转变，他也只能见好就收，草草收场。

色旺多尔济虽然口头答应了日本人的要求，但背地里极力抵制日本人的文化侵略。为了削弱日本人对中国人的奴化教育，色旺多尔济千方百计地支持民众弘扬中华民族传统文化的行为。

福祥寺里供奉着杜尔伯特旗的地方保护神多克多尔山山神。多克多尔山山神是一位女神，身穿绿袍，手持圣壶，身边有飞禽走兽相伴，身后衬一座高山。另外，这里还供奉着达来宝格达、班禅宝格达、阿日宝格达和关帝、龙王等，唯独没有日本人信奉的天照大神。

福祥寺落成之日，色旺多尔济亲自主持揭幕仪式，其他寺庙的喇嘛也齐聚福祥寺。附近的民众也闻讯赶来拜谒，场面热烈而隆重。福祥寺大喇嘛嘎布什带领着翁斯德喇嘛布敦达来以及田仓、白音仓、巴图、额尔敦楚鲁、小达来、曹格图达来等十四名喇嘛，跟随在色旺多尔济身后，点燃佛灯，焚香上祭，然后跪拜山神，祷告上苍，祈求山神保佑百姓平安。

关弥匕带领十几名日本兵赶来，看到色旺多尔济等人虔诚地跪在山神像前祷告，心中升起一种酸溜溜的感觉。他本想制止色旺多尔济的行动，但见到众多民众都来参加活动，而且对他们怒目相向，担心引起众怒而难以收场，只好临时改变了主意，装作前来拜谒。色旺多尔济明白关弥匕此行的目的，却依旧面带微笑，邀请他一同参加揭幕仪式。关弥匕无奈，只好勉强走到神像前三鞠躬，然后带着手下悻悻离去。

色旺多尔济看着关弥匕远去的背影，心里感到很痛快。当即决定，每年的三月十五日至十七日在福祥寺举行当石得经会；四月举行玛尼经会；七月份举行多克多尔山祭礼经会。当年七月，杜尔伯特旗在福祥寺举行了声势浩大的多克多尔山祭礼经会。这天，色旺多尔济早早就带着王府的官员及诺颜和台吉们来到福祥寺。此时，福祥寺的喇嘛们在大喇嘛嘎布什的带领下，已经把庙堂收拾得干干净净。喇嘛们毕恭毕敬地将色旺多尔济等人迎进寺内，稍事休息后，开始进行祭礼仪式。

日伪统治期间，面对日本人的奴化教育，不仅色旺多尔济忧心如焚，所有不甘心当亡国奴，有良知、有正义感的中国人，都在寻找各种机会进行抗争。

早在1940年5月，蒙古各部落经过协商，决定筹资兴建一座成吉思汗庙。这一决定赢得了全体蒙古族的热烈响应，蒙古王爷们更是慷慨解囊，出资筹集善款。色旺多尔济不甘落后，积极带头捐款捐物。

成吉思汗庙坐落于乌兰浩特罕山上，海拔三百五十点四米，与东南方向的王陵山遥遥相对。其占地面积八百二十二平方米，高三十点二米。建筑格局与南京的中山陵极为相似，从远处看外观呈"中"字形，布局以主园路为中轴线，对称形式，集蒙、汉、藏三个民族的建筑风格于一体，重点突出了中国古代汉族元素，具有鲜明的中华民族传统建筑特点。设计者耐勒尔可谓用心良苦，因为这样的设计一旦日本人追查起来，势必会招来杀身之祸。这并非危言耸听，据说当初修建齐齐哈尔火车站时，设计师是一位不愿意做亡国奴，具有爱国情怀且智勇双全的中国人。他在设计时，故意把整体设计成"中"字形。日本人当初没有发现这一点，设计得以顺利通过，直到车站建成后，日本飞行员从空中俯瞰车站的整体造型，才发现是一个偌大的"中"字。日本人下令严查此事，并下令抓捕设计者，幸亏设计者早就有所准备，在日本人发现之前便逃走了，方才幸免于难。

成吉思汗庙坐北朝南，正面呈"山"字形，由一个正殿、两个偏殿和东西长廊构成。正殿圆顶前悬挂着蓝底长方形，由蒙、汉两种文字书写的"成吉思汗庙"匾额。正殿穹顶绘有蒙古族传统图案。正中的大理石台基上坐落着高二点八米、重二点六吨的成吉思汗全身铸铜贴金像，整体形态突显成吉思汗深沉、智慧、文武兼于一身的一代天骄之雄姿。

正殿和偏殿间分别有封闭的连廊相通，东西偏殿分别陈列元代服饰、书简、器皿。大殿和连廊的墙壁上绘有《铁木真少年时期》《成吉思汗统一蒙古各部》《蒙古国的建立》《蒙古铁骑兵》《畅通东西方》等壁画，描绘出成吉思汗不平凡的一生。

庙殿右下方是庄严的苏鲁锭祭坛，祭坛下面是成吉思汗横刀立马的雕像，庙殿左下方是神圣的敖包，敖包下方的甬道两边立着石像生。

庙宇内遍植青松、翠榆和山杏等树木，浓郁葱茏。绿色的庙顶同雪白的庙体、朱红的大门一起形成了巍峨壮观、沉稳雄健的气势。

成吉思汗庙显示着一代天骄的雄姿，充分展示了成吉思汗的赫赫战功，象征着成吉思汗所向披靡、勇往直前的精神，再现了蒙古族波澜壮阔的历史画卷。

色旺多尔济作为杜尔伯特旗旗长和捐资人，应邀前来参加成吉思汗庙落成典礼，同时应邀的还有各盟、旗代表。闻讯赶来参加落成典礼的民众达近万人。人们在成吉思汗庙四周的山坡上，临时搭建了数以百计的蒙古包，延绵数里，一时间，此地人欢马叫，热闹非凡。

落成典礼非常隆重，参加落成典礼的宾客在主持仪式的大喇嘛的引导下，从山门缓缓走过九九八十一级台阶，来到大殿前肃立，主持的大喇嘛开始宣读祭文，然后主祭喇嘛面向东方吹响螺号迎请圣主神灵，随同的喇嘛向苍天、大地、四方扬洒洁白的牛奶，虔诚地迎请圣主摩顶降恩，为生灵万物授道、祈福。

众人随着迎请圣灵的喇嘛走进大殿，点燃香烛，向成吉思汗像鞠躬上香，恭请圣主神灵归位，祈求圣主保佑安康。然后众人盘腿静坐在圣像前，双手掌心朝上放在膝盖上。大殿内顿时安静下来，坐在前排的喇嘛齐声念诵依金桑、苏勒德桑，恭请圣主驾临并祈求圣主庇护。

    奥么玛尼弘，奥么玛尼弘，
    恭迎圣主英灵驾临，
    从此常驻庙殿之上，
    神灵不再漂泊，
    精神有所依托，
    朝夕享用祭祀，

日夜听经伴佛，
恳请圣主显灵，
保佑天下万物生灵。
因为您无穷的法力，
在那至高的须弥山上，
使那天皇陛下，
跪拜在您的面前，
再度叩拜圣主英灵，
保佑草原人畜兴旺，幸福安宁！

诵经完毕，主持喇嘛摆上长明灯，倾满酥油，并用从成吉思汗陵请来的火种点燃长明灯。成吉思汗陵的火种已经燃了八百多年，从未熄灭。成吉思汗庙的长明灯将延续成吉思汗陵的火种。接下来举行祭火仪式，主持喇嘛点燃供桌前的篝火，祭奠火神，祈求火神保佑苍生平安。嘉宾轮番上前敬献蓝色的哈达表示忠诚、敬仰之情，向圣主祈求保佑。

随后举行敬酒仪式，嘉宾们怀着敬畏之心，开始向圣主敬酒，表示对圣主的无比崇拜之情。然后由主持喇嘛带领十几位喇嘛，手托哈达，为来宾祈福。

救星啊！
圣明天子成吉思汗、哈敦母后慧眼明鉴
你的黄金家族，你的蒙古诺颜
你的全体蒙古儿女
把那蚕丝所纺、锦丝所织的
荣冠祭品之首的
象征万福吉祥的

放置日月金环的

　　陪衬红花绿叶的

　　绘有莲花宝座的

　　绣有五爪飞龙的

　　圣洁的哈达托在手掌

　　白缎的哈达举过头顶

　　诵着誓词祭奠

　　举行盛大的祭奠

　　如我所祷的示下圣谕

　　如我所祭的布下恩典

　　谨望父皇、母后明鉴

　　祈求您把恩泽福禄

　　恩赐给您的子孙后代

　　保佑您的子民福寿安康！

　　仪式毕后，所有嘉宾以太阳方向绕主殿三圈，行祭拜礼后分享圣主赐予的祭品。落成典礼随后宣告结束。

　　人们意犹未尽，先后到偏殿游览。然后又举行了说唱乌力格尔以及鹿棋、蒙古象棋、跳舞、摔跤、射箭、赛马等活动，持续三天才结束。

　　活动结束之后，前来参加落成典礼的嘉宾每人获得了一枚成吉思汗庙纪念章。纪念章呈圆形，直径三厘米，正面是五支箭交叉摆放的图案，箭的交叉处正中央为圆形云纹图案，背面上环用蒙古文书写"成吉思汗庙落成纪念"，下环用蒙古文书写"康德十一年十月"。

　　色旺多尔济十分珍惜这枚纪念章，一直珍藏在身边，准备日后传给后世子孙，让他们永远牢记自己是中国人。

　　日本高层见色旺多尔济热衷于宣扬中国传统文化，而对日本人推行的奴化教育不感兴趣，对日本人的指令总是推三阻四，不予配合，曾多次提出警告却依旧我行我素，因此十分生气，认为关弥匕软弱无能，无法驾驭色旺多尔济。为了加强日本的统治，有效地控制色旺多尔济，日本高层决定将关弥匕调回，改派素以强硬著称的大庭判次任参事官。

大庭判次原来是日本关东军的军官，在战场上负伤后调离军队，是个狂热是大东亚圣战的追随者。上任后，他采取高压政策，规定旗公署人员在公开场合一律讲日本话，不执行者按反满抗日论处。当时伪满洲国最大的罪名就是反满抗日，一旦被定为反满抗日的罪名，轻者被抓去做劳工，重者被杀头。在这样的形势下，大家只好谨言慎行，尽量保证自身的安全。

旗公署的职员不堪忍受日本人的高压，纷纷找到色旺多尔济诉苦。色旺多尔济出面与大庭判次交涉，希望他可以撤销这个命令。大庭判次却根本不理会，继续加大力度推广日本语。色旺多尔济一气之下，到黑龙江省公署找伪省长反映情况。伪省长也深受其害，心里痛恨日本人，借机向伪满洲国国务院反映情况，引起了很大的反响。

消息传到大庭判次的耳朵里，他非常生气，气急败坏地找到色旺多尔济，威胁说他的行为已经损害了日满亲善关系，如果他不改变态度，按反满抗日论处。

色旺多尔济知道日本人什么事情都做得出来，从大庭判次的态度上看，日本人对自己已经失去了耐心。面对日本人的威胁，色旺多尔济没有害怕，心想：反正这种亡国奴的日子早就过够了，与其屈辱地活着，莫不如死了痛快！

衮格玛本来就一直为色旺多尔济的处境提心吊胆，生怕他哪天得罪了日本人，会给这个家庭带来灭顶之灾。衮格玛整日心神不宁，吃不下饭，睡不好觉，忧郁成疾，整天病病快快的打不起精神。衮格玛的性格刚强，知道丈夫处境艰难，不想让他为自己的病担心，忍着病痛的折磨，打起精神，勉强坚持。如今惊闻这个消息，不由得急火攻心，再也坚持不住，一病不起。

色旺多尔济十分着急，赶紧请名医为妻子治病。经过多方治疗，多剂苦药服下，却如沸水浇石，衮格玛的病情丝毫不见起色。眼看妻子病势沉重，色旺多尔济焦急万分。就在这时，管家桑吉对他说："王爷，我听说新近从通辽来了叔侄俩在敖林西伯、东吐莫一带行医，叔叔'大通辽'叫吉米吉那，侄子'小通辽'叫吉木养扎巴。凡是找他们叔侄看过病的人都夸他们的医术高明。福晋的病一直不见好转，是否请他们叔侄过来瞧瞧？"

"那可太好啦，你赶紧去请他们过来给夫人看病。"色旺多尔济当即吩咐管家赶紧去请。

桑吉不敢怠慢，赶紧上马前去相请。桑吉马不停蹄地来到叔侄两的住处，只看到"小通辽"在家坐诊，他的叔叔被人请去看病了。桑吉向"小通辽"说明来意。"小通辽"二话没说，拎起药箱跟着他即刻上马，前往王府。

色旺多尔济亲自到门口迎接，并请他先去客厅用茶。"小通辽"却着急地说："喝茶不急，还是先给病人看病吧。"

于是，色旺多尔济把他领到卧室。"小通辽"先是为衮格玛把脉，然后又看了舌苔、眼睛，起身离开卧室，跟着色旺多尔济来到客厅。

"大夫，福晋得的是什么病？"

"王爷，恕我直言，福晋的病是长期担惊受怕，精神高度紧张，积郁成疾，加上她长期厌食，营养不良，导致身体各个器官功能下降，病势十分沉重。"

"怎么会这样？大夫，既然如此，请抓紧时间开方用药。"

"王爷，福晋的病已成沉疴顽疾，我没把握治愈福晋的病，只能尽力而为。我开个方子，先给福晋服两剂，如果见效，我再变方调治，如果不

## 第十四章·数典不忘祖

见效,我也无能为力了。"

色旺多尔济听闻,心如刀绞,强忍悲痛,命人速按大夫的方子抓药煎制。福晋服了两剂药之后,依旧不见起色,病情愈发沉重。色旺多尔济赶紧派人请来"小通辽"为其诊治。"小通辽"把完脉象,连连摇头,一言不发。色旺多尔济心里着慌,追问该怎么办。"小通辽"面色凝重地说:"王爷,恕我直言,福晋的病情很是凶险,在下回天乏术,望及早安排后事"。"小通辽"说完,告辞离去。

色旺多尔济心中悲痛万分,带着儿女守在夫人的病榻前。此时儿子包维新已经十五岁,大女儿包荣姑十三岁,二女儿包荣媛十一岁、三女儿包荣贤八岁。他们跟着父亲,泪流满面地守在母亲的身边,一步不敢离开。

衮格玛当天夜里便去世了。色旺多尔济强忍悲痛,打起精神为妻子操办后事。此时,色旺多尔济已经预感到自己的所作所为,势必会招致日本人的报复,轻则被撤职罢官,重则会遭受牢狱之灾。为了让后人知道这段历史,他决定把妻子葬于多克多尔山东麓,并借安葬的机会,在墓地立两座碑,以墓志的形式将科尔沁杜尔伯特旗的简要历史和族源留在人世间。

色旺多尔济拿定主意,立刻找来了旗公署的书记官富陵阿,商量设立墓碑事宜。色旺多尔济之所以与富陵阿商量,是因为他乃饱学之士。富陵阿亦是哈萨尔后裔,出生于科尔沁右翼前旗,当年随父亲跟着嫁给王爷的福晋来到杜尔伯特旗。他幼年聪明好学,博览群书,记忆力超强,凡是读过的书或听过的故事都能牢记于心,并且绘声绘色地讲给小伙伴们。长大后,他被色旺多尔济选为王府的书记官,专门负责起草王府的文件以及保管文书典籍等。

富陵阿听了色旺多尔济的想法,二话没说,欣然受命。他根据色旺多尔济的口述,又查找了相关的史书,只用了三天的时间,就写出了墓志铭的草稿。色旺多尔济看过之后,与富陵阿一起,字斟句酌,逐字逐句进行修改,直到满意定稿。

墓志铭定稿之后，色旺多尔济把篆刻墓碑的事情交给旗公署的事务官王绍仁办理。王绍仁的父亲是山东人，"闯关东"来到东北，先是在辽阳居住，后迁居于此处。王绍仁的父亲年轻时英俊潇洒，仪表堂堂，加上为人善良正直，富有侠义心肠，颇受乡邻爱戴。与之相邻的蒙古族姑娘乌兰对他一见倾心，经常借故接近他。二人对对方都很满意，后来在乡邻的撮合下，二人如愿结为夫妻。

婚后，他们夫妻恩爱，生活甜蜜，生下了儿子王绍仁。王绍仁从小就聪慧伶俐，勤奋好学，长大后更是谦逊谨慎，做事稳妥。"九一八"事变后，父亲带着全家前来投奔连襟乌恩奇。乌恩奇身为王府的管家，生活相对富裕，对于前来投亲的连襟自然是热情接待，并安排他们在巴彦查干定居。

王绍仁做事稳重，又有文化，深受乌恩奇器重。乌恩奇把他引荐给了色旺多尔济。色旺多尔济与他进行了一番交谈，对他的学识和为人很钦佩，安排他到王府当差。

王绍仁做事勤勉，为人谦和，深受色旺多尔济喜爱，被色旺多尔济视为心腹，并提拔为王府的事务官。

王绍仁知道墓碑之事关系重大，不敢掉以轻心。他秘密派人到鞍山采购了石碑，特请当年的同窗好友，有名的篆刻家杨荣绪为其篆刻碑文。杨荣绪既是王绍仁的同窗，又和他一样有着爱国之心，得知了立碑的真实目的，深受感动，不但欣然受命，而且分文不取。

1944年秋，色旺多尔济在为衮格玛举行葬礼的同时，举行立碑仪式，将两块篆刻完毕的墓碑立于多克多尔山南麓祖先墓地。墓碑规格相同，碑身高一百二十三厘米，宽五十二厘米，厚二十厘米。碑座高四十厘米，宽七十五厘米，厚四十二厘米。

碑的正面蒙、汉文合璧，从左向右依次竖写：

成吉思汗纪元七百三十九年，大满洲帝国康德十一年，岁次甲申梦秋月，秋初月吉日立。哈布图·哈萨尔第三十六代嫡孙，原哲里木盟杜尔伯特旗扎萨克多罗贝勒、原杜尔伯特部落诺颜第十九代孙，现黑龙江省杜尔伯特旗旗长色旺多尔济敬立。本籍兴安总省科尔沁右翼前旗，现职杜尔伯特旗属官，揆属富陵阿拜撰。原籍奉天省辽阳县，现职杜尔伯特旗事务官王绍仁监制。辽阳杨荣绪书丹。

碑的背面为碑文，共十八行七百四十个汉字。碑文如下：

夫夏鼎商彝，所以旌功记事也；汤盘金腾，所以铭德载道也。秦碑汉石播声诗而纂诸史乘、镂诸贞珉者，皆所以辑录政功载志事迹之意也。故君子疾没世而名不称，孔子尚言及之，而况分藩乘祧，袭爵受封膺，砺山带河之封建，继册勋世禄之眷宠者，乌不可有以传记之哉！

溯本旗乃元太祖次弟辽王哈伯图哈斯尔，汉文史作拙赤哈撒儿分藩地之东北部，即辽代之长春州、金代之泰州北境。自辽王十四代孙奎蒙克哈斯塔尔于明永乐年间改称为科尔沁部诺彦，嗣至明代洪熙、宣德间率部属平定元臣四卫拉特之乱后，乃命其第八子爱那嘎由科尔沁分产称杜尔伯特之诺颜。传子阿都齐时，因元林丹汗残暴，诸部离析，乃于天命九年偕科尔沁部诺颜奥巴臣服于清。洎天聪九年，从师征明还，卒，传子色楞，于崇德元年始受清封辅国公。至同八年，以其属随征黑龙江索伦、鄂伦春诸部，向导有功，经清廷赐号达尔汗。顺治五年，蒙追封阿都齐达尔汗晋锡扎萨克固山贝子爵位世袭罔替。是始易所部为旗之名称矣。稽自爱那嘎由科尔沁部分析为杜尔伯特部诺颜而下迄现在，子孙繁衍，恩宠有加，绵延悠久。与夫功加于时，德垂后裔者虽不克详考旗经历，然事迹之概略犹可记述也。按杜尔伯特旗先王之陵寝，皆卜葬于旗内之都格德尔山。其间自杜尔伯特部诺颜爱那嘎始，葬于葱郁之巅者，凡十四世，后又改葬于同山之南麓者，凡四世。并于附近陵田，编置陵户，列由扎萨克公署岁时祭飨，并由陵户永久奉守其陵事焉。维始由元代分藩已降，经明清而民国以及现在，历越五朝，传三十六世，凡七百余年。若此根深蒂固，源远流长者，皆我列祖列宗勤劳王事之政绩恢宏，屏藩国土之勋功彪炳，与夫积德累仁之既久，永垂霖雨甘棠之爱暨丰功嘉行之卓著，始邀分茅裂土之封也。兹者辽王第三十六代嫡孙，杜尔伯特部诺颜第十九代孙、现任旗长色旺多尔济，志在祖述先烈遗厥孙谋，深虑年代悠久，史事湮没，殆无以彰先王之谟猷，贻后世楷模也。爰建碑坊于二陵，勤事功之梗概，叙经历之实迹，使与历史映其辉与山河，同其寿也，乃刻石庸志不朽云尔。

从墓志铭中可以看出色旺多尔济对其祖先的景仰之情，累述了祖先的丰功伟绩。由于当时的历史资料不足，碑文中存在一些有待考证的争议，但并不影响他的初衷，充分体现了他以祖先的功绩告诫后世子孙不忘自己祖宗的真实用意，也体现出他在当时的形势下，用碑文与日本人的奴化教育进行抗争的不屈精神。

第十五章

# 兴兵剿悍匪

1945年6月,苏联红军攻克柏林,德国法西斯被迫向盟军投降。8月,苏联红军遵照雅尔塔协议,出兵中国东北,对日本侵略者发动进攻。苏联红军在出兵前,东北抗日联军通过化装侦察或打入要塞内部等多种渠道,对日本人精心修筑的要塞进行了秘密侦察,掌握了要塞的基本情况。苏联红军根据抗联提供的情报,制定了作战方案。正所谓知己知彼,百战不殆。面对苏联红军的强大攻势,日本关东军不甘心失败,企图凭借坚固的要塞拼死抵抗,却徒劳无功。短短数日,要塞相继被攻克,关东军节节败退,溃不成军。

色旺多尔济家中有一台从日本带回来的半导体收音机,使用数年后,收音机突然没了声音。他找人看过,但没弄清原因,只好将其丢在一边。包维新从小就对这个能说话的匣子感兴趣,没事时经常拿出来鼓捣,一边鼓捣一边细心琢磨,琢磨来琢磨去,发现收音机的零部件没毛病,只是电池没电了。他把这个原因告诉父亲,色旺多尔济怀着半信半疑的态度托人去搞电池(在当时,电池是禁品,日本人不允许交易)。色旺多尔济费了好大劲才将电池搞到手。包维新将旧电池卸下，装上新电池，收音机立马就发出了声音。色旺多尔济没想到儿子竟然修好了收音机，心里很是高兴，并应儿子的要求，将收音机放在了儿子的卧室。一天深夜，包维新由于睡前吃了几块西瓜，半夜被尿憋醒，上完厕所后，躺在床上睡不着，便随手打开了收音机。当他调到一个平时只有"吱吱啦啦"的杂音的频道时，突然听到里面传来一种从未听过，显得很生硬的声音。他觉得好奇，仔细倾听，最终弄明白了，这是来自苏联的莫斯科广播电台。这个电台不但播放卫国战争的战况，而且播报世界反法西斯战争的情况。包维新怀着猎奇的心理，经常一个人夜里起来偷听莫斯科广播。通过收听广播，包维新弄明白了许多以前疑惑的事情，了解了外面的世界，增长了辨别是非的能力，开阔了视野。他仿佛一夜之间就长大了。

这天夜里，包维新像往常一样打开了收音机，突然听到一阵日语广播，声音很低沉沙哑。包维新仔细一听，不由得欣喜万分，原来是日本天皇在宣读战败诏书。包维新被这个消息惊呆了，立刻跳下地，推开房门，跑到父亲的卧室，不管不顾地用力敲房门，大声说道："阿爸，日本人投降啦！"

"什么？再说一遍？"室内传来了父亲的询问，室内的灯也随之亮了。

"阿爸，日本人宣布无条件投降了！"包维新再次大声说道。

色旺多尔济感到震惊，顾不上许多，披着一件蒙古袍，赤脚走到门边，打开了房门，一把拉住包维新的手，急促地问道："孩子，你从哪里听到的消息，这种话可不能瞎说，弄不好是要被杀头的！"色旺多尔济向儿子求证消息的来源，事关重大，他生怕消息不准确，招致杀身之祸。

"我是从收音机里听到的。日本天皇亲自宣读了战败诏书！"包维新语气肯定地回答。

"啊！太好啦！日本人终于投降了！咱们中国人的苦日子到头啦！"

色旺多尔济抱着儿子在地上直转圈，喜悦之情溢于言表。

色旺多尔济父子兴奋异常，彻夜未眠，第二天，天刚刚放亮，色旺多尔济就把王府的管家桑吉和侍卫官小拉布丹叫来，先是告知他们日本无条件投降的消息，然后吩咐他们派人分头去查看日本参事官大庭判次及日本兵驻地的情况。

桑吉和小拉布丹不敢怠慢，急忙派出得力人手探听消息。约莫过了一个小时，桑吉来对色旺多尔济说："王爷，打探消息的人回来了，日军驻地空无一人，大庭判次和日本兵都不见了踪影，看来他们事先得到战败的消息，带队逃跑了。"

"他们是怕老百姓报复，提前跑了。日本已经投降了，咱们要做好应对的准备。桑吉，赶紧通知各保甲长及旗公署主要人员前来议事。小拉布丹，集合队伍，做好王府的警卫工作，以防有人乘机作乱。同时安排人手，把王府内外的日本旗统统摘下来，把日本人留下的标语统统涂抹掉。"

桑吉和小拉布丹答应着走出客厅。色旺多尔济的心情特别舒畅，情绪很亢奋，中午用餐时，还吩咐下人上酒。小拉布丹赶紧劝阻道："王爷，你的身体不好，大夫不让你饮酒，我看就免了吧。"

"你别拦我，平时可以听大夫的，今天不行。日本人无条件投降，是大快人心的好事，我岂能不饮酒庆贺？！"色旺多尔济的情绪十分激动。这么多年来，他忍辱负重，如今日本人投降了，自己终于不用再屈辱地活着了。

小拉布丹见色旺多尔济的兴致这么高，只好遵照他的吩咐，让下人上酒。

色旺多尔济喝了几杯酒，又美美地睡了一个午觉，醒来时精神焕发。得知各保甲长及旗公署等人员已经到齐，便快步来到客厅。

见面后，众人相互表示庆贺，先是对日本投降的事情议论一番，然后才开始议事。色旺多尔济首先发表讲话。他高兴地说:"日本人投降,是件天大的好事。日本人统治了咱们东北十四年,任意欺凌咱们中国人。他们口口声声说什么'大东亚共荣',却根本不把咱们中国人当人看。如今他们终于战败投降,咱们中国人终于能够摆脱他们的殖民统治了,终于可以扬眉吐气,终于可以大声说自己是中国人了!如今日本投降了,伪满洲国也跟着一起倒台了,咱们必须采取相应的策略应对形势变化。我宣布,旗公署自动解散,废除保甲制度,沿袭以前的称呼,恢复努图克制度,各保甲长一律改称努图克达。组成临时解放委员会,委员会的职责是保境安民,维护社会治安。如果以后时局有变化,咱们到时候再进行相应的调整。你们回去后,要组织力量自保,以防散兵游勇和土匪乘机作乱。"

色旺多尔济的想法得到了众人的一致拥护。他们按照色旺多尔济的建议,纷纷成立了民团武装,力图保境安民。当时一些伪满的兵和伪满警察担心日后被清算,纷纷投到各努图克达的门下,充当保镖和团丁。原先的保甲长几乎都是有钱有势的大地主,现在虽然改变了称呼,但实力丝毫没有受损。因此,各地的民间武装迅速发展壮大,民团发展到几十人至数百人不等。色旺多尔济的初衷是让他们自保,可他万万没想到,事情的发展完全出乎他的意料,反为后来匪徒作乱埋下了伏笔。

虽然日本已经宣布无条件投降,大多数日本军队已经放下武器投降,但是还有一少部分顽固分子,誓死不肯放下武器。苏联红军派出军队继续对其进行追剿,彻底扫清了负隅顽抗的军国主义余孽,开始向东北的各大城市进发。

此时的东北陷入权力真空状态,各地的土匪绺子乘机做大,猖狂抢劫,勒索钱财。

1946年2月,位于杜尔伯特旗与林甸县交界的于海忠屯有一个地主家娶亲。土匪"草上飞"得知了这一消息,率领绺子的三十多名土匪,于结婚前日乔装混进屯子内。他们在屯口四面设哨,限制人员往来,只准进不许出，然后瞄准目标，准备绑劫人票，勒索钱财。

2月18日是结婚的正日子，有一队苏联红军奉命从林甸县向齐齐哈尔进发。当他们行至于海忠屯时，三个骑马的尖兵被"嘹水"（即放哨）的土匪发现。土匪误把苏联红军当成了土匪，生怕有其他绺子闻讯前来打劫，破坏了他们的打劫计划，于是开枪射击，想让他们知难而退。苏联红军突然遭到袭击，急忙下令反击，迅速包围了屯子。苗桂兴带领手下的土匪凭借坚固的围墙进行抵抗。苏联红军指挥官见此情景，下令用装甲车进攻。屯子四周是三米多高的"干打垒"围墙。这种"干打垒"的院墙在东北很常见，为了防患土匪，几乎每个寨子都是用这种办法设立围墙。这种围墙很坚固，寨门却是木制的，为了增强寨门的坚固性，人们在寨门上用铁皮包裹，在铁皮上镶嵌着密密麻麻的铁钉。这种土寨子用来防患土匪很管用，可是在苏联红军的装甲车面前立刻土崩瓦解。土匪手里都是轻武器，根本阻挡不住装甲车的进攻。苏联红军冲进屯内，与土匪展开激战。苗桂兴先是凭借房屋做掩蔽物，带人与苏联红军展开对攻，战斗进行了一个多小时，苏联红军加强了攻势。苗桂兴见形势不妙，赶紧下令撤退。由于苏联红军的火力很猛，苗桂兴只好留一部分土匪断后，自己带着大部分土匪侥幸逃脱。那些负责断后和受伤的土匪来不及逃走，只好混在人群中，企图蒙混过关。

战斗结束后，苏联红军将全屯子的人都集中在一个院子里。当时在苏联红军的队伍里，都有中国抗联人员组成的国际教导旅的人员担任翻译。中国翻译了解了情况后，赶紧向苏联红军的指挥官说明此事系土匪所为，与当地的百姓无关。苏联红军的指挥官决定对人员的身份进行甄别。为了不冤枉好人，翻译分别对每个人进行单独登记，然后由本屯人认领家人和认识的人。每个认领的人都必须准确地说出被认领人的姓名、年龄及相关的家庭状况。无人认领的一律当作土匪论处，如果认领人所说的与登记不符，按通匪论处。

如此一来，屯子里的百姓和前来参加婚礼的人基本都被人认领了，只有两个打算趁机偷盗的窃贼，由于无人能证明身份，被认定为土匪，与其他没人认领的土匪一同被苏联红军处死。在这些被处死的人中，还有一个人比这两个窃贼更冤枉，他是这次婚礼的掌勺厨师。这个大师傅姓胡，今年四十多岁，从小就在饭馆里跑堂，后来跟着师傅学厨艺，练就了一手好厨艺，在当地很有名，一般有钱人家的红白喜事都请他来掌勺。他刚才正带着徒弟们在厨房忙乎，突然听到枪声大作，吓得赶紧丢下厨具，躲在厨房里不敢出来，待到枪声停下来，才探出头来看外边的动静。这时，只见一个土匪从门口跑过去，一边跑一边丢掉了手里的匣子枪和子弹。当时一支匣子枪值十几块大洋，胡师傅四下扫了一眼，见没有人，便伸手将匣子枪拿过来，别在了后腰上，用衣服和围裙遮住。他本打算回屋找个地方把枪藏起来，却被前来搜查的苏联红军看见带到院子内。在认领的过程中，人们都能确认厨师的身份，因此苏联红军也没有难为他，并把他当作可信的人，让他跟着去搬运尸体。他在苏联红军的监视下，跟着几个人搬运尸体，可是他万万没想到，当他弯腰抬尸体时，别在后腰的匣子枪露了出来。苏联红军见他身上有武器，以为是漏网的土匪，举枪将他击毙。可怜的胡师傅因贪图蝇头小利而丧了命，真是令人叹惜。

这次战斗共死伤四十六人，其中土匪死亡十八人，本屯的群众和前来参加婚礼的群众共计死亡二十人，苏联红军负伤八人。

色旺多尔济得知于海忠惨案之后，感到非常震惊，也对无辜民众惨死感到痛惜。他第一时间赶到于海忠屯，向无辜受害的家属表示慰问，发放了抚恤金和丧葬费，并安排人员为死者办理后事。虽然这些土匪作恶多端，死有余辜，但色旺多尔济还是出于人道，召集青壮劳力，在远离屯子的荒原上掘了一个大坑，将这些土匪合葬在了一起。

为了避免类似的事件再次发生，色旺多尔济将解放委员会改名为地方治安维持会，自任会长，还在王府卫队的基础上，吸收原泰康警卫队人员，成立了一百多人的旗治安大队，任命那逊布彦为大队长，王府的侍卫官小拉布丹为副大队长，下设三个中队，主要目的就是打击匪患，维护社会治安。

那逊布彦为蒙古孛儿赤斤氏，行伍出身，早年曾在东北军当过兵，参加过江桥抗战。伪满洲国成立之初，因不了解马占山的诈降之计，误以为马占山降敌，愤而离开军队，回到家乡。伪满时期，参加李海青领导的东北义勇军，兵败后再次回乡隐居。此时应色旺多尔济之邀，担任保安大队队长之职。

色旺多尔济亲自主持保安大队成立大会并举行授旗仪式。队旗是色旺多尔济亲自设计的，队旗整体为蓝色，上面绣着一头黄色的雄狮，旗帜用白色的云纹镶边，凸显了蒙古族特色。旗帜为立式悬挂，两边分别悬着两条黄飘带，一条飘带上写着"杜尔伯特旗保安大队"，另一条飘带上写着"清除匪患保境安民"。那逊布彦走到台前，向色旺多尔济行了一个标准的军礼，然后从色旺多尔济手中接过队旗。授旗完毕，色旺多尔济发表讲话。他情绪激昂地说道："今天是保安大队成立的日子，我代表治安维持会向你们表示热烈的祝贺。我们保安大队的宗旨是维护社会治安，清除匪患。最近一段时间，杜尔伯特旗境内的土匪十分猖獗，到处抢劫，捆绑肉票，勒索赎金，严重地影响了民众的生活，给受害人带来了极大的伤害，尤其是前几天发生在于海忠屯的惨案，更是连累了无辜的村民。匪患不除，百姓的生活就永远不得安宁。希望你们不要辜负百姓的期望，彻底清除匪患，还百姓一个安稳的生活环境，你们有信心吗？"话音甫落，台下的治安队员们立刻齐声高呼"有"，随即响起一片热烈的掌声。

为了避免再次发生误会，伤及无辜，色旺多尔济派人以地方治安维持会的名义与苏联红军接洽，并与苏联红军达成协议，约定双方联手维护治安，清除匪患。

为了掌握土匪的活动情况，色旺多尔济通知各区区长，要求他们一旦发现土匪的踪迹，立刻向旗保安大队报告。他还和那逊布彦等人商量，派侦察人员，到土匪活动频繁的地区去侦察匪情，及时掌握其动向。

1945年10月上旬，治安大队接到侦察员密报，"小老疙瘩""占林"等两股土匪绺子在白音诺勒、蘑菇台一带活动。色旺多尔济立刻命令那逊布彦带领第三小队前去剿匪，并让人前去联系驻守在泰康的苏联红军司令官马来奥斯克，请求他们出兵，共同剿灭土匪。马来奥斯克闻讯立刻率领一队苏联红军与那逊布彦的队伍会合，他们一路快马加鞭，直奔土匪活动的区域。当他们行至蘑菇台北八公里的龙坑屯时，与迎面而来的土匪相遇。那逊布彦和马来奥斯克立刻兵分两路。那逊布彦带领第三小队从左侧向土匪包抄，马来奥斯克指挥苏联红军从右侧向土匪包抄，将土匪包围在龙坑屯内，随后发起猛烈进攻。"小老疙瘩"和"占林"立刻进行还击。可是，面对苏联红军和保安队的强大攻势，土匪们难以招架。眼看形势危急，"小老疙瘩"只好下令突围。他们根据枪声寻找到火力相对薄弱的两军接合部，将枪法好的炮头集中到一起。这些炮头双手使枪，用的是加了长弹夹的驳壳枪，火力很猛。他们对准接合部的两端一阵猛烈射击，终于撕开了一道口子，土匪们得以侥幸逃走。苏联红军和保安大队跟踪追击，这些土匪一边仓皇逃窜，一边留下一部分人断后。"小老疙瘩"在掩护下侥幸逃脱，而留下断后的土匪大部分被打死或活捉。治安大队与苏联红军剿匪初战告捷，令人欢欣鼓舞。百姓们拍手叫好，齐声称赞。

色旺多尔济亲自带着慰问品前往保安大队和苏联红军军营劳军，受到了热烈欢迎。还有一些百姓自发地组织起来，带着筹集的慰问品，到军营慰问剿匪有功的将士。

在广大人民群众的支持下，治安大队的队员们情绪高涨，对剿匪充满了信心。数日之后，治安大队接到群众举报，在江湾一带土匪活动频繁。于是，那逊布彦决定带领治安大队前去剿匪。临行前，色旺多尔济征求那逊布彦的意见，问是否需要苏联红军给予配合。那逊布彦觉得匪情不明，无法请求苏联红军配合作战，打算先带领治安大队前去，待探明匪情，再去请求苏联红军配合。

色旺多尔济觉得那逊布彦说得有理，便同意了他的意见。临行时，色旺多尔济一再叮嘱他一定要小心谨慎。那逊布彦胸有成竹地说："王爷，你就放心吧，通过龙坑一战，我已摸清了土匪的路数。他们擅长打家劫舍，捆绑肉票，勒索钱财，之所以当土匪，就是为了吃喝玩乐，贪图享受。他们十分顾惜生命，真正到了两军对垒的战场，首先想到的就是如何逃命。我这次带的人马多，武器也很好，相信这些土匪一定不敢和我们硬拼。王爷，你就静候佳音吧！"

那逊布彦带领着治安大队大张旗鼓地出发剿匪，沿途遇到一些零星的土匪，果然都不敢抵抗，纷纷躲避逃窜。如此一来，那逊布彦的信心更足了，坚信土匪不敢和他们硬拼，便放心大胆地向前进发。

当他们行至他拉巴屯时，屯内很安静。那逊布彦认为这里没有匪情，即使有土匪，也早已闻讯而逃了。于是，他没有进行必要的侦察，而是轻率地带领队伍进入屯内。他万万没想到"老二哥"土匪绺子已经事先埋伏在了屯内，结果遭到伏击。"老二哥"看出那逊布彦是当官的，便下令枪法好的炮头集中火力向那逊布彦射击。那逊布彦猝不及防，身中数弹，当场身亡。

副队长小拉布丹见情况危急，立刻组织人马抢占有利地形进行还击，有效地遏制了土匪的进攻，并趁土匪攻势稍缓之际，命人抬着那逊布彦的尸体，一边阻击土匪的进攻，一边交替掩护边打边撤，终于冲出了土匪的包围圈。

人们感到无比悲愤，为英勇牺牲的那逊布彦举行公祭。色旺多尔济亲自主持公祭仪式。参加公祭大会的有各阶层代表，还有许多闻讯赶来的群众。色旺多尔济为那逊布彦致悼词，列举了那逊布彦的功绩，高度赞扬了他英勇战斗、不畏牺牲的精神，表明了誓死与土匪斗争到底的决心。色旺多尔济的致词让与会者深受感动,大家义愤填膺,振臂高呼"彻底消灭土匪,为那逊布彦和死难的剿匪英雄报仇雪恨"。

色旺多尔济面对群情激愤的场面,当即表示:加大剿匪力度,彻底清除匪患,为死难的烈士报仇。

那逊布彦牺牲后,色旺多尔济任命小拉布丹为代理大队长。虽然小拉布丹担任王府侍卫官多年,但没有经历实战,缺乏必要的军事常识和剿匪经验。任命小拉布丹当代理大队长,纯粹是拿骆驼当马骑——不得已而为之。色旺多尔济深知治安大队队长的重要性,俗话说:兵熊熊一个,将熊熊一窝。本来治安大队的人员成分就很复杂,人员水平良莠不齐,如果没有一个懂军事、有威信的好领头人,很难有所作为。

就在色旺多尔济为了治安大队大队长的合适人选而犯愁时,亲弟弟苏勒春向他推荐了一个人。苏勒春推荐的人名叫图布仓,蒙古族,民国四年(1915年)出生于阿木郎吐屯。自小学习蒙、汉两种语言。从兴安南省陆军军官学校毕业后,被分配到驻博克图兴安骑兵第二团,先后任骑兵少尉、团军旗手、机枪连连长。1945年4月,任伪满海拉尔陆军新兵连中尉代理连长。8月,被苏联红军俘虏,送到齐齐哈尔市南大营。因为他是下级军官且并无大罪,经教育后释放,如今赋闲在家。"图布仓是军官出身,有一定的军事常识,定能担此重任。"苏勒春说道。

"太好啦,你真是雪中送炭。我马上就派人去请他出山。"色旺多尔济感到很满意。

"大哥,我愿意去跑一趟腿,不过我害怕分量不够,请不动他,最好是你再写一封亲笔信,以示重视。"苏勒春毛遂自荐,并提议带着色旺多尔济的亲笔信前去。

"说得有理,我现在就写。"色旺多尔济当即提笔写了一封言辞恳切的邀请信,交给苏勒春。

苏勒春带着色旺多尔济的亲笔信,来到图布仓居住的阿木郎吐屯,邀请他担任治安大队长。本来图布仓已经心灰意冷，无意涉足官场。可是，他看到色旺多尔济写的这封言辞恳切、充满忧国忧民之心的信后，改变了主意，立即启程。

色旺多尔济得知图布仓同意出山剿匪的消息后非常高兴，亲自到大门口迎接图布仓。二人见面，经过一番长谈，对彼此更加钦佩。色旺多尔济当即决定任命图布仓为治安大队大队长。图布仓觉得自己初来乍到，人员和情况都了解甚少，没有号召力和威信，不利于剿匪作战。因此，他提出由小拉布丹担任大队长，自己任副大队长，共同率领治安大队剿匪。

色旺多尔济觉得图布仓说得有理，同意了他的建议。他把小拉布丹及各位中队长、小队长召集到一起，介绍他们与图布仓认识，当众宣布对图布仓的任命，并详细介绍了图布仓的经历。治安大队的各位队长大多没有见过什么世面，此时听了色旺多尔济的介绍，都对图布仓心生敬意。

治安大队人员成分比较复杂，其中包括一些伪满的国兵和伪满警察，还有一部分地痞和社会闲散人员，身上沾染着许多坏毛病，屡有违犯军纪或欺压百姓的事情发生。图布仓上任之初，本想整顿军纪，杜绝违纪事件，可是，这些人积重难返。图布仓花了九牛二虎之力想改造他们，却收效甚微。

色旺多尔济也了解这个情况，但此时正是用人之际，除了这些人，他无人可用，所以只能拿秃子当和尚——将就使用。虽然这些人身上存在这样那样的坏毛病，但他们具备一定的军事素质，有一定的打仗经验，色旺多尔济只能对他们睁一只眼闭一只眼，利用他们的长处达到剿匪的目的。

小拉布丹一边协助图布仓训练，一边派人打探土匪"老二哥"的消息。11月的一天，小拉布丹接到密报，"老二哥"绺子正在克尔台附近的朝格达赉屯一带活动。小拉布丹立刻将这一消息告诉图布仓，并征求他的意见。

图布仓认真分析了情况，觉得有必要前去消灭这股土匪绺子，因为那逊布彦死于他们之手，治安大队的队员都很痛恨这帮土匪，所以，消灭了这股土匪，不仅可以为那逊布彦报仇，而且能起到鼓舞士气的作用。

小拉布丹认同图布仓的想法，并把情况向色旺多尔济汇报，请色旺多尔济定夺。色旺多尔济听取了他们的意见，同意出兵。

朝格达赉屯在泰康县西北方向，与县城相距三十多公里，骑马用不了两个小时就能赶到。图布仓担心白天出发会暴露目标，因为这些土匪平时会放出眼线，密切监视剿匪队伍的动静。而且，这些土匪都是当地人，与老百姓有着盘根错节的关系，在治安大队内部都说不定安插着他们的眼线。只要治安大队一有动静，土匪就会接到密报，等到剿匪的队伍到达时，他们早已逃之夭夭了。这也是土匪屡剿不尽的原因之一。因此，图布仓决定不动声色，正常吃饭、睡觉。午夜时分，他紧急集合队伍，宣布第一小队留守，其他队员马上出发。队员们听到命令，赶紧检查武器装备，备马出发，直奔土匪盘踞的朝格达赉屯。

初冬时节，夜晚的气温已经下降到零下二十摄氏度，前几天刚下了一场雪，坚硬的大地上铺满了皑皑白雪，马蹄踏上去，冰雪发出一阵清脆的破裂声，与马蹄声交织在一起，在这静谧空旷的原野上传出很远很远。图布仓带着队伍，趁着朦胧的月色，快速催马前行。经过近两个小时的急行军，他们来到了距离朝格达赉屯三里左右的一处高岗上。图布仓命令全体人员下马，将马交给几名队员一起牵到附近的树林中隐藏，其他人员步行进发，以免马蹄声惊动土匪。他们步行了半个小时，摸到了屯子边上。图布仓命令队伍停下来，然后仔细观察土匪的动静，没有发现异常，便让小拉布丹带领一个中队，将屯子包围。他则带领一个小队，进屯消灭土匪。

小拉布丹命令人员四处散开，将屯子团团包围，并在进出屯子的路口处架起机枪，以防土匪突围。一切安排就绪，图布仓趁着黎明前的夜色，带人悄无声息地摸进屯子里。因为土匪前一天晚上吃喝玩乐，一直到半夜才睡觉，所以此时睡得正香，就连负责警戒的哨兵也抱着枪迷迷糊糊地睡

## 第十五章 · 兴兵剿悍匪

着。他们做梦也没想到，治安大队会在黎明时分前来偷袭。

图布仓在屯子边上轻易地将抱枪犯迷糊的哨兵活捉，用枪顶着哨兵的脑门，让他交代土匪的情况。那个哨兵为了保命，只好如实交代了屯子内土匪的分布情况。图布仓根据土匪的交代，得知"老二哥"土匪绺子一共有三十多名土匪，集中住在屯子一户地主的大院内。

于是，图布仓带人来到土匪居住的大院外，仔细观察了一下情况，确认没有动静，然后挥手示意身边一个身手好的队员翻墙跳进院内，从里面打开了大门。

图布仓本想趁土匪熟睡之际将他们堵在被窝里消灭掉，没想到打开门闩的声音惊动了院内负责警戒的土匪。这个土匪本来在门口站岗，由于后半夜犯困，便偷偷跑到门口的厢房里打瞌睡。虽然他很困乏，但是，他明白自己的职责，睡得并不实。就在他迷迷糊糊，半睡半醒时，突然听到了拉动门闩的声音。本来开门的人很是轻手轻脚，但是由于夜深人静，每一个细小的声音都显得格外刺耳。站岗的土匪听到门闩声，一激灵，顿时清醒过来。他从房中向外看，只见一伙人已经进入院内。他来不及多想，急忙开枪示警。别看这些土匪平日里大大咧咧，警惕性却很高，每天都会安排眼线侦察官兵的动静，晚上睡觉也是枪不离手，有的人甚至和衣抱枪而睡，生怕遇到突发情况。随着一声枪响，屋内的土匪顿时被惊醒，赶紧抄起身边的武器，冲到门口和窗下观察情况。他们看到一伙人已经冲进院内，便急忙开枪射击。图布仓听到枪响，知道无法偷袭，迅即下令发起攻击。一部分队员冲进院内，躲在各种掩蔽物后，朝屋内猛烈射击，一部分人则在大门口的台阶上架起机枪，对准屋内一阵扫射。屋子的门窗、玻璃顿时被打得粉碎。屋内的土匪躲在窗台底下或门框旁不断还击。双方相互对射，相持不下。

图布仓见此情景，便下令向屋内投掷手雷，由于大家战斗经验不足，有的人磕开手雷就扔，有的投的不准，有的虽然投进屋内，却被土匪捡起来扔了出来，在子院内爆炸，伤到了自己人。图布仓见状，赶紧下令每个投弹手磕开手雷后一律延时三秒后对准窗户往里扔。

这下，投出的手雷几乎都落到了屋内，造成了很大的杀伤力。土匪大当家知道再僵持下去，势必会全军覆灭，于是，赶紧命令留下几名土匪阻击，其他人跟着他从后窗户逃跑。

"老二哥"带着十几个土匪从后窗户跳出，仓皇地朝屯外撤退。他们逃到了屯边的路口，本以为可以逃脱了，却没想到小拉布丹早就等在了那里，等到土匪进入火力射程，小拉布丹便下令开枪射击。随着一阵疾风暴雨般的枪声，土匪们纷纷中枪倒地，死伤了一大半，匪首"老二哥"也被打死了。没死的土匪吓得趴在地上不敢动弹。这时，图布仓已经解决了院内负隅顽抗的土匪，从里面出来，对土匪进行夹击。剩下的几名土匪见大势已去，只好双手举枪投降。

这时，天色大亮，一轮红日从东方冉冉升起，灿烂的朝霞映照在洁白的雪地上，格外耀眼。这一仗，治安大队大获全胜，"老二哥"土匪绺子被全歼。队员迎着初升的太阳，兴高采烈地押着俘虏的土匪，扛着缴获的战利品凯旋。

## 第十六章

# 退而求其次

1945年11月底，色旺多尔济正在府邸办公，桑吉走了进来说："王爷，门外有一位自称官布仁钦的人求见。"

"官布仁钦？我不认识，他见我有什么事？"色旺多尔济正在低头办公，随口问道。

"他说是从王爷庙来的，是专程来拜访王爷的。"桑吉把来访者的话如实地转述给色旺多尔济。

"王爷庙来的，会是什么事呢？"色旺多尔济低头思索着，考虑是否应该与来人见面。

"王爷，既然不认识，那干脆回绝算了。这年头多一事不如少一事。"桑吉好心劝说色旺多尔济。

"既然是王爷庙来的，那一定是有重要的事。你不妨把他请进来，听听他的来意。"色旺多尔济经过考虑，决定见客。

桑吉答应着走出门外，不一会儿的工夫，便带着三位客人走了进来，为首的人三十多岁，身高一米七五左右，肤色白净，五官端正，一双大眼炯炯有神，目光中透着聪慧，身穿蓝色蒙古袍，头戴紫色礼帽。进门后，他按照蒙古族的风俗，以手抚胸，弯腰施礼，用蒙古语问色旺多尔济好："赛百诺。"色旺多尔济急忙上前弯腰还礼，吩咐下人上茶。

为首的人首先开口用蒙古语说道："尊敬的王爷，在下官布仁钦，今天冒昧登门拜访，未免唐突，望王爷见谅！"

"官布仁钦先生不必客气，有话但说无妨。"色旺多尔济直截了当地回道。

"王爷，您真是爽快人，那我就直言相告了。我们三个人是内蒙古人民革命党的成员，我是东蒙党部的委员，这两位是随行人员。"

"内蒙古人民革命党？我以前曾听人提起过这个组织。"

"王爷，我们内蒙古人民革命党成立于1925年10月，当时蒙古族有一批具有民族解放意识的进步分子受俄国十月革命以及中国共产党和中国国民党的影响，开始酝酿组织蒙古民族的革命政党问题。1925年10月13日，内蒙古人民革命党第一次代表大会在张家口召开，会议发表了《代表大会宣言》。我们主张中国境内的各族人民有争取自主决定和管理自己事务之权；中国人民消灭帝国主义和贪婪残暴的统治者，建立真正的民权政府之时，内蒙古的蒙古人也要建立民权革命政府；广大民众不分男女，均有平等参政之权。我们还提出了政治目标和经济、文化、教育、宗教等方面的政策措施，例如主张废除蒙古王公札萨克制度，建立民选政权；蒙古王公贵族所有之土地移交民选政府；蒙汉杂居地区之土地，协商解决；禁止由民众偿付王公上层所欠汉商和外国商人之债务；成立人民互助合作社，改善人民生活；创办国立蒙古语高、中、初级学校，贫民子弟免费受教育；发展医疗卫生，保障人民健康；创办兽医机构，防治牲畜疫病；宗教信仰自由，禁止以宗教名义向人民摊派差徭等。"

"这个组织好啊！尤其是你们的政治主张，代表了我们蒙古族的利益。"色旺多尔济很感兴趣，禁不住插话。

"我们党成立后,在内蒙古地区发动了蒙古民族解放运动,取得了一些成绩。但后来因为有人投靠了国民党,公开叛变革命,导致我们遭受了重大挫折。到现在,我们只有部分党员以个人身份在各地活动,也有一部分人转入中国共产党领导的革命斗争之中。"

"没想到竟会如此,真是可惜!"色旺多尔济惋惜道。

"谁说不是呢,确实可惜!尤其是那些内蒙古人民革命党的老党员,每当提起这件事,都感到非常惋惜。在抗战结束前夕,我们党的部分老党员,联合蒙古族开明的上层人士、蒙古族青年知识分子和部分具有正义感的伪兴安河官员,发动了一场东蒙自治运动。于今年8月18日在王爷庙召开会议,宣布成立新的内蒙古人民革命党及东蒙党部,发表了《内蒙古人民解放宣言》,提出了'驱除日寇,反对封建,民族平等,密切蒙汉关系,联合中国革命力量,为实现蒙古民族解放而斗争'的口号。"

"这个口号提的太好啦!我赞成这个政治主张,请问你们下一步有何打算?"色旺多尔济问官布仁钦。

"我们下一步准备成立东蒙古人民自治政府,目前正在酝酿和筹备当中,我今天来就是征询王爷对内蒙古人民革命党和成立东蒙古自治政府的意见,不知王爷对这件事持何态度。"

"作为一个蒙古族人,理当拥护内蒙古人民革命党的主张,赞成成立东蒙古人民自治政府。"色旺多尔济表示赞同。

"王爷,太好啦!您真是开明进步的上层人士,您的鲜明态度令人感动,也将为我们下一步的工作带来莫大帮助。"官布仁钦由衷地赞叹。

"需要我做什么你尽管说,我一定尽我所能。"

"我们这次来一是征询王爷对自治政府的意见,二是在杜尔伯特旗境内宣传我们的政治主张,组建内蒙古人民革命党杜尔伯特支部。另外根据其行政区域划分,杜尔伯特将划归东蒙古人民自治政府管辖。在杜尔伯特旗公署的基础上,成立杜尔伯特旗自治政府,由您担任旗长。不知您意下如何？"

"官布仁钦先生，这是为咱们蒙古族谋福祉的好事，我责无旁贷，但此事事关重大，容我考虑一下，然后再答复你。"

"王爷，没问题，您尽管考虑，我们会耐心等待您的答复，并期待与您合作。"官布仁钦爽快地答应。

"谢谢你的理解，我一定会尽快答复你。古人云：'有朋自远方来不亦乐乎。'管家，通知厨房赶紧准备酒席，要用最高规格款待远道而来的贵客。"

"王爷不必客气，其实我也是您的属民，我的家就在好尔陶屯。"

"哦，原来你也是杜尔伯特草原上的人，那就更没的说了。谚语说得好：'人奔家乡马奔草原，乌鸦还是爱自己的窝。'希望咱们今后联手，为家乡父老谋福利。"

"王爷，我出门在外多年，对于家乡的情况了解甚少，今后咱们杜尔伯特的事情，还要仰仗王爷做主，我只能从中协助。"

色旺多尔济很随和地笑着说："既然咱们同是家乡人，还有啥客气的，以后有事咱们互相商量着办。"

接下来，色旺多尔济热情地款待了官布仁钦一行人，然后安排他们到公馆休息。

色旺多尔济回到住处，不停地在室内踱步，大脑在高速运转，反复思考着官布仁钦所说的事情。成立内蒙古人民革命党杜尔伯特支部不是什么问题，主要是组建杜尔伯特旗自治政府的事情让他感到为难。他并非不想成立由他担任旗长的自治政府，但他舍不得失去对泰康县的管辖权。泰康县的区域基本都是原来杜尔伯特旗的土地，是他的祖先留下的基业，自己作为一旗之长，不能眼睁睁地看着祖先的基业被瓜分，那样自己不但日后无法面对列祖列宗，更会沦为千古罪人。再说，如今国共两党互不服气，都想主宰未来的中国。到底谁会笑到最后，目前还无法预测。将来不管哪一方取得胜利，他们是否会同意内蒙古自治政府继续存在？这都是未知数。如今自己已年近四旬，一定要考虑周全，权衡利弊得失，看准方向，切莫头脑一热，做出后悔莫及的事情。

但是，自己作为蒙古族，理应拥护蒙古族人提出的政治主张，特别是在目前局势不明朗的情况下，自己要明哲保身，无论是共产党还是国民党或内蒙古人民革命党，哪一方都不能得罪。如今国民党和共产党离自己很远，暂时还不需要自己进行选择，而内蒙古人民革命党的事情却需要自己尽快做出选择，面对这错综复杂的局面，他现在唯一的办法就是先同意他们在自己的辖区内成立内蒙古人民革命党支部，至于成立自治政府的事情暂缓实行，先看看形势的发展变化再做定夺也不迟。色旺多尔济经过反复考虑，最终想出来这个他认为两全其美的主意。

第二天吃过早饭，色旺多尔济让桑吉将官布仁钦请到客厅。寒暄和敬茶之后，色旺多尔济把话头引到正题。"官布仁钦先生，对于你提出的有关成立内蒙古人民革命党杜尔伯特支部和筹建杜尔伯特旗自治政府的事情，我表示赞成，但筹建自治政府的事情，我认为不能操之过急。因为现在东蒙古人民自治政府还在酝酿之中，俟东蒙古人民自治政府成立后咱们再做决定也不迟。"

"王爷，就按你的想法办，咱们先成立内蒙古人民革命党杜尔伯特支部。成立支部必须要先发展党员，您既是王爷，又是一旗之长，应该带头加入，这样才有号召力。"官布仁钦点头表示同意，并邀请色旺多尔济加入内蒙古人民革命党。

"行，我答应你的要求，同意加入贵党。"色旺多尔济爽快地答应。

"好，我做您的入党介绍人，王爷，光您一个人参加不行，还要多吸收一些赞同我党主张的人参加才行，因为按照党章的规定，每个支部必须由五个以上党员组成。您熟悉这里的情况，您就负责发展党员的相关事宜如何？"

"没问题，我愿意担任这份工作，可我不知道该如何发展党员，更不知道有什么标准和要求，请你详细告之。"

"王爷，谢谢您的大力支持，我相信，有您的带头，一定会增加号召力，咱们的力量一定会迅速壮大。至于标准和要求，我这里有一份党章，您可以按照党章的要求去发展党员。"官布仁钦从口袋里掏出一本小册子，交给色旺多尔济。

色旺多尔济接过小册子，大致翻看了一下，说道："太好啦，我一定仔细阅读，不过你还是先把大概意思跟我说说，什么样的人可以成为发展对象，什么样的人可以成为党员？这样便于我尽快开展工作。"

"好的，这么跟您说吧，内蒙古人民革命党的大门是对广大蒙古族敞开的，凡是赞同我党主张，愿意加入我党的人，都可以吸纳为内蒙古人民革命党党员。"

"这样一来，我的心里就有底了。我先阅读一下党章，了解基本内容，然后就去开展工作。"色旺多尔济显得信心十足。

色旺多尔济利用两天时间，仔细地阅读了党章，遇到不懂的问题，便向官布仁钦请教，基本掌握了党章所宣扬的宗旨和含义。然后他召集人员开会，由官布仁钦宣讲内蒙古人民革命党的主张，号召人们踊跃报名参加。

在色旺多尔济的带动下，党员的发展工作进行得十分顺利，在很短时间内，便发展了十几名。官布仁钦按照党章的要求，为他们履行了入党手续，正式承认色旺多尔济、阿尔斯楞、包俊德等人加入内蒙古人民革命党，并宣告内蒙古人民革命党杜尔伯特旗支部成立，官布仁钦任秘书长，色旺多尔济和阿尔斯楞任副秘书长，其他人员被选为支部委员。

正当色旺多尔济积极配合官布仁钦开展内蒙古人民革命党工作之时，听到一个从省里传来的坏消息。国民党嫩江省政府在齐齐哈尔成立，彭济群任嫩江省省长，国民党为了统治各地的政权，对各地的行政区域进行划分，并任命了各地的行政长官。1940年5月，伪满洲国将杜尔伯特旗与泰康县合并，统称杜尔伯特旗，并将杜尔伯特旗公署从巴彦查干迁至小蒿子（泰康）。1945年，以色旺多尔济为首的旗公署人员在泰康建立维持会，临时维护社会治安。按当时的行政划分，杜、泰乃是一个行政区域。

1946初，国民党嫩江省省长彭济群任命宫白年为泰康县县长，张玉武为警察局长。不日便赴泰康县上任。

色旺多尔济听到这个消息后倍感失望。这个消息彻底打破了他的梦想，致使成立杜尔伯特旗自治政府的愿望落空。他知道，如今国民党是执政党，手握政权，要人有人，要枪有枪。自己如果在泰康县继续待下去，势必会与国民党的县政府发生冲突，再说自己已经没有了王爷的封号，旗长还是伪满洲国任命的，早已失效，如今只剩下一个治安维持会会长的虚衔。正所谓名不正言不顺，自己已失去了与国民党政府抗争的条件。

色旺多尔济被这件事所困扰，在心里反复思考应对的策略。思来想去，他觉得目前只能丢卒保车，放弃泰康县，回到王府成立杜尔伯特旗自治政府，只有这样才能保住自己的政治地位。可是，自己一旦离开泰康，就意味着放弃了泰康的管辖权，再想回来就不容易了。到底何去何从，他一直举棋不定。稳妥起见，他召集了苏勒春、赛金仓、包德修及旧日蒙古王公、台吉商量此事，并邀请官布仁钦列席参加。

色旺多尔济首先介绍了国民党嫩江省政府任命宫白年为泰康县县长、张玉武为警察局局长，不日即将赴任的消息，然后向大家征询解决办法。

色旺多尔济的大弟弟苏勒春性格耿直，脾气暴躁，气得一下子从椅子上站了起来，大声说道："国民党这招真是太歹毒啦！他们是想借此机会吞并咱们杜尔伯特。咱们不能坐以待毙，一定要和他们抗争到底，即使拼个你死我活，也不能让他们的阴谋得逞。"

"你分析的有道理，他们确实是想借机吞并杜尔伯特。可是，我不赞成硬拼，咱们要想个稳妥的办法去应对，而不是靠武力去抗争。"

"他们的野心已经昭然若揭，和他们讲道理一定不起作用，只有用武力才能解决问题。"

"靠武力解决？请问咱们现在是何处境，有什么武力可用？"

"咱们不是有治安大队吗，再加上各努图克看家护院的家丁，加在一起不下几百人，我就不信斗不过他们！"苏勒春不服气地说。

"你真是太天真了，如今的形势不同了，国民党政府是正统，他们有庞大的军事力量做后盾，别说咱们只有区区数百人，就是有一个军也不是人家的对手。一旦真打起来，倒霉的一定是咱们。"

"这……这……既然不能硬拼，那你说怎么办。"苏勒春一脸无奈地低声说。

"我赞同大哥的想法，自古民不与官斗，和政府硬拼只能是自找倒霉。大哥，你是一旗之主，拿个主意吧，我们都听你的。"三弟包德修性格憨厚，少年老成，一向把色旺多尔济当作主心骨。

"既然三弟让我说，那我就说说我的打算。我想暂时放弃泰康，咱们撤回王府，这样既可保住咱们的祖业，又能保留立足之地。"色旺多尔济的这个想法已经考虑了很长时间。他本不想这么做，但是受现在的形势所迫，他只能如此。他的本意是想留在泰康，成立自治政府，这样既能保住自己的地位，又能保住土地不被瓜分。可是国民党的意图很明显，他们就是要成立以国民党为主的杜尔伯特旗政府，就是要把他挤走，如果自己赖着不走，势必会惹恼国民党政府，他们一定会想办法来排挤他。

另外还有一个说不出口的原因，那就是国民党的接收大员每到一个地方，首先就是惩治汉奸，自己一旦得罪了国民党，他们一定会拿自己开刀。自己可是公开当了十几年伪满洲国的旗长，虽然没有大的罪恶，但是光凭他伪满洲国旗长的身份，就足以定他的汉奸罪了。自从抗战胜利后，他经常被这件事搅得寝食不安，他在梦里经常梦到自己被当成汉奸枪毙，每次从梦中醒来，都会吓出一身冷汗。这无法摆脱的梦魇让他的身心备受折磨。他思来想去，觉得只有返回王府以求自保，才是最佳的选择。

"大哥，你这个办法好是好，可是你想过没有，泰康的土地也都是祖宗留下的，一旦失去，你就会背上千古骂名！"苏勒春说道。

"我也知道这么做的后果，可是如今的形势，很难找出一个两全其美的办法。古人云：'两害相权取其轻。'为今之计，只能如此，至于泰康未来的命运如何，只能根据形势变化而定。将来如果形势允许，我一定会不遗余力地将泰康划归杜尔伯特。"

"既然你执意如此，我也无话可说，只要将来咱们的子孙不戳咱们的脊梁骨就行。"苏勒春无可奈何地说。

这时，小三爷站了起来，接过苏勒春的话，说："就是，我也不同意迁回巴彦查干。国民党来了也不是什么坏事，现在是国民党执政，是名正言顺的国家政府，至于共产党还有什么自治政府都靠不住，俗话说：'天无二日，地无二主。'以国民党现在的优势，绝不会允许第二个政权存在，早晚会天下一统，只有蒋委员长才是可以依靠的靠山。我们现在要认清形势，千万不能头脑一热，错估了形势，万一站错队，到时候后悔莫及。"

"我同意小三爷的说法，跟着国民党走会有前途的。俗话说：'跟凤凰走永远是俊鸟，跟猫头鹰走永远是丧门星。'"好勒布代屯的佟宝庆也站出来支持小三爷。

"我也知道国民党的实力和优势，但是我担心国民党政府容不下我们，真到了那时候，岂不是进退两难。"包德修忧心忡忡地说。

"三弟，你不用担心，杜尔伯特是咱们蒙古族的地盘，无论谁来了，都的依靠咱们爷们儿。国民党政府的县长人生地不熟的，没有咱们爷们儿的帮助，他怎么能玩儿得转？到时候王爷一定会是副县长，咱们也都能闹个区长、科长的干干，到时候整个县政府都是咱们的人，他虽然是名义上的县长，但是实权会落在咱们手里，他不看咱们的脸色行事才怪呢！"小三爷显得胸有成竹。

"敬斋老弟,你的分析虽然有道理,但是将来的形势到底朝哪个方向发展还是未知数,我们不能过于自信和乐观。各位父老兄弟,一人的智慧不够用,众人的智慧用不尽。你们也都说说各自的看法,"色旺多尔济向与会的其他人征询意见。

"王爷,我们相信你,只要你做出决定,我们一定遵从。"他拉哈站的地主佟玉方表示赞同色旺多尔济的主张。他的话得到了多数人的认可。

"我同意小三爷的意见,国民党才是正统,跟他们走准没错!"杏树岗的大地主王克复态度十分坚决地支持小三爷的建议。如此一来,与会的人立刻分成了两派,大多数人同意色旺多尔济的意见,少数人则赞同小三爷的主意,双方各执一词,谁也说服不了谁。

色旺多尔济见各说各理,谁都不肯让步,知道再争论下去也不会达成一致的意见,于是,把目光转向一直没有出声的官布仁钦,用征询的口气问道:"官布仁钦先生,你对形势比较了解,又见多识广,你说说我们到底该怎么办为好。"

官布仁钦一直坐在椅子上,认真地听着众人的议论,听到色旺多尔济征求他的想法,便站起身来,语气沉稳地说道:"王爷,我虽然是外人,但咱们同是蒙古族,可以说咱们的命运息息相关。既然王爷征求我的意见,那我就说说。我的意见与王爷的想法可以说不谋而合。我之所以赞成王爷的想法,原因有三:一是可以避免与国民党发生正面冲突,为将来留下回旋的余地;二是可以保住祖宗留下的基业,保住赖以生存的家园;三是正好回去成立蒙古自治政府,一旦成立了自治政府,咱们就可以名正言顺地与他们理论,与他们抗争,就不会像现在这么被动了。"

"官布仁钦先生不愧是学识渊博的有识之士。在没听到你的话之前,我还有些犹豫不定,你的一席话说得我茅塞顿开。你说得非常正确,只要咱们回到王府,只要成立了自治政府,咱们说话就有底气,就能与国民党县政府平起平坐，就可以和他们分庭抗礼。诸位，我决定返回王府，你们各自做好准备吧。"色旺多尔济语气坚定地宣布返回王府的决定。他的决定得到了大多数人的拥护。以小三爷为首的持反对态度的人见众人如此，知道多说无益，只好放弃自己的主张。

"王爷，我还有一事需要与王爷相商，既然咱们想迁回王府，就应该及早动身，切莫等到国民党的县长来上任后再走，那样不但会很被动，而且影响也不好，百姓们会以为咱们是被国民党政府赶走的，那样就会失去威信。如今年关将近，咱们何不趁过年之际，对外宣称回王府过年，这样一来，即可避开国民党政府，又可消除百姓心中的不利影响。不知王爷意下如何？"

"英雄所见略同，我也是这样想的。书记官，你马上通知维持会的人员，让他们做好准备，咱们回王府过年。另外，通知巴图，让他将王府卫队从治安大队中撤出，跟我一道回王府，确保王府的安全。"色旺多尔济做事一向干脆，只要是认定的事情，说干就干，从不拖泥带水。

就在色旺多尔济准备迁回王府期间，东蒙古人民自治政府筹备委员会经过一段时间的酝酿和准备，于1946年1月16日，在兴安盟葛根庙召开了东蒙古人民第一次代表大会。由于当时杜尔伯特旗被划归在东蒙古人民自治政府的行政区划内，因此，东蒙古人民自治政府要求杜尔伯特旗派代表出席会议。由于色旺多尔济忙于搬迁事宜，无法分身，只好指派其他人去参加会议。

会议主席团发布了《东蒙古人民自治政府成立宣言》，通过了《东蒙古人民自治政府施政纲领》和《东蒙古人民自治法》，并做出2月15日成立东蒙古人民自治政府的决定，在各位代表的一致拥护下，会议得以圆满结束。

经过数日的精心准备，色旺多尔济于1946年1月25日返回了巴彦查干。他临行前，委托曾担任过伪旗公署行政科长付振绪为维持会委员长以及曾任伪警察署长邵桂春等人主持维持会的日常工作。

1946年2月15日,东蒙古人民自治政府在王爷庙正式成立。博彦满都当选政府主席,玛尼巴达拉当选副主席,哈丰阿任政府秘书长。宣布成立东蒙古人民自治军。

东蒙古人民自治政府成立后,色旺多尔济随即向各努图克发出通知,要求他们各自选派代表,于4月份召开牧民代表大会,选举新的杜尔伯特旗自治政府。色旺多尔济任筹备委员会委员长,官布仁钦为自治政府筹备委员会秘书长,苏勒春等人担任委员。

色旺多尔济之所以急于成立自治政府筹备委员会,是想先下手为强,占住这个位置,以免被国民党的县政府吞并。尽管如此,色旺多尔济仍然不放心国民党,密切关注有关国民党政府县长的消息。然而,国民党派往泰康县的官员却迟迟没有到任,国民党县政府也胎死腹中。

色旺多尔济事后得知国民党嫩江省省长彭济群只给了宫白年和张玉武一纸空文,并没有给他们一兵一卒。他们俩拿着委任状,却不敢动身去泰康走马上任。因为当时在杜尔伯特周围,经常有共产党的东北民主联军活动,宫白年和张玉武害怕被民主联军抓住,迟迟不敢离开齐齐哈尔。

因为国民党政府的县长迟迟不敢到任,所以泰康县出现了权力真空状态。那些被打跑的土匪又乘机卷土重来,打家劫舍,捆绑肉票,勒索钱财,气焰十分嚣张。泰康县治安维持会的保安大队由于巴图的王府卫队撤走,实力大减,加上留守的付振绪等人整天只知道吃喝玩乐,根本不关心百姓的安危,还克扣保安队的经费,致使保安大队人心涣散,不肯真心卖命。图布仓看到这种情况,心里十分着急,屡次向维持会进言,要求及时发放经费,整顿保安大队的纪律。可是付振绪、邵桂春等人贪图享受,想办法捞取钱财,根本无心管理维持会的事情。图布仓心灰意冷,愤然辞去了保安大队队长的职务。

色旺多尔济很快得知图布仓辞职的消息,便派人将他请到王府,并打算任命图布仓为王府卫队队长。图布仓深感色旺多尔济的知遇之恩，当即表示同意。

图布仓辞职，保安大队群龙无首，犹如一盘散沙，队员们整天以喝酒赌博取乐，到集市上强拿商贩的东西，到饭馆白吃白喝不给钱等事情时有发生。保安大队的所作所为几乎与土匪没什么两样，老百姓都在背后骂他们是"二土匪"。

1946年正月十四，卷土重来的"混轮""草上飞""扫北""东方好""救国"等五个土匪绺子共计三百多人，前去打劫好勒布代屯地主佟宝庆。当土匪的先行人马行至两棵树屯北岗时，被两棵树屯黄善人发现。他们以为土匪是想打劫他们屯子，又看到人数不多，便开枪射击，想吓退土匪。他们盲目开枪惹怒了这帮土匪，几个匪首一合计，决定先打两棵树屯，然后再打好勒布代屯。

黄家大院是响窑，院墙高两丈，四角有炮台，手下有十几名枪法好的家丁。因为寨墙坚固，又有枪法好的家丁看家护院，对外称黄家窑，所以一般的小股绺子轻易不敢招惹他们。这次土匪有三百多人，自然不把他们放在眼里，土匪们以院外的柴草垛为掩护，不断地向院内发起进攻。战斗进行了一夜，土匪依旧无法攻破黄家窑。第二天早晨，气急败坏的土匪抓来了一名平日给黄家念太平经的喇嘛，用枪逼着他去烧黄家窑的大门。黄家人担心伤了无辜的喇嘛，便停止了射击。结果土匪趁机跳墙进院，打开院门，蜂拥而入，不分老幼，见人就杀。黄家二十八口人，只有两个人乘乱突围，其余全部遇难。

色旺多尔济听闻土匪制造的黄家窑惨案，感到非常愤怒，同时也为自己作为一旗之长却不能保境安民而懊悔不已。

第十七章

# 接纳工作队

就在色旺多尔济为匪患横行、百姓遭殃的事情而懊恼不已的时候,官布仁钦来见他,并带来了一个意外的消息:"王爷,我接到了内蒙古人民革命党的指示,中共嫩江省委派武衡、胡锡光还有程正杰等十名干部和部分警卫人员组成的工作队进驻杜尔伯特旗开展工作,现在已经过江,让我即刻动身前去迎接,请王爷做好准备。"

"共产党派工作队来为什么内蒙古人民革命党派人去迎接?"色旺多尔济感到不解。

"王爷,咱们内蒙古人民革命党在政治上坚持反帝反封建的革命纲领,主张与共产党的基本一致,都是以马克思列宁主义为指导思想,也可以说我们是中国共产党的外围组织。咱们党里有一部分人就是中国共产党党员,因此,咱们与共产党有着亲密的合作关系。咱们这里是蒙古族居住的地区,共产党派工作队,当然要借助咱们的帮助才能更好地开展工作。"

"官布仁钦,我对共产党的主张知之甚少。你说他们会不会将我们排斥在外，另外派人成立民主政府？"

"我想不会的，共产党主张各民族团结，尊重少数民族的信仰，关心少数民族的利益。尤其是蒙古族上层人物，更是他们团结的对象，王爷你放心，即使他们组建民主政府，也一定会征求你的意见，吸纳你参加，不会抛开你另搞一套的。"

"你这么一说我就放心啦。你去迎接吧，我安排人准备酒席，为他们接风。"官布仁钦的话让色旺多尔济吃了颗定心丸。

"王爷，不必大肆张扬，共产党不同于国民党，他们生活简朴，不讲究排场。"

"哦，这倒是出乎我的意料，难怪共产党会如此得民心！"色旺多尔济颇感意外，对中国共产党产生了好感。

官布仁钦带着几位随从前去迎接共产党的工作队。色旺多尔济则让管家桑吉准备饭菜。虽然官布仁钦说共产党不讲究排场，但色旺多尔济还是为客人准备了手把肉、奶酪、牛肉干等蒙古族风味的美食和马奶酒。跟随官布仁钦同去的随从提前回来报告说工作队已经进了王府的大门。色旺多尔济赶紧带人列队到门口迎接。只见官布仁钦带着十几名身穿灰色土布军服的人走了进来。

官布仁钦指着为首的一位三十多岁，中等身高，体态偏瘦，面皮白净，剑眉虎目的干部为色旺多尔济介绍："王爷，这位是八路军工作队队长武衡同志。"然后又为武衡介绍："武队长，这位就是色旺多尔济王爷。"色旺多尔济俯首弯腰向武衡施礼问候，武衡也急忙用蒙古族礼仪躬身施礼。色旺多尔济从随从端的托盘内端过用银酒杯盛的马奶酒，双手举过头顶说道："尊贵的远方客人，请接收我的祝福，喝了这杯甘醇的马奶酒。"

武衡急忙双手接过酒杯："感谢王爷的祝福！"他按照蒙古族的风俗，用手沾着酒敬天、敬地后又沾酒抹了抹额头，然后一饮而尽。

官布仁钦又指着一位身体健壮，留着分头的人介绍："王爷，这位是副队长胡锡光同志。"色旺多尔济上前与之行礼问候，并献上马奶酒表示祝福。

接下来，官布仁钦又把工作队的成员一一介绍给色旺多尔济。

随后，他指着一位体形健壮，二十出头，腰扎皮带，皮带上穿着一排弹夹盒，身上别着两支驳壳枪，显得十分威武的人介绍道："这位是警卫排的蒋祝德排长。"蒋祝德赶紧上前立正，敬了一个标准的军礼，口中说道："王爷好！警卫排长蒋祝德向您问候。"

官布仁钦又指着剩下的全副武装的八名战士说道："这几位都是警卫人员，其中那位背匣子枪和公文包的是武队长的警卫员小牛同志。"战士们全体立正，一起向色旺多尔济敬礼，称"王爷好"。

彼此介绍完毕，色旺多尔济又从侍卫官小拉布丹手里接过哈达，为武衡、胡锡光等人分别敬献哈达，然后把他们请进会客大厅。其他人则由桑吉和小拉布丹领到食堂饭厅进行招待。原本餐桌上准备了酒，可是，工作队的同志们说他们有纪律，谁都不肯饮酒。桑吉只好尊重他们的意见，把酒撤下去，换了奶茶。

色旺多尔济居中坐主位，武衡等人坐客位，官布仁钦坐在色旺多尔济的旁边相陪。

色旺多尔济首先举杯敬茶，面带笑容地说道："久闻共产党八路军乃仁义之师，处处以民族大义为重，处处为老百姓利益着想，让人佩服之至，今天贵客登门，真是蓬荜生辉，三生有幸！我代表杜尔伯特旗全体百姓欢迎你们的到来，并预祝你们身体健康，工作顺利！"

说完，色旺多尔济与武衡等人一一碰杯，率先将茶喝干。武衡等人也纷纷举杯，喝干了杯里的茶。

接下来，武衡擎杯在手，态度诚恳地说道："尊敬的王爷，我代表工作队全体人员，感谢您的热情款待！王爷乃久负盛名的开明之士，具有强烈的民族意识和爱国情怀,我们知道您虽然被迫接受了伪满洲国的旗长位置,却处处为老百姓的利益着想,对日本人明顺暗抗,不肯真心为日本人卖命,破坏日本人的计划,保护老百姓的利益。您的这种爱国情怀令人敬佩,值得赞赏!你是我们共产党的朋友,而且是内蒙古人民革命党党员,那我就应该称呼你为同志。我们受中共嫩江省委指派,到杜尔伯特旗开展工作,希望能够得到王爷的支持和帮助,希望我们能够携手,共同把杜尔伯特建设得更加美好!为了我们的共同理想,干杯!"

色旺多尔济听了武衡的这番话,心里感觉热乎乎的,尤其让他感动的是武衡竟然称他为同志。色旺多尔济明白,共产党称他为同志就意味着当他是自己人。他既激动又惭愧,自己是一个误入歧途的罪人,共产党非但不追究自己的罪行,反而视自己为同志。这是多么大的荣幸!

想到这里,色旺多尔济激动地站起身来,举着杯感激地说:"武队长这番话,令我感激涕零,羞愧难当。回想我的前半生,真是感慨万千,虽然有幸世袭了王爷的爵位,却不幸生逢乱世,空有一腔为国为民的抱负和理想,却难以有所作为,尤其在伪满时期,我不辨是非,误入歧途,沦为伪满洲国的旗长,变成日本人的傀儡,真是一失足成千古恨,再回首已是百年身!我的所作所为,愧对祖先,愧对中国人民,实乃中华民族的罪人!没想到共产党竟然把我这个戴罪之人当作同志和朋友,足见你们的胸襟之宽广,令我佩服得五体投地。从今往后,我一定拥护共产党的主张,任何时候都不反悔。"

"人非圣贤,孰能无过,有过能改,善莫大焉。王爷能够反省以前的过失,说明您良心未泯,我们共产党愿意和您交朋友,更愿意把你当成同志,希望我们今后风雨同舟,精诚团结,携手共创杜尔伯特的美好明天!"

色旺多尔济感到无比舒畅,由于太过激动,他那被疾病折磨得缺少血色的脸上泛起红晕,充满喜庆之气。他与武衡等人相谈甚欢,大有相见恨晚之感。

饭后，色旺多尔济吩咐桑吉带着武衡一行人到王府前边的一个大院内驻扎，日常所需生活物品及粮食均由王府提供。

武衡等人进驻巴彦查干之后，虽然色旺多尔济和官布仁钦等人对他们表示欢迎，并邀请他们指导工作，但是由于历史上长期的民族隔阂，许多蒙古族对他们不信任，甚至有抵触情绪。工作队员将这个情况向武衡等人汇报，武衡告诫他们不要急于求成，要严格按照党的民族政策，尊重蒙古族人民的习俗，要利用各种机会宣扬党的民族政策，让广大的农牧民了解党的政策，提高广大农牧民的思想觉悟。

4月上旬，各努图克的代表如期来到巴彦查干参加杜尔伯特旗自治政府成立大会，参加会议的除了一部分青年知识分子，都是原来的伪保长、地主等，其中有小三爷（包静斋）、曹保长（曹苏尔扎木）、达林太（大地主，曾任伪警务科长）。

色旺多尔济邀请工作队参加会议，并让武衡代表工作队讲话。武衡讲话时，重点宣传了共产党的主张和民族政策，并借大会之机，举行了联欢会，让广大牧民体会到了共产党的善意。会上选举了杜尔伯特旗自治政府，色旺多尔济任旗长，将王府卫队改为杜尔伯特旗保安大队，图布仓继续任队长，其他各努图克还是原班人马。这个政府基本都是原伪满洲国旗公署的原班人马，只不过是换了个名词。

对于这个选举结果，工作队的同志很不满意，他们对于这种换汤不换药的做法感到不理解。但是武衡等人分别做他们的思想工作，劝说他们要有耐心，要考虑到该地区的特殊性。同时要求大家齐心协力，想办法扭转这种被动的局面。

经过工作队领导开会研究，最后决定采取走出去的方法，到其他村屯开展工作，要深入广大农牧群众中去，尤其是汉族居住区，去宣传共产党的主张，增强共产党的形象，提高广大农牧民的思想觉悟，力争让广大农牧民自发地行动起来，支持和拥护共产党的主张。根据这个决定，工作队派程正杰、李宝奇等人到附近的泰和村开展工作。

泰和村是个汉族人聚居的村子，有四五百户人家，归泰康县管辖。程正杰率人到了之后，一边分头召集群众开会，宣传共产党的主张，一边发动群众，利用收缴的地主、富农的马匹、枪支组织贫雇农成立联防队，保卫村屯，很快就组织了一支三十多人的共产党领导下的人民武装。接着，他们发动群众，开展土改工作，清算地主富农的罪行，并建立了村政权。这种做法得到了广大农民的拥护，也为后来的工作打下了良好的基础。

与此同时，工作队积极与色旺多尔济领导的旗政府合作，重点发展青年进步力量。采取举办干部训练班的形式，动员青年人参加学习，提高他们的思想觉悟。训练班办起来之后，包维新带头报名参加。包维新早在伪满时期就通过收听无线电广播，接收到了共产党的宣传和政治主张，对共产党有一定的认识，并产生了向往革命的政治倾向。特别是共产党的工作队进入巴彦查干以来，他有事没事就往工作队的驻地跑，向他们请教有关共产党的主张和相关知识。

在包维新的带动下，图布仓、陈有宝、曹福山、高海川、包文通、陈青山还有巴根巴图、阿斯根等许多青年都积极报名参加了学习班。

在学习班上，工作队的领导同志亲自为他们讲课，主要讲解《新民主主义论》及其他的文件。包维新在学习的同时，还从工作队手中借来《共产党宣言》和《资本论》等革命书籍阅读。通过学习，他对共产党的革命主张有了更加深刻的认识和了解，经过深思熟虑，主动向工作队的领导递交了入党申请书。

训练班还有一些学员通过学习，对共产党有了充分的认识，并上交了入党申请书。工作队经过考察和研究，决定同意表现突出的包维新及其他几名积极要求进步的青年人加入中国共产党。他们是杜尔伯特旗最早的共产党员。包维新被人们尊称为"小王爷"，在牧民中有一定的影响力。

他能够率先加入中国共产党,走上革命的道路,实在是难能可贵。在他的影响下,许多蒙古族青年纷纷投身革命队伍,成为杜尔伯特的革命主干力量。

包维新入党后,工作更加积极努力,时刻按共产党员的标准严格要求自己,并用革命思想去影响别人,首先受到影响的是他的父亲。

当时国共两党在博弈,双方的实力相差悬殊,在传统观念熏陶下长大的色旺多尔济,虽然对共产党人心存好感,但是,他的骨子里存在着根深蒂固的正统思想,认为国民党是代表国家的政府,共产党只不过是一个在野党,无论是实力还是国际地位都无法与国民党相比。他要在两党之间保持一种政治平衡,两边都不得罪,不管将来谁取得胜利,他都可以处于不败之地。他虽然表面上对共产党的工作队表示热烈欢迎,但是保持着一定的戒备,不想与共产党走得过于亲密。这也是他在新成立的自治政府中不吸收共产党人参加的真实意图。

对于这个所谓的自治政府,别说包维新不满意,就连一些有正义感的牧民们也议论纷纷。有人说新成立的自治政府是伪满时期旗公署的翻版,用的几乎都是伪满时期的原班人马,只不过是换了个新名词罢了。还有人说新政府是新瓶装旧酒,换汤不换药。

这些议论传到了包维新的耳朵里,他觉得这些议论反映了群众的真实想法,同时为父亲感到羞愧,觉得自己作为儿子,同时还是一名共产党员,无论从哪个角度,都有责任去做父亲的思想工作,说服他改变当前的不当做法。

因此,他特意来到父亲的办公室。色旺多尔济见到儿子很高兴,放下手头的工作,笑着问道:"你整天忙什么呢?我都抓不着你的影儿。"

"阿爸,前些天在训练班学习,时间紧张,所以没有时间来看您。"

"什么训练班让你这么紧张?"

"共产党工作队举办的青年训练班,好多人都参加了。"

"共产党工作队办的训练班？主要讲什么内容？"

"训练班主要是宣传共产党的革命纲领。阿爸，我告诉您，不学不知道，一学吓一跳，共产党的主张真是太伟大啦！阿爸，我建议您也去听听他们讲的理论，保证会使您受益匪浅。"

"呵呵，有这么神奇？你跟我具体说说。"色旺多尔济饶有兴趣地问包维新。

"他们为劳苦大众服务，想的、做的都是让老百姓过上好日子的事，他们主张在政治上人人平等，在生活上人人有衣穿、有饭吃，建立没有剥削，没有压迫，造福百姓的公平社会。"

"他们的主张确实很好，这与我当年主张解放奴隶制度有异曲同工之处。可惜他们不是执政党，他们的主张再好，也只是画饼充饥，难以实现。"

"阿爸，您怎么能这么说呢？什么叫画饼充饥？人家可不是说说而已，而是要把这些想法付诸实践。"

"我的用词可能不恰当，但说的都是实话。你想啊，国民党现在占有天时地利之优势，握有装备齐全的八百万人的军队。请问共产党拿什么去跟国民党争天下？"

"阿爸，国民党确实占有天时地利，也确实有八百万人的军队，但这些并不能说明共产党无法战胜国民党，取得革命的最后胜利。"

"取得胜利是需要本钱的，你这是盲目乐观！"

"阿爸，这并非盲目乐观，而是有一定的把握的。"

"把握？有什么把握能让你这么自信？"

"共产党的把握就是团结人民大众，号召全国各族人民万众一心打倒国民党独裁政府。您不是说国民党占有天时地利吗？可是光有天时地利还不够，还需要人和。人们常说天时不如地利，地利不如人和，共产党就是靠人和去和国民党斗争，建立人人平等的人民民主政权。自古以来，得民心者得天下，正所谓水能载舟亦能覆舟，这个道理连古代的李世民都懂，难道阿爸你会不懂？"包维新情绪有些激动地问父亲。

色旺多尔济听了儿子的话，低着头半天没出声。他没想到儿子的话竟然如此有道理，让他无力反驳。他知道这些话都是儿子从共产党工作队那里学来的，心里不得不敬佩共产党的宣传能力，在这么短的时间内，他们就把这个生活条件优越的小王爷教育成了他们的忠实追随者和参与者。想到此，色旺多尔济叹了一口气，说道："儿子，你说的道理我何尝不懂，只是作为一旗之长，在这风云变幻的局势下，我一定要慎重，要做到万无一失，要对全旗的百姓着想，为百姓的前途负责。正所谓一招不慎满盘皆输，如今国共两党相争，局势尚不明朗，我要静观其变，然后再做出正确的选择，以免再犯伪满时期的错误。"

"阿爸，慎重是应该的，但您不能过于谨慎，那样就会耽误大事。而且，您这种投机思想千万要不得。您没听说吗？当断不断，必受其乱。如今共产党顺民意、得民心，早晚会取得天下。您这样举棋不定，瞻前顾后的做法实在不可取，再这样下去，您的思想就会僵化，就会被时代所抛弃，不但无法成为共产党的朋友，而且有可能会变成历史的罪人。阿爸，我说的过于直接，请您不要见怪，何去何从，望您三思。"

"儿子，我算服气啦，共产党真是厉害，这么短的时间就让你脱胎换骨，成了他们当中的一员。你真是让我刮目相看，说出来的话头头是道。儿子你说得对，我的思想是有些僵化，看来我真是老啦，比不上你们年轻人头脑灵活，思想进步。看到你的成长和进步，我由衷地为你高兴！我愿意听从你的建议，愿意改组自治政府，邀请共产党工作队参与政府工作。这样总行了吧？"色旺多尔济对儿子的变化感到惊喜，他没有想到儿子竟有这么高的思想境界和敏锐的洞察力。

"阿爸，恭喜您，当了几十年的王爷，您能抛开封建思想束缚，丢掉不切合实际的幻想，真心拥护共产党，实在是可喜可贺啊！"包维新看到父亲的思想发生了改变，心里感到很高兴，更有一种成就感。

儿子的一番话深深触动了色旺多尔济的内心世界，他的思想发生了根本性的改变，决心跟着共产党走，做一个有益于人民的人。但是，色旺多尔济心里还有忧虑，就是共产党所推行的土地改革政策。他出于多种考虑，没有对儿子讲。他知道共产党处处为劳苦大众着想，推行的土地改革政策也是为老百姓谋福利。但地主老财是他们斗争的对象，自己虽然不是地主，却属于封建社会遗留下来的有着爵位的封建王爷。万一将来共产党对自己实行清算怎么办？到那时候，自己将会成为砧板上的肉，任人宰割。因此，他一再犹豫，无法下决心改组自治政府。

包维新得到父亲的许诺，心里感到高兴，并把这一情况向工作队做了汇报。武衡同志听了他的汇报很是欣慰，并对包维新的工作给了充分肯定和表扬。对于领导的表扬，包维新没有沾沾自喜，而是作为一种鼓励和鞭策，决心要尽自己最大的努力，去帮助父亲转变思想，积极投身于革命的队伍之中。

包维新满怀希望地等候父亲宣布改组自治政府的决定，可是，一等再等，等了十几天也不见动静，心里很着急。阿爸当初言之凿凿，答应愿意改组自治政府，邀请共产党工作队参与自治政府的工作，为什么却迟迟不肯行动，难不成阿爸反悔了？自己已经把这件事情向组织汇报过了，假如阿爸反悔，自己岂不有欺骗组织之嫌？包维新心里着急，决定再次找父亲询问原因。包维新心急火燎地来到阿爸的住处，见面后，没有请安，而是着急地问道："阿爸，您已经答应改组自治政府了，怎么这么多天还没动静。您可不能出尔反尔呀！"

"儿子，你说的这是什么话？我怎么会出尔反尔？"色旺多尔济态度坚决地表态。

"既然你没反悔，那为什么迟迟不见动静？"包维新听到父亲的回答，心里感到些许放心，禁不住追问原因。

"我之所以没有付诸实施，是因为觉得时机尚不成熟。此事关系重大，我必须深思熟虑，力争做到万无一失。"

"咱们不是已经说好了，您也明确表态愿意接受共产党的主张，邀请工作队参与自治政府工作，还有啥思考的？"

"儿子，你年轻有为、富有想象力，喜欢新生事物，这是你的长处。但年轻也有年轻的短处，你不能只凭想象和激情去做事，这样急于求成往往会适得其反。邀请共产党工作队参与自治政府的事情，不是一件简单的事情。正所谓牵一发而动全身。我必须把其中的利害关系想清楚，消除一切顾虑后才能实施。"

"阿爸，咱们把该说的、该考虑的事情都说明白了。您还有啥顾虑？"包维新心里着急，不解地问父亲。

"是的，咱们爷俩儿把该说的都说了，该想的也都想了，可还有一件事情让我感到忧虑。我没有对你说，是因为你没有能力解决。"

"什么事情这么严重？您说说看，就算我无法解决，咱们总还可以商量个解决的办法啊！"

"儿子，这件事事关咱们全家人的命运，我必须亲自与共产党的主要领导谈，只有得到他们的承诺，我才安心。"

"阿爸，什么事情让您如此慎重，咱们是父子，您就跟我说说呗。"

"儿子，我已经说过了，不是我不相信你，而是你无法解决。你把武衡同志请来，我当面和他说。"

"阿爸，我这就去请武衡同志。不过阿爸，你可不能提不切实际的无理要求啊。"包维新不放心地叮嘱道。

"儿子，你放心，阿爸虽然年纪大了，但还没有老糊涂，自会掌握分寸的。"

"那好，我现在就去请武衡同志。"包维新得到父亲的承诺，转身出门，前往武衡的住处。一路上他在反复猜测父亲到底对什么事情放心不下，想来这件事情一定很重要，否则父亲不会如此担忧。

包维新赶到武衡住处，却没有见到武衡，负责警卫的蒋排长告诉他，武队长去泰和检查工作了，并问他有什么事情。包维新说自己的父亲与武队长有要事商谈。蒋排长当即派人前去通知武队长，让他尽快赶回来。包维新说声"谢谢"，然后有些失落地回去了。

包维新把武衡外出检查工作的消息告知阿爸。色旺多尔济听后，说了声："知道了。"然后坐在椅子上沉思不语。包维新见父亲一副愁容，很是心疼，有心劝慰父亲几句，并顺便问问阿爸忧心的原因。但转念一想，父亲性格耿直，他不肯对自己说自然有不说的道理，自己追问恐怕也是徒劳，于是，包维新劝慰阿爸安心等待，然后转身离开了。

第二天，包维新早早来到工作队驻地，依然没有见到武衡。他再次找蒋排长打听消息："蒋排长，您是否通知了武队长？他什么时候能回来？"

蒋排长回道："我昨天下午就派人给武队长送信了，如果没有特殊情况，估计武队长中午就能赶回来。"

"谢谢您，我先回去，中午再来听信。"

包维新从工作队的驻地回来，直接去见阿爸，对阿爸说："阿爸，我又去了一趟工作队，蒋排长说他已经派人给武队长送信了，今天中午武队长就有可能回来，您就放心吧。"

"你这孩子怎么这么不懂事？武队长工作那么忙，你干吗让蒋排长给他送信儿。咱们的事也不急于一时，害得武队长丢下工作往回赶，多不礼貌。"色旺多尔济埋怨包维新。

"您不肯告诉我原因，我心里着急，没想那么多，下次一定注意。"包维新不好意思地向父亲解释。

包维新从父亲的住处出来，直接到训练班学习。由于心里牵挂阿爸与武队长见面的事情，上课时老溜号，精力无法集中。他虽然身子坐在教室里，心却一再猜想阿爸要求面见武队长所为何事。

中午刚一下课，包维新就直奔工作队的驻地。进门迎面见到了武队长的警卫员小牛。包维新心里非常高兴，知道武队长一定是回来了。小牛与包维新年纪相仿，他们很能聊得来。小牛见到他，一把拉住他的胳膊，用抱怨的口吻说道："我的小王爷呦，你有啥重要的事不能等我们回来再说，害得我们心急火燎地往回赶。"

"对不起！是我父亲有事要和武队长谈，我也没办法。"包维新心里急着要见武队长，不想和小牛闲聊，挣脱了胳膊，直奔武队长的住处。

武衡住的房间约有二十多平方米，吃住兼办公。包维新在门外喊了声"报告"，随着武衡"请进"的声音，推门走进室内，对武衡说道："武队长，您什么时候回来的？"

武衡正在洗脸，抬头看到包维新，笑着说："我刚到，我接到信儿就急着往回赶。你阿爸找我有什么事情？"

"阿爸只说要跟您谈，具体内容不肯告诉我。"

"哦？看来事情一定很重要，我马上去见他。"武衡胡乱地用毛巾擦了几把脸，与包维新一同出门了。

工作队驻地与王府的距离不远，一会儿工夫，他们便来到了色旺多尔济的客厅。见面后，色旺多尔济拉着武衡的手，抱歉地说："武队长，包维新不懂事，让蒋排长给您送信，让您丢下工作急着往回赶，真是不好意思！"

"王爷，没什么，那边的工作基本完事了。我知道您一定是有要事，否则不会让包维新特地去找我。您有事尽管说，只要我能办到的，一定竭尽全力帮您解决。"

"武队长，不急，您赶了一上午的路，一定很疲惫，先坐下喝口茶，休息一下。"色旺多尔济将武衡让到座位上，亲自给他斟上一杯茶。然后对包维新说："你先出去，我要单独跟武队长谈。"

"好的。武队长，我先出去，您和阿爸谈吧。"包维新与武衡打了一声招呼，走出客厅。

"王爷，您有什么事情，请讲吧。"武衡喝了一口茶，面带微笑地问色旺多尔济。

"武队长，希望您不要再称呼我王爷了，我现在已经不是什么王爷了，您这么称呼我，让我感到有些不自在，也显得生分。"

"既然王爷不喜欢这个称呼，我便尊重您的意见，可以改称旗长。"武衡爽快地回答。

"武队长，旗长是官称，也让人觉得生分，您再想想，是否还有其他合适的称呼。"

"其他称呼……您容我想想。您是开明的民主人士，也是我们共产党人的朋友，还是内蒙古人民革命党党员，称呼您为同志比较合适。"武衡一边思考一边说。

"这个称呼好！我喜欢同志这个称呼。我知道同志的含义是志同道合的意思，说明咱们是一家人。"色旺多尔济喜形于色，表示愿意接受。

"既然您喜欢这个称呼，那咱们今后就以同志相称。"

"武队长，既然咱们是同志，我就开诚布公地阐明我的观点。说来惭愧，我知道现在的自治政府无论在法理上还是人员结构上，都存在很大的问题，让人难以接受，也难怪百姓背后指责自治政府换汤不换药。我作为一旗之长，不能让老百姓戳脊梁骨。再说，没有你们共产党参加，这个自治政府还有什么实际意义。因此，我决定改组自治政府，邀请共产党工作队参加自治政府工作。"

"色旺多尔济同志，您真是深明大义，不愧是共产党人的朋友和同盟军。我代表共产党向您表示感谢！"武衡对色旺多尔济的想法表示赞赏。

"武队长，谢谢您的信任和夸奖。既然您当我是朋友和同盟军，我也当您是朋友，跟您说说心里话。自从与你们接触以来，我就有个心病，一直无法释怀。"

"您有什么疑难之事,尽管明说。"

"武队长,我知道共产党革命的目的是推翻反动阶级,打倒那些剥削人、压迫人的地主老财,建立一个人人平等的新民主主义社会。像我这样的人,是否也在斗争之列?"

"王爷,哦,不,色旺多尔济同志,你看我叫顺嘴了。我明白你的意思,你是担心有一天,我们把你当成斗争对象,是吧?"

"嘿嘿,你猜得没错,我是有所担心。"色旺多尔济不好意思地看着武衡回答。

"色旺多尔济同志,请你放心,我们共产党人革命的目的虽然是推翻反动阶级,打倒地主老财,但我们打倒的人都是反动的官僚地主阶级,不包括您这样的蒙古族上层人士。您是我们共产党的统战对象,又是内蒙古人民革命党党员,既是我们的朋友又是我们的同志,即使将来进行土地改革,也会按照'三不两利'土改政策执行,您就放心吧。"

"什么是'三不两利'?"色旺多尔济不解地问。

"'三不两利'土改政策是乌兰夫同志根据内蒙古地区的特殊情况提出来的。按政策规定,像您这样的人士不斗、不分、不划阶级,实行牧场公有,放牧自由,牧工、牧主两利。这个政策将保护您的合法权益以及您的私有财产不会受到任何侵害。"

色旺多尔济听了武衡的话,心里仿佛吃了一颗定心丸,一直困扰自己的心病终于解除了。他激动地一把握住武衡的手,颤抖地说:"武队长,有您的这番话,我就放心啦,今后我一定坚定不移地跟着共产党走,坚决拥护共产党的政策和主张!"

"色旺多尔济同志,感谢你对共产党的信任,希望我们今后携手合作,同舟共济,为了杜尔伯特旗的美好未来,为了中国的革命事业奉献力量。"武衡也很激动。他们的手紧紧握在一起,久久不肯分开。

这次握手，是那个特定的历史时期、两个特定的历史人物在决定杜尔伯特旗命运和前途的关键时刻的一次具有特殊意义的握手！这次握手决定了杜尔伯特旗的走向，也改变了色旺多尔济的前途和命运。

武衡对这次握手倍感欣慰，自从带领工作队进驻巴彦查干以来，由于语言不通，加上长期以来蒙汉之间的民族隔阂，使得他们的工作进行得十分艰难，尤其是上次自治政府成立，工作队被排挤在外，使工作队队员的士气大受影响，有的同志甚至产生了悲观失望的情绪。幸好工作队没有放弃，而是针对杜尔伯特的特殊情况，做了具有针对性的工作。他们通过开办训练班，培养了以包维新为首的一批蒙古族进步青年，并吸收他们加入共产党组织。同时，通过包维新做通色旺多尔济的思想工作，使得他同意对原自治政府进行改组。一位世袭的蒙古王爷能够放弃自己的旧观念、旧思想，真心拥护共产党的主张，坚定跟着共产党走的决心，实在是难能可贵。色旺多尔济的这一转变，无论对他本人还是对杜尔伯特旗的命运来讲，都会产生不可估量的影响和积极作用，将给工作队的工作带来极大的帮助，预示着杜尔伯特的前途将会更加光明。

第十八章

# 光明与黑暗

　　色旺多尔济通过与武衡的交谈,彻底解除了后顾之忧,心中的一块石头落了地,感到身心无比轻松,更加坚定了跟着共产党走的决心。通过这么长时间与武衡等共产党工作队的接触,色旺多尔济对共产党的主张有了更深入的了解,觉得共产党的主张与自己所追求的为广大牧民谋福祉的想法有异曲同工之处。

　　当年自己因为废除奴隶制度,不惜与旗内的王公、台吉以及亲人反目。在长春参加哲里木盟十旗会议时,为了改革旧的制度,不惜得罪思想保守的蒙古王公。虽然自己是蒙古王爷,但内心深处对劳苦大众充满了同情,即使在伪满时期,自己亦不忘初衷,对日本人明顺暗抗。想方设法保护老百姓的利益。自己一生坎坷,历经了许多艰难曲折,在痛苦和彷徨之中,他多么渴望中国人能够独立自主,渴望老百姓能够脱离苦难,过上好日子。如今共产党来了,他们处处为劳苦大众着想,一心为老百姓谋福利,共产党所做的,正是自己想要实现却无法实现的,眼看自己多年的夙愿就要变成现实,岂能不欣喜万分。色旺多尔济不再犹豫,立刻下发通知：各区派代表参加自治政府改组会议。

经过与武衡等人开会协商以及与相关人员沟通，改组自治政府的各项准备工作有条不紊地进行着。

一切准备就绪后，1946年4月7日，杜尔伯特旗人民代表大会在王府所在地巴彦查干隆重召开。与会的代表们就相关事宜进行了广泛讨论和协商，一致同意将原来的蒙古自治政府改为杜尔伯特旗自治政府，宣布成立杜尔伯特旗自治政府，并公布了政府人选。

杜尔伯特旗自治政府所在地设在巴彦查干，下设王府、东吐莫、哈布塔、好尔陶、布拉和、小排排、后新屯等七个努图克，每个努图克设努图克达一人，副努图克达一人。

自治政府成立之后，色旺多尔济把武衡等工作队的同志请进王府，腾出一部分房间，供他们居住。随行的警卫人员亦一同搬进王府，与旗保安队一起负责安全警戒工作。蒋排长及警卫班的战士军纪严明，每日按时上操下操，除了政治学习和军事训练，还经常抽出时间打扫王府的卫生，主动帮助王府的杂役做事，对老百姓秋毫无犯，赢得了王府内外的一致好评。

按照事先约定，王府门前的岗哨由旗保安队和共产党的警卫战士各派一人站岗。站岗时，八路军的警卫战士军纪严明，始终保持立正姿势，见到色旺多尔济等旗政府官员一律敬礼问好。旗保安队的人却吊儿郎当，站姿也不规范，有时把枪扛在肩上，有时斜背着，有个别人干脆把枪挂在腋下当拐棍。而且，他们经常发生侵犯老百姓利益的事情。以前大家各行其是，人们不大在意，如今在一起站岗放哨，优劣立判。

对于保安队的表现，别说色旺多尔济及自治政府的官员不满意，就连老百姓也在背后指指点点，议论纷纷。包维新和图布仓等人更是觉得没有颜面，他们和一些进步青年分别找到工作队和色旺多尔济等人，要求改编和整顿旗保安队。

武衡等人出于工作的考虑，同意对这支良莠不齐的队伍进行改编，并找色旺多尔济商量此事。色旺多尔济却态度暧昧，不愿意改编旗保安队。虽然他也不满意旗保安队的行为，但是，这支保安队是他赖以生存的支柱，因为旗保安队的组成人员基本都是来自原王府卫队。色旺多尔济一直把王府卫队当成私有财产，无论是枪械还是经费，都由王府支出，他们的职责主要是保卫王府的安全。色旺多尔济担心一旦改编，这支队伍的性质就会发生改变，就会脱离自己的掌控。自己经过多年的苦心经营才拥有这支队伍，有了这支队伍，自己无论做什么事情都觉得心里有底，失去了这支武装，自己岂不是真的变成了孤家寡人？工作队见他态度暧昧，没有强迫他，而是劝他好好考虑一下再作答复。

色旺多尔济送走了工作队的同志，心事重重地回到书房。他在室内转悠了将近半个小时，身体有些疲倦，坐在太师椅上休息，仍绞尽脑汁，思来想去，却怎么也想不出一个满意的答案。

这时，包维新与他的三个叔叔以及官布仁钦一起走了进来。看到色旺多尔济脸色不悦，双眉紧锁，一副心事重重的样子，苏勒春关切地问道："大哥，怎么啦？为何闷闷不乐？"

"你们都坐下，咱们是自家人，我也不瞒你们，工作队的武衡同志来找我，说是有人找到他，表示对保安队的所作所为不满意，要求改编旗保安队。这件事让我很为难，你们帮我分析一下，到底该怎么办。"色旺多尔济坐直身子，征求他们的意见。

苏勒春是个急性子，没等其他人开口便抢着说道："大哥，我反对。旗保安队是咱们王府的卫队，不但承担着保卫王府的重任，而且是咱们赖以生存的命根子。从古到今，无论哪朝哪代，都离不开枪杆子，只要手里有人有枪，咱们就心里有底，就不怕别人算计。一旦失去了枪杆子，咱们就会沦为别人的附属和傀儡，就得看别人的脸色行事了。这件事千万不能答应！"

## 第十八章·光明与黑暗

"虽然你说的有些道理，但保安队的所作所为确实不像话，他们整天吊儿郎当，站没站相，坐没坐相，有人偷着喝酒赌博，甚至骚扰百姓，简直就是一盘散沙，再不整顿，说不一定会闹出什么乱子呢！"包德修是个实在人，无论说话办事，从来不隐瞒观点。

"阿爸，我觉得三叔说的有道理。旗保安大队早就应该进行整顿了，你看他们老的老，小的小，还有人沾染了喝酒赌博、骚扰老百姓等不良作风，再看人家八路军，军纪多么严明，不但军事素质高，而且对百姓秋毫无犯，真是仁义之师。既然咱们与共产党合作，就应该按照共产党的行为准则办事，不能另搞一套，否则会影响彼此的合作关系，也会影响王府的声誉。"包维新说出自己的想法。

"儿子，我知道你说的占理，也知道旗保安大队的有些做法确实不妥，但我担心一旦改编，旗保安大队的性质就会发生变化，他们就再也不会听命于我了。到那时候，我岂不真的成了孤家寡人？"色旺多尔济说出了心里的担忧。

"阿爸，既然咱们跟共产党合作，就应该真心拥护共产党的主张。共产党之所以可以得到老百姓的拥戴，是因为他们真心为老百姓着想，无论做什么事情，都把老百姓的利益放在第一位，全心全意为老百姓谋福利。阿爸，在这历史变革时期，我劝您认清形势，顺应历史潮流，积极响应共产党的号召，做一名识时务的开明人士。"

"儿子，你说的我都明白，而且我也在尽最大的努力跟共产党合作，真心拥护共产党的主张。可是，旗保安大队毕竟是我一手组建起来的，花费了巨大的财力，也倾注了半生的心血。有了这支队伍，我就可以高枕无忧了。我不敢想象，失去了这支队伍，今后由谁来保护王府的安全，咱们全家老小的生命是否还有保障。"

"阿爸，说了半天您怎么还想不开？工作队只是说改编旗保安大队，不是撤销旗保安大队。改编之后，旗保安大队依然负责王府的警卫工作，再说现在旗保安大队老的老、小的小，还有伪满洲国时期的留用人员，成分十分复杂。共产党虽然不搞秋后算账，但是让那些有前科的人留在旗保安大队，谁能担保他们日后不再做坏事？癫狂的马往往容易失蹄，嚣张的人容易出乱子。一旦出现问题，岂不是一只死老鼠坏了一锅汤。那将会产生极坏的影响，更会给王府抹黑。如今共产党提出改编意见，是想帮咱们肃清队伍，提高他们的战斗力，提高他们的思想觉悟，这是好事！您干吗还要反对？我劝您不要抱有封建思想，把旗保安大队当成自己的私有财产。共产党主张人人平等，反对剥削压迫，从根本上消灭人剥削人的社会制度。以后咱们都是自食其力的国家公民，谁都不允许拥有特权，到那时候，您拿什么养活他们？阿爸，您听我一句劝，放下陈腐的封建思想，同意共产党改编旗保安大队，听从共产党的安排，拥护共产党的主张，做一名对民族、对社会、对国家有贡献的人。"

"说得好，虽然我不是共产党员，但我清楚共产党的主张，他们革命的目的，就是要消灭一切剥削阶级，解放劳苦大众，最终实现人人平等，没有压迫、没有剥削的共产主义制度。岂能允许私人拥有武装？至于今后王府的警卫工作，您大可不必担心，旗保安大队改编后，依然承担王府和自治政府的警卫工作，另外还有八路军配合负责警卫，您还有啥不放心的？"官布仁钦十分赞同包维新的话。

包维新和官布仁钦说得有理有据，苏勒春等人无言以对，只好点头默许，色旺多尔济经过反复斟酌，最终做出决定，同意改编旗保安大队。

第二天，色旺多尔济主动找到武衡，表明了自己同意改编旗大队的态度。武衡对于他的转变，感到很欣慰。

接下来，工作队对旗大队进行了必要的改编，改编后胡锡光担任旗大队政委，程正杰任大队长，图布仓任副大队长，刘毅任参谋长，并把那些年纪大、思想僵化以及一些有前科的人清理出去，把一些思想进步、倾向革命的青年人吸收到旗大队中来。同时做出分工，由胡锡光等人进行培训，宣传共产党的政治纲领，由蒋排长及警卫班的战士负责军事训练。通过一段时间系统的军事训练，旗保安大队队员们的军事素养和战斗力不断提高，给人一种朝气蓬勃，焕然一新的景象。

色旺多尔济看到旗保安大队的变化，打心眼儿里高兴，非常敬佩共产党工作队的能力，在这么短的时间里，竟然把旗保安大队的政治素质和军事素质都大幅提高，成为一支具有一定战斗力的队伍。

色旺多尔济心里仍然对杜泰合并的事情念念不忘。因此，色旺多尔济一直派人打探有关泰康县的消息。

这天，色旺多尔济接到一个消息让他深感震惊，共产党解放了泰康县，并成立了泰康县民主政府。

色旺多尔济急忙请来武衡证实消息的真伪。武衡证实了消息的准确性，并详细地介绍了事情的来龙去脉。"情况是这样的，今年3月下旬，东北民主联军解放了林甸县。吴富善同志随即率部队进驻林甸县，并成立了林甸县民主联合政府，任命李大寿为民主政府县长。当时考虑到泰康县与杜尔伯特旗的关系错综复杂，不打算进军泰康县。谁想你们留在泰康的付振绪和邵桂春等人担心共产党八路军势力强大，害怕将来受到惩罚，主动派人与林甸县的八路军联系，提议'和平解放泰康'。该主张得到了八路军的认可。吴富善派团政委高炳龙率领一部分军队进驻泰康，成立了民主政府。"

"哦，原来如此，都怪我瞎了眼，让这两个败类留守，真是成事不足，败事有余！"色旺多尔济懊恼不已，直拍大腿。

"包旗长，这是泰康县民主政府成立的简报，你看一下，可以更详细地了解情况。"

"好吧。"色旺多尔济虽然感到失望，但对泰康县的变化很是关心，从武衡手里接过简报，仔细地看了起来。

中共嫩江省委简报：1946年3月29日，嫩江军区一旅政委吴富善同志，在解放林甸县之后，接到泰康地方治安维持会付振绪和邵桂春等人的请求，要求共产党派人接收泰康县政权。吴富善同志随即委派一团政委高炳龙率部进驻泰康，张革等十余人随行前去接收。4月3日接收完毕，解散维持会，颁发布告，宣布泰康县民主政府成立。县政府成员如下：

县长：张革

秘书：袁景春

民主政府下设行政科、财政科、公安局

行政科科长：苏东泉（代）

行政股股长：王泽勋

教育股股长：苏东泉（兼）

实业科科长：张敬泉

财政科科长：刘子源

会计股股长：付停玖

理财股股长：陈光显

公安局局长：张革（兼）

公安局副局长：梁济昆

总务股股长：彭林

保安股股长：杨培芳

公安队队长：彭林（兼）

公安队队副：赵守一

巡官：王德荣

巡官：任福多

泰康县下辖泰康、喇嘛甸子、新发、丰北、时雨、太和、兴农、他拉哈、丰南等9个区。

## 第十八章·光明与黑暗

色旺多尔济看完简报，心中五味杂陈。这份白纸黑字的简报彻底打破了他杜泰合并的梦想。如今泰康县成立了民主政府，正所谓木已成舟，杜泰合并将会更加艰难。

武衡见色旺多尔济一副心灰意冷的表情，知道他是为了杜泰分离而痛苦，便诚心诚意地劝道："色旺多尔济同志，我知道现在泰康所辖的区域原本属于杜尔伯特旗，按照我党的民族政策，理应把泰康县归还杜尔伯特旗管辖。但如今泰康县成立了民主政府，若想改变现状，存在诸多困难。不过您放心，我一定向上级领导如实反映此事，力争早日促成杜泰合并。"

"武队长，谢谢您的一番好意，拜托您向上级领导说明历史原因，只要杜泰能够合并，哪怕让我死都行。"

"您言重了，我一定尽快向上级反映情况，争取杜泰早日合并。"

"武队长，中国共产党真是想百姓所想，急百姓所急。无论将来的结果如何，我都感谢您的深情厚谊。"

"妥善处理兄弟民族的关系，解决兄弟民族之间的问题和矛盾，保护各兄弟民族的利益，是我党的一贯主张。我只是执行者，而且这也是我应该做的，您不必言谢。"

色旺多尔济得到了武衡的承诺，心里又重新燃起了希望。他知道共产党人一向说话算话。于是，他放下心中的情绪，全身心投入杜尔伯特旗自治政府的管理工作当中。

杜尔伯特旗的工作告一段落之后，武衡等人接到上级命令，前去泰康县开展工作。临行时，武衡把蒋祝德及二十多名警卫战士悉数留下，担任王府的保卫工作。色旺多尔济有些过意不去，连忙推辞："武队长，泰康的工作繁多，需要人手，再说那里刚解放，治安环境不是很好，你把警卫人员都留给我，万一你遇到紧急情况这么办？我劝你还是把警卫员带走，以防不测。"

"包旗长，您不用担心，我和工作队的同志都是从枪林弹雨中拼杀过来的，别的不敢说，自保还是有把握的。如今形势比较复杂，王府的安全更重要。"

"武队长，我知道你是为了我和王府的安全考虑，虽然我没有冲锋陷阵的本事，但是我对王府的安全还是很自信的。我可以大言不惭地说，在杜尔伯特草原上，即使有人吃了豹子胆，也不敢到王府来闹事！我看这么办，把警卫战士一分两半，一半我留下，另一半你带走。"

"包旗长，你的好意我心领啦，但你听我一句劝，警卫战士悉数留下，保卫王府安全。包旗长，虽然你在牧民中享有很高的威望，但现在形势复杂，随着土改工作的不断深入，那些地主恶霸一定会想方设法破坏土改运动，说不定会勾结国民党及土匪作乱，一旦发生动乱，自治政府将是他们首选的攻击目标，你留守王府，一定要加倍小心。"

色旺多尔济知道武衡是为了王府的安危着想，便不再坚持。

色旺多尔济拥护共产党的主张，与共产党工作队紧密合作，将那些坚持反动立场、对共产党工作队抱有成见的反动分子排除在外，赢得了广大农牧民的欢迎。而那些被清除的反动分子怀着仇恨，决定另寻出路，寻找可信赖的人帮助他们实现保全性命和家财的目的。

杜尔伯特草原上，在牧民心目中威信最高的当属色旺多尔济，其次当属小三爷包静斋。说起小三爷，在杜尔伯特草原上也算是个响当当的人物。别看他是私生子，他的生母却贵为王府公主，父亲乌尔图那苏图曾任哲里木盟盟务帮办，兼任王府的管旗章京，身上流淌着蒙古贵族的血。小三爷很是聪慧，善于交际，加之财大气粗，喜欢结交各路朋友，在杜尔伯特旗可谓是举足轻重的人物。伪满时期他担任后新屯的保长，此后，依旧是自治政府的主要成员，并兼任后新屯的努图克达。如今色旺多尔济与共产党工作队合作，成立了由共产党参与的民主自治政府，将他及一些蒙古贵族排除在外，令他很是生气，恨得牙根直痒。

小三爷的朋友遍及黑白两道。伪满任后新屯伪保长时，他丧失民族气节，认贼作父，广交伪警、宪、特人员，横行乡里，鱼肉百姓，甘心充当日本侵略者的鹰犬。他还与土匪绺子结交，与土匪大当家的称兄道弟。在他的众多朋友当中，关系较为密切有他拉哈的林德夫、杏树岗的王克复等人。王克复并不是杜尔伯特旗人，而是出生于郭尔罗斯后旗。民国之后，德尔斯台屯地主包全宝招户开荒，王克复随父亲迁到杏树岗开荒。由于他头脑灵活，胆子大、敢冒险，日伪时期，通过讨好日本人当上了杏树岗的甲长。王克复依仗日本人的势力，欺上瞒下，胡作非为，挖空心思盘剥百姓。到抗战胜利时，王克复已经成了远近闻名的"大粮户"，置办了近千亩田地，光长工就雇了二十多人。杏树岗的四十余户人家基本都是他的佃户。他有牛马二百多头，羊二百多只，胶轮大车三辆。王克复趁日本人投降，各地政权出现真空状态之际，收留伪满洲国的散兵游勇及伪满警察。先前自治政府成立时，担任杏树岗村村长兼旗保安大队连长。可他根本不服从好尔陶区政府的领导，经常来往于齐齐哈尔、昂昂溪之间，大量购置枪支弹药，扩充武装，准备独霸一方。

王克复与小三爷臭味相投，关系十分密切。由于担心将来共产党对他们进行清算，王克复与一些地主老财找到小三爷商量对策。小三爷杀猪宰羊，好酒好饭招待他们。席间，他们谈起了共产党的土改政策，对共产党领导穷人斗地主分田地的事情感到愤愤不平。好尔陶屯的地主佟宝庆端着酒杯走到小三爷面前，打着酒嗝说："三爷，我知道您一向足智多谋，请替我们拿个主意，我们到底该怎么办？"

小三爷看了一眼佟宝庆，没有急于回答，而是笑着说道："应该如何应对我还没有考虑成熟，我想先听听大家的意见。"

他拉哈屯的王玉芳趁着几分酒劲儿说："既然共产党逼得咱们无路可走，我看不如咱们干脆拉杆子当土匪，活个逍遥自在。"

"我不同意你的想法,当土匪名声不好,死了都入不了祖坟!我看不如咱们联合起来,扩大民团实力,与共产党抗衡。"他拉哈屯的地主林德夫主张成立民团自保。

小三爷听后微微一笑,说道:"咱们都是好朋友,如今更是命运相通,都是共产党斗争的对象,早晚都要被共产党打倒。跟着共产党走没有咱们的好果子吃,因为共产党专门帮穷人说话,不帮咱们富人。国民党却不同,他们帮富人而不帮穷人。至于拉杆子当土匪或组织民团自保,都不是长久之计,唯有投奔国民党这一条路行得通。"

"三爷,你的办法虽然好,但远水不解近渴。咱们和国民党没有关系,上哪儿去找国民党啊。再说了,国民党会接纳我们吗?"佟宝庆带着疑虑问小三爷。

"各位,如今咱们是一条绳上拴的蚂蚱,可谓同病相怜。实话告诉你们,找国民党容易,我有门路,能够与国民党取得联系,关键看大家是否有诚意,是否铁了心跟着国民党走。"

"三爷,现在共产党把刀都架在咱们的脖子上了,咱们已经没有了退路,你放心,我们听你的,你说咋办就咋办。"王克复带头表决心。其他人也纷纷附和。

"既然如此,我就不瞒大家了。我已经接到准确消息,国民党政府特派员陈国良准备到杜尔伯特组建军队。诸位,人家可是正宗的国军,跟着他保准没错,如果大家愿意,我就派人把他请来。不知各位意下如何?"小三爷见众人一致表示同意,方才亮出底牌。

"三爷,你快把陈特派员请来吧,我们都愿意。"众人一致高声表示同意。

"那好吧,这事就这么定了,我马上派人去请陈特派员。不过咱们有言在先,如果谁想反悔,现在可以退出,我绝不勉强。正所谓跨上马背可再下,许下诺言不可收。这件事非同小可,你们可要想好了,别'遇到绵羊是好汉，遇到好汉是绵羊'。我把陈特派员请来之后，你们若是有人反悔当孬种，休怪我小三爷翻脸无情。"

"三爷，你就放心吧，我们是王八吃秤砣——铁了心，绝不反悔。"佟宝庆再次带头表态，其他人齐声响应。

"在奔驰中识别良骏，在疆场上识别勇士，希望你们今后为咱们蒙古族争气，争当驰骋疆场的英雄好汉。你们回去后，要多联系亲友，劝说他们加入咱们的队伍，参加的人越多越好，到时候咱们论功行赏，谁招的人多，谁的官就大，你有一百人，就是连长，有一千人，就是团长，到时候谁的人马多，谁的实力大，谁的官就越大。咱们先做好准备，等陈特派员一到，咱们就举事。你们回去后一定要保守秘密，千万不能掉以轻心，一旦消息泄露出去，不但会前功尽弃，还会危及生命。来，我再敬大家一杯，预祝我们高官得做，骏马任骑，永享富贵！"众人纷纷起立，表示一定严守秘密，并与小三爷碰杯饮酒。接下来，他们又对如何备军等事项进行了一番探讨，直到深夜才散去。

这些人回去之后，一边准备枪支弹药，一边在其亲友中进行秘密串联，劝说亲友参与行动。一些地主老财担心被共产党斗争，同意跟着他们一起加入队伍，另外还有一些不明真相的群众，稀里糊涂地答应了跟着他们一起行动。

几天之后，众人接到小三爷的通知，于7月22日到他拉哈区的林德夫家聚会，为林德夫庆生。这是他们事先约定的暗号，庆生就代表聚会起事。

上午，佟宝庆、王克复、王玉芳等三十多人以为林德夫庆生为名，如约来到他拉哈的林德夫家。

林德夫按照小三爷的吩咐，在屯口增添了岗哨，严密封锁消息，过往人员一律只许进不许出。林德夫站在客厅门口，迎接前来聚会的人，然后带到大厅就座。这些人三三两两地坐在桌子旁，一边喝茶、嗑瓜子，一边唠嗑儿。让他们感到纳闷的是，客厅里只有林德夫带着管家及亲信里外忙乎着招呼客人，却不见小三爷的身影。

上午十一点多，各地的人员陆续到齐，小三爷方才露面。只见他满面春风，陪着一位四十多岁，身材瘦削，面色白净，单眼皮小眼睛，身穿灰色中山装，腰扎着武装带，武装带上挂着一个枪套，枪套内是一把左轮手枪，打扮得不伦不类的人走进大厅。众人一见到小三爷和这位客人，赶紧起身打招呼。小三爷笑着与众人挥手致意，那位客人也面带微笑，频频向众人挥手。

小三爷身穿灰色长袍，外罩青缎马褂，头戴白色礼帽，斜跨一支带枪套的手枪，手执一支白色红心的苍蝇甩子。小三爷把客人请到中间案桌主位落座。然后转过身来，神情威严地扫视了众人一眼，慢声细语地沉声说道："诸位，请注意，我向你们隆重介绍一下这位客人，国民党政府特派员陈国良先生。"随着他的话音，众人一齐起身鼓掌。陈国良站起身来，微笑着向众人挥手问好。

掌声停歇之后，小三爷继续说道："陈特派员此次来我旗，是奉国民党东北剿匪行辕公署命令，组建东北救国义勇军。陈特派员是国民党政府的特派员，代表国民政府，我们跟着他干，就是跟国民党干。跟着国民党，就不怕那些泥腿子共产党了，就不怕那些妄想分我们家财的穷棒子了。下面有请陈特派员讲话，大家欢迎！"

随着一阵热烈的掌声，陈国良面带笑容站起身来，巡视了一眼客厅，咳嗽一声，清了清嗓子，然后才开口说话："各位父老乡亲，鄙人受东北剿匪行辕公署委派，前来杜尔伯特旗组建东北救国义勇军，这是我的委任状，请大家过目。"他一边说着，一边从口袋里掏出他的"委任状"。众人一起上前观看，只见一块手绢大小的白绸布上写着"'东北救国义勇军大成部队'建军负责人陈国良'，还盖着东北剿匪行辕公署的印章。众人看过之后，陈国良把它装进上衣贴身口袋，然后接着说："委任状你们已经看到了，咱们组建东北救国义勇军的目的是要消灭共产党军队，镇压那些跟着共产党跑，抢夺我们财产的穷鬼。只有跟着国民党，你们的财产才能不受损失，你们才能有好日子过，否则只有死路一条！现在正是党国用人之际，你们加入救国军，就是加入了国民党，等消灭了共产党，你们都是党国的功臣，政府一定会为你们论功行赏，到时候你们就会光宗耀祖，永享富贵荣华！你们愿不愿意？"

"愿意！我们愿意！"众人齐声响应。

陈国良满意地看着众人，继续说道："既然你们愿意，我就把有关建军的事情详细地讲一讲。鄙人这次来到杜尔伯特旗，主要是受上层指派，前来组建东北救国义勇军杜尔伯特旗联合保安大队。保安大队的编制为师级单位，直接由东北救国义勇军总部领导。保安大队下辖三个中队，每个中队设三个小队。由我担任司令，小三爷担任副司令，林德夫任参谋长。下面由包副司令讲一下有关中队长和小队长的人选问题。"

小三爷接过陈国良的话头，看着大伙说："感谢陈特派员的信任和栽培，让我荣任救国义勇军的副司令，至于中队长和小队长的人选，我是这样想的，咱们先不忙着任命，而是要看谁招的人多，谁的贡献大，谁就可以担任中队长或中队副及小队长。假如你招来一百人，就是中队长，招来几十个人，就是小队长。另外还可以考虑有打仗经验和有威信的人，即使他们招的人少，也可以破格提拔重用，担任司令部参谋或中队副等职务。下面大家就把各自招的具体人数报给林参谋长，然后我们再根据情况进行协商，确定具体人选。"

小三爷的话得到了众人的响应，他们纷纷表示同意，并把自己所召集的人员名单报给林德夫。有些人为了能够得到一官半职，临时改变了人数，把原先不在计划之内的一些亲戚的名字也添了上去。

其实陈国良并非正统的国民党军官，而是家住郭尔罗斯后旗古龙区的一个逃亡地主，有一个表兄在国民党东北行营当副官。陈国良的家乡实行土改之后，财产被农会分掉了，他害怕被镇压，前去投奔表兄，打算求个一官半职,安身立命。他的表兄无法安排他,又不好拒绝,便想了一个变通的办法,让他回去组织成立东北救国义勇军,并用白绸布写了个委任状,上面盖上东北行营的大印。

陈国良如获至宝,满心欢喜地回来了,可是,他的家乡已经解放,各区各村屯都成立了农会和民兵武装,他根本不敢回去。于是,他想到了小三爷。他和小三爷是多年的朋友,知道杜尔伯特旗还没有全面实行土改,属于半解放区。因此,他只身来到小三爷家中,谎称国民党的军队不日即将过江,并把建立东北救国义勇军的事情添枝加叶地渲染了一番,又给小三爷看了委任状。小三爷正在为共产党土改的事情而犯愁,此时仿佛抓住了一根救命稻草,俩人一拍即合。小三爷当即表示愿意跟随陈国良一起组建杜尔伯特旗东北救国义勇军,并答应出面联络林德夫、王克复等人。在陈国良的蛊惑下,小三爷等人自以为找到了一条光明之路,却不知上了当,选错了道路,导致他们最后落得身败名裂的下场。

林德夫按照事先安排,杀猪宰羊,备下了丰盛的酒席款待众人,并祝贺杜尔伯特旗东北义勇军成立。待众人报完人数之后,开始喝酒庆贺。酒至半酣,在小三爷的提议下,众人歃血结盟,共同结拜为兄弟。他们煞有介事地杀了一只公鸡,将鸡血滴进每个人的酒碗,然后在小三爷的带领下,跪在关帝像前。小三爷带头宣誓:"关帝老爷在上,我等今天结成异姓兄弟,有福同享,有难同当,不求同年同月生,但求同年同月死,誓死跟随国民党,杀穷人,打八路,等老蒋,不达目的,决不罢休!如违此誓,天诛地灭!"

小三爷说一句,众人跟着学一句,立过誓言之后,一起将碗中的鸡血酒喝干。

下午,他们继续讨论有关中队长及小队长的人选问题。这些地主为了官职,争得脸红脖子粗,局面很是混乱。小三爷和陈国良见众人如此争名夺利,担心产生矛盾误了大事,宣布暂停讨论,并找来牌九让他们玩乐。

这些人平时没事经常推牌九赌钱，此时一见牌九，立刻忘记了刚才的不愉快，吆五喝六地赌了起来。

小三爷、陈国良及林德夫等人躲在后边的屋内，就各级军官人选进行了仔细研究，最终决定不再讨论，而是由陈国良按照小三爷拟定的名单实行。因为担心有人会不服气，所以他们谎称是陈国良通过发报机，把所有人员的情况向上峰做了汇报，这些军官是上峰直接任命的。为了做得逼真，陈国良事先按照印章上的字样，刻了一枚印章，并找来一沓空白纸充当委任状，将所任命的人选分别填写了委任状，然后盖上印章。

第二天上午，陈国良和小三爷再次召开会议，按照他们事先商量的办法，确定了各级军官的人选。这个办法果然奏效，当陈国良拿着委任状，公布各级军官的任命名单并说明这是上峰的意见后，这些没见过世面的人竟信以为真，不再争吵。

接下来，陈国良和小三爷分别为任命的军官举行授衔仪式，陈国良手里拿着委任状，高声宣布："我代表国民党东北剿匪行辕，宣布东北救国义勇军杜尔伯特旗联合保安大队正式成立，由我任保安大队少将司令。小三爷任副司令，授少将军衔。林德夫任参谋长，授上校军衔。第一中队队长佟宝庆授中校军衔，中队副白玉亮授少校军衔，队部驻六家子屯。第二中队队长王克复授中校军衔，中队副范德胜授少校军衔，队部驻杏树岗屯。第三中队队长王玉芳授中校军衔，队副王凯旋授少校军衔，队部驻他拉哈屯。各小队长由中队长自行挑选，上报司令部审批后方可录用。"陈国良每宣布一个任命，受命者便走上前来，向陈国良行军礼，接受任命。由于没有受过正规军事训练，这些人的军礼显得很不规范，但是他们很激动，大多数人在接受任命时，手都有些颤抖。任命仪式结束后，各中队长根据自己的想法，酝酿筛选各小队长人选，并报请司令部批准。

司令部对其人选一律通过，并于下午开会宣布任命，颁发了委任状。小队长的军衔也都很高，分别为上尉、中尉不等，其实这些所谓的委任状只是陈国良和小三爷玩儿的鬼把戏，目的是让这些人死心塌地地为他们卖命，军衔是他们自己胡乱编造的，根本没有国民党政府或军队的认可，甚至连他们所谓的杜尔伯特旗东北义勇军都没有得到正式认可。而这帮无知的家伙竟然信以为真，更把那些一文不值的委任状当作资本炫耀。

完成各项任命之后，小三爷为了提高自己的威信，颁布了保安大队的军令，要求全体人员必须听从指挥，不得擅自行动，打仗时不得退缩或逃跑，否则按军法处置。宣布完军令之后，小三爷又威严地说："咱们从现在起，就是名正言顺的国军了，就要遵守国民政府的法令，严格按照军令行事。你们回去后，要抓紧时间练兵，做好打仗的准备。另外还要联系那些打家劫舍的绺子，力争劝说他们入伙。这些绺子不但人数多，而且枪法好，有了他们的加入，咱们的实力将会更加强大，何愁大业不成。兄弟们，咱们跟着陈特派员好好干，齐心合力剿灭共匪，到那时候咱们就是党国的功臣，党国一定会为咱们爷们儿论功行赏，到时候咱们大家都能混个师长、旅长干干。男子汉大丈夫，要有志向，要干一番轰轰烈烈的大事。即使不能流芳千古，也要遗臭万年，总比庸碌无为，枉度此生强得多。但愿咱们旗开得胜，马到成功，一举剿灭共匪，光宗耀祖，永享富贵。"

虽然小三爷的这番话讲得不伦不类，但赢得了这帮人的欢呼喝彩。

## 第十九章

# 杜泰归一体

　　武衡、胡锡光、程正杰等人带着工作队的同志来到泰康县开展工作。当时泰康县已经有了一个以张革为县长的民主政府。张革这个人的历史背景很复杂,据说早年参加革命,后来由于意志不坚定,脱离了革命队伍。伪满时期当过伪职员,日本投降后,他见共产党势大,又转身投向共产党。由于他对共产党比较了解,便投其所好,假装积极。当时的共产党领导不了解他的历史,见他工作积极,表现突出,也因为当时缺少干部,便任命他为泰康县县长。

　　张革在泰康县工作了两个多月,工作始终没有大的起色,泰康县的状态依然和过去的地方治安维持会时期差不多,张革任用的各区区长只有新发区区长常永禄是新任命的,其他各区区长都是原来的伪保长、伪职员。这些人跟共产党离心离德,表面说一套,背后做一套,不肯真心为共产党工作。因此,整个泰康县的工作陷入停滞不前的状态。

　　中共嫩江省政府了解这一情况,感到很着急,为了督促泰康县的工作,省政府主席于毅夫亲自到泰康县检查和督促工作,并做了一次工作动员报告，希望泰康县政府领导能够加大工作力度，更好地完成泰康县的工作。可是，张革认为泰康县政府没有力量管理各区工作，只能管理泰康街里的工作。泰康县政府的工作经费需要各区向县政府缴纳。虽然各区区长表面答应，但是款项迟迟不到位。张革派人到各区去催缴，区长们用各种借口搪塞，不肯缴纳钱款。由于没有经费，县政府的工作几乎陷入了瘫痪状态。

武衡率领工作队来到泰康县，根据上级的指示，接替了泰康县长的职务，虽然上级对张革的工作不满意，但对他没有放弃，而是秉承惩前毖后，治病救人的原则，任命他为副县长。张革原本是首鼠两端的投机分子，参加革命的目的就是想升官发财，如今自己的县长位置被剥夺，降为副县长，他不思悔改，亦不感谢组织对他的挽救和关爱，反而觉得自己受到了不公正的待遇，心里不平衡，找当初带他到泰康县当县长的高炳龙政委理论。高政委苦口婆心地劝他安心工作，并说共产党革命的目不是为了升官发财，而是为了解放劳苦大众，要他正确对待职务的变化，服从组织的安排。张革对高政委的劝说不但不领情，反而大吵大闹，声称组织不信任他，故意打击他的积极性，并以退出县政府工作相威胁。高政委劝说无效，只好免去张革的副县长职务，让他回林甸县另行安排工作。

武衡和胡锡光等同志接管了泰康县的工作。为了便于开展工作，武衡等人改组了泰康县政府，对原政府的人事进行了必要的调整。首先解散了原来由伪满警察、伪职员组成的公安局，委派刘彩同志接管公安局的工作，其成员只留下彭林一人，其他人员一律被辞退。

县政府为此发布了公告。

县长：武衡

秘书：袁景春

财政科科长：刘子源

教育科科长：王刚臣

公安局局长：武衡（兼）

公安局副局长：刘彩

  武衡任泰康县县长之后，陆续接到群众举报，细数县保安大队吃喝嫖赌，欺压百姓等劣行。武衡深感问题之严重，连夜召开会议，商讨解决办法。

  刘彩首先发言："保安大队的情况我也有所了解，保安大队的问题很严重，当初包旗长领导他们时，这些人忌惮包旗长的威望，还不敢明目张胆地胡作非为。后来包旗长撤回王府，他们便肆无忌惮了。加上张革对他们听之任之，不加以约束，致使这些人变本加厉，形成了今天这种局面。他们成分复杂，有伪满警察，还有地痞流氓。其中有些人思想反动，到处散布反动言论，甚至有人暗中与土匪勾结。他们成天吃喝嫖赌，欺压百姓，在百姓中造成了极坏的影响。百姓们只要一提起保安大队就恨得咬牙切齿。这样的队伍根本指望不上，如果发生了什么事，他们说不定还会帮倒忙。"

  "既然保安大队已经失去了应有的作用，我看不如干脆解散算了，以免影响人民政府的形象。"程正杰建议撤销保安大队。

  "我赞成程正杰同志的意见，这支部队驻扎在县政府院内，一旦生变，咱们一定会吃亏，莫不如撤销了省心。"刘彩表示赞同。

  "我同意撤销保安大队，但要想个稳妥的办法才行，以免激起兵变。"胡锡光点头表示同意。

  "保安大队的问题十分严重，我赞同同志们的意见，立刻着手解决保安大队的问题。不过我的想法与各位稍有不同，我想对保安大队进行改造，而不是撤销。"武衡提出自己的想法。

  "武队长，改造一支劣迹斑斑、思想反动的部队谈何容易。他们冥顽不化，万一在改造期间发生兵变这么办？"程正杰摇着头表示反对。

"我也知道改造这样的队伍不是一件容易的事，但你们想过没有，我们革命的目的就是团结广大的劳苦大众跟着我们一起闹革命。虽然保安大队的人员成分复杂，但是毕竟其中有一部分人是劳苦出身，他们的本质是好的，与那些反动分子有着本质上的区别，更是我们团结的对象。把他们争取和改造过来，就会增加革命的力量，正所谓此消彼长，咱们争取的人越多，敌人就会越少。你们说是不是这个道理？"

"武队长，还是你站得高，看得远。我同意你的想法，既然你想改造保安大队，那一定想好行动方案了吧！有什么奇招妙术，赶紧说出来。"程正杰信服地连连点头。

"奇招妙术谈不上，我的意见是派图布仓同志前去做工作。图布仓曾经担任过保安大队的大队长，对保安大队的情况比较了解，让他先去争取那些出身贫苦，心地纯良的人，把他们引上正确的轨道。图布仓同志，你觉得如何？"

"武队长，我服从组织安排。"图布仓起身表态。

"谢谢你图布仓同志，其他同志还有什么意见？"武衡拍了拍图布仓的肩膀，然后又征询其他人的意见。

"我同意这个方案，但是一定要抓紧时间进行，以防夜长梦多，出现纰漏。"胡锡光补充道。

"我同意。""没意见！"与会的同志纷纷表示同意。

"好，就这么决定了。图布仓同志，我给你三天时间，把能争取的人都尽量争取过来，三天后，咱们开始进行改造行动。另外，你要做好应变准备，以防反动分子狗急跳墙，发生变故。"武衡对图布仓叮嘱道。

图布仓根据武衡的指示，以巡视员的身份来到泰康县保安大队。图布仓先是找到小队长包振山了解情况。包振山出身贫苦，为人正直，对于保安大队的种种劣行非常痛恨，从不和这帮人同流合污。通过包振山的介绍，图布仓发现保安大队的情况比想象的还遭，有三分之二的人都有劣迹，都坚持反动立场，只有三分之一的人向往进步。

图布仓把这一情况向武衡做了汇报，武衡和胡锡光、程正杰等同志再次开会研究解决方案，经过一番探讨，最后决定快刀斩乱麻，对保安大队采取果断措施。

七月天气炎热，气温高达三十多摄氏度。到了夜晚，伴随一股冷风吹来，天气顿时凉爽了许多，被酷暑折磨了一天的人们利用这难得的时机，早早上床休息，进入了甜蜜的梦乡。

然而，驻扎在县政府大院内的保安大队营房，此时依然灯火通明。白天他们为了躲避酷热，躲在屋内睡大觉，直到晚上天气凉爽了，他们才像老鼠一般从床上爬起来，先是派人到饭馆勒索酒菜，然后猜拳行令地吃喝起来。酒足饭饱之后，有些人乘着酒兴开始推牌九耍钱，有些人出去看戏，还有人带着枪溜出去偷鸡摸狗。

直到后半夜，这些外出的人才陆续回来，打着哈欠上床睡觉。就连站岗放哨的人也忘了自己的职责，一个个不管不顾地倒在床上呼呼大睡。直到此时，乌烟瘴气的保安大队才得以安静下来。

然而，床铺上有三十余人没有入睡，他们分散在各个宿舍，和衣躺着，闭目假寐。直到周围响起一片鼾声，他们才睁开眼睛。包振山率先从床上爬起来，蹑手蹑脚地走出房门，拿着手电向远处连续按了三下，远处回了三下。紧接着，包振山打了几声呼哨，随着呼哨声，从床铺上麻利地爬起三十多人，个个屏住呼吸，轻手轻脚地摸到墙角枪械架前，每个人抱着数支枪，悄无声息地走出房门。这时，包振山已经与武衡、图布仓等人会合。图布仓与包振山低声交流了几句，然后将带来的部队和这三十多人分成若干小队，分别向各个宿舍摸去。

那些保安队员兀自呼呼大睡，当他们被人从睡梦中突然叫醒时，尚且不明白发生了什么事，直到看见武衡和图布仓等人以及部队端着枪站在他们面前方才明白过来。他们之中有人想反抗,但见为时已晚,只好乖乖地听候发落。

第二天,武衡和图布仓等人对县保安大队进行了改编,当场遣散了那些有劣迹、思想反动的人。将包振山及三十余名没有劣迹,要求进步的年轻人留在保安大队。有几名被遣散的人找到武衡,主动承认错误,表示愿意痛改前非。武衡亲自与他们谈话,严肃地指出他们以前的错误,并要求他们保证不会再犯。这几个人一再表示今后一定痛改前非,重新做人。武衡见他们态度坚决,真心改过,决定将他们留下。

留下来的这些人在武衡等人的批评教育下,一改往日的做派,不但积极参加各种军事训练,而且踊跃参加政治学习,在行为上严格约束自己,在思想上积极要求进步。通过一段时间的培训,这些人的面貌焕然一新,无论军事素质还是政治素质都有很大提高,逐渐成长为合格的革命战士。

武衡一面积极开展各项工作,一面利用工作间隙,对杜尔伯特及泰康的历史渊源做了详细了解,连夜赶写了一份有关杜泰合并的报告,然后揣着报告,带领警卫员骑马赶赴齐齐哈尔,向中共嫩江省委汇报情况。他的报告引起了省委领导的高度重视,省委书记郭述申亲自面见武衡,详细了解有关杜尔伯特旗的情况。

鉴于此事事关党的民族政策,郭述申特地召集省委会成员,专门研究有关杜泰合并的事项。经过与会人员的慎重思考和协商,中共嫩江省委做出决定,同意武衡提出的有关杜泰合并的请求,并报请西满分局批示。

武衡从省城出来直奔巴彦查干,打算把这一喜讯提前告知色旺多尔济。武衡与警卫员一路马不停蹄,傍晚时分,行至乌乎莫落沙陀,没想到突然从沙丘后面窜出十几名土匪,拦住了去路。警卫员心里一惊,急忙用力勒紧马缰,强行勒停坐骑,快速掏出驳壳枪,对武衡说:"武队长,不好,是土匪。"

武衡也发现了敌情并勒住了马缰,麻利地掏出短枪,快速将子弹上膛，冷静地说："莫慌，这是零散土匪，好对付。"

武衡的话音甫落，只听为首的土匪高声叫道："是共产党工作队，赶紧冲过去把他们抓了。"土匪们一边喊叫着，一边朝他们冲过来。

"队长，怎么办？"警卫员见状，急忙请示武衡。

"土匪人多，咱们不能硬拼，避其锋芒，赶紧后撤。"武衡说完，与警卫员一起调转马头，向后撤退。

"他们一定是当官的，千万别让他们跑了！"为首的土匪高声喊着，命令手下追击。

"队长，他们怎么知道您的身份？"警卫员一边撤退，一边问武衡。

"他们一定是看到你身上背着公文包，就把咱们当成重要人物了。"武衡边撤边向他解释。

"砰砰砰……"土匪见他们后退，一边追赶，一边开枪射击。警卫员担心武衡的安危，故意放慢速度，落在武衡身后，掩护武衡撤退。武衡见土匪开枪，果断开枪还击。警卫员也跟着进行还击。警卫员的枪法很准，随着枪声，有两名土匪应声落马。

土匪们忌惮警卫员的枪法，放缓追击速度，一边四下躲藏，一边打冷枪。

武衡和警卫员趁机加快速度，催马后撤。土匪们见他们停止射击，便又蜂拥追赶。

跑了一阵儿，天色渐渐地暗了下来。土匪再次追赶上来，武衡和警卫员只好再次转身开枪阻击。

土匪们见他们停下来进行反击，便令人四散，想把他们包围起来。土匪们一边四散，一边不停地向他们打冷枪，目的是想消耗他们的弹药。武衡一眼识破了土匪的计谋，果断地对警卫员说："土匪是想包围咱们，咱们不能恋战，要趁他们包围圈没有形成之前赶快冲出去。"

"队长，你先别动，我去把敌人引开。"

"不行,这样太危险,咱们一起走,彼此有个照应。"武衡断然拒绝了警卫员的要求。

"队长,我的职责就是保护你的安全,只要你能安全撤离,即使我牺牲了也无所谓。"警卫员毫无惧色地劝说武衡。

"咱们都是革命同志,生命同样珍贵。我绝不能让你为我冒险。"武衡毅然回绝。

"队长,情况紧急,恕我违背你的命令。"警卫员说完,毅然向土匪冲过去,同时接连开枪。土匪们的注意力被他吸引,纷纷朝他开枪射击。

武衡见土匪的注意力集中在警卫员身上,担心他的安危,举枪向土匪连连射击。

匪首见他们从两个方向开枪,只好带着几个土匪回头向武衡发起攻击。武衡为了减轻警卫员的压力,一边撤退,一边不停地朝敌人开枪。

警卫员本以为武衡在自己的掩护下可以安全突围,没想到武衡竟向敌人开枪,故意吸引敌人的注意力。他担心武衡有危险,只好迂回向武衡靠拢。就在这时,武衡的坐骑发出一声痛苦的嘶鸣,身子摇晃了一下,速度明显慢了下来。

警卫员听到马儿的惨叫声,不由得心里一惊,判断武衡的坐骑一定负伤了,便不顾一切地朝着武衡冲过来。

匪首见武衡的坐骑中弹,高兴地大声喊叫:"这回看你往哪儿跑,给我抓活的。"土匪们一边喊叫,一边向武衡冲过来。武衡虽然知道处境危险,却毫不惊慌,沉着冷静地瞄准冲在最前边的土匪,果断开枪。枪声响起,土匪应声坠马。土匪们见他只有一个人而且坐骑已负伤,便嗷嗷叫着朝他冲过来,打算将他活捉。

在这危急时刻,只见警卫员催动坐骑,风驰电掣般冲到武衡的跟前。武衡一边朝敌人开枪射击,一边低声阻止道:"不要管我,你赶紧走,我掩护你。"

"不行，我不能丢下你。"警卫员说话的工夫，身子已经与武衡平行。他瞅准时机，身子突然倾斜，乘势伸出手臂，抓住武衡的双肩，然后双臂同时用力，将武衡拉到自己的坐骑上。他这几个动作干净利索，一气呵成，还没等土匪们反应过来，已经催动坐骑，快速朝附近的沙丘跑去。

"快放我下来，否则咱们谁都走不成。"武衡不想连累战友。

"队长，你放心，我的骏马不但身体健壮，而且脚程快，驮咱们两个人不成问题。再说现在天已黑了，我又熟悉地形，请相信我，咱们一定能够冲出重围，摆脱土匪的追击。"警卫员一边说，一边回头向敌人射击，同时用马镫猛磕马肚子。那匹马发出一声嘶鸣，载着俩人飞驰而去。

土匪们本以为胜券在握，没想到对方竟然飞马救人后快速逃离。匪首急忙下令开枪射击，全力追赶。一时间，枪声密集，子弹在他们身边、头顶上"嗖嗖"乱飞。警卫员不顾危险，用力催动坐骑疾驰，并不时回头朝土匪射击。警卫员的坐骑是一匹血统纯正的蒙古马，不但速度快，而且有灵性。它一边跑，一边不停地变换方位和路线，躲避敌人的子弹，很快跑进了沙丘。

此时，天色完全黑了下来，土匪们见他们跑进沙丘，害怕遭到伏击，不敢贸然进攻，而是采取试探性进攻，一边观察一边小心翼翼地朝沙丘行进。警卫员则马不停蹄，快速冲出沙丘。警卫员的坐骑确是神骏，虽然驮着两个人，但依然健步如飞，很快脱离了险境。

当土匪们摸进沙丘时，早已不见了他们的踪迹。土匪们心里十分窝火，无奈之下，只好地丢下两名伙伴的尸体，带着伤兵沮丧地离开。

摆脱了土匪之后，他们就近来到敖林西伯，在警卫员的亲戚家住了一宿，第二天早上，警卫员从亲戚家借了一匹马，接着赶路。

上午十点多，他们赶到了王府，警卫认出武衡，没有阻拦。武衡径直来到色旺多尔济的办公室。色旺多尔济急忙起身相迎，并亲自为他斟茶。武衡连连摆手说："包旗长，不劳您动手，我自己来。"一边说话，一边抢过茶壶斟茶。

"武队长,您去省城汇报工作,路上还顺利吧?省委对咱们的工作是否满意?"按说色旺多尔济应该称呼武衡为副旗长,但是他已经习惯了队长这个称呼,所以一直不习惯改口。

"包旗长,省委对咱们的工作非常满意。路上虽然碰到一点儿小麻烦,却挡不住我们。"武衡喝了一口茶,笑着回答。

"遇到什么麻烦了?没啥损失吧?"色旺多尔济关切地询问。

"嘿嘿,损失不大,一匹马。"武衡笑了笑,然后把遭遇土匪的经过简单地讲述了一遍。他神情自若,像是在讲述别人的故事。

色旺多尔济听后,敬佩地说:"武队长,您不愧是久经沙场,遇到如此危险竟如此从容,真是令人佩服!"

"这不算啥大事,咱们不说这些了。包旗长,这次去省委汇报工作,省委对您的工作给予了肯定和表扬,并表示要抽时间来看望您呢!"

"谢谢省委对我工作的肯定,我今后一定继续努力工作,绝不辜负省委的厚望!"

"包旗长,省委除了对您提出了表扬,还让我带回来一个好消息。省委已经同意杜泰合并,不日将下发正式文件,并让我们做好有关杜泰合并的准备,俟准备工作就绪,即可选定日期,施行杜泰合并。"

"啊!太好啦!共产党真是说到做到!从今以后,我一定坚决跟着共产党走,无论遇到什么艰难险阻都不动摇!"色旺多尔济喜出望外地大声说道。杜泰合并始终是色旺多尔济的一块心病,让他无法忘怀,夙夜牵挂。如今共产党帮他实现了这个夙愿,他感到无比惊喜。

经过紧锣密鼓的筹备,成立杜尔伯特旗民主政府的事宜准备就绪。7月末,色旺多尔济带人从王府赶到泰康,参加杜尔伯特旗民族民主联合政府成立大会。

1946年7月30日,色旺多尔济和武衡等人出席各阶层人士参加的筹备会议，色旺多尔济被选为联合政府旗长，武衡为副旗长。联合政府下设秘书室、民教科、财务科、公安局、税务局、保安团等。会上确定了各科室负责人人选。

  秘书长：袁景春

  民教科科长：王刚臣

  财政科科长：刘子源

  公安局局长：刘彩

  税务局局长：李安仁

  保安团团长：程正杰

  保安团副团长：图布仓

  保安团政委：桂文和

  保安团参谋长：刘毅

  联合政府除了任命联合政府的科室人选，同时还将原先的努图克改为区建制，同时任命了各区区长。值得一提的是，色旺多尔济的儿子包维新被选为巴彦查干区政府秘书。这次联合政府的人选除了秘书袁景春，其余都是武衡来到泰康成立县政府时的人员，排除了那些与共产党貌合神离的投机分子，确保了联合政府工作人员的纯洁性。如今的联合政府代表的是广大人民群众的利益。

  为了庆祝杜泰合并，嫩江省主席于毅夫要来参加庆祝大会。色旺多尔济听说于毅夫主席要来，赶紧找到武衡，与他商量相关的接待事宜。

  "我听说于主席要来参加庆祝大会，咱们商量一下该如何接待。"色旺多尔济有些着急地对武衡说。

  武衡却笑着说："不必刻意安排，按正常标准接待就行了。"

  "那怎么可以？省主席亲临庆祝大会，是对咱们的莫大支持，咱们一定要高规格接待才行。"

"于主席生活朴素，从不搞特殊化，如果咱们高规格接待，他一定会不高兴的。"

"怎么会这样？再怎么说，他也是一省之主席，放在过去，那就是封疆大吏，一方诸侯，怎么能如此草率？"

"看来你对于主席还不了解。他1903年出生，五岁开始读私塾，1917年考入天津南开中学，1924年考入燕京大学历史系。他曾参加'五卅运动'并发表悼念文章，对北洋政府进行口诛笔伐。1926年，作为学生代表，带头向执政府情愿，却遭到北洋军阀的镇压，目睹了数名学生无辜惨死。通过与共产党人接触，他的思想发生了变化，积极投身革命洪流当中，成为一名坚定的革命者。他以东北军文职人员身份向组织传递情报。利用与张学铭、张学良的关系，代表组织给张学良写信，劝说张学良与红军一致对外，停止内战。'西安事变'期间，他利用电台与张学良总部保持联系，及时掌握事变的发展动态。抗战期间，他担任共产党领导下的东北救亡总会常委兼宣传部长，在周恩来的领导下开展抗日救亡工作。后来，他引起了国民党特务的怀疑，上了国民党特务的黑名单，便受叶剑英的指示离开重庆，辗转到达香港，在廖承志的领导下继续以东北救亡总会负责人的身份积极开展统战工作。后来，他还担任过新四军情报部副部长和联络部部长。他的出色表现和工作能力受到了陈毅同志的赞赏。抗战胜利后，他遵照命令，赶赴东北开展工作，临行时，陈毅给东北局负责人彭真写了一封亲笔信，着重介绍了于毅夫的情况，并声称他的能力足可担任省主席职务。东北局根据陈毅的提议，任命于毅夫为嫩江省主席。于主席雷厉风行，工作能力强，面对汉奸、特务、土匪相互勾结的复杂局面没有退缩，而是以党派来的干部为骨干，吸收了一些进步人士参加，仅用不到十天的时间就将嫩江省政府的牌子挂了出去。敌人不甘心拱手让出政权，组织了所谓的'光复军'密谋刺杀他。他没有被敌人的嚣张气焰吓倒，迅速组织力量，对暗藏的敌人进行清剿，匪患基本被清除。他的举措，极大地鼓舞了人民群众的斗志，打击了敌人的嚣张气焰，巩固了新生的革命政权。"

"我原以为于主席是个文人，没想到竟是一位文武全才！"

"于主席不光工作能力强，而且心胸宽广，平易近人，生活简朴，从来不讲排场，见面你就知道了。"

"共产党的高级干部都如此廉洁奉公，难怪你们如此深得民心，真是令人佩服！"色旺多尔济由衷地赞叹道。

傍晚时分，于毅夫带着秘书和几名警卫来到了杜尔伯特旗政府。色旺多尔济与武衡等人急忙迎上前去，只见一位身材瘦高，长相清秀，戴着一副近视眼镜，带有几分书生气，身穿一套灰布军服，举止稳健，面带笑容，四旬左右的中年人径直朝他走了过来，笑着与他握手："包旗长，您好！我是于毅夫，很高兴见到您。"

"于主席您好！欢迎您在百忙之中莅临我旗检查、指导工作。"于毅夫的举动让色旺多尔颇感意外，心里觉得暖乎乎的。色旺多尔济心里感到疑惑，他们从未谋面，自己是从报纸上看到于主席的照片的，可他并不认识自己啊，为什么一眼就能断定自己的身份呢？其实这并不奇怪，于毅夫之所以能一眼从人堆中认出色旺多尔济，是因为武衡等人都熟悉，唯独不认识色旺多尔济，此时见那人站在众人前边，便立刻猜出了身份。

这时，武衡等人纷纷上前与于毅夫握手问候。于毅夫一边与他们握手，一边笑着说道："同志们辛苦了！由于你们通力合作，杜尔伯特的各项工作得以蓬勃开展，形势喜人。我代表省委向你们表示祝贺！"

"谢谢于主席鼓励，我们一定再接再厉，争取更大的成绩。"武衡谦虚地回答。

"你们的各项工作都很出色，特别是儿童团的工作尤为突出！"

胡锡光好奇地问道："于主席，您怎么了解儿童团的事情？"

于毅夫故意绷着脸说:"毛主席说:'没有调查,就没有发言权。'我的话是有事实依据的。我亲身经历了儿童团的盘查,并且被押送到了区政府。"

"怎么会这样?于主席对不起!他们怎能好赖人不分呢?"胡锡光愧疚地道歉。

于毅夫摆了摆手,笑着说:"怨不得他们,是我有意为之,哈哈……"

"啊?到底咋回事?"在场的人一头雾水。

这时,于毅夫的秘书笑着解释说:"我们在来的路上,途径新发区克尔台屯村口,遇到四名手持红缨枪的儿童团员查路条。于主席想检验一下他们,故意说不知路条是啥东西,求他们放行。代岗的小队长说没有路条不能通过,并要我们跟着去区政府进行盘查。于主席故意求他们放我们过去,并保证下次一定带路条。儿童团越发怀疑我们的身份,态度十分坚决,说:'不行,我们有纪律,凡是没有路条的一律不许放走,跟我们到区政府接受检查。'然后就押着我们去了区政府。恰好祝志坚同志在院内,他一眼就认出了于主席,便大声问道:'哎呀!于主席什么时候来的,怎么没有事先通知我们呢?'并对儿童团员说:'这是我们嫩江省于毅夫主席。'儿童团员忙说:'他们没有路条,就送到区政府来了。'于主席高兴地说:'我这次本来带了路条,想看看你们儿童团查路条、抓坏人的工作做得咋样,就故意没有拿出来。你们的责任心很强,你们的精神值得大家学习,要再接再厉!'这就是事情的经过。"

"噢,原来如此!"众人恍然大悟,跟着于毅夫一起笑了起来。

杜尔伯特旗民族民主联合政府成立大会于8月2日上午九时三十分在泰康街中心广场举行,参加会议的有各界代表、宗教人士以及多达一万人的广大人民群众。他们自发地组织了秧歌队庆祝,部队的战士组织了腰鼓队一同庆祝。会场上红旗招展,鼓乐喧天,气氛十分热烈。

色旺多尔济及武衡、胡锡光、程正杰等人陪同嫩江省政府主席于毅夫等领导走上临时搭建的主席台，全场再次响起热烈的掌声。

会议由胡锡光主持。他首先请于毅夫主席宣布杜尔伯特旗民族民主联合政府成立，于毅夫神采奕奕地走到台中央，用手习惯性地往上推了推眼镜，环视了一眼台下的群众，然后语气激昂地大声宣布："我代表中共嫩江省委、嫩江省政府，宣布杜尔伯特旗民族民主联合政府成立！"会场上顿时响起了震耳欲聋的鞭炮声、此起彼伏的锣鼓声和欢呼声。

鞭炮声和欢呼声停歇之后，于毅夫继续高声说道："杜尔伯特旗民族民主联合政府成立，是一件可喜可贺的大事。众所周知，泰康县原来就是杜尔伯特旗的一部分，几百年来一直是杜尔伯特旗的牧场，民国后被人为地划分出去。为了顺应民意，经省委省政府研究决定并报请上级批准，决定撤销泰康县，实行杜泰合并，把从杜尔伯特旗划分出来的原属于泰康县的区域，全部划归杜尔伯特旗。这一决定，不但顺应了民意，也充分体现了党的民族政策，体现了共产党对少数民族的关心和爱护。希望杜尔伯特旗民族民主联合政府在色旺多尔济及武衡等同志的领导下，成为人民相信和满意的政府。杜尔伯特旗各族人民的生活一定会更加幸福美好。让我们共同携手，打造杜尔伯特幸福美好的明天。希望各族人民群众团结在共产党周围，坚决打击地主恶霸，实行人民民主专政，共同建立没有剥削、没有压迫、人人平等的新中国！"

于毅夫讲完话，胡锡光接着说道："下面有请杜尔伯特旗民族民主联合政府旗长色旺多尔济讲话。"会场再次响起一阵热烈的掌声。色旺多尔济今天特意穿了一套崭新的蓝色中山装，上衣口袋里别着一支钢笔，脚上穿着一双黑色皮鞋，梳着分头。他的这身打扮，显得格外精神。他神情激动地走到台前，深情地注视着台下黑压压的人群，然后微微颤抖地大声说道："尊敬的于主席，尊敬的各位来宾，亲爱的父老乡亲们，大家好！今天，我怀着无比激动的心情，参加杜尔伯特旗民族民主联合政府成立大会。此时此刻,我心潮澎湃,难以平静,抚今追昔,更是感慨万千!杜尔伯特这片美丽富饶的土地,是我们可爱的家园。数百年前,我们的祖先来到这个水草丰美的地方安营驻牧,繁衍生息,如今枝繁叶茂,子孙众多。鄙人生逢乱世,忝为世袭扎萨克,却无法履行保境安民之责,就连祖先基业亦难保全。我痛恨自己为一己之私沦为倭寇之傀儡,虽非所愿,却遗污垢,愧对国家和祖先!此乃平生憾事,噬脐莫及!感谢伟大的中国共产党,宽大为怀,不计前嫌,遵守承诺,促成杜泰合并,使杜尔伯特失地复还,了却了我的毕生夙愿。作为民主联合政府的旗长,我深感责任重大,况且才疏学浅,恐难担此大任,今后唯有夙夜勤勉,恪尽职守,鞠躬尽瘁,死而后已。

"时代在前进,为了跟上时代前进的步伐,今后我一定加强政治学习,进一步了解共产党的主张,更好地与共产党合作,力争做一名人民满意、组织放心的合格旗长,竭尽全力带领全旗各族人民,坚定不移地跟着共产党走,不管遇到任何困难,誓死不悔!"

色旺多尔济的讲话,赢得了与会人员经久不息的掌声。

接下来,武衡以工作队队长及联合政府副旗长的身份发表讲话:"同志们,朋友们,各位父老乡亲,今天是个特殊的日子,杜尔伯特旗各族人民盼望已久的杜泰合并完成了,杜尔伯特旗民族民主联合政府终于成立了。在这喜庆的时刻,我代表共产党工作队向自治联合政府表示衷心的祝贺,作为工作队队长兼联合政府副旗长的双重身份,特向色旺多尔济旗长表示由衷的敬意!色旺多尔济旗长是位开明的进步人士,在抗战胜利后,为了保证百姓的正常生活,主动成立了地方自治维持会,维护社会治安,并成立了治安大队,配合苏联红军一起剿匪,取得了显著的成效,有效地打击了土匪的嚣张气焰。色旺多尔济思想进步,主动接纳共产党工作队,积极支持和配合工作队的工作,主动改组自治政府,吸收共产党人参加自治政府工作。他的所作所为充分体现了伟大的爱国情怀。他识大体、顾大局,维护民族团结,体恤百姓疾苦,是我们共产党人最忠实的朋友,也是最好的合作伙伴,更是志同道合的革命同志。我相信在色旺多尔济的领导下,在广大人民群众的支持下,杜尔伯特旗民族民主联合政府将会在今后的土改、支前等各项斗争中取得更大成绩,做出更大的贡献!"

随后,各界代表发上台言。大会持续了两个多小时,最后在一片欢呼中结束。

晚上,联合政府举行了庆祝晚会。晚会现场燃起了篝火,各族人民穿着艳丽的民族服装,与各级领导及部队战士们围着篝火载歌载舞,共同庆祝。色旺多尔济受到感染,不顾身体疲劳,欣然接收邀请,跳起了欢快的舞蹈。身着漂亮蒙古族服装的姑娘动情地唱起了杜尔伯特民歌《阿拉坦托雅》。

金色光芒充满宇宙,世界多宽广
高高的多克多尔山,春风多清爽
清波流过的嫩江上月影荡漾
青山绿水,树木苍翠,令人心开朗
让我们踏着黎明的曙光步入前进的路上

绿色的世界,林木苍郁,绿叶更清香
伴着潺潺流水的声音百鸟自由歌唱
高高的山峰,朗朗月光交相辉映
牛群马群悠然地徜徉,令人心欢畅
让我们踏着黎明的曙光步入前进的路上

耸立的山峰,宽广的草原相托相洪亮
视野里呈现的全是美景,令人神怡心旷

高高的山峰，清清的河水交相辉映

家乡的山水秀美如画呀人心欢畅

让我们踏着黎明的曙光步入前进的路上

蒙古族姑娘甜美的歌声在夜空中回荡。著名蒙古族说唱艺人少文析勒拉着四弦琴唱起了好来宝。著名的蒙古族歌手乌力吉拉起马头琴，唱起了蒙古长调。蒙古族年轻小伙子们，在马头琴的伴奏下，跳起了雄壮的膺舞。悠扬的马头琴声在夜幕中回荡，使人仿佛置身于辽阔无边的大草原，充满了无限遐想。

晚会一直持续到午夜，人们才怀着恋恋不舍的心情离开了会场。

联合政府成立之后，本就体弱多病的色旺多尔济因筹备成立自治联合政府的事情而过度操劳，导致旧病复发。为了安心养病，色旺多尔济决定返回王府。

色旺多尔济把相关工作托付给武衡等人负责。临行前，武衡等人前来为他送行，安慰他安心养病。

此时，旗大队已经奉命调到多耐站驻防，负责王府安全的只有蒋排长带领的二十余名战士，兵力薄弱。武衡担心色旺多尔济和王府的安全，打算从旗大队调回一个小队，与蒋排长一同负责王府的警戒任务。

色旺多尔济坚决不同意，自信地说："目前形势复杂，咱们的兵力有限，不能为我而牵扯过多兵力。你放心，不是我说大话，即使他们想谋反，也不敢把我怎么样，我毕竟是受过册封的王爷，更是他们的旗长。"

"包旗长，虽说您享有很高的威望，但不能掉以轻心。你和王府的安全至关重要，千万不能出差错。"

"你就放心吧，我心里有数。即使有人敢找我的麻烦，我也有应对的办法。再说还有蒋排长和二十多名战士保护我呢，保证不会有问题。"

"包旗长，您的身份特殊，一定要多保重，千万不能麻痹大意，一旦遇到紧急情况，千万不能硬拼，要想办法保全自己。"

"好，我记住了，武队长，你也多保重！"色旺多尔济动情地与武衡握手话别，彼此互道珍重。

联合政府成立之后，武衡随即派工作队的同志到各区工作，宣传党的主张，发动广大群众起来与地主老财斗争，建立农会等群众组织。经过武衡、胡锡光、程正杰等人开会研究，决定各区工作由专人负责。各区的工作在工作队的领导下，开展得十分顺利，各村屯都成立了农会，并在丰北区的五面井搞土改试点，为全面实行土改工作积累了经验。

工作队派出去之后，武衡接到了情报，说国民党特派员已经潜入杜尔伯特，打算策动地主恶霸密谋拉队伍叛乱，要他做好应对准备。武衡深感事态严重，一边调集部队做好平叛工作，一边下发通知，告诫工作队的同志提高警惕，同时要求他们密切注意所辖区域内反动分子的动向，发现异常情况，立即上报。

这天，武衡正与胡锡光等人商量工作，秘书袁景春走了进来。他来到武衡的身边，低声说："刘金铭同志从他拉哈区回来了，有事要汇报。"

"他在哪里，快把他请来。"袁景春答应着走出门。工夫不长，门外传来了洪亮的"报告"声，随着武衡"进来"的声音，刘金铭推门进来。

"小刘，快坐下歇歇，来，喝杯水。"刘金铭以前曾当过武衡的通信员，接过武衡递来的茶杯，喝了一口，然后说道："武队长，我得到一条重要情报，所以赶来向你汇报。"

"什么重要情报？"

"我前几天得到一个消息，他拉哈区的地主林德夫过生日，有三十多名地主前来为他祝寿，其中有小三爷以及王克复等有头有脸的人物，而且他们在那里一连待了两天。一般祝寿都是当天来当天回去，即使有人住下不走，也是亲属，没有全都留住的习惯。这一情况让我觉得反常，我秘密派人到林德夫所住的屯子侦察情况，通过多方调查了解，听当地老百姓说他们假借祝寿之名，在秘密谋划成立所谓的东北救国义勇军杜尔伯特旗联合保安大队，据说还有国民党派来的特派员亲自主持。由于他们戒备森严，闲杂人员不得靠近他们的宴会客厅，所以我们无法了解到详细情况。"

武衡听了刘金铭的汇报，深感事态严重，神情凝重地说："小刘，你的情报很重要，正好与上级提供的情报吻合。你回去后一定要密切关注他们的动向，一旦发现异常，立刻汇报。目前形势非常严峻，咱们必须高度重视，我建议立刻召开会议，商量对策。"

"我同意你的意见，马上通知有关人员开会。"胡锡光点头。

程正杰、刘彩、图布仓及工作队派往各区的负责人接到通知，第一时间赶回来参加会议。从好尔陶区回来的汪一都向武衡反映了一个反常的情况："前两天，好尔陶区的区长德木尔乐带着区队的包景发、周海山去杏树岗催军鞋、干菜等军需物品时，看到杏树岗四周正在修筑堑壕和工事。本来他们可以走大门进入寨子里，可是大门口站岗的庄丁叫他们三人在寨子外边下马，在堑壕上搭上跳板徒步进寨子。三人无奈只好徒步走跳板进寨子，他们发现寨子周围都有宽一丈、深一丈的堑壕，寨子的四角都在修筑炮台。而且，寨子里有很多荷枪实弹的庄丁。他们三人见到王克复，向他说明收募军需的来意，王克复却以各种借口搪塞，拖延不办。德木尔乐故意问他为什么大修防御工事，王克复说是为了防范土匪。虽说现在还有土匪，但是他们的寨子原本就很坚固，没必要如此大兴土木，修筑堑壕和防御工事。我觉得这种迹象很反常，不知道他们到底想干什么。"

汪一都的报告再次证实有关叛乱的消息。武衡在会上首先向与会人员讲了有关地主聚会和修筑堑壕的情况，要求工作队的同志们提高警惕，密切注意他们的情况，同时征询与会者的意见和应对办法。

程正杰抢先发言："根据目前的形势，我们要防患于未然，我建议立刻调集部队，到他拉哈一带布防，一旦发生叛乱，就地予以歼灭。"

"程正杰同志的想法很好,可是我们现在所能调集的兵力有限,如今咱们只有高政委所率领的一个连,另外就是咱们的旗大队,加起来也就二百多人。这些人维护治安绰绰有余,用于剿匪却显得兵力不足。我看应该向上级请求部队增援,以免到时候措手不及。"胡锡光接过程正杰的话,补充道。

"我知道咱们兵力有限,但不能坐等援兵,要发动群众,动员一切可以团结的力量,严密监视他们的动向,做好应急准备,以防叛匪偷袭。"武衡说完,根据目前的情况,做了具体部署。同时,他向上级请求增派部队,以免遭受重大损失。

第二十章

# 要杀先杀我

话说小三爷等人在陈国良的蛊惑下,秘密成立了东北义勇救国军杜尔伯特旗联合保安大队。为了扩充实力,他以保卫家乡的名义开始招兵买马。要说小三爷在当地也算是个人物,不但家大业大,而且广交朋友,无论是达官贵人,还是江湖豪杰,他都愿意结交。要是搁在从前,无论什么事情,只要他出面说话,对方都会给他面子。如今却大不相同,因为共产党的土改政策深得民心,老百姓得到了实惠,不愿意跟共产党作对,更没有人愿意跟着他去叛乱。几天下来,响应者寥寥无几。

小三爷眼见招兵不成,只得采取拉拢绺子入伙的办法扩充自己的实力。他首先想到了当地一股最大的绺子李海青。李海青拉杆子已经二十多年了,手下有三百多人。

说起这个李海青也是大有来头。他原本是老实厚道的本分人,父亲给他留下一百多亩良田,又在农安城开了一家当铺,家境殷实。家中母亲健在,妻子漂亮贤惠,一双儿女聪明伶俐,一家老小其乐融融,生活无忧。没想到天有不测风云,当地的一个保安队长无意中看到了他的媳妇,垂涎她的美色，便想霸占。为了达到目的，保安队长想出一条毒计，诬陷李海青勾结土匪，把他抓进了大牢，然后强行奸污了他的媳妇。他的媳妇忍辱负重，向保安队长提出只要放了李海青，就愿意嫁给他。保安队长信以为真，当即同意释放李海青。妻子强装笑颜，将李海青从监狱中接回，留下一封信，然后跳河自尽。

李海青从信中得知其中原委，悲愤万分，前去找保安队长报仇。由于保安队长早有防备，加上李海青心慌，只是刺伤了保安队长。保安队长一怒之下，带人赶到他的家中，残忍地杀害了他的老母和儿女。李海青闻此噩耗，肝肠寸断，痛不欲生！他上天无路，入地无门，无奈之下，狠心落草当了胡子。

李海青自从拉杆子起事之后，专门和官府衙门及作恶多端的地主老财作对，从不欺负良善百姓。每当遇到灾年，他便打下官府粮仓开仓赈济灾民。"九一八"事变之后，李海青毅然率领手下的弟兄参加了东北抗联打日本鬼子。1932年9月，李海青带领队伍取道泰康设治局和杜尔伯特旗北上，进攻日军占领的昂昂溪和齐齐哈尔。在小蒿子以南与伪满军队冯广友部遭遇，双方进行了一场激战，李海青寡不敌众，下令撤出战斗。次日，再次于小蒿子附近遭遇，当时冯部有三千余人，李海青只有一千余人，实力相差悬殊。李海青为了保存实力，只好再次撤离战场，向西绕行继续北上。10月初，他们再次与日军中山支队展开激战，由于地形不利，身处湖沼地带，损失很大，双方激战一昼夜，李海青率残部突围，向南撤退。他们沿途对伪满的警察所和日本人的守卫队发动袭击，取得了胜利。后来由于形势变化，抗日力量逐渐减弱，李海青又重新当了胡子。

有一次，李海青被官兵追剿，队伍被打散，身边只剩几名亲信，为了躲避危险，李海青慕名投奔了小三爷。小三爷早就听过李海青的大名，有心与他结交，故此二话没说，将他们留在家中避险，并盛情款待。李海青躲过灾难，对小三爷感恩戴德，每逢年节必登门拜谢，并带有大量的金银财宝，交情非同一般。

小三爷为了扩充实力，首先就想到了李海青。得知李海青绺子正在江湾一带活动，小三爷决定亲自出马，前去劝说李海青入伙。因为李海青不但与他有交情，而且人数多，影响力大，在老百姓当中口碑好，如果成功劝说李海青加入救国义勇军，那么其他绺子就会跟着效仿。

小三爷带着几名侍卫骑马疾行了三个多小时，赶到李海青绺子的驻地。他们在屯口被"瞭水"发现。两名"瞭水"躲在几十步远的树后边，端枪对准小三爷，厉声喝道："你们是哪个山头的，报个蔓儿上来？"

小三爷听到"瞭水"和他讲黑话，便勒住马缰绳，笑着对自己的侍卫说道："他们这是把咱爷们儿当成里码人（同行），跟咱们盘道来啦。"然后又高声回道："瞭水的兄弟，我们不是里码人，春点半开（行话半通不通），但我和你们大当家是熟脉人（同伙，自己人），劳烦你们给大当家的放笼（报信），就说小三爷前来碰码。"

两个人听说过小三爷的名号，因此不再用行话与他盘道，而是高声回道："原来是三爷驾到，难怪这么门儿清。您稍等，我这就去放笼。"

工夫不大，只见李海青带着二当家以及炮头、粮台、水香、翻垛等人，从屯子里迎了出来。小三爷急忙从马上跳下来，快步迎了上去。

李海青紧走几步，来到小三爷跟前，抱拳行礼道："我说今天早上起来咋听到喜鹊在头上不停地叫，原来是三爷驾到！"

"海青兄弟，多日不见，为兄十分想念，你与兄弟们可好！"小三爷也抱拳作揖，向李海青等人问候。

"托三爷的福，兄弟们都好。"李海青一边与小三爷叙旧，一边对身边的炮头及粮台等人说道："你们都过来拜见三爷。这位就是我常跟你们提起的小三爷。他可是一位了不起的人物，为人讲义气，重感情，对朋友肝胆相照，仗义疏财，真可谓两肋插刀，义薄云天！"

几位炮头和粮台赶紧过来鞠躬行礼："在下拜见三爷！"

"各位兄弟免礼,海青兄弟高抬我了,我没有他说的那么好。"小三爷谦虚地抱拳回礼。

"三爷,你的大名谁人不知,谁人不晓?您就别自谦啦!您是贵客临门,赶紧到窑内叙谈。"

李海青亲热地拉着小三爷的手,朝屯中一座高宅大院走。他一边走,一边对粮台等人说道:"你们麻溜去叫手下的崽子们把跷脚子(鸡)、顶水儿(鱼)、扁嘴子(鸭)、长脖(鹅)搬了,再搬几只山头子(羊)。三爷滑了一晌午线(赶路),漂五腹子(肚子饿了)。把浆子(酒)烫好,把漂洋子(饺子)、翻张子(烙饼)、挑龙(面条)备足,再多整点儿分江子(猪肉)、干枝子(粉条),让崽子们也一起乐和乐和。"

粮台和炮手按照他的吩咐,先行快步离去。李海青亲热地拉着小三爷的手,来到了院内的上房。李海青指着火炕对小三爷说:"三爷,你台上拐着软富(喝茶),啃草卷(抽烟)还是啃海草(大烟)?"

"我还是抽烟吧,大烟轻易沾不得。"小三爷笑着接过李海青递过来的长烟袋。李海青划火给他点上。就在这时,一位身材高挑,面皮白净,瘦削脸,细眉毛,单眼皮,直鼻梁,薄嘴唇,长相英俊的年轻人推门走了进来。李海青抬头见到年轻人,便笑着问道:"永清,你有啥事?"

"我……我……我也没啥大事,就是想问问你,到底让我干啥差事?"年轻人不管不顾地说。

"你这个孩子,真是死心眼!我今天有贵客,你先出去吧,等我有时间再跟你细聊。"

"我不走,你今天得跟我把话说明白,到底打算给我什么差事,实在不行我就投奔别的绺子。我就不信,天下这么大,没有我王永清的立足之地!"年轻人倔强地嘟着嘴,执意不肯离开。

李海青不愠不火地笑着说:"你这个孩子,怎么这么拧呢?"小三爷觉得李海青的表现有些反常,在绺子里,大当家的有着至高无上的权力,说出的话就是"圣旨",掌握着绺子里每个人的生杀大权,无人敢反驳,别说一般的人,就是他最信任的炮头、粮台也不敢忤逆他的意见。但今天李海青显然没有生气。

"不是我拧,是你瞧不起我,人家都说是亲三分向,是火就热炕。你可倒好,不但不向着我,还不把我当回事,我都来了二十多天了,你只给了我一匹鼻屎马和一杆没人要的老套筒,对我带搭不理的,还不如对外人好呢!"那个年轻人似乎满腹怨气。

"永清,你这个孩子咋这么不懂事?我为什么给你一匹鼻屎马和一杆老套筒?我是不想让你跟着我干!你不知道现在风声有多紧,以前无论是张大帅还是小日本,整天喊着剿匪,却是雷声大雨点小,不动真格的。共产党不一样,他们来真的,一门心思剿匪,加上穷棒子帮忙,打得我没地儿躲没地儿逃的。好在杜尔伯特这地方还没土改,咱们还能躲避一时,一旦土改了,咱们就只能继续逃亡了。我现在都有拔香头散伙的想法了,可是这些弟兄跟随我多年,我怎么忍心丢下他们不管?我现在是两手捧刺猬——丢不得,舍不得。你这时候入伙,不是时候,我劝你赶紧回去,另谋出路吧。"

"现在共产党领着穷人闹土改,把我的家业都分光了,回去也没有活路。我就是想不明白,你说共产党凭什么帮助那些不务正业、不好好过日子的人分我们的家业。我们的家业又不是大风刮来的,是我们父子辛辛苦苦,贪黑起早,省吃俭用积攒起来的,他们说分就分了。当年我爷爷领着我爹'闯关东',靠给人家当劳计养活全家,省吃俭用,用积攒的钱盖房子、买地,置下了这份家业,却被共产党一夜之间给分了。我实在咽不下这口气!我想好了,铁了心跟着你干,不管将来是生是死,我认命了。"

"既然你这么想,我心里有数了,你先回去听信儿吧,我一定给你一个满意的说法。"

"好吧,那我就不打扰你们了,我先回去等信儿。你可不能拖我啊!"年轻人不好意思地冲着李海青和小三爷笑了笑,掀门帘离去。

"兄弟,这是什么人,敢跟大当家的这么说话?"小三爷好奇地问。

"嘿嘿,让三爷见笑了,这个孩子是我表姐夫王贵的孩子。说起我这个表姐夫,在农安县也是赫赫有名,人送外号'王七爷',在当地算得上呼风唤雨的头面人物。他乐善好施,每当遇到为难招灾之人,总是掏钱送物相助。他为人仗义,广交朋友,三教九流,五行八作,干什么营生的都有。王永清是他的二儿子,从小就喜欢舞枪弄棒,以前就想投奔我,因他父亲不同意,我不能私自收留他。如今他们那里闹土改,家产被分了,表姐夫带着全家逃到外地躲避,他却死活不肯跟着,非要找我入伙。三爷,你看现在的局势,我自身难保,只能过一天算一天,这个时候拉他入伙,岂不是坑了他。我不同意,他却赖着不走,无奈之下,我只好故意冷着他,想让他知难而退。没想到这个孩子死心眼,死活不肯离开,三天两头找我闹。我看在亲戚的面子上不跟他计较,若是换了别人,我不揍了他才怪呢!"李海青自嘲地跟小三爷解释道。

"哦,原来是这么回事!不过话说回来,这个孩子说的也有道理,好端端的家业一夜之间被分个精光,这事儿搁在谁身上谁都想不开。"

"可不是咋的,这个世道变得让人难以理解,几千年流传下来的老规矩不管用了,一切都乱了套了!三爷,你们这些蒙古王公、台吉的日子还算好过吧?"

"兄弟,一言难尽啊。现在共产党在帮助穷人闹土改,你说我的日子能好过吗?"小三爷苦着脸向李海青诉苦。

"三爷说得是,共产党就是帮助穷人说话,只是,你们蒙古王公难道也在被斗之列吗?"

"暂时还没有,不过看这趋势,挨斗被分是早晚的事,共产党不会放过我们这些有钱人的。"小三爷边说边摇头。

"唉,共产党一来,一切都乱了套。不过我估计你们应该没什么事,你们的王爷现在不是当了共产党的旗长吗？要论家产数他最多，而且他还当当过伪满的旗长呢，罪名也最大，只要他没事，你们这些蒙古王公、台吉们肯定也没事。"

"兄弟，话不能这么说，如今改朝换代了，共产党不得意有钱人，而是稀罕穷人。我看共产党是在利用他，利用他的声望统治蒙古族子民，他还糊里糊涂地甘愿给共产党当枪使。别看他今天高兴，就怕他将来哭都找不到调门。"

"你的担心也有道理，自从共产党来了之后，咱们的日子越来越不好过了，不瞒你说，我们绺子现在更难，整天被共产党的军队追得东躲西藏。我现在连死的心都有了，只是放不下这些跟随我多年的兄弟，如今只能走一步看一步了。三爷，你是个有谋略的人，帮我指一条明路？"

"兄弟，明路倒是有一条，就看你愿不愿意走。"

"三爷，你我是过命的兄弟，只要你有明路，我一定跟着走！"

"难得你这么相信我，我告诉你一个好消息，我已经投奔国民党了，自己拉队伍与共产党对着干。"

"投奔了国民党？这事儿靠谱吗？"

"兄弟，你放心，绝对靠谱！现在国民党的特派员就住在我家。我们已经和林德夫、王克复等兄弟成立了东北义勇军杜尔伯特旗联合保安大队，我现在是保安大队的少将副司令，你看，这是我的委任状。"小三爷一边说，一边从口袋里掏出委任状，交到李海青的手上。

李海青曾读过两年私塾，粗通文墨。他接过委任状，眯着眼睛冲着阳光仔细端详了一番，然后说道："这是真的，不光白纸黑字写得明白，而且盖有政府的大印，怎能有假！"

"兄弟，这回你相信了吧？咱们是生死弟兄，有好事我岂能不想到你！实不相瞒，我这次来就是劝说你入伙的。虽然你们这一行吃香喝辣的，自由自在，但是名声不好听，不是长久之计。再说，共产党也不会放过你们。莫不如入伙参加国军，人家国民党是正统，代表国家和政府，跟国民党走指定有前途。"

"三爷，你真是我的贵人，自从跟你相识，我就一直受您的福荫庇护，每次遇到危难，只要遇到您，我就会逢凶化吉，遇难呈祥！三爷，我愿意跟您一起投奔国民党，为兄弟们找条出路。可我还得和手下的四梁八柱们商量一下，毕竟改换门庭不是小事。"

"没问题，我等你们的商量结果，不过要快，以免耽误大事。"

"三爷您放心，我的这些弟兄们听我的话，只要我拿准主意，他们一般不会反对，但事关各自的前途和命运，我不好替他们做主。"

就在李海青陪着小三爷说话聊天的工夫，手下的人已经将酒肉备齐，端了上来。李海青下令绺子里的炮头、粮台、水香、翻垛以及所有管事的人都来作陪，王永清也在其中。

酒桌上李海青及手下的四梁八柱轮番向小三爷敬酒。小三爷来者不拒，放开酒量与他们豪饮。酒至半酣，李海青站起身来，举着酒碗说道："酒过三巡，菜过五味，趁大家伙儿都明白，我有件事情要与众弟兄商量。你们都知道我和包三爷是过命的朋友，但你们不知道他现在的身份。我告诉你们，如今包三爷是党国的少将副司令！三爷，麻烦您把委任状拿出来让兄弟们开开眼。"小三爷从口袋里掏出委任状，递给了李海青。李海青转手交给坐在身旁的翻垛，说道："你知书识字，给兄弟们宣读一下。"翻垛起身接过委任状，从上衣口袋里掏出一副老花镜，戴着仔细看了一遍，然后高声念道："委任状，中华民国政府军政部东北行辕公署，兹任命包静斋为东北义勇军杜尔伯特旗联合保安大队少将副司令，特颁此状，中华民国东北行辕主任陈诚。中华民国三十五年七月二十二日。"

翻垛读完，李海青从他手里拿过委任状，递给身边的兄弟们："你们都开开眼，这可是国民政府颁发的委任状。"众人好奇地接过委任状，仔细看着。尽管他们当中大多数人不识字，但都装模作样地端详一番，连声夸奖。众人看了一圈，然后还给小三爷。李海青得意扬扬地说："兄弟们，我没骗你们吧？这可是货真价实的凭证，有了它，咱们就不必担心共产党的追杀，就有了盼头和前途。兄弟们，怎么样，你们是否愿意跟我一起跟国民党靠窑？"

"我们听大当家的。大当家怎么说，我们就怎么做，绝无二话！"众人异口同声地回答。

"好，就这么定了！弟兄们，咱们以后就是正儿八经的国军了，你们好好干，到时候弄个师长、旅长的干干，光宗耀祖，也不枉此一生。"

"兄弟，好样的，我没看错你，我决不会亏待你和弟兄们。既然咱们是国军，就应该按国军的规定办。你们有三百多人，足够一个大队的编制，你们就编成一个独立大队，按团级待遇，你就是独立大队上校大队长，至于其他各级人员的人选，你赶紧让人报上来，我回去按名单颁发委任状。"小三爷见事情办得如此顺利，心里非常高兴，当即下达了编制和任命。他知道陈国良手里有一沓子空白委任状，回去把名字填上的行了，反正都是空头支票，只要现在哄得他们高兴就行，至于将来能否真的兑现，就管不了那么许多了。

"三爷，我信得过你，就按你说的办。"李海青满口答应。

这时，王永清站了起来，向李海青问道："大当家的，你原来说跟着绺子没出路，现在既然跟国民党靠窑，算是有出路了吧？既然有了出路，你看我的事情咋办？"

"永清，咱们是亲戚，我岂能亏待你。如今跟了国民党，变成了正规的国军，确实有了出路和奔头。既然你不想走，那就留下来跟我干吧，明天我让人把你的鼻屎马和老套筒换成快马和二十响匣子枪。这样你总该满意了吧？"李海青对王永清说道。

"谢谢大当家的收留我，不过我想知道，你打算给我安排什么差事？"王永清继续问。

## 第二十章·要杀先杀我

"嗨,你怎么这么多事,现在四梁八柱都有人担着,我怎么好把别人换掉。再说你以前只是吃溜达(在绺子里暂住),今天才算正式靠窑,排号(不出名)不响,崽子们也不会服你。我看你就别要差事啦,干脆跟我当把式(身边警卫)得了。"

"我不干,给你当把式有啥意思。"王永清固执地摇着头。

"我这么安排自有道理,你别耍小孩子脾气。"李海青如此安排是想把王永清留在自己身边,借此保护他的安全。

坐在一旁的小三爷看着倔强的王永清,觉得很有趣,笑着说:"这孩子挺有意思,其实当把式没什么不好的,既不用冲锋陷阵,又不必为琐事烦忧,是个好差事。你不要辜负大当家的一番美意。"

没想到王永清固执地说:"我知道大当家是为了我着想,怕我有危险,这份情我领了,但这不是我的本意。当初投奔绺子时,我就想当炮头,想干一番轰轰烈烈的大事。大当家的,你就成全我吧。"

王永清的话让李海青颇感为难,他不想让自己的亲戚干危险的差事,可又不能当着众人明说。就在他思考该如何劝说王永清时,小三爷用赞赏的语气说道:"好样的,时势造英雄,像你这样识时务的英雄豪杰,理应得到重用。大当家的,既然你感到为难,我看不如把他交给我,做我的副官得了。"其实小三爷并非看重王永清的才能,而是想利用王永清与李海青的亲戚关系,增加他与李海青之间的感情。

"三爷,这不妥吧,他对军旅之事尚不明白,恐怕难以帮上您的忙。"李海青出于对王永清的保护,婉转地回绝了小三爷的提议。

"大当家的,我知道你们是至亲,也明白你的一片苦心,我把心里话告诉你,我让他给我当副官,主要是看中了他这个人,不懂军事没关系,可以慢慢学嘛。我就喜欢这样的忠勇之士,你就放心把他交给我吧,我保证负责他的安全。"

"三爷看中他是他的福分,我还有啥不放心的。永清,还不赶快谢谢三爷的厚爱！"李海青催促王永清。

"当副官和把式有什么区别，我不去。"没想到王永清根本不领情，一口回绝。

"我说你这个孩子，怎么这么拧呢？三爷这是抬举你，副官和把式能一样吗？你没听过人往高处走，水往低处流，喜鹊老鸹奔高枝吗？你不是想干一番轰轰烈烈的大事吗？如今三爷是堂堂的少将副司令，你跟着三爷才会有出息，才能成就大事。"李海青也想在司令部留下自己的眼线，所以对王永清好言相劝。

"哈哈，这孩子跟我对脾气，我就喜欢这样有性格的人。大当家的说的没错，副官和把式不是一回事，把式是大当家的贴身护卫，副官却是少校军衔的军官，只要你好好干，前途不可限量。"

王永清看了看小三爷，仍然没有表态。

李海青担心小三爷的面子挂不住，赶紧对王永清好言相劝："三爷都把话说到这个份上啦，你还磨叽啥？还不赶紧谢谢三爷的抬爱。"

王永清沉思片刻，抱拳作揖，向小三爷和李海青感激地说："谢谢三爷的厚爱，我愿意跟着你干，决不会给大当家的丢脸。"

其他土匪看到王永清刚入伙就被小三爷选去做副官，而且还是少校军衔，想法各异。有人感到不服气，觉得李海青过于宠王永清。还有一些人见风使舵，为了讨好小三爷和李海青，纷纷向这位新贵表示祝贺。

小三爷成功劝说李海青入伙之后，又分别去劝说其他绺子入伙。短短十几天的工夫，他就劝说了"十八省""老二哥""七省""中央""花蝴蝶""东边""宝山"等土匪绺子入伙。东北义勇军杜尔伯特旗联合保安大队扩大到一千多人。他们在交通要道设卡，抢劫过往客商，搜集时局情报，着手准备向共产党的新生政权发动反扑。

公开举事前夕，陈国良和小三爷召集各中队长及各绺子领头的开会，制定了严密的行动计划，要求分散在各个村屯的人马听从司令部的命令和调遣,如果一方遇到攻击,其他人马必须马上前去救援,任何人不得违抗命令,否则军法处置。

虽然东北救国义勇军杜尔伯特旗联合保安大队的人员多达千人,但人员构成除了伪满警察和国兵,还有地痞流氓、逃亡的地主恶霸、土匪绺子,还有一些被他们胁迫参加的老百姓。那些被胁迫的老百姓是出于无奈才加入的,并非真心跟随他们作乱。陈国良深知这一点,同时也知道小三爷没有色旺多尔济威望高,缺少号召力。如果能够劝说或威逼色旺多尔济与他们一起反叛,那么影响力会更大。为了不伤害小三爷的自尊,陈国良想出了一个办法,假称上峰命令,要求小三爷出面去做色旺多尔济的工作,劝说他参加反叛。小三爷听了陈国良的话,心里很不是滋味,觉得陈国良看不起他。陈国良知道小三爷心里不情愿,再次重申是上峰的命令,要求小三爷必须无条件执行。军命难违,小三爷只好答应前去相劝。

小三爷先是派人与安插在王府的眼线阿希格联系,阿希格是小三爷的亲信,前几年被安插在王府卫队中当眼线,为小三爷提供有关色旺多尔济和王府的消息。

小三爷通过阿希格得知王府现在只有十几名侍卫和二十多名八路,便精心挑选了四十多名强悍的土匪跟他一起行动。临行前,陈国良一再叮嘱小三爷:"副司令,此去一定要先礼后兵,想办法劝说色旺多尔济跟咱们一起行动,如果实在不行,就采取强硬手段胁迫他跟着咱们一起走。只要他在咱们手上,咱们就可以假借他的名义,对外宣称是他带头反叛。老百姓不明真相,一定会信以为真,跟着咱们一起行动。"

"司令,我明白你的意思,你放心,不管遇到什么情况,我都会把色旺多尔济给你弄来。他要是识时务,同意跟咱们一起举事,我就恭敬地请他过来,如果他不同意,我就强行把他押来。"

"好,有你这句话,我就放心啦!这件事办成了,你居功至伟,我一定向上峰为你请功!祝你旗开得胜,马到成功,凯旋之时,我为你把酒庆功!"陈国良一再为小三爷打气。

色旺多尔济回到王府,病情大有好转,还时常批阅旗政府转来的相关文件,基本处于半养病半工作状态。色旺多尔济根据武衡的建议,加强了王府的警戒工作。他把蒋排长的两个警卫班和自己的十几名侍卫编在一起,由蒋排长和小拉布丹共同负责。

这天傍晚,色旺多尔济刚准备吃晚饭,只见小拉布丹神色慌张地闯了进来,没有请安施礼,直接说道:"王爷,大事不好啦,小三爷带人冲进了王府,还把蒋排长等人的枪缴了。"

色旺多尔济听后不由得一怔,问道:"怎么会这样呢?门口的警卫怎么不拦着他们呢?"

"王爷,具体情况我也说不清楚,只听说是侍卫阿希格偷偷给他们打开了王府的大门,放他们进来,蒋排长和他的警卫战士不知道为什么也没有抵抗。"

"怎么会发生这样的事情?小三爷在哪里?你去把他叫来,我要当面问个究竟!"色旺多尔济感到事态严重,决定亲自出面与小三爷交涉。

小拉布丹答应着走出客厅,去找小三爷。此时小三爷正在关押蒋排长和八路军战士的地方。他悄悄地带着人马潜到王府的周边,阿希格按照事先约定,趁王府警卫换班吃饭的机会,偷偷打开王府的大门,将小三爷等人放了进来。虽然是吃饭时间,但蒋排长他们并没有放松警戒,当小三爷领着人闯进来时,他们本可以进行抵抗。但由于小三爷没有公开反叛,而且又都穿着蒙古族服饰,因此,蒋排长虽然有心制止,但怕违反党的民族政策,不敢与蒙古族同胞发生正面冲突,内心十分矛盾。就在蒋排长犹豫之际,土匪们一拥而上,缴了他们的枪。

小三爷没用一枪一弹就冲进了王府,并成功缴了八路军警卫战士的枪,让他感到很庆幸。就在这时,小拉布丹找到他,对他说:"王爷让我转告你,不要为难八路军战士,有啥事跟他说。"小三爷此时成竹在胸,大咧咧地说："既然王爷发话了,我焉能不听。"说完,对手下人命令道:"你们把这些八路都给我看紧喽,千万别出什么差错,我去会会王爷。"

小拉布丹离开后,色旺多尔济把管家桑吉叫来,让他带着几名侍卫,到关押蒋排长他们的房子保护被俘的战士。桑吉担心色旺多尔济的安危,想留下两名侍卫。色旺多尔济没有同意。他从抽屉里拿出当年朱团长送给他的手枪,压上子弹,掀开外衣,把枪别在裤腰上,然后把外衣整理板正。他这么做,一是为了防身,二是做好了最坏的打算,一旦出现危机,先把小三爷控制住,实在不行就与小三爷同归于尽。

小三爷斜背一支带枪套的手枪,带着王永清和几名护卫来到了色旺多尔济的客厅门口,吩咐护卫在屋外警戒,然后带着王永清去见色旺多尔济。他们走进客厅,看见色旺多尔济面沉似水,威严地坐在椅子上,瞪着他们没有说话。小拉布丹手握匣子枪,站在色旺多尔济的身边。色旺多尔济向他摆摆手,示意他把枪收起来。小三爷见色旺多尔济如此从容镇定,反而感到有些气馁。虽然色旺多尔济现在没有了王爷封号,但在蒙古族牧民心中还是至高无上的王爷,对他十分敬畏。即使像小三爷这样的王公、台吉也不例外。

小三爷趋前一步,鞠躬施礼说道:"王爷身体一向可好,喇嘛巴扎给您请安啦!"

色旺多尔济听后"嘿嘿"冷笑,揶揄地说道:"我以为是谁呢,原来是巴扎兄弟啊!我说是谁这么大的胆子,明火执仗地带人私闯王府,难道你想犯上作乱吗?"

"王爷,您别误会,您就是给我天大的胆子,我也不敢打您的主意啊!"小三爷面色一白,急忙辩解。

"既然没有异心,那你为什么不好好在家待着,带着这么多人到我王府来耍威风?"色旺多尔济故意用话来挤对他。

"王爷，您问我为什么不好好在家待着，我现在就回答您。王爷，现在的局势您说我能在家待安生吗？"

"巴扎兄弟，我觉得共产党的政策没有什么不妥，共产党主张人人平等，人人有衣穿，人人有饭吃，建立没有剥削，没有压迫的平等社会。"

"王爷，您真是被共产党赤化啦，想法太天真！共产党是想建立一个人人平等的社会，但是您别忘了，他们的前提是打倒你我这样的有钱人，您也是被打倒的对象！"

"共产党是讲道理的，他们是带领穷人分了地主的土地和家产，也惩处了一些恶霸地主，但是他们惩处的都是反动的恶霸地主，而对没有劣行的富人还是给予一定的生活保障，而且承诺对蒙古贵族实行'三不两利'政策。你还有啥不放心的？我劝你赶紧悬崖勒马，不要胡闹。"

"王爷，共产党这是收买人心。别看他们现在说得好听，将来不一定会兑现，到时候您一定会后悔的。而国民党就不一样了，他们肯帮着咱们说话，能够保护咱们的利益。您就听我一句劝，别相信共产党的那一套，只有跟着国民党，才有好日子过。"

"我这个人做事一向认死理，我认准了共产党，刀按脖子也不回头！"

"王爷，听人劝，吃饱饭，您放着国民党的光明大道不走，非要跟着共产党走，这是何苦呢？"

"三军可夺帅，匹夫不可夺志。我劝你别浪费口舌了。"

"王爷，您怎么如此固执，难道就不怕有一天共产党分了你的家产，没收了您的王府？这可是祖先留下的基业，万一有什么闪失，将来您该如何面对咱们的祖先？"

小三爷的话说到了色旺多尔济的痛处，故此他一时语塞。

小三爷见色旺多尔济没有反驳，以为他被自己的话打动了，便得意地继续说："王爷，我说中要害了吧？你心里没底了吧？我劝你别犯傻，赶紧替自己的未来好好盘算盘算吧。共产党保护穷人利益,只有国民党才保护咱们有钱人的利益!实话告诉您,国民党的军队已经打到了长春,很快就会过江接收杜尔伯特旗。我们已经成立了东北救国义勇军杜尔伯特旗联合保安大队,并且得到了国民党特派员的委任。你放弃共产党,跟着国民党走,不但可以保住王爷的地位,而且还能升官晋爵,前途不可限量。"

"别说了,不管将来如何,我都不会改变初衷。当初我接任旗扎萨克,就是为了给全旗百姓谋福利,就是想让他们过上好日子。我劝你别盲目地跟着国民党跑,实事求是地说,共产党的政策比国民党的得人心,自古以来得民心者得天下。我劝你还是悬崖勒马,及早回头,以免后悔!"

"王爷,开弓没有回头箭,我是铁了心跟着国民党走,即使搭上身家性命也不后悔!今天跟您把话挑明了吧,我现在是联合保安大队的副司令,我们的口号就是'杀穷人,打八路,迎老蒋'。我看在咱们是一个祖先的情分上,对你好言相劝,如果你不答应,我就把那些八路都杀了,然后嫁祸于你,看你如何向共产党交代!"

色旺多尔济"腾"地一下站起身来,"啪"地一拍桌子,怒不可遏地指着小三爷说:"你不要欺人太甚!我苦口婆心相劝于你,是为了你的身家性命着想,谁知你不但不听劝,反而冥顽不化,一意孤行。你口口声声尊称我为王爷,可是你的所作所为根本没把我这个王爷放在眼里。我明确地告诉你,如果你想杀死这些八路军,就先把我杀了!"

小三爷被色旺多尔济这番话震慑住了。他没想到色旺多尔济的态度竟会如此坚决。虽然他打算跟共产党彻底决裂,但是对色旺多尔济还是心存忌惮的,假如自己做出伤害色旺多尔济的事情,那就是大逆不道,不但自己的威信会一落千丈,失去号召力,而且会引起全体蒙古族的反对,沦为蒙古民族的败类,人们会把他当成犯上作乱、没有人性的畜生。

小三爷心里十分矛盾,他的本意是想劝说或胁迫色旺多尔济跟着他们一起反对共产党,想借助色旺多尔济的威望收买人心,让更多的人跟着他们一起闹事，没想到色旺多尔济给他出了道难题，让他感到左右为难。为了不把事情闹僵，小三爷只好放缓了语气说道："王爷，您言重了，您既是我的王爷，又是我的同宗兄弟，我怎么敢做出大逆不道的事情呢！怪我性格太急，说话没有分寸。您别生气，咱们兄弟之间有事好商量，没必要闹得你死我活的。"

色旺多尔济见小三爷把话拉了回来，知道小三爷对他还是有所忌惮的，再说蒋排长和警卫战士们在他的手里，不能和他硬碰硬，必须想个妥善的办法稳住小三爷，然后再想办法救蒋排长和战士们脱险。想到此，色旺多尔济放缓了语气，对小三爷说道："巴扎兄弟，既然你还认我这个王爷，认我这个同宗兄弟，就不应该如此胡闹。你说这么大的事情，事先不和我通气，擅自带人闯进王府，用枪逼着我答应你的要求，这不是强人所难吗？我的脾气你知道，吃软不吃硬。大家可以坐下来商量着办，干吗非要动刀动枪的硬来？如果来硬的，我宁死都不会屈服。"

"王爷，是我不对，我不应该对您如此无礼，请您大人不记小人过，多多包涵！"

"这么一说，我的心里痛快多了，其实你说的话也有些道理，将来的事情谁也说不准。可事出突然，我没有思想准备，必须慎重考虑一下，容我把利弊得失思考清楚，再答复你。"

小三爷对色旺多尔济的话将信将疑，吃不透色旺多尔济的真实想法，没有表态。这时，王永清把他拉到一旁，悄声对他说："副司令，既然他答应考虑，咱们就给他一点儿考虑时间，反正现在他处在咱们的掌控之中。如果他同意跟咱们走，自然皆大欢喜，如果他不同意，咱们就强行劫持。只要他在咱们手上，不管他同意与否，咱们都可以对外打出他的旗号，宣称是他带头反对共产党，这样一来，就能迷惑那些不明真相的百姓跟着咱们一起闹事了。"

"嗯，你说得有理，就按你说的办。"小三爷点头表示同意，然后转过身来，态度和缓地说："王爷，我知道您的苦衷，我不勉强您，希望您能认真考虑一下，然后尽快答复我。"

色旺多尔济接过小三爷的话："好的，我一定认真考虑。"然后转身对小拉布丹说："你去告诉管家，赶紧准备酒饭。巴扎兄弟他们一定没吃晚饭，俗话说：'两国交兵，不斩来使。'何况我们是同宗兄弟。虽然我们暂时政见不同，但是不影响兄弟情分，更不能让他们饿肚子！"

"王爷，谢谢您的一番美意，我先行告退，不打扰您啦。希望您能审时度势，做出正确选择。"

"兄弟，你就放心吧，我一定不会让你失望的。"色旺多尔济起身送小三爷出门。

小三爷离开后，色旺多尔济的心里很不平静，独自在室内踱来踱去，反复思考如何才能解决眼前的危机。他知道小三爷性情暴戾，做事心狠手辣，不达目的不会善罢甘休。自己答应考虑，不过是缓兵之计，是想先稳住他，怕他狗急跳墙。一旦喇嘛巴扎识破自己的真实想法，一定会恼羞成怒，用蒋排长等人的生命相要挟。他考虑再三，一个营救蒋排长的办法逐渐形成。他又仔细思考了一番，将营救计划进一步完善。他将小拉布丹和桑吉叫到跟前，如此这般吩咐一番。小拉布丹和桑吉边听边点头，转身出去执行计划。

小三爷把大门岗哨换成自己人，留下了几名看守蒋排长等人，然后带着其他人开始吃喝。他们还是中午吃的饭，骑马颠簸了三个多小时，此时早已饥肠辘辘，见到酒肉便甩开腮帮肆意吃喝，看到这些人大快朵颐地吃喝着，小拉布丹和桑吉彼此对视一眼，会心一笑，然后走上前来，殷勤地向小三爷等人敬酒。

小三爷性格豪爽，喜欢饮酒。今天情况特殊，他本不想多喝，架不住小拉布丹和桑吉等人殷勤相劝，所以喝得有些过量。

这顿酒一直喝到午夜方才结束。桑吉分别为小三爷及众土匪安排住处。小三爷临睡前，本想亲自去大门口和关押八路军的地方查看一番，王永清却对小三爷说："副司令，这点儿小事还用您亲自费心？我替您代劳，您就安心休息吧。我带人值班，保证万无一失。"小三爷满意地拍着王永清的肩膀，表示同意。王永清在小拉布丹的陪同下，前去查看情况。过来约莫半个小时，王永清带人回来了，向小三爷报告一切正常，并劝小三爷休息。小三爷又叮嘱了几句，方才安心休息。

　　小拉布丹安排小三爷休息后，桑吉又带人拿着酒肉来到门口和关押蒋排长的地方，向站岗的哨兵劝酒。这些站岗的土匪看着同伴儿大吃二喝，早就心生怨气，只是畏于小三爷的淫威，敢怒不敢言。如今得知小三爷睡觉了，不会来查哨，便放下心来，不管不顾地吃喝起来，直到酒足饭饱才罢休。小拉布丹则继续陪着王永清及值班的土匪饮酒。直到此时，喧闹的王府才安静下来。

　　在小拉布丹的一再相劝下，值班的土匪喝得都很尽兴，也有几分醉意，小拉布丹见时机成熟，便假借上厕所溜了出来，向色旺多尔济汇报情况。色旺多尔济得知大部分土匪们都酒足饭饱，进入睡梦之中，只有为数不多的几名值班土匪还在饮酒，心里很高兴，立即下令采取行动，前去解救蒋排长和战士。同时命人悄悄备好车马，打开王府的后门。此时包维新在区里担任秘书，不在府内，家中只有三个女儿。为了防止小三爷狗急跳墙，抓她们当人质，色旺多尔济决定带着三个女儿一起走。

　　小拉布丹对色旺多尔济说道："王爷，解救出八路军战士后赶紧离开，以免夜长梦多。"

　　"你不打算跟我们一起走？"色旺多尔济问道。

　　"王爷，我不能和你们一起走，我得回去稳住值班的土匪。"

　　"那怎么行，万一他们发现上当了，会对你下毒手的。"

　　"王爷，他们的目标是您和这些八路军兄弟，不会把我咋样的，您不必为我担心。"小拉布丹说完，转身快步离去。

## 第二十章 · 要杀先杀我

色旺多尔济虽然不愿意小拉布丹以身赴险,但又觉得他说得有理,同时考虑到解救蒋排长要紧,只好同意他的意见。当下,桑吉带着王府侍卫来到关押蒋排长的地方,看到看守的土匪抱着枪,东倒西歪地进入醉梦之中。桑吉悄无声息地打开关押蒋排长和战士的房间,示意他们不要出声。蒋排长会意,低声命令战士们屏声静气,放轻脚步,跟着桑吉悄悄地走出房门。

桑吉带人来到了王府后门,色旺多尔济已经等候在那里。见面后,蒋排长感激地握着色旺多尔济的手说:"谢谢您的救命之恩!"

"这是我应该做的,何谢之有。"色旺多尔济说完,便带着蒋排长等人快速离开,朝旗大队的驻地多耐站而去。

一路上,蒋排长和战友们的神情沉重,默默无语。直到走出了十几里地,色旺多尔济才向蒋排长说道:"蒋排长,让你和战士们受苦啦!"

"包旗长,感谢您仗义相救,是我们没有尽到责任,没能保护好您的安全,反过来让您救我们逃离虎口。我真是感到无地自容!"蒋排长愧疚地说。

"这怎么能怪你们呢,要怪就怪该死的阿希格,是他偷偷为土匪打开大门,否则也不会发生这样的事情。怪我用人不当,没发现阿希格是小三爷安排在我身边的眼线,以后若再让我碰见他,我一定不会轻饶这个狼崽子。"说到阿希格,色旺多尔济心里非常气愤。

"王爷,我参加革命多年,经历了无数次战斗,遇到过许多难以想象的危险,每次都能拼死冲杀,将敌人消灭,从来没有向敌人缴械投降过。这次真是太窝囊了!"

"蒋排长,你不必自责,我知道你们有规定,没有上级的指示,不得与蒙古族民众发生正面冲突,否则也不会出现这种局面。再说明枪易躲,暗箭难防,若不是阿希格暗中协助,小三爷的阴谋也不会得逞。"虽然色旺多尔济一再劝解,但蒋排长和战士们心里的懊恼始终无法释怀,依旧是一脸的沮丧。

黎明时分，色旺多尔济一行人来到了旗大队驻扎地多耐站，此时旗大队已经升级为旗保安团，团长程正杰和副团长图布仓见到色旺多尔济，感到有些意外，他们把色旺多尔济请进团部询问原因。色旺多尔济把事情的来龙去脉详细地述说了一遍。程正杰和图布仓听后，深感事态严重，一边安排色旺多尔济等人休息，一边派出精干的侦察员，前往巴彦查干打探敌情，同时命令部队进入一级战备状态，随时准备战斗。另派出通信员赶往泰康街，向武衡报告敌情。

话说小拉布丹回到前厅，继续与值班的土匪喝酒。土匪们知道小拉布丹是色旺多尔济的侍卫官，平日与王爷形影不离，因此放心地与他喝酒。

天亮时，小三爷睡眼惺忪地从床上爬起来，带着王永清和几名护卫来到色旺多尔济的住处，没想到早已人去屋空。小三爷急忙把小拉布丹叫到跟前，问他王爷去哪儿了。小拉布丹一脸无辜地说："三爷，我从昨天夜里就和这几位兄弟待在一起，至于王爷去哪儿了，我也不清楚。"小三爷不相信他的话，向值班的土匪核实。值班的土匪证实小拉布丹所言非虚，小三爷才不再深究。小三爷气急败坏，派人四下寻找，找遍了整个王府也没有找到色旺多尔济及蒋排长等人，气得一屁股坐在了地上，手拍大腿懊恼地说："唉，我小三爷聪明一世却糊涂一时，中了色旺多尔济的计。真应了草原上的那句谚语：'本想满载而归的猎人，结果一无所获；本想一胎双羔的人，结果一无所得。'"

这时，王永清对他劝慰道："副司令，事已至此，您没必要烦恼，要我说色旺多尔济走了是好事……"

"你他妈的说什么屁话？我好不容易把他控制在手里，却被他跑了，你还说是好事？！"小三爷气急败坏地打断了王永清的话。

"副司令，您别生气，听我把话说完。您想，这个王爷如此固执，即使您把他控制在手里，想必他也不肯听从您的安排，到时候您杀又不能杀，放又不能放，岂不是个烫手的山芋。因此，我才说他跑了是好事，这样一来您就省心了。"

"你小子真会哄人，不过说的也在理。好啦，事已至此，说啥都没用了，咱们赶紧收拾一下，尽快离开王府。"小三爷自我解嘲地说。他怕色旺多尔济搬救兵回来找他算账，因此顾不上吃早饭，匆忙带着土匪离开王府。临走时，他把小拉布丹抓走，并派人严加看管。小拉布丹一直被他关押着，直到后来小三爷兵败，打算携家眷外逃，小拉布丹才趁他戒备松懈，得以逃脱，此为后话。

第二十一章

# 攻打杏树岗

　　武衡得知小三爷带兵偷袭王府的消息,急忙带领一个排的兵力赶到多耐站,与色旺多尔济会合。武衡首先对色旺多尔济的英勇表现给予赞赏,并对他救出被俘的警卫战士而表示感谢,然后与他一起分析敌情。就在这时,他们接到前去王府侦察敌情的战士回来汇报说土匪已经撤离了王府。

　　色旺多尔济本打算继续回王府居住,武衡担心土匪会再次找色旺多尔济麻烦,为了安全着想,劝他跟着一起回泰康。

　　色旺多尔济觉得武衡说的有道理,跟着武衡等人回到了泰康。色旺多尔济与武衡、程正杰、图布仓及驻军的高炳龙政委等相关人员连夜召开军事会议,商量剿匪的事情。

　　会上,色旺多尔济首先讲述了小三爷偷袭王府并与国民党特派员勾结,成立了东北救国义勇军杜尔伯特旗联合保安大队的事情。

　　接下来,武衡分析了当前的形势,他神色凝重地说:"同志们,根据我们掌握的情况,目前形势十分严峻,据可靠情报,目前所谓的东北救国义勇军杜尔伯特旗联合保安大队已经纠集了多伙土匪,人数达千人以上,而且，他们在居住的村寨外修筑了防御工事，在一些交通要道设卡，盘查过往行人，抢劫过往客商，并以保卫家乡的名义威逼不明真相的群众参与叛乱行动。特别是小三爷偷袭王府，企图劫持色旺多尔济旗长失败后，他们担心阴谋败露，一定会加快叛乱的步伐，随时有可能发动大规模叛乱行动。因此，我要求驻军和旗保安团做好战斗准备，同时加强各区的警戒工作，做好一切防范准备，以防遭到他们的突然袭击，造成人员伤亡。对于那些兵力相对薄弱的地区，我建议工作队及农会干部还有那些支持我们的积极分子撤离到安全地区，保证干部群众的生命安全。前几天我已经向上级报告了他们的动向，相信上级一定会尽快增派兵力剿匪。"

"我也同意武衡同志的意见，让保安团做好战斗准备，另外还有一件事需要大家商量，原来预定的庆祝抗战胜利一周年活动是否仍如期举行？"胡锡光向与会的人员征求意见。

"要我看，庆祝活动应该如期举行，我们不能被土匪的嚣张气焰吓住。"色旺多尔济表态。

"我同意包旗长的意见，庆祝活动如期举行，不过我们要外松内紧，做好安全保卫工作，以防土匪乘机偷袭。"武衡点头表示同意。

其他人员均赞同举行庆祝活动。接下来，他们对庆祝活动的安保工作进行了一番细致的研究和周密的部署。会议一直开到深夜。

1946年8月15日，杜尔伯特旗庆祝抗战胜利一周年大会如期举行，旗政府的主要领导和各界代表分别在会上讲话，各区派人参加庆祝大会。阿旺色·楞·那木吉勒活佛亲临会场祈福庆祝，另外大庙的六十名喇嘛表演了鬼舞。群众还组织了秧歌队。会场上红旗招展，锣鼓喧天，盛况空前。会场外边，部队和旗保安团的战士荷枪实弹，加强了警戒。由于准备工作充分，安全保卫工作得当，庆祝大会取得了圆满成功。

庆祝结束之后，色旺多尔济、武衡、图布仓、程正杰等旗领导召集各区领导会议，针对各区的安全形势，听取情况汇报。各区的领导汇报了各自的情况，有好几个区都在汇报中谈到了安全问题以及区内的一些反动地主蠢蠢欲动的迹象。轮到好尔陶区的区长德木尔乐（汉名包志东）向旗领导汇报时，他忧心忡忡地说："目前我们好尔陶区的情况更糟糕，不但上级布置的军鞋和其他军需物品无法落实，而且安全形势令人担忧。尤其是杏树岗的王克复，对上级布置的各项任务一再借故推脱，并暗中勾结土匪进行骚扰，纠集各村乡勇集中进行训练。我担心他们会发动叛乱，希望领导予以重视。"

武衡接过德木尔乐的话头，神情严肃地说道："你们汇报的情况与我们掌握的情报基本吻合，种种迹象表明，以小三爷为首的地主武装与国民党特派员相勾结，近期有可能会发动反革命叛乱，企图推翻新生的民主政府。上级已经派出剿匪部队，不日即将到达。你们开完会后，急速赶回去做好支前与接待工作，密切监视叛匪的动向，发现异常及时上报。"

会议还没结束，家住好尔陶区的官其格骑马来到了旗政府，官其格风尘仆仆地闯进会场，向色旺多尔济、武衡等人汇报了一个令人震惊的消息：在庆祝大会期间，杏树岗的王克复和范德胜等人得知德木尔乐去旗政府开会，区委书记汪一都下乡检查工作，区政府只有秘书韩振雄留守的消息，认为时机已到，立即纠集叛匪公开叛乱。他们趁区政府空虚之际，带人占领了好尔陶区政府，抄烧公文，缴了枪械，绑走了秘书韩振雄。然后又窜到他拉巴沟、六家子一带，企图劫袭开会返回的德木尔乐及两名随从。叛匪们没有想到，当他们偷袭区政府、绑走韩振雄时，官其格不顾危险，避开他们的视线，一路上快马加鞭赶到旗政府，及时向旗政府报告了敌情。德木尔乐等三人逃过了一劫。

武衡等人听了官其格的汇报，立刻急电向上级报告王克复等人公开叛乱的消息。消息刚发出不久，嫩江省军区骑兵第一旅副旅长宋康便率领骑兵一团赶到。原来上级早就掌握了叛匪的情况，考虑到这次剿匪战场在草原上，因此上级在考虑剿匪方案时，充分考虑了杜尔伯特旗的特殊性。因

## 第二十一章·攻打杏树岗

为在杜尔伯特旗，无论是蒙古族还是汉族，都精通骑术，这些叛匪几乎都是骑马作战，所以上级决定抽调骑兵前来剿匪。前两天，宋康就率领部队出发，赶赴杜尔伯特旗。宋康与武衡等人会面后，武衡向宋康介绍了叛匪的情况，宋康觉得兵力有些不足，决定增调驻安达县新四军三师八旅骑兵团前来剿匪。骑兵团接到命令后，在副团长王国华的率领下，火速赶到杜尔伯特旗参加剿匪行动。旗保安团则先行出兵，前往好尔陶区剿匪。

王克复、范德胜在六家子一带苦苦等了两天，没有等到德木尔乐三人，却得到了旗保安团出兵剿匪的消息。他们感到害怕，决定返回杏树岗。他们原本打算利用韩振雄做人质，向共产党讨价还价。而韩振雄面对匪徒的威逼利诱，坚贞不屈，誓死不投降！王克复在劝降未果的情况下，于8月19日将韩振雄残忍地杀害。韩振雄遇害时，年仅三十岁。这位坚贞不屈的共产党员，为了革命的理想，为了保卫杜尔伯特旗新生的革命政权，献出了宝贵的生命。他的英雄事迹充分体现了共产党人为了解放劳苦大众，建立新中国，不怕流血牺牲的坚定信念和大无畏的革命精神。

剿匪战斗打响之前，色旺多尔济号召各区及其他社会团体做好支前工作，发动民兵和轻壮民众积极支持前线战斗，配合部队剿匪。包维新亲自带队上前线，为部队运送弹药和伤员。

杏树岗的地理位置很特别，在屯子的西北方向，有一道连绵十余里的土岗，土岗上长满了清一色的杏树，杏树岗因此而得名。土岗蜿蜒起伏，远远望去，好似一条蓄势待飞的巨龙。而杏树岗屯就坐落在这个土岗的最前端。当年王克复的父亲准备建立屯子时，曾请阴阳先生看过风水。阴阳先生说这里卧着一条草龙，屯子应该建在龙头下面，这样就可以背靠龙脉，子孙后代必出贵人。王克复的父亲大喜过望，重赏了阴阳先生，并根据阴阳先生的意见，将屯子建在杏树岗上，并起名杏树岗屯。

王克复得知共产党调重兵剿匪的消息，心里十分害怕。急忙派人向小三爷报告情况，请求增援。王克复把庄头村的范德胜，德尔斯台村屯的白玉峰、廖振山以及付景生等匪首召集到杏树岗开会，商议如何抵抗共产党的进攻。庄头屯的范德胜首先说："如今共产党动真格的了，听说他们调来了两个团的兵力，而且都是久经战阵的正规八路，光凭咱们这几百人根本不是他们的对手，硬拼一定会吃亏，不如逃往外地暂避锋芒，保存实力，等到他们走后再回来。"

王克复听后，面色不悦地说："你这个想法不对。自古以来士可鼓，不可泄，你怎么还没开战就想逃跑？我看你是被共产党吓破胆了。我听说共产党这次来的主要是骑兵，没有重武器。他们的装备无法攻克坚固的寨子，我们可以凭借坚固的工事与他们进行战斗。再说，小三爷不会坐视不管，一定会派部队增援，到时候咱们来个里应外合，一定能打败共产党的军队。"

"我同意王中队长的意见，不能当缩头乌龟。咱们凭着这坚固的工事与共产党血拼到底，让他们尝尝咱们的厉害。"付景生赞同王克复的意见。他性格莽撞，会武功，枪法准，一向自以为是，目空一切。

王克复和付景生的一番话说的范德胜闭口无言，其实不光范德胜想逃跑，白玉峰和廖振山也有同样的想法。但听了王克复和付景生这番话，不敢说出心里的真实想法。所以，在王克复征求他们意见时，他们都违心地表示同意固守待援。

王克复统一了众人意见，根据地理位置宣布作战命令："命范德胜带兵驻守庄头屯，白玉峰和廖振山驻防德尔斯台屯，我和付景生驻防杏树岗。杏树岗和庄头屯还有德尔斯台这三个屯子，成"品"字形，相距不过数里，一旦一方受到攻击，另两个屯子可以出兵救援，这样一来，共产党就不能对某一个屯子发动有效的进攻。咱们可以凭借工事大量杀伤敌人，等副司令的救兵一到，咱们同时出击，向共产党发起攻击，到时候共产党就会顾此失彼，即使不被彻底消灭，也会狼狈溃逃。兄弟们，这是我们东北救国义勇军杜尔伯特旗联合保安大队成立以来的第一仗，我们一定要全力以赴，齐心合力打好这一仗，决不能在家乡的父老乡亲面前丢脸。"

"中队长，我听你的命令，决不给你丢脸。"付景生首先表态。范德胜及白玉峰等人也跟着附和。王克复发布完命令，又对相关的人员及武器战备进行了调配。然后备酒款待一番，匪首们酒足饭饱之后，各自回到指定位置，布置打仗事宜。

8月25日，宋康带领的新四军三师八旅骑兵团，图布仓、程正杰率领的旗保安团、王国华率领的嫩江省骑兵第一旅骑兵团，三支剿匪部队共计五百多人，相继开赴好尔陶区，剿匪战斗正式拉开序幕。

好尔陶区政府根据旗政府发布的指示，发动群众腾出房屋做为部队的宿营地。宋康带领的骑兵团驻好尔陶屯。王国华带领的骑兵一团驻保尔好吐屯。图布仓、程正杰带领的旗保安团驻敖林西伯屯。

中午时分，有关人员齐聚区政府，在宋康和胡锡光等人的主持下，召开了战前军事会议。

宋康司令员根据掌握的情况，首先说明了敌人的布防情况。他指着作战地图说道："根据可靠情报，匪徒共计二百多人，分别驻扎在杏树岗、庄头屯及德尔斯台这三个屯子里，企图凭借有利的地理位置和坚固的工事遥相呼应，一旦咱们出兵攻打其中任何一个据点，另外两个屯子就会予以支持，用相互救援的方法牵制我们的攻势，达到固守待援的目的。因此，我们要采取相应的办法，打破他们的部署。我已经征询胡锡光及图布仓、程正杰和王国华同志的意见，决定同时对三个屯子发动攻击，让他们自顾不暇，无法进行救援。现在，我命令图布仓和程正杰同志率领旗保安团攻打德尔斯台屯，王国华同志率领骑兵一团负责攻打杏树岗屯，八旅骑兵团负责攻打庄头屯。咱们对匪徒实行分片包围，同时进攻，各个击破的战斗方案。我们面对的是反动的地主恶霸还有穷凶极恶的惯匪。尤其是那些土匪，不但作战经验丰富，而且枪法准，阴险狡猾。我们千万不能轻敌，一定要谨慎作战，注意保护自己，要以最小的损失赢取最大的胜利！"

8月27日,各部队进入指定的阵地,做好了进攻的准备。以宋康为首的前线指挥部设在杏树岗西北方向的一处高岗上。这个高岗可以俯瞰整个战场形势,便于指挥全局。好尔陶区的区长德木尔乐留在指挥部,负责提供战事资料、安排后勤供应等事项。

下午二时许,指挥部发出攻击命令,三支队伍同时向各自的目标发动强大的攻势。匪徒们没有想到,剿匪部队会同时对三个寨子发动进攻,而且火力十分猛烈,打破了他们相互支持、相互配合的既定方案。

嫩江省骑兵第八旅骑兵团二营一连连长杨邦华,二十六岁,虽然身材不高,却健壮有力,生的四方大脸,虎眉剑目,说话大嗓门。他的精力充沛,浑身透出一股阳刚之气。杨邦华出生于山东泰安,从小给地主干活,1940年参加了八路军,由于作战勇猛,在战场上敢打敢冲不怕死,屡立战功,短短几年时间就升为连长。这次他按照上级的指示,随部队进入东北,辗转来到了位于齐齐哈尔的嫩江省军区。这次杨邦华带领着全连一百多名骑兵,跟随宋康副旅长前来杜尔伯特旗剿匪。杨邦华信心满满,准备在草原上大显身手。没想到初次作战竟然不是他们擅长的骑兵作战,而是攻坚战。杨邦华和战友们虽然感到别扭,但还是严格执行命令,将战马拴到安全地带,在庄头屯的外围利用有利地形,修筑了工事。随着指挥部的一声令下,杨邦华带领战友们向庄头屯的叛匪发动了猛烈的进攻。

面对剿匪部队急风暴雨般的进攻,屯子里的匪徒吓得惊慌失色,只能龟缩在炮台内往外打冷枪。

匪首范德胜本来不愿意死守庄头屯,更不想与剿匪部队硬拼,如今遇到猛烈攻击,又无法得到另外两个寨子的支持,顿时慌了神,赶紧背上早已收拾好的细软,带着手下弃屯逃窜。进攻的部队很快占领了庄头屯。杨邦华发现范德胜带人逃跑,下令上马追击,同时把战报上报指挥部。

范德胜带领匪徒逃出屯子后,发现有人追击,吓得魂不守舍,拼命打马溃逃。杨邦华带着骑兵紧追不舍,一边追击,一边开枪射击。范德胜身边的匪徒不断有人中枪落马。范德胜非常恐慌，知道这样逃下去，势必会被全歼。这时，前边出现了一片杨树林，范德胜急忙带领匪徒逃进树林，命令卫队长带人在树林内阻击，自己则带人穿过树林，继续逃命。卫队长是他的心腹，对他一向忠心耿耿，虽然知道留下来凶多吉少，但还是听从范德胜的命令，留在树林内阻击追兵。

杨邦华带着骑兵快速追到树林边，卫队长下令开枪射击。杨邦华只好命令部队停下来，向树林里的匪徒发起攻击。匪徒们躲在树干后面不断地开枪射击，攻击部队无法靠近树林。杨邦华根据战场形势，命令部队分散，以排为单位，分头将树林包围，然后从不同的方向发起进攻。战场形势立刻改变，匪徒们四面受敌，无法利用树木藏身，完全暴露在进攻部队面前。杨邦华一边带人进攻，一边命令战士们发动心理战，高喊"缴枪不杀"。匪徒们眼看身边不断有人倒地身亡，吓得魂飞魄散，再也无心抵抗，惊慌失色地丢弃枪支，举手投降。卫队长见大势已去，只好跟着一起投降。杨邦华命令战士们打扫战场，却没有发现范德胜，经过审问得知范德胜已经逃走。杨邦华感到很懊悔，急忙派人继续追击。可是范德胜已经带着剩余的匪徒逃得不知去向，杨邦华只好押着俘虏返回。

杨邦华回来后，将战况向指挥部做了汇报。指挥部感到很满意。

攻打德尔斯台屯的旗保安团进展顺利，在图布仓和程正杰的指挥下，保安团从多个方向朝守敌发起猛烈进攻。盘踞在屯子里的匪徒在白玉峰、孙守田、廖振山的指挥下，拼命进行抵抗。随着战事的推进，旗保安团清除了外围工事，将匪徒压缩在屯子里。匪徒们退守到炮台或房屋内负隅顽抗。图布仓命令集中火力，对匪徒占据的炮台和房屋逐一进行清除。匪首廖振山被打死，孙守田见败局已定，内心十分恐慌，无心抵抗，带领十几名亲信突围逃命。剩余的匪徒见孙守田带人逃走，丧失了抵抗的信心，为了活命，纷纷举手投降。旗大队经过一个多小时的激战，终于打下了德尔斯台屯，取得了胜利。

然而，进攻杏树岗的部队进展得很不顺利，战斗进行得十分惨烈，骑兵一团三连在毛连长的指挥下，向寨子里的敌人发起了猛烈进攻。随着震耳欲聋的枪声响起，三连的战士们求胜心切，端着上刺刀的步枪向敌人发起冲锋。寨子里的匪徒在王克复和付景升的指挥下，利用寨子的坚固工事，拼命进行抵抗。当战士们冲到寨子跟前时，只见炮台内传出一阵急促的机枪声，冲在最前边的战士接连倒下。班长洪大贵见状，急忙举起步枪，瞄准射击孔扣动扳机。随着枪声，炮台内的机枪停了下来，战士们乘机向寨子冲去。没想到这时机枪再次响起，一连串的火舌将冲在最前头的战士们打倒在地，其他战士只好趴在地上不敢动弹。洪大贵再次举枪射击，炮台内的枪声再次停歇。可当战士们再次发起冲锋时，暗堡里的机枪再次响起。毛连长见此情景，担心伤亡过大，只好下令暂缓进攻。正当他们因战事受挫而气恼时，传来庄头屯和德尔斯台屯相继攻破的战报，一连的战士们更是着急，再次加大进攻的规模，打算一举拿下杏树岗。匪徒们却依仗有利的地势，集中火力进行封锁，进攻部队的伤亡较大。战斗陷入了胶着状态。

指挥部见进攻受挫，只好下令暂停进攻。宋康召集王国华、图布仓、程正杰等同志召开紧急军事会议，根据战场的形势，经过一番分析和讨论，最后决定三支剿匪部队全部投入杏树岗战斗，分别从东、西、北三个方向向杏树岗发起猛烈进攻。杏树岗的上空再次响起激烈的喊杀声。

杏树岗战斗开始前，各区区长和工作队的同志按照旗长色旺多尔济的指示，在各区内进行动员，号召广大群众积极投入支前工作。

时任杜尔伯特旗自治运动联合会主任的官布仁钦根据色旺多尔济的指示，率领几名工作队员及一个班的警卫战士，到好尔陶屯发动群众，组织了运输队和担架队，支援杏树岗平叛战斗。官布仁钦带领的警卫班在蒋祝德排长的率领下，负责工作队的安全警卫工作。自从上次在王府被小三爷缴枪后，蒋排长和警卫班的战士们心里就憋着一口气，总想找叛匪报一箭之仇。剿匪战斗打响后，他们数次向上级请示参加剿匪，却没有得到批准，心里未免感到失落，这次跟着官布仁钦到好尔陶屯负责警卫工作，心里虽然不情愿，但是，必须服从上级命令。

正当蒋排长等人觉得复仇无望，闷闷不乐的时候，突然得到情报，说国民党东北救国义勇军杜尔伯特旗联合保安大队副司令小三爷带领百余名匪徒，准备前去支援杏树岗。指挥部得知这一情况，立刻调集部队沿途进行阻击，命令官布仁钦和蒋排长等人组织力量，就近进行阻击。

官布仁钦得到情报后，立刻与蒋排长商量应如何有效地阻击敌人。蒋排长心里甚是欣喜，真是老天有眼，让他们得到了报仇的机会。

蒋排长对官布仁钦说："主任，您对这里的地形比较熟悉，您看在哪里阻击比较合适？"

官布仁钦不假思索地说："我认为在宝日浩特屯阻击比较合适。小三爷从后新屯赶往杏树岗，宝日浩特屯是必经之路，同时宝日浩特屯又是一个响窑，咱们可以利用有利地形，进行有效阻击。至于如何部署，还得你拿主意，军事上我是外行。"

"太好啦，咱们就选择宝日浩特屯为阻击地点，不过咱们只有十七个人，兵力太少，一旦小三爷发现咱们人少，势必会拼死进攻。战场上讲究知己知彼，咱们可以设计让他们摸不清咱们的底细，不敢贸然进攻。"蒋排长不愧是久经沙场，大敌当前，依然临危不乱。

"你快说说，怎么使用疑兵之计？"官布仁钦着急地问他。

"我看这么办，咱们分头行动，我带领警卫班先行赶往宝日浩特屯设伏，做好阻击准备。您通知区小队和各屯民兵，一起赶赴宝日浩特屯，共同阻击敌人。"

"区小队有一些战斗力，可是民兵未必能帮上忙。他们人数虽多，却没有几条枪，根本形成不了战斗力。"

"主任，我让他们来，并不指望他们能杀死多少敌人，而是要借助他们的声势,让小三爷不知道咱们到底有多少人马。那样他就会有所顾忌,不敢全力发动进攻。"

"哦,我明白啦,你是想效仿诸葛孔明,唱一出空城计。"官布仁钦恍然大悟。

"对,我就是要给小三爷唱一出空城计,让他不敢贸然进攻,为阻击部队争取时间,打破他的救援行动。同时,我要让小三爷知道知道我们警卫班的厉害,老虎不发威,他真以为我们是病猫呢!"蒋排长依旧对王府被缴械之事耿耿于怀。

"好,我这就去召集区小队和附近屯子里的民兵,尽快赶到宝日浩特屯。你们人数太少,一定要多加小心。"官布仁钦不放心地叮嘱蒋排长,然后翻身上马疾驰而去。

话说小三爷接到王克复求援的消息后,与陈国良进行了一番商量,决定前去救援。于是,他纠集了一百多名匪徒,骑马从后新屯出发,前往杏树岗。他们担心途中有埋伏,故此一路走走停停,不断派人打探消息,行进的速度很慢。

小三爷知道宝日浩特屯是个响窑,地处咽喉要道,是通往杏树岗的必经之路。因此,他不敢掉以轻心,在距离屯子一里地开外,就命令队伍停下来,然后亲自带着几个亲信,站在一处高坡上,用望远镜仔细观察屯子里的情况。看到寨子大门洞开,却不见一个人影,整个寨子悄无声息,如同死了一般沉寂,小三爷觉得很奇怪。按说这大白天的,屯子里怎么会如此安静呢?这也太反常啦!

小三爷为了保险起见,决定进行火力侦察,命令卫队向屯子里开枪。一阵急促的枪声过后,屯子里依然不见动静。小三爷见状,命令部队继续前进。安全起见,小三爷命令先头部队做好战斗准备,谨慎前行,他则领着手下的卫队行进在队伍的中间。匪徒们遵守他的命令,弯腰骑在马上,将子弹上膛,端着枪,小心翼翼地来到屯子外围的壕沟边上,依旧没有发现异常情况。小三爷心里一阵轻松,命令部队加快速度前进。

就在他们接近寨门时,突然,枪声大作,还伴有手榴弹的爆炸声。同时传来一阵喊杀声。面对这突如其来的攻击,匪徒们顿时大乱,惊慌失色,不顾一切地撒腿往后跑。寨门前丢下十几具尸体和两个受伤倒地的匪徒,还有几匹马被击中。受伤的马倒在地上四蹄乱蹬,不住地挣扎。

小三爷被这突如其来的枪声打蒙了,来不及多想,随着后退的匪徒不顾一切地往后逃,一直逃到射程之外才停下脚步。

小三爷用手一个劲地摸脑袋,惊魂未定地对王永清说:"到底怎么回事?为什么这里会有埋伏?"

"我也不清楚,多亏咱们没有贸然进寨,否则一定会被他们包饺子。"王永清心有余悸地不停摇头。

"真是邪门了,共产党怎么知道咱们要从这里经过?难道他们能掐会算不成?"

"副司令,他们一定是事先听到了风声,预先在这里设下了埋伏。咱们下一步该怎么办?"

"救兵如救火,只有想办法硬冲过去了。"

"副司令,这里有埋伏,硬冲不是办法。您看是否可以绕道过去?"

"绕道?你想都别想。这里是通往杏树岗的必经之路,目前唯一的办法就是强行冲过去。杏树岗那边还等着咱们救援呢!"

"副司令,你是否再考虑一下。这里毕竟是响窑,而且设有伏兵,强冲必然会造成很大的伤亡。咱们千万不能干偷鸡不成蚀把米的蠢事。"

"那你说怎么办?"小三爷看着王永清。

"副司令,咱们是去救人,如果自己先把人拼光了,岂不是得不偿失。咱们目前不了解屯子里的情况,而且这里易守难攻,贸然发动攻击势必要吃亏。依我之见,咱们不妨先用小部队试探一下虚实,然后再做决断。"

"看不出来，你还挺有计谋。好，就听你的。一小队听令，骑马目标太大，没办法躲避，容易当活靶子，全体下马，一律改为步行进攻，其他人火力掩护。"小三爷向部下发布命令。

三十多名匪徒从马上跳下来，在火力的掩护下，一个个猫着腰，端着枪，小心翼翼地前行。屯子里依然很安静，可愈是安静，匪徒们心里愈没底。他们缓慢地来到壕沟旁边。蒋排长一声令下，无数的火舌从炮台以及寨墙的掩体内喷涌而出，有的匪徒还没反应过来就已经中弹倒地；没中弹的转身就往后跑，速度快的堪比百米冲刺。壕沟边上又留下了几具尸体。待匪徒们跑出射程之后，寨子里的枪声又停歇下来。

小三爷看着仓皇逃命的匪徒气得直咬牙，就在这时，寨墙上出现了一个身影，小三爷从望远镜里认出是蒋排长。只听蒋排长高声说道："小三爷，别来无恙啊！真是山不转水转，在王府分别没几天，咱们又见面了，真是有缘呐！"

"姓蒋的，你这个手下败将，难道你忘了当初被缴械的事情？"小三爷拣最解恨的话刺激蒋排长。

蒋排长听后非但不生气，反而笑着说道："谢谢你的提醒，这段走麦城的经历我刻骨铭心。今天得知你途经此地，我已恭候多时，一来与你叙旧，二来打算报当初的一箭之仇！你可不能当孬种呀。"

"姓蒋的，少说废话，我堂堂小三爷，岂能怕你！"小三爷虚张声势地反驳。

"小三爷有种，我敬佩你的胆量和勇气，今天咱们好好比试一下，你可不能耗子扛枪——窝里横。你尽管放马过来，我一定奉陪到底！"

"好，你等着，我一定踏破宝日浩特屯，杀个鸡犬不留，让你心服口服。"小三爷不管不顾地大声喊。

"好样的，我等的就是这句话，今天咱们好好比试比试，看谁能笑到最后。"蒋排长声音洪亮，神情自若地笑着回答。

小三爷虽然嘴上不肯服输,心里却底气不足,虽然他平日里喜欢舞枪弄棒,现在又当上了少将副司令,但从未上过战场,更别说真刀真枪地指挥打仗了。面对宝日浩特屯这个难啃的响窑和蒋排长这样的宿敌,他感到束手无策。

就在小三爷举棋不定的时候,王永清走了过来,低声对他说:"副司令,看来他们早有准备,又有坚固的寨墙。咱们擅长的是骑马野战,很难攻克坚固的寨子。那个蒋排长是故意用话激你,千万别上当!"

"唉,我也知道他们有准备,事先布好了口袋让我往里钻,可是杏树岗急需救援,咱们却被挡在这里,真是进退两难!"小三爷叹了一口气,显得无可奈何。

"副司令,我猜蒋排长还有一个用意,他是不是想拖住咱们,等待大部队到来,到时候来个里应外合,把咱们一网打尽。咱们千万不能中了他的诡计。"

"啊!有这个可能。如果真是那样,咱们就危险了。你说咱们到底应该怎么办?"小三爷吓得脸色煞白,头上直冒冷汗。

"副司令,古人云:'两害相权取其轻,两利相权取其重。'无论做什么事情,都要先保护好自己,然后才能去帮助别人。咱们不能因为救援杏树岗与他们在此纠缠,一旦他们的增援部队赶到,咱们就会腹背受敌,弄不好会全军覆没。自古成大业者不拘小节,咱们的救国大业刚刚开始,不能因小失大,忘记了自己的使命。留得青山在,不怕没柴烧。依我之见,咱们莫不如先退兵回去,然后派人前去打探杏树岗方面的消息,如果他们能够坚持住,咱们再另想办法救援了,如果他们不幸被打败了,咱们就没有必要去救援。副司令,我这完全是替您着想,不管对与错,仅供参考,至于到底何去何从,还请您自己拿主意。"王永清看着小三爷,一脸真诚地帮他出主意。

"永清,我真没看错你,关键时候,你是真心为我着想。你说的有道理,不过此事关系重大,我得好好考虑一番,才能最后下决断。"小三爷赞赏地看着王永清,说出了自己的想法。

小三爷低头沉思了一段时间,心里反复琢磨到底该怎么办。如果撤退,王克复就有可能全军覆没;如果继续进攻,不但损兵折将,而且有可能被共产党的援军包围,到时候自己反而会处于危险境地。可自己作为副司令,属下有难,自己害怕冒险而中途撤回,将来传出去,不但颜面尽失,还会被人说是贪生怕死。再说,对方的火力虽然很猛,枪声却显得稀稀拉拉。从枪声中判断,他们的人数不会太多。这个蒋排长是领头的,充其量这里也就有一个排的兵力,自己数倍于敌,如果就这样稀里糊涂地撤退,实在是心有不甘。想到这里,他决定再发动一次进攻,如果能够攻破寨子,就火速前往杏树岗救援,如果进攻不利,自己也做到了仁至义尽,对部下也算有个交代。于是,他把人马集中起来,再次发动进攻。

小三爷面带杀气,下令全力冲锋,严令退缩不前和贪生怕死者一律就地枪毙,并亲自在后面督战。匪徒们在他的威逼下,为了壮胆,"嗷嗷"叫着,端着枪向寨子猛冲过去。

蒋排长他们只有十几人,面对敌人大举进攻,蒋排长虽然表面沉着冷静,但心里很着急。万一寨子失守,不但他和战友们面临危险,而且还会给攻打杏树岗的部队造成严重威胁,势必影响整个战局。无论如何也不能放这帮匪徒过去。想到此,他大声对战友们说道:"同志们,考验我们的时候到了,咱们要发扬不怕牺牲,勇敢作战的精神,决不能让匪徒从咱们面前过去,一定要坚持住,援兵马上就到了。"

"排长,放心吧,即使拼到最后一个人,也决不能让敌人从我们面前过去。"战士们异口同声地回答。

"好样的,我相信你们,咱们要节省子弹,争取每一颗子弹都能消灭一个敌人。咱们要打一枪换一个位置,决不能让敌人摸清咱们的虚实。"

蒋排长和战友们趴在寨墙后面,密切注视着匪徒的动向,直到匪徒们冲到壕沟边，蒋排长才果断命令开火。霎时间，枪声响成一片，匪徒们有的应声倒地，有的赶紧趴在壕沟边躲避子弹。蒋排长见状，立刻下令投弹，匪徒们在手榴弹的爆炸声中，吓得扭头就跑。小三爷见状，举枪打倒了两个跑在最前头的匪徒，脸色铁青地大声骂道："你们这帮孬种，见硬就跑。谁再后退，他俩就是你们的下场。"面对杀气腾腾的小三爷，匪徒们吓得赶紧停下脚步。无奈地转过身来，继续向寨子发动进攻，顿时枪声大作。蒋排长他们由于人少，面对敌人的大举进攻一时难以招架，眼看敌人就要冲到寨子跟前了，蒋排长命令战士，用仅剩的三颗手榴弹打击敌人。爆炸声中，又有几个匪徒倒地身亡，匪徒们吓得趴在地上不敢动弹。小三爷为了安抚人心，同时也为了鼓舞士气，大声喊道："兄弟们，立功的时候到了，谁先攻进寨子，赏一百块大洋！"这些匪徒都是见钱眼开，要钱不要命的主儿，听说赏金有一百块大洋，不顾一切地往上冲。

　　面对敌人的进攻，形势岌岌可危，眼看寨子就要被攻破，蒋排长和战友们抱着必死的决心，顽强地进行抵抗。就在这万分危急的时刻，只听远处传来一阵急促的马蹄声和雄壮的喊杀声。蒋排长知道是官布仁钦带着区小队和民兵赶来增援了，心中一喜，急忙对战友们大声喊道："同志们，咱们的援兵到了，赶快跟我出击，活捉小三爷，决不能让他跑掉！"

　　战友们明白蒋排长这是采取攻心战术，震慑敌人，瓦解敌人的斗志，也跟着大声喊道："冲啊，活捉小三爷，千万别让小三爷跑了！"

　　远处尘土飞扬，喊声震天，寨子里又发出活捉小三爷的喊声，小三爷立刻吓得六神无主，不顾一切地大声喊道："不好，敌人的援兵到了，赶紧撤！"说完，他抢先上马，不顾一切地掉头就跑。其他匪徒见状，也跟着没命地往回跑。

　　蒋排长见敌人溃败而逃，立刻命令战士们打开寨门，与官布仁钦等人会合，然后命令区小队和警卫班上马追击敌人。官布仁钦知道他们只有几十个人，武器装备又很落后，借助坚固的寨子阻击敌人还勉强可以，如果贸然出兵追击，一旦暴露了自己的底细，敌人反扑过来，会很危险。他有心出言制止，但话到嘴边又咽了回去。官布仁钦知道蒋排长作战经验丰富，这么做一定有他的道理。想到此，二话没说，带头朝匪徒追去。

他们一边追击一边大声喊："冲啊！活捉小三爷，决不能让他跑了。"

小三爷和匪徒们听到身后的呐喊声，心里更加害怕，不顾一切地落荒而逃。追击的战士们看到匪徒们狼狈溃逃，立刻来了精神，挥舞着马鞭奋力直追。这时，蒋排长却下令停止追击，命人简单打扫了战场，然后退回寨子防守。有些人不明白蒋排长的意图，嚷嚷着要继续追击。蒋排长笑着说道："同志们，穷寇莫追，咱们的目的就是要吓退敌人，让他们无法去增援杏树岗。如今目的达到了，还是赶紧返回寨子防守，以防出现意外情况。"

官布仁钦听后，不由得感叹道："蒋排长，你们八路军真有能人，今天我算开了眼啦，知道了什么叫兵不厌诈！什么叫以少胜多！什么叫胆大心细！"

战士们听了官布仁钦的话开怀大笑，笑声中充满了胜利的喜悦。

## 第二十二章

# 热血洒草原

小三爷和他的手下们一口气跑出十几里地,直到有人告诉他,追兵已经返回,他才放慢了速度。小三爷看着眼前这群溃不成军的手下,心里又气又恨,气的是这帮手下不争气,恨的是八路军在宝日浩特屯设伏,致使他的救援计划落空。经过这番较量,小三爷的心态发生了根本性的变化,以前他瞧不起共产党的军队,认为这帮土八路根本不是国民党正规军的对手,现在他对共产党军队有了新的认识。共产党的军队不但英勇善战,而且战斗经验丰富,别说自己的救国义勇军,恐怕正规的国军也不是共产党军队的对手。因此,他的雄心壮志锐减,变得患得患失,甚至一度产生了后悔的想法。

小三爷乘兴而来,败兴而归,怀着患得患失的心情,无精打采地带着手下返回了自己的老巢。至于王克复等人的生死,他已无暇顾及。

此时,杏树岗的战斗正在激烈地进行中,参战的三支队伍犹如三把锋利的钢刀,从东、西、北三个方向向杏树岗的守敌发起了猛攻。

杏树岗原本有四座炮台,分别设在寨子的四个角上,寨墙都是用干打垒的方式修筑的,高一丈二,宽一丈有余,十分坚固。

刚开始时,王克复信心很足,带领匪徒们依托寨子坚固的防御工事,躲在炮台里疯狂射击,给进攻的八路军战士造成了一定的伤亡。为了压制敌人的火力,洪大贵将几名枪法好的战士集中在一起,专门瞄准炮台的射击孔,只要敌人的枪声一响,他们就瞄准射击,这一招果然管用,随着敌人的机枪手轮番被击中,敌人的防御力量顿时减弱了。

王克复心里十分着急,如今八路军不但加大了进攻力度,而且炮台又被八路军的神枪手封盖,无法进行有效的还击。这时,他又听到庄头屯和德尔斯台相继被攻破的消息,苦盼的援军也迟迟不见踪影。面对诸多不利因素,王克复深感绝望,但为了鼓舞士气,仍一再鼓动匪徒死守杏树岗,并以美女、金钱相许。

匪首付景升带领着十几名匪徒负责固守寨门,他们依托坚固的寨墙,不断地进行反击。负责攻打寨门的是骑兵团二营一连,战士们在连长杨邦华的率领下对敌人展开猛烈攻击。他们一面加强火力攻击,一面让文化教员吕义文向匪徒喊话,采取瓦解敌人的心理战术。

本来这次战斗吕义文不应该上前线,杨邦华让他在后方与炊事班一起搞伙食,可是,战斗一打响,吕义文就冲到了前线参加战斗。

负责固守大门口的匪徒们看到进攻愈来愈猛烈,他们又处在孤立无援的境地,知道早晚寨子会被攻破,到时候只有死路一条,因此,几个匪徒一合计,决定放弃抵抗,向八路军投降。于是,一个匪徒从身上脱下白褂子,用步枪挑起来,把大门打开一条缝,冲着外边不住地摇晃,同时大声喊叫:"八路军的弟兄们,别打了,我们愿意开门投降!"

杨邦华看到大门里的匪徒愿意投降,急忙命令战士们停止射击。他冲着匪徒们大声喊道:"我们接受投降,但你们必须交出武器,然后举着双手走出来。"

"我们愿意交出武器。"匪徒们一边回答,一边将十几支步枪和两把短枪从大门里扔出来,然后打开大门,排着队,举着双手走出来。

杨邦华见敌人投降,便带领战士们向大门口冲去,打算接收投降的匪徒,同时占领大门口。当他们冲到大门口时,却不曾提防紧靠大门旁边有一座暗堡。这个暗堡十分隐蔽,事先经过精心伪装,射击孔也从外边封死了,只留出一个秘密观察孔用来窥探外边的情况,不了解内情的人根本无法发现这个暗堡。王克复把这个暗堡交给匪首付景升把守,同时命令付景升,不到关键时刻,不能暴露这个暗堡。所以,战斗打响后,暗堡里的匪徒一直没有开枪射击,进攻的部队也就没有发现这个暗堡。

此时,付景生看到有人"反水"并打开大门投降,便命令暗堡里的匪徒用枪托从里面打开射击孔的伪装,对准投降的匪徒和受降的八路军射击。由于事发突然,杨邦华及冲在最前边的文化教员吕义、副连长付炳生、战士周和等人被暗堡里射出的子弹击中。同时中弹的还有几个投降的匪徒。

此时,包维新正带领担架队员躲在掩体内,看到杨邦华和战士们被子弹射倒,救人心切,不顾生命危险,越出阵地,猫腰向杨邦华等人跑去。担架队员色楞宝和博彦套格套受他的影响,也跟着跳出战壕,冒着枪林弹雨抢救伤员。

付景升发现了目标,急忙下令朝他们开枪射击。子弹落在他的身边,发出"噗噗噗"的响声。跟他一起支前的曹福山急忙大声提醒:"包维新,危险,快回来!"包维新没有停下脚步,只是向后边摆了摆手,示意色楞宝注意安全,然后一边躲避子弹,一边继续向前冲。他很快就冲到了伤员跟前,动手抢救伤员。就在这时,一排子弹扫来,包维新和博彦套格套均被子弹击中,包维新左臂受伤,顿时鲜血直流;博颜套格套被子弹击中了前胸,身子摇晃了几下,无力地倒在了地上。战士们见他们处境十分危险,立刻开枪掩护,几名枪法好的战士轮番向暗堡的射击孔射击,将匪徒的火力压制下去。包维新左臂受伤,却不顾伤痛,奋力来到博颜套格套的身边，询问他的伤势。色楞宝用手捂着胸口，强忍伤痛说道："不用管我，抢救伤员要紧。"包维新见他伤势较重，便让色楞宝将他先行救回去。可是，博彦套格套却死活不肯，包维新拗不过他，只好背起脸色煞白的杨邦华，快速向阵地跑去。色楞宝也背起一名伤员，跟随在包维新身后，回到阵地。救护人员急忙跑过来为他们进行救治。

经过救护人员的检查，确认包维新的伤势较轻，子弹穿透了他的左臂，但没有伤及骨头。

医务人员当即为他包扎了伤口。包扎完毕，包维新忍着伤痛，继续带领担架队员冲到前沿抢救伤员。在他的带领下，担架队员们个个奋勇争先，不顾危险，全力抢救伤员，直到把倒地负伤的战士，包括受伤的博彦套格套全部抢救回来，才松了一口气。然而，谁也没有想到，就在他们最后一次抢救伤员的时候，一颗罪恶的子弹击中了色楞宝的头部。这位英勇的担架队员，为了支援前线，为了抢救受伤的战士，献出了年轻的生命。

杨邦华、吕义文、付炳生、周和及小王等人因伤势过重，壮烈牺牲在剿匪的战场上。

一连的战士们听到连长牺牲的消息，顿时红了眼，高声呼喊："为杨连长报仇！为牺牲的战友报仇！向匪徒讨还血债！"然后不顾一切地端着枪，向敌人发起冲锋。

暗堡里的匪徒凭借暗堡的有利地形，继续负隅顽抗。随着暗堡里射出的火舌，冲锋的战士不断有人倒下。

指挥部看到冲锋受挫，伤亡较大，立刻下令暂停进攻。为了减少不必要的伤亡，指挥部调来一挺重机枪和一门迫击炮，向暗堡发起攻击。重机枪班班长孙健带领战士们用重机枪一阵猛烈射击，压制住了敌人的火力。使用迫击炮的战士也瞄准暗堡连续发射，有两发炮弹不偏不倚，正好击中了暗堡，匪首付景升和几名残匪全部被炮弹炸死。

杨邦华的通信员裴久洲在连长牺牲，副连长受伤的情况下，挺身而出,拿起杨邦华的手枪和指挥旗,义愤填膺地高声喊道:"一连全体同志!继续战斗!"战士们听到裴久洲的话,立刻给予响应,纷纷表示愿意服从他的指挥。

裴久洲带领战士们再次发起冲锋,由于清除了暗堡这个障碍,攻击部队很快攻占了大门,高声呼喊着口号,像一群下山的猛虎冲进寨子。

匪徒们看到寨子被攻破,顿时惊慌失色,乱作一团。王克复见大势已去,打算突围逃命。他命令匪徒们拼死还击,把对方的火力吸引过去,自己则趁机跳下炮台,顺着寨墙溜出寨子,没想到刚跑出十几步,就被抢先攻进寨子的战士们发现,随着一阵密集的子弹从枪口射出,王克复这个作恶多端的匪首倒地毙命。

枪声停歇了,战场的硝烟逐渐散去,参战部队开始清理战场。盘踞在杏树岗的匪徒,除了十几名投降的以及一少部分侥幸逃脱的,其余均被歼灭。另外,我军还缴获了轻机枪一挺、步枪二十支、子弹两千多发、马二百多匹、牛三百多头。这一仗,我军虽然取得了胜利,但由于匪徒们的拼死抵抗,给我军造成了较大的伤亡,共有四十七人献出了宝贵的生命。

战斗结束后,指挥部将牺牲的烈士遗体集中安葬在原来指挥部所在地——杏树岗西北的土岗上。这些来自各地的烈士,从此永远留在了杏树岗,留在了杜尔伯特旗。他们的灵魂守护着杜尔伯特草原,保佑着杜尔伯特旗各族人民永远祥和、幸福、平安!

杏树岗战役胜利结束后,色旺多尔济组织各界人士及社会团体组成的慰问团,用大车拉着猪肉、粉条、牛肉还有整只的羊,慰问参战的将士。指挥部的宋康从色旺多尔济手中接过慰问团送来的锦旗,锦旗上绣着"剿清匪患、为民除害"八个大字。色旺多尔济代表旗政府和慰问团发表讲话,首先向参战部队取得杏树岗战斗的胜利表示祝贺,其次向全体参战官兵致敬,最后鼓励剿匪部队再接再厉,彻底清除匪患。

宋康代表参战部队致答谢辞,向慰问团的全体成员以及杜尔伯特旗各界人士和人民群众表示感谢。同时，他代表剿匪部队的全体官兵向慰问团承诺，一定不辜负慰问团和人民群众的厚望，一定要彻底清除匪患，为人民再立新功。

杏树岗战斗的胜利，极大地鼓舞了人民群众的士气，让他们对共产党八路军更加信任和拥护，各地的强壮青年都踊跃报名参军。为了满足广大青年的革命热情，同时也为了壮大革命力量，旗政府决定抽调人手，配合部队的征兵工作，组成征兵工作队，深入各个区域进行征兵工作。

部队在杏树岗战斗中减员较多，为了尽快补充兵力，上级命令三连毛连长带着一个班的战士前往腰新屯征兵。班长洪大贵不但枪法好，而且军事素质过硬，还读过私塾，有一些文化。当时共产党军队的战士们大多都是贫苦农民出身，很多人都目不识丁，像洪大贵这样既有文化，军事素质又过硬的人才很少。上级考虑征兵工作需要进行登记，所以派洪大贵带领全班战士跟着毛连长一同前去。

毛连长和洪大贵带人进驻腰新屯，深入发动人民群众，积极开展革命活动，宣传共产党的革命主张，为征兵工作打下了坚实的基础。

杏树岗战斗的胜利对小三爷等匪徒起到了一定的震慑作用，他们失去了往日的自信，产生了悲观失望的情绪，整天提心吊胆，担心剿匪部队随时会打过来。

小三爷更是兔死狐悲，一边替王克复等人感到痛惜，一边为自己的前途担忧。但他明白，此时，自己已经没有了退路，只有咬牙坚持下去，等待国军打败共产党，接收杜尔伯特旗，他们才有出头之日。听说剿匪的部队正在修整，腰新屯只有一个班的兵力，为了鼓舞士气，小三爷决定带领人马前往腰新屯，一举消灭征兵工作队。

为了达到一击致命的效果，小三爷事先做了周密的安排。他与陈国良、林德夫、李广茂等匪首秘密召开了军事会议。王永清作为他的副官，列席了会议。匪首们经过秘密商议，决定派人前去侦察，摸清征兵工作队的具体情况，然后采取突然袭击的办法，将征兵工作队一举歼灭。

会后，匪首们严令所有匪徒，没有命令不准外出，一律就地待命。同时派出密探，前去打探情况。王永清主动找到小三爷，要求跟着去侦察情况。小三爷看了他一眼，笑着说道："你是我的副官，怎么能让你去冒险呢？你就安心休息，养精蓄锐，等明天到了战场上，你再大显身手吧！"

"副司令，我是担心这些人不肯真心做事，万一情报不准，岂不误了大事。"王永清向小三爷解释。

"你就放心吧，这几个人都是我的心腹，他们都和你一样，对我忠心耿耿。"小三爷自信地看着王永清。

"既然如此，我就放心了，"王永清不再坚持。

小三爷派出去的侦察人员很快回来向他汇报，说是征兵工作队住在一个大院里，平时警戒得很严密，不容易得手。

小三爷根据侦察结果，决定凌晨出发，在天未亮时动手，打他们个措手不及。

半夜时分，小三爷让厨房准备了酒菜。小三爷举着酒碗对众匪徒大声说道："兄弟们，前几天杏树岗被共产党的军队攻破，王中队长等百余名将士英勇殉难。他们都是忠勇之士，他们的血不能白流，我们一定要为他们报仇雪恨。今天我就带领你们去消灭窜到腰新屯的共军。你们尽管放心，这一仗我已经全盘筹划好了，保证万无一失，旗开得胜，马到成功！"说完，小三爷一口把酒喝干，匪徒们狂呼乱喊地跟着效仿。

酒足饭饱之后，小三爷带着二百多名匪徒出发了，一路上小心谨慎，隐蔽前行。天色放亮时，他们来到了距离腰新屯三里外的一处洼地。小三爷把队伍分成三股，杀气腾腾地命令所有人员一律下马步行，隐蔽前进，悄悄包围腰新屯，没有他的命令，任何人不准擅自行动，违令者斩。

匪徒们按照小三爷的命令，尽量不发出声响，悄悄地接近了屯子。小三爷见屯子里平静如常，心里不由得一阵高兴，感到胜利在望。就在这时，从他的身后传来一声枪响，小三爷心里一惊，忙喝问是谁私自开枪。这时，王永清和一个侍卫走了过来，那个侍卫红着脸说是他的枪走火了。小三爷心里冒火，用枪顶着匪徒的脑门，喝问原因，吓得那个匪徒浑身哆嗦，结结巴巴地说："副……副……副司令饶……饶命，我不……不是故……故意的，是……是和王……王副官撞……撞在一起，不知不觉走……走……走了火。"

小三爷看了一眼王永清，威严地问道："他说的是实话吗？你怎么会和他撞在一起？"

"副司令，我也没想到会发生这种事。他说的没错，他是与我撞在了一起。我光顾着观察前边，没注意脚底下被树根绊了一下，一个趔趄，正好撞到了这位兄弟，谁知他的枪竟然走火了，你说寸不寸。"

小三爷听了王永清的解释，脸色露出了一丝诡异的冷笑，连连摇头说道："真是人算不如天算，枪声一定会惊动屯子里的八路。既然我们偷袭不成，那只有改为明攻了。兄弟们，别怕，他们只有十几个人，咱们一起往上冲，一定能够将他们全部消灭。"

在小三爷的命令下，匪徒们不再躲藏，站起身来，举着枪，嘴里发出一阵近似狼嚎般的喊声，疯狂地向屯子里扑来。

毛连长被枪声惊醒后，知道出现了敌情，急忙翻身下炕，手握匣子枪，来到屋外，大声命令全体人员紧急集合，做好战斗准备。就在这时，远处传来一阵枪声和喊叫声。屯头的潜伏哨回来报告说大批的敌人正向他们的住处冲来。毛连长见敌众我寡，知道硬拼不是办法，赶紧带着部队前去接应与敌人交火的哨兵。战士们对准敌人一阵扫射，匪徒们吓得四散躲藏。毛连长把哨兵接应回来之后，命令部队利用各种掩蔽物，交替掩护，边打边向屯外撤退。

毛连长见匪徒在后面紧追不舍，知道这样纠缠下去难以脱身。退至屯子边上的一处土墙时，毛连长命令战士们停止后退，隐蔽在土墙后面。等

## 第二十二章·热血洒草原

到匪徒们追至跟前时,他突然下令开枪。追击的匪徒们猝不及防,接连倒地。那些没有中枪的匪徒吓得缩头缩脑,纷纷倒地躲避。毛连长乘机带领战士们冲出屯子,向北撤退。

小三爷见状气得大声叫骂,并鸣枪威胁。匪徒们慑于小三爷的淫威,只好强打精神,战战兢兢地从地上爬起来,端着枪,继续追击。

由于匪徒大部分是骑兵,追击的速度很快,没过多长时间就追了上来。班长洪大贵一边撤退,一边回头射击。他枪法精准,随着他的枪声,匪徒们接连倒地身亡。匪徒们忌惮他的枪法,不敢全力追赶,追击的速度逐渐放缓。

小三爷看着这些贪生怕死的手下心里十分生气,不由得开口大骂:"你们这帮贪生怕死的无能之辈,咱们这么多人,却被区区的十几个共军吓得不敢上前,真是丢人现眼!都给我打起精神来,全力追击,谁再退缩,贪生怕死,我就先毙了谁!"

在小三爷的逼迫下,匪徒们只好再次鼓起勇气,向毛连长等人追了过去。毛连长只好带着战士们且战且退,形势愈来愈不利。

洪大贵见敌人咬住不放,知道僵持下去不但无法脱身,而且有可能会全军覆灭。于是,他快步来到毛连长的身边,焦急地说:"连长,敌人不但人多,而且还有马,咱们再这样僵持下去,势必会陷入危险的境地。你赶快带着战士们撤离,我留下来断后。"

"不行,这样一来,你的处境很危险。"毛连长断然拒绝了洪大贵的请求。

"连长,凭我的枪法,保证不会有啥危险的,你就放心吧!"洪大贵继续请求道。

"大贵,你的枪法虽好,可是他们的人太多了,双拳难敌四手,好虎害怕群狼,我不能丢下你一个人冒险。"毛连长的态度十分坚决。

"连长,现在情况危急,再纠缠下去,咱们都无法脱身。我主意已定,留下来阻击敌人。你不要管我,赶紧带着队伍撤离。只要你们能够安全撤离,即使我牺牲了也值得。"洪大贵说完,返身迎着敌人跑去,跑了十几步远,躲在一棵大树后边,一边向敌人开枪,一边朝毛连长大声喊道:"毛连长,你们不要管我,赶快撤离!"

毛连长知道洪大贵一个人留下来一定是凶多吉少,他是想用个人的生命换取全体战士的安全。毛连长朝着洪大贵高声喊道:"大贵,一定要活着回来!"

洪大贵一边开枪,一边高声回答:"连长,你就放心吧,革命还没有成功呢,我是不会轻易死掉的。"

其他战士深受感动,高声喊道:"班长,你多保重,我们等着你回来!"这时,匪徒们追到了洪大贵附近,洪大贵无暇回答,只是深情地向战友们挥手示意,然后转身全神贯注地阻击敌人。

毛连长再次看了一眼洪大贵,眼含热泪地带着战士们快速撤退。洪大贵虽然孤身一人,但沉着冷静,躲在大树后面,瞄准目标,弹无虚发,一枪一个,打得敌人趴在地上不敢抬头。洪大贵的有效阻击迟滞了匪徒们的追击速度,为战友们赢得了宝贵的撤退时间。

毛连长他们乘机摆脱了敌人的追击。毛连长参军多年,参加过无数次战斗,经验非常丰富。他清楚地知道,光凭洪大贵的一杆枪,难以击退敌人,只能迟滞敌人的追击速度,敌人随时可能追来。在茫茫的旷野中无险可守,不利于与骑兵交战,只好带领战士们快速向北撤退,一直退了十余里,来到了小排排屯附近。这时,后边出现了匪徒的骑兵,毛连长心里一沉,暗自说道:"敌人又追了过来,不知道洪大贵是否脱离了危险。"眼看追兵越来越近,毛连长下令退守小排排屯。

小排排屯不是响窑,村落比较分散。毛连长仔细观察了一下屯子里的情况,看到屯东头有一个大院落,急忙带着战士们退向大院。来到跟前才知道,这是一个烧酒的烧锅,名叫公兴永烧锅。毛连长知道这是一场艰苦的战斗，为了不伤及无辜的百姓，他劝烧锅内的人员尽快离开。烧锅里面有两位年长的烧酒师傅，听说要打仗，心里害怕，吓得慌忙离去。另外几名烧酒的伙计却不肯离开，尤其是两个胆大的小伙子，不但坚决不肯离开，而且提出了参军的要求。他们是叔伯兄弟，以前就合计过要去当八路军，只是没有机会。如今见到征兵的工作队，岂能错过，当场要求参军。毛连长考虑眼前的形势非常危险，他们又没有战斗经验，所以没有答应。他们却铁了心要当兵，无论毛连长如何劝说，兄弟俩死活不肯离开，声称誓死参加八路军。毛连长见他们态度如此坚决，只好尊重他们的意见，同意他们留下来，并告诫他们必须听从指挥，注意安全。两个小伙子见毛连长同意他们参军，心里非常高兴。其他几个愿意留下来的人虽然年纪稍大，不打算参军，但纷纷表示愿意听从毛连长的指挥，并各自找来烧酒的铁锹以及铁叉等工具，作为杀敌的武器。他们怀着几分好奇和紧张的心情，紧握手中的铁叉和铁锹，紧随在战士们的身后。

毛连长下令关闭大门，命令战士们上房。这个烧锅是全屯最高的建筑，从烧锅的房顶上可以俯瞰整个屯落。毛连长命令这些烧酒的伙计找来一些草袋子，里面装上酒糟，在房顶上堆垒临时工事，利用制高点打击敌人。同时他命令其他战士分别占据有利地形，凭借坚固的院墙，与敌人决一死战。

工夫不长，小三爷带领匪徒冲到了烧锅跟前，命人将烧锅团团围住，并下令开始进攻。匪徒们领教过八路军的枪法，不敢直接进攻，而是猫着腰，各自寻找墙角和院落做掩护，小心翼翼地向烧锅靠近。毛连长一边密切注视敌情，一边告诫战士们不要轻易开枪，注意节省弹药，等敌人靠近再打，争取一枪消灭一个敌人。

匪徒们小心翼翼地摸到烧锅跟前，进入了射程之内，毛连长依旧没有下令开枪。烧锅周围一片沉寂，让人感到恐惧。八路军越是不开枪，匪徒们心里越害怕，他们知道此刻院墙内的八路军正用枪瞄着他们的脑袋，只要院内的枪声一响,他们当中一定有人当场毙命。面对死亡的威胁,匪徒们充满了恐惧。他们为了保命,谁也不肯率先带头往前冲。

小三爷看着手下畏缩不前,气得直跺脚。为了鼓舞士气,他在后面高声喊道:"弟兄们,不要怕,他们只有十几个人,而且弹药短缺,只要咱们齐心合力,一定能把他们全部干掉。谁先冲进院内,我请他喝花酒,另赏大洋一百块,官升三级!"

俗话说:"重赏之下,必有勇夫。"这些匪徒都是贪财好色之徒,如今听说有女人和钱财,便忘了生死,有几个匪徒带头向烧锅发起了冲锋,其他匪徒生怕被别人抢了头功,也不管不顾地跟着往前冲。

匪徒们为了壮胆,口中不住地嚎叫,胡乱地放着枪,快速向烧锅冲了过来。六十米,五十米……距离越来越近了,直到接近三十米时,毛连长才果断地下令开枪。随着一阵猛烈的枪声和手榴弹的爆炸声,匪徒中不断有人中弹倒地。烧锅房顶上制高点的三名战士枪法很准,虽然没有洪大贵百发百中的射击本领,却也不可小觑,如今凭借这个制高点,把敌人的一举一动看在眼里,用枪瞄准进攻的匪徒,几乎一枪一个,将进攻的匪徒打倒在地,给敌人造成了很大的威胁。在他们的有效打击下,没有中枪的匪徒吓得惊恐万分,掉头就跑。烧锅院外的空地上,留下了十几具匪徒的尸体和几个惨叫不止的伤兵。

匪徒们如此不堪一击让战士们士气大振,齐声欢呼。小三爷和李广茂感到十分沮丧。他们知道手下这帮人的底细,平时没事时咋咋呼呼充英雄、装好汉,一旦遇到紧急情况就贪生怕死,变成了缩头乌龟。因此,小三爷决定改变进攻方式,不再发动大规模进攻,而是集中兵力,攻其一点。他命令匪徒一齐向大门投掷手榴弹,一旦大门被炸开,院内的防御体系就会遭到破坏,他们就能冲进院内,彻底消灭八路军。

这一招果然奏效,随着匪徒们的一阵乱炸,木制的大门被炸得七零八落,木屑乱飞。匪徒们发出一阵狂笑,呼喊着发起第二次进攻。当爆炸的硝烟散尽时,他们发现大门口已经有了临时掩体。原来毛连长早就料到了,他在房顶上修筑了临时工事,又带着那几位烧酒的伙计用装满酒糟草袋子在大门口垒成掩体,并把唯一的一挺机枪放在掩体内进行防守。

随着一阵急促的机枪声和从制高点传来的枪声,匪徒们哭爹喊娘,不顾一切地抱着头撒腿往后跑,只恨爹娘少生了两只脚。

再次进攻失败,小三爷气急败坏,连声骂娘。正当他与李广茂等人商量攻破烧锅的办法时,突然听到远处传来一阵急促的马蹄声和枪声。小三爷急忙向手下询问情况,有人向他报告,远处有一队骑兵正快速向小排排冲来,怀疑是八路军的援兵到了。小三爷顿时慌了神,害怕两支队伍里应外合,对他们实行前后夹击,急忙命令部队撤退。

毛连长听到远处传来的马蹄声和枪声,知道援军来了,立刻下令部队进行反击。这支援兵是驻肇源县的骑兵独立团,当时独立团正奉命在紧靠杜、肇一带的地界剿匪,接到毛连长等人被围的消息后,立刻派出了一个排的骑兵赶来增援。

在毛连长和援军的夹击下,小三爷他们被打得丢盔卸甲,损失惨重,向东南方向狼狈逃窜。毛连长和援兵胜利会师,小排排战斗取得了胜利。

毛连长担心洪大贵的安危,命令一部分战士留下来打扫战场,自己则带着几名战士,跳上马背,快速向洪大贵阻击敌人的地点奔驰而去。

毛连长一路上不停地抽打坐骑,心急火燎地赶到洪大贵的阻击地点,发现洪大贵已经牺牲了。看到洪大贵的遗体,毛连长和战士们悲痛万分,痛哭失声。他们经过审问被俘的匪徒,得知洪大贵的子弹打光后,被匪徒围住,匪徒们想活捉他,洪大贵却端着没有子弹的空枪与匪徒拼刺刀,一连刺死了三个匪徒。小三爷见活捉无望,气愤地下令开枪,洪大贵身中数枪,倒在血泊中,怒目圆睁,仇视着这帮匪徒。

战士们怀着无比沉痛的心情,抬着洪大贵烈士的遗体回到了腰新屯。由于当时的条件有限,部队又有战斗任务,不能耽搁,战友们只好含着眼泪将他就地掩埋,既不能立碑,也没办法留下他的名字,只能尽他们的心愿,极力把坟包堆得大一些。

这座掩埋着烈士遗体的大坟包并没有随着时间的流逝而消失,而是越来越大,因为当地的老百姓一直没有忘记这位为了掩护战友而壮烈牺牲的烈士,每年清明,他们都会自发地前来为烈士上坟填土,焚烧纸钱,祭奠英灵。百姓们出于对烈士的尊敬和对坟墓的保护,自发地在烈士的坟墓周围栽种了大片的杨树,如今杨树枝繁叶茂,形成了偌大的杨树林,人们管洪大贵的墓叫"八路坟",管这片杨树林叫"八路坟"杨树林子。

随着时间的流逝,战场的硝烟已经散尽,许多陈年往事已经湮没在历史的尘埃中。可是,有关洪大贵烈士的英雄事迹却被人们永远流传了下来。中华人民共和国成立后,在扫墓的人群中增加了少先队员的身影。这些健康活泼的孩子们,在老师的带领下,带着鲜艳的红领巾,迈着坚定的步伐,排着整齐的队伍,唱着"我们是共产主义接班人"的歌曲,怀着崇敬的心情,前来缅怀革命先烈,聆听知情的老军人讲述烈士的英雄事迹。这些少先队员深受激励,更加珍惜这来之不易的幸福生活。革命烈士的英雄事迹教育了一代又一代青少年,培养了他们的爱国情操和革命意志。

第二十三章

# 叛匪的末日

小三爷刚开始跟着陈国良成立东北救国义勇军杜尔伯特旗联合保安大队时，踌躇满志，准备大干一场，想着国民党军队到来时论功行赏，由他接管杜尔伯特旗的大权。因此，他竭尽全力，为了扩充势力，打着保卫家乡的幌子，逼迫当地的百姓有钱出钱，有枪出枪，没钱没枪的出人，致使许多家庭妻离子散，家破人亡。

7月末，在陈国良的教唆下，小三爷率领地主恶霸和土匪组成的反动武装攻打肇源县古龙区。陈国良之所以让小三爷带队攻打古龙区，是因为他的家就住在古龙区，前一段时间这里搞土改，他的家被农会分了。陈国良怀恨在心，总想找机会报仇。此时在杜尔伯特旗成立了救国军，网罗了一千余名匪徒，他的底气足了，便带领部下回家乡报仇。可是，他们虽然人多，却是乌合之众，根本形成不了战斗力。一千多人围困郭尔罗斯后旗，连续攻打了两昼夜，守城部队只有旗保安团的两个中队及财经工作队，加起来不过百余人，他们却久攻不下，最终被八路军第七师派来的部队击溃。

陈国良和小三爷不甘失败，于8月初，再次纠集佟宝庆和郭尔罗斯后旗的李凤阁、徐国庆等地主武装，共计一千余人，再次攻打古龙区，将旗保安团的一个排缴械。佟宝庆把农会会长沈荣抓住，打得遍体鳞伤，奄奄一息，然后将其枪杀。同时被枪杀或活埋的还有十余名农会干部和积极分子。这个反动的叛乱分子，双手沾满了革命群众的鲜血。

8月18日，小三爷与"明山"土匪绺子、肇州县刘洪山地主武装相勾结，拼凑成五百多人的反攻清算队，窜入安达县三区秀义屯，毒打农会干部和翻身群众，逼着翻身农民将分到的清算斗争果实全部返还给地主。

8月29日，土匪"东方好"绺子六十多人进驻南地房子屯。8月30日，八路军哈西军分区驻郭尔罗斯后旗独立团五百多骑兵追剿土匪"救中央"绺子，进入杜尔伯特旗境内。清晨，独立团接近南地房子屯时，发现了"东方好"绺子的"嘹水"，当即开枪射击。

独立团发现屯内有土匪，立即将南地房子屯包围，在机枪的掩护下，部队发动了进攻。南地房子屯是个响窑，屯子周围修筑了高约一丈的寨墙，寨墙的四个角上和寨门上分别修筑了五座炮台。寨子外围没有掩体，加上土匪在炮台内居高临下，独立团的进攻受挫，造成了较大的伤亡。因此，独立团团长改变战斗方案，用迫击炮向各炮台轰击，五座炮台被先后炸毁。中午时分，独立团团长接到上级传来的情报，东北救国义勇军杜尔伯特旗联合保安大队副司令小三爷率领一个中队的匪徒，从后新屯赶来增援。独立团团长立刻派出一个连的兵力前去阻击。阻击部队在小三爷的必经之路设下埋伏。小三爷带着人马快速往南地房子屯赶，没想到中途会中了埋伏。小三爷害怕被消灭，不敢抵抗，仓皇带人逃回后新屯。阻击的部队仅用半个小时就击退了小三爷的增援。小三爷一边往回逃跑，一边合计："真是见了鬼！为什么自己每次行动，共产党都一清二楚，难道他们能掐会算、未卜先知？不对，一定是有人暗地给他们通风报信，可这个人会是谁呢？"小三爷在心里仔细地思考着谁是内鬼，思来想去，觉得王永清很可疑。自己出于对他的信任，每次军事行动都让他参与，可每次都会暴露行踪，导致连连失败。尤其是偷袭八路军征兵工作队的事情，更可疑。虽然不是他开的枪，却与他有直接关联，那个开枪的人是被他撞到才走火的。为什么早不绊倒，晚不绊倒，偏偏接近屯子时他被绊倒？按说这是严重违反军纪的事情，那个走火的人吓得连话都说不利索了，王永清却十分镇定，对答如流，如果不是训练有素，不会有这么好的心理素质。看来他并非像李海青所说的那样，只是一个不谙世事的学生。小三爷并非平庸之辈，为了避免打草惊蛇，表面不动声色，背地里却安排人秘密监视王永清的一举一动。为了早日挖出内鬼，小三爷同时命人对所有可疑人员一并监视，并严令手下的心腹，只要发现共产党的密探，不管是谁，均可先斩后奏，将其铲除。

独立团击退了小三爷的增援，解除了后顾之忧，随即决定对盘踞在南地房子屯的土匪发起总攻。进攻的部队在机枪和迫击炮的掩护下，向敌人发起冲锋。匪首"东方好"见大势不好，急忙命令炮头"南侠"带领匪徒们全力阻击，他则命令贴身把式将院墙挖开一个洞口，带着几名贴身把式逃跑了。奉命阻击的"南侠"等人均被八路军击毙。此次战斗，八路军共计击毙了五十多名土匪，取得了战斗的胜利。令人深感痛心的是，独立团牺牲了二十多名战士，遇难群众达二十余人，可见战斗之惨烈！

王克复在杏树岗被消灭以后，小三爷和陈国良等人如同热锅上的蚂蚁，坐立不安，深感大难临头。他们万万没想到，八路军的剿匪部队战斗力这么强，他们自以为坚固无比的寨子，在八路军面前，几乎毫无用处；他们自以为强悍的匪徒，在八路军面前，几乎不堪一击。他们知道如此下去，盘踞的寨子一定会被共产党的军队攻破，他们也会像王克复等人一样，死无葬身之地。

小三爷无计可施，只好请教陈国良这个冒牌特派员。陈国良虽然心里害怕得要死，但假装镇静，在小三爷等人的要求下，召开了军事会议。

会上，匪徒们如同霜打的茄子，蔫头耷脑，早已没有了当初的精神头。陈国良为了给他们打气，在会议上提出，放弃家园，前去长春投奔国民党军的建议。匪首们对他的建议反应各异，很多人都不赞成。他们舍不得离开自己的家园，去过寄人篱下的生活。他们把目光投向一直没有表态的小三爷，希望他能拿出一个两全其美的主意。

小三爷心里也不赞成抛弃自己的万贯家财，去过那种背井离乡、居无定所的生活。可眼前的形势已经把他逼到了绝路，如果继续坚持下去，说不定哪天共产党就会打过来，他们只能落个身败名裂的下场，如果逃出去，说不定还有一线生机。因此，他的心里很矛盾，一时也拿不定主意。

此时看到众人都把目光转向自己，他再次权衡利弊得失，终于狠下心来，面色阴沉地看了众人一眼，声音沙哑地说："我知道你们舍不得抛弃家园，不愿意离开生活多年的热土，但是，共产党已经逼得我们无路可走了，再在家里待下去，就会被共产党消灭。留得青山在，不怕没柴烧。与其坐以待毙，不如跟着陈特派员投奔国民党，说不定会改变命运。"

"此乃明智之举，你们不必为家里的财产担心，请你们相信我，国民党的军队很快就会打过来，到时候咱们也能跟着回来。到那时候咱们就可以报仇雪恨，让那些穷鬼把咱们的东西统统吐出来。历来成大事者不拘小节，你们要把目光放远一点儿，不要只盯住自家的坛坛罐罐。将来你们就是党国的功臣，到时候要什么有什么。你们别犹豫啦，赶紧回去收拾一下，做好撤离准备。"陈国良接过小三爷的话头，不失时宜地向匪徒们鼓动。

听了小三爷和陈国良的话，匪首们虽然心里不情愿，但迫于形势，只好同意跟着一起逃离。小三爷和陈国良劝说众人同意之后，便与众匪首一起商议，确定了撤离的具体方案，然后让众人回去做准备。

小三爷的六叔达兰泰，就是当初将马藏起来不肯献给日本人的六梅伦，听说小三爷准备携带家眷逃往外地，赶紧过来相劝。

## 第二十三章 · 叛匪的末日

六梅伦这个人不但头脑灵活,而且很有主见,思想比较开明,拥护共产党的主张。此时兄长已经去世,他觉得自己作为亲叔叔,有责任规劝侄子悬崖勒马。

于是,六梅伦找到正在指挥家人收拾细软的小三爷,把他拉到一边,苦口婆心地劝道:"老三,听说你要携家眷外逃,你怎么这么糊涂?虽然现在的形势尚不明朗,但是共产党如此深得人心,这天下早晚是共产党的。我劝你还是放弃反动立场,向共产党投诚吧。这才是明智之举。"

"六叔,我现在已经上了贼船,下不来了!况且我屡屡与共产党作对,罪孽深重,共产党是不会饶恕我的。"小三爷神情黯淡地摇着头说。

"俗话说:'浪子回头金不换。'共产党宽大为怀,只要你肯悬崖勒马,放弃反动立场,共产党一定会给你一条活路的。"

"唉,失散的马群易找回,说出口的话难收回。现在说什么都晚了,我已经无法回头了,如今只能走一步看一步了。"

"现在已经到了生死存亡的关头,你怎么还执迷不悟。我劝你不要一意孤行,一错再错。"

"六叔,你的好意侄子心领了。我也是有头有脸的人,开弓没有回头箭。既然我已经走上了这条路,那就只有走到底了。我不能让人瞧不起。六叔,咱们父子爷们一场,侄子给你磕个头,咱们爷们儿就此别过。如果老天垂怜,咱们爷们儿他日还能相见,到时候侄子再向你赔罪。"说完,小三爷跪在地上连磕三个响头,然后让手下送客。

六梅伦见侄子如此固执,感到非常失望。他了解这个侄子,一向刚愎自用,很难相劝,只好唉声叹气地离开了。

小三爷忍痛送走了六叔,一面加紧做逃离的准备工作,一面加大监视力度,对身边的可疑人员进行严密监视,以免有人透露他们逃离的消息和行动路线。

这天中午,王永清独自一人骑马走出屯子,来到一处小树林旁,与一个瘸脚的货郎说了几句话，买了一盒蛤蜊油，把几张东北流通卷交给货郎，又与货郎低声交谈了两句。货郎急忙挑起货担准备离去。就在这时，林德夫带着十几名匪徒从远处骑马跑了过来，一边鸣枪示警，一边大声喊"不许动"。王永清见状，顾不得自身安危，果断地对货郎说："这份情报是匪徒逃离的具体行动方案，至关重要，你赶紧骑着我的马先走，我来对付他们。"

货郎连忙摇着头说："不行，你留下来太危险了，还是你带着情报先走，我留下来掩护。"货郎一边说着，一边把情报往王永清手里塞。王永清急忙把情报塞回到货郎手里，态度坚决地说："你就别跟我争了，赶紧带着情报离开，只要你安全撤离，他们抓不住我的把柄，就拿我没办法。"王永清说完，强行把货郎推上马背，挥拳用力打了一下马屁股，那匹马吃痛不过，"咴咴"地叫了一声，快速向远处跑去。

林德夫看见货郎骑马跑了，急忙对手下的匪徒大声喊道："快点儿开枪，千万别让那货郎跑了。"匪徒们听从林德夫的命令，一边向前追赶，一边朝货郎射击。王永清见货郎处境危险，担心他出现意外，情报无法送出，急忙掏出枪，躲在一棵大树后面向匪徒还击。随着枪声响起，两名匪徒应声落马。匪徒们吓得停下脚步，纷纷寻找掩蔽物躲藏。林德夫见状，只好把进攻的注意力从货郎身上转向王永清，下令全力攻击王永清。王永清利用大树做掩护，阻击匪徒，掩护货郎安全撤离。匪徒虽然人数多，但都是贪生怕死之徒，不敢全力发动进攻，只是躲在安全的地方打冷枪，货郎趁此机会逃出了匪徒的射程。

林德夫眼看货郎跑远，心里十分着急，命令手下四下散开，将王永清包围起来。王永清顿时陷入腹背受敌的不利局面。他一边在树木中不停地躲闪着，一边向匪徒开枪。随着包围圈不断缩小，王永清的腿上和后背先后中弹。林德夫高声劝说王永清停止抵抗，缴械投降。王永清却毫不理会，继续还击。

## 第二十三章·叛匪的末日

林德夫见王永清不肯投降,下令全力进攻。随着一阵密集的枪声,王永清的枪声停止了。匪徒们担心有诈,不敢贸然前行,而是端着枪、猫着腰,小心翼翼地向王永清身边摸去。直到不足十步远的距离,他们才看清王永清倒在地上一动不动。匪徒们大着胆子,直起腰走到王永清的身边,只见王永清身上多处受伤,已经没有了气息。

林德夫见王永清已死,货郎也已逃得不见了人影儿,只好垂头丧气地带着匪徒回去向小三爷报告情况。小三爷听了林德夫的报告,气得直拍脑门,后悔自己有眼无珠,没有看清王永清的真面目,原以为他是个真心反对共产党的义士,可以助自己一臂之力,谁知引狼入室,误把共产党的卧底当心腹,导致自己的一举一动都处在王永清的掌握之中。

化装成货郎与王永清接头的是宋康的警卫员。他把王永清冒死传递的情报交给宋康。宋康担心王永清的安危,急忙派人去了解情况,派出去的人很快回来了,带回了王永清牺牲的消息。宋康听闻王永清壮烈牺牲,悲痛万分。王永清是他秘密派出的侦察员,当初王永清在省城上学时就秘密加入了中国共产党,成为一名地下党员,一直坚持抗联斗争。日本投降后,八路军进军东北,由于匪患猖獗,部队奉命剿匪。王永清找到军区首长,请求打入土匪绺子当卧底,并说了他与李海青的亲戚关系以及打入土匪绺子的具体想法:一是获取情报,掌握土匪的活动情况;二是利用与李海青的亲戚关系,寻找机会劝说李海青放下武器投降。军区首长经过反复研究,觉得可行,同意了王永清打入绺子卧底的计划。

于是,王永清找到李海青,假装对共产党的土改政策不满,要求加入土匪绺子。没想到李海青不肯收留他,他只好赖着不走。就在这时,意外遇到小三爷前来劝说李海青加入叛匪,他便故意在小三爷面前表示对共产党的土改政策不满,并死心加入土匪绺子。没想到小三爷对他十分赏识,提出让他担任副官。这件事出乎王永清的意料,这一样来,更有利于剿匪,于是,他假意推托一番,答应了下来。

王永清来到小三爷身边，很快就掌握了情况，然后寻找机会，把情报交给化装成货郎的侦察员，由侦察员转送给宋康。宋康根据王永清提供的情报，成功地击退了小三爷的多次行动。

这次小三爷等人打算逃离，王永清再次传递情报，没想到被暗中监视的匪徒发现，壮烈牺牲，为革命事业献出了年轻的生命。

由于当时匪患未平，宋康为了保护王永清家人的安全，不敢泄露王永清的身份，打算待形势稳定后再对外公开王永清的真实身份。可是，没等剿匪任务结束宋康便被调离。由于王永清执行的是秘密侦察任务，只有宋康及与他接头的同志知道，当地政府不了解情况，一直把王永清当成土匪，把他的家人当成土匪家属对待。为此，王永清的家人背负着土匪家属的罪名艰难地生活。家人虽然对王永清的死悲伤不已，但迫于政治压力，只能把伤痛藏在心里。为了求得心灵的慰藉，家人在自家墓地为王永清设立了一座没有墓碑的衣冠冢，每到逢年、过节或清明，侄子们上坟烧纸时，顺便给他烧一些纸钱，以表对长辈的悼念之情。直到若干年后，宋康来到王永清的家乡，向当地政府反映此事，当地政府方才得知王永清的真实身份，并追认王永清同志为革命烈士。王永清同志在多年后，终于恢复了真实身份。

由于叛逃计划及行动方案被王永清泄露，小三爷担心共产党采取行动，只好提前带着家眷和手下仓皇逃窜。他们先是在小排排住了一宿，与佟宝庆、燕丹、王玉芳等人会合，然后带领匪徒们向郭尔罗斯后旗、肇州一带逃窜，打算投奔国民党部队。可是，匪徒们的家眷平时过惯了养尊处优的生活，如今跟着一起逃亡，感到很不适应，一路上哭天抹泪，叫苦不迭。本来匪首们的心情就很沮丧，如今听到家眷们流泪叫苦，更是心烦意乱，对家眷们粗暴地打骂。整个匪巢哭声不断，导致匪徒们军心涣散，彻底失去了信心。

宋康根据王永清冒死传递的情报，及时调整了剿匪部署。抽调兵力，

## 第二十三章·叛匪的末日

在匪徒们逃跑的必经之路上设伏。

在剿匪部队接连不断的打击下,匪徒损兵折将,伤亡惨重。面对剿匪部队的步步紧逼,小三爷等人为了逃命,只好狠心将家眷遣散,让她们到自己的娘家或亲戚家避难。分别在即,家眷们哭成一片,悲悲切切。虽然这些匪徒心狠手辣,但到了这生离死别的时刻,也忍不住流下了伤心的泪水。

小三爷送走了家眷之后,带着匪徒继续向南流窜。可没想到,陈国良竟是个冒牌货,他们根本联系不上国民党部队。流窜了一段时间后,他们非但没有找到国军,反而连续遭到剿匪部队的打击,整日提心吊胆,风声鹤唳,惶惶不可终日。

眼见投奔国军成了泡影,小三爷和匪首们对陈国良心生怨恨,觉得受了陈国良的骗,许多人要求小三爷把陈国良这个骗子毙了。陈国良自知无法兑现诺言,更为自己的性命担忧,脚底抹油,溜之大吉了。等小三爷发现时,陈国良已经逃得无影无踪,气得小三爷等人跺脚大骂。

以前陈国良没离开时,大家还觉得有盼头,如今陈国良跑了,投奔国军的幻想彻底破灭,这些人变成了一群乱哄哄的无头苍蝇,不知下一步该怎么办。以小三爷为首的一帮蒙古族人主张折向西北,把队伍拉到内蒙古。而王玉芳、佟宝庆等人却主张继续向南,独自去投奔长春的国民党部队。双方各执己见,互不相让,产生了严重分歧,最后分道扬镳。

小三爷带着一部分人,打算经农安、前郭尔罗斯、干安、大赉、安广等地返回杜尔伯特旗,然后沿着嫩江北上。谁知沿途接连遭到各地的剿匪部队围追堵截,死伤惨重。

11月初,小三爷带着林德夫等十几名残兵败将再次踏上了杜尔伯特旗的土地。虽然离开只有短短数十日,小三爷却觉得恍如隔世,面对家乡熟悉的土地,思绪万千,感慨无限,悔恨交加。当初自己若不是轻信陈国良,跟着他起兵叛乱,也不至于到今天这种走投无路的地步。如今自己已经无颜再见家乡父老！真是一失足成千古恨，再回首已是百年身。想当年自己贵为蒙古王公，在家乡虽然说不上是一呼百应，但也是举足轻重的风云人物，如今却沦落到妻离子散，如同丧家犬一般的地步。小三爷越想越上火，越想越后悔，以前的万丈雄心早已化为乌有。由于忧虑过度，他茶饭不思，夜不能寐，最后一病不起。此时正是初冬季节，天气寒冷，林德夫等人害怕被剿匪部队发现行踪，躲在寒冷的鱼亮子里不敢生火做饭，也不敢出去求医问药，致使小三爷的病情愈加沉重，在饥寒交迫中苦熬数日，最终口吐鲜血，死在了拉海鱼亮子。

小三爷死后，林德夫等人将他草草埋葬，然后提议散伙。众人当即表示同意，然后各奔东西，自寻门路。林德夫无处可去，只好回到好尔陶，藏匿在亲戚家中。后来在亲戚的劝说下，他主动向政府自首，交代自己的罪行，获得了宽大处理。他的弟弟林德洪、林德好得知林德夫受到宽大，纷纷效仿，主动向政府自首。这些人虽然当初跟着陈国良和小三爷一起叛乱，但失败后能够主动向政府自首，获得宽大处理，因而保全了性命，与小三爷、王克复等人相比，无疑是幸运的。

以王玉芳和佟宝庆为首的另一部分匪徒，在南下长春途中，路经郭尔罗斯前旗的六股道时，被剿匪部队发现，只有佟宝庆带领部分残匪侥幸逃脱。佟宝庆带着残匪继续向南逃窜，想投奔农安县国民党保安团。保安团不愿意接收这帮叛匪，佟宝庆等人只好被迫离开。途径狼洞岗子时，他们遭到农安县剿匪部队伏击，死的死，降的降，佟宝庆也被剿匪部队俘虏。至此，以小三爷为首的东北救国义勇军杜尔伯特旗联合保安大队土崩瓦解，如同天空中转瞬即逝的流星，退出了历史的舞台。

在杜尔伯特旗政府和各界人民群众的大力支持下，剿匪斗争取得了决定性胜利，为了表彰剿匪有功人员，旗政府召开了剿匪庆功大会。正在杜尔伯特旗视察工作的嫩江省主席于毅夫同志参加了庆功大会。虽然当时色旺多尔济的病已经很严重了，但他依然带病参加了庆祝大会。当他在工作人员的搀扶下步履艰难地出现在大会主席台时,与会的人员都被他的敬业精神所感动,全体起立并爆发出热烈的掌声。色旺多尔济情绪激动,眼含热泪,频频向与会人员挥手致意。

色旺多尔济代表旗政府向剿匪战斗中牺牲的烈士致哀。致哀时,他谢绝了工作人员的搀扶,强忍病痛起立向烈士致哀!然后,出于对革命烈士的尊敬和对有功人员的尊敬,他站着发表了讲话。在讲话中,色旺多尔济向所有参战人员表示祝贺,并代表旗政府向有功人员进行表彰。于毅夫主席代表省政府发表讲话,高度赞扬了剿匪部队不怕困难、不怕流血牺牲的革命精神,同时向杜尔伯特旗政府表示感谢,感谢他们在剿匪战斗中给予的大力支持和配合,对全旗各族人民群众在剿匪战斗中所付出的努力和牺牲表示感谢。

接下来,剿匪有功人员走上主席台,披红戴花接受表彰。在立功受奖的人员当中,有剿匪部队的战斗英雄,有在地方工作的同志,也有当地的人民群众,包维新也在其中。包维新在战场上不顾安危,带头抢救伤员,负伤后仍不下火线的英勇表现,受到了大会的表彰。

由于包维新立场坚定,旗帜鲜明地拥护共产党的政治主张,加上他的工作能力强,此时已被任命为巴彦查干区副区长。

庆功大会结束之后,旗保安团继续对残余匪徒进行清剿。那些残余的反动分子见大势已去,纷纷放弃抵抗,有的缴械向人民政府投降,有的只身逃往外地藏匿,有的被剿匪部队全数歼灭。李海青则接受人民政府劝降,带领全体绺子向人民政府缴械投降,受到了人民政府的宽大处理。

然而,有一小部分顽固分子坚持反动立场,不肯向人民政府低头认罪,继续与人民为敌,佟宝庆就是其中之一。他在被俘后,剿匪部队出于党的民族政策,对他进行了一番教育,然后将他释放。

佟宝庆被释放后,并没有感激人民政府的宽大为怀,亦不肯反省自己的罪行,反而坚持反动立场,继续与人民为敌。佟宝庆辗转逃到国民党军队盘踞的长春市,通过老关系介绍加入了国民党,被委任为杜尔伯特旗同乡会会长。王凯旋和孙守业等人在剿匪中侥幸逃脱,离开了农安县保安团,投奔长春外围的国民党嫩江省保安团,王凯旋被委任为队长。这时的匪徒已经人心涣散,各揣心腹事,早已失去了当初的信心。而且,保安团只许了他们一个没有军饷的虚名,他们没有生活来源,只好租房子做小买卖维持生计。匪徒们受不了这份苦,便偷偷地逃走,离开了保安团。王凯旋和孙守业见手下的人相继逃走,自己变成了光杆司令,只好离开保安团另寻出路。王、孙二人听说佟宝庆在长春做了杜尔伯特旗同乡会会长,便前来投奔。佟宝庆此时正愁没有人手,对于他们的到来自然十分欢迎。经过佟宝庆和王凯旋、孙守业等人商议,佟宝庆以杜尔伯特旗同乡会会长的名义将杜尔伯特旗地主武装叛乱的情况上报国民党东北行辕。国民党东北行辕主任陈诚对其进行嘉奖,发放抚恤金一千二百元(金圆券)、奖金六百元,并委任佟宝庆为蒙四旗联防队第二支队少将支队长,杜尔伯特旗政府参议员、旗长。佟宝庆接到委任状之后,如同一个濒临死亡的人被注射了一支强心剂,重新燃起了生命的希望。他们像打了鸡血一般,再次做起了升官发财的美梦。佟宝庆对王凯旋、孙守业等人进行了委任,并四处网罗逃亡地主、伪官吏、土匪,企图东山再起。没想到他的美梦尚未实现,东北的形势再次发生变化。随着辽沈战役的展开,长春市随即被解放。佟宝庆好不容易拼凑起来的武装顿时土崩瓦解。王凯旋和孙守业等人只身潜逃外地,先后被人民政府逮捕归案,受到了应有的惩罚。

佟宝庆无处可逃,只好化名为佟德富,以开茶房为掩护,潜伏于长春市顺天大旅社。1951年5月,随着轰轰烈烈的镇压反革命运动的展开,佟宝庆再也无处藏身,被人民政府逮捕法办,结束了罪恶的一生。

## 第二十四章

# 历史的遗憾

色旺多尔济由于参加庆功大会,身体过于劳累,再次病倒。武衡及图布仓等人担心他的病情,立刻送他到部队医院治疗。武衡亲自向主治的陈军医询问色旺多尔济的病情。陈军医毕业于国立中央医科大学,毕业时恰逢抗战爆发,他和几名同学前往革命的圣地延安,加入了革命的队伍,这些年一直随着部队在前线的野战医院救治伤员。陈军医无论是医学理论还是临床经验,都比较丰富。陈军医告诉武衡:"经初步诊断,包旗长患的是骨结核病。"

"骨结核是什么病?"武衡第一次听说这种病。

"骨结核病是西医的称呼,中医称之为骨痨,其病多因正气虚弱、筋骨局部伤损所致。骨结核是由结核杆菌侵入骨或关节而引起的化脓性破坏性病变。因其病发于骨或关节,消耗气血津液,致使后期形体羸瘦,正气衰败,缠绵难愈,故名骨痨。"

"包旗长的病情严重吗?"

"一般骨结核是由肺部感染继发的,也有通过结核菌的隐匿性感染患病的。包旗长没有肺结核病史，属于结核菌的隐匿性感染，导致骨骼系统结核、泌尿系统结核、消化系统结核。他的骨结核是全身疾病在局部的表现。他患的是腰椎结核，腰椎结核刺激和压迫腰丛神经，引起腰腿痛疼，由于没有及时治疗，目前已由单纯骨结核发展为全关节结核和滑膜结核，致使弯腰和行动困难。他的病情很严重，随着病情的发展，疼痛亦跟着加剧，病情发展到一定程度，容易出现截瘫。"

"没想到包旗长的病这么严重。陈军医，我求求你，一定要想办法治好包旗长的病！"武衡焦急地向陈军医请求道。

"武书记，你放心吧，我一定尽最大努力为包旗长治疗。"

武衡拉着陈军医的手，感激地说："谢谢你，拜托啦！"然后，武衡来到色旺多尔济病床前，劝慰道："包旗长，你安心养病，不要为工作的事情操心。我们一定加倍努力，做好各项工作。"

"武书记，真是不好意思，现在工作这么忙，我却病倒了，有劳各位了。"

"你不必着急，等你痊愈了再继续工作。"武衡安慰色旺多尔济。

"我的病情很严重，恐怕一时半会儿好不了，我有个想法想和你商量一下。"

"包旗长，您有什么想法尽管说。"

"武书记，现在政府工作这么忙，我却身患重病，不能工作，我想辞去旗长的职务。"

"那怎么行？无论是工作能力，还是你的威望，都无人可以替代。我不同意。"

"武书记，我说的是真心话，主要是从工作角度考虑的。你不必急着表态，回去后和其他同志商量一下，认真考虑一下我的实际情况。希望我的辞职请求能够得到批准。"

"包旗长，我理解你的一片苦心，不过我不同意你辞职，你现在什么都不要想，安心养病。"武衡态度坚决地表示反对。

"嗨，真拿你没办法，好吧，我先收回辞职的建议，不过我有言在先，如果我的身体康复，就继续工作，一旦身体不能复原，你必须答应我的辞职请求。"色旺多尔济无奈地摇了摇头。

"包旗长，你不要想太多，安心养病，不要再提辞职的事情。"武衡毫不犹豫地表示反对。

色旺多尔济见武衡的态度如此坚决，只好暂时搁置了辞职的想法。

经过一段时间的治疗，色旺多尔济的病情虽然有所缓解，但依旧无法正常主持工作。出于对工作负责的态度，色旺多尔济考虑再三，决定向武衡提出辞职申请，并提交了辞职申请书。

## 辞职申请书

尊敬的旗委、旗政府的同志们：

我怀着惭愧的心情，向你们提出辞职申请。我是从封建社会走过来的，由于诸多因素，曾走过许多弯路，如今共产党宽大为怀，不计前嫌，推举我担任杜尔伯特旗旗长，令我感激不尽！我本应一心一意跟着共产党，全身心投入革命工作当中，做出自己应有的贡献。无奈身体染恙，无法履行职责，实为憾事！为了不拖累全旗的工作，我思之再三，决定辞去旗长职务，恳请同志们理解我的心情，批准为盼！

此致

敬礼！

申请人：色旺多尔济<br>1947年1月20日

武衡接到色旺多尔济的辞职申请书后，再次代表组织去做色旺多尔济的思想工作，希望他继续留任，无奈色旺多尔济态度坚决。武衡只好召开旗委会，专门讨论色旺多尔济的辞职事宜。与会的同志虽然舍不得色旺多尔济辞职，但考虑到他的病情，同意色旺多尔济暂时辞职，由图布仓暂时代理旗长工作，一旦色旺多尔济身体好转，再把旗长的工作交给他。

武衡把旗委会的意见转述给色旺多尔济，征得色旺多尔济的同意，并报请上级批准。

色旺多尔济的辞职申请获得批准后，与武衡及图布仓等人交接完工作，于1947年2月回到王府安心养病。

色旺多尔回到王府后，脱离了繁忙的工作环境，能够安心养病。他请来了当地有名的蒙医吴俊兴、"小通辽"和汉族中医王明升为其治疗。说起这几位医生，在杜尔伯特旗可谓赫赫有名。

吴俊兴是杜尔伯特旗蒙医的创始人，清光绪二十三年（1897年）生于黑龙江泰来县街吉乡乌达根召屯蒙医世家，藏名色楞。他八岁随父学医，二十五岁独立行医，对蒙医有很高的造诣。民国二十七年（1938年）杜尔伯特旗发生天花、伤寒等传染病，流行很广。吴俊兴听说了此事，毅然从泰来县傅通窝铺来到杜尔伯特旗为农牧民治病。由于他的医术精湛，下药对症，传染病很快被抑制住。如此一来，吴俊兴医术高明的消息在杜尔伯特旗迅速传播开来。他的医术受到了广大农牧民的欢迎，于是，他便在杜尔伯特旗定居，开诊所行医治病。

汉族中医王明升，清光绪十七年（1891年）出生于辽宁省复县，十八岁开始随父学习中医。两年后，来到杜尔伯特旗小排排正式挂牌行医并兼营药铺。由于他医术高明，每日前来求医问药的人络绎不绝。他善于钻研，对疑难杂症颇有研究，经过他救治的人数不胜数。他被人们誉为神医。

王明升诊断完色旺多尔济的病，对色旺多尔济说道："我们中医认为，骨痨看似外证，但'痈疽之生，脓血之成，积微之所生也。必先受其内，尔后发其外'。在治疗骨结核上，要以'整体观'为核心，强调内病内治，提高整体机能，又要重视外治，注重局部处理。其法为药物外用，托里追毒，拔毒外出以消其里。您的病情比较严重，病史也比较长，我先以聚脓拔毒、破瘀散毒等内外兼治的方法进行治疗，以局部带动整体、整体反馈局部持续更新局部，病理性液体，使骨结核局部灌流量增加，促进血管脉增多，使管腔扩大，达到'液得泄泻，血盈气和，则筋骨肌肉相荣，经脉疏通，利于五脏'的阴平阳秘的健康状态。"

　　王明升说完，便根据色旺多尔济的病症下药。

　　在服用王明升所开药剂的同时，色旺多尔济还服用吴俊兴配制的蒙药，并结合陈军医提供的西药加以治疗。病情有起色之后，王明升又重新调整了药方，继续治疗。经过一段时间的治疗，色旺多尔济的病情基本稳定，已经能够自己下地行走了。

　　随着身体的好转，色旺多尔济的心情也好了起来。这时，旗委听说他的身体有所好转，便派人前来请他回去继续工作。色旺多尔济却以身体尚未痊愈为名，婉言谢绝。吴俊兴及"小通辽"等人对他的行为很不解，认为他应该再次出山。色旺多尔济对他们解释道："如今我的身体虽然有所好转，但是，我们都知道，我的病目前还没有治愈的方法，说不定什么时候就会发作。一旦发作，就会影响工作，与其带病去工作，莫不如安心在家养病。吴俊兴等人听了色旺多尔济的一番话，对他的豁达和淡泊名利的态度都很敬佩。

　　色旺多尔济原本对蒙医很感兴趣，此时赋闲在家，本着自己的初衷，一边自己治病，一边研究蒙医，遇到难处，便虚心向吴俊兴等人请教，基本掌握了蒙医医理，时常为周边的百姓治病。他看病的方法与他人不同，不但不收诊费，而且连药也免费奉送。时间一长，附近的农牧民经常来找他看病讨药。虽然配制蒙药需用很多费用，但是色旺多尔济乐此不疲，毫不在意。

这天，色旺多尔济刚吃过早饭就有人上门求医。只见一位五十多岁的老人在儿子的搀扶下走进客厅。色旺多尔济迎上前去，关切地问道："怎么啦？哪儿不舒服？"

"王爷，我父亲腰疼得厉害，两腿不敢用力，您快点儿给看看这是得了啥病。"儿子焦急地代父回答。虽然色旺多尔济不愿意人们对他称呼王爷，也多次劝止，但草原上的牧民依然这样称呼，只好顺其自然，接受了这个称呼。

"别急，把外衣脱了，趴在床上，让我检查一下。"

老人按照吩咐，脱掉外衣，趴在床上。色旺多尔济用手按着老人的腰椎，依次进行检查，一边按一边问："这里疼不疼？"老人摇头说不疼。当他按到第三节和第四节腰椎时，老人连声喊疼。色旺多尔济会意地点了点头，又接着检查了腿部。然后让老人坐起来。

"王爷，我这是得了啥病，疼得这么厉害？"老人一边穿衣服，一边向色旺多尔济询问病情。

"你这是腰椎间盘突出，腰椎第三节、第四节尤为严重。你的腿没有问题，主要是腰椎间盘压迫神经，导致腿部疼痛。"

"王爷，我这病是怎么得的呀，能治好吗？"老人关切地问。

"你的病是外伤引起的。你以前是不是受过伤？"

"王爷，您诊断得真准，我的腰前年被牛顶过。我的病严重吗？能不能治好？"

"不算太严重，我先给你抓几服汤药，服药期间要卧床休息，最好睡硬板床，千万不能干体力活。"

色旺多尔济说完，操起笔来，熟练地开着药方。眨眼之间，药方已经开好，色旺多尔济拿着药方对老人的儿子说："按这个方子把药抓全，然后按照我写的方法按时吃药。吃完这几服药后，你再领着阿爸来复查，到时候视病情变化再变方用药。"

"王爷，诊费需要多少钱？"老人看着色旺多尔济，红着脸不好意思地打听价格。

"到我这里看病，不需要诊费。"色旺多尔济回答。

"王爷，谢谢您，您真是救苦救难的活菩萨，佛爷会保佑您的！"老人心怀感激，嘴里不停地念叨。

这时，房间里已经多了好几位患者。色旺多尔济送走了老人之后，继续给人看病。

这是一位三十多岁的妇女，只见她面色发黄，脑袋上扎着一条黑色布带，额头上有拔火罐的印记，两边的太阳穴上贴着黑色的膏药。见面后，妇女着急地说："王爷，我头疼得厉害。"

色旺多尔济没有急于回答，而是让她伸出手臂，专心致志地为她把脉，然后又看了她的舌苔，翻看了她的眼皮，方才说道："你这是长期休息不好，睡眠不足引起的神经性头疼，而且你时常心烦意乱，焦虑不安。另外，你还有鼻窦炎。鼻窦炎也可以引起头疼。"

"王爷，您说得太对了！我就是睡不了觉，每天只能眯个几个小时，而且一闭眼就做梦，什么稀奇古怪的梦都做。我越是睡不着，就越心烦。"

"我知道了，你别急，我给你开个药方，再给你拿点儿成药，一定会好转的。"

色旺多尔济将药方交到她丈夫手上，又转身从里间拿出两包成药，对他们说："你们在按方服药的同时，服用这两样药，这个大包是管鼻窦炎的，这个小包里的细面分成若干份，随汤药一同服用，有促进睡眠的作用。"

"王爷，您的诊费和药一共多少钱？"

"我不收钱,这两样成药是我自己配制的,免费送给你。"

"王爷,那怎么行,你每天为人看病,还免费送药,时间长了如何承受得了,我还是把药钱付了吧。"

"成药是我早就配制好的,不值几个钱,你就拿走吧。"

"王爷,您真是救苦救难的佛爷!"夫妻二人感激地离开了。

就在这时,小拉布丹走进来,对色旺多尔济低声说:"王爷,门外有一位军人求见。"

"军人?叫什么名字?有什么事情?"色旺多尔济看着小拉布丹疑惑地问。

"他只是说专程回来看望王爷,其他的什么都没说。"

"看望……"色旺多尔济停顿了一下,说:"好吧,请他到客厅会。"

"是。"小拉布丹答应着转身出门。

色旺多尔济冲着其他病人报以歉意地解释道:"对不起,各位请稍后,我马上就回来。"然后快步来到客厅。刚一迈进客厅,他就愣住了,以为自己花眼了,急忙揉揉眼睛,再次睁大眼睛细看。那位军人急忙起身,举着左手向他敬礼,同时用颤抖的声音向他问候:"王爷,您还好吧!"

色旺多尔济激动地大声问道:"高龙,真……真的是你?"

"王爷,是我,我是高龙。"高龙说完,上前与他拥抱。色旺多尔济非常激动,张开双臂,将高龙紧紧地抱住。可是,色旺多尔济却感觉不对劲儿,因为高龙只是用左手和他拥抱,另一只手却不见了,只有一个空荡荡的衣袖耷拉下来。

色旺多尔济抓着高龙的空衣袖,吃惊地问道:"怎么回事?你的右臂呢?"

"王爷,我的手臂被炮弹炸没了。"高龙平静地回答。

"什么时候的事?"

"打日本鬼子时候，已经七年了。"

"怎么会这样？巴图呢？他怎么没一起来？"

"他……他……牺牲了。"高龙悲伤地低声回答。

"怎么会这样？一个活蹦乱跳的人，怎么说没就没了。这是什么时候的事呀？这么多年你怎么不回来看看我们啊？"色旺多尔济追问道。

"我们参加抗联不久，就与日本人在兰西发生了激战，数倍敌人将我们包围，战斗十分惨烈，我们十二支队伤亡惨重，支队长徐泽民重伤被俘，师兄巴图和我表哥柴义为了掩护战友们突围，带领几名战士拼死阻击敌人，最后子弹打光了，他们也身负重伤。可他们宁死不屈，当敌人围上来想活捉他们时，他们毅然拉响了最后一颗手榴弹，与敌人同归于尽，壮烈殉国了。我在那次战斗中受了伤，手臂也被炸断了，在战友的帮助下，侥幸冲出重围。后来退入苏联境内。养好伤后，我参加了周保中同志领导的国际旅，继续与日本鬼子战斗。抗战胜利后，我随着苏联红军打回东北，编入东北民主联军。当时我就打算回来看你们，但战事紧张，一直抽不出时间，一拖再拖，今日才得以成行。"

"回来就好！回来就好！这些年你九死一生，真是不容易，不容易呀！"色旺多尔济紧紧抓住高龙的左手，感叹道。然后他又问道："对了，你见到你的家人了吗？"

"她们在哪里？都好吗？"高龙试探着问道

"她们都好，就住在屯子里，只是巴图的妻子前些年病逝了，如今他的两个孩子都跟你妻子一起生活。你快点儿去看看她们吧！"色旺多尔济听说高龙还没见到家人，急忙催促他。

"我带你去。"小拉布丹毛遂自荐。他比高龙年纪小，当年巴图走后，他才进王府接替侍卫官的职务，故此不认识高龙。但是高龙和巴图当年为了救人，杀死日本鬼子的事迹却广为流传，小拉布丹对他们二人十分崇拜，如今见到高龙，很激动，故此提出为他带路。

"高兄弟，我这边还有几个病人，就不陪你去了。"

高龙离开王府后，跟着小拉布丹朝屯子里走去。这么多年来，高龙心里一直惦记着妻儿的安危，直到听色旺多尔济说她们很好，方才放下心来。

小拉布丹带着高龙来到一个整齐的院落。院落里有三间土房，另外还有两间厢房。虽然是土房，门窗却高大敞亮。小拉布丹进院就高声喊道："高大嫂在家吗？"

高龙的妻子闻声从屋里走了出来，边走边问道："谁呀，找我有什么事？"

"大嫂，我是小拉布丹。高大哥回来了！"小拉布丹高声说道。

"高大哥？哪个高大哥？"妻子一边问，一边眯起眼睛仔细看。

小拉布丹笑着指了指身后的高龙，说道："大嫂，你是不是乐糊涂啦？还哪个高大哥。高龙大哥呗！"

"高龙，真的是你？"妻子被这突如其来的喜讯惊呆了，惊讶地瞪大眼睛，看着高龙说不出话来。

"是我，淑花，我回来了。这些年辛苦你了！"高龙激动地走上前去。这时，妻子才从惊呆中解脱出来，不顾有外人在场，一下子扑到丈夫的怀里，流着泪抱怨道："你可真狠心，抛下我们一走这么多年，连个信儿也没有。你知道我有多惦记你吗？这么多年你是怎么过来的？你的右胳膊怎么没了？"妻子抓着他的空袖筒吃惊地问。

"在战场上被炮弹炸没了。"高龙故做轻松地回答，然后又说道："我也想你们啊！你们都好吧？"

"好，好，我和孩子们都好！"妻子忙不迭地连声回答。

这时，孩子们也闻声从屋里跑出来，呆呆地看着他们。妻子不由得面色一红，不好意思地从丈夫的怀里挣脱出来，用手捋了捋散落下来的头发，指着孩子们对高龙说："这是咱们巴图大哥的孩子，那个身材魁梧的是巴日达,这个秀气的是乌兰,这两个是咱们的一双儿女,虎子和秀梅。"几个孩子望着高龙,感觉有些陌生。这也怪不得他们,因为当年巴图和高龙离家时,他们还是小孩子,这么多年过去了,他们对父亲的印象已经很模糊了。高龙见到日思夜想的几个孩子,非常激动,走上前去,摸摸这个孩子的脑袋,拉拉那个孩子的手,高兴得合不拢嘴。

"别再外边站着了,赶紧进屋吧。"妻子说完,带头走进屋里。高龙和孩子们也跟着进来。妻子和高龙聊了几句,就转身去厨房张罗着炒菜做饭。孩子们则围着高龙问东问西,只有巴日达显得有些拘谨,站在一边不作声。高龙怜爱地把他拉到身边,关切地问道:"如果我没记错,你今年十八岁了吧?"

"高叔叔,你没记错,我今年十八岁。"巴日达很有礼貌地回答。

"时间过得真快,你都十八岁了,如果你阿爸还活着该有多好啊!"高龙神情黯淡地叹道。

"高叔叔,我阿爸是怎么牺牲的?"巴日达悲痛地问高龙。

高龙叹了一口气,把巴图牺牲的经过详细地讲述了一遍,然后赞叹地说:"孩子,你阿爸是好样的,是个真正的英雄,你们应当为他感到自豪!"

巴日达神情坚定,眼含热泪,说:"高叔叔,我记住了,你放心,我一定以阿爸为榜样,决不给他丢脸!"

这时,妻子已经做好了饭菜,全家人坐在一起吃饭。巴日达兄妹的心情悲喜交加,高龙叔叔归来,固然高兴,但是,阿爸不幸牺牲,让他们悲恸万分。

高龙注意到他们的情绪,所以只喝了两杯酒,就开始吃饭了。

高龙和妻子十余年未见,音信不通,如今喜获重逢,自然是悲喜交加,高兴万分。晚上,他们躺在炕上,先是亲热了一番,然后高龙关心地问妻子:"这么多年你带着孩子们是怎么过来的?"

妻子叹了一口气，说道："唉！当年你们出事后，日本鬼子先是搜查、蹲守，后来不见你们的踪影，便把我和巴大嫂抓到了宪兵队。幸亏王爷出面相救，我们才得以出狱。出狱后，王爷经常派人给我们送钱和食物，后来又把我们接到王府生活。巴大嫂因为思虑过度，身患重病，王爷请医抓药，尽心为其治病。她去世时，也是王爷出钱将其殡殓。我们一直在王府生活到土改，因为分到了房子和土地，不用再为生活发愁了，才从王府搬出来。这么多年，多亏王爷照顾，否则我们母子说不定早就饿死了。"

高龙听了妻子的述说，心里感激万分，嘴里一直念叨："王爷真是好人……"

第二天，高龙再次来到王府，无限感激地说："王爷，这么多年来，多亏您的全力相助，我的家小才得以生存下来。此恩此德，在下感激不尽！"

"区区小事，何足挂齿，你我亲如兄弟，理应如此。"色旺多尔济真诚地说。然后，他又说道："如今是新中国了，以前的那一套已经过时，你就别用王爷这个称呼了。"

"王爷，我听您的，我就称呼您旗长如何？"

"叫旗长也不合适，我已经离职了。"

"王爷，那我应该怎么称呼您呢？"

"你看你，还叫王爷。我看这样吧，如今不是都称呼同志吗？咱们干脆就称呼同志吧，这样显得亲切，听着顺耳。"

"我叫习惯了，一时改不过来。好的，咱们就以同志相称。"

"这就对了，高龙同志是革命功臣，今天光临寒舍，我感到甚是荣幸，为了迎接革命功臣的归来，我特意备酒为你接风，请赏光，哈哈……"色旺多尔济的心情特别好，故意和高龙开玩笑，自从患病以来，他很少这么开心了。

色旺多尔济特地备酒为高龙接风，酒菜颇为丰盛。虽然色旺多尔济因病不能饮酒，但因为高兴，破例陪着高龙喝了一杯酒，然后兴致勃勃地陪着高龙边吃边聊。

由于时间紧迫，高龙只在家中待了三天。临行时，高龙到王府与色旺多尔济道别，两人的情绪都很激动，色旺多尔济拉着高龙的手，许久不肯松开。高龙也一再叮嘱色旺多尔济保重身体。

高龙临走时，将巴日达一起带走了。巴日达不愿意读书，一心想当兵，高龙现在身为营长，有权决定当兵的事宜，决定带他到部队中历练历练。其他几个孩子听闻，也吵着要跟着一起去当兵，高龙耐心劝说，并承诺等他们长大后，一定让他们去当兵，实现他们的心愿。孩子们得到了高龙的承诺方才罢休。

剿匪战斗取得全面胜利后，在土改工作队的领导下，各村屯的土改工作全面展开。为了鼓舞农民的积极性，工作队先后把小林科的王永由、五面井的孙奎锡、王府的陈达元等几个罪大恶极的恶霸地主抓起来，进行公开斗争审判，然后按照罪名给予镇压。这次行动鼓舞了广大翻身农民的积极性，广大人民群众被彻底发动起来，投入轰轰烈烈的土改运动当中。

杜尔伯特草原虽然在地域上划归黑龙江省管辖，但这里是以蒙古族为主的地区，因此，土改工作队在土改运动中严格遵照共产党的少数民族政策，对色旺多尔济以及其他蒙古上层人士实行"三不两利"的政策，因此色旺多尔济在土改运动中没有受到任何冲击。色旺多尔济却自愿把原本属于王府的土地和财产上缴人民政府，由人民政府转分给贫苦的农牧民。

轰轰烈烈的土改运动给广大农牧民带来了前所未有的好处，他们分到房屋和土地，脸上都露出了幸福的笑容。家住小林科的张凤林，父亲是地道的农民，他又读过两年书，思想进步，热爱共产党，在土改工作中表现得很突出，故此被选为小林科的农会主席。当时张凤林刚刚二十出头，工作热情十分高涨，与民兵队长王德富、妇女会主任刘春花等人，带领着小林科的贫雇农对小林科的所有地主进行了彻底清算，土改工作进行得非常细致，多次受到上级的表扬。

土改运动结束后，在他的提议下，这个以前叫小登科，后来改为小林科的屯子，改名为胜利村。原先农民没有自己的土地，耕种的都是地主的土地，遇到风调雨顺的好年景，他们除去缴纳地租，剩余的仅够养家糊口；一旦遇到灾年，他们打下的粮食还不够交地租的，全家人只能靠吃糠咽菜生活。还有的人实在没有办法，除了卖儿卖女，就是向地主借高利贷。因此，广大农民的生活都很贫困。土改分给了他们房屋和土地，但是还无法满足他们的生活所需，尤其到了春耕的时候，更是缺少种地的资金。

为了解决农民种地的困难，张凤林和王德富以及刘春花等人接连开了几次会。可是商量来商量去，仍然没有想出一个解决的办法。这时，家境贫寒的张老汉来找他们，向他们询问可有解决的办法。张凤林向他说出了面临的困难。张老汉听后，沉思了片刻，说道："既然你们没有好办法解决春耕的资金，我倒有一个主意，只是觉得有些不妥。"

"张大爷，你有什么主意快点儿讲出来，只要能解决眼前的春耕问题就行。"张凤林向张老汉催促道。

"我虽然想到了一个解决办法，但是，我害怕遭人骂，我看还是算了吧。"张老汉犹豫不定地说。

"能解决春耕是好事，怎么还会有人骂你？到底是啥办法，您尽管说出来，有什么事情我们替您担着。"王德富在一旁不耐烦地催他。

"好吧，既然如此，我就实话实说了，咱们屯子边上就是寿山墓。这个寿山生前是个大官儿，家里很有钱，他又是吞金自杀的，我想他的棺材里一定有很多金银财宝，如果咱们把这些财宝挖出来，一定能解决春耕的资金问题。再说这些财宝埋在地下也是白瞎了，理应挖出来卖钱分给群众才是。可是，自古以来，挖坟掘墓不但要遭人唾骂，也会遭到报应，一旦被他的魂缠住，我的后半生都不会安宁的！"

"张大爷，你的办法虽然损了点儿，但确实能解决春耕的难题。再说共产党不迷信，哪有什么鬼魂之说？咱们备耕生产是为了支援前线，为了早日消灭国民党，让劳苦大众早日过上幸福的生活，既然寿山将军是个忠臣，那么我想他会理解我们的苦衷，愿意帮我们的忙。"王德富抢过张老汉的话头，说出自己的看法。

"我觉得张大爷的办法可行，咱们挖出他墓里的财宝是为了解决大家伙的春耕困难，我想别人会理解，不会说三道四。"张春花也表示同意。

"好吧，既然你们都同意，我也没意见。挖出财宝后，再把他的尸骸重新埋葬。"张凤林也表示赞同。

经过商量，张凤林和王德富等人于五月初的一天，带着三十多位村民，拿着铁锹、铁镐等工具，来到了寿山墓前。

虽然实行土改以来，共产党号召人民群众破除迷信，相信科学。但是，流传几千年的封建迷信思想一时间难以从人们心中根除，尤其是一些上了年纪的老人，更是对鬼怪之说深信不疑。张老汉害怕寿山将军的鬼魂来找他的麻烦，不顾他人劝阻，事先准备了香烛烧纸，提前来到寿山墓前焚烧。他一边烧纸，一边不住地祷告，祈求寿山将军原谅他的罪过。

众人来到时，张老汉已经祭奠完毕，众人对于他的举动表示理解，没有作声，只是默默地上前挥锹抡镐，挖掘坟墓。

他们一直挖了两个多小时才把寿山的墓掘开，打开了棺材盖。张老汉一边弯腰捡拾棺材里的陪葬品，一边念念有词，祈求寿山将军的鬼魂原谅自己。

他们一共从棺材里找出金首饰五十余两，琥珀串珠两串，玉扳指一个，银、珊瑚等饰物若干件，还有寿山将军的盔甲、战袍以及雕鞍一副、宝剑一柄。

当下，张凤林及王德富等人便将五十余两金首饰交售给国家，将所得钱款分给缺少春耕资金的农民。

色旺多尔济得知小林科的农会带领村民私自挖掘了寿山将军的墓地，

感到十分痛心，不顾病痛的折磨，亲自给旗政府打电话过问此事。他出于对这位爱国将军的崇拜，每年都要到寿山将军的墓前拜谒。谁知这样一位受人尊重和爱戴的民族英雄，命运竟然如此坎坷，死后多年也不得安生，还要被人挖坟掘墓，真是令人可惜、可叹！

旗政府感到事态严重，立即派人赶到小林科，了解事情的经过，并对张凤林、王德富等村干部进行了严厉的批评。然后责令小林科的农会干部把寿山将军的尸骸安放在棺木中，重新进行埋葬，并将寿山将军的盔甲、战袍、雕鞍以及两串琥珀串珠带走，交由省政府保管。

就在色旺多尔济为了寿山将军的墓地被挖之事深感不平时，又一件令人意想不到的事情发生了。那些狂热的农民们，既是革命的支持者，又是土改的既得利益者，他们从土改中尝到了甜头，还想通过其他渠道获得更大的利益，甚至有些人把目光瞄向了色旺多尔济。个别的农会干部提出斗争色旺多尔济，把王府的财产分给农民的想法，遭到上级领导的坚决制止。这些农民不甘心，也是为了出气，在没有请示上级的情况下，私自把色旺多尔济立在多克多尔山上纪念先祖功绩的墓碑推到，并把墓碑凿孔，立在土井旁做辘轳支架。这两块墓碑倾注了色旺多尔济的心血，是为了抵制日本人实行奴化教育而精心打制的，却被人无情地推到、损坏，岂不令人痛心疾首！

可是，色旺多尔济没有像处理寿山将军墓那样，找旗政府反映情况，而是默默地接受了这个无情的现实。

尽管旗政府后来知道了此事，严厉地批评了当地的农会干部，责成他们重新竖立墓碑。可是，当时时局动荡，国共两党为了争夺江山打得不可开交。东北解放区的土改运动也已结束，解放区的工作重心已经全部转移到支持前线的工作当中。旗政府的领导以及区政府的领导同志每天忙于应对支前工作，无暇追问墓碑被毁的事情，因此，这件事情被无限期地搁置下来，最终不了了之。

## 第二十五章
# 功过任评说

在这充满激情和理想的革命年代，包维新成长很快，如今已经担任第八区（今他拉哈镇）区长，整天忙于工作，无暇顾及家中。于是，这份担子便落在了大妹妹包荣姑的肩上。

包荣姑刚满二十岁，生的美丽漂亮，聪明伶俐，而且善解人意。自从1944年母亲去世，她就承担起帮助父亲照顾妹妹的责任。母亲去世时，二妹妹包荣媛十岁，三妹妹包荣贤五岁。

包荣姑天生一副好嗓子。共产党来了之后，她面对的是一种全新的生活，这对一个长期生活在王府里的姑娘来说，充满了巨大的诱惑力。尤其是看到包维新走出家门，参加了革命工作，她更是无法在家中待下去，也萌生了参加工作的想法。包维新对她的想法给予了肯定，并根据她的自身条件，把她介绍到旗文艺宣传队工作。

宣传队员们经常到驻军的驻地、战地医院以及前线去慰问演出。包荣姑那具有感染力的美妙歌声，深深地感染着每一位观众，战士们都称她为"百灵鸟"。

有一次，包荣姑到医院去慰问伤员，她那甜美的歌声打动了一位伤员的心。这名伤员叫王玉华，人们都喊他老班长。王玉华自从看了包荣姑的演出，被她的美丽所打动，产生了爱慕之情。为了能够见到她，只要听说包荣姑有演出，不管多远，他都会瞒着护士，忍着伤痛，步行去看。为此，他没少挨医院领导的批评和护士的数落。王玉华却不以为然，痴情不改。

自从见过包荣姑之后，王玉华便开始注意自己的形象，头发理整齐了，胡子刮干净了。每次去看包荣姑的演出，他都要换上一身干净的军装，以博取包荣姑的好感。刚开始，包荣姑出于尊重，对他很客气，也很友好。包荣姑的友善让王玉华感到受宠若惊，曾多次想当面向包荣姑表达自己的爱慕之情，无奈笨嘴拙舌，一见到包荣姑就紧张，一紧张就把心里想好的话忘得一干二净，急得用拳头打自己的脑袋，恨自己没出息。

骑兵团长王国华与王玉华是同宗兄弟，当年他们一起从家乡来到部队。由于王国华头脑灵活，有文化，加上遇事愿意动脑子，打仗时善于分析敌我形势，受到上级的重视和提拔。王玉华对这个同宗哥哥一向很关心，听说王玉华相中了包荣姑，由衷地为他感到高兴，决定前去找色旺多尔济做工作，希望色旺多尔济能够同意这门婚事。

这天，王国华特意抽出时间，带着几名警卫战士，骑马赶到王府，代表王玉华向色旺多尔济求亲。

色旺多尔济在剿匪那段时间与王国华多有接触，彼此熟悉。听说王国华亲自来访，色旺多尔济支撑着病体在客厅里与之会面。

王国华握着色旺多尔济的手，亲切地问候："包旗长您好！身体恢复得怎么样？看上去气色不错，祝您早日康复！"

"谢谢你的关心，王团长军务繁忙，还抽时间前来看望我，令我感激不尽。"色旺多尔济一边说着，一边让王国华就座、喝茶。

"包旗长，您德高望重，在杜尔伯特旗享有盛名，我理应于此。"

"王团长过奖了，你们为了保卫解放区，与国民党军队艰苦作战，我应当向你表示感谢才对！"

"包旗长，咱们军民是一家，保卫人民群众的生命财产安全是我们人民子弟兵义不容辞的责任！"

"王团长，说得好！这番话说出了人民军队与群众的鱼水之情，也体现出共产党对人民群众的关爱之意。"

"包旗长，共产党领导人民群众闹革命，就是要让人民群众过上好日子，就是要保卫人民群众的利益不受损害！"

"王团长能够在百忙之中来看望我，令我深感荣幸。我已经让厨房准备了饭菜，一会儿咱们喝两杯，好好叙叙旧。"

"包旗长，酒菜就免了吧，我今天来有两个目的，一是探望您的病情，二是有事相求。"

"王团长有什么事情尽管说，何谈相求二字？"

"包旗长，我是个军人，说话喜欢直来直去。今天我是为了令爱的婚事而来。"

"我没弄明白你的意思，请你明说。"

"包旗长，我们有一位战友，喜欢上了您的女儿包荣姑，但他很腼腆，不敢当面向您女儿求亲，特意求我前来做媒。"

"哦，原来是这么回事。王团长，不是我驳你的面子，你也知道，如今解放区实行了新的婚姻法，主张平等自愿，不兴过去父母之命，媒妁之言那一套了。我的家庭也讲民主，尤其是在儿女的婚姻大事上，我尊重儿女的意愿，决不搞包办婚姻。"色旺多尔济对王国华突然提亲的事情很反感，但又不好直接拒绝，因此，甚至连对方是谁、什么条件都没问，就直接以婉转的方式予以回绝。

王国华是个直率的人，没有觉察出色旺多尔济的推托之意，反而以为色旺多尔济思想开明，故此顺着他的话问道："包旗长，您真是一位开明的旗长，不但在工作中正直无私，在儿女的婚事上也如此开通。既然包旗长不干涉儿女的婚事，那就是说只要您的女儿同意了，您就不反对？"

"是的，只要我的女儿同意，我就同意，决不干涉。"色旺多尔济无法表示反对，只能顺着他的意思往下说。

"那就好，我现在就回去，征求她的意见。包旗长，我先行告辞了。"王国华说完，起身就往外走。

"王团长，这也不是什么急事，在这儿吃过饭再走吧。"色旺多尔济诚心挽留。

"包旗长，今天就不麻烦您了，改日再来叨扰。"

送走王国华之后，色旺多尔济心里犯起了嘀咕。他想不明白，为什么王国华会突然上门求亲。这件事情，他从来没听女儿说过，王国华的态度却很坚决，难道是女儿背着自己在外边谈恋爱了？不行，得赶紧把女儿找回来问个究竟。

话说王国华离开王府之后，没有回驻地，而是直接赶到包荣姑所在的文艺宣传队，把宣传队长叫了过来，让她把包荣姑喊来。他要亲自代表组织做包荣姑的思想工作。

包荣姑正在排练节目，听到部队的首长要找她谈话，觉得有些奇怪。她和部队一向没有什么联系，部队的首长为什么会找她谈话？尽管包荣姑的心里充满疑惑，但还是跟着队长来到办公室。

队长把包荣姑向王国华介绍完之后，便借故离开。王国华亲热地让包荣姑坐下，并给她倒了一杯茶，仔细地端量着包荣姑，满意地点了点头，说道："小包，我听过你唱歌，你的歌声太好听啦！听你唱歌，简直就是一种享受。你年纪不大，就有这样的成绩，真是了不起！"包荣姑赶紧站起身来，立正行了个军礼，规矩地回答："谢谢首长夸奖，这是我应该做的。"

王国华冲她摆摆手，和蔼地说："今天我不是和你谈工作，而是想和你聊聊家常,你不必太拘谨。"

"是,首长,我知道了。"包荣姑依然起立回答。

"我都说了,今天只是聊家常,你不必如此。你今年多大啦?有没有对象?"

"报告首长,我今年二十岁,没……没有对象。"说到对象的事情,包荣姑有些不好意思,不由得面色一红,低下了头。

"小包,男大当婚女大当嫁,这是天经地义的事情,没啥不好意思的。实话跟你说,我今天就是代表组织,跟你谈一谈你的婚姻问题。"

"首长,我年纪还小,不想过早地谈个人问题。"包荣姑脸色通红,低声予以回绝。

"二十岁,年纪不小了,应该考虑个人问题啦。我们老班长王玉华同志,不满二十岁就加入了革命队伍,为了革命事业,在战场上英勇拼杀,不惜流血牺牲,是位受人爱戴的有功之臣。他看过你的演出,非常喜欢你,希望你能和他结为革命伴侣。"

"首长,我已经说过了,现在不考虑个人问题。"包荣姑听说为她介绍的对象是王玉华,心里很反感。她虽然见过王玉华几次,但对他没有什么好感,更别说把他列为结婚的对象了,因此一口回绝。

"包荣姑同志,我是代表组织和你谈话,请你正确对待。你是一名追求进步的革命青年,就要时刻听从组织的安排。虽然婚姻是你的私事,但能衡量出你对革命的态度。王玉华是个革命功臣,如果这样的人你不肯嫁,说明你的思想有问题,对革命事业不忠诚。"

"首长,我是真心参加革命的,一向听从组织安排,只是这件事情很突然,我没有思想准备,再说这么大的事情,我必须征得父亲的同意才行。"包荣姑听到王国华把这件事与她的思想和革命事业连在了一起,心里有些慌乱,只好拿父亲做挡箭牌。

"包荣姑同志,我很欣赏你对组织的态度。另外,我告诉你,我已经和你父亲谈过了你的婚事。"

"你和我父亲谈过了？我怎么不知道？我父亲是什么态度？"包荣姑感到意外。

"你父亲的态度很明确，只要你同意，他决不干涉。"

"真的？父亲真是这么说的？"包荣姑有些不相信。

"包荣姑同志，我再重申一遍，我是代表组织找你谈话，难道你对组织还有怀疑吗？"

"不，不，我不是这个意思。只是父亲的态度让我有些意外，因为父亲是个比较传统的人。对我们的个人问题一向要求很严。"包荣姑连忙解释道。

"在革命的大潮中，每个人的思想都会有所改变，你父亲也是如此。他原本就是一位开明的进步人士，对儿女的婚事改变态度非常正常，没什么值得奇怪的。包荣姑同志，难道你真的不愿意嫁给革命的功臣吗？这可是考验你的革命立场和革命的态度时候，希望你不要让组织失望。"

"那好吧，既然是组织的决定，我愿意服从。"包荣姑见到他把这件事上升到革命立场和态度的高度，心里一着急，没有多想，答应了下来。

"包荣姑同志，既然你愿意和王玉华同志结成革命的伴侣，那就赶紧回去准备一下，过几天为你们办喜事。"

"首长，虽然我愿意听从组织安排，但是我对王玉华并不了解，不想这么快结婚，想了解一段时间再说。"

"你和王玉华已经见过几次面，算是有所了解了。你就听从组织安排，做好结婚准备，到时候我为你们主持婚礼。"王国华说完，命人把宣传队长叫来，让她给包荣姑放几天假，回去准备结婚事宜。

包荣姑性格懦弱，稀里糊涂地答应了这门婚事。她怀着患得患失的心情回到家中，见到阿爸，还没等说话，阿爸就劈头问道："你是怎么搞的，找个对象还惊动组织出面。你也太不懂事了！"

"阿爸，我……我……我不想处对象，是……是……是老班长缠着我，非要和我搞对象。我……"包荣姑有些难为情，说话都不利索了。

"老班长是谁？为什么缠着你？"色旺多尔济急忙问道。

"老班长已经三十多岁了。他是在我演出时看到我的，对我产生了好感，并多次缠着要和我搞对象。"

"三十多岁？这怎么可以！虽然现在是新社会，讲究婚姻自由，但必须双方同意才行！你不该如此优柔寡断，应该及早明确地回绝他，让他死心。"

"我曾拒绝过，他却痴心不改，对我死缠烂打，并找组织出面做工作，我也没有办法。"

"婚姻是关系到一生的大事，只要自己不愿意，找谁做工作都没用。"色旺多尔济生气地说。

"阿爸，您别生气，女儿早晚得嫁人，至于嫁给谁，都是命。我认命了，您就别管了。"

"你是我的女儿，你的婚事我怎么能不管？我明确地告诉你，你的婚事我管定了，不管谁做工作都没用，我坚决不同意。你也不能答应。"

"阿爸，已经晚了，我已经答应组织了。"包荣姑流着泪说。

"你怎么这么糊涂？为什么要答应。"色旺多尔济怒不可遏地质问女儿。

"阿爸，王团长代表组织和我谈话，说这不单纯是婚姻问题，还是立场问题，还说这是考验我对革命是否忠诚。他都把话说到这个份儿上了，我不答应又能怎么办？"包荣姑无奈地哭了起来。

色旺多尔济听了女儿的话，陷入了沉思。女儿的婚事牵动着他的心。女儿如果找对象，一定要找门当户对的青年才俊或者年纪相当的人，咋说也不能找年长十岁的人。他深感后悔，不应该答应王国华不干涉女儿的婚事。他思之再三，决定给旗政府写信，说明自己不同意这门婚事，并请求组织帮忙。

此时,武衡、胡锡光、程正杰等同志已经相继调离了杜尔伯特旗,现任的旗委书记李树林也是部队干部,曾是王国华的战友。他出于对军人的感情,对这门婚事持肯定态度。因此,他非但没有去劝说王国华,反而给色旺多尔济回了一封信,表明了自己支持这门婚事的立场,并劝色旺多尔济出于对革命战士的尊重和关爱,同意这门婚事,不要过多地干涉。

色旺多尔济接到李树林的回信,深感失望,只好无奈地接受了这个现实。他为了女儿这门婚事整日愁眉不展,茶饭不思。

几天之后,在王国华等人的筹备下,几名战士骑马来到王府,用一辆马车接女儿到部队成亲。色旺多尔济不忍心看女儿这样草率地嫁出去,故意避而不见。他只能眼睁睁地看着女儿被接走,无力阻止,一个人躲在卧室暗自流泪。由于忧伤过度,色旺多尔济的病情再次加重,直至卧床不起。而且,他因为长期失眠导致神思恍惚,经常出现幻觉,患上了轻度的抑郁症,总是觉得有人还想打他另外两个女儿的主意,因此更加焦虑不安。为了避免这样不幸的婚事再次发生,他派人把包荣媛、包荣贤送到内蒙古,交给衮格玛的家人代为照顾,这才觉得放心。

色旺多尔济的病情再次加重,虽经吴俊兴等人全力救治,但病情一直不见起色。此时包维新已经调离了杜尔伯特旗,担任东北书店齐齐哈尔分店的批发股长,随后又调任新华书店佳木斯分店副经理。由于工作忙,平时很少回家,更无法照顾色旺多尔济。包荣姑与王玉华成亲后,只能抽时间回来探望一下父亲,而且每次都来去匆忙。色旺多尔济的身边没有一个亲人,只有小拉布丹及几位政府派来的工作人员照顾他的饮食起居。

1949年10月1日,中华人民共和国宣布成立。在这个特殊的日子,色旺多尔济接到旗政府的邀请函,邀请他去参加旗政府举行的开国庆典的庆祝活动。色旺多尔济感到非常高兴,爽快地接受了邀请。谁知临行前,他再次发病,无法前去,只好遗憾作罢。

1950年秋天，高龙再次回来看望色旺多尔济。此时色旺多尔济的身体有所好转，已经能够下地走动，生活也已经能够自理。色旺多尔济见到高龙特别高兴，激动地拉着他的手。高龙关切地说："你的身体不好，快坐下来，别累着。"

"我的病现在已经基本控制住了，没什么大碍，你不必惦记。"

"你一定要多保重，等你身体好了，我带你去海南岛住一段时间，那里的气候好，适合养病，同时你也能领略一下南国的风光。"

"海南岛？你怎么到海南岛去了？"色旺多尔济看着高龙问到。

"你还不知道吧，我们的部队现在就驻防在海南岛，我们东北民主联军后来改为东北野战军。打完辽沈战役后，我本打算利用部队休整的机会回来看望你，谁知突然接到上级命令，不准休整，快速入关，配合华北的部队开始进行平津战役。打完平津战役，我们紧接着又参加渡江战役。仗越打越大，路越走越远，我们东北野战军从东北一直打到海南岛，最后在海南岛驻防。相信用不了多长时间，我们就会解放台湾，彻底消灭蒋匪军。"

"哎呀，你们可真了不起！我听说你们那里一年四季不下雪，是真的吗？"

"是真的，海南岛属于亚热带气候，四季如春，景色宜人，风光旖旎，每年的平均温度在零上二十摄氏度以上，对身体大有裨益。"

"好，有机会我一定去海南岛看看。"色旺多尔济笑容满面，爽快地答应了。

老朋友相逢自然喜之不胜，色旺多尔济热情地设酒款待。席间，高龙告诉色旺多尔济，他这次回来是想把妻儿接到部队同住。色旺多尔济很是赞同，并问起巴日达的近况。高龙告诉他，巴日达自从参军以后，作战勇猛，敢打敢拼，屡立战功，如今已经升为连长。色旺多尔济听后，由衷地赞叹道："好样的！不愧是哈萨尔的子孙，没有给蒙古族丢脸！如果巴图活着该有多高兴啊！"说到巴图，他们的神情不由得黯淡下来。隐藏在心头的思念之情油然而生。吃完饭后，高龙担心色旺多尔济的身体，打算告辞离去。可是色旺多尔济不肯放他走，执意留他在王府过夜。高龙理解色旺多尔济的心情，便答应住下。当夜，二人彻夜长谈。

数日后，高龙与妻儿女准备出发。临行时，高龙再次与色旺多尔济道别。色旺多尔济一直把他送出王府大门口，互道珍重，洒泪而别。他们万万没想到，这竟是他们最后一面。

高龙把妻儿带到部队，分别十年的夫妻得以团聚。淑花被安排在部队后勤服务部工作，几个孩子在部队的学校读书。他们都很有出息，巴日达和虎子在部队当兵，两个女儿入伍，在部队医院当护士。一家人如愿走进军营，实现了保家卫国的伟大理想。

1950年10月，抗美援朝战争爆发。由于当时国家的经济条件十分困难，党和人民政府为了筹措战争所需资金，全力支持前线浴血奋战的将士，号召全体人民积极捐款。色旺多尔济听到这个消息后，命人将家中的财产进行统计，将一些比较值钱的古玩字画以及祖传的珍宝，悉数捐献给国家。他的义举，受到了上级领导及旗政府的表彰。

1952年春节，包维新及两个女儿回家陪他过春节，他的心情变得好起来。更让他感到高兴的是，包维新还给他带回来一位贤惠的儿媳妇。包维新的女朋友名叫散丹，来自美丽的科尔沁草原，与包维新是同事。俩人在工作中产生了感情，成了恋人。他们这次趁回家过年的机会，顺便举办婚礼。

包维新知道父亲不满意妹妹的婚事，尽管包荣姑已经生下了一个女儿，色旺多尔济依然不让女婿王玉华上门。此时见父亲心情大好，乘机做父亲的思想工作，请他同意王玉华与包荣姑一同回家过年。色旺多尔济在包维新的劝说下，方才同意包荣姑带着王玉华一同回来过年。

此时，王玉华已转业到地方工作，听到色旺多尔济同意他们一起回去

## 第二十五章 · 功过任评说

过年，十分惊喜，急忙打点礼物，前来拜见岳父大人。色旺多尔济对王玉华心有芥蒂，态度不冷不热，却很喜欢活泼可爱的外孙女。色旺多尔济支撑着病体，亲热地把小外孙女抱在怀里。小外孙女已经一岁多，长得十分可爱，乖巧地搂着色旺多尔济的脖子，用稚嫩的声音左一声"姥爷"，右一声"姥爷"不停地撒娇，逗得色旺多尔济笑得合不拢嘴，脸上露出了久违的笑容。

春节期间，色旺多尔济给工作人员放假，让他们各自回家与亲人团聚。偌大的王府只有他们一家人，显得有些空落落的。色旺多尔济在儿女们的陪伴下，一起吃年夜饭。色旺多尔济举杯在手，看着众儿女说道："今天是除夕，是阖家团聚的日子，你们能够回家跟我一起过年，我感到十分开心。让人特别高兴的是包维新带着散丹回家过年并完婚。首先，我祝福你们新婚快乐，相敬如宾，举案齐眉，百年好合！其次，祝你们在今后的工作生活当中互敬互爱，相互帮助，共同进步！来，为了你们的幸福，也为了全家人相聚在一起，我们共同干一杯！"

包维新和散丹急忙站起身来，齐声说道："谢谢阿爸的祝福，我们也祝您新年快乐，身体早日康复！"其他人也跟着站起来，向色旺多尔济祝福，共同举杯饮酒。

色旺多尔济又让包维新给他斟满酒，举杯对包荣姑和王玉华说道："荣姑，玉华，你们举起杯，今天我也嘱咐你们几句。虽然我曾反对你们结合，但已经既成事实，而且有了孩子，我希望你们今后好好过日子，相互体贴，相互理解。这杯酒就算是迟来的祝福，请你们共饮！"王玉华受宠若惊，急忙站起身来，双手举杯，俯身上前与色旺多尔济碰杯，没想到不小心，将饭碗碰到地下，"嘭"的一声摔碎了。大年夜打破东西不吉利，包荣姑气愤地瞪了王玉华一眼，埋怨道："怎么说你好呢？本来一家人高高兴兴的过年，你却把碗打破了，让人扫兴！"

色旺多尔济对此也很忌讳，却没有表露出来，而是装作毫不在意地笑着对女儿说道："不要紧，碎碎（岁岁）平安。你们无论在年纪上，还是在文化素质上都存有差异，但是你们已经结合了，就要面对现实，相互迁就，慢慢磨合。只要经过磨合，就能从中发现对方的优点，才能和谐相处。来，共同干杯吧！"

王玉华被妻子说得满脸通红，低头不语，直到听完色旺多尔济的话，才抬起头来，羞涩地冲大家笑了笑，举杯将酒喝干。

接下来，色旺多尔济还要饮酒。包维新考虑到他的病情，没有同意。色旺多尔济知道儿女们是为了他好，不再坚持。色旺多尔济的身体不宜长时间坐着，但是，由于过年，他强忍病痛，脸上始终挂着笑容，陪着儿女们，其乐融融地吃完年夜饭。

色旺多尔济在儿女们的陪伴下，开开心心地度过了春节。俗话说："欢娱时光短，忧愁叹更长。"转眼之间，到了正月初七，包维新先行离家回到工作岗位。二女儿也跟着一起离开，只有三女儿因学校放寒假，一直陪父亲待到正月十五。看到孩子们陆续离家，偌大的王府只有几位工作人员，色旺多尔济心里充满了惆怅。他在这里生活了几十年，熟悉这里的一草一木，当年王府里每天都有许多人忙绿，每天都有处理不完的事务，有应接不暇的客人，尤其是逢年过节，更是人来人往，热闹非凡。与现在的冷清相比，形成了鲜明的对比。

春节期间的劳累让色旺多尔济的病情再次加重，他最终病倒在床，失去了自理能力。他的弟弟们听闻哥哥病重，急忙赶来探视。色旺多尔济看到他们，脸上露出了一丝欣慰的笑容，强忍病痛，坚持让人把他扶坐起来。看到大哥面色苍白，瘦骨嶙峋，卧床不起，说话有气无力，弟弟们感到十分伤心，但又不敢表露，只好强忍泪水，劝他安心养病。

色旺多尔济对自己的病情很清楚，为了不让他们过于担心，还是强装笑颜，与他们说一些无关紧要的家常话。

弟弟们向吴俊兴等人详细地询问了哥哥的病情，得知哥哥的病情十分严重，不由得心痛万分。当他们看到哥哥身边只有包荣姑一个亲人在病榻前服侍时，便提议让包维新及另外两个女儿回来。色旺多尔济却不同意，不想因自己的病影响孩子们的工作和学业。三兄弟出于对哥哥的关心，决定留下来照顾他，轮流陪伴在哥哥的病榻前，喂饭、喂水。色旺多尔济看到平日聚少离多的弟弟们每日精心地照料自己，陪他说话，既感激又欣慰，心情好转，病情也有所好转。兄弟三人心里十分高兴，以为哥哥能再次化险为夷。谁知清明过后，色旺多尔济的病情再次恶化，不但无法进食，而且说话困难，每天只能靠药物维持。

三兄弟看到哥哥病势沉重，知道时日不多，便私自做主，将包维新及他另两个女儿从外地叫了回来。看到父亲面容憔悴，有气无力地躺在病床上，包维新兄妹悲痛万分，伤心不已。色旺多尔济看到儿女们，脸上露出了一丝笑容，强挺精神，断断续续地对包维新等人说道："你……你们都……都回来啦，你……你们不……不要伤心，我……我没事，生……生……生老病、病死是……是自……自然规律，谁……谁都无……无法抗拒，我……我已……已经……立……立下遗嘱，希……希望我死……死后，你们遵……遵照我……我的遗嘱，不……不得……违背。"色旺多尔济说完，用颤巍巍的手从自己的枕头底下拿出一个信封，交到包维新的手上，吃力地对他说："这……这……这是我……我的……遗……遗嘱……等……等我死……死后再……再看。"

包维新强忍悲痛，收好父亲的遗嘱，并与叔叔们一起，不分昼夜地陪伴在父亲的病床前。旗政府得知了色旺多尔济的病情，请来省城的医疗专家，旗委书记和旗长陪同专家一同探视色旺多尔济。省城的专家与吴俊兴、王明升等人一起诊断了色旺多尔济的病情，制定了新的治疗方案。

省城的专家为他注射了专治骨结核的药品，并为他注射了强心剂。包维新和叔叔们看到旗委、旗政府对父亲的病如此重视，心里非常感激，一再向旗领导同志及专家表示感谢。

4月9日上午，色旺多尔济突然好转，清晨，他从昏迷中醒来，精神状态很好，不但吃了半碗小米粥，还自己坐了起来，与医生和包维新等人打招呼，对省城的专家表示谢意。然后与包维新等人聊起家常。

包维新及叔叔们看到色旺多尔济病情好转，心里十分高兴，殷切地期望父亲能在专家的治疗下化险为夷，起死回生。

没想到色旺多尔济的状态只维持了几个小时就再度恶化。叔叔们说这是回光返照，包维新却不相信，一再央求专家想办法救治父亲。专家和吴俊兴等人对色旺多尔济进行全力救治，却回天乏术。

4月10日上午十时许，杜尔伯特旗最后一位世袭王爷，际遇坎坷，饱受磨难的色旺多尔济，终于病重不治，溘然长逝，享年四十六岁。

包维新怀着无比悲痛的心情打开了父亲的遗嘱。遗嘱共有两份，一份写给旗委、旗政府，一份写给儿女。旗委书记路巨彤怀着沉痛的心情拆开色旺多尔济的遗嘱。

尊敬的旗委、旗政府的同志：

当你们接到这封信时，我已经离开了人世，请你们不要难过，不要悲伤。恳求你们对我的后事从简，一不发讣告，二不搞吊唁活动，三不开追悼会。咱们新中国刚刚诞生，经济还很困难，没必要为我浪费宝贵的资金。要把资金用在更需要的地方。请同志们遵照我的遗愿执行！

我幼年过继给王爷做嗣子，弱冠之年继承王位，世袭为杜尔伯特旗扎萨克，本想励精图治、造福百姓，成就一番大事。谁知好景不长，日本侵略者武力侵占东北，并成立伪满傀儡政府。由于当时我皇权思想严重，没能看清日本人的险恶用心，误以为溥仪是中国原先的皇帝，成立的是中国人的独立政权，稀里糊涂地答应了伪满政府的要求，担任了伪满政府的旗长。这是我一生中最大的败笔,更是噬脐莫及的憾事!作为一名中国人,我竟然为虎作伥,沦为日本帝国主义的帮凶,真是可恨之极,难以饶恕!然而,中国共产党宽大为怀,不计前嫌,非但不追究我的罪过,还如此信任我,令我感激万分。我本想在有生之年,努力工作,报答共产党的知遇之恩。谁知天不佑我,正当壮年之际,却身染顽疾,只能辞去工作,回家养病,实为憾事!

我生逢乱世,历经曲折,可谓不幸。但我又是幸运的,在有生之年看到中国人民打败了日本侵略者,消灭了国民党反动派,成立了新中国,百姓过上了安稳的生活。这也是我平生之夙愿,令人倍感欣慰。为了报答党和政府的信任,我愿把居住的王府及所有财产全部捐献给国家,算是我对新中国的最后一点儿贡献!

我的一生充满艰辛和争议,做了许多不该做、违心的事情,实属被逼无奈,违心而为之。我唯一能够做到的是没有忘记自己是中国人,没有丧失中国人的良知!中国人历来主张盖棺论定,至于我的功过是非,留待后人评说吧!

同志们,永别啦!我想念你们,更想念我们伟大的祖国和人民。我会在地下为新中国祈福。我相信,在伟大的中国共产党的英明领导下,中国人民一定会过上幸福生活!伟大的祖国会更加繁荣富强!

色旺多尔济(绝笔)<br>1952年3月30日

路巨彤双手微微颤抖,眼含热泪地看完了这封情真意切、充满爱国主义情怀的信。他被色旺多尔济的高尚情操所感动,怀着悲痛而激动的心情,当众向前来吊唁色旺多尔济的人宣读了这封信。之后,他高度赞扬了色旺多尔济的爱国爱民、热爱中国共产党的伟大精神及忧国忧民的拳拳赤子之心。

包维新怀着无比沉痛的心情,打开了父亲的另一份遗嘱。

亲爱的孩子们,我不是一位称职的父亲,没有尽到父亲的责任,在你们尚未成年之时就要离开你们,再也无法为你们遮风挡雨,再也不能为你们的事情操心啦!

孩子们,切勿悲伤,生老病死乃自然规律,每个人都无法摆脱这个铁律,只是每个人的生命有长有短,生命的意义不同罢了。中国汉代有位大文豪司马迁曾经说过:"人固有一死,或重于泰山,或轻于鸿毛。"这两句话道出了人生的真谛和生命意义。如果用这两句话衡量我的一生,哪句话都觉得不适用。回首我的一生,真是一言难尽,作为世袭王爷,我本想有所作为,造福一方百姓,然而,生逢乱世,际遇坎坷,空怀忧国忧民之心却壮志难酬,还因形势所迫,稀里糊涂地走了许多弯路,做了许多违心的事情,真是一失足变成千古恨,再回首已是百年身。然而,一切非我所愿,而是被逼无奈。但我没有忘记自己是中国人,没有死心塌地为日本人卖命,而是尽最大努力,极力抵制日本人的奴化教育,想方设法保护老百姓的利益。只是这一切并不能洗刷我的罪名。因此,我的一生既不能算轻于鸿毛,更无法与重于泰山相比,充其量算问心无愧罢了!

孩子们,人生的道路曲折不平,世界充满了矛盾和不利因素,每个人的人生道路注定都不会一帆风顺,希望你们在今后的生活和工作当中,要以我为戒,辨明是非,站稳立场,切莫做仇者快,亲者恨的悔事。切记!切记!

包维新,你是聪明懂事的孩子,又是长子。我离开后,你一定要照顾好妹妹们，不要让她们受委屈。孩子们，病魔使我过早地离开了你们，你们因此失去了父爱，这是我的遗憾，更是你们的不幸！但是，你们又是幸运的，因为你们生活在一个伟大的时代！相信你们都能正确地选择自己的人生目标，做一名对祖国、对民族有用的人，为繁荣祖国做出应有的贡献！

孩子们，我已经把王府所有财产捐献给国家，这么做的目的，是想让你们做一名自食其力的劳动者。你们要靠自己的聪明才智，做一名自食其力、有上进心、有责任心，对党和国家、对人民有贡献的人。这是我对你们的期望，也是我的临终嘱托。

孩子们，愿你们多保重。我爱你们，我会在地下默默地祝福你们，保佑你们！

不称职的父亲（绝笔）

1952年3月30日

旗政府的领导遵照色旺多尔济的遗嘱，没有举行任何悼念活动。色旺多尔济去世的消息传到牧民们耳中，牧民们怀着沉痛的心情，纷纷赶到王府吊唁，以前空荡荡的王府如今人满为患。牧民们只好在王府周围搭建临时帐篷。随着帐篷不断增多，王府周边形成了延绵数里之遥的古列延。

高龙听闻色旺多尔济去世的噩耗，火速赶了回来，怀着无比沉痛的心情，长跪在色旺多尔济灵前失声痛哭，在场的人被他的悲恸所感染，纷纷流下了悲伤的泪水。高龙与色旺多尔济的子女们一起，不分昼夜地为色旺多尔济守灵。

停灵七日，包维新在亲友的帮助下，按照色旺多尔济生前的遗愿，将色旺多尔济的灵柩送往多克多尔山安葬。

天空阴暗，日月无光，山川悲戚，江河哽咽，灵车缓缓行进，牧民们怀着无比悲痛的心情,自发地排起长队,跟着灵柩前行,含泪送色旺多尔济最后一程。

葬礼在悲痛的气氛下开始,偌大的多克多尔山坡上,挤满了黑压压的人群,有人痛哭失声,有人磕头不止,有人长跪不起,哭声和祷告声交织在一起,此情此景,感人至深。

纵观色旺多尔济一生,可谓生不逢时,饱经磨难,充满了悲剧色彩!然而,无论生活多么艰辛,经历多么坎坷,色旺多尔济始终坚持为百姓谋福祉。更加难能可贵的是,在局势不明朗,共产党的实力明显处于下风的形势下,色旺多尔济明辨是非,顺应历史潮流,义无反顾地投身革命阵营,为自己的人生画上了完美的句号。

尾 篇

    包维新遵循父亲的遗训,承担起照顾妹妹们的责任。二妹包荣媛在内蒙古自治区税务局工作。三妹包荣贤大学毕业后被分配到内蒙古自治区巴彦淖尔市临河税务局工作。在包维新和散丹的张罗下,她们分别结婚成家,各自获得了美满的生活。

    大妹妹包荣姞继续留在家乡与王玉华一起生活,由于他们之间脾气秉性和文化素养存在着很大差距,勉强在一起生活了几年,始终无法弥合矛盾,最终走到了尽头。这段不幸的婚姻结束之后,他们各自重新组建了家庭,开始了新的生活。

    包维新为人谦虚平和,工作踏实能干,先后担任东北书店齐齐哈尔分店批发股长、新华书店佳木斯分店副经理、新华书店内蒙古分店副经理、新华书店蒙绥分店任第一副经理等职务。尽管工作调动频繁,包维新却从无怨言,每次都是愉快地接受组织的安排,并以饱满的热情和积极的工作态度努力完成组织交给的各项工作任务。

    20世纪50年代末,包维新从内蒙古新华书店经理调到中共阿拉善左旗蒙斯布尔公社任党委书记,不久,调任内蒙古人民出版社副社长。20世纪

60年代初,包维新受内蒙古党委的委派,作为内蒙古社会调整组负责人之一,来到阿拉善左旗进行调研工作。调研工作结束后,工作组陆续撤回。由于包维新的工作能力强,深受旗委同志的欢迎,旗委书记苏德保扎木苏等同志对他一再挽留,他便毅然放弃了内蒙古人民出版社副社长的职务,放弃了优越的工作环境,留在条件艰苦的阿拉善左旗北部工委工作。为了表示长期留在基层工作的决心,他举家搬迁到阿拉善左旗居住。

包维新责任心强,昼夜操劳,废寝忘食,积劳成疾,于1964年6月1日清晨,突发脑溢血去世,年仅36岁。

噩耗传来,举旗震惊。内蒙古自治区党委特在《内蒙古日报》上发表讣告。

> 中国共产党党员、内蒙古人民出版社副社长,现任(下放)中共巴盟阿拉善左旗北部工委书记那木济勒(包维新)同志,因病于一九四六年六月一日上午五时三十分在阿拉善左旗不幸逝世,享年三十六岁。兹定于六月五日下午三时在内蒙古文化局礼堂举行公祭。那木济勒(包维新)同志生前好友,有送花圈挽联者,请送内蒙古文化局礼堂。特此讣告。
>
> 那木济勒(包维新)同志治丧委员会

散丹强忍丧夫之痛,带着年幼的儿女们参加包维新的追悼会,含泪送丈夫最后一程。

包维新作为封建王爷的后代,甘愿放弃优裕的生活,毅然投身革命,十六岁加入中国共产党,不惧艰险,忘我工作,在剿匪战斗中光荣负伤,依然不下火线,冒死抢救伤员,体现了共产主义战士坚强的信念及献身精神。包维新在工作中任劳任怨,从不计个人得失,服从组织安排,甘愿放弃优越的生活条件,留在条件艰苦的环境中工作,最终不幸英年早逝,令人扼腕叹息！追悼会上的一副挽联，充分概括了其平凡、短暂而伟大的一生。

  为革命，壮志未酬身献阿拉善；
  祭英灵，浩然正气永驻贺兰山。

# 后　记

　　历时三载，五易其稿，拙作《杜尔伯特末代王爷》终于付梓在即，在拙作的创作过程中，承蒙杜尔伯特蒙古族自治县县委、县政府，内蒙古自治区党委宣传部、档案局、旅游局，波·少布老师、包玉林老师、刘正仁老师、任青春老师、王国志老师以及色旺多尔济嫡孙包·巴特尔老师等人的鼎力相助，为我提供了大量翔实的史料，特此表示感谢！